suhrkamp taschenbuch 3585

Erzählt wird eine Geschichte aus den fünfziger Jahren: Tante Julia, eine 32jährige und attraktive Bolivianerin, kommt nach ihrer Scheidung nach Lima, um dort einen neuen Ehemann zu finden. Statt dessen verliebt sich ihr 18jähriger Neffe Mario, genannt Varguitas, in sie, ein ambitionsloser Student der Jurisprudenz, der durch einen anspruchslosen Job in einer Radiostation etwas Geld verdient, dabei unentwegt von seinem zukünftigen Leben als Schriftsteller in einem Pariser Dachzimmer träumt. Aus der anfänglichen versteckten Verliebtheit wird allmählich eine große Liebe, dann ein Skandal: der Familienclan versucht, unbedingt eine Ehe zu verhindern. Mario und Tante Julia fliehen und finden nach einer Irrfahrt durch die peruanische Provinz endlich den bestechlichen Bürgermeister, der den Minderjährigen mit seiner vierzehn Jahre älteren Tante traut.

Mario Vargas Llosa wurde 1936 in Arequipa/Peru geboren; heute lebt er in London, Paris und Madrid. Neben zahlreichen anderen Auszeichnungen wurde ihm 1996 der Friedenspreis des Deutschen Buchhandels verliehen. Sein vielfach ausgezeichnetes Werk erscheint im Suhrkamp Verlag, zuletzt erschienen der Roman *Das Fest des Ziegenbocks* (2001), *Die Sprache der Leidenschaft* (2002) und 2004 sein Roman *Das Paradies ist anderswo.*

Mario Vargas Llosa
Tante Julia und der Kunstschreiber

Roman

Aus dem Spanischen von
Heidrun Adler

Suhrkamp

Titel der 1977 bei Seix Barral, Barcelona,
erschienenen Originalausgabe:
La tía Julia y el escribidor
Der Roman erschien auf deutsch zuerst 1979
unter dem Titel »Tante Julia und der Lohnschreiber«
im Verlag Steinhausen.
Die vorliegende Übersetzung ist vollständig revidiert.

Umschlagfoto: Photonica/Mark Douet

suhrkamp taschenbuch 3585
Erste Auflage dieser Ausgabe 2004

Druck: Ebner & Spiegel, Ulm
Printed in Germany
ISBN 3-518-45585-0

1 2 3 4 5 6 – 09 08 07 06 05 04

Für Julia Urquidi Illanés,
der ich und dieser Roman so viel verdanken.

Ich schreibe. Ich schreibe, daß ich schreibe. Im Geist sehe ich mich schreiben, daß ich schreibe, und kann mich auch sehen, wie ich sehe, daß ich schreibe. Ich erinnere mich schon schreibend und auch sehend, daß ich schrieb. Und ich sehe mich, wie ich mich erinnere, mich schreibend zu sehen, und ich erinnere mich, mich zu sehen, wie ich mich erinnere, daß ich schrieb, und schreibe, während ich mich schreiben sehe, daß ich mich erinnere, mich schreiben gesehen zu haben, daß ich mich schreiben sah, daß ich mich erinnere, mich schreiben gesehen zu haben, daß ich schrieb, und daß ich schrieb, daß ich schreibe, daß ich schrieb. Ich kann mir auch vorstellen, wie ich schreibe, daß ich schon geschrieben habe, daß ich mir vorstellen würde, wie ich schreibe, daß ich geschrieben habe, daß ich mir vorstellte, wie ich schreibe, daß ich mich schreiben sehe, daß ich schreibe.

Salvador Elizondo, El Grafógrafo

I

Damals, es ist schon lange her, war ich noch sehr jung und lebte bei meinen Großeltern in einer Villa mit weißgetünchten Mauern in der Calle Ocharán in Miraflores. Ich studierte in San Marcos, Jura, glaube ich, und hatte mich damit abgefunden, daß ich meinen Lebensunterhalt später mit einem bürgerlichen Beruf würde verdienen müssen, obwohl ich viel lieber Schriftsteller geworden wäre. Ich hatte einen Job mit einem pompösen Titel, bescheidenem Salär, plagiatorischen Arbeitsmethoden und gleitender Arbeitszeit. Ich war Nachrichtenchef von Radio Panamericana. Die Arbeit bestand darin, interessante Meldungen aus den Zeitungen auszuschneiden und sie ein bißchen zu frisieren, damit sie als Nachrichten gesendet werden konnten. Meine Redaktion bestand aus einem Burschen mit pomadisiertem Haar, der Katastrophen liebte und Pascual hieß. Zu jeder vollen Stunde gab es Kurznachrichten von einer Minute, außer um 12 Uhr mittags und um 9 Uhr, die waren fünfzehn Minuten lang. Aber wir stellten immer gleich mehrere Sendungen zusammen, so daß ich viel unterwegs sein konnte, einen Kaffee an der Colmena trank, manchmal in eine Vorlesung ging oder in die Büros von Radio Central, wo es sehr viel unterhaltsamer zuging als bei uns.

Die beiden Radiosender hatten den gleichen Besitzer und lagen nebeneinander in der Calle Belén, in der Nähe der Plaza San Martín. Sie glichen sich überhaupt nicht. Vielmehr waren sie so gegensätzlich wie die beiden Schwestern aus dem Märchen, von denen die eine voller Anmut war und die andere aus lauter Gebrechen bestand. Radio Panamericana belegte die zweite Etage und das Dachgeschoß eines neuen Gebäudes und zeigte mit seinem Personal, seinen Ambitionen und seinem Programm ein gewisses ausländisierendes und snobistisches Flair, einen Hang zum Modernen, zur Jugend, zur Aristokratie. Obwohl die Sprecher keine Argentinier waren (hätte Pedro Camacho gesagt), hätten sie es durchaus sein können. Man sendete viel Musik, sehr viel Jazz und Rock und ein wenig Klassik. Die Frequenzen von Radio Panamericana waren die ersten, die die neuesten Hits aus New York und Europa brachten, aber auch die lateinamerikanische Musik wurde nicht vernachlässigt, solange sie ein bißchen verpopt war; peruanische Musik wurde mit Vorsicht behandelt und auf den Vals beschränkt. Man brachte Programme mit einem gewissen intellektuellen Anstrich, Bilder aus der Vergangenheit, internationale Kommentare, und selbst in den Unterhaltungssendungen, den Quiz- oder Talentsucheprogrammen, war bemerkbar, daß man allzu große Plattheit oder Gewöhnlichkeit zu vermeiden suchte. Ein Beispiel für die aktuelle Aufgeschlossenheit war der Informationsdienst, den Pascual und ich in einem auf der Dachterrasse aufgebauten Verschlag herstellten, von dem aus wir die Müllhalden und die letzten Mansardenfenster der Dächer von Lima erkennen konnten. Man gelangte in einem Fahrstuhl dorthin, dessen Türen die beunruhigende Gewohnheit hatten, sich vor der Zeit zu öffnen.

Radio Central dagegen zwängte sich in ein uraltes Gebäude mit vielen Innenhöfen, Ecken und Winkeln, und man brauchte nur die lässige Art der Sprecher zu hören, die viel zuviel Slang benutzten, um sofort den Hang zur Masse, zur Volkstümlichkeit zu erkennen. Man brachte kaum Nachrichten, und die peruanische Musik, die der Anden einbezogen, war dort unbestrittene Königin. Nicht selten nahmen die indianischen Sänger aus den Vergnügungszelten an den publikumsoffenen Veranstaltungen teil, für die sich schon Stunden vor Beginn Menschenmassen vor den Türen des Sendesaals ansammelten. Die Frequenzen von Radio Central erzitterten auch verschwenderisch in karibischer, mexikanischer und argentinischer Musik. Die Programme waren schlicht, phantasielos und erfolgreich: Wünsche per Telefon, Geburtstagsständchen, Film- und Popstarklatsch. Aber das Hauptgericht, deftig und immer wieder aufgetischt, was allen Umfragen nach dem Sender gewaltige Hörerquoten sicherte, waren die Hörspielserien.

Täglich wurden wenigstens ein halbes Dutzend gesendet, und mir machte es großen Spaß, den Sprechern bei den Aufnahmen zuzusehen. Es waren heruntergekommene, hungrige und zerlumpte Schauspieler, deren jugendliche, einschmeichelnde, kristallklare Stimmen auf erschreckende Weise mit ihren alten Gesichtern, ihren verbitterten Mündern und müden Augen kontrastierten. »An dem Tag, an dem in Peru das Fernsehen eingeführt wird, bleibt denen nur noch der Selbstmord«, meinte Genaro jun. und deutete durch die Scheiben des Studios auf sie, die wie in einem großen Aquarium um das Mikrofon gruppiert standen, die Texte in der Hand, bereit, mit dem Kapitel vierundzwanzig der »Familie Alvear« zu beginnen. Und wirklich, wie enttäuscht wären die Hausfrauen gewesen, die beim Klang von Luciano Pandos Stimme dahinschmolzen, wenn sie seinen buckligen Körper und seinen schielenden Blick hätten sehen können; und wie ernüchtert wären all die Rentner gewesen, in denen die wohlklingenden Laute von Josefina Sánchez Erinnerungen weckten, hätten sie von ihrem Doppelkinn, ihrem Schnurrbart, ihren abstehenden Ohren und ihren Krampfadern gewußt. Aber die Einführung des Fernsehens in Peru lag noch in ferner Zukunft, und der diskrete Broterwerb der Hörspielfauna schien für den Augenblick noch nicht gefährdet.

Mich hatte schon immer interessiert, aus welchen Federn die Fortsetzungsserien flossen, die die Nachmittage meiner Großmutter füllten, jene Geschichten, von denen ich bei meiner Tante Laura, meiner Tante Olga, meiner Tante Gaby oder bei meinen zahlreichen Cousinen hörte, wenn ich sie besuchte. (Unsere Familie war biblisch, miraflorinisch und unzertrennlich). Ich vermutete, daß die Hörspiele aus dem Ausland kamen, war jedoch überrascht, als ich hörte, daß die Genaros sie nicht in Mexiko oder Argentinien, sondern in Kuba einkauften. Die Serien wurden vom CMQ produziert, einem Radio- und Fernsehimperium, das von Goar Mestre regiert wurde, einem silberhaarigen Herrn, den ich einmal, als er in Lima war, über die Flure von Radio Panamericana gehen sah, eskortiert von den Besitzern und zahlreichen ehrfürchtigen Blicken. Ich hatte Sprecher, Entertainer und Radiomoderatoren so viel über CMQ aus Kuba reden hören – es war für sie etwas so Mythisches wie das Hollywood jener Zeit für die Cineasten –, daß Javier und ich manchmal beim Kaffee im Bransa über jenes Heer von Vielschreibern phantasiert hatten, die dort im fernen Havanna der Palmen, der paradiesischen Strände, der Revolverhelden und Touristen in den klimatisierten Büros der Zitadelle von Goar Mestre acht Stunden pro Tag auf leisen Schreibmaschinen jenen Strom von Ehebruch, Selbstmord, Leidenschaften, Begegnungen, Erbschaften, Verehrungen, Zufällen und Verbrechen produzieren mußten, der sich von der Antilleninsel über ganz Lateinamerika ergoß und in den Stimmen von Luciano Pando und Josefina Sánchez die Nachmittage der Großmütter, Tanten, Cousinen und Rentner jedes Landes verzauberte.

Genaro jun. kaufte (oder besser CMQ verkaufte) die Hörspiele nach Gewicht und per Telegramm. Das hatte er mir selbst eines Tages erzählt, als ich ihn zu seiner größten Verblüffung gefragt hatte, ob er, seine Brüder oder sein Vater die Texte prüften, bevor sie gesendet wurden. »Könntest du siebzig Kilo Papier lesen?« erwiderte er und sah mich mit jener wohlwollenden Herablassung an, die meinem Status als Intellektueller galt, den er mir zugestand, seit er einmal eine Erzählung von mir in der Sonntagsausgabe von »El Comercio« gesehen hatte. »Überleg doch mal, wieviel Zeit man dazu brauchte. Einen Monat, zwei? Wer sollte Monate darauf verwenden, ein Hörspiel zu lesen? Wir kaufen auf gut Glück, und bis jetzt hat uns der Herr der Wunder glücklicherweise beschützt.« In den günstigsten Fällen stellte Genaro jun. über eine Werbeagentur oder über Kollegen und Freunde fest, wieviele Länder ein Hörspiel, das ihm angeboten wurde, gekauft hatten und wie hoch die Einschaltquoten waren; in den ungünstigsten Fällen entschied er nach dem Titel oder ganz einfach nach Kopf oder Adler. Die Hörspielserien wurden nach Gewicht verkauft, weil dies weniger riskant war als nach angegebener Seiten- oder Wörterzahl. Das Gewicht war das einzig Nachprüfbare. »Ist ja klar«, sagte Javier, »wenn man keine Zeit hat, sie zu lesen, hat man noch weniger Zeit, die Wörter zu zählen.« Ihn erregte der Gedanke an einen Roman von achtundsechzig Kilo und dreißig Gramm, dessen Preis wie der einer Kuh, von Butter oder von Eiern mit einer Waage bestimmt wurde.

Aber diese Methode bescherte den Genaros auch Schwierigkeiten. Die Texte waren voller kubanischer Redewendungen, die Luciano, Josefina und ihre Kollegen kurz vor der Aufnahme so gut sie konnten (immer schlecht) ins Peruanische übertragen mußten. Außerdem wurden die Schreibmaschinenmanuskripte gelegentlich auf der Reise von Havanna nach Lima in den Bäuchen der Schiffe oder Flugzeuge oder beim Zoll beschädigt, und es gingen ganze Kapitel verloren; die Feuchtigkeit machte sie unleserlich, die Seiten gerieten durcheinander, oder die Mäuse im Lager von Radio Central fraßen sie auf. Das wurde natürlich immer erst im allerletzten Augenblick bemerkt, wenn Genaro sen. die Texte verteilte, und so entstanden äußerst schwierige Situationen. Man meisterte sie, indem man ein verlorenes Kapitel übersprang oder, in sehr schweren Fällen, Luciano Pando oder Josefina Sánchez krank werden ließ, damit in den nächsten vierundzwanzig Stunden die verschwundenen Gramme oder Kilos rekonstruiert oder ohne große Gewissenskonflikte einfach weggelassen werden konnten. Da außerdem die Preise des CMQ recht hoch waren, war es nicht verwunderlich, daß Genaro jun. sich überglücklich pries, als er Pedro Camacho und dessen wunderbare Begabung entdeckte.

Ich erinnere mich noch sehr gut an den Tag, an dem er mir von dem radiophonischen Phänomen erzählte, denn es war genau der Tag, an dem ich beim Mittagessen Tante Julia zum ersten Mal sah. Sie war die Schwester der Frau meines Onkels Lucho und war am Abend vorher aus Bolivien gekommen. Gerade geschieden, wollte sie sich hier von ihrem ehelichen Mißerfolg erholen. »Eigentlich will sie sich einen neuen Mann suchen«, hatte Tante Hortensia, die spitzzüngigste meiner Verwandten, bei einem Familientreffen behauptet. Jeden Donnerstag aß ich bei Onkel Lucho und Tante Olga. An diesem Mittag traf ich die Familie noch im Schlafanzug an; sie beendeten die durchzechte Nacht mit scharfen Würstchen und kühlem Bier. Bis zum Morgengrauen waren sie aufgewesen, hatten mit Tante Julia geschwatzt und zu dritt eine Flasche Whisky geleert. Der Kopf tat ihnen weh, Onkel Lucho klagte, in seinem Büro gehe alles drunter und drüber, Tante Olga hielt es für eine Schande, mitten in der Woche so lange aufzubleiben, und Tante Julia, im Morgenrock, ohne Schuhe, dafür mit Lockenwicklern im Haar, packte ihren Koffer aus. Es störte sie nicht, daß ich sie in diesem Aufzug sah, in dem niemand sie für eine Schönheitskönigin gehalten hätte.

»Also, du bist der Sohn von Dorita«, sagte sie und schmatzte mir einen Kuß auf die Wange. »Du bist schon fertig mit der Schule, nicht wahr?«

Ich haßte sie tödlich. Meine leichten Zusammenstöße mit der Familie damals kamen daher, daß alle mich noch wie ein Kind behandelten und nicht als das, was ich war, nämlich ein ausgewachsener Mann von achtzehn Jahren. Nichts ärgerte mich so sehr wie dieses »Marito«; ich hatte immer das Gefühl, der Diminutiv stecke mich wieder in kurze Hosen.

»Er studiert im dritten Jahr Jura und arbeitet als Journalist«, erklärte ihr Onkel Lucho und reichte mir ein Glas Bier.

»Eigentlich siehst du noch aus wie ein Baby, Marito«, versetzte Tante Julia mir einen neuen Hieb.

Während des Mittagessens fragte sie mich in jener zärtlichen Art, der sich Erwachsene bedienen, wenn sie sich an Schwachsinnige oder an Kinder wenden, ob ich eine Freundin hätte, ob ich viel auf Partys ginge, welchen Sport ich triebe, und riet mir mit einer Gemeinheit, von der ich nicht wußte, ob sie beabsichtigt war oder nicht, die mich jedoch mitten ins Herz traf, ich solle mir, »sobald ich es könnte«, einen Schnurrbart wachsen lassen. Das stehe den dunklen Typen gut und werde es mir bei den Mädchen leichter machen.

»Der denkt nicht an Schürzen oder an Vergnügungen«, erklärte Onkel Lucho. »Er ist ein Intellektueller. Eine Erzählung von ihm ist in der Sonntagsausgabe von »El Comercio« erschienen.«

»Paßt bloß auf, daß uns Doritas Sohn nicht auf den andern Bahnsteig gerät«, lachte Tante Julia, und ich empfand so etwas wie Solidarität mit ihrem Ex-Gatten. Doch ich lächelte und spielte mit.

Während des Essens erzählte sie ein paar scheußliche bolivianische Witze und machte sich über mich lustig. Als ich mich verabschiedete, schien es, als wolle sie sich für ihre Unverschämtheit entschuldigen, denn sie sagte mit einer liebenswürdigen Geste, ich könne sie einmal begleiten, sie gehe so gern ins Kino.

Ich kam gerade rechtzeitig bei Radio Panamericana an, um zu verhindern, daß Pascual die gesamten 3-Uhr-Nachrichten einer Schlacht zwischen Totengräbern und Leprakranken in den exotischen Straßen von Rawalpindi widmete, von der »Ultima Hora« berichtet hatte. Nachdem ich die 4-Uhr- und die 5-Uhr-Nachrichten fertiggestellt hatte, ging ich einen Kaffee trinken. In der Tür von Radio Central traf ich Genaro jun. Er war überglücklich und zerrte mich am Arm ins Bransa: »Ich muß dir etwas ganz Phantastisches erzählen.« Er war einige Tage geschäftlich in La Paz gewesen und hatte dort Pedro Camacho, jenen vielseitigen Mann, in Aktion gesehen.

»Das ist kein Mann, das ist eine ganze Industrie«, verbesserte er sich voller Bewunderung. »Er schreibt alle Theaterstücke, die man in Bolivien zeigt, und inszeniert sie auch selbst. Er schreibt auch alle Hörspiele und leitet sie und spielt in allen den Liebhaber.«

Aber mehr noch als seine Produktivität und Wortgewandtheit hatte ihn seine Beliebtheit beeindruckt. Um Pedro Camacho im Teatro Saavedra von La Paz sehen zu können, hatte er die Eintrittskarten im Wiederverkauf zum doppelten Preis erstehen müssen.

»Wie bei einem Stierkampf, stell dir das vor«, staunte er. »Wer hat jemals in Lima ein Theater so gefüllt?«

Er erzählte, daß er zwei Tage nacheinander Mädchen, junge und alte Frauen vor den Toren von Radio Illimani dicht gedrängt auf ihr Idol hatte warten sehen, um ein Autogramm von ihm zu erbetteln. Die McCann Erickson von La Paz hatte ihm außerdem noch versichert, die Hörspielserien von Pedro Camacho brächten die höchsten Einschaltquoten aller bolivianischen Sender. Genaro jun. war das, was man damals einen fortschrittlichen Unternehmer nannte, Geschäft interessierte ihn mehr als Ehre. Er war kein Mitglied des Club Nacional und auch nicht darauf versessen, es zu werden. Er war mit aller Welt befreundet, und seine Dynamik war anstrengend. Als ein Mann von schnellem Entschluß überzeugte er Pedro Camacho, nachdem er ihn in Radio Illimani besucht hatte, exklusiv für Radio Central nach Peru zu kommen.

»Das war nicht schwer, die haben ihn da verhungern lassen«, erklärte er mir. »Er wird sich um die Hörspielserien kümmern, und ich kann die Haie vom CMQ zum Teufel jagen.«

Ich träufelte etwas Wermut in seinen Wein und sagte, ich hätte gerade festgestellt, wie unsympathisch die Bolivianer seien, und daß Pedro Camacho kaum mit den Leuten von Radio Central auskommen werde. Sein Akzent werde für die Hörer wie Steingepolter klingen, und da er sich in Peru nicht auskenne, werde er jeden Augenblick ins Fettnäpfchen treten. Doch Genaro jun. lächelte unberührt von meinen düsteren Prophezeiungen. Obwohl er niemals hier gewesen sei, habe Pedro Camacho ihm von der Seele Limas gesprochen wie ein Bajopontino, und sein Akzent sei untadelig, ohne Betonung des »s« und »r«, ganz wie Samt.

»Luciano Pando und die anderen Akteure machen aus dem armen Ausländer bestimmt Hackfleisch«, träumte Javier. »Oder die schöne Josefina Sánchez vergewaltigt ihn.«

Wir waren in meinem Verschlag und unterhielten uns, während ich Meldungen aus »El Comercio« und »La Prensa« für die 12-Uhr-Nachrichten von Radio Panamericana in die Maschine schrieb, wobei ich nur die Adjektive und Adverbien veränderte. Javier war mein bester Freund, wir sahen uns jeden Tag, wenn auch nur einen Augenblick, um festzustellen, daß wir noch existierten. Er war ein Wesen von wechselhafter und widersprüchlicher, aber stets ehrlicher Begeisterung. An der Universidad Católica in Lima war er der Star des literaturwissenschaftlichen Seminars gewesen. Nie zuvor hatte es einen so begabten Studenten und klarsichtigen Leser von Poesie, einen so scharfsinnigen Interpreten schwieriger Texte gegeben. Für alle stand fest, daß er sein Studium mit einer brillanten Arbeit abschließen, ein brillanter Professor und ein ebenso brillanter Dichter oder Kritiker würde. Doch eines Tages hatte er ohne jede Erklärung alle Welt vor den Kopf gestoßen. Er hatte seine Arbeit hingeworfen, auf die Literatur und auf die Universidad Católica gepfiffen und sich in San Marcos als Student der Wirtschaftswissenschaften eingeschrieben. Auf die Frage nach der Ursache dieser Fahnenflucht gestand (oder scherzte) er, daß die Abschlußarbeit, an der er saß, ihm die Augen geöffnet habe. Sie sollte heißen: »Die Sprichwörter bei Ricardo Palma.« Auf der Suche nach Sprichwörtern hatte er die »Tradiciones Peruanas« mit der Lupe lesen müssen, und da er gewissenhaft und sorgfältig arbeitete, hatte er einen Kasten mit gelehrten Karteikarten gefüllt. Dann verbrannte er eines Morgens den Kasten mit den Karteikarten auf einem Feld – er tanzte einen Apachentanz um die philologischen Flammen –, beschloß, die Literatur zu hassen, selbst die Wirtschaftswissenschaft sei ihr vorzuziehen. Javier machte seine Lehre im Banco Central de Reserva und fand immer einen Vorwand, um jeden Morgen einen Abstecher zu Radio Panamericana zu machen. Von seinem sprichwortologischen Albtraum

war ihm die Gewohnheit geblieben, mich mit unpassenden Sentenzen zu strafen.
Daß Tante Julia, obgleich sie Bolivianerin war und in La Paz gelebt hatte, niemals von Pedro Camacho gehört hatte, überraschte mich sehr. Aber sie erklärte mir, sie habe niemals ein Hörspiel gehört und nie den Fuß in ein Theater gesetzt, seit sie in ihrem letzten Schuljahr bei den irischen Nonnen als Morgenröte im ›Tanz der Stunden‹ aufgetreten sei. (»Wage es nicht, mich zu fragen, wie lange das her ist, Marito.«)
Wir gingen von Onkel Luchos Haus am Ende der Avenida Armendáriz in Richtung Kino Barranco. Sie hatte mir heute mittag diese Einladung auf außerordentlich listige Weise selbst aufgezwungen. Es war der Donnerstag nach ihrer Ankunft, und obwohl mir die Aussicht, wieder Opfer ihrer bolivianischen Späße zu werden, überhaupt nicht gefiel, wollte ich doch dem wöchentlichen Mittagessen nicht fernbleiben. Ich hoffte, sie vielleicht nicht anzutreffen, denn am Vorabend – Mittwochabend war Besuch bei Tante Gaby – hatte ich Tante Hortensia mit dem Ton dessen, der die Geheimnisse der Götter kennt, sagen hören:
»In ihrer ersten Woche in Lima ist sie schon viermal ausgegangen und mit vier verschiedenen Galanen. Einer war sogar verheiratet. So eine Geschiedene hat es faustdick hinter den Ohren.«
Als ich nach den 12-Uhr-Nachrichten von El Panamericano bei Onkel Lucho ankam, traf ich sie mit einem dieser Galane. Ich verspürte die süße Lust der Rache, als ich in das Wohnzimmer trat und Onkel Pancracio, einen Vetter meiner Großmutter, neben ihr sitzen sah. Mit seinem altmodischen Anzug, seiner Fliege, einer Nelke im Knopfloch und der Art, wie er sie mit Erobereraugen ansah, wirkte er höchst lächerlich. Er war schon unendlich lange verwitwet, ging mit ausgestellten Füßen, die zehn Minuten nach zehn zeigten, und die Familie sprach boshaft über seine Besuche, denn er konnte es nicht lassen, die Dienstmädchen vor aller Augen zu kneifen. Er ließ sich die Haare färben, trug eine Taschenuhr mit versilberter Kette, und jeden Tag konnte man ihn um sechs Uhr nachmittags an der Ecke des Jirón de la Unión sehen, wie er den Büromädchen Schmeicheleien nachrief. Als ich mich zu der Bolivianerin hin-

unterbeugte, um ihr einen Kuß zu geben, flüsterte ich ihr mit aller Ironie der Welt ins Ohr: »Was für eine großartige Eroberung, Julita.« Sie zwinkerte mir zu und nickte. Während des Mittagessens, nachdem er weit ausholend über kreolische Musik gesprochen hatte – er war Fachmann auf diesem Gebiet, und bei Familienfesten gab er stets ein Kastensolo zum besten –, wandte sich Onkel Pancracio an Tante Julia und sagte, wobei er sich die Lippen leckte wie ein Kater: »Ach, apropos, am Donnerstagabend kommt die Peña Felipe Pinglo in La Victoria zusammen, der Inbegriff des Kreolentums. Möchtest du nicht ein bißchen echte peruanische Musik hören?« Ohne eine Sekunde zu zögern und mit einem untröstlichen Gesichtsausdruck, der der Gemeinheit die Krone aufsetzte, antwortete Tante Julia und deutete dabei auf mich: »Nein, wie schade. Marito hat mich ins Kino eingeladen.« »Der Jugend den Vortritt«, Onkel Pancracio verneigte sich in sportlichem Verzicht. Nachdem er gegangen war, glaubte ich noch einmal davongekommen zu sein, denn Tante Olga fragte: »Das mit dem Kino war doch wohl nur ein Vorwand, um diesen Lustgreis loszuwerden?« Aber Tante Julia widersprach ihr mit Nachdruck: »Keineswegs, liebe Schwester, ich bin ganz versessen darauf, den Film im Barranco zu sehen; er ist nicht für kleine Mädchen.« Sie wandte sich an mich, und um mich zu beruhigen, fügte dieses Prachtexemplar hinzu: »Mach dir keine Sorgen wegen des Geldes, Marito. Ich lade dich ein.«

Und da gingen wir nun durch die dunkle Quebrada de Armendáriz, durch die weite Avenida Grau ins Kino, zu allem Übel war es auch noch ein mexikanischer Film und hieß »Mutter und Geliebte«.

»Das Schreckliche am Geschiedensein ist nicht, daß alle Männer glauben, sie müßten einem irgendwelche Anträge machen«, meinte Tante Julia, »sondern daß sie meinen, nur weil man geschieden ist, brauche man keine Romantik mehr. Sie flirten nicht mit dir, sagen dir keine zärtlichen Galanterien, sie machen dir bei der ersten sich bietenden Gelegenheit mit der größten Grobheit ihr Angebot. Das kann mich rasend machen. Darum gehe ich lieber mit dir ins Kino, statt mit einem von denen zum Tanzen.«

Ich bedankte mich, soweit es mich betraf. »Die sind so dumm

zu glauben, jede geschiedene Frau sei ein Straßenmädchen«, fuhr sie fort, ohne darauf einzugehen. »Und dann denken sie nur an das eine. Dabei ist das doch gar nicht das Schöne, sondern das Sichverlieben. Nicht wahr?«
Ich erklärte ihr, es gebe gar keine Liebe, das sei nur eine Erfindung eines Italieners namens Petrarca und der provençalischen Troubadoure. Das, was die Leute für kristallklares Strömen des Gefühls, für eine reine Ausstrahlung der Empfindung hielten, sei nichts anderes als das triebhafte Verlangen läufiger Katzen, nur verdeckt von schönen Worten und den Mythen der Literatur. Ich glaubte selbst nicht, was ich da sagte, wollte mich aber interessant machen. Tante Julia reagierte recht ungläubig auf meine erotisch-biologische Theorie. Glaubte ich wirklich diesen Blödsinn?
»Ich bin gegen die Ehe«, sagte ich mit dem schulmeisterlichsten Tonfall, den ich aufbieten konnte. »Ich bin für das, was man freie Liebe nennt, was man aber, wenn man ehrlich wäre, schlicht als freie Kopulation bezeichnen sollte.«
»Kopulation nennt man das?« Sie lachte. Aber sofort machte sie ein ernüchtertes Gesicht: »Zu meiner Zeit schrieben die jungen Leute Verse, schickten den Mädchen Blumen und brauchten Wochen, bis sie es wagten, ihnen einen Kuß zu geben. Was für eine Schweinerei ist bei den jungen Bengeln von heute aus der Liebe geworden, Marito.«
An der Kasse hatten wir eine ziemliche Auseinandersetzung darüber, wer die Eintrittskarten bezahlen sollte, und dann, nachdem wir anderthalb Stunden lang Dolores del Rio stöhnend, umarmend, liebend, weinend, mit wehenden Haaren durch den Urwald laufend über uns hatten ergehen lassen, kehrten wir zum Haus von Onkel Lucho zurück. Wir gingen wieder zu Fuß, und der Nieselregen durchnäßte unsere Haare und Kleider. Dabei sprachen wir wieder von Pedro Camacho. Hatte sie bestimmt noch nie von ihm gehört? Nach Genaro jun. war er eine bolivianische Berühmtheit. Nein, sie kannte nicht einmal den Namen. Möglicherweise hatte man Genaro jun. angeschmiert, dachte ich, oder vielleicht war die angebliche bolivianische Hörspielindustrie seine eigene Erfindung, um einen einheimischen Tintenkleckser publizistisch zu lancieren. Drei Tage später lernte ich Pedro Camacho in Fleisch und Blut kennen.

Ich hatte gerade einen Zusammenstoß mit Genaro sen. gehabt, weil Pascual mit seiner ununterdrückbaren Vorliebe für das Scheußliche die ganzen 11-Uhr-Nachrichten einem Erdbeben in Isfahan gewidmet hatte. Genaro sen. ärgerte daran nicht so sehr, daß er andere Meldungen darüber vernachlässigt und statt dessen in allen Einzelheiten berichtet hatte, wie die Perser, die die Zerstörung überlebt hatten, von Schlangen angegriffen wurden, die, als ihre Schlupfwinkel aufbarsten, wütend und zischend an die Erdoberfläche schnellten, sondern daß dieses Erdbeben vor einer Woche stattgefunden hatte. Ich mußte zugeben, daß Genaro sen. im Recht war, beschimpfte Pascual und nannte ihn einen verantwortungslosen Kerl. Woher hatte er dieses aufgewärmte Zeug? Aus einer argentinischen Zeitschrift? Und warum hatte er so etwas Absurdes gemacht? Weil es keine wichtigen aktuellen Nachrichten gab. Dieser Bericht sei wenigstens unterhaltsam. Als ich ihm erklärte, man bezahle uns nicht dafür, daß wir die Hörer unterhielten, sondern dafür, daß wir die Meldungen des Tages zusammenfaßten, wiegte Pascual nachdenklich den Kopf und brachte ein unwiderlegbares Argument vor: »Wissen Sie, wir haben eine unterschiedliche Auffassung vom Journalismus, Don Mario.« Ich wollte gerade entgegnen, daß wir beide demnächst auf der Straße stehen würden, wenn er jedesmal, sobald ich ihm den Rücken kehrte, seine Schreckensauffassung vom Journalismus anzuwenden bestrebt sei, als eine unerwartete Figur in der Tür unseres Verschlages erschien. Ein kleines, unscheinbares Wesen, etwas zwischen einem kleinen Mann und einem Zwerg, mit einer gewaltigen Nase und außerordentlich lebhaften Augen, in denen etwas Exzessives funkelte. Es trug einen schwarzen, sehr abgenutzten Anzug, sein Hemd und seine Schleife hatten Flecken, doch in der Art, wie es seine Kleidung trug, lag etwas Sauberes, Ordentliches, etwas Strenges, wie bei diesen Herren auf den alten Fotografien, die in ihren steifen Überröcken und zu engen Zylindern gefangen zu sein scheinen. Der Mann konnte dreißig Jahre alt sein, aber auch fünfzig; sein schwarzes Haar reichte ihm bis auf die Schultern und glänzte ölig. Seine Haltung, seine Bewegungen, sein Gesichtsausdruck wirkten wie eine Verhöhnung alles Spontanen und Natürlichen und erinnerten an eine Gliederpuppe, an eine Marionette. Er machte eine höfische Verbeugung, und mit einer Feierlichkeit, die so ungewöhnlich war wie seine ganze Person, stellte er sich vor:

»Ich komme, um Ihnen eine Schreibmaschine zu entführen, meine Herren. Ich wäre Ihnen sehr verbunden, wenn Sie mir behilflich wären. Welches ist die bessere Maschine?«

Sein Zeigefinger deutete abwechselnd auf meine Schreibmaschine und auf Pascuals. Obwohl ich von meinen Besuchen bei Radio Central an Kontraste zwischen Stimme und physischer Erscheinung gewöhnt war, überraschte mich, daß aus einer so winzigen Gestalt von so hilflosem Aussehen eine so kräftige und klangvolle Stimme, eine so perfekte Diktion hervorquellen konnten. Es schien in dieser Stimme nicht nur jeder Buchstabe aufzumarschieren, ohne daß auch nur ein einziger verstümmelt wurde, sondern auch die Teilchen, die Atome, die Töne des Tons. Ungeduldig, ohne unsere Überraschung zu beachten, die sein Aussehen, sein herrisches Auftreten und seine Stimme bei uns hervorriefen, begann er, die beiden Schreibmaschinen zu untersuchen, ja zu beriechen. Er entschied sich für meine alte, gewaltige Remington, einen Leichenwagen, an dem die Jahre spurlos vorübergegangen waren. Pascual reagierte als erster:

»Sind Sie ein Dieb, oder was sind Sie?« schalt er ihn, und ich merkte, daß er die Sache mit dem Erdbeben von Isfahan wiedergutmachen wollte. »Was fällt Ihnen ein, dem Nachrichtendienst einfach eine Schreibmaschine wegzunehmen?«

»Die Kunst ist wichtiger als dein Nachrichtendienst, du Schelm«, donnerte ihn der Mensch an, warf ihm einen Blick zu, als wäre er niederes Kroppzeug, und fuhr in seiner Operation fort. Während Pascual ihm verdutzt zusah und genau wie ich darüber nachsann, was »Schelm« bedeuten sollte, versuchte unser Besucher, die Remington hochzuheben. Es gelang ihm, das Ungetüm unter gewaltiger Anstrengung anzuheben, wobei die Venen seines Halses anschwollen und ihm beinahe die Augen aus den Höhlen sprangen. Sein Gesicht lief dunkelrot an, Schweiß trat auf seine kleine Stirn, aber er gab nicht auf. Mit zusammengebissenen Zähnen schaffte er es, ein paar schwankende Schritte zur Tür zu machen, doch dann mußte er aufgeben. Noch eine Sekunde, und die Last hätte ihn zu Boden gerissen. Er stellte die Remington auf Pascuals Tischchen und keuchte. Das Grinsen, das sich bei diesem Schauspiel auf unseren Gesichtern zeigte, vollkommen ignorierend (Pascual hatte sich mehrfach mit dem Finger an die Stirn getippt, um anzudeuten, daß er ihn für einen Irren hielt), rügte er uns streng, sobald er wieder zu Atem gekommen war:

»Seien Sie doch nicht so gleichgültig, meine Herren, ein bißchen mehr menschliche Anteilnahme. So helfen Sie mir doch.«

Ich sagte, es tue mir sehr leid, aber wenn er diese Remington mitnehmen wolle, müsse er zuerst über Pascuals Leiche und dann noch über meine. Das Männchen rückte sein Schleifchen zurecht, das bei der Anstrengung leicht in Unordnung geraten war, und zu meiner Überraschung entgegnete er, sehr ernst nikkend, mit einer Grimasse des Zorns und allen Anzeichen völliger Humorlosigkeit:

»Ein Mann von Stand weist niemals eine Herausforderung zum Kampf zurück. Ort und Stunde bitte, meine Herren.«

Wie von der Vorsehung geschickt, erschien Genaro jun. in unserem Verschlag und vereitelte, was die Formalisierung eines Duells zu werden schien. Er trat in dem Augenblick ein, in dem das halsstarrige Männchen, violett anlaufend, aufs neue versuchte, die Remington in seine Arme zu nehmen.

»Lassen Sie, Pedro, ich helfe Ihnen«, sagte er und entriß ihm die Maschine, als wäre sie eine Streichholzschachtel. Dann begriff er wegen unserer Gesichter, daß er uns eine Erklärung schuldete, und tröstete uns amüsiert: »Es ist niemand gestorben, es gibt auch keinen Grund zur Traurigkeit. Mein Vater wird Ihnen die Maschine sofort ersetzen.«

»Man behandelt uns wie das fünfte Rad am Wagen«, protestierte ich, um die Form zu wahren. »Man hält uns in einem schmutzigen Verschlag, einen Schreibtisch hat man mir schon weggenommen, um ihn dem Buchhalter zu geben, und jetzt meine Remington. Und niemand hält es für nötig, einem etwas zu sagen.«

»Wir dachten, der Herr sei ein Dieb«, unterstützte mich Pascual. »Er kommt hier aufgeblasen herein und beleidigt uns auch noch.«

»Unter Kollegen sollte es keinen Streit geben«, sagte Genaro jun. salomonisch. Er hatte sich die Remington auf die Schulter gehoben, und ich bemerkte, daß das Männchen ihm genau bis

an die Jackenaufschläge reichte. »War mein Vater nicht hier und hat Sie einander vorgestellt? Gut, dann tue ich es jetzt, und alle sind wieder zufrieden.«
Mit einer raschen und automatischen Bewegung streckte das Männchen sofort eines seiner Ärmchen aus, machte ein paar Schritte auf mich zu, reichte mir ein Kinderhändchen und stellte sich mit seiner wunderschönen Tenorstimme und einer neuerlichen höfischen Verbeugung vor:
»Ein Freund, Pedro Camacho, Bolivianer und Künstler.«
Er wiederholte die Geste, die Verbeugung und den Satz bei Pascual, der ganz offensichtlich einen Moment äußerster Verwirrung durchlebte und nicht wußte, ob das Männchen sich über uns lustig machte oder sich immer so verhielt. Pedro Camacho wandte sich, nachdem er uns zeremoniell die Hände geschüttelt hatte, an den Nachrichtendienst im ganzen. In der Mitte unseres Verschlages stehend, im Schatten von Genaro jun., der hinter ihm wie ein Riese wirkte und ihn sehr ernst beobachtete, hob der Kleine die Oberlippe und zerknitterte sein Gesicht in einer Bewegung, die einige gelbe Zähne freilegte, zu einer Karikatur oder dem Schreckbild eines Lächelns. Er ließ sich ein paar Sekunden Zeit, bevor er uns mit klangvollen Worten dankte, die er mit der Handbewegung eines sich verabschiedenden Taschenspielers begleitete:
»Ich bin Ihnen nicht böse; ich bin das Unverständnis der Menschen gewöhnt. Bis auf weiteres, meine Herren!«
Er verschwand durch die Tür unseres Verschlages, und mit ein paar Elfensprüngen folgte er dem fortschrittlichen Unternehmer, der sich, die Remington auf der Schulter, mit großen Schritten zum Fahrstuhl entfernte.

II

Es war einer jener sonnigen Frühlingsmorgen in Lima, an denen die Geranien blühender, die Rosen duftender und die Bougainvilleas kräftiger erwacht waren, als ein berühmter Arzt der Stadt, Doktor Alberto de Quinteros – breite Stirn, Adlernase, durchdringender Blick, von Güte und aufrechter Gesinnung –, die Augen öffnete und sich in seiner geräumigen Villa in San Isidro reckte. Er sah durch die Gardinen die Sonne, die den Rasen des von Krotonhecken umschlossenen Gartens vergoldete, sah die Reinheit des Himmels, die Freude der Blumen und spürte jenes Behagen, das acht Stunden erholsamen Schlafes und ein ruhiges Gewissen bereiten.

Es war Samstag, und wenn nicht im letzten Augenblick noch eine Komplikation bei der Frau mit den Drillingen eintrat, brauchte er nicht in die Klinik zu gehen, konnte am Vormittag etwas Sport treiben und vor der Trauung von Elianita noch in die Sauna gehen. Seine Frau und seine Tochter waren in Europa, wo sie etwas für ihre Bildung taten und ihre Garderobe erneuerten. Sie würden nicht vor Ablauf eines Monats zurück sein. Jeder andere mit seinem Wohlstand und seinem Aussehen – seine schneeweißen Schläfen, sein distinguiertes Auftreten und die Eleganz seines Benehmens weckten sehnsüchtige Blicke selbst bei unkorrumpierbaren Damen –, jeder andere hätte sein augenblickliches Strohwitwerdasein dazu benutzt, sich eine schöne Zeit zu machen. Aber Alberto de Quinteros war ein Mann, den weder das Spiel noch die Schürzen noch der Alkohol mehr als notwendig anzogen, und unter seinen Bekannten – und das waren viele – kursierte folgende Sentenz: »Seine Laster sind die Wissenschaft, seine Familie und der Sport.«

Er bestellte das Frühstück, und während es zubereitet wurde, rief er in der Klinik an. Der diensthabende Arzt berichtete ihm, daß die Frau mit den Drillingen eine ruhige Nacht gehabt habe und daß die Blutungen der Frau, der er die Fasergeschwulst operiert hatte, zurückgegangen seien. Er gab seine Anweisungen und sagte, man könne ihn, wenn etwas Ernstes vorläge, im Sportclub Remigius anrufen oder mittags bei seinem Bruder Roberto, am Abend komme er selbst noch einmal vorbei. Als sein Majordomus ihm den Papayasaft, den schwarzen Kaffee und den Honigtoast brachte, war Alberto de Quinteros rasiert und trug eine graue Cordhose, flache Mokassins und einen grünen Rollkragenpullover. Er frühstückte und überflog dabei flüchtig die morgendlichen Katastrophenmeldungen und den Klatsch in den Zeitungen, nahm seinen Sportkoffer und ging. Im Garten blieb er einen Augenblick stehen und klopfte Puck, dem treuen Terrier, der ihn mit herzlichem Gebell begrüßte, den Rücken.

Der Sportclub Remigius lag nur einige Blocks weiter in der Calle Miguel Dasso, und Dr. Quinteros liebte es, zu Fuß dorthin zu gehen. Er ging langsam, erwiderte die Grüße der Nachbarn, sah in die Gärten der Häuser, die um diese Zeit gegossen und beschnitten waren, und hielt sich wie immer noch einen Augenblick in der Buchhandlung Castro Soto auf, um einige Bestseller auszusuchen. Obwohl es noch früh war, standen gegenüber vom Davory schon die nicht wegzudenkenden jungen Burschen mit den offenen Hemden und den strubbeligen Haaren. Sie saßen auf ihren Motorrädern oder auf den Kotflügeln ihrer Sportwagen, aßen Eis, alberten herum und besprachen die Pläne für den Abend. Sie grüßten ihn respektvoll, doch als er an ihnen vorbeigegangen war, wagte es einer, ihm einen jener Ratschläge nachzurufen, die sein tägliches Brot im Sportclub waren, einen dieser Witze über sein Alter und seinen Beruf, die er mit Geduld und guter Laune ertrug: »Strengen Sie sich nicht zu sehr an, Doktor, denken sie an Ihre Enkel.« Als er das hörte, mußte er daran denken, wie hübsch Elianita aussehen würde in ihrem Brautkleid aus dem Hause Dior in Paris.

An diesem Morgen waren nicht viele Leute im Club. Nur Coco, der Trainer, und zwei fanatische Gewichtheber, der Schwarze Humilla und Perico Sarmiento, drei Muskelberge, die denen von zehn normalgebauten Männern gleichkamen. Sie mußten erst kurz vor ihm gekommen sein, sie waren noch beim Aufwärmen.

»Aber da kommt ja der Klapperstorch.« Coco streckte ihm die Hand hin.

»Immer noch aufrecht, trotz der Jahrhunderte?« grüßte ihn der Schwarze Humilla.

Perico beschränkte sich darauf, mit der Zunge zu schnalzen und zwei Finger zu dem charakteristischen Gruß zu heben, den er aus Texas mitgebracht hatte. Dr. Quinteros mochte diese Formlosigkeit, die Vertraulichkeiten, die sich seine Sportsfreunde mit ihm herausnahmen, als ob die Tatsache, daß man sich nackt sah und gemeinsam schwitzte, sie zu einer Brüderlichkeit vereinte, in der alle Unterschiede des Alters und der gesellschaftlichen Position verschwanden. Er antwortete, er werde ihnen gern zur Verfügung stehen, falls sie ihn brauchen sollten; bei Schwindelanfällen und der ersten Übelkeit sollten sie zu ihm in die Praxis kommen, wo er mit einem Gummihandschuh schon bereitstehen werde, um ihnen ins Gemächte zu greifen.

»Zieh dich um und mach ein bißchen warm up«, sagte Coco, der bereits wieder auf der Stelle hüpfte.

»Wenn du einen Infarkt kriegst, stirbst du unter Garantie, mein Alter«, ermunterte ihn Perico und fiel in das Tempo von Coco ein.

»Der Surfer ist drinnen«, hörte er den Schwarzen Humilla noch sagen, als er in den Umkleideraum trat.

Und tatsächlich war da sein Neffe Richard in blauem Trainingsanzug und zog sich die Turnschuhe an. Er tat es lustlos, als wären seine Hände aus Lappen, sein Gesichtsausdruck war sauer und abwesend. Er sah ihn mit blauen, völlig blicklosen Augen und mit so vollkommener Gleichgültigkeit an, daß Dr. Quinteros sich fragte, ob er vielleicht unsichtbar sei.

»Nur Verliebte sind so geistesabwesend.« Er trat auf ihn zu und fuhr ihm durchs Haar. »Komm runter vom Mond, Neffe.«

»Verzeih, Onkel.« Richard erwachte und wurde plötzlich rot, als hätte man ihn bei etwas Unanständigem überrascht. »Ich habe nachgedacht.«

»Ich wüßte gern, über welche Schandtat«, lachte Dr. Quinteros, während er seinen Koffer öffnete, einen Schrank wählte und sich auszog. »Bei dir zu Haus muß es jetzt drunter und drüber gehen. Ist Elianita sehr aufgeregt?«

Richard sah ihn mit einem plötzlichen Anflug von Haß an, und der Arzt fragte sich, was ist nur in den Jungen gefahren. Aber sein Neffe brachte mit einer gewaltigen Anstrengung, sich natürlich zu geben, eine Art Lächeln hervor:

»Ja, drunter und drüber. Darum bin ich hergekommen, muß ein bißchen Fett verbrennen, bis es soweit ist.«

Der Arzt dachte, er würde hinzufügen: »... aufs Schafott zu steigen«. Seine Stimme war rauh vor Traurigkeit, ebenso sein Gesichtsausdruck; die Ungeschicklichkeit, mit der er seine Schuhe zuband, und die brüsken Bewegungen seines Körpers zeigten Unbehagen, Beklommenheit und Unruhe. Er konnte die Augen nicht ruhig halten. Er öffnete sie, schloß sie, sah fest auf einen Punkt, wandte den Blick ab, sah wieder hin und wandte ihn wieder ab, so als suche er etwas, das er unmöglich finden könne. Er war ein von der Natur herrlich ausgestatteter Bursche, ein junger von Wind und Wetter brünierter Gott – er surfte selbst in den feuchten Wintermonaten, war ein ausgezeichneter Basketball- und Tennisspieler, ein Schwimmer und Fußballspieler, dem der Sport einen Körper geformt hatte, den der Schwarze Humilla einen »Homotraum« nannte: kein Gramm Fett, ein breiter Rücken, der in einer glatten muskulösen Linie bis zu einer Wespentaille hinunterlief, lange, feste, flinke Beine, die den besten Boxer vor Neid erblassen ließen. Alberto de Quinteros hatte oft gehört, wie seine Tochter und ihre Freundinnen Richard mit Charlton Heston verglichen und meinten, er sei sogar noch toller und stelle Heston glatt in den Schatten. Richard studierte im ersten Jahr Architektur, und Roberto und Margarita, seine Eltern, sagten, er sei immer ein Musterknabe gewesen, fleißig, gehorsam, freundlich zu ihnen und zu seiner Schwester, gesund, sympathisch. Elianita und er waren ihm Lieblingsnichte und Lieblingsneffe, und darum tat es Dr. Quinteros leid, ihn so verwirrt zu sehen. Während er sich die Bandagen anlegte, den Trainingsanzug und die Turnschuhe anzog, wartete Richard neben den Duschen auf ihn und trommelte dabei auf die Kacheln.

»Irgendein Problem, Junge?« fragte er ihn ganz obenhin mit gütigem Lächeln, »irgend etwas, wobei dein Onkel dir helfen kann?«

»Nichts, wo denkst du hin«, antwortete Richard hastig und erglühte wieder wie ein Streichholz. »Mir geht es gut, ich freu mich richtig aufs Aufwärmen.«

»Hat man deiner Schwester mein Geschenk gebracht?« erinnerte sich plötzlich der Arzt. »Die Firma Murgía hatte mir versprochen, es schon gestern zu bringen.«

»Ein Wahnsinnsarmband.« Richard sprang jetzt über die weißen Fliesen des Umkleideraums. »Der Kleinen hat es sehr gefallen.«

»Deine Tante kümmert sich sonst um solche Dinge, aber die zieht ja noch durch Europa, und ich mußte es selbst aussuchen. Elianita wird im Brautkleid wunderschön aussehen«, fügte Dr. Quinteros mit einer zärtlichen Geste hinzu.

Die Tochter seines Bruder war als Frau, was Richard als Mann war, eine jener Schönheiten, die die Spezies veredeln und die Metaphern von den Mädchen mit den Perlzähnen, den Sternaugen, den Weizenhaaren und der Pfirsichhaut recht dürftig klingen lassen. Klein, dunkelhaarig, von sehr weißer Hautfarbe, reizend sogar in der Art, wie sie atmete, hatte sie ein Gesichtchen von so klassischen Linien, Züge, die von einem Miniaturmaler des Orients gezeichnet schienen. Sie war ein Jahr jünger als Richard und hatte gerade die Schule beendet. Ihr einziger Fehler war ihre Schüchternheit, die so übertrieben war, daß man sie zur großen Enttäuschung der Veranstalter nicht dazu hatte bewegen können, an der Wahl zur Miss Peru teilzunehmen, und niemand, auch nicht Dr. Quinteros, konnte begreifen, warum sie so früh heiratete und vor allem, warum gerade diesen jungen Mann. Obwohl der Rothaarige Antúnez einige Vorzüge hatte – er war ein guter Kerl, hatte das Examen für Business Administration der Universität von Chicago, erbte eine Düngemittelfirma und hatte einige Radrennpokale gewonnen –, war er doch unter den zahlreichen Burschen von Miraflores und San Isidro, die um Elianita geworben hatten und sogar ein Verbrechen begangen hätten, nur um sie heiraten zu können, zweifellos der farbloseste und (Dr. Quinteros schämte sich, daß er sich solch ein Urteil über denjenigen erlaubte, der in wenigen Stunden sein Neffe würde) der langweiligste und dümmste.

»Du ziehst dich langsamer an als meine Mutter, Onkel«, schimpfte Richard, während er herumsprang.

Als sie in die Turnhalle kamen, war Coco, dem Pädagogik mehr eine Berufung als ein Beruf war, gerade dabei, den Schwarzen Humilla über ein Axiom seiner Philosophie aufzuklären. Dabei deutete er auf seinen Leib:

»Wenn du ißt, wenn du arbeitest, wenn du im Kino sitzt, wenn du dein Mädchen schiebst, wenn du rauchst, in jeder Lebenslage und, wenn du kannst, sogar im Sarg: zieh den Bauch ein!«

Dann befahl er: »Zehn Minuten warm up, um das Skelett zu ermuntern, Methusalem.«
Während er neben Richard seilsprang und spürte, wie eine wohlige Wärme sich in seinem Körper ausbreitete, dachte Dr. Quinteros, daß es doch eigentlich gar nicht so schlimm sei, fünfzig Jahre alt zu sein, wenn man sich so gut fühlte wie er. Wer unter seinen gleichaltrigen Freunden konnte einen so flachen Bauch, so wache Muskeln aufweisen? Ohne zu übertreiben, sein Bruder Roberto sah mit seiner rundlichen und aufgeschwemmten Figur und der frühzeitigen Krümmung des Rückens zehn Jahre älter aus, obwohl er drei Jahre jünger war als er. Armer Roberto, er mußte sehr traurig sein über die Hochzeit von Elianita, seinem Augapfel. Denn irgendwie verlor er sie ja. Auch seine eigene Tochter Charo würde irgendwann einmal heiraten – ihr Liebster, Tato Soldevilla, machte demnächst seine Examina als Ingenieur –, und auch ihm würde es dann leid tun, und er würde sich älter fühlen. Dr. Quinteros sprang mit dem Seil, ohne sich zu verheddern oder aus dem Rhythmus zu kommen, mit der Leichtigkeit, die das regelmäßige Training bringt, wiederholt den Fuß wechselnd und die Arme kreuzend wie ein vollendeter Turner. Im Spiegel sah er, daß sein Neffe zu schnell sprang, sich versprang, stolperte. Er hatte die Zähne fest zusammengebissen, Schweiß glänzte auf seiner Stirn, und er hielt die Augen geschlossen, um sich besser konzentrieren zu können. Irgendeine Frauengeschichte vielleicht?
»Genug mit dem Seilchen, ihr Schlappschwänze!« Obwohl er mit Perico und dem Schwarzen Humilla Gewichte hob, verlor Coco sie nicht aus den Augen und nahm ihre Zeit. »Drei Serien sit up. Tempo, Tempo, ihr Fossilien.«
Die Bauchmuskelübungen waren die Kraftprobe für Dr. Quinteros. Er absolvierte sie mit großer Geschwindigkeit, die Hände im Nacken verschränkt, das Brett in der zweiten Position, den Rücken unmittelbar über dem Boden haltend und die Knie beinahe mit der Stirn berührend. Zwischen jeder Serie von dreißig Beugen machte er eine Minute Pause und blieb tiefatmend auf dem Boden liegen. Nach der neunzigsten Beuge setzte er sich und stellte zufrieden fest, daß er Richard überholt hatte. Jetzt schwitzte auch er von Kopf bis Fuß und fühlte den beschleunigten Pulsschlag.

»Ich verstehe nicht, warum Elianita den Rothaarigen Antúnez heiratet«, hörte er sich plötzlich sagen. »Was findet sie an dem?«

Das war ein Patzer, und er bereute ihn sofort, aber Richard schien sich nicht zu wundern. Keuchend – er hatte seine Bauchmuskelübungen gerade beendet – antwortete er mit einem Scherz: »Man sagt doch, Liebe macht blind, Onkel.«

»Ein feiner Kerl, und sicher wird sie sehr glücklich mit ihm«, brachte Dr. Quinteros die Sache etwas abrupt wieder in Ordnung. »Ich wollte sagen, daß unter den Verehrern deiner Schwester die besten Partien von Lima waren. Sieh mal, die wirft sie alle weg, um den Rothaarigen Antúnez zu nehmen, der sicher ein guter Junge ist, aber so, nun ja ...«

»So beschränkt, willst du sagen?« half ihm Richard.

»Nun ja, ich hätte es nicht so grob ausgedrückt.« Dr. Quinteros sog die Luft ein und stieß sie wieder aus, streckte die Arme und verschränkte sie. »Aber er sieht wirklich aus, als wäre er aus dem Nest gefallen. Neben jeder anderen könnte er sich sehen lassen, aber neben Elianita, die so hübsch, so lebendig ist, sieht er recht traurig aus.« Er fühlte sich unbehaglich über seine eigene Offenheit. »Du nimmst mir das nicht übel, Junge.«

»Keine Sorge, Onkel.« Richard lächelte ihm zu. »Der Rothaarige Antúnez ist ein netter Kerl, und wenn die Kleine ihn nimmt, wird sie wissen, warum.«

»Dreimal dreißig side bends, ihr Invaliden!« grunzte Coco mit achtzig Kilo über dem Kopf, aufgebläht wie ein Frosch. »Bauch eingezogen, nicht rausgestreckt!«

Dr. Quinteros dachte, Richard würde sein Problem beim Turnen vergessen, sah aber, daß er die Seitenbeugen mit neu aufwallender Wut ausführte. Sein Gesicht verzerrte sich wieder zu einem Ausdruck von Bitterkeit und schlechter Laune. Es fiel dem Arzt ein, daß es in der Familie Quinteros viele Neurotiker gegeben hatte, vielleicht hatte Robertos ältester Sohn das Los gezogen, diese Tradition in der neuen Generation aufrechtzuerhalten. Dann wurde er von dem Gedanken abgelenkt, nach dem Sport doch noch kurz in der Klinik vorbeizugehen. Es war bestimmt klüger, noch einmal nach der Frau mit den Drillingen zu sehen und nach der mit der Fasergeschwulst. Dann dachte er gar nichts mehr, die physische Anstrengung nahm ihn ganz in

Anspruch, und während er die Beine hob und senkte (leg rises, fünfzigmal!), den Rumpf beugte (trunk twist mit Stange, drei Serien, bis ihr die Lungen auskotzt!), den Rücken, den Rumpf, die Oberarme, den Hals arbeiten ließ, immer den Befehlen von Coco folgend (Kraft, ihr Urgroßväter! Schneller, ihr Kadaver!), war er nur noch eine Lunge, die Luft aufnahm und austieß, eine Haut, die Schweiß ausspuckte, und Muskeln, die sich anstrengten, ermüdeten und litten. Als Coco schrie: »Dreimal fünfzehn pull overs mit Manschette!«, hatte er seine Grenzen erreicht. Er versuchte zwar aus Eigenliebe, wenigstens eine Serie mit zwölf Kilo zu machen, konnte es aber nicht. Er war zu erschöpft. Das Gewicht rutschte ihm beim dritten Versuch aus der Hand, er mußte den Spott der Gewichtheber über sich ergehen lassen (Mumien gehören ins Grab und Klapperstörche in den Zoologischen Garten! Ruft den Bestattungsunternehmer! Requiescat in pace, Amen!). Und mit stummem Neid mußte er zusehen, wie Richard – immer eilig, immer zornig – seine Übung ohne Schwierigkeiten zu Ende brachte. Disziplin, Ausdauer, ausgewogene Diät und geregelte Lebensweise genügten eben doch nicht, dachte Dr. Quinteros. Das kompensiert die Unterschiede nur bis zu einem gewissen Grad. Wenn der überschritten war, setzte das Alter unüberbrückbare Entfernungen, unüberwindliche Schranken. Später, nackt in der Sauna, blind vom Schweiß, der ihm aus den Augenbrauen rann, wiederholte er voller Melancholie einen Satz, den er in einem Buch gelesen hatte: Jugend – die Erinnerung an sie bringt uns Verzweiflung! Als er aus der Sauna kam, sah er, daß Richard sich zu den Gewichthebern gesellt hatte und mit ihnen abwechselte. Coco deutete mit einer amüsierten Geste auf ihn:

»Der gute Junge hat beschlossen, sich umzubringen, Doktor.«

Richard lächelte nicht einmal. Er hatte die Gewichte gehoben, und sein Gesicht, feucht, rot, die Venen hervortretend, zeigte eine Erbitterung, die sich jeden Augenblick gegen sie entladen konnte. Dem Arzt fuhr der Gedanke durch den Kopf, daß sein Neffe ihnen allen mit den Gewichten, die er in den Händen hielt, plötzlich die Köpfe zerschmettern könnte. Er winkte »auf Wiedersehen« und murmelte: »Wir sehen uns in der Kirche, Richard.«

Als er zu Hause war, beruhigte ihn die Nachricht, daß die Frau mit den Drillingen mit ihren Freundinnen im Krankenzimmer Bridge spielen wollte und die an der Fasergeschwulst Operierte gefragt habe, ob sie heute Wantanes in Tamarindensauce essen dürfe. Er erlaubte Bridge und Wantanes und zog sich in aller Ruhe das weißseidene Hemd, den dunkelblauen Anzug und eine silbergraue Krawatte an, die er mit einer Perle befestigte. Er parfümierte sich das Taschentuch, als ein Brief von seiner Frau ankam, auf den Charito noch ein P. S. geschrieben hatte. Er war in Venedig abgeschickt worden, der vierten Stadt ihrer Tour, und sie schrieben ihm: »Wenn Du diesen Brief erhältst, haben wir mindestens noch sieben weitere wunderschöne Städte gesehen.« Sie waren glücklich und Charito begeistert von den Italienern, »alles Filmstars, Papi, Du kannst Dir nicht vorstellen, wie galant sie sind. Aber erzähl es Tato nicht. Tausend Küsse, Ciao.«
Er ging zu Fuß zur Kirche Santa Maria im Óvalo Gutiérrez. Es war noch früh, und die Gäste kamen nach und nach. Er setzte sich in eine der vorderen Reihen und betrachtete den mit Lilien und weißen Rosen geschmückten Altar und die Glasfenster, die aussahen wie Bischofsmitren. Und wieder einmal stellte er fest, daß ihm diese Kirche mit ihrer Mischung aus Stuck und Mauerwerk und ihren prätentiösen länglichen Bögen überhaupt nicht gefiel. Hin und wieder grüßte er mit einem Lächeln einen Bekannten. Natürlich, wie sollte es anders sein, erschien alle Welt in der Kirche: entfernte Verwandte, Freunde, die nach Jahrhunderten wieder auftauchten, und selbstverständlich das Allerfeinste dieser Stadt, Bankiers, Botschafter, Industrielle, Politiker. Dieser Roberto und diese Margarita, immer so leichtfertig, dachte Dr. Quinteros ohne Bitterkeit, eher mit Wohlwollen angesichts der Schwächen seines Bruders und seiner Schwägerin. Bestimmt würden sie beim Mittagessen mit vollen Händen das Geld aus dem Fenster werfen. Als der Hochzeitsmarsch begann und er die Braut kommen sah, war er gerührt. Sie war wirklich wunderschön in ihrem duftigen weißen Kleid und mit ihrem Gesichtchen hinter dem Schleier. Sie hatte etwas außerordentlich Graziles, Leichtes, Vergeistigtes, als sie an Robertos Arm mit gesenkten Augen auf den Altar zuschritt, während Roberto, korpulent und würdig, seine Rührung hinter der Pose

des Weltmannes verbarg. Der Rothaarige Antúnez sah in seinem Frack und mit dem vor Glückseligkeit strahlenden Gesicht weniger häßlich aus. Selbst seine Mutter – eine unansehnliche Engländerin, die, obwohl sie ein Vierteljahrhundert in Peru lebte, noch immer die Präpositionen verwechselte – sah in ihrem langen, dunklen Kleid und ihrer abgestuften Frisur wie eine attraktive Dame aus. Es stimmte also doch, dachte Dr. Quinteros, wer immer strebend sich bemüht ... Der Rothaarige Antúnez hatte sich um Elianita seit ihrer Kindheit bemüht, hatte sie mit seinen Aufmerksamkeiten belagert, die sie stets mit hoheitsvoller Verachtung entgegengenommen hatte. Aber er hatte alle Bosheiten und Ungezogenheiten Elianitas ertragen und auch die schlimmsten Späße, mit denen die Jungen der Nachbarschaft seine Ergebenheit kommentierten. Ein hartnäckiger Bursche, dachte Dr. Quinteros, er hat erreicht, was er wollte. Da stand er nun, blaß vor Erregung, und ließ den Reif auf den Ringfinger des schönsten Mädchens von Lima gleiten. Die Zeremonie war zu Ende, und Dr. Quinteros schritt inmitten einer lärmenden Menge zu den Nebenräumen der Kirche, grüßte mit dem Kopf nach rechts und links, als er Richard neben einer Säule stehen sah, als wollte er sich angewidert von den Menschen absondern.

Während er wartete, um das Brautpaar zu begrüßen, mußte Dr. Quinteros ein Dutzend Witze über die Regierung anhören, die die Brüder Febre erzählten, Zwillinge, die sich so sehr glichen, daß es hieß, selbst ihre eigenen Frauen könnten sie nicht voneinander unterscheiden. Die Menge war so groß, daß der Salon zu bersten drohte. Viele Menschen waren in den Gärten geblieben und warteten, bis sie eintreten könnten. Ein Schwarm von Kellnern lief herum und bot Champagner an. Man hörte Gelächter, Scherze, Hochrufe, und alle meinten, die Braut sei wunderschön. Als Dr. Quinteros endlich zu ihr vordrang, war Elianita trotz der Hitze und des Gedränges noch wohlbehalten und frisch. »Tausend Jahre Glück, meine Kleine«, sagte er und umarmte sie, und sie flüsterte ihm ins Ohr: »Charito hat mich heute morgen aus Rom angerufen, um mir Glück zu wünschen. Ich habe auch mit Tante Mercedes gesprochen. Wie lieb von ihnen, mich anzurufen.« Der Rothaarige Antúnez, schwitzend und rotangelaufen wie ein Krebs, sprühte vor Glück: »Soll ich

jetzt Onkel zu Ihnen sagen, Don Alberto?« »Natürlich, mein Neffe«, Dr. Quinteros klopfte ihm auf die Schulter, »und du mußt mich duzen.«
Halb erstickt verließ er den Hochzeitssalon, und unter den Blitzlichtern der Photographen, unter Grüßen und Gedränge erreichte er den Garten. Dort war die Menschenansammlung nicht ganz so groß, und er konnte wieder frei atmen. Er trank ein Glas Champagner und sah sich von einer Runde befreundeter Ärzte umgeben, die ihn mit nicht enden wollenden Späßen über die Reise seiner Frau aufzogen. Mercedes werde nicht zurückkommen, sie werde mit irgendeinem Franzmann auf und davon gehen, auf seiner Stirn begännen schon die Hörnchen zu sprießen. Während er mit ihnen lachte, dachte Dr. Quinteros, daß er wohl heute an der Reihe sei, veräppelt zu werden – dabei dachte er an den Sportclub. Hin und wieder sah er über ein Meer von Köpfen hinweg am anderen Ende des Salons inmitten lachender junger Leute Richard. Ernst und mit gerunzelter Stirn trank er den Champagner, als wäre er Wasser. Vielleicht schmerzt es ihn, daß Elianita den Antúnez geheiratet hat, dachte er; bestimmt hat auch er sich einen brillanteren Mann für seine Schwester gewünscht. Ach nein, wahrscheinlich war es eine dieser vorübergehenden Krisen. Dr. Quinteros erinnerte sich, in Richards Alter auch eine schwere Zeit durchgemacht zu haben, als er zwischen Medizin und Raumfahrttechnik schwankte. (Sein Vater hatte ihn mit einem schwerwiegenden Argument überzeugt: In Peru hatte ein Raumfahrtingenieur keine anderen Aufgaben, als sich mit dem Bau von Drachen oder Modellflugzeugen zu beschäftigen.) Vielleicht war Roberto, stets in seine Geschäfte vertieft, nicht in der Lage, Richard zu beraten. Und Dr. Quinteros nahm sich in einer dieser spontanen Regungen, die ihm allgemeine Zuneigung eingebracht hatten, vor, an einem der nächsten Tage seinen Neffen einzuladen und mit dem gebotenen Zartgefühl den Weg auszukundschaften, auf dem er ihm helfen könnte.
Das Haus von Roberto und Margarita lag in der Avenida Santa Cruz, wenige Blocks von der Kirche Santa Maria entfernt, und nach dem Empfang im Hochzeitssalon der Kirche wanderten die zum Essen geladenen Gäste unter den Bäumen und der Sonne von San Isidro zu dem für das Fest sorgfältig geschmück-

ten, von Rasen und Blumen und schmiedeeisernen Gittern umgebenen Gebäude aus roten Ziegeln und holzgedeckten Dächern. Schon beim Eintreten wußte Dr. Quinteros, daß die Festlichkeit alle seine Erwartungen übertreffen sollte und er einem Ereignis beiwohnen würde, das die Gesellschaftschronisten als »prachtvoll« beschreiben würden. Überall im Garten hatte man Tische und Sonnenschirme aufgestellt, und ganz hinten, in der Nähe der Hundezwinger, schützte eine gewaltige Markise einen schneeweiß gedeckten Tisch, der sich die ganze Wand entlang erstreckte und mit Platten voller farbenfroher Leckerbissen bedeckt war. Die Bar befand sich neben dem Teich mit den stolzen japanischen Fischen, und man sah so viele Gläser, Flaschen, Cocktailshaker und Krüge mit Erfrischungsgetränken, als gälte es, den Durst eines ganzen Heeres zu stillen. Kellner in weißen Jacken und Mädchen mit Häubchen und Schürze empfingen die Gäste und bedrängten sie schon an der Tür mit Pisco sauer, Johannisbeerschnaps, Wodka mit Maracuya, Whisky, Gin oder Champagner und mit Käsestäbchen, Pfefferchips, speckumwickelten Pflaumen, panierten Krabben, Pastetchen und allen Häppchen, die Limas Phantasie hervorgebracht hat, um den Appetit anzuregen. Drinnen erhöhten gewaltige Körbe und Sträuße von Rosen, Narden, Gladiolen, Lilien und Nelken, die in den Türen oder die Treppe entlang auf Fensterbänken und Möbeln standen, die freudige Stimmung. Das Parkett war gewachst, die Gardinen gewaschen, Porzellan und Silberzeug blitzten, und Dr. Quinteros lächelte, als er sich vorstellte, daß selbst die Schnitzereien der Vitrine poliert worden waren. Im Vestibül gab es noch ein Buffet, und im Eßzimmer waren die Süßspeisen – Marzipan, Eistorte, Zuckerwerk, Mandeleier, Kokosflocken, Nüsse in Sirup – um die eindrucksvolle Hochzeitstorte herum ausgebreitet, eine cremige und stolze Konstruktion aus Tüll und Säulen, die den Damen Jauchzer der Bewunderung entlockte. Was jedoch die weibliche Neugier am meisten anzog, waren die Geschenke in der ersten Etage. Es hatte sich eine so lange Schlange gebildet, um sie zu besichtigen, daß Dr. Quinteros sofort beschloß, sie nicht anzusehen, obwohl er gern gewußt hätte, wie sich sein Armband unter all diesen Dingen ausnahm.

Nachdem er überall ein bißchen herumgeschaut hatte – Hände

geschüttelt, umarmt hatte und sich hatte umarmen lassen –, kehrte er in den Garten zurück und setzte sich unter einen Sonnenschirm, um in Ruhe sein zweites Glas an diesem Tag zu genießen. Alles war hervorragend arrangiert. Roberto und Margarita verstanden es, die Dinge großzügig zu gestalten. Und obwohl ihm die Idee mit der Tanzkapelle nicht besonders vornehm erschien – man hatte die Teppiche, den Tisch und die Anrichte mit dem Elfenbein fortgeräumt, damit die Paare tanzen konnten –, entschuldigte er diesen Mangel an Eleganz als Konzession an die jüngere Generation, denn er wußte, daß für die Jugend ein Fest ohne Tanz kein Fest war. Man begann Truthahn und Wein zu reichen, und jetzt stand Elianita im Eingang auf der zweiten Stufe und warf ihren Brautstrauß unter die vielen Freundinnen aus der Schule und aus der Nachbarschaft, die schon die Hände danach ausstreckten. Dr. Quinteros erkannte in einem Winkel des Gartens die alte Venancia, Elianitas Amme. Die Greisin war tief bewegt und trocknete sich die Augen mit dem Saum ihrer Schürze.
Sein Gaumen konnte die Marke des Weines nicht erkennen, aber er wußte sofort, es war ein ausländischer Wein, vielleicht ein spanischer oder chilenischer, bei den Extravaganzen dieses Tages war es aber auch nicht ausgeschlossen, daß es sich um einen französischen Wein handelte. Der Truthahn war zart und das Püree wie Butter. Es gab einen Salat aus verschiedenen Kohlsorten mit Rosinen, von dem er trotz seiner Prinzipien in Diätfragen noch einmal nehmen mußte. Er genoß ein drittes Glas Wein und begann eine angenehme Müdigkeit zu verspüren, als er Richard auf sich zukommen sah. Er balancierte ein Glas Whisky in der Hand, seine Augen waren glasig, und die Stimme überschlug sich:
»Gibt es was Alberneres als eine Hochzeitsfeier, Onkel?« murmelte er, machte eine abfällige Bewegung zu allem, was sie umgab, und ließ sich neben ihm in einen Stuhl fallen. Seine Krawatte hatte sich gelockert, ein frischer Fleck verunzierte den Aufschlag seines grauen Anzugs, und in seinen Augen hatte sich neben den Spuren des Alkohols eine ozeanische Wut ausgebreitet.
»Nun, zugegeben, ich bin kein begeisterter Partygänger,« sagte Dr. Quinteros wohlwollend. »Aber du, in deinem Alter, das überrascht mich, Junge.«

»Ich hasse sie von ganzer Seele«, flüsterte Richard und sah sich um, als wollte er alle Welt verschwinden lassen. »Ich weiß nicht, warum zum Teufel ich überhaupt hier bin.«
»Stell dir vor, du wärest nicht zu ihrer Hochzeit gekommen, was hätte das für deine Schwester bedeutet!« Dr. Quinteros dachte über die albernen Dinge nach, die der Alkohol uns sagen läßt. Hatte er nicht gesehen, wie Richard sich auf anderen Festen königlich amüsierte? War er nicht ein ausgezeichneter Tänzer? Wie oft stand er an der Spitze der Gruppe junger Leute, die in den Räumen von Charito eine Party improvisierten? Aber er erinnerte ihn nicht daran. Er sah, wie Richard den Whisky hinunterstürzte und den Kellner bat, ihm noch einen zu bringen.
»Auf jeden Fall bereite dich gut vor«, sagte er zu ihm, »wenn du heiratest, werden deine Eltern dir ein noch viel größeres Fest ausrichten als dieses hier.«
Richard hob das neue Glas Whisky an die Lippen, und langsam, die Augen halb geschlossen, trank er einen Schluck. Dann, ohne den Kopf zu heben, flüsterte er mit rauher Stimme:
»Ich werde niemals heiraten, Onkel, das schwöre ich bei Gott.«
Bevor er ihm antworten konnte, trat ein aufgeputztes Mädchen mit hellem Haar, blauem Kleid und entschlossenen Bewegungen zu ihnen, nahm Richard bei der Hand, und ohne ihm Zeit zu lassen, zwang sie ihn aufzustehen:
»Schämst du dich nicht, bei den Alten zu sitzen? Komm und tanz mit uns, du Dummkopf.«
Dr. Quinteros sah sie im Haus verschwinden und fühlte, wie ihm plötzlich der Appetit vergangen war. Das Wörtchen »Alte«, das die jüngste Tochter des Architekten Aramburu mit solcher Natürlichkeit und so reizender Stimme ausgesprochen hatte, klang in ihm nach wie ein bösartiges Echo. Nachdem er den Kaffee getrunken hatte, stand er auf, um sich im Salon umzusehen. Das Fest hatte seinen Höhepunkt erreicht. Der Tanz hatte sich von dem Platz vor dem Kamin, wo die Tanzkapelle aufgestellt war, in die Nebenzimmer ausgebreitet, in denen sich die Paare drehten und mit kehliger Stimme die Cha-cha-chas und Merengues, Cumbias und Valses mitsangen. Unterstützt von der Musik, der Sonne und dem Alkohol, hatte sich

die Welle der Freude von der Jugend zu den Erwachsenen und von den Erwachsenen bis zu den Alten ausgebreitet, und Dr. Quinteros sah überrascht, daß selbst Don Marcelino Huapaya, ein achtzigjähriger Schwager der Familie, mit seiner Schwägerin Margarita im Arm, mühsam sein knirschendes Skelett zum Takt von »Nube gris« schwenkte. Die Atmosphäre aus Rauch, Lärm, Bewegung, Licht und Fröhlichkeit verursachte Dr. Quinteros ein leichtes Schwindelgefühl. Er stützte sich auf das Geländer und schloß einen Augenblick die Augen. Dann beobachtete auch er glücklich lächelnd Elianita, die, noch immer im Brautkleid, jetzt aber ohne Schleier, der Mittelpunkt des Festes war. Sie hielt nicht einen Augenblick inne; nach jedem Tanz umringten sie zwanzig Burschen und baten sie um den nächsten, und sie nahm, mit leicht geröteten Wangen und leuchtenden Augen, jedesmal einen anderen und kehrte auf die Tanzfläche zurück. Sein Bruder Roberto stand plötzlich neben ihm. Statt des Fracks trug er jetzt einen leichten braunen Anzug und schwitzte, denn er hatte gerade getanzt.

»Ich kann es nicht glauben, daß sie geheiratet hat, Alberto«, sagte er und deutete auf Elianita.

»Sie ist wunderschön«, lächelte Dr. Quinteros. »Du hast das Geld mit vollen Händen aus dem Fenster geworfen, Roberto.«

»Für meine Tochter ist das Beste gerade gut genug«, sagte sein Bruder mit einem leicht traurigen Unterton in der Stimme.

»Wo werden sie ihre Flitterwochen verbringen?« fragte der Arzt.

»In Brasilien und in Europa. Das ist das Hochzeitsgeschenk der Eltern des Rothaarigen.« Er deutete amüsiert zur Bar hin. »Sie sollen morgen früh abreisen, aber wenn er so weitermacht, wird mein Herr Schwiegersohn nicht dazu in der Lage sein.«

Eine Gruppe junger Leute umringte den Rothaarigen Antúnez; abwechselnd tranken sie ihm zu. Der Bräutigam, noch röter als sonst, lachte beunruhigt und versuchte, sie zu betrügen, indem er das Glas immer nur an die Lippen setzte, aber seine Freunde zwangen ihn unter lautem Protest, es ganz auszutrinken. Dr. Quinteros suchte Richard mit den Augen, sah ihn aber weder an der Bar noch unter den Tanzenden und auch nicht in dem Teil des Gartens, den er durch das Fenster übersehen konnte.

In diesem Augenblick geschah es. Der Vals »Idolo« war gerade zu Ende, die Paare blieben stehen, um zu applaudieren, die Musiker nahmen die Hände von den Gitarren, und der Rothaarige stellte sich dem zwanzigsten Zutrunk, als die Braut die rechte Hand an die Augen hob, als wolle sie eine Fliege verscheuchen, taumelte und zu Boden stürzte, bevor ihr Partner sie auffangen konnte. Ihr Vater und Dr. Quinteros rührten sich nicht, vielleicht glaubten sie, sie wäre ausgerutscht und würde im nächsten Augenblick lachend wieder aufstehen. Aber der Tumult, der im Salon entstand – Ausrufe, Gedränge, Schreie der Mutter: »Mein Töchterchen, Eliana, Elianita!« –, ließ auch sie hinzueilen, um ihr zu helfen. Der Rothaarige Antúnez hob sie auf seine Arme und trug sie, von einer Gruppe begleitet, hinter Frau Margarita die Treppe hinauf. »Hier, in ihr Zimmer, langsam, vorsichtig«, bat Frau Margarita, »ein Arzt, ruft doch einen Arzt.« Einige Familienmitglieder – Onkel Fernando, Cousine Chabuca, Don Marcelino – beruhigten die Freunde und befahlen der Kapelle weiterzuspielen. Dr. Quinteros sah, daß sein Bruder Roberto ihm vom oberen Ende der Treppe winkte. Zu dumm, war er nicht Arzt? Worauf wartete er noch? Er sprang zwischen den Menschen, die ihm Platz machten, die Stufen hinauf.

Man hatte Elianita in ihr Schlafzimmer getragen, einen in Rosa gehaltenen Raum zum Garten. Um das Bett herum, auf dem das Mädchen lag und blinzelte, sie war inzwischen wieder bei Bewußtsein, aber immer noch sehr blaß, standen Roberto, der Rothaarige Antúnez und die Amme Venancia. Die Mutter saß an ihrer Seite und rieb ihr die Stirn mit einem in Alkohol getränkten Taschentuch. Der Rothaarige hatte ihre Hand ergriffen und sah sie mit einer Mischung aus Angst und Entzücken an.

»Ihr geht jetzt erst einmal alle hinaus und laßt mich mit der Braut allein«, ordnete Dr. Quinteros an und übernahm seine Rolle. Während er sie zur Tür begleitete, sagte er:

»Regt euch nicht auf, es kann gar nichts Schlimmes sein. Geht bitte hinaus, damit ich sie untersuchen kann.«

Nur die alte Venancia weigerte sich, Margarita mußte sie beinahe hinauszerren. Dr. Quinteros trat wieder an das Bett und setzte sich neben Elianita, die ihn durch ihre langen, schwarzen

Wimpern verstört und ängstlich ansah. Er küßte sie auf die Stirn, und während er ihre Temperatur maß, lächelte er ihr zu: es passiere nichts, es gebe keinen Grund, sich zu fürchten. Ihr Puls war etwas beschleunigt, und sie atmete wie erstickt. Der Arzt bemerkte, daß ihre Brust sehr eingeschnürt war, und half ihr, sich aufzuknöpfen.

»Du mußt dich sowieso umziehen, auf diese Weise sparst du Zeit, meine Kleine.«

Als er das stark geschnürte Korsett sah, begriff er sofort, was los war, machte aber nicht die leiseste Andeutung, stellte keine Fragen, die seiner Nichte zeigen könnten, daß er Bescheid wußte. Während sie sich das Kleid auszog, war Elianita feuerrot geworden, und jetzt war sie so verlegen, daß sie den Blick nicht heben oder die Lippen bewegen konnte. Dr. Quinteros sagte, sie brauche die Unterwäsche nicht auszuziehen, nur das Korsett, das die Atmung behindere. Dabei versicherte er ihr, es sei das Natürlichste der Welt, daß eine Braut am Hochzeitstag vor Erregung über die Ereignisse, aus Erschöpfung nach all den vorangegangenen Aufregungen und vor allem, wenn sie stundenlang ohne auszuruhen so verrückt herumtanzt, ohnmächtig werde. Mit gespielter Zerstreutheit untersuchte er ihre Brüste und ihren Leib – von der starken Umarmung des Korsetts befreit, war er geradezu vorgesprungen – und schloß mit der Sicherheit des Spezialisten, durch dessen Hände Tausende schwangerer Frauen gegangen waren, daß sie bereits im vierten Monat war. Er untersuchte ihre Pupillen, stellte einige dumme Fragen, um sie abzulenken, und riet ihr, ein paar Minuten auszuruhen, bevor sie in den Salon zurückkehre. Sie solle aber nicht mehr soviel tanzen.

»Siehst du, es war nur Erschöpfung, mein Nichtchen. Ich gebe dir aber etwas, was die starken Eindrücke dieses Tages ein bißchen mildert.«

Er strich ihr übers Haar, und um ihr Zeit zu geben, sich zu beruhigen, bevor ihre Eltern wieder hereinkamen, befragte er sie über die Hochzeitsreise. Sie antwortete mit trauriger Stimme. Solch eine Reise sei doch das Schönste, was einem Menschen vergönnt sei, er seinerseits habe bei all seiner Arbeit niemals die Zeit, eine so umfassende Tour zu machen. Es sei auch schon wieder drei Jahre her, daß er in seiner Lieblingsstadt

London gewesen sei. Während er plauderte, sah er, wie Elianita heimlich das Korsett versteckte, sich einen Morgenrock überzog, ein Kleid, eine Bluse mit besticktem Kragen und Manschetten und ein Paar Schuhe bereitlegte, wieder ins Bett stieg und sich mit der Überdecke zudeckte. Er fragte sich, ob es nicht besser wäre, offen mit seiner Nichte zu sprechen und ihr einige Ratschläge für die Reise zu geben, doch nein, der Ärmsten wäre das sicher sehr peinlich gewesen. Außerdem hatte sie bestimmt heimlich einen Arzt aufgesucht und war bestens informiert. Es war jedoch gewagt, ein so eng geschnürtes Korsett zu tragen; es hätte eine böse Überraschung geben können, und wenn sie es weiter trug, konnte das Kind Schaden nehmen. Es rührte ihn, daß Elianita schwanger war, seine kleine Nichte, an die er nur denken konnte wie an ein keusches Kind. Er ging zur Tür, öffnete sie und beruhigte die Familie mit lauter Stimme, damit ihn auch die Braut hören konnte:

»Sie ist gesünder als ihr und ich, aber todmüde. Holt ihr dieses Beruhigungsmittel und laßt sie ein wenig ausruhen.«

Venancia war ins Schlafzimmer gestürzt, und Dr. Quinteros sah über seine Schulter hinweg, wie die Alte Elianita streichelte.

Auch die Eltern kamen herein, und der Rothaarige Antúnez wollte ebenfalls hineingehen, doch Dr. Quinteros nahm ihn diskret am Arm und zog ihn ins Badezimmer. Er schloß die Tür.

»Das war sehr unklug, in ihrem Zustand den ganzen Nachmittag so wild zu tanzen, Rotfuchs«, sagte er im natürlichsten Ton der Welt, während er sich die Hände einseifte. »Sie hätte eine Fehlgeburt haben können. Rate ihr, kein Korsett zu tragen und vor allem nicht so geschnürt. Wie weit ist sie? Dritter oder vierter Monat?«

In diesem Augenblick schoß ihm schnell und tödlich wie ein Kobrabiß ein Verdacht durch den Kopf. Erschrocken spürte er, wie sich das Schweigen im Badezimmer mit elektrischer Spannung auflud, und sah in den Spiegel. Der Rothaarige hatte die Augen ungläubig aufgerissen, den Mund zu einer Grimasse verzerrt, die seinem Gesicht einen absurden Ausdruck gab, und war totenblaß geworden.

»Dritter, vierter Monat?« hörte er ihn stammeln. »Eine Fehlgeburt?«

Dr. Quinteros fühlte wie der Boden unter ihm wankte. Wie dämlich, wie unglaublich dämlich du bist, dachte er. Und nun erinnerte er sich mit grausamer Präzision, daß die Brautzeit und die Hochzeitsvorbereitungen Elianitas eine Geschichte von wenigen Wochen gewesen waren. Er hatte sich von Antúnez abgewandt, trocknete sich die Hände etwas zu langsam und suchte in seinem Gehirn verzweifelt nach irgendeiner Lüge, irgendeiner Täuschung, die diesen Jungen wieder aus der Hölle herausholen könnte, in die er ihn gerade gestoßen hatte. Es kam ihm nur etwas in den Sinn, das er ebenfalls recht dämlich fand:

»Elianita soll nicht wissen, daß ich es gemerkt habe. Ich habe sie in dem Glauben gelassen, ich wüßte nichts. Und vor allen Dingen, reg dich nicht auf, es geht ihr gut.«

Rasch ging er hinaus und sah ihn im Vorbeigehen aus den Augenwinkeln an. Der Rothaarige stand noch auf der gleichen Stelle, die Augen ins Leere gerichtet, jetzt auch der Mund geöffnet und das Gesicht in Schweiß gebadet. Er hörte, wie er das Badezimmer abschloß, und dachte, jetzt wird er weinen, mit dem Kopf gegen die Wand rennen und sich die Haare raufen. Er wird fluchen und mich mehr hassen als sie und alle anderen. Mit dem erdrückenden Gefühl von Schuld und voller Zweifel ging er langsam die Treppe hinunter. Automatisch wiederholte er den Gästen, Elianita fehle nichts, sie komme gleich wieder herunter. Er ging in den Garten hinaus, und die frische Luft tat ihm gut. Dann ging er zur Bar, trank ein Glas Whisky pur und beschloß, nach Hause zu gehen, ohne die Entwicklung des Dramas abzuwarten, das er naiv und in der besten Absicht provoziert hatte. Er wollte sich in seinem Arbeitszimmer einschließen, in seinen schwarzen Ledersessel setzen und sich in Mozarts Musik versenken.

Vor der Tür stieß er auf Richard, der in einem jämmerlichen Zustand im Gras saß. Er hatte wie ein Buddha die Beine gekreuzt und den Rücken gegen das Gitter gelehnt. Sein Anzug war zerknautscht und voller Staub, Flecken und Gras. Aber es war sein Gesicht, das den Arzt von Elianita und dem Rothaarigen ablenkte und ihn stehenbleiben ließ. In Richards blutunterlaufenen Augen hatten Alkohol und Wut in gleichem Maße zugenommen. Zwei Speichelfäden hingen ihm von den Lippen, und sein Gesichtsausdruck war bemitleidenswert und grotesk.

»Das ist doch nicht möglich, Richard«, murmelte Dr. Quinteros, beugte sich zu ihm hinunter und versuchte, seinen Neffen aufzurichten. »Die Eltern dürfen dich so nicht sehen. Komm, wir gehen zur mir nach Hause, bis es dir besser geht. Ich hätte nie gedacht, ich würde dich einmal in solchem Zustand sehen, Junge.«

Richard sah ihn an, ohne ihn zu sehen. Sein Kopf hing herunter, und obwohl er gehorsam versuchte, sich aufzurichten, versagten ihm die Beine den Dienst. Der Arzt mußte ihn an beiden Armen packen und beinahe tragen. Beim Gehen hielt er ihn an den Schultern. Richard taumelte wie eine Stoffpuppe und drohte jeden Augenblick der Länge nach hinzuschlagen. »Vielleicht finden wir ein Taxi«, murmelte der Arzt, blieb am Bordstein der Avenida Santa Cruz stehen und hielt Richard mit einem Arm fest. »Wenn wir gehen, kommst du nicht bis zur nächsten Ecke.« Einige Taxis kamen vorbei, aber sie waren besetzt. Der Arzt hielt die Hand erhoben. Das Warten und die Erinnerung an Elianita und Antúnez und die Besorgnis über den Zustand seines Neffen fingen an, ihn nervös zu machen, ihn, der noch nie die Ruhe verloren hatte. In diesem Augenblick verstand er aus dem unzusammenhängenden und sehr leisen Gemurmel, das aus Richards Mund drang, das Wort Revolver. Er mußte lächeln, und gute Miene zum bösen Spiel machend, meinte er wie zu sich selbst, ohne zu erwarten, daß Richard ihm zuhöre oder gar antworte:

»Wozu brauchst du einen Revolver?«

Richards Antwort kam langsam, heiser, aber sehr deutlich. Dabei starrte er mit irrem, mörderischem Blick ins Leere:

»Den Rothaarigen Antúnez erschießen.« Er hatte jede Silbe mit eisigem Haß ausgesprochen, machte eine Pause und fügte mit plötzlich gebrochener Stimme hinzu: »Oder mich selbst.«

Die Zunge gehorchte ihm nicht mehr, und Alberto de Quinteros verstand nicht mehr, was er sagte. In diesem Augenblick hielt ein Taxi. Der Arzt schob Richard in den Wagen, nannte dem Fahrer die Adresse und stieg selbst ein. Als der Wagen anfuhr, fing Richard an zu weinen. Er wandte sich ihm zu, und der Junge ließ sich gegen ihn sinken, legte ihm den Kopf auf die

Brust und schluchzte. Sein ganzer Körper wurde von nervösem Zittern erfaßt. Der Arzt streichelte ihm über die Schulter, strich ihm mit der Hand über das Haar, wie er es kurz vorher bei seiner Schwester getan hatte, und mit einer Geste, die sagen wollte, »der Junge hat zuviel getrunken«, beruhigte er den Fahrer, der ihn durch den Rückspiegel beobachtete. Er ließ Richard in seinem Arm weinen und seinen blauen Anzug und die silbergraue Krawatte mit Tränen und Speichel beschmutzen. Er zuckte nicht einmal mit der Wimper, auch klopfte sein Herz nicht heftiger, als er in dem unverständlichen Selbstgespräch seines Neffen zwei- oder dreimal wiederholt den Satz verstehen konnte, der schön und rein klang, ohne daß er dadurch weniger fürchterlich gewesen wäre: »Denn ich liebe sie wie ein Mann, und nichts, gar nichts sonst interessiert mich, Onkel.«

Im Garten seines Hauses erbrach sich Richard in gewaltigen Kaskaden, die den Terrier erschreckten und von dem Majordomus und dem Mädchen mit mißbilligenden Blicken bedacht wurden. Dr. Quinteros führte Richard am Arm ins Gästezimmer, ließ ihn sich den Mund spülen, zog ihn aus, brachte ihn ins Bett, ließ ihn ein starkes Schlafmittel schlucken, blieb an seiner Seite sitzen und beruhigte ihn mit herzlichen Worten und Gesten, obwohl er wußte, daß der Junge weder hörte noch sah, bis er spürte, daß er den tiefen Schlaf der Jugend schlief.

Dann rief er in der Klinik an und sagte dem diensthabenden Arzt, daß er erst morgen kommen werde, es sei denn, eine Katastrophe geschähe, sagte dem Majordomus, er sei für niemanden zu sprechen, gönnte sich einen doppelten Whisky und schloß sich in seinem Musikzimmer ein. Auf den Plattenspieler legte er einen Stapel mit Stücken von Albinoni, Vivaldi und Scarlatti, denn er hatte entschieden, daß ein paar venezianisch-barock-oberflächliche Stunden das beste Mittel gegen die schwarzen Schatten auf seinem Gemüt seien, und versunken in die weiche Wärme seines Ledersessels, die rauchende Meerschaumpfeife zwischen den Lippen, schloß er die Augen und wartete darauf, daß die Musik ihr unausbleibliches Wunder vollbrächte. Er dachte, dies sei eine vorzügliche Gelegenheit, die moralische Norm zu erproben, die er sich seit seiner Jugend gesetzt hatte und der entsprechend es besser sei, die Menschen zu verstehen als sie zu verurteilen. Er war weder erschrocken noch empört oder allzu überrascht, vielmehr entdeckte er eine verborgene Rührung, ein unüberwindliches Wohlwollen, eine Mischung aus Zärtlichkeit und Mitleid, als er sich sagte, nun sei es vollkommen klar, warum ein so wunderschönes Mädchen plötzlich beschlossen hatte, einen Dummkopf zu heiraten, und warum der König des Hawaiianischen Surfboards, der bestaussehende Junge der Gegend, niemals verliebt gewesen war und warum er immer ohne jeden Widerspruch mit so unverständlicher Zuvorkommenheit die Funktionen des Kavaliers seiner jüngeren Schwester übernommen hatte. Während er den Duft des Tabaks und das angenehme Feuer des Getränks genoß, sagte sich Dr. Quinteros, daß er sich um Richard keine allzu großen Sorgen machen müsse. Er würde schon einen Weg finden, Roberto dazu zu bringen, daß er ihn zum Studium ins Ausland schickte, nach London, zum Beispiel, in eine Stadt, in der er Neues und ausreichend Aufregendes finden würde, um die Vergangenheit zu vergessen. Was ihn jedoch beunruhigte und gleichzeitig seine Neugier reizte, war, was aus den beiden anderen Figuren der Geschichte werden würde. Während die Musik ihn einlullte, ging ihm ein Knäuel von Fragen ohne Antwort durch den Kopf, immer schwächer und in immer größeren Abständen: Würde der Rothaarige noch heute seine ruchlose Gattin verlassen? Würde er schweigen und einen unübertrefflichen Beweis seines Edelmutes oder seiner Dummheit ablegen und weiter mit diesem betrügerischen Mädchen zusammenleben, das er so heftig umworben hatte? Würde ein Skandal ausbrechen, oder würde ein schamhafter Schleier aus Vertuschung und unterdrücktem Stolz diese Tragödie von San Isidro für immer verbergen?

III

Wenige Tage nach dem Zwischenfall sah ich Pedro Camacho wieder. Es war morgens um halb acht, und ich wollte, nachdem ich die ersten Nachrichten vorbereitet hatte, im Bransa einen Milchkaffe trinken, als ich im Vorübergehen in der Portiersloge von Radio Central meine Remington erkannte. Ich hörte sie, den Ton ihrer schweren Tasten, die gegen die Walze schlugen, doch ich sah niemanden hinter der Maschine sitzen. Ich steckte den Kopf durch das Fenster und erkannte den Schreiber; es war Pedro Camacho. Man hatte ihm die Portiersloge als Büro eingerichtet. In dem kleinen Raum mit niedriger Decke und von Feuchtigkeit, Alter und Schmierereien zerfressenen Wänden stand jetzt ein uralter Schreibtisch von der gleichen Stattlichkeit wie die Schreibmaschine, die darauf donnerte. Die Ausmaße des Möbelstücks und der Remington verschluckten förmlich die kleine Gestalt von Pedro Camacho. Er hatte sich einige Kissen auf den Stuhl gelegt, doch selbst so reichte sein Gesicht nur bis zur Höhe der Tasten, so daß er mit den Händen in Augenhöhe schrieb und es so aussah, als boxte er. Seine Konzentration war total. Er bemerkte mich nicht, obwohl ich unmittelbar neben ihm stand. Seine hervorstehenden Augen waren fest auf das Papier gerichtet; er tippte mit zwei Fingern und biß sich auf die Zunge. Er trug den gleichen schwarzen Anzug wie am ersten Tag, hatte sich weder die Jacke ausgezogen noch die Schleife abgebunden, und als ich ihn so sah, entrückt und eifrig, mit seiner Frisur und Aufmachung eines Dichters des 19. Jahrhunderts, steif und ernst vor diesem Schreibtisch und dieser Schreibmaschine sitzend, die beide viel zu groß für ihn waren, in dieser Höhle, die für alle drei viel zu klein war, empfand ich für ihn eine Mischung aus Mitleid und Spott.

»Ein Frühaufsteher, Herr Camacho«, begrüßte ich ihn und schob den Oberkörper in den Raum.

Ohne den Blick vom Papier zu heben, beschränkte er sich darauf, mit einer herrischen Bewegung des Kopfes anzuzeigen, ich solle gefälligst schweigen oder warten oder beides. Ich wählte das letzte, und während er seinen Satz beendete, sah ich, daß der Tisch voll war mit beschriebenen Blättern und auf dem

Boden einige zerknüllte Bogen lagen, die er, weil er keinen Papierkorb hatte, einfach dorthingeworfen hatte. Kurz darauf nahm er die Hände von den Tasten, sah mich an, stand auf, streckte mir die zeremonielle Rechte entgegen und erwiderte meinen Gruß mit der Sentenz:

»Für die Kunst gibt es keinen Stundenplan. Guten Tag, mein Freund.«

Ich fragte nicht, ob er in diesem Loch unter Klaustrophobie litt, sicher hätte er mir geantwortet, der Kunst bekomme die Unbequemlichkeit. Statt dessen lud ich ihn zu einem Kaffee ein. Er konsultierte ein prähistorisches Kunstwerk, das an seinem schmalen Handgelenk schlackerte, und murmelte: »Nach eineinhalb Stunden Produktion habe ich eine Erfrischung verdient.«

Auf dem Weg ins Bransa fragte ich ihn, ob er immer so früh mit der Arbeit anfange, und er erwiderte, anders als bei anderen »Schöpfern« sei in seinem Fall die Inspiration dem Tageslicht proportional. »Sie erwacht mit der Sonne und wird mit ihr warm«, erklärte er mir klangvoll, während ein verschlafener Bursche die Sägespäne mit den Zigarettenstummeln und dem Schmutz des Bransa um uns herum fegte. »Ich beginne mit dem ersten Tageslicht zu schreiben, mittags ist mein Gehirn wie eine Fackel, dann verliert es nach und nach an Feuer, und wenn es dunkel wird, höre ich auf, weil nur noch Glut zurückgeblieben ist. Aber das macht nichts, denn am Abend und in der Nacht arbeitet der Schauspieler am besten. Ich habe mein System gut eingeteilt.«

Er sprach viel zu ernst, und ich merkte bald, daß es ihm kaum bewußt war, daß ich noch da war; er gehörte zu den Menschen, die keine Gesprächspartner zulassen, sondern nur Zuhörer. Wie beim ersten Mal überraschte mich seine absolute Humorlosigkeit, trotz des puppenhaften Lächelns – die Lippen hochgezogen, die Stirn gekräuselt, die Zähne hervortretend –, mit der er seine Monologe abrundete. Er sagte alles mit außerordentlicher Feierlichkeit. Das gab ihm, zusammen mit der perfekten Diktion, seinem Aussehen, seiner extravaganten Kleidung und seinen theatralischen Gesten eine schreckliche Absonderlichkeit. Ganz offensichtlich glaubte er Wort für Wort von dem, was er sagte. Er war der affektierteste und gleichzeitig ehrlichste

Mann, den ich je gesehen hatte. Ich versuchte ihn von den künstlerischen Höhen herunterzuholen, von denen er über die Mittelmäßigkeit der praktischen Dinge dozierte, und fragte ihn, ob er sich schon eingelebt, ob er hier Freunde habe, wie ihm Lima gefalle. Diese irdischen Themen interessierten ihn überhaupt nicht. Mit einer ungeduldigen Bewegung antwortete er, er habe am Jirón de Quilca ein »Atelier« gefunden, nicht weit von Radio Central entfernt, und er fühle sich überall wohl, denn sei die Heimat der Kunst nicht die Welt? Statt eines Kaffees bestellte er einen Tee aus Kamille und Pfefferminz, der nicht nur dem Gaumen angenehm sei, sondern »den Geist einstimme«, belehrte er mich. Er schlürfte ihn in kurzen, gleichmäßigen Schlucken, so als würde er die Zeit genau abmessen, zu der er die Tasse an den Mund heben mußte, und kaum war er fertig, erhob er sich, bestand darauf, daß jeder für sich bezahle, und bat mich, ihn zu begleiten, um einen Stadplan mit den verschiedenen Vierteln und Straßen von Lima zu kaufen. Wir fanden, was er suchte, in einem Bauchladen auf dem Jirón de la Unión. Er studierte den aufgeschlagenen Plan und lobte befriedigt die Farben, die die verschiedenen Distrikte unterschieden. Dann verlangte er eine Quittung über die zwanzig Sol, die der Plan gekostet hatte.

»Dies ist ein Arbeitsinstrument, und diese Krämerseelen haben ihn mir zu bezahlen«, erklärte er, während wir zu unseren Arbeitsplätzen zurückkehrten. Auch sein Gang war eigenartig, schnell und nervös, als fürchte er einen Zug zu verpassen. Als wir uns im Eingang von Radio Central verabschiedeten, wies er, wie jemand, der einen Palast zeigt, auf sein viel zu enges Büro: »Es ist praktisch auf der Straße«, sagte er, mit sich selbst und den Umständen zufrieden, »so, als arbeitete ich direkt auf dem Bürgersteig.«

»Lenkt Sie der Lärm der Leute und der Autos nicht ab?« wagte ich zu fragen.

»Im Gegenteil«, beruhigte er mich, entzückt darüber, mich mit einer abschließenden Formel beglücken zu können:

»Ich schreibe über das Leben, und meine Werke verlangen den direkten Einfluß der Realität.«

Ich wollte gehen, als er mich mit dem Zeigefinger zurückwinkte. Er wies auf den Plan von Lima und bat mich geheimnisvoll, ihm später oder am folgenden Tag einige Auskünfte zu erteilen. Ich sagte, es werde mir ein Vergnügen sein.

In meinem Dachverschlag von Panamericana traf ich Pascual, der die 9-Uhr-Nachrichten fertiggemacht hatte. Sie begannen mit einer seiner Lieblingsmeldungen. Er hatte sie aus »La Cronica« abgeschrieben und mit Adjektiven aus seinem eigenen Wortschatz angereichert: »Im stürmischen Meer der Antillen versank in der letzten Nacht der panamesische Frachter ›Shark‹, dabei kamen alle acht Besatzungsmitglieder ums Leben, sie ertranken oder wurden von den Haien zerfleischt, von denen es in dem obengenannten Meer wimmelt.« Ich setzte für »zerfleischt« »gefressen« ein, strich »stürmisch« und »obengenannten«, bevor ich die Nachrichten abhakte. Er schimpfte nicht, denn Pascual schimpfte nie, aber er äußerte seinen Protest in der Bemerkung:

»Dieser Don Mario muß auch immer meinen Stil versauen.«

In dieser Woche hatte ich versucht, eine Erzählung zu schreiben, die auf einer Geschichte basierte, die ich von meinem Onkel Pedro gehört hatte, der Arzt auf einer Hazienda in Ancash war. Ein Bauer erschreckte einen anderen, indem er ihm eines Nachts im Zuckerrohrfeld als »Pishtaco«, als Teufel, verkleidet in den Weg trat. Das Opfer des Spaßes erschrak so sehr, daß es sein Buschmesser in den »Pishtaco« hieb und ihn mit gespaltenem Schädel in die andere Welt schickte. Dann floh der Bauer in die Berge. Einige Zeit später sah eine Gruppe Bauern einen »Pishtaco« durch das Dorf schleichen und brachte ihn mit Stockschlägen um. Der Tote, so stellte sich heraus, war der Mörder des ersten »Pishtaco«, der die Verkleidung dazu benutzte, nachts seine Familie zu besuchen. Die Mörder flohen nun ihrerseits in die Berge und kamen nachts als »Pishtacos« ins Dorf, wo zwei von ihnen bald von entsetzten Bauern mit Buschmessern getötet wurden. Die Bauern flohen nun ebenfalls usw. Ich wollte nicht etwa erzählen, was auf der Hazienda meines Onkels geschehen war, sondern das Ende, das ich mir selbst ausgedacht hatte, daß nämlich plötzlich zwischen den vielen falschen »Pishtacos« der echte Teufel leibhaftig auftauchte. Ich wollte meine Erzählung »Der qualitative Sprung« nennen, und mein Ziel war es, kalt, intellektuell, konzentriert und ironisch zu schreiben, wie eine Erzählung von Borges, den ich in diesen Tagen gerade entdeckt hatte. Ich widmete dieser Erzählung alles, was mir die Nachrichten von Panamericana, die Universität und die Kaffees im Bransa an Zeit übrigließen, und schrieb auch mittags und nachts zu Hause bei meinen Großeltern. In dieser Woche aß ich bei keinem meiner Onkel, machte keinen der gewohnten Besuche bei den Cousinen und ging auch nicht ins Kino. Ich schrieb und zerriß, oder besser gesagt, sobald ich einen Satz geschrieben hatte, schien er mir scheußlich, ich begann von neuem. Ich war davon überzeugt, daß kalligraphische und orthographische Fehler niemals zufällig waren, sie sollten aufmerksam machen, waren eine Warnung (des Unterbewußtseins, Gottes oder irgendeiner anderen Person), daß der Satz nichts tauge und man ihn noch einmal schreiben solle. Pascual klagte: »Oh je, wenn die Genaros diese Papierverschwendung entdecken, ziehen sie es von unserem Lohn ab.« Schließlich, an einem Donnerstag, glaubte ich, die Erzählung fertig zu haben. Sie war ein Monolog von fünf Seiten. Am Ende entdeckte man den Teufel in dem Erzähler. Nach den 12-Uhr-Nachrichten von El Panamericano las ich Javier in meinem Verschlag den »Qualitativen Sprung« vor.

»Exzellent, Bruder«, urteilte Javier und klatschte. »Aber kann man heute noch über den Teufel schreiben? Warum nicht eine realistische Erzählung? Warum streichst du den Teufel nicht und läßt alles unter den falschen ›Pishtacos‹ geschehen? Oder, wenn nicht, eine phantastische Erzählung mit allen Gespenstern, die du dir vorstellen kannst. Aber ohne den Teufel, den Teufel laß raus, das riecht nach Religion, nach Frömmelei, nach altmodischem Zeug.«

Als er gegangen war, zerriß ich den »Qualitativen Sprung« in kleine Stücke und warf ihn in den Papierkorb, beschloß, alle »Pishtacos« zu vergessen, und ging zum Mittagessen zu Onkel Lucho. Dort erfuhr ich, daß so etwas wie eine Romanze entstanden war zwischen der Bolivianerin und jemandem, den ich nur vom Hörensagen kannte, dem Großgrundbesitzer und Senator aus Arequipa, Adolfo Salcedo, der irgendwie mit unserer Familie verschwägert war.

»Das Gute an dem Verehrer ist, daß er Geld und eine gesicherte Position hat und daß seine Absichten mit Julia ernst sind«,

kommentierte Tante Olga. »Er hat ihr einen Heiratsantrag gemacht.«
»Das Schlimme ist, daß Don Adolfo fünfzig Jahre alt ist und diese schrecklichen Beschuldigungen immer noch nicht dementiert hat«, antwortete Onkel Lucho. »Wenn deine Schwester ihn heiratet, wird sie entweder keusch oder ehebrecherisch sein müssen.«
»Diese Geschichte mit Carlota ist doch nur eine dieser typischen Verleumdungen aus Arequipa«, widersprach Tante Olga. »Adolfo sieht aus wie ein ganzer Mann.«
Die »Geschichte« vom Senator und Doña Carlota kannte ich sehr gut, denn sie war das Thema einer anderen Erzählung gewesen, die die Lobeshymnen von Javier in den Papierkorb geschickt hatten. Diese Ehe hatte den Süden der Republik aufgewühlt, denn Don Adolfo und Doña Carlota besaßen beide Ländereien in Puno, und ihre Verbindung hatte latifundistische Folgen gehabt. Alles hatte in großem Stil begonnen; sie ließen sich in der Kirche von Yanahura trauen. Die Gäste kamen aus ganz Peru zu einem lukullischen Bankett angereist. Nach vierzehntägigen Flitterwochen ließ die Braut ihren Mann irgendwo in der Welt sitzen, kehrte skandalöserweise allein nach Arequipa zurück und erklärte zur allgemeinen Verwunderung, sie wolle in Rom die Annullierung der Ehe beantragen. Die Mutter von Adolfo Salcedo traf Doña Carlota eines Sonntags nach der 11-Uhr-Messe auf dem Vorplatz der Kathedrale und fuhr sie sogleich voller Zorn an:
»Warum hast du meinen armen Sohn auf so eine Weise verlassen, du Schlampe!«
Mit einer großartigen Geste antwortete die Großgrundbesitzerin von Puno mit lauter Stimme, damit es auch alle Leute hören konnten:
»Weil Ihr Sohn das, was die Herren haben, nur zum Pinkeln benutzen kann, gnädige Frau.«
Sie hatte die Annullierung der kirchlichen Eheschließung erreicht, und bei Familienversammlungen war Adolfo Salcedo ein unerschöpflicher Quell für dumme Witze. Seit er Tante Julia kannte, umwarb er sie mit Einladungen ins Grill Bolívar und ins »91«, er schenkte ihr Parfüms und bombardierte sie mit Rosenbouquets. Ich war glücklich über diese Nachricht von der

Romanze und wartete darauf, daß Tante Julia erscheine, um irgendeinen Spottpfeil auf ihren neuen Kandidaten abzuschießen. Aber sie nahm mir den Wind aus den Segeln, denn als sie zur Kaffeestunde ins Eßzimmer kam – sie brachte einen Berg von Paketen mit –, verkündete sie unter lautem Gelächter: »Die Gerüchte stimmen. Senator Salcedo schnaubt nicht.«

»Julia, um Gottes willen, benimm dich«, protestierte Tante Olga. »Jeder muß doch glauben, daß ...«

»Er hat es mir heute morgen selbst erzählt«, erklärte Tante Julia voller Glück über die Tragödie des Großgrundbesitzers.

Bis er fünfundzwanzig Jahre alt war, ist er ganz normal gewesen. Dann, auf einer unglücklichen Ferienreise in die Vereinigten Staaten, ereignete sich das Unerwartete. In Chicago, San Francisco oder Miami – Tante Julia wußte es nicht mehr genau – hatte der junge Adolfo eine Dame aus einem Kabarett erobert (so glaubte er), und sie nahm ihn mit in ein Hotel. Er war gerade in voller Aktion, als er eine Messerspitze in seinem Rücken fühlte. Als er sich umdrehte, stand da ein zwei Meter großer Einäugiger. Sie taten ihm nichts, schlugen ihn auch nicht, nahmen ihm nur die Uhr, eine Medaille und seine Dollars ab. So fing es an. Nie wieder! Seit damals fühlte er jedesmal, wenn er mit einer Dame zusammen war und gerade in Aktion treten wollte, die Kälte des Stahls an seiner Wirbelsäule, sah das zerstörte Gesicht des Einäugigen, begann zu schwitzen, und es sank ihm der Mut. Er hat tausend Ärzte, Psychologen und sogar einen Kurpfuscher in Arequipa aufgesucht, der ihm schließlich riet, sich in Vollmondnächten am Fuß der Vulkane lebendig einzugraben.

»Sei doch nicht so boshaft, mach dich nicht über den armen Kerl lustig.« Tante Olga zitterte vor Lachen.

»Wenn ich sicher sein könnte, daß es ihm immer so geht, würde ich ihn heiraten, wegen des Geldes«, sagte Tante Julia ohne die geringsten Skrupel. »Aber wenn ich ihn kuriere? Stell dir diesen Mümmelgreis vor, wie er versucht, die verlorene Zeit mit mir wieder aufzuholen!«

Ich dachte an die Freude, die das Abenteuer des Senators aus Arequipa Pascual bereitet hätte, an die Begeisterung, mit der er ihm eine volle Nachrichtensendung gewidmet hätte. Onkel Lucho warnte Tante Julia, sie würde niemals einen peruanischen

Ehemann finden, wenn sie so anspruchsvoll sei, und sie klagte darüber, daß hier wie in Bolivien die gutaussehenden Burschen arm und die reichen häßlich seien, und wenn zufällig einmal ein gutaussehender Reicher auftauche, dann sei er schon verheiratet.

Plötzlich wandte sie sich an mich und fragte, ob ich die ganze Woche aus Furcht, sie würde mich wieder ins Kino schleppen, nicht erschienen sei. Ich sagte nein, erfand Prüfungen und schlug ihr vor, heute abend zu gehen.

»Sehr gut, ins Leuro«, entschied sie diktatorisch. »Da gibt es einen Film, in dem man heult wie ein Schloßhund.«

Auf dem Rückweg zu Radio Panamericana spielte ich mit dem Gedanken, noch einmal eine Erzählung von Adolfo Salcedo zu versuchen; etwas Leichtes und Fröhliches in der Art von Somerset Maugham oder voller boshafter Erotik wie bei Maupassant. Im Sender traf ich Nelly, die Sekretärin von Genaro jun., wie sie allein an ihrem Schreibtisch lachte. Über welchen Witz?

»Es hat Ärger gegeben bei Radio Central, zwischen Pedro Camacho und Genaro sen.«, erzählte sie. »Der Bolivianer will keinen argentinischen Sprecher bei seinen Hörspielen, oder er geht, sagt er. Er hat erreicht, daß Luciano Pando und Josefina Sánchez ihn unterstützten, und alles ist nach seinem Willen ausgegangen. Man wird ihnen die Verträge kündigen, gut, nicht?«

Es bestand eine scharfe Rivalität zwischen den einheimischen und den argentinischen Sprechern, Entertainern und Schauspielern – die Argentinier kamen in Scharen nach Peru, viele aus politischen Gründen –, und ich dachte, der bolivianische Schreiber habe diesen Kampf geführt, um sich die Sympathie seiner einheimischen Arbeitskollegen zu gewinnen. Aber nein, bald entdeckte ich, daß er zu dieser Art Kalkül völlig unfähig war. Sein Haß auf die Argentinier allgemein und auf die Sprecher im besonderen schien frei von Hintergedanken zu sein. Nach den 7-Uhr-Nachrichten ging ich zu ihm, um ihm zu sagen, daß ich Zeit hätte und ihm die Informationen geben könne, die er brauchte. Er ließ mich in seine Kammer eintreten, und mit einer großzügigen Geste bot er mir den, außer seinem Stuhl, einzigen Sitzplatz an, nämlich die Ecke des Tisches, der ihm als Schreibtisch diente. Er trug immer noch seine Jacke und die Schleife, und um ihn herum lagen beschriebene Blätter, die er sorgfältig neben der Remington aufstapelte. Der Stadtplan von Lima bedeckte, mit Heftzwecken befestigt, einen Teil der Wand. Es waren noch mehr Farben, einige seltsame Figuren mit Rotstift und verschiedene Initialen in jedem Stadtteil eingezeichnet. Ich fragte ihn, was diese Zeichen und Buchstaben bedeuten sollten.

Pedro Camacho nickte mit jenem mechanischen Lächeln, in dem immer eine gewisse innere Befriedigung und eine Art Wohlwollen lagen. Sich auf seinem Stuhl zurechtrückend, dozierte er:

»Ich arbeite über das Leben, meine Werke klammern sich an die Realität wie die Reben an den Weinstock. Dafür brauche ich den Plan. Ich möchte wissen, ob diese Welt so ist oder nicht.«

Er zeigte auf den Plan, und ich beugte mich vor, um entziffern zu können, was er mir sagen wollte. Die Initialen waren hermetisch, sie spielten auf keine erkennbaren Institutionen oder Personen an. Klar war nur, daß er die ungleichen Stadtteile Miraflores und San Isidro, Victoria und Callao mit roten Kreisen abgegrenzt hatte. Ich sagte ihm, daß ich nichts verstünde und er es mir bitte erklären möge.

»Das ist sehr einfach«, erwiderte er voller Ungeduld und mit pastoralem Ton. »Das Wichtigste ist die Wahrheit, sie ist immer Kunst, die Lüge dagegen nicht, oder nur selten. Ich muß wissen, ob Lima so ist, wie ich es auf dem Plan markiert habe. Zum Beispiel, gehören die beiden ›F‹ wirklich zu San Isidro? Ist dies der Stadtteil der ›Feinen Familien, von Fortuna und Finanzen‹?«

Er artikulierte die Anfangsbuchstaben so, als wolle er sagen »nur ein Blinder sieht die Sonne nicht«. Er hatte die Stadtteile von Lima ihrer gesellschaftlichen Bedeutung nach eingeteilt. Seltsam war jedoch die Art der Einteilung und der Nomenklatur. In einigen Fällen stimmten die gewählten Bezeichnungen, bei anderen herrschte absolute Willkür. Ich bestätigte, zum Beispiel, daß die Initialen MPH (Mittelklasse Professionelle Hausfrauen) auf das Viertel Jesus Maria zutrafen, aber ich machte ihn darauf aufmerksam, daß es ziemlich ungerecht sei, Victoria und Porvenir mit dem scheußlichen Etikett GSSH (Gammler

Schwule Strolche Hetären) zu bedenken, und daß es äußerst fragwürdig sei, Callao auf MFM (Matrosen Fischer Mulatten) zu reduzieren oder Cercado und Augustino auf DATI (Dienstboten Arbeiter Tagelöhner Indianer).
»Es geht hier nicht um eine wissenschaftliche, sondern um eine künstlerische Klassifizierung«, belehrte er mich und beschrieb magische Bewegungen mit seinen pygmäischen Händchen. »Mich interessieren nicht alle Leute, die in einer Gegend wohnen, sondern nur die, die besonders herausragen, die dem Viertel seinen Geruch, seine Färbung geben. Wenn eine Figur Gynäkologe ist, muß sie dort leben, wo sie hingehört, und das gleiche gilt auch für einen Polizeiwachtmeister.«
Er unterwarf mich einem ausschweifenden und amüsanten (für mich, denn er blieb todernst) Verhör über die menschliche Topographie der Stadt, und ich entdeckte, daß die Dinge, die ihn am meisten interessierten, sich auf die Extreme bezogen: Millionäre und Bettler, Weiße und Schwarze, Heilige und Kriminelle. Meinen Antworten entsprechend ergänzte er den Plan mit Initialen, veränderte sie oder strich sie mit schnellen Handbewegungen, ohne einen Augenblick zu zögern, so daß ich annehmen mußte, er habe dieses System der Katalogisierung schon vor langer Zeit erdacht und erprobt. Warum hatte er nur Miraflores, San Isidro, La Victoria und Callao markiert?
»Weil sie zweifellos die Hauptschauplätze abgeben werden«, sagte er und ließ seine hervorstehenden Augen mit napoleonischer Selbstgefälligkeit über die vier Distrikte wandern. »Ich bin ein Mann, der die Mittelmäßigkeit, das trübe Wasser, den dünnen Kaffe haßt. Ich liebe das Ja oder das Nein, männliche Männer und weibliche Frauen, die Nacht oder den Tag. In meinen Werken gibt es immer Aristokraten und Plebejer, Prostituierte und Madonnen. Der Mittelstand inspiriert weder mich noch mein Publikum.«
»Sie haben große Ähnlichkeit mit den Romantikern«, entfuhr es mir unglücklicherweise.
»Auf jeden Fall sind sie mir ähnlich.« Beleidigt fuhr er in seinem Stuhl hoch. »Ich habe niemals jemanden kopiert. Man kann gegen mich anführen, was man will, nur nicht diese Infamie. Im Gegenteil, man hat mich auf höchst gemeine Art und Weise bestohlen.«

Ich wollte ihm erklären, daß die Bemerkung über die Ähnlichkeit mit den Romantikern nicht als Beleidigung gemeint war, sondern als Scherz, aber er hörte mir gar nicht zu, denn plötzlich war er außerordentlich zornig geworden, gestikulierte und schimpfte mit seiner großartigen Stimme, als stünde er vor einem erwartungsvollen Publikum:
»Ganz Argentinien ist von meinen Werken überschwemmt, die von den Schmierfinken in Buenos Aires geschändet worden sind. Sind Sie in Ihrem Leben schon einmal einem Argentinier begegnet? Wenn Sie einen sehen, gehen Sie auf die andere Straßenseite, denn das Argentinische ist ansteckend wie die Masern.«
Er war blaß geworden, und seine Nasenflügel bebten. Er preßte die Zähne zusammen und machte ein angewidertes Gesicht. Ich war verwirrt von diesem neuen Ausdruck seiner Persönlichkeit und stotterte verlegen, es sei bedauerlich, daß es in Lateinamerika kein Autorenrecht gebe, das den geistigen Besitz schütze. Schon wieder war ich ins Fettnäpfchen getreten.
»Darum geht es nicht, es macht mir nichts aus, kopiert zu werden«, erwiderte er noch wütender. »Der Künstler arbeitet nicht für den Ruhm, sondern aus Menschenliebe. Was will ich mehr, als daß mein Werk sich über die ganze Welt verbreitet, sei es auch unter anderem Namen. Was ich diesen Mistschreibern vom La Plata jedoch übelnehme, ist, daß sie meine Librettos verändern, daß sie sie vulgär machen. Wissen Sie, was die tun? Sie ändern nicht nur die Titel und die Namen der Personen. Sie versetzen sie auch noch mit diesen argentinischen Essenzen ...«
»Arroganz«, unterbrach ich ihn, sicher, diesmal ins Schwarze getroffen zu haben, »Kitsch«.
Er schüttelte abfällig den Kopf und sprach mit tragischer Feierlichkeit, mit langsamer, hohler Stimme, die in seiner Kammer widerhallte, die beiden einzigen Schimpfworte, die ich ihn je sagen hörte: »Sauereien und Schwulereien.«
Ich hatte große Lust, ihn auszuhorchen, um herauszufinden, warum sein Haß auf die Argentinier heftiger war als auf andere Menschen, aber als ich ihn so völlig aufgelöst sah, wagte ich es nicht. Er machte eine Geste der Erbitterung und fuhr sich mit der Hand über die Augen, als wollte er gewisse Gespenster ver-

scheuchen. Dann schloß er mit einem schmerzlichen Ausdruck das Fenster seiner Kammer, stellte die Walze der Remington fest und deckte sie ab, rückte sich die Schleife zurecht, nahm ein dickes Buch aus seinem Schreibtisch, klemmte es sich unter den Arm und bedeutete mir mit einer Handbewegung, wir sollten gehen. Er löschte das Licht und verschloß von außen sein Loch. Ich fragte ihn nach dem Buch, und er fuhr zärtlich mit der Hand über den Buchrücken, als wollte er eine Katze streicheln.
»Ein alter Gefährte meiner Abenteuer«, murmelte er bewegt und reichte es mir. »Ein Freund und guter Helfer bei der Arbeit.«
Das Buch, in prähistorischer Zeit bei Espasa Calpe erschienen – der dicke Einband trug alle Flecken und Kratzer der Welt, und die Seiten waren vergilbt –, war von einem unbekannten Autor mit pompösem Titel »Adalberto Castejón de la Reguera, Licenciado por la Universidad de Murcia en Letras Clásicas, Gramática y Retórica«. Das Buch trug einen langen Titel: »Zehntausend literarische Zitate der hundert besten Schriftsteller der Welt« und einen Untertitel: »Was Cervantes, Shakespeare, Molière, etc. über Gott, das Leben, den Tod, die Liebe, das Leiden, etc. ... gesagt haben.«
Wir waren schon in der Calle Belén. Als ich ihm die Hand gab, sah ich zufällig auf die Uhr und geriet in Panik. Es war schon zehn. Ich hatte das Gefühl gehabt, eine halbe Stunde mit dem Künstler zusammengewesen zu sein – tatsächlich hatten die soziologische Klatschanalyse der Stadt und die Verdammung der Argentinier drei Stunden gedauert. Ich lief zu Radio Panamericana, überzeugt davon, daß Pascual die fünfzehn Minuten der 9-Uhr-Nachrichten irgendeinem Pyromanen aus der Türkei oder einem Kindesmörder in Porvenir gewidmet hatte. Aber es konnte nicht so schlimm gewesen sein, denn ich traf die Genaros im Fahrstuhl, und sie schienen nicht verärgert zu sein. Sie erzählten mir, daß sie an diesem Abend den Vertrag mit Lucho Gatica unterzeichnet hätten, er werde eine Woche exklusiv für Panamericana nach Lima kommen. In meinem Dachverschlag ging ich die Nachrichten durch, die brauchbar zu sein schienen. Ohne Eile ging ich zur Plaza San Martín, um das Colectivo nach Miraflores zu nehmen. Um 11 Uhr kam ich bei meinen Großeltern an; sie schliefen schon. Meine Großmutter stellte mir

immer das Essen in den Backofen, aber dieses Mal fand ich außer dem Teller mit Teigröllchen, Reis und Spiegelei – mein tägliches Menü – noch eine mit zittriger Hand geschriebene Nachricht: »Onkel Lucho hat angerufen. Du hast Julita versetzt, mit der Du ins Kino gehen wolltest. Du bist ein Flegel und sollst sie anrufen, um Dich zu entschuldigen. Großvater.«
Ich selbst fand, es gehe nicht an, die Nachrichten und eine Verabredung mit einer Dame wegen eines bolivianischen Schreiberlings zu vergessen. Unangenehm berührt und schlechtgelaunt über meine ungewollte Ungezogenheit ging ich ins Bett. Bevor ich einschlief, wälzte ich mich hin und her und versuchte mich davon zu überzeugen, sie sei selbst schuld – warum zwang sie mir diese Kinogänge zu diesen scheußlichen Filmen auf –, und suchte eine Entschuldigung für meinen Anruf morgen. Es fiel mir nichts Überzeugendes ein, und ihr die Wahrheit zu sagen, wagte ich nicht. Statt dessen beging ich eine heldenmütige Tat. Ich ging nach den 8-Uhr-Nachrichten in einen Blumenladen im Zentrum und schickte ihr einen Strauß Rosen, der mich 100 Sol kostete, mit einer Karte, auf die ich nach langem Zögern schrieb, was mir ein Wunderwerk lakonischer Eleganz zu sein schien: »Ergebenste Entschuldigung.«
Am Nachmittag machte ich zwischen den Nachrichten einige Entwürfe für meine erotisch-pikareske Erzählung über die Tragödie des Senators aus Arequipa. Ich nahm mir vor, heute abend intensiv zu arbeiten, aber nach El Panamericano kam Javier und holte mich zu einer spiritistischen Sitzung in Barrios Altos ab. Das Medium war ein Schreiber, den er in den Büros des Banco de Reserva kennengelernt hatte. Javier hatte viel von ihm gesprochen, weil er ihm immer seine Erlebnisse mit den Seelen erzählte, die ihn auch außerhalb der offiziellen Sitzungen, zu denen er sie rief, spontan und in ganz unerwarteten Augenblicken aufsuchten, um mit ihm zu plaudern. Sie pflegten mit ihm zu spaßen, ließen zum Beispiel im Morgengrauen das Telephon klingeln, und wenn er den Hörer abnahm, hörte er auf der anderen Seite das unverwechselbare Gelächter seiner Urgroßmutter, die seit einem halben Jahrhundert tot war und seitdem (das hatte sie ihm selbst gesagt) im Fegefeuer saß. Oder sie erschienen ihm im Autobus, im Colectivo oder wenn er auf der Straße ging; sie flüsterten ihm ins Ohr, und er mußte die

ganze Zeit stumm bleiben und ungerührt (»ihnen die Puste ausgehen lassen«, hatte er wohl gesagt), damit die Leute ihn nicht für verrückt hielten. Fasziniert hatte ich Javier gebeten, eine Sitzung mit dem Schreiber-Medium zu organisieren. Der hatte auch eingewilligt, uns aber mit klimatologischen Vorwänden mehrere Wochen hingehalten: Man müsse unbedingt bestimmte Mondphasen, Wechsel der Gezeiten und noch speziellere Faktoren abwarten, denn die Seelen schienen empfindlich auf Feuchtigkeit, Sternkonstellationen und Winde zu reagieren. Nun war endlich der Tag gekommen.

Es war ein ziemliches Unternehmen, die Wohnung des Schreiber-Mediums, eine schäbige, in den Hinterhof eines Blocks am Jirón Cangallo geklemmte Behausung, zu finden. Die Person war in Wirklichkeit sehr viel weniger interessant als in Javiers Berichten. Sechzigjährig, Junggeselle, glatzköpfig, nach Einreibeöl riechend, hatte er einen Rinderblick und eine so eingefleischt banale Redeweise, daß niemand seine Vertraulichkeit mit den Geistern vermutet hätte. Er empfing uns in einem heruntergekommenen, speckigen Raum und bot uns einige Wasserkekse, kleine Stücke Käse und ein sparsames Gläschen Pisco an. Bis um 12 Uhr erzählte er uns in konventioneller Weise seine Erfahrungen mit dem Jenseits. Es hatte angefangen, als er vor zwanzig Jahren Witwer wurde. Der Tod seiner Frau hatte ihn in eine untröstliche Niedergeschlagenheit versetzt, bis ihn eines Tages ein Freund rettete, indem er ihm den Weg des Spiritismus wies. Das war das Wichtigste, was ihm je in seinem Leben geschehen war:

»Nicht nur, weil man auf diese Weise Gelegenheit hat, die geliebten Wesen zu hören und zu sehen«, sagte er in einem Ton, als berichtete er von einer Taufe, »sondern weil es ablenkt. Die Stunden vergehen, ohne daß man es merkt.«

Wenn man ihm zuhörte, gewann man den Eindruck, als sei das Sprechen mit den Toten im Grunde genommen vergleichbar mit dem Ansehen eines Films oder eines Fußballspiels (nur offensichtlich weniger amüsant). Seine Version des Lebens nach dem Tod war erschreckend alltäglich und demoralisierend. Den Erzählungen nach zu urteilen, gab es überhaupt keine »Qualitätsunterschiede« zwischen dem Jenseits und dem Erdenleben. Seine Geister wurden krank, verliebten sich, sie heirateten, sie vermehrten sich, sie reisten. Der einzige Unterschied lag darin, daß sie nie starben. Ich warf Javier tödliche Blicke zu, als es 12 Uhr schlug. Der Schreiber ließ uns um einen Tisch Platz nehmen (kein runder, sondern ein viereckiger Tisch), er löschte das Licht und befahl uns, die Hände zusammenzulegen. Ein paar Sekunden Schweigen, und, nervös vom langen Warten, hoffte ich, nun werde es interessant werden. Die Seelen kamen, und der Schreiber fing an, sie mit der gleichen häuslichen Stimme die langweiligsten Dinge der Welt zu fragen: »Wie geht es dir, Zoilita? Ich freue mich, dich zu hören; ich bin hier mit meinen Freunden; es sind nette Leute; sie möchten sich mit deiner Welt in Verbindung setzen, Zoilita. Was? Ich soll sie grüßen? Warum nicht, Zoilita, selbstverständlich. Sie sagt, ich soll Sie herzlich grüßen, und wenn Sie können, mögen Sie hin und wieder für sie beten, damit sie schneller aus dem Fegefeuer herauskommt.« Nach Zoilita kamen eine Reihe Verwandter und Freunde, mit denen der Schreiber einen ähnlichen Dialog abhielt. Alle waren sie im Fegefeuer, alle schickten sie uns Grüße, alle baten um Gebete. Javier wünschte, er solle jemanden rufen, der in der Hölle war, damit uns unsere Zweifel vergingen. Aber das Medium erklärte, ohne einen Augenblick zu zögern, dies sei unmöglich, die von *dort* könne man nur an den ersten drei Tagen eines ungeraden Monats *rufen,* und man höre ihre Stimmen kaum. Javier bat, mit seiner Amme sprechen zu können, die seine Mutter, ihn und seine Brüder aufgezogen hatte. Doña Gumercinda erschien, schickte Grüße, sagte, daß sie sich an Javier mit viel Herzlichkeit erinnere und bereits ihr Bündel schnüre, um das Fegefeuer zu verlassen und vor den Herrn zu treten. Ich bat den Schreiber, meinen Bruder Juan zu rufen, und erstaunlicherweise (ich hatte keinen Bruder) kam er und ließ mir durch das wohlwollende Medium sagen, daß ich mich nicht um ihn sorgen solle, er sei bei Gott und bete immer für mich. Von dieser Nachricht beruhigt, verlor ich das Interesse an der Sitzung und schrieb in Gedanken meine Erzählung über den Senator. Ein geheimnisvoller Titel fiel mir ein: »Das unvollständige Gesicht«. Während Javier den Schreiber unermüdlich bat, irgendeinen Engel oder wenigstens irgendeine historische Figur wie Manco Cápac anzurufen, entschied ich, der Senator solle sein Problem am Ende durch eine freudianische Phantasie lösen. Er würde seiner Gattin während

des Liebesaktes eine Piratenklappe über das eine Auge legen.
Die Sitzung endete ungefähr um 2 Uhr morgens. Während wir durch die Straßen von Barrios Altos wanderten und ein Taxi suchten, das uns zur Plaza San Martín bringen könnte, wo wir das Colectivo nehmen wollten, ärgerte ich Javier damit, daß ich ihm vorwarf, durch seine Schuld habe das Jenseits alle Poesie und alles Geheimnisvolle für mich verloren, durch seine Schuld sei ich zu der Erkenntnis gelangt, alle Toten seien blödsinnig, durch seine Schuld könne ich nun nicht mehr Agnostiker sein und müsse in der Sicherheit leben, daß mich im Leben nach dem Tode, *das es gebe,* eine Ewigkeit des Schwachsinns und tödlicher Langeweile erwarte. Wir fanden ein Taxi, und zur Strafe mußte Javier bezahlen.
Zu Hause fand ich neben Teigröllchen, Reis und Spiegelei eine neue Nachricht: »Julita hat angerufen, sie habe die Rosen bekommen. Sie seien sehr hübsch und gefielen ihr. Du sollst nicht glauben, Du könntest Dich durch die Rosen davon befreien, an einem der nächsten Tage mit ihr ins Kino zu gehen. Großvater.«
Am nächsten Tag war Onkel Luchos Geburtstag. Ich kaufte ihm eine Krawatte und wollte mittags zu ihm nach Hause gehen, aber Genaro jun. kam überraschend in meinen Verschlag und zwang mich, mit ihm im Raimundi zu essen. Ich sollte ihm helfen, Anzeigen aufzusetzen, die an diesem Sonntag in den Zeitungen erscheinen und die Hörspielserien von Pedro Camacho ankündigen sollten, die am Montag beginnen würden. Wäre es nicht logischer gewesen, den Künstler selbst die Anzeigen schreiben zu lassen?
»Das Dumme ist nur, daß er sich weigert«, erklärte Genaro jun. und rauchte wie ein Schlot. »Seine Librettos brauchten keine schnöde Propaganda; sie setzten sich allein durch und ich weiß nicht was für dummes Zeug mehr. Der Typ ist ganz schön schwierig, hat viele Macken. Das mit den Argentiniern hast du gehört, nicht? Er hat uns gezwungen, die Verträge zu lösen und Abfindungen zu zahlen. Ich hoffe nur, seine Sendungen rechtfertigen diese Dünkelhaftigkeit.«
Während wir die Anzeigen entwarfen, zwei Stockfische verdrückten, eiskaltes Bier tranken und hin und wieder jene grauen

Mäuse über die Balken des Raimundi huschen sahen, die dort als Beweis für das Alter des Lokals ausgesetzt zu sein schienen, erzählte mir Genaro jun. von noch einem Streit, den er mit Pedro Camacho gehabt hatte. Grund dafür waren die Hauptfiguren der vier Hörspielserien, mit denen er in Lima debütierte. In allen vier Geschichten war der Held ein Fünfzigjähriger, »der auf wunderbare Weise jung geblieben war«.

»Wir haben ihm erklärt, alle Hörerumfragen hätten ergeben, daß das Publikum Liebhaber zwischen dreißig und fünfunddreißig will. Aber er ist stur wie ein Esel«, erregte sich Genaro jun. und stieß Rauch aus Mund und Nase. »Wenn ich jetzt alles falsch gemacht habe und dieser Bolivianer ein gewaltiger Reinfall wird?«

Mir fiel ein, daß der Künstler während unseres Gesprächs am Vorabend in seiner Kammer in Radio Central voller Eifer über den Mann von fünfzig Jahren dogmatisiert hatte. Das Alter der geistigen Höchstleistung und der sinnlichen Kraft, der Erfahrung, hatte er gesagt. Das Alter, in dem man von den Frauen begehrt und von den Männern gefürchtet werde. Er hatte mit verdächtigem Nachdruck darauf bestanden, daß das Alter etwas »Optatives« sei. Ich schloß daraus, daß der bolivianische Schreiber fünfzig sein müsse und daß ihn das Alter schrecke; ein Fünkchen menschlicher Schwäche in diesem marmornen Geist.

Als wir die Anzeigen fertig hatten, war es zu spät, um noch auf einen Sprung nach Miraflores zu fahren. Darum rief ich Onkel Lucho an und sagte ihm, ich werde am Abend vorbeikommen und ihm gratulieren. Ich nahm an, ich würde eine Versammlung von Familienmitgliedern vorfinden, die ihn feiern wollten, doch außer Tante Olga und Tante Julia war niemand da. Die Verwandten waren im Laufe des Tages gekommen. Sie tranken Whisky und boten mir ein Glas an. Tante Julia dankte mir noch einmal für die Rosen – ich sah sie auf der Anrichte in der Diele stehen, und es waren eigentlich recht wenige – und fing sofort an, mich wieder aufzuziehen. Sie bat mich, doch zu erzählen, welche Art »Programm« mich an dem Abend, als ich sie hatte sitzenlassen, dazwischengekommen sei: eine »Kleine« von der Universität, ein »Püppchen« vom Sender? Sie trug ein blaues Kleid, weiße Schuhe, war geschminkt und vom Friseur zurechtgemacht; sie lachte laut und direkt und hatte eine rauhe Stimme und herrische Augen. Ich entdeckte ein wenig spät, daß sie eine attraktive Frau war. In einem Anflug von Enthusiasmus sagte Onkel Lucho, man werde nur einmal im Leben fünfzig und wir sollten ins Grill Bolívar gehen. Ich dachte, dies sei nun schon der zweite Tag, an dem ich nicht an meiner Erzählung über den eunuchischen und pervertierten Senator schreiben konnte (sollte ich ihr diesen Titel geben?). Aber ich bedauerte es nicht, ich war sehr froh, daß ich in diese Feier mit aufgenommen wurde. Tante Olga meinte, nachdem sie mich begutachtet hatte, mein Aufzug entspreche nicht dem Grill Bolívar, und brachte Onkel Lucho dazu, mir ein sauberes Hemd und eine auffällige Krawatte zu leihen, die das Alter und den ungepflegten Zustand meines Anzugs ein wenig kompensieren sollten. Das Hemd war mir zu groß, und ich fühlte mich unbehaglich, weil mein Hals darin zu dünn aussah (Tante Julia nahm das sofort zum Anlaß, mich Popeye zu nennen).

Ich war noch nie im Grill Bolívar gewesen und hielt es für den raffiniertesten und elegantesten Platz der Welt, und das Essen war das Exquisiteste, was ich jemals gegessen hatte. Eine Kapelle spielte Boleros, Pasodobles und Blues. Der Star der Show war eine Französin wie Milch und Honig, die schmeichelnd ihre Lieder sang und dabei so aussah, als masturbiere sie das Mikrophon mit den Händen. Onkel Lucho, dessen gute Laune mit dem Alkoholgenuß zunahm, applaudierte ihr mit einem Kauderwelsch, das er Französisch nannte: »Vravo! Vravo! Mamuasell Cherí!« Zu meiner Überraschung war ich der erste, der zu tanzen begann, und zog Tante Olga auf die Tanzfläche – ich konnte gar nicht tanzen. Damals war ich fest davon überzeugt, daß die Berufung zur Literatur mit Tanz und Sport unvereinbar sei. Glücklicherweise waren sehr viele Menschen auf der Tanzfläche, und in dem Gedränge und in der Dunkelheit merkte es niemand. Tante Julia dagegen machte es Onkel Lucho sehr schwer, sie zwang ihn, offen zu tanzen und Figuren zu drehen. Sie tanzte gut, und die Blicke vieler Herren folgten ihr.

Beim nächsten Tanz forderte ich Tante Julia auf und warnte sie, ich könne nicht tanzen. Aber man spielte einen langsamen Blues, und ich entledigte mich meiner Aufgabe mit Anstand. Wir tanzten einige Stücke zusammen und entfernten uns unmerklich von dem Tisch, an dem Onkel Lucho und Tante Olga saßen. Als die Musik zu Ende war, wollte Tante Julia sich mit einer Bewegung von mir losmachen, aber ich hielt sie zurück und küßte sie auf die Wange, dicht neben ihren Mund. Sie sah mich erstaunt an, als wäre ein Wunder geschehen. Die Kapelle wurde ausgewechselt, und wir mußten an den Tisch zurück. Dort fing Tante Julia an, Witze über Onkel Lucho zu machen, über das Alter von fünfzig Jahren, in dem die Männer anfingen, Lustgreise zu werden. Hin und wieder warf sie mir einen raschen Blick zu, als wollte sie feststellen, ob ich auch wirklich da sei, und in ihrem Blick konnte man sehr deutlich erkennen, daß es ihr noch nicht in den Kopf wollte, daß ich sie geküßt hatte. Tante Olga war müde und wollte gehen, aber ich drängte darauf, noch einmal zu tanzen. »Unser Intellektueller wird verdorben«, stellte Onkel Lucho fest und zog Tante Olga zum Tanzen fort. Ich forderte Tante Julia auf, und während wir tanzten, blieb sie (zum ersten Mal) stumm. Als ich sie in der Menge der Paare, Onkel Lucho und Tante Olga waren weit entfernt, ein bißchen an mich drückte und meine Wange an ihre legte, hörte ich sie verwirrt murmeln: »Hör mal, Marito ...« Aber ich unterbrach sie und flüsterte ihr ins Ohr: »Ich verbiete dir, mich noch einmal Marito zu nennen.« Sie zog ihr Gesicht ein bißchen weg, um mich anzusehen, und versuchte zu lächeln, und da, in einer beinahe mechanischen Bewegung, beugte ich mich vor und küßte sie auf die Lippen. Es war eine sehr flüchtige Berührung, aber sie hatte es nicht erwartet und blieb vor Überraschung einen Augenblick stehen. Jetzt war ihre Verwirrung vollkommen. Sie riß Mund und Augen auf. Als der Tanz zu Ende war, zahlte Onkel Lucho, und wir gingen. Auf dem Weg nach Miraflores – wir beide saßen auf dem Rücksitz – nahm ich Tante Julias Hand, drückte sie sanft und behielt sie in meinen Händen. Sie zog sie nicht zurück, aber ich bemerkte, daß sie immer noch überrascht war, und sie sagte kein Wort. Als ich vor dem Haus meiner Großeltern ausstieg, fragte ich mich, wieviele Jahre sie wohl älter sei als ich.

IV

In der feuchten Nacht in Callao, die so dunkel war wie ein Wolfsrachen, stellte Wachtmeister Lituma den Kragen seines Regenmantels hoch, rieb sich die Hände und machte sich daran, seine Pflicht zu tun. Er war ein Mann in der Blüte seiner Jahre – er war fünfzig –, den die gesamte Guardia Civil hochschätzte. Ohne zu klagen hatte er auf den übelsten Polizeiposten Dienst getan, und sein Körper wies einige Narben aus den Schlachten gegen das Verbrechertum auf. Die Gefängnisse von Peru quollen über von Übeltätern, die er dingfest gemacht hatte. In Tagesberichten war er als Vorbild erwähnt, in offiziellen Reden gelobt und zweimal ausgezeichnet worden. Aber dieser Ruhm hatte seiner Bescheidenheit nichts anhaben können, die so groß war wie sein Mut und seine Ehrenhaftigkeit. Seit einem Jahr tat er Dienst im Vierten Revier von Callao, und seit drei Monaten hatte er die härteste Aufgabe, die das Schicksal einem Wachtmeister im Hafen auferlegen kann, die Nachtstreife.

Die fernen Glocken der Kirche von Nuestra Señora del Carmen de la Legua schlugen Mitternacht, und Wachtmeister Lituma – breite Stirn, Adlernase, durchdringender Blick, von Güte und aufrechter Gesinnung – begann pünktlich wie immer seinen Rundgang. Das alte Holzhaus des Vierten Reviers – ein flakkerndes Licht in der Dunkelheit – blieb hinter ihm zurück. Er stellte sich vor, wie Hauptmann Jaime Concha jetzt seinen Donald Duck las, wie die beiden Polizisten Mocos Camacho und Manzanita Arévalo sich Zucker in den frisch aufgegossenen Kaffee rührten, und der einzige Festgenommene dieses Tages, ein im Omnibus Cucuito-La Parada in flagranti erwischter Taschendieb, der mit zahlreichen Prellungen, die er einem halben Dutzend Fahrgästen zu verdanken hatte, auf die Wache gebracht worden war, würde jetzt zusammengerollt auf dem Boden der Gefängniszelle schlafen.

Wachtmeister Lituma begann seinen Rundgang durch das Viertel Puerto Nuevo, wo Chato Soldevilla Dienst tat, ein Tumbesiner, der mit feuriger Stimme Tonderos sang. Puerto Nuevo war der Schrecken der Wachtmeister und Kriminalbeamten von Callao, denn in seinem Labyrinth aus Bretter-, Wellblech- und

Lehmhütten verdiente sich nur ein winziger Teil der Bewohner sein Brot als Hafenarbeiter oder Fischer. Der größte Teil bestand aus Herumtreibern, Dieben, Saufbolden, Messerstechern, Zuhältern und Strichjungen (die unzähligen Prostituierten nicht gerechnet), die bei dem geringsten Anlaß mit Messern, hin und wieder auch mit Schußwaffen auf einander losgingen. Diese Gegend ohne fließendes Wasser oder Kanalisation, ohne Strom und ohne Straßenpflaster hatte sich nicht selten mit dem Blut von Ordnungshütern gefärbt. Aber in dieser Nacht war es außergewöhnlich friedlich. Während Lituma über unsichtbare Steine stolperte, das Gesicht verkniffen wegen des Gestanks von Exkrementen und Verfaultem, der ihm in die Nase stieg, lief er auf der Suche nach Chato durch die Mäander des Viertels und dachte: Die Kälte hat die Nachtschwärmer früh ins Bett geschickt. Es war Mitte August, also mitten im Winter, ein dichter Nebel, der alles verwischte und auflöste, und ein hartnäckiger Nieselregen, der die Luft feucht machte, verliehen dieser Nacht etwas Trauriges und Unwirtliches. Wo steckte Chato Soldevilla? Von der Kälte oder den Gangstern verschreckt, war dieser Weichling aus Tumbes bestimmt in eine der Bars an der Avenida Huascar gegangen, um sich aufzuwärmen und einen Schluck zu trinken. Nein, nein, das würde er nicht wagen, dachte Wachtmeister Lituma. Er weiß, daß ich die Runde mache und ihn zusammenscheiße, wenn er seinen Posten verlassen hat.

Er fand Chato unter einer Laterne an der Ecke gegenüber dem Staatlichen Kühlhaus. Er rieb sich zornig die Hände, sein Gesicht war hinter einem gespenstischen Halstuch verschwunden, das nur seine Augen freiließ. Als er Lituma sah, fuhr er zusammen, und seine Hand rutschte ans Halfter, dann, als er ihn erkannte, schlug er die Hacken zusammen.

»Sie haben mich erschreckt, Herr Wachtmeister«, sagte er lachend. »So von weitem, wie Sie aus der Dunkelheit kamen, sahen Sie aus wie ein Geist.«

»Ein Geist, ach, Unfug.« Lituma gab ihm die Hand. »Du hast gedacht, ich wär ein Gauner.«

»Bei dieser Kälte läuft kein Gauner freiwillig herum, was denken Sie.« Chato rieb sich wieder die Hände. »Die einzigen Verrückten, die in so einer Nacht herumlaufen, sind Sie und ich.

Und die da.« Er wies auf das Dach des Kühlhauses, und der Wachtmeister erkannte, wenn er seine Augen anstrengte, ein halbes Dutzend Geier, die Schnäbel zwischen den Flügeln, in einer geraden Linie zusammengedrängt auf dem First des Wellblechdaches. Die müssen einen gewaltigen Hunger haben, dachte er, auch wenn sie erfrieren, sie bleiben da und wittern das Aas. Im fahlen Licht der Laterne unterschrieb Chato Soldevilla den Bericht mit einem zerkauten Bleistiftstummel, der sich zwischen seinen Fingern verlor. Es gab nichts Neues, keine Unfälle, keine Vergehen, keine Trunkenbolde.

»Eine ruhige Nacht, Herr Wachtmeister«, sagte er, als er ihn ein paar Blocks weit bis zur Avenida Manco Cápac begleitete. »Ich hoffe, es bleibt so, bis ich abgelöst werde. Dann kann meinetwegen die Welt einstürzen, zum Teufel auch.«

Er lachte, als hätte er etwas sehr Witziges gesagt, und Wachtmeister Lituma dachte: Man muß ein Auge auf die Mentalität haben, die sich gewisse Polizisten leisten. Als hätte er seine Gedanken erraten, fügte Chato Soldevilla ernst hinzu: »Ich bin nicht wie Sie, Herr Wachtmeister. Mir gefällt das nicht. Ich trage die Uniform nur, um mir mein Brot zu verdienen.«

»Wenn es nach mir ginge, würdest du sie nicht tragen«, murmelte der Wachtmeister. »Ich würde in der Truppe nur die behalten, die an die Sache glauben.«

»Dann würde es ziemlich leer bei der Guardia Civil«, entgegnete Chato.

»Lieber allein als in schlechter Gesellschaft«, lachte der Wachtmeister, und auch Chato lachte. Sie gingen im Dunkeln über das unbebaute Grundstück neben der Fabrik Guadalupe, wo die Straßenjungen immer mit Steinen Zielübungen auf die Laternen machten. In der Ferne hörte man das Rauschen des Meeres und dann und wann den Motor eines Taxis, das über die Avenida Argentina fuhr.

»Sie hätten es wohl gern, wenn wir alle Helden wären«, sagte Chato unvermittelt. »Daß wir mit Leib und Seele diesen Schmutz hier verteidigen.« Er deutete nach Callao, nach Lima, in die ganze Welt. »Danken die uns das vielleicht? Haben Sie noch nie gehört, was sie uns auf der Straße nachschreien? Achtet uns hier vielleicht irgendeiner? Die Leute verachten uns, Herr Wachtmeister.«

»Hier verabschieden wir uns«, sagte Lituma am Rand der Avenida Manco Cápac, »bleib in deinem Bezirk und reg dich nicht auf. Jetzt kannst du es nicht erwarten, aus der Truppe auszuscheiden, aber an dem Tag, an dem du deinen Abschied nimmst, wirst du leiden wie ein Hund. Genauso ist es dem Pechito Antezana gegangen. Er ist aufs Revier gekommen, um uns zu besuchen, und die Tränen sind ihm in die Augen gestiegen. ›Ich habe meine Familie verloren‹, hat er gesagt.«
Lituma hörte Chato hinter sich grunzen: »Eine Familie ohne Frauen, feine Familie.«
Vielleicht hat Chato recht, dachte Wachtmeister Lituma, während er über die verlassene Avenida in die Nacht hineinging. Es war tatsächlich so, die Leute mochten die Polizei nicht, sie erinnerten sich ihrer nur, wenn sie vor irgend etwas Angst hatten. Ja und? Er machte sich nicht kaputt, damit die Leute ihn achteten oder liebten. Mir sind die Leute vollkommen egal, dachte er. Warum faßte er dann den Dienst bei der Guardia Civil nicht auf wie seine Kollegen, indem er versuchte (ohne sich kaputt zu machen), das Beste daraus zu machen, sich auszuruhen oder ein paar schmutzige Sol nebenher zu verdienen, wenn die Obrigkeit nicht in der Nähe war? Warum, Lituma? Er dachte: weil es dir gefällt. Weil du deine Arbeit liebst wie andere Fußball oder Pferderennen. Er kam auf die Idee, das nächste Mal, wenn irgendein verrückter Fußballfan ihn fragen sollte: »Bist du für die Sportboys oder für Chalaco, Lituma?«, ihm zu antworten: »Ich bin für die Guardia Civil.« Im Nebel, im Nieselregen, in der Nacht lachte er zufrieden über seinen Einfall, und da hörte er das Geräusch. Er zuckte zusammen, seine Hand fuhr zum Halfter, und er blieb stehen. Es hatte ihn so überrascht, daß er sich beinahe erschrocken hätte. Nur beinahe, dachte er, du hast noch niemals Angst gehabt, und du wirst auch niemals welche haben; du weißt gar nicht, was das ist, Lituma. Zu seiner Linken war ein freies Feld und rechts die Masse des ersten Lagerhauses des Terminal Marítimo. Von dort war es gekommen; sehr laut, ein Lärm von Kisten und Dosen, die im Fallen andere Kisten und Dosen mit sich rissen. Aber jetzt war alles wieder still, und man hörte nur das ferne Rauschen des Meeres und das Pfeifen des Windes, wenn er auf das Wellblech prallte und durch die Drähte im Hafen fuhr. Eine

Katze ist hinter einer Ratte her und stößt eine Kiste runter, diese eine andere, und schon haben wir die Lawine. Die arme Katze würde jetzt zusammen mit der Ratte zerquetscht unter einem Berg von Ballen und Fässern liegen. Er war schon im Bezirk von Choclo Román. Aber Choclo war natürlich nicht da. Lituma wußte genau, daß er am anderen Ende seines Bezirks war, im Happy Land oder im Blue Star oder irgendeiner anderen kleinen Bar oder in einem der Seemannspuffs, die sich am Ende der Avenida drängten, in jener kleinen Gasse, die die spitzzüngigen Callaoer »Trippergasse« nannten. Genau da würde er sein, an einer dieser geborstenen Theken, und ein Bierchen hinuntergurgeln. Und während er auf diese Spelunken zuging, dachte Lituma an das erschrockene Gesicht, das Román machen würde, wenn er plötzlich hinter ihm auftauchen würde: »Aha, alkoholische Getränke im Dienst. Du hast verschissen, Choclo.«

Er war etwa zweihundert Meter gegangen und blieb plötzlich stehen. Er drehte den Kopf: dort im Schatten lag jetzt still das Lagerhaus, eine seiner Wände war vom schwachen Schein einer Laterne beleuchtet, die auf wunderbare Weise den Geschossen der Straßenjungen entgangen war. Das ist keine Katze, dachte er, auch keine Ratte. Das ist ein Dieb. Sein Herz begann heftig zu schlagen, und er spürte, wie Stirn und Hände ihm feucht wurden. Es war ein Dieb, ein Dieb. Er blieb ein paar Sekunden regungslos stehen, aber er wußte, daß er zurückgehen würde. Er war ganz sicher. Er hatte diese Erregung schon oft gespürt. Er zog die Pistole aus dem Halfter, entsicherte sie und nahm die Taschenlampe in die linke Hand. Mit großen Schritten kehrte er um und fühlte, wie ihm das Herz bis in den Hals hinauf schlug. Ja, ganz bestimmt war da ein Dieb. Auf der Höhe des Lagerhauses blieb er wieder stehen und keuchte. Und wenn es nicht einer war, sondern mehrere? War es nicht besser, Chato oder Choclo zu holen? Er schüttelte den Kopf. Er brauchte niemanden; er war mehr als genug. Wenn es mehrere waren, um so schlimmer für sie und um so besser für ihn. Er horchte, das Gesicht an das Holz gedrückt: absolute Stille. Er hörte nur in der Ferne das Meer und das eine oder andere Auto. Kein Dieb, alles Unfug, Lituma, dachte er. Du träumst, das war eine Katze, eine Ratte. Die Kälte war ihm vergangen, er fühlte sich heiß und

müde. Er ging um das Lagerhaus herum und suchte die Tür. Als er sie fand, stellte er im Licht seiner Taschenlampe fest, daß das Schloß unverletzt war. Gerade wollte er zu sich selbst sagen: »Gefoppt, Lituma, dein Spürsinn ist auch nicht mehr, was er einmal war«, als bei einer mechanischen Bewegung seiner Hand die gelbe Scheibe der Taschenlampe auf die Öffnung fiel. Sie war nur ein paar Meter von der Tür entfernt. Man war gewaltsam vorgegangen, das Holz war mit Axtschlägen oder Fußtritten zertrümmert worden. Die Öffnung war so groß, daß ein Mann hindurchkriechen konnte.
Er spürte sein Herz aufgeregt, verrückt, wie wild schlagen, löschte die Taschenlampe, prüfte, ob seine Pistole entsichert war, und sah sich um. Nichts als Schatten und in der Ferne wie Streichholzlichter die Laternen der Avenida Huascar. Er füllte seine Lungen mit Luft und brüllte mit aller Kraft, die er aufbringen konnte:
»Umstellen Sie das Lagerhaus mit Ihren Männern, Herr Hauptmann. Wenn einer versucht zu fliehen, Feuer frei. Tempo, Tempo, Jungs!«
Und damit es glaubhafter klänge, rannte er von einer Seite zur anderen und stampfte dabei fest auf. Dann legte er das Gesicht an die Holzwand des Lagerhauses und schrie mit kehliger Stimme: »Ihr habt verschissen, das ist schiefgegangen. Ihr seid umstellt! Los, kommt raus, wo ihr reingegangen seid, einer nach dem anderen. Ich gebe euch dreißig Sekunden Zeit!«
Er hörte das Echo seiner Rufe, das sich in der Nacht verlor, dann das Meer und das Gebell einiger Hunde. Er zählte nicht dreißig, sondern sechzig Sekunden, dachte, du machst dich lächerlich, Lituma, und wurde zornig. Er schrie:
»Macht die Augen auf, Jungs! Und brennt ihnen sofort eins drauf!«
Entschlossen ließ er sich auf alle viere nieder und kroch trotz seiner Jahre und trotz seines Uniformmantels behende durch die Öffnung. Drinnen richtete er sich rasch auf und lief auf Zehenspitzen auf eine andere Seite, den Rücken dicht an der Wand. Er sah nichts und wollte die Taschenlampe nicht benutzen. Er hörte keinen Laut, aber wieder war er sich vollkommen sicher. Es war jemand da, wie er niedergekauert in der Dunkelheit, der horchte und zu sehen versuchte. Es kam ihm vor, als höre er ein

Atmen, ein Keuchen. Er hielt den Finger am Abzug und die Pistole in Brusthöhe. Er zählte bis drei und machte die Lampe an. Der Schrei überraschte ihn so sehr, daß sie ihm aus der Hand fiel und über den Boden rollte, wo Bündel, Ballen, die wie Baumwolle aussahen, Fässer und Balken auftauchten und (flüchtig, unpassend, unwirklich) die Gestalt des splitternackten Negers, der, zusammengekauert, mit den Händen das Gesicht zu verbergen suchte, aber durch die Finger hindurchlugte, die Augen vor Schrecken weit aufgerissen und auf die Laterne gerichtet, als käme die Gefahr aus dem Licht.

»Stehengeblieben, oder ich brenn dir eins drauf! Stehengeblieben, oder du bist tot, Zambo!« brüllte Lituma so laut, daß ihm die Kehle schmerzte, dann bückte er sich und tastete nach der Lampe. Und dann, mit wilder Befriedigung: »Jetzt hast du verschissen, Zambo! Das ist dir danebengegangen!«

Er war ganz verwirrt von seinem eigenen Geschrei. Jetzt hatte er die Taschenlampe wieder, der Lichtstrahl fuhr herum und suchte den Neger. Er war nicht geflohen. Da hockte er noch, und Lituma traute seinen Augen nicht. Das war kein Hirngespinst, kein Traum. Der Mann war splitternackt, ja, so wie er geboren worden war, keine Schuhe, keine Unterhose, kein Hemd, nichts. Und er schien sich nicht zu schämen oder zu merken, daß er nackt war, denn er bedeckte sich seinen Schweinskram nicht, der ihm fröhlich im Licht der Taschenlampe herumbaumelte. Von dem runden Lichtstrahl hypnotisiert, blieb er zusammengekauert, das Gesicht halb von den Händen bedeckt, sitzen und rührte sich nicht.

»Hände über den Kopf, Zambo!« befahl Wachtmeister Lituma, ohne sich ihm zu nähern: »Ganz ruhig, wenn du nichts abbekommen willst. Du kommst in den Knast, weil du in privates Eigentum eingedrungen bist und die Zwillinge frei spazierenführst.«

Und gleichzeitig – aufmerksam auf das kleinste Geräusch lauschend, das irgendeinen Komplizen im Dunkel des Lagerhauses verraten würde– sagte sich der Wachtmeister: das ist kein Dieb, das ist ein Irrer. Nicht nur, weil er mitten im Winter vollkommen nackt war, sondern wegen dieses Schreis, den er ausgestoßen hatte, als er entdeckt wurde. Das war nicht der Schrei eines normalen Mannes, dachte der Wachtmeister. Das war ein höchst sonderbarer Laut, etwas zwischen Geheul, Eselsgeschrei, Gelächter und Bellen. Ein Laut, der nicht nur aus der Kehle zu kommen schien, sondern auch aus dem Leib, aus dem Herzen, aus der Seele.

»Ich hab gesagt, Hände über den Kopf, du Scheißer!« schrie der Wachtmeister und machte einen Schritt auf den Mann zu. Der gehorchte nicht und rührte sich nicht. Er war sehr schwarz und so mager, daß Lituma in der Dunkelheit die Rippen unter der Haut sah. Seine Beine waren wie Stöcke, aber er hatte einen gewaltigen Bauch, der sich über den Schamhaaren wölbte, und Lituma dachte sofort an die ausgemergelten Geschöpfe in den Armenvierteln, deren Leiber von Parasiten aufgebläht waren. Der Schwarze bedeckte sich noch immer das Gesicht, er war ganz still, und der Wachtmeister ging zwei Schritte auf ihn zu und beobachtete ihn; er war sicher, er würde im nächsten Augenblick losrennen. Verrückte haben keine Angst vor Revolvern, dachte er und machte noch zwei Schritte. Er war nur noch ein paar Meter von dem Schwarzen entfernt, und erst jetzt konnte er die Narben sehen, die ihm über die Schultern, die Arme, den Rücken liefen. Donnerwetter, Teufel auch, dachte Lituma. War das von einer Krankheit? Waren es Wunden oder Verbrennungen? Er sprach jetzt leise, um den Mann nicht zu erschrecken: »Ganz ruhig, ganz ruhig, Zambo. Die Hände über den Kopf, und dann gehen wir zu dem Loch, durch das du reingekommen bist. Wenn du dich ordentlich benimmst, gebe ich dir auf der Wache einen Kaffee, du mußt ja halb totgefroren sein, nackt bei diesem Wetter.«

Er wollte noch einen Schritt auf den Neger zugehen, als der Mann plötzlich die Hände vom Gesicht nahm – Lituma war verblüfft, als er unter der verfilzten, verklumpten Mähne diese entsetzten Augen, diese scheußlichen Narben, diese Schnauze sah, aus der ein einziger, langer, spitzer Zahn herausragte – und wieder diese zwitterhaften, unbegreiflichen, unmenschlichen Klagelaute ausstieß, unruhig, wild, nervös wie ein Tier, das einen Fluchtweg sucht, hin- und herblickte und schließlich den Weg wählte, den er nicht hätte nehmen sollen, nämlich den, den der Wachtmeister mit seinem Körper verstellte. Er warf sich nicht gegen ihn, sondern versuchte, durch ihn hindurch zu entkommen. So unerwartet lief er los, daß Lituma ihn nicht festhalten konnte und der Mann gegen ihn prallte. Der Wachtmeister hatte sich voll unter Kontrolle, sein Finger zuckte nicht, es löste sich kein Schuß. Der Schwarze schnaubte, als er gegen ihn stieß. Lituma versetzte ihm einen Stoß, und er fiel wie ein Lappen zu Boden. Damit er ruhig bliebe, gab er ihm noch einen Tritt.

»Steh auf«, befahl er ihm. »Du bist nicht nur verrückt, du bist auch noch dumm. Und wie du stinkst!«

Er roch unbestimmt nach Teer, Azeton, Urin und Katze. Jetzt hatte er sich umgedreht und sah Lituma, den Rücken auf dem Boden, voll panischer Angst an.

»Wo kommst du bloß her?« murmelte Lituma. Er trat mit der Taschenlampe etwas näher an ihn heran und betrachtete eine Weile verwundert dieses unglaubliche Kreuz und Quer von langen Striemen, das durchfurchte Gesicht, die kleinen Erhöhungen, die über seine Wangen, über die Nase, seine Stirn, sein Kinn liefen und sich am Hals verloren. Wie hatte ein Kerl, der so aussah und die Zwillinge unbedeckt herumhängen hatte, durch die Straßen von Lima gehen können, ohne daß ihn jemand anzeigte?

»Steh endlich auf, oder du fängst dir eine«, sagte Lituma. »Verrückt oder nicht verrückt, ich bin es leid.«

Der Mann rührte sich nicht. Er stieß jetzt Laute aus, ein unverständliches Murmeln, ein Schnurren, ein Zischen, etwas, das mehr mit Vögeln, Insekten oder wilden Tieren zu tun hatte als mit Menschen. Mit unendlichem Grauen starrte er noch immer auf die Taschenlampe.

»Steh endlich auf, hab keine Angst«, sagte der Wachtmeister, streckte eine Hand aus und nahm den Schwarzen beim Arm. Der leistete keinen Widerstand, machte aber auch keine Anstrengungen, sich aufzurichten. Wie mager du bist, dachte Lituma, beinahe amüsiert über das unaufhörliche Jaulen, Gurgeln und Pfeifen des Mannes. Und Angst hast du. Er zwang ihn aufzustehen und konnte nicht glauben, daß er so leicht war. Er gab ihm nur einen kleinen Schubs in Richtung auf die Öffnung der Holzwand und merkte sogleich, daß er taumelte und fiel. Dieses Mal stand er aber unter großen Anstrengungen allein wieder auf, dabei stützte er sich auf ein Ölfaß.

»Bist du krank?« fragte der Wachtmeister. »Du kannst ja kaum gehen, Zambo. Aber woher, zum Teufel, kommt so eine Vogelscheuche wie du!«

Er schleppte ihn zur Öffnung, drückte ihn auf die Knie und zwang ihn, vor ihm auf die Straße hinauszukriechen. Der Schwarze stieß immer noch pausenlos Laute aus, als hätte er ein Stück Eisen im Mund und versuchte es auszuspucken. Ja, dachte der Wachtmeister, der ist verrückt. Der Nieselregen hatte aufgehört, aber jetzt fegte ein starker, schneidender Wind durch die Straßen und heulte um sie herum, während Lituma, den Schwarzen mit kleinen Stößen zur Eile antreibend, in Richtung Polizeiwache ging. Er fror unter seinem dicken Regenmantel.

»Du mußt ja total erfroren sein, Junge«, sagte Lituma. »Nackt bei diesem Wetter und um diese Zeit. Wenn du keine Lungenentzündung kriegst, ist es ein Wunder.«

Dem Schwarzen klapperten die Zähne. Er hatte die Arme über der Brust gekreuzt und rieb sich die Seiten mit seinen langen, knochigen Händen, als spüre er die Kälte hauptsächlich an den Rippen. Er schnarrte, schnaubte und schnatterte immer noch, aber jetzt wie für sich selbst, und bog gefügig dort ein, wo der Wachtmeister ihn hinschob. Auf der Straße waren weder Autos noch Hunde oder Betrunkene. Als sie auf der Wache ankamen – Lituma freute sich wie ein Schiffbrüchiger, der das Ufer erreicht, über die Lichter in den Fenstern mit dem öligen Glanz –, schlug der rauhe Glockenton der Kirche von Nuestra Señora del Carmen de la Legua 2 Uhr.

Als der Wachtmeister mit dem nackten Neger erschien, fiel dem jungen Hauptmann Jaime Concho zwar nicht das Donald-Duck-Heft aus den Händen – es war das vierte, das er in dieser Nacht las, außer den drei Superman und den zwei Mandrakes –, aber er riß den Mund so weit auf, daß ihm beinahe der Kiefer aushakte. Die Polizisten Camacho und Arévalo, die eine Partie Dame spielten, rissen ebenfalls die Augen auf.

»Wo hast du diese Vogelscheuche aufgegabelt?« fragte endlich der Hauptmann.

»Ist das ein Mensch, ein Tier oder ein Ding?« fragte Manzanita Arévalo, stand auf und beschnupperte den Neger. Der schwieg, seit sie die Wache betreten hatten, und drehte mit angstverzerrtem Gesicht den Kopf hin und her, als sähe er zum ersten Mal in

seinem Leben elektrisches Licht, Schreibmaschinen und Polizisten. Aber als er Manzanita auf sich zukommen sah, stieß er wieder seinen haarsträubenden Klagelaut aus – Lituma sah, daß Hauptmann Concha unter diesem Eindruck beinahe vom Stuhl fiel und Mocos Camacho die Damefiguren durcheinanderwarf – und versuchte auf die Straße zu entkommen. Der Wachtmeister hielt ihn mit einer Hand fest und schüttelte ihn ein bißchen.
»Ruhig, Zambo, keine Angst.«
»Ich habe ihn in dem neuen Schuppen des Terminal gefunden, Herr Hauptmann«, sagte er. »Er hat die Holzverschalung zerschlagen und ist hinein. Soll ich eine Anzeige wegen Diebstahls, Eindringens in privates Eigentum, unsittlichen Verhaltens oder wegen aller drei Delikte aufsetzen?«
Der Schwarze hatte sich wieder in sich zurückgezogen, und Hauptmann Concha, Camacho und Arévalo begutachteten ihn von Kopf bis Fuß.
»Diese Narben stammen nicht von den Pocken, Herr Hauptmann«, sagte Manzanita und wies auf die Furchen im Gesicht und auf dem Körper des Mannes. »Die hat man ihm mit dem Messer beigebracht, auch wenn es unglaublich klingt.«
»Einen so mageren Mann habe ich noch nie gesehen«, sagte Mocos und betrachtete die Knochen des Nackten. »Auch keinen so häßlichen, mein Gott, was hat der für eine Krause. Und diese Füße!«
»Laß uns nicht zappeln«, sagte Hauptmann Concha. »Erzähl uns dein Leben, Negrito.«
Wachtmeister Lituma hatte sein Käppi abgelegt und knöpfte sich den Regenmantel auf. Er setzte sich an die Schreibmaschine und schrieb den Bericht. Von seinem Platz aus rief er:
»Er kann nicht sprechen, Herr Hauptmann. Er stößt nur Laute aus, die man nicht versteht.«
»Gehörst du zu denen, die verrückt spielen?« erkundigte sich der Hauptmann. »Wir sind etwas zu alt, als daß man uns an der Nase herumführen könnte. Sag schon, wer du bist, woher du kommst, wer deine Mutter war.«
»Oder wir bringen dich durch Prügel zum Sprechen«, fügte Manzanita hinzu. »Sing wie ein Kanarienvögelchen, Zambito.«
»Wenn diese Streifen von einem Messer sind, muß man ihm

tausend Messerstiche verpaßt haben«, staunte Mocos und betrachtete noch einmal die Furchen, die den Neger überzogen. »Aber wie ist es möglich, daß ein Mann auf diese Weise gezeichnet wird?«
»Der stirbt vor Kälte«, sagte Manzanita. »Seine Zähne klappern wie Maracas.«
»Die Backenzähne«, korrigierte Mocos und untersuchte ihn wie eine Ameise ganz aus der Nähe. »Siehst du nicht, daß er nur einen Schneidezahn hat, diesen Elefantenstoßzahn? Donnerwetter, ist das ein Kerl. Er sieht aus wie ein Albtraum.«
»Ich glaube, bei dem tickt es nicht richtig«, sagte Lituma, während er schrieb. »Bei dieser Kälte so herumzulaufen, das ist doch nicht normal, oder, Herr Hauptmann?«
In diesem Augenblick ließ ihn der Lärm aufblicken: von irgend etwas elektrisiert, hatte der Schwarze dem Hauptmann einen Stoß versetzt und war wie ein Pfeil zwischen Camacho und Arévalo hindurchgesaust. Aber nicht auf die Straße, sondern zu dem Tisch mit dem Damespiel. Lituma sah, wie er sich auf ein angebissenes Sandwich stürzte, es in sich hineinstopfte und in einer einzigen wilden und bestialischen Bewegung hinunterwürgte. Als Arévalo und Camacho zu ihm kamen und ihm ein paar Ohrfeigen versetzten, verschlang der Schwarze bereits mit der gleichen Gier die Überreste des anderen Sandwichs.
»Schlagt ihn nicht, Jungs«, sagte der Wachtmeister, »gebt ihm lieber einen Kaffee, seid doch ein bißchen barmherziger.«
»Wir sind hier nicht auf dem Wohlfahrtsamt«, sagte der Hauptmann. »Zum Teufel, ich weiß nicht, was ich mit diesem Subjekt anfangen soll.«
Er sah den Schwarzen an, der, nachdem er die Sandwichs verschlungen und die Ohrfeigen von Manzanita und Mocos ohne Reaktion entgegengenommen hatte, jetzt ruhig und leise keuchend auf dem Boden lag. Schließlich tat er ihm leid, und er grunzte:
»Na ja, gebt ihm ein bißchen Kaffee und locht ihn ein.«
Mocos reichte ihm eine halbe Tasse Kaffee aus der Thermosflasche. Der Schwarze trank langsam, schloß dabei die Augen, und als er ausgetrunken hatte, leckte er das Aluminium auf der Suche nach dem letzten Tropfen ab, bis es glänzte. Friedfertig ließ er sich in die Zelle führen.

Lituma las den Bericht noch einmal durch: versuchter Diebstahl, Eindringen in privates Eigentum, unsittliches Verhalten. Hauptmann Jaime Concha hatte sich wieder an den Schreibtisch gesetzt, und sein Blick wanderte durch den Raum:
»Ich weiß, jetzt weiß ich, an wen er mich erinnert«, lächelte er glücklich und zeigte auf den Stapel bunter Zeitschriften. »An die Neger aus den Geschichten von Tarzan, die aus Afrika.«
Camacho und Arévalo hatten ihre Partie Dame wieder aufgenommen, Lituma setzte sein Käppi auf und knüpfte seinen Regenmantel zu. Als er hinaustrat, hörte er das Gekreisch des Taschendiebes, der aufgewacht war und nun gegen seinen Zellengenossen protestierte: »Hilfe, rettet mich! Der vergewaltigt mich!«
»Halt die Schnauze, oder wir vergewaltigen dich«, verwarnte ihn der Hauptmann. »Laß mich in Ruhe meine Hefte lesen.«
Von der Straße her konnte Lituma sehen, daß sich der Neger auf den Boden gelegt hatte, völlig unberührt von dem Geschrei des Taschendiebes, eines mageren Chinesen, der sich von seinem Schreck nicht erholen konnte. »Aufwachen und ein solches Gespenst vor sich sehen!« Lituma lachte und wandte sich mit seiner kräftigen Gestalt wieder in den Nebel, den Wind, die Schatten. Die Hände in den Taschen, den Kragen des Mantels hochgestellt, den Kopf eingezogen, setzte er ohne Eile seine Runde fort.
Zuerst ging er in die »Trippergasse«. Dort fand er den Choclo Román auf die Theke des Happy Land gestützt und über die Witze von Paloma del Llanto lachend, einer alten Tunte mit gefärbtem Haar und falschen Zähnen, die hier den Barmann machte. Er vermerkte in seinem Bericht, daß der Polizist Román »allem Anschein nach alkoholische Getränke im Dienst zu sich genommen« habe, obwohl er nur zu gut wußte, daß Hauptmann Concha, ein Mann voller Verständnis für eigene und fremde Schwächen, darüber hinwegsehen würde. Dann entfernte er sich vom Meer und stieg die Avenida Sáenz Peña hinauf, die um diese Stunde toter war als ein Friedhof, und es kostete ihn einige Mühe, Umberto Quispe zu finden, der im Bezirk um den Markt Dienst tat. Die Stände waren geschlossen, und auf Bretter oder Zeitungen, unter den Treppen oder unter Lastwagen zusammengekau-

ert, schliefen heute weniger Landstreicher als sonst. Nach mehreren vergeblichen Runden und vielen Pfiffen mit dem Erkennungssignal traf er Quispe an der Ecke Colón/Cochrane. Er half einem Taxifahrer, dem Räuber den Schädel eingeschlagen hatten, um ihn auszurauben. Sie trugen ihn gemeinsam zur Unfallstation, wo er verbunden wurde, dann aßen sie eine Fischsuppe an dem ersten Stand, der öffnete, bei Doña Gualberta, die frischen Fisch verkaufte. Ein Streifenwagen holte Lituma in der Sáenz Peña ab und nahm ihn mit bis zur Fortaleza del Real Felipe, zu deren Füßen Manitas Rodríguez, der Jüngste des Reviers, Wache hatte. Er überraschte ihn, wie er allein in der Dunkelheit Himmel und Hölle spielte. Ganz ernsthaft hüpfte er von Feld zu Feld, auf einem Fuß, auf beiden, und als er den Wachtmeister sah, stand er stramm:

»Bei dieser Übung wird man warm«, sagte er und deutete auf die Zeichnung, die er mit Kreide auf den Bürgersteig gemalt hatte: »Haben Sie als Junge nie Himmel und Hölle gespielt, Herr Wachtmeister?«

»Lieber Kreisel, und ich war gut im Drachensteigenlassen«, antwortete Lituma.

Manitas Rodríguez berichtete von einem Zwischenfall, der ihm, so sagte er, die Wache versüßt habe. Er war gegen Mitternacht durch die Calle Paz Soldán gegangen, als er ein Subjekt durch ein Fenster einsteigen sah. Er hatte den Kerl mit dem Revolver in der Hand gestellt, aber der hatte angefangen zu heulen und gesagt, er sei kein Dieb, sondern ein Ehemann, und seine Frau habe ihn darum gebeten, auf diese Weise, nämlich im Dunkeln durchs Fenster, einzusteigen. Und warum nicht durch die Tür, wie alle Menschen? »Weil sie ein bißchen verrückt ist«, weinte der Mann. »Wissen Sie, wenn ich als Dieb einsteige, ist sie viel zärtlicher. Manchmal will sie, daß ich sie mit dem Messer in der Hand oder sogar als Teufel verkleidet erschrecke. Wenn ich ihr den Gefallen nicht tue, gibt sie mir nicht einmal einen Kuß, Herr Wachtmeister.«

»Der hat dein Milchgesicht gesehen und hat sich mit dir einen prächtigen Spaß erlaubt«, sagte Lituma und grinste.

»Das war die reine Wahrheit«, versicherte Manitas. »Ich habe geläutet, wir sind rein, und die Frau, eine schnuckelige Mulattin, hat alles bestätigt, sie und ihr Mann hätten schließlich das

Recht, Einbrecher zu spielen. Was man in diesem Beruf nicht alles sieht, Herr Wachtmeister!«
»So ist es, mein Junge.« Lituma nickte und dachte an den Neger.
»Mit so einer Frau langweilt man sich nie, Herr Wachtmeister.« Manitas leckte sich die Lippen.
Er begleitete Lituma bis zur Avenida Buenos Aires, und sie verabschiedeten sich. Während er bis an die Grenze von Bellavista weiterging – Calle Vigil, Plaza de la Guardia Chalaca –, eine lange Strecke, auf der er gewöhnlich anfing müde zu werden, dachte der Wachtmeister an den Neger. War er aus dem Irrenhaus entlaufen? Aber das Larco Herrera war so weit entfernt, daß irgendein Polizist oder Streifenwagen ihn gesehen und festgenommen haben müßte. Und die Narben? Hatte man ihm die mit dem Messer beigebracht? Oje, oje, das mußte schmerzen, wie langsam im Feuer braten. Daß man jemandem Wunde auf Wunde zufügen konnte, bis das ganze Gesicht von Striemen durchzogen war! Donnerwetter! Und wenn er so geboren worden war? Es war noch finstere Nacht, doch man spürte schon die Anzeichen des Morgens: Autos, der eine oder andere Lastwagen, die Silhouetten von Frühaufstehern. Der Wachtmeister fragte sich, warum er, der so viele seltsame Typen gesehen hatte, sich eigentlich um den nackten Kerl Gedanken mache. Er zog die Schultern hoch. Reine Neugier, so beschäftigt man während der Runde den Geist.
Er hatte keine Schwierigkeiten, Zárate zu treffen, einen Polizisten, der mit ihm in Ayacucho gedient hatte. Er traf ihn, den Bericht schon fertig und unterschrieben. Nur ein Zusammenstoß ohne Verletzte, nichts Wichtiges. Lituma erzählte ihm die Geschichte von dem Neger, und das einzige, was Zárate daran Spaß machte, war die Episode mit den Sandwichs. Er hatte es mit der Philatelie, und während er den Wachtmeister einige Blocks weiter begleitete, erzählte er ihm, daß er an diesem Morgen ein paar dreieckige Marken aus Äthiopien bekommen habe, mit Löwen und Schlangen, grün, rot und blau, die außerordentlich selten waren und die er für fünf wertlose Argentinier eingetauscht habe.
»Aber wahrscheinlich halten die sie für sehr wertvoll«, unterbrach ihn Lituma.

Zárates Tick, den er sonst gutmütig ertrug, machte ihn heute ungeduldig, und er war froh, als sie sich trennten. Ein bläulicher Glanz zeichnete sich am Himmel ab, und aus dem Schwarz stiegen geisterhaft, grau, rosafarben die Gebäude von Callao auf. Fast trabend zählte der Wachtmeister die Blocks, die ihm noch bis zur Wache fehlten. Aber dieses Mal, gestand er sich, hatte er es nicht eilig, weil er von der Nachtschicht und seinem langen Marsch müde war. Er wollte vielmehr den Neger noch einmal sehen. »Vielleicht glaubst du, alles war nur ein Traum, Lituma, und der nackte Kerl existiert überhaupt nicht.«

Aber er existierte. Da lag er und schlief verschränkt wie ein Knoten auf dem Boden der Zelle. Der Taschendieb war am anderen Ende des Raumes wieder eingeschlafen und hatte noch den Ausdruck des Schreckens auf dem Gesicht. Auch die anderen schliefen. Hauptmann Concha bäuchlings auf dem Stapel Comic-Hefte und Camacho und Arévalo Schulter an Schulter auf der Bank im Eingang. Lituma betrachtete den Neger eine ganze Weile, seine hervorstehenden Knochen, sein krauses Haar, seine große Schnauze, seinen verwaisten Zahn, seine tausend Narben, die Schauer, die über seinen Körper liefen. Wo bist du nur hergekommen, Zambo, dachte er. Schließlich übergab er dem Hauptmann, der ein Paar geschwollener und rot unterlaufener Augen öffnete, den Bericht:

»Ist der Mist endlich rum«, sagte er mit klebrigem Mund. »Ein Tag Dienst weniger, Lituma.«

Und auch ein Tag Leben weniger, dachte der Wachtmeister. Er verabschiedete sich, die Hacken zusammenschlagend. Es war 6 Uhr früh, und er war frei. Wie immer ging er zum Markt zu Doña Gualberta, um eine heiße Suppe, ein paar Empanadas, Bohnen mit Reis und Milchspeise zu essen. Dann ging er in die Calle Colón in das Zimmerchen, in dem er wohnte. Er fand nicht gleich in den Schlaf, und als er endlich eingeschlafen war, träumte er sofort von dem Neger. Er sah ihn von Löwen und roten, grünen und blauen Schlangen umzingelt im Herzen Abessiniens mit Zylinder, Stiefeln und einer Dompteurpeitsche. Die Bestien machten Männchen im Takt seiner Peitsche, und eine Menschenmenge, die zwischen Lianen, Baumstämmen und Blattwerk hockte und sich am Gesang der Vögel und am Geschrei der Affen erfreute, applaudierte heftig. Aber statt einer

Verbeugung zum Publikum kniete der Neger nieder, streckte die Hände in bittender Gebärde aus, Tränen liefen ihm aus den Augen, sein großes Maul öffnete sich, und gequält, ungestüm, wild ließ er diesen Zungenbrecher, seine absurde Musik, hervorquellen.

Lituma erwachte gegen 3 Uhr nachmittags, schlechtgelaunt und sehr müde, obwohl er sieben Stunden geschlafen hatte. Jetzt haben sie ihn wohl schon nach Lima gebracht, dachte er. Während seiner Katzenwäsche stellte er sich die Überführung des Negers vor. Wahrscheinlich hatte ihn der 9-Uhr-Streifenwagen mitgenommen; wahrscheinlich hatte man ihm irgendeinen Lappen gegeben, damit er sich damit bedecke, hatte ihn in der Präfektur abgegeben, eine Karteikarte angelegt, ihn in die Zelle für die Verrückten gesteckt, und dort würde er jetzt hocken und sich die Läuse kratzen in dieser dunklen Höhle, unter den Vagabunden, Dieben, Randalierern und Raufbolden der letzten vierundzwanzig Stunden, zitternd vor Kälte und halbtot vor Hunger.

Es war ein grauer und feuchter Tag. Im Nebel bewegten sich die Menschen wie Fische in schmutzigem Wasser, und Lituma ging in Gedanken versunken gemächlich zu Doña Gualberta, wo er essen wollte. Zwei Scheiben Brot mit frischem Käse und ein Kaffee.

»Du bist heute so komisch, Lituma«, sagte Doña Gualberta, eine Alte, die das Leben kannte, »Geld- oder Liebeskummer?«

»Ich denke an einen Kerl, den ich letzte Nacht gefunden habe«, sagte der Wachtmeister und probierte den Kaffee mit der Zungenspitze. »Er ist in das Lagerhaus am Terminal eingedrungen.«

»Und was ist daran so merkwürdig?« fragte Doña Gualberta.

»Er war splitternackt, voller Narben, das Haar wie ein Urwald, und er kann nicht sprechen«, erklärte Lituma. »Woher kann so ein Kerl kommen?«

»Aus der Hölle!« lachte die Alte und nahm seinen Geldschein.

Lituma ging zur Plaza Grau, um sich mit Pedralbes, einem Obermaat bei der Marine, zu treffen. Sie hatten sich vor Jahren kennengelernt, als der Wachtmeister noch Polizist und Pedralbes einfacher Matrose war. Beide hatten in Pisco gedient. Dann hatte ihr Schicksal sie etwa zehn Jahre lang getrennt, aber vor ungefähr zwei Jahren hatten sie sich wieder getroffen. Sie verbrachten ihre freien Tage gemeinsam, und Lituma fühlte sich bei den Pedralbes wie zu Hause. Sie tranken ein Bier in La Punta, dem Club für Hauptleute und Matrosen, und spielten Sapo. Sofort erzählte der Wachtmeister die Geschichte von dem Neger, und Pedralbes fand sehr schnell die Erklärung: »Ein Wilder aus Afrika, der als blinder Passagier auf einem Schiff gekommen ist. Während der Reise hat er sich versteckt, und als sie in Callao ankamen, ist er nachts ins Wasser gesprungen und hat sich so in Peru eingeschmuggelt.«

Lituma kam es vor, als ginge die Sonne auf. Alles war plötzlich klar.

»Du hast recht, das ist es«, sagte er und schnalzte bewundernd mit der Zunge. »Der kommt aus Afrika. Natürlich, das ist es. Und hier in Callao hat man ihn aus irgendeinem Grund abgesetzt. Vielleicht, um ihn nicht zu bezahlen, vielleicht hat man ihn im Schiffsraum entdeckt, vielleicht, um ihn loszuwerden.«

»Man hat ihn nicht den Behörden übergeben, weil man genau wußte, daß die ihn nicht nehmen würden«, vervollständigte Pedralbes die Geschichte. »Sie haben ihn mit Gewalt abgeschoben: sieh zu, wie du weiterkommst, Wilder.«

»Das heißt, der Kerl weiß nicht einmal, wo er ist«, sagte Lituma. »Das heißt, diese Laute sind nicht die eines Verrückten, sondern die eines Wilden; das heißt, dies Gekrächze ist seine Sprache.«

»Das ist so, als wenn du ein Flugzeug besteigst, und auf dem Mars steigst du wieder aus, Bruder«, half Pedralbes.

»Wie intelligent wir doch sind«, sagte Lituma. »Wir haben das ganze Leben des Kerls aufgedeckt.«

»Wie intelligent ich bin, solltest du sagen«, protestierte Pedralbes. »Was wird jetzt aus dem Neger?«

Wer weiß, dachte Lituma. Sie spielten sechs Partien Sapo, und vier davon gewann der Wachtmeister, so daß Pedralbes das Bier bezahlen mußte. Dann gingen sie in die Calle Chanchamayo, wo Pedralbes in einem Häuschen lebte, dessen Fenster vergittert waren. Domitila, Pedralbes' Frau, hatte die drei Kinder gefüttert, und als sie die beiden kommen sah, brachte sie das Jüngste ins Bett und befahl den anderen, auf gar keinen Fall an die Tür zu gehen. Sie strich sich das Haar glatt, nahm die beiden Männer am Arm, und sie gingen fort. Zuerst ins Kino Porteño in der Sáenz Peña, um einen italienischen Film anzusehen. Lituma und Pedralbes gefiel er nicht, aber sie sagte, sie würde ihn sich sogar noch einmal ansehen. Zu Fuß wanderten sie zurück zur Calle Chanchamayo – die Kinder waren eingeschlafen –, und Domitila richtete ihnen zum Abendessen ein paar Olluquitos mit aufgewärmtem Rindfleisch. Als Lituma sich verabschiedete, war es halb elf. Auf dem Revier war er pünktlich zu Dienstbeginn, um genau 11 Uhr.

Hauptmann Jaime Concha ließ ihn gar nicht erst Luft holen; er rief ihn zu sich und knallte ihm die Befehle mit einigen spartanischen Sätzen hin, von denen Lituma schwindelig wurde und ihm die Ohren sausten.

»Die da oben wissen schon, was sie tun.« Aufmunternd klopfte ihm der Hauptmann auf die Schulter. »Und sie haben ihre Gründe, das muß man verstehen. Die da oben irren sich nie, so ist es doch, Lituma.«

»Selbstverständlich«, stammelte der Wachtmeister.

Manzanita und Mocos stellten sich beschäftigt. Aus den Augenwinkeln sah Lituma, wie einer die Durchgangspapiere studierte, als wären es Nacktphotos, der andere ordnete die Papiere auf seinem Schreibtisch, brachte sie wieder durcheinander und ordnete sie erneut. »Darf ich etwas fragen, Herr Hauptmann?« fragte Lituma.

»Du darfst«, antwortete der Hauptmann. »Ich weiß nur nicht, ob ich dir antworten kann.«

»Warum haben die da oben mich für diese Aufgabe ausgesucht?«

»Das kann ich dir sagen«, sagte der Hauptmann. »Aus zwei Gründen. Weil du ihn gefangen hast und es nur gerecht ist, daß der, der den Spaß angefangen hat, ihn auch beendet. Und zweitens, weil du der beste Polizist des Reviers bist, vielleicht von ganz Callao.«

»Welche Ehre«, murmelte Lituma, ohne sich auch nur im geringsten zu freuen.

»Die da oben wissen sehr genau, daß es sich um eine sehr

schwere Aufgabe handelt, und darum vertrauen sie sie dir an«, sagte der Hauptmann. »Du solltest stolz darauf sein, daß man dich unter Hunderten von Polizisten in Lima ausgesucht hat.«
»Oh, das heißt, ich soll mich auch noch bedanken.« Lituma schüttelte verblüfft den Kopf. Er dachte einen Augenblick nach und fügte sehr leise hinzu: »Muß es sofort sein?«
»Sofort«, sagte der Hauptmann und versuchte jovial zu sein. »Was du heute kannst besorgen, das verschiebe nicht auf morgen.«
Jetzt weißt du, warum dir das Gesicht des Negers nicht aus dem Kopf wollte, dachte Lituma.
»Willst du einen von denen als Unterstützung mitnehmen?« hörte er die Stimme des Hauptmanns.
Lituma spürte, wie Camacho und Arévalo versteinerten. Ein eisiges Schweigen verbreitete sich in der Revierwache, während der Wachtmeister die beiden Polizisten beobachtete und sich absichtlich Zeit ließ, um die beiden auf die Folter zu spannen. Manzanita schwankte der Stapel Papier in den Händen, und Mocos hatte das Gesicht in die Sachen auf seinem Schreibtisch vergraben.
»Den da«, sagte Lituma und zeigte auf Arévalo. Er hörte, wie Camacho tief aufatmete, sah in den Augen von Manzanita allen Haß der Welt gegen sich auflodern und wußte, daß er ihn verfluchte.
»Ich habe die Grippe und wollte Sie gerade bitten, mich von einem Ausgang heute Nacht zu befreien, Herr Hauptmann«, stotterte Arévalo und machte ein blödes Gesicht.
»Laß das verweichlichte Getue und schnapp dir deinen Regenmantel«, kam ihm Lituma zuvor und ging an ihm vorbei, ohne ihn anzusehen. »Wir gehen sofort.«
Er ging zur Zelle und öffnete sie. Zum ersten Mal an diesem Tag sah er den Neger an. Man hatte ihm eine lumpige Hose angezogen, die ihm kaum bis zu den Knien reichte, seine Brust und seinen Rücken bedeckte ein Sack, in den man ein Loch für den Kopf gerissen hatte. Er sah Lituma ganz ruhig in die Augen, ohne Furcht und ohne Freude. Er saß auf dem Boden und kaute etwas. Statt Handschellen trug er eine Schnur um die Handgelenke, die lang genug war, daß er essen und sich kratzen konnte.

Der Wachtmeister machte ihm ein Zeichen, er solle aufstehen, aber der Neger schien ihn nicht zu verstehen. Lituma trat auf ihn zu, nahm ihn am Arm, und der Mann stand willig auf. Mit derselben Gleichgültigkeit, mit der er ihn empfangen hatte, ging er vor ihm her. Manzanita hatte sich schon den Regenmantel angezogen und den Schal um den Hals gelegt. Hauptmann Concha drehte sich nicht um, als sie hinausgingen. Er hatte das Gesicht hinter einem Donald-Duck-Heft versteckt. (Er merkt nicht, daß er es falsch herum hält, dachte Lituma.) Camacho dagegen bedachte sie mit einem Beileidslächeln. Auf der Straße ging der Wachtmeister auf der Fahrbahnseite und ließ Arévalo innen gehen. Der Neger ging kauend, mit langen, an allem völlig uninteressierten Schritten zwischen ihnen.
»Seit zwei Stunden kaut er an diesem Stück Brot«, sagte Arévalo. »Heute abend, als man ihn aus Lima zurückbrachte, haben wir ihm das ganze alte Brot aus der Speisekammer gegeben, das schon steinhart war. Er hat alles aufgegessen. Er kaut wie eine Mühle. Ein verdammter Hunger, was?«
Erst die Pflicht, dann das Gefühl, dachte Lituma. Er achtete auf seinen Weg. Calle Carlos Concha bis Calle Contralmirante Mora und dann die Avenida bis zum Rímac hinunter und am Fluß entlang bis ans Meer. Eine dreiviertel Stunde hin und zurück, höchstens eine Stunde.
»Sie sind schuld an allem, Herr Wachtmeister«, grunzte Arévalo. »Wer hat Ihnen befohlen, den Kerl zu fangen? Als Sie merkten, daß er kein Dieb ist, hätten Sie ihn laufen lassen sollen. Jetzt sehen Sie, was Sie uns eingebrockt haben. Glauben Sie, was die da oben denken, ich meine, daß der auf einem Schiff versteckt hier angekommen ist?«
»Das hat Pedralbes auch gedacht«, sagte Lituma. »Es kann schon sein. Warum nicht; wie zum Teufel erklärst du dir sonst, wie ein Kerl mit diesem Aussehen, diesem Haar, mit diesen Narben und splitternackt und noch dazu mit diesem Kauderwelsch, mir nichts dir nichts im Hafen von Callao auftaucht. Es wird schon so sein, wie sie sagen.«
In der dunklen Straße hallten die beiden Stiefelpaare der Polizisten wider; die nackten Füße des Negers machten kein Geräusch.
»Wenn es nach mir ginge, ich hätte ihn im Gefängnis gelassen«,

fing Arévalo wieder an. »Ein Wilder aus Afrika kann doch nichts dafür, Herr Wachtmeister, daß er ein Wilder aus Afrika ist.«

»Genau deswegen kann er nicht im Gefängnis bleiben«, murmelte Lituma. »Du hast ja den Hauptmann gehört: das Gefängnis ist für Diebe, Mörder und Straßenräuber. Weswegen soll der Staat ihn im Gefängnis behalten?«

»Dann sollte man ihn in sein Land zurückschicken«, maulte Arévalo.

»Und wie, zum Teufel, soll man herausfinden, welches sein Land ist?« Lituma hob die Stimme. »Du hast doch den Hauptmann gehört. Die da oben haben versucht, mit ihm zu sprechen, in allen Sprachen, auf englisch, auf französisch, sogar auf italienisch. Er spricht keine Sprachen. Er ist wild.«

»Das heißt also, Sie finden es ganz in Ordnung, daß wir ihm, bloß weil er wild ist, eine Kugel in den Kopf jagen sollen«, grunzte Manzanita Arévalo.

»Ich habe nicht gesagt, daß ich das in Ordnung finde«, murmelte Lituma. »Ich habe nur wiederholt, was der Hauptmann gesagt hat, was die da oben gesagt haben. Sei nicht so dämlich.«

Sie bogen in die Avenida Contralmirante Mora, als die Glocken von Nuestra Señora del Carmen de la Legua 12 Uhr schlugen, und es klang unheimlich. Lituma sah krampfhaft geradeaus, aber hin und wieder, gegen seinen Willen, wandte er den Kopf nach links und warf dem Neger einen Blick zu. Wenn sie an dem traurigen Lichtstumpf einer Laterne vorbeigingen, sah er ihn eine Sekunde lang, und der Neger sah immer gleich aus. Er bewegte ernsthaft die Kiefer und ging im Rhythmus dazu, ohne das geringste Anzeichen von Angst. Für ihn scheint das Kauen das Wichtigste auf der Welt zu sein, dachte Lituma. Und einen Augenblick später: Er ist ein zum Tode Verurteilter, ohne zu wissen, daß er es ist. Und fast gleichzeitig: Er ist tatsächlich ein Wilder. Da hörte er Manzanita:

»Zum letztenmal, warum lassen ihn die da oben nicht einfach laufen und sich irgendwie durchschlagen«, haderte er wütend. »Noch ein Landstreicher, bei den vielen, die es in Lima schon gibt. Einer mehr oder weniger, was macht das schon.«

»Du hast den Hauptmann gehört«, erwiderte Lituma. »Die

Guardia Civil darf nicht die Kriminalität fördern, und wenn du den da frei herumlaufen läßt, hat er doch gar keine andere Wahl, als zu stehlen oder wie ein Hund zu krepieren. In Wirklichkeit tun wir ihm einen Gefallen. Ein Schuß ist eine Sekunde. Das ist besser, als nach und nach an Hunger, Frost, Einsamkeit und Traurigkeit eingehen.« Aber Lituma merkte, daß seine Stimme nicht sehr überzeugend klang, und er hatte das Gefühl, einer anderen Person zuzuhören.

»Wie auch immer, lassen Sie mich nur eines sagen«, hörte er Manzanita aufbegehren. »Diese Sauerei gefällt mir nicht, und Sie haben mir einen schlechten Dienst erwiesen, als Sie mich mitgenommen haben.«

»Glaubst du, mir gefällt es?« murmelte Lituma. »Und die da oben, haben die mir vielleicht keinen schlechten Dienst erwiesen, als sie mich ausgesucht haben?«

Sie gingen am Marinearsenal vorbei, von wo eine Sirene ertönte, und als sie über das freie Feld gingen, auf der Höhe des trockenen Deichs, löste sich ein Hund aus den Schatten und bellte sie an. Sie gingen schweigend weiter, horchten, wie die Stiefel auf das Pflaster schlugen, hörten das nahe Rauschen des Meeres und spürten in der Nase die feuchte, salzige Luft.

»Auf diesem Feld haben sich im letzten Jahr Zigeuner niedergelassen«, sagte Manzanita plötzlich mit gebrochener Stimme. »Sie haben ein paar Zelte aufgeschlagen und Zirkusvorstellungen gegeben. Sie haben wahrgesagt und gezaubert. Aber wir mußten sie vertreiben, Befehl des Bürgermeisters, sie hatten keine Erlaubnis von der Stadt.«

Lituma antwortete nicht. Plötzlich empfand er Mitleid, nicht nur mit dem Neger, auch mit Manzanita und den Zigeunern.

»Und lassen wir ihn dann einfach am Strand liegen, den Pelikanen zum Fraß?« Manzanita schluchzte beinahe.

»Wir lassen ihn auf der Müllhalde, damit ihn die Müllfahrer finden, ihn ins Leichenschauhaus bringen und ihn der medizinischen Fakultät schenken, damit die Studenten ihn sezieren.« Lituma wurde wütend. »Du hast doch den Hauptmann gehört, Arévalo, ich will den Befehl nicht ständig wiederholen.«

»Ich habe ihn gehört, aber es will mir nicht in den Kopf, daß wir ihn einfach abknallen sollen«, sagte Manzanita etwas später.

»Und Ihnen auch nicht, auch wenn Sie es versuchen. An Ihrer Stimme habe ich gemerkt, daß Sie auch nicht einverstanden sind mit dem Befehl.«

»Unsere Pflicht ist nicht, mit einem Befehl einverstanden zu sein, sondern ihn auszuführen«, sagte der Wachtmeister schwach. Und nach einer Weile noch langsamer: »Du hast recht. Ich bin auch nicht damit einverstanden. Ich gehorche, weil man gehorchen muß.«

Jetzt waren der Asphalt, die Avenida und die Laternen zu Ende, und sie gingen im Dunkeln über den weichen Boden. Ein dichter, beinahe undurchdringlicher Gestank hüllte sie ein. Sie waren auf der Müllhalde am Ufer des Rímac, ganz nahe am Meer, auf diesem Viereck zwischen Strand, Flußufer und Avenida, wo die Lastwagen der Müllabfuhr um 6 Uhr morgens die Abfälle von Bellavista, La Perla und Callao abluden und wo ungefähr zur gleichen Zeit eine Horde Kinder, Männer, Greise und Frauen anfingen, auf der Suche nach irgendeinem verwertbaren Gegenstand in dem Müll herumzustochern und den Seevögeln, den Geiern und den streunenden Hunden die eßbaren Reste, die sie unter dem Abfall fanden, streitig zu machen. Sie waren ganz in der Nähe jener Wüste an der Straße nach Ventanilla, Ancón, wo sich die Fischmehlfabriken von Callao aneinanderreihen.

»Das ist der beste Platz«, sagte Lituma. »Alle Wagen der Müllabfuhr kommen hier vorbei.«

Das Meer rauschte laut. Manzanita blieb stehen und auch der Neger. Die Polizisten hatten ihre Taschenlampen angemacht und prüften in dem zitternden Licht das von Linien zerschnittene, ungerührt kauende Gesicht.

»Das Schlimme ist, daß er keine Reflexe hat und überhaupt nicht ahnt, was los ist«, murmelte Lituma. »Jeder würde es merken, würde Angst haben und versuchen wegzulaufen. Mich macht seine Ruhe ganz verrückt, dieses Vertrauen, das er zu uns hat.«

»Ich habe eine Idee, Herr Wachtmeister.« Arévalo klapperten die Zähne, als wäre er halb erfroren. »Lassen wir ihn doch laufen. Wir sagen, wir haben ihn umgebracht und, nun ja, irgendeine Geschichte, die das Verschwinden der Leiche erklärt ...«

Lituma hatte seine Pistole gezogen und entsicherte sie. »Du wagst es, mir Ungehorsam gegen einen Befehl von oben vorzuschlagen und noch dazu, ihnen was vorzulügen?« Die Stimme des Wachtmeisters zitterte. Seine rechte Hand richtete den Lauf der Waffe auf die Schläfe des Negers.

Zwei, drei, mehrere Sekunden vergingen, und er schoß nicht. Würde er es tun? Würde er gehorchen? Würde ein Schuß fallen? Würde der mysteriöse Einwanderer über die unkenntlichen Abfälle rollen, oder würde man ihm das Leben schenken, und würde er blind, wild über den Strand der Vorstadt fliehen, während ein untadeliger Wachtmeister dort stand, umgeben von fauligem Gestank und dem Rhythmus der Wellen des Meeres, betroffen und tieftraurig, weil er seine Pflicht nicht erfüllt hatte? Wie würde diese Tragödie von Callao enden?

V

Der Aufenthalt von Lucho Gatica in Lima wurde von Pascual in unseren Nachrichten als »außergewöhnliches künstlerisches Ereignis, als großer Hit des nationalen Rundfunks« bezeichnet. Mich kostete dieser Spaß eine Erzählung, eine Krawatte und ein fast neues Hemd, und außerdem mußte ich Tante Julia zum zweitenmal versetzen. Bevor der chilenische Bolero-Sänger ankam, hatte ich in den Zeitungen eine Vielzahl von Photos und lobenden Artikeln gesehen. (»Reklame, die nichts kostet ist die beste«, sagte Genaro jun.) Aber erst, als ich die langen Schlangen von Frauen in der Calle Belén sah, die nach Eintrittskarten anstanden, begriff ich das ganze Ausmaß seines Ruhms. Da das Studio sehr klein war – etwa 100 Plätze –, konnten nur wenige dem Programm beiwohnen. Am Abend vor der Premiere war der Andrang vor den Toren von Panamericana so gewaltig, daß Pascual und ich durch ein Nebengebäude, dessen Dachterrasse in unsere überging, zu unserem Verschlag hinauffahren mußten. Wir machten die 7-Uhr-Nachrichten fertig, und es gelang uns dann nicht mehr, in den zweiten Stock hinunterzukommen.

»Ein Knäuel von Frauen verstopft die Treppe, die Tür und den Fahrstuhl«, sagte Pascual. »Ich habe höflich versucht durchzukommen, aber sie hielten mich für einen Vordrängler.«

Ich rief Genaro jun. an, und der sprühte vor Glückseligkeit:

»Noch eine Stunde bis zur Sendung mit Lucho, und die Leute haben schon den Verkehr in der Belén lahmgelegt. Ganz Peru hört in diesem Augenblick Panamericana.«

Ich fragte, ob wir angesichts der Dinge, die da kommen würden, die 7-Uhr- und die 8-Uhr-Nachrichten opfern sollten, aber er wußte für alles einen Ausweg und meinte, wir sollten den Sprechern die Nachrichten per Telephon diktieren. Das taten wir. In der Zwischenzeit lauschte Pascual hingerissen der Stimme von Lucho Gatica im Radio, und ich las die vierte Version meiner Erzählung über den Eunuch-Senator, der ich einen Titel aus einem Horror-Roman gegeben hatte: »Das zerstörte Gesicht«. Punkt 9 Uhr hörten wir das Ende des Programms, die

Stimme von Martínez Morosini, die Lucho Gatica verabschiedete, und die Ovationen des Publikums, die dieses Mal nicht von der Platte kamen, sondern echt waren. Zehn Sekunden später klingelte das Telephon, und ich hörte die aufgeregte Stimme von Genaro jun.: »Kommt auf irgendeine Weise runter, das hier wird ganz übel.«

Es kostete uns große Mühe, die Mauer der auf der Treppe zusammengepreßten Frauen zu durchbrechen, die der korpulente Pförtner Jesusito vor der Tür zum Studio festhielt. Pascual schrie: »Ambulanz! Ambulanz! Wir müssen einen Verletzten abholen!«

Die Frauen, es waren vorwiegend junge, sahen uns völlig gleichgültig an oder lächelten, gingen aber nicht auseinander, man mußte sie stoßen. Drinnen erwartete uns ein verwirrendes Schauspiel: Der gefeierte Künstler forderte Polizeischutz. Er war sehr klein, sehr blaß und voller Haß auf seine Verehrerinnen. Der fortschrittliche Unternehmer versuchte, ihn zu beruhigen. Er sagte, es würde einen furchtbar schlechten Eindruck machen, wenn man die Polizei riefe. Diese Trauben von jungen Mädchen seien schließlich eine Ehrenerweisung gegenüber seinem Talent. Aber die Berühmtheit ließ sich nicht überzeugen:

»Die kenne ich«, sagte er halb verängstigt, halb wütend. »Sie fangen damit an, um Autogramme zu betteln, und zum Schluß kratzen und beißen sie einen.«

Wir lachten, aber die Wirklichkeit bestätigte seine Voraussagen. Genaro jun. entschied, wir sollten eine halbe Stunde warten, denn er glaubte, die gelangweilten Bewunderinnen würden dann gehen. Um viertel nach zehn (ich hatte eine Kino-Verabredung mit Tante Julia) waren wir es leid, darauf zu warten, daß sie müde würden, und beschlossen zu gehen. Genaro jun., Pascual, Jesusito, Martínez Morosini und ich bildeten einen Kreis, hielten uns an den Armen und nahmen die Berühmtheit in die Mitte, deren Blässe in Kalkweiß überging, als wir die Tür öffneten. Die ersten Stufen konnten wir ohne große Schäden hinuntergehen, indem wir mit den Ellenbogen, den Knien, den Köpfen und der Brust gegen das weibliche Meer anstießen, das sich im Augenblick damit begnügte, zu applaudieren, zu seufzen und die Hände auszustrecken, um das Idol zu berühren

– es war schneeweiß geworden, lächelte und murmelte zwischen den Zähnen: »Vorsicht, laßt eure Arme nicht los, Freunde« –, aber plötzlich mußten wir uns einem regelrechten Angriff stellen. Sie packten uns bei den Anzügen, schüttelten uns, und unter wildem Geheul streckten sie die Krallen aus, um Fetzen von Hemd und Anzug ihres Idols abzureißen. Als wir nach zehn Minuten Erstickungstod und wilden Stößen in den Eingangsflur vordrangen, glaubte ich, nun würden wir uns loslassen, und hatte eine Vision: der kleine Bolero-Sänger wurde uns entrissen und von seinen Anhängerinnen vor unseren Augen zerfetzt. Das geschah jedoch nicht. Aber als wir ihn in das Auto von Genaro sen. schoben, der seit eineinhalb Stunden am Steuer gewartet hatte, waren wir, Lucho Gatica und seine Leibgarde, zu Überlebenden einer Katastrophe geworden. Mir hatten sie die Krawatte abgerissen und das Hemd zerfetzt, Jesusito die Uniform zerfleddert und die Mütze gestohlen, und Genaro jun. hatte einen blauen Fleck auf der Stirn von einem Schlag mit einer Handtasche. Der Star selbst war unverletzt, aber von seiner Kleidung waren nur noch die Schuhe und die Unterhose heil. Am nächsten Tag, als wir unseren 10-Uhr-Kaffee im Bransa tranken, erzählte ich Pedro Camacho von der Gewalttätigkeit der Verehrerinnen. Es überraschte ihn überhaupt nicht:

»Mein junger Freund«, sagte er philosophisch und sah mich von sehr weit her an, »*auch* die Musik erreicht die Seele der Menge.«

Während ich um die körperliche Unversehrtheit von Lucho Gatica kämpfte, hatte Frau Agradecida in unserem Dachverschlag saubergemacht und die vierte Version meiner Erzählung über den Senator in den Papierkorb geworfen. Statt mich zu grämen, fühlte ich mich von einer Last befreit und sah darin ein Zeichen der Götter. Als ich Javier mitteilte, ich würde sie nicht noch einmal schreiben, beglückwünschte er mich zu dieser Entscheidung, statt zu versuchen, mich davon abzubringen.

Tante Julia amüsierte sich köstlich über meine Erfahrungen als Leibwächter. Seit jener Nacht der flüchtigen Küsse im Grill Bolívar sahen wir uns fast täglich. Am Tag nach Onkel Luchos Geburtstag war ich spontan zum Haus in der Armendáriz gegangen, und zum Glück war Tante Julia allein.

»Sie sind zu einem Besuch bei deiner Tante Hortensia«, sagte sie und ließ mich in den Salon eintreten. »Ich bin nicht mitgegangen, weil ich weiß, daß diese Klatschbase ständig Geschichten über mich erfindet.«
Ich nahm sie um die Taille, zog sie an mich und versuchte sie zu küssen. Sie stieß mich nicht zurück, küßte mich aber auch nicht. Ich spürte ihren kühlen Mund an meinem. Als ich sie losließ, bemerkte ich, daß sie mich ohne zu lächeln ansah. Nicht überrascht, wie am Abend vorher, eher mit einer gewissen Neugier und leichtem Spott.
»Sieh mal, Marito«, ihre Stimme war herzlich und ruhig. »Ich habe allen Blödsinn der Welt in meinem Leben gemacht, aber *diesen,* den werde ich nicht machen.« Sie lachte laut auf: »Ich als Verführerin von Minderjährigen? Das ganz bestimmt nicht!«
Wir setzten uns und unterhielten uns etwa zwei Stunden lang. Ich erzählte ihr mein ganzes Leben, nicht das vergangene, sondern das zukünftige, wenn ich in Paris leben und Schriftsteller sein würde. Ich sagte ihr, daß ich schreiben wollte, seit ich zum ersten Mal Alexandre Dumas gelesen hatte. Seitdem träumte ich davon, nach Frankreich zu fahren und im Künstlerviertel in einer Mansarde zu wohnen und mich ganz und gar der Literatur, der wunderbarsten Sache der Welt, zu widmen. Ich erzählte ihr, daß ich meiner Familie zuliebe Jura studierte, daß ich den Anwaltsberuf für den schwerfälligsten und dümmsten aller Berufe hielte und daß ich ihn niemals ausüben würde. Plötzlich merkte ich, daß ich sehr erregt sprach, und sagte, daß ich zum ersten Mal diese meine geheimsten Dinge nicht einem Freund gestand, sondern einer Frau.
»Ich könnte deine Mutter sein, darum möchtest du dich mir anvertrauen«, psychoanalysierte Tante Julia. »Doritas Sohn will also Bohémien werden, o là là. Schlimm ist nur, daß du Hungers sterben wirst, mein Sohn.«
Sie erzählte mir, daß sie in der vergangenen Nacht nicht hatte schlafen können, weil sie an die flüchtigen Küsse im Grill Bolívar denken mußte. Daran, daß der Sohn von Dorita, der Kleine, den sie erst gestern mit seiner Mutter zur Schule La Salle in Cochabamba gebracht hatte, das Jungchen, von dem sie sich ins Kino hatte ausführen lassen, um nicht allein gehen zu müs-

sen, daß der sie bei der ersten Gelegenheit auf den Mund geküßt hatte, als wäre er ein ausgewachsener Mann, das wolle ihr nicht in den Kopf.

»Ich bin ein Mann«, versicherte ich ihr, nahm ihre Hand und küßte sie. »Ich bin achtzehn Jahre alt, und schon vor fünf Jahren hab ich die Unschuld verloren.«

»Und was bin dann ich, zweiunddreißig und hab sie schon vor fünfzehn Jahren verloren?« lachte sie. »Eine schrumpelige Alte!«

Sie hatte ein rauhes, kräftiges, direktes und fröhliches Lachen, das ihren großen Mund mit den starken Lippen weit öffnete und Fältchen um ihre Augen entstehen ließ. Sie sah mich ironisch und boshaft an, noch immer nicht wie einen richtigen Mann, aber nicht mehr wie ein Jungchen. Sie stand auf, um mir einen Whisky zu holen:

»Nach deinen Vertraulichkeiten letzte Nacht kann ich dir keine Coca-Cola mehr anbieten«, sagte sie und tat, als bedauerte sie es. »Jetzt muß ich dich wie einen Verehrer behandeln.«

Ich sagte, der Altersunterschied sei so schrecklich nun auch nicht.

»So schrecklich nicht«, erwiderte sie. »Aber er reicht fast, daß du mein Sohn sein könntest.«

Sie erzählte mir die Geschichte ihrer Ehe. In den ersten Jahren sei alles gutgegangen. Ihr Mann hatte eine Hazienda in der Hochebene, und sie hatte sich so sehr an das Leben auf dem Lande gewöhnt, daß sie sehr selten nach La Paz fuhr. Das Gutshaus war sehr bequem, und sie liebte die Ruhe dieses Ortes, das gesunde und einfache Leben. Sie ritt, machte Ausflüge und ging zu den Festen der Indios. Graue Wolken waren aber aufgezogen, weil sie nicht schwanger wurde. Ihr Mann litt sehr unter dem Gedanken, keine Nachkommen zu haben. Dann hatte er angefangen zu trinken, und dann war die Ehe über ein Gefälle von Streitereien, Trennungen und Wiederversöhnungen bis zum allerletzten Streit abgerutscht. Nach der Scheidung waren sie gute Freunde geblieben.

»Wenn ich jemals heirate, werde ich keine Kinder haben«, verkündete ich. »Kinder und Literatur sind unvereinbar.«

»Soll das heißen, ich kann meine Bewerbung einreichen und mich anstellen?« kokettierte Tante Julia.

Sie hatte Witz und war schnell mit ihren Antworten, erzählte schlüpfrige Geschichten mit einem gewissen Charme und war (wie alle Frauen, die ich bis dahin kannte) schrecklich unbelesen. Sie machte den Eindruck, als habe sie in den langen, leeren Stunden auf der bolivianischen Hazienda nur argentinische Zeitschriften gelesen, das eine oder andere Produkt von Delly und ein paar Romane, die sie für erwähnenswert hielt: »Der Araber« und »Der Sohn des Arabers« von irgendeinem H. M. Hull. Als ich mich an diesem Abend verabschiedete, fragte ich sie, ob wir denn ins Kino gehen könnten, und sie sagte: »Das ja.« Seitdem waren wir fast täglich in die Nachtvorstellung gegangen und hatten nicht nur eine Menge mexikanischer und argentinischer Melodramen über uns ergehen lassen, sondern auch noch eine beachtliche Zahl von Küssen ausgetauscht. Das Kino wurde schließlich zum Vorwand. Wir wählten die Kinos, die am weitesten vom Haus in der Armendáriz entfernt lagen (das Monte Carlo, das Colina, das Marsano), um länger zusammenzusein. Wir machten lange Fußmärsche nach der Vorstellung und machten »Täschchen« (sie hatte mir erzählt, daß in Bolivien sich an den Händen halten »Täschchen machen« heißt). Wir gingen kreuz und quer durch die leeren Straßen von Miraflores (jedes Mal, wenn ein Fußgänger oder ein Auto vorbeikam, ließen wir uns los), sprachen über alles mögliche, während der Nieselregen – es war diese unbestimmte Jahreszeit, die man in Lima Winter nennt – uns klamm und feucht werden ließ. Tante Julia ging mit ihren zahlreichen Verehrern immer zum Mittagessen oder zum Tee und hielt die Abende für mich frei. Wir gingen ins Kino und setzten uns in die letzte Reihe im Parkett, wo wir uns, besonders bei sehr schlechten Filmen, küssen konnten, ohne von anderen Zuschauern gestört zu werden und ohne daß irgendwer uns erkannte. Unsere Beziehung hatte sich rasch im Amorphen stabilisiert. Sie war etwas, das unbestimmbar zwischen den gegensätzlichen Kategorien von Verliebten und Geliebten lag. Das war ein häufiges Thema unserer Gespräche. Wir hatten von Geliebten die Heimlichkeit, die Furcht vor dem Entdecktwerden, das Gefühl des Risikos. Aber wir waren es nur im Geiste, nicht in der Sache, denn wir schliefen nicht miteinander. (Und wie Javier später entsetzt feststellte, »berührten wir uns nicht einmal«.) Von den

Verliebten hatten wir den Respekt vor bestimmten klassischen Riten der miraflorinischen Pärchen jener Zeit (ins Kino gehen, sich während der Vorstellung küssen, Hand in Hand durch die Straßen gehen) und das keusche Verhalten. (In jener Steinzeit pflegten die Mädchen von Miraflores noch als Jungfrauen in die Ehe zu gehen, und sie ließen sich nur an den Brüsten oder am Geschlecht berühren, wenn der Liebste formal in den Status des Bräutigams aufgestiegen war.) Aber wie hätten wir das sein können bei dem Altersunterschied und dem Verwandtschaftsgrad? Im Hinblick auf die Zweideutigkeit und Außerordentlichkeit unserer Romanze tauften wir sie im Spiel: »Englische Brautzeit«, »Schwedische Romanze«, »Türkisches Drama«.
»Die Liebe eines Babys zu einer Greisin, die außerdem noch so etwas wie seine Tante ist«, sagte Tante Julia eines Nachts zu mir, während wir durch den Parque Central gingen. »Bestens geeignet für eine Hörspielserie von Pedro Camacho.«
Ich erinnerte sie daran, daß sie nur eine angeheiratete Tante sei, und sie erzählte mir, daß in dem Hörspiel um 3 Uhr ein Junge von San Isidro, sehr gut aussehend und ein großer Surfer, ein Verhältnis mit niemand geringerem als seiner Schwester hatte, die er, Schrecken aller Schrecken, auch noch geschwängert hatte.
»Seit wann hörst du die Hörspielserien?« fragte ich.
»Meine Schwester hat mich angesteckt«, erwiderte sie. »Die von Radio Central sind nämlich phantastisch, gewaltige Dramen, die einem das Herz zerreißen.«
Und sie gestand mir, daß ihr und Tante Olga hin und wieder die Tränen kämen. Das war für mich der erste Beweis für die gewaltige Reaktion auf die Werke aus der Feder von Pedro Camacho in den Häusern von Lima. Ich sammelte in den nächsten Tagen in den Wohnungen meiner Familie noch weitere. Zufällig kam ich zu Tante Laura, und kaum, daß sie mich in der Tür zum Wohnzimmer sah, bedeutete sie mir mit dem Finger an den Lippen, still zu sein, während sie vor dem Radioapparat gebeugt stehenblieb, um nicht nur die (zitternde oder spröde oder feurige oder kristallklare) Stimme des bolivianischen Künstlers zu hören, sondern sie auch zu riechen und zu berühren. Ich kam zu Tante Gaby und fand sie und Tante Hortensia, wie sie mit hingebungsvollen Händen ein Knäuel aufrollten und

einem Dialog voller vielsilbiger Worte und Gerundien von Luciano Pando und Josefina Sánchez lauschten. Und sogar bei mir zu Hause hatten meine Großeltern, die immer eine Neigung zum »leichten Roman« gehabt hatten, wie meine Großmutter Carmen zu sagen pflegte, jetzt eine wahrhafte Hörspielleidenschaft entwickelt. Ich wachte morgens auf und hörte die Takte der Erkennungsmelodie des Senders – sie bereiteten sich krankhaft früh auf das erste Hörspiel um 10 Uhr vor –, ich aß zu Mittag und hörte das 2-Uhr-Stück, und wann immer ich im Lauf des Tages kam, fand ich die beiden alten Leutchen und die Köchin im Empfangszimmer zusammensitzend und gebannt dem Radio lauschend, das groß und schwer war wie eine Anrichte und das sie zu allem Unglück immer auf äußerste Lautstärke stellten.

»Warum magst du die Hörspielserien so gern?« fragte ich eines Tages die Großmutter. »Was haben sie, was Bücher, zum Beispiel, nicht haben?«

»Es ist sehr viel lebendiger, wenn man die Menschen sprechen hört, es ist wirklicher«, erklärte sie mir nach kurzem Nachdenken. »Außerdem benimmt sich in meinem Alter das Gehör besser als die Sehkraft.«

Mit ähnlichen Fragen versuchte ich es bei der übrigen Verwandtschaft. Das Ergebnis war unscharf. Tante Gaby, Tante Laura, Tante Olga und Tante Hortensia liebten die Hörspielserien, weil sie unterhaltsam, traurig oder drastisch waren, weil sie sie ablenkten, sie träumen und Dinge erleben ließen, die im wirklichen Leben unmöglich waren, weil sie einige Wahrheiten aufzeigten oder weil sie immer ein bißchen romantisch waren. Als ich sie fragte, warum sie sie lieber mochten als Bücher, protestierten sie: was für ein Unsinn, das könne man doch nicht vergleichen. Bücher, das war Kultur, die Hörspielserien waren ein einfacher Spaß, um die Zeit zu vertreiben. Tatsache war aber, daß sie alle praktisch am Radio klebten und ich keine von ihnen jemals ein Buch öffnen sah. Während unserer nächtlichen Spaziergänge erzählte mir Tante Julia manchmal Episoden, die sie besonders beeindruckt hatten, und ich erzählte ihr von meinen Gesprächen mit dem Schreiber, so daß Pedro Camacho unmerklich ein Teil unserer Romanze wurde.

Selbst Genaro jun. bestätigte mir den Erfolg der neuen Hör-

spielserien an dem Tag, an dem ich endlich nach tausend Beschwerden erreicht hatte, daß man mir meine Schreibmaschine ersetzte.
Er erschien mit einer Aktenmappe in der Hand und mit strahlendem Gesicht in unserem Verschlag: »Er übertrifft die optimistischsten Schätzungen«, sagte er. »In zwei Wochen hat die Hörerschaft für Hörspielserien um zwanzig Prozent zugenommen. Wißt ihr, was das bedeutet? Zwanzig Prozent mehr für die Werbespots!«
»Und wenn Sie uns das Gehalt um zwanzig Prozent erhöhten, Don Genaro?« Pascual wippte in seinem Stuhl.
»Ihr arbeitet nicht bei Radio Central, sondern bei Panamericana«, erinnerte uns Genaro jun. »Wir sind eine Radiostation mit gutem Geschmack und senden keine Hörspielserien.«
Die Zeitungen brachten bald auf den entsprechenden Seiten das Echo der von den neuen Serien eroberten Hörerschaft und begannen Pedro Camacho über alles zu loben. Guido Monteverde feierte ihn in seiner Spalte »Ultima Hora«, indem er ihn einen »erfahrenen Librettisten von tropischer Einbildungskraft und romantischem Stil, einen unermüdlichen Dirigenten der Hörspiele« nannte, »der selbst ein wortgewandter Schauspieler mit einschmeichelnder Stimme ist«. Aber der, der mit all diesen Adjektiven gefeiert wurde, tat so, als bemerkte er die Welle der Begeisterung nicht, die sich um ihn herum erhob. Eines Morgens, als ich ihn auf dem Weg ins Bransa abholte, wo wir zusammen Kaffee tranken, klebte an dem Fenster seiner Kammer ein Zettel mit der Aufschrift in steifen Buchstaben: »Journalisten werden nicht empfangen, und es werden keine Autogramme gegeben. Der Künstler arbeitet! Respektieren Sie das.«
»Ist das Ernst oder Spaß?« fragte ich ihn, während ich meinen Kaffee schlürfte und er sein zerebrales Gebräu aus Kamille und Pfefferminz trank.
»Sehr ernst«, antwortete er. »Die lokalen Vielschreiber haben angefangen, mich zu belästigen, und wenn ich ihnen nicht Einhalt gebiete, wird es bald Hörerschlangen bis hierher geben« – er zeigte pikiert bis zur Plaza San Martín –, »die Photos und Unterschriften erbetteln. Meine Zeit ist Gold wert, ich kann sie nicht mit Albernheiten vergeuden.«
Es war kein Fünkchen Eitelkeit in dem, was er sagte, nur

ehrliche Sorge. Wie gewöhnlich trug er seinen schwarzen Anzug und rauchte pestilenzartig stinkende Zigaretten, die »Aviación« hießen. Wie immer war er außerordentlich ernst. Ich glaubte, ihn erfreuen zu können, wenn ich ihm erzählte, daß alle meine Tanten zu fanatischen Zuhörern von ihm geworden waren und daß Genaro jun. wegen der Resultate seiner Hörerumfragen über die Einschaltquoten seiner Hörspielserien vor Begeisterung überschäumte. Aber er hieß mich gelangweilt schweigen, als wären das unvermeidbare Dinge und als hätte er es schon immer gewußt. Statt dessen teilte er mir mit, er sei indigniert über das mangelnde Feingefühl dieser »Krämerseelen« (eine Bezeichnung, mit der er sich auf die Genaros bezog).

»Bei den Hörspielen stimmt etwas nicht, und es ist meine Pflicht, Abhilfe zu schaffen, und ihre ist es, mir dabei zu helfen«, sagte er und zog die Stirn kraus. »Aber man sieht mal wieder, daß die Kunst und die Börse Todfeinde sind, wie die Schweine und die Margeriten.«

»Es stimmt etwas nicht?« wunderte ich mich. »Aber alle sind ein Riesenerfolg!«

»Diese Krämerseelen wollen Pablito nicht kündigen, obwohl ich es gefordert habe«, erklärte er. »Aus sentimentalen Gründen, weil er schon so viele Jahre bei Radio Central arbeitet und ähnliche Dummheiten. Als hätte die Kunst irgend etwas mit Wohltätigkeit zu tun. Die Unfähigkeit dieses Kranken ist eine echte Sabotage meiner Arbeit!«

Der Große Pablito war eine jener pittoresken und unbeschreibbaren Figuren, die die Atmosphäre des Rundfunks anzieht oder selbst hervorbringt. Der Diminutiv suggerierte die Vorstellung von einem jungen Mann. Er war jedoch ein Mestize in den Fünfzigern, der die Füße über den Boden schleifte und Asthmaanfälle hatte, die auf seine Umgebung ansteckend wirkten. Er streunte von morgens bis abends in Radio Central und Panamericana herum, tat alles, half sogar den Straßenfegern, ging für die Genaros Karten fürs Kino oder für den Stierkampf kaufen und verteilte selbst Einlaßscheine für die Sendungen. Seine dauerhafteste Arbeit waren die Hörspielserien, bei denen er für die Geräuschkulisse zuständig war.

»Die glauben, die Geräuschkulissen seien Albernheiten, die jeder Bettler machen kann«, dozierte Camacho hoheitsvoll und eisig. »In Wirklichkeit sind sie ein Teil der Kunst. Aber was versteht dieser halbtote Hohlkopf Pablito von Kunst?«

Er versicherte, er werde »im gegebenen Moment« nicht zögern, mit seinen eigenen Händen alles, was die »Perfektion seiner Arbeit« verhindere, auszurotten (und er sagte das in einer Weise, daß ich es ihm glaubte). Betrübt fügte er hinzu, daß er keine Zeit habe, einen Techniker für spezielle Effekte auszubilden, ihn von A bis Z einzuweisen, daß er jedoch nach einer raschen Prüfung des »einheimischen Potentials« gefunden habe, was er suchte. Er senkte die Stimme, sah sich rasch um und fuhr mephistophelisch fort: »Das Element, das wir brauchen, ist bei Radio Victoria.«

Zusammen mit Javier untersuchten wir Pedro Camachos Möglichkeiten, seine mörderischen Absichten mit dem Großen Pablito in die Tat umzusetzen, und stimmten darin überein, daß dessen Glück ausschließlich von den Höreranalysen abhing: wenn der Zuwachs der Hörer anhielt, würde er mitleidlos geopfert werden. Und tatsächlich, es war noch keine Woche vergangen, als Genaro jun. bei uns auf dem Dach erschien und mich beim Schreiben einer neuen Erzählung überraschte – er muß meine Verlegenheit bemerkt haben und auch die Geschwindigkeit, mit der ich die Seite aus der Maschine riß und sie unter die Nachrichten mischte. Er besaß aber soviel Zartgefühl, nichts zu sagen, und wandte sich mit der Geste eines großen Mäzens gleichzeitig an mich und an Pascual:

»Ihr habt euch so lange beklagt, daß ihr jetzt endlich den neuen Redakteur bekommt, den ihr haben wolltet, ihr Schlappschwänze. Der Große Pablito wird bei euch arbeiten. Ruht euch nicht auf euren Lorbeeren aus!«

Die Verstärkung, die der Informationsdienst erhielt, war mehr moralischer als technischer Art, denn am nächsten Morgen, als der Große Pablito außerordentlich pünktlich um 7 Uhr im Büro erschien und mich fragte, was er tun solle, und ich ihm auftrug, einen Parlamentsbericht umzuarbeiten, machte er ein bestürztes Gesicht und bekam einen Hustenanfall, bei dem er blau anlief; dann stotterte er, das sei unmöglich:

»Ich kann weder lesen noch schreiben, Herr.«

Mir schien es ein feines Zeichen des heiteren Gemüts von Genaro jun., uns als neuen Redakteur einen Analphabeten auszusuchen. Pascual, der nervös geworden war, als er hörte, daß die Redaktion zwischen ihm und dem Großen Pablito aufgeteilt werden sollte, nahm die Nachricht von seinem Analphabetentum mit offener Freude entgegen. In meiner Gegenwart rügte er seinen neuen Kollegen wegen seiner Trägheit, weil er nicht in der Lage gewesen sei, sich auszubilden, wie er es getan hatte, der als Erwachsener in die kostenlosen Abendkurse gegangen war. Der Große Pablito nickte sehr erschrocken und wiederholte wie ein Automat: »Das ist wahr, daran habe ich nie gedacht, so ist es, Sie haben vollkommen recht« und sah mich an, als erwarte er die sofortige Entlassung. Ich beruhigte ihn und sagte, wir würden ihm auftragen, die Nachrichten zu den Sprechern zu bringen. Tatsächlich wurde er ein Sklave von Pascual, der ihn den ganzen Tag vom Dach auf die Straße und umgekehrt hin und her laufen ließ. Er sollte ihm Zigaretten holen oder gefüllte Kartoffeln, die fliegende Händler in der Calle Carabaya verkauften, oder einfach nachsehen, ob es regnete. Der Große Pablito ertrug seine Knechtschaft mit außerordentlicher Opferbereitschaft und zeigte seinem Peiniger gegenüber sogar mehr Respekt und Freundschaft als mir. Wenn er nichts für Pascual zu tun hatte, zog er sich in einen Winkel des Büros zurück und schlief, den Kopf gegen die Wand gelehnt, sofort ein. Er schnarchte mit rhythmischem und pfeifendem Schnarren wie ein ausgedienter Ventilator.

Er war eine großzügige Seele. Gegenüber Pedro Camacho empfand er nicht den geringsten Zorn, daß er ihn durch einen Neuankömmling von Radio Victoria ersetzt hatte. Er sprach stets in lobenden Tönen über den bolivianischen Schreiber, für den er die ehrlichste Bewunderung hegte. Oft bat er mich um die Erlaubnis, zu den Hörspielaufnahmen gehen zu dürfen. Jedesmal kam er begeistert zurück:

»Der Mann ist genial«, sagte er fast erstickend. »Dem fallen wunderbare Sachen ein.«

Immer brachte er amüsante Anekdoten von den künstlerischen Heldentaten Pedro Camachos mit. Eines Tages schwor er uns, daß er Luciano Pando geraten habe zu masturbieren, bevor er einen Liebesdialog spreche, mit der Begründung, das schwäche die Stimme etwas ab und gebe ihr ein sehr romantisches Keuchen. Luciano Pando habe sich geweigert.

»Jetzt verstehe ich auch, warum er jedesmal vor einer sentimentalen Szene in den Hof auf die Toilette geht, Don Mario.« Der Große Pablito bekreuzigte sich und küßte seine Finger. »Um zu wichsen, was sonst. Darum kommt ihm die Stimme so wunderbar sanft.«

Javier und ich diskutierten lange darüber, ob das stimmen könne oder eine Erfindung unseres neuen Redakteurs sei, und wir kamen zu dem Schluß, es gebe genügend Hinweise dafür, die Behauptung nicht für absolut unmöglich zu halten.

»Darüber solltest du eine Erzählung schreiben und nicht über Doroteo Martí«, tadelte mich Javier. »Radio Central ist eine Fundgrube für die Literatur.«

Die Geschichte, an der ich in diesen Tagen gerade schrieb, basierte auf einer Anekdote, die mir Tante Julia erzählt hatte. Sie hatte sie selbst im Teatro Saavedra von La Paz erlebt. Doroteo Martí war ein spanischer Schauspieler, der durch Amerika reiste und die Menge mit »Die Ungeliebte« und »Ein ganzer Mann« oder noch grausameren Scheußlichkeiten rührte und zum Weinen brachte. Sogar in Lima, wo das Theater seit dem vorigen Jahrhundert eine ausgestorbene Kuriosität war, hatte die Truppe von Doroteo Martí das Municipal mit einer Vorstellung bis auf den letzten Platz gefüllt, die, der Legende nach, das Nonplusultra seines Repertoires war: »Das Leben, die Leidensgeschichte und der Tod unseres HERRN.« Der Künstler hatte einen ausgeprägten Sinn für das Praktische, und böse Zungen behaupteten, daß der Christus einmal seine seufzende Schmerzensnacht auf dem Ölberg unterbrochen habe, um mit liebenswürdiger Stimme dem distinguierten Publikum anzukündigen, daß morgen die Truppe eine Werbevorstellung gebe, zu der jeder Herr seine Dame gratis mitbringen dürfe (dann setzte er seinen Leidensweg fort). Und gerade eine Vorstellung von »Das Leben, die Leidensgeschichte und der Tod unseres HERRN« hatte Tante Julia im Teatro Saavedra gesehen. Es war auf dem Höhepunkt der Vorstellung, Jesus Christus starb auf Golgatha, als das Publikum bemerkte, daß das Holz, an dem Jesus Christus Martí unter Weihrauchwolken hing, zu brechen begann. War es ein Unfall oder ein beabsichtigter Effekt? Die Jungfrau, die Apostel, die Legionäre, das gesamte Volk wechselten heimliche Blicke und begannen, sich von dem schwankenden Kreuz

zurückzuziehen, an dem Doroteo-Jesus, den Kopf noch immer auf die Brust gesenkt, sehr leise, aber in den ersten Reihen des Parketts doch hörbar, zu flüstern begann: »Ich falle, ich falle.« Wahrscheinlich vor Schreck über den Frevel gelähmt, kam keiner der unsichtbaren Helfer hinter den Kulissen hervor, um das Kreuz zu halten, das jetzt, zahlreichen physikalischen Gesetzen zum Trotz, inmitten des aufgeregten Lärms, der die Gebete abgelöst hatte, hin und her schwankte. Sekunden später konnten die Zuschauer von La Paz Martí von Galiläa unter dem Gewicht des heiligen Holzes bäuchlings auf die Bretter seines Ruhms fallen sehen und den Donner hören, der im Theater widerhallte. Tante Julia schwor mir, daß Christus, bevor er auf die Bretter klatschte, schließlich wild gebrüllt habe: »Ich falle, verflucht noch mal!« Vor allem dieses Ende wollte ich wiedergeben; die Erzählung sollte auf effektvolle Weise mit dem Gebrüll und dem Fluch Jesu aufhören. Es sollte eine komische Erzählung werden, und um die Techniken des Humors zu erlernen, las ich im Bus, im Colectivo und im Bett, bevor ich einschlief, alle komischen Autoren, die ich in die Hand bekommen konnte, von Mark Twain bis Bernhard Shaw, von Jardiel Poncela bis Fernández Florez. Aber sie gelang mir nicht, und der Große Pablito und Pascual zählten die Seiten, die in den Papierkorb wanderten. Zum Glück waren die Genaros beim Informationsdienst großzügig, was das Papier anging.
Es vergingen zwei oder drei Wochen, bevor ich den Mann von Radio Victoria kennenlernte, der den Großen Pablito verdrängt hatte. Vor Pedro Camachos Zeit hatte man immer an den Aufnahmen der Hörspielserien teilnehmen können. Er hingegen hatte bestimmt, daß niemand außer den Akteuren und Technikern ins Studio kommen durfte, und um Besuche zu verhindern, schloß er die Türen und stellte den entwaffnenden Hünen Jesusito als Wächter davor. Selbst Genaro jun. mußte sich fügen. Ich erinnere mich an den Abend, an dem er in dem Dachverschlag erschien, wieder einmal Probleme hatte und ein Tränentuch brauchte. Seine Nasenflügel flatterten vor Entrüstung, als er mir seine Klagen vortrug: »Ich habe versucht, ins Studio zu kommen, und er hat einfach das Programm gestoppt und sich geweigert fortzufahren, bevor ich draußen sei«, sagte er mit versagender Stimme. »Er hat mir versprochen, das nächste Mal,

wenn ich eine Aufnahme unterbreche, schmeißt er mir das Mikrophon an den Kopf. Was mache ich da, soll ich ihn mit Schimpf und Schande entlassen, oder soll ich den Brocken schlucken?«

Ich sagte, was er hören wollte, nämlich daß er im Hinblick auf den Erfolg der Hörspielserien (»zu Ehren des nationalen Rundfunks etc. etc.«) den Brocken schlucken und seine Nase nicht mehr in den Herrschaftsbereich des Künstlers stecken solle. Und so tat er es, und ich wurde krank vor Neugier und hätte zu gern einmal der Aufnahme eines Programms des Schreibers zugesehen.

Eines Morgens, zur Zeit unseres gemeinsamen Kaffees, nachdem ich vorsichtig um den heißen Brei geschlichen war, wagte ich es, Pedro Camacho danach abzutasten. Ich sagte, ich würde gern den neuen Verantwortlichen für die Spezialeffekte in Aktion erleben, um zu sehen, ob er wirklich so gut sei, wie er mir erzählt habe.

»Ich sagte nicht gut, sondern mittelmäßig«, korrigierte er mich sofort. »Aber ich bilde ihn heran, und er könnte einmal gut werden.«

Er trank einen Schluck seines Tees und beobachtete mich mit seinen kalten und zeremoniellen Augen voller innerer Zweifel. Schließlich nickte er resignierend: »Also gut, kommen Sie morgen um 3 Uhr. Aber das darf sich nicht wiederholen. Es tut mir sehr leid. Ich mag es nicht, wenn die Künstler abgelenkt werden. Jede Person verwirrt sie. Sie entgleiten mir, und ade, Katharsis! Die Aufnahme einer Episode ist wie eine Messe, lieber Freund.«

In Wirklichkeit war es noch viel feierlicher. Von allen Messen, an die ich mich erinnerte (seit Jahren war ich nicht mehr in die Kirche gegangen), hatte ich nie eine so mitempfundene Zeremonie gesehen, nie einen so miterlebten Ritus, wie diese Aufnahme des 17. Kapitels von »Glück und Unglück des Don Alberto de Quinteros«, zu der ich zugelassen war. Das Spektakel sollte nicht länger als dreißig Minuten dauern – zehn für die Probe und zwanzig für die Aufnahme –, aber es kam mir vor, als dauerte es Stunden. Von Anfang an beeindruckte mich die Atmosphäre der religiösen Abgeschlossenheit, die in dem Glaskasten mit dem staubigen grünen Teppich herrschte, der »Aufnahmestudio Nr. 1« von Radio Central hieß. Nur der Große Pablito und ich waren als Zuschauer dort. Alle anderen waren aktive Teilnehmer. Pedro Camacho hatte uns beim Eintreten mit einem kriegerischen Blick wissen lassen, daß wir wie Salzsäulen zu erstarren hätten. Der Autor-Regisseur schien verwandelt. Er wirkte größer, kräftiger, wie ein General, der seine disziplinierte Truppe instruiert. Diszipliniert? Eher verzückt, verzaubert, fanatisiert. Ich hatte Mühe, die schnurrbärtige, krampfadrige Josefina Sánchez, der ich so oft zugesehen hatte, wie sie kaugummikauend und völlig unbeteiligt ihre Rollen las, wie jemand, der gar nicht weiß, was er sagt, in dieser ernsten kleinen Person wiederzuerkennen, die, wenn sie nicht gerade den Text durchging, nur Augen für den Künstler hatte, als bete sie ihn an, respektvoll, mit dem kindlichen Erschauern eines Mädchens vor dem Altar am Tag seiner ersten Kommunion. Das gleiche geschah mit Luciano Pando und den drei anderen Schauspielern (zwei Frauen und einem sehr jungen Mann). Sie wechselten kein Wort untereinander und sahen sich nicht an; ihre Augen wanderten wie magnetisiert zwischen dem Text und Pedro Camacho hin und her. Sogar der Tontechniker, der fette Ochoa, auf der anderen Seite der Glaswand, war von dieser Verzückung angesteckt. Vollkommen ernst beobachtete er die Kontrollampen, drückte Knöpfe und Hebel und folgte mit finsterem und aufmerksamem Stirnrunzeln dem, was im Studio geschah.

Die fünf Schauspieler standen im Kreis um Pedro Camacho herum, der sie – wie immer im schwarzen Anzug mit Schleife, die Mähne zerwühlt – über das Kapitel belehrte, das sie jetzt aufnehmen wollten. Es waren keine Instruktionen, die er austeilte, jedenfalls nicht in dem prosaischen Sinn von konkreten Angaben darüber, wie die Rollen zu sprechen wären – gemessen oder heftig, langsam oder schnell –, vielmehr predigte er edel und olympisch, wie es seine Art war, über ästhetische und philosophische Tiefen. Selbstverständlich kamen die Worte »Kunst« und »künstlerisch« in diesem fieberhaften Vortrag am häufigsten vor, wie ein Heiliger, wie ein magisches Zeichen, das alles öffnete und erklärte. Aber ungewöhnlicher als die Worte des bolivianischen Schreibers war die Heftigkeit, mit der er sie vortrug, und vielleicht noch ungewöhnlicher die Wirkung, die

sie hatten. Er sprach mit großen Gesten, bäumte sich auf, mit der fanatischen Stimme eines Mannes, der im Besitz einer zwingenden Wahrheit ist und sie weitergeben, mitteilen, durchsetzen muß. Und das gelang ihm vollkommen. Die fünf Schauspieler hörten ihm betäubt und hingerissen zu, die Augen weit geöffnet, als könnten sie diese Sentenzen über ihre Arbeit so besser aufsaugen (»Ihre Mission«, sagte der Autor-Regisseur). Ich bedauerte, daß Tante Julia nicht hier war, denn sie würde mir nicht glauben, wenn ich ihr erzählte, wie sich unter der feurigen Rhetorik von Pedro Camacho diese Handvoll Vertreter des elendesten Berufsstandes von Lima während einer ewiglangen halben Stunde verwandelte, verschönte, vergeistigte. Der Große Pablito und ich saßen auf dem Boden in einer Ecke des Studios; vor uns befand sich, von seltsamen Requisiten umgeben, der Deserteur von Radio Victoria, die allerletzte Neuerwerbung. Auch er hatte in mystischer Ergebung der Vorrede des Künstlers gelauscht; aber als die Aufnahme des Kapitels begann, wurde er für mich zum Mittelpunkt des Geschehens.
Er war ein kleiner, kräftiger Mann mit kupferfarbener Haut, sprödem Haar und fast wie ein Bettler gekleidet. Er trug einen zerschlissenen Overall, ein geflicktes Hemd, Stiefel ohne Schnürsenkel. (Später erfuhr ich, daß er unter dem geheimnisvollen Spitznamen Batán – Wringer – bekannt war.) Seine Arbeitsinstrumente waren ein Brett, eine Tür, ein mit Wasser gefülltes Becken und eine Flöte, ein Bogen Stanniolpapier, ein Ventilator und noch andere Dinge, die alle nach Haushalt aussahen. Batán veranstaltete ganz allein ein Schauspiel aus Bauchrednerei, Akrobatik, Vervielfältigung der Persönlichkeit, physischer Phantasie. Kaum machte ihm der Regisseur-Schauspieler das vorgeschriebene Zeichen – ein schulmeisterliches Vibrieren des Zeigefingers in der von Dialogen, Ach-Rufen und Seufzern geladenen Luft –, bewirkte Batán, indem er in einem kunstvoll abklingenden Rhythmus über das Brett ging, daß die Schritte der Personen näher kamen oder sich entfernten, und auf ein anderes Zeichen ließ er, indem er den Ventilator in verschiedenen Geschwindigkeitsstufen auf das Stanniolpapier richtete, das Geräusch von Regen oder das Brüllen eines Sturms entstehen. Auf wieder ein anderes Zeichen steckte er drei Finger in den Mund und pfiff, und das Studio war von dem Vogelgezwitscher

erfüllt, das an einem Frühlingsmorgen die Heldin in ihrem Landhaus weckte. Ganz besonders bemerkenswert war die Art, wie er Straßengeräusche herstellte. An einer bestimmten Stelle gingen zwei Personen im Gespräch über die Plaza de Armas. Der Fette Ochoa schickte per Tonband Motorengeräusche und Hupen, doch alle anderen Effekte produzierte Batán, indem er mit der Zunge schnalzte, gluckste, zischte, surrte (er schien alles auf einmal zu machen). Man brauchte nur die Augen zu schließen, und man hörte in dem kleinen Studio von Radio Central hingeworfene Worte, Gelächter und Ausrufe wie auf einer belebten Straße. Doch als wäre das noch zuwenig, ging oder sprang Batán, während er die menschlichen Stimmen imitierte, über das Brett und produzierte auf diese Weise die Schritte der Fußgänger auf dem Bürgersteig und das Geräusch von Körpern, die aneinander vorbeistreifen. Er »ging« gleichzeitig mit den Füßen und mit den Händen (über die er sich Schuhe gezogen hatte), ging in die Hocke, ließ die Arme wie ein Affe herunterhängen und schlug sich mit den Ellenbogen und Unterarmen die Schenkel. Nachdem er (akustisch) die Plaza de Armas um die Mittagszeit vorgestellt hatte, war es eine vergleichsweise unbedeutende Leistung – er ließ kleine Eisen aneinanderklingen, kratzte an einem Glas und streifte, um das Gleiten von Stühlen und Personen über einen flauschigen Teppich zu imitieren, ein paar Täfelchen an seiner Hose –, das Haus einer emporgekommenen Dame aus Lima darzustellen, die einer Gruppe Freundinnen Tee – in chinesischen Porzellantassen – servierte, oder brüllend, schnatternd, schnüffelnd, heulend den zoologischen Garten von Barranco phonetisch zu verkörpern (wobei er ihn um viele Exemplare bereicherte). Am Ende der Aufnahme sah er aus, als hätte er den olympischen Marathonlauf hinter sich. Er keuchte, hatte tiefe Ringe unter den Augen und schwitzte wie ein Pferd.

Pedro Camacho hatte seine Mitarbeiter mit seinem grabesähnlichen Ernst angesteckt. Das war eine gewaltige Veränderung. Die Hörspielserien des kubanischen CMQ waren oft in einer lärmend-vergnügten Atmosphäre aufgenommen worden, die Sprecher hatten sich, während sie sprachen, Fratzen geschnitten und sich über sich selbst lustig gemacht. Jetzt hatte man den Eindruck, wenn einer einen Witz gemacht hätte, würden die anderen sich auf ihn gestürzt haben, um ihn wegen Gotteslästerung zu strafen. Einen Augenblick lang dachte ich, sie simulierten vielleicht aus Servilität dem Chef gegenüber, um nicht wie die Argentinier ausgemerzt zu werden, im Grunde seien sie nicht so sicher wie er, »Priester der Kunst« zu sein, doch ich irrte mich. Auf dem Weg zurück zu Radio Panamericana ging ich ein Stück der Calle Belén mit Josefina Sánchez, die sich zwischen zwei Hörspielen zu Hause einen Tee kochen wollte, und ich fragte sie, ob der bolivianische Schreiber vor jeder Aufnahme diese Vorrede hielt, oder ob dies etwas Besonderes gewesen sei. Sie sah mich voller Verachtung, die ihre Wangen erzittern ließ, an: »Heute hat er nur wenig gesagt, er war nicht inspiriert. Manchmal greift es einem ans Herz, wenn man bedenkt, daß diese Gedanken der Nachwelt nicht erhalten bleiben.«

Ich fragte sie, die »so große Erfahrung« habe, ob sie wirklich glaube, daß Pedro Camacho ein großes Talent sei. Sie zögerte einen Augenblick, um die richtigen Worte für ihre Gedanken zu finden:

»Dieser Mann heiligt den Künstlerberuf.«

VI

An einem strahlenden Sommermorgen betrat tadellos gekleidet und pünktlich, wie es seine Gewohnheit war, Dr. jur. Pedro Barreda y Zaldívar sein Büro, als Untersuchungsrichter der ersten Strafkammer des Obersten Gerichtshofs von Lima. Er war ein Mann, der die Blüte seiner Jahre, nämlich die Fünfzig, erreicht hatte, und in seiner Person – breite Stirn, Adlernase, durchdringender Blick von Güte und aufrechter Gesinnung – zeichnete sich seine ethische Reinheit in einer Haltung ab, die ihm sofort die Hochachtung aller Menschen sicherte. Er kleidete sich mit der Bescheidenheit eines Richters mit magerem Gehalt, der absolut unbestechlich ist, jedoch mit einer Korrektheit, die ihm eine gewisse Eleganz verlieh. Der Justizpalast begann sich nach seiner nächtlichen Ruhepause zu beleben, und das Gebäude füllte sich mit einer geschäftigen Menge aus Anwälten, Winkeladvokaten, Boten, Klägern, Notaren, Testamentsvollstreckern, Referendaren und Neugierigen. Im Herzen dieses Bienenstockes öffnete Dr. jur. Barreda y Zaldívar sein Köfferchen, nahm zwei Akten heraus, setzte sich an seinen Schreibtisch und machte sich bereit, den Tag zu beginnen. Sekunden später – schnell, lautlos wie ein Meteorit im Weltraum – tauchte sein Sekretär, Dr. Zelaya, in seinem Büro auf, ein Männlein mit Brille und einem winzigen Schnurrbart, der sich beim Sprechen rhythmisch bewegte.

»Einen schönen guten Tag, Herr Doktor«, grüßte er und machte dabei eine Verbeugung wie ein Scharnier.

»Das gleiche Ihnen, Zelaya«, lächelte Dr. jur. Barreda y Zaldívar liebenswürdig. »Was bringt uns dieser Morgen?«

»Notzucht, begangen an einer Minderjährigen, seelische Grausamkeit kommt erschwerend hinzu.« Der Sekretär legte eine ziemlich dicke Akte auf den Schreibtisch. »Der Angeklagte, ein Mann aus Victoria von höchst verdächtigem Aussehen, leugnet die Tat. Die Hauptzeugen warten auf dem Flur.«

»Bevor ich sie anhöre, muß ich den Polizeibericht und die Zivilklage lesen«, erinnerte ihn der Untersuchungsrichter.

»Sie werden so lange warten, wie es nötig ist«, erwiderte der Sekretär und verließ das Büro.

Unter seiner festen juristischen Schale hatte Dr. jur. Barreda y Zaldívar die Seele eines Dichters. Eine Lesung der eisigen juristischen Dokumente genügte ihm, um die rhetorische Hülle von Klauseln und Küchenlatein zu lösen und mit seiner Vorstellungskraft auf die Tatsachen zu stoßen. So rekonstruierte er rasch mit allen Einzelheiten die Anzeige, während er den in Victoria aufgesetzten Bericht las. Er sah das dreizehnjährige Mädchen, Schülerin der Unidad Escolar Mercedes Cabello de Carboneda mit Namen Sarita Huanca Salaverría, am vorigen Montag die Polizeiwache dieses bunten und vielschichtigen Stadtteils betreten. Sie kam weinend und mit blauen Flecken im Gesicht, auf den Armen und Beinen in Begleitung ihrer Eltern, Don Casimiro Huanca Padrón und Doña Catalina Salaverría Melgar. Die Minderjährige war am Vorabend in dem Wohnblock Nr. 12, an der Avenida Luna Pizarro, vierter Stock, Zimmer H, von dem Subjekt Gumercindo Tello, Bewohner des gleichen Häuserblocks, Zimmer J, geschändet worden. Sarita hatte, ihre Verwirrung, ihren Schmerz überwindend, den Hütern der Ordnung berichtet, daß die Notzucht nur das tragische Ende einer langen Kette heimlicher Belästigungen gewesen sei, denen sie sich von seiten des Schänders ausgesetzt gesehen hatte. Er war tatsächlich seit acht Monaten – das heißt, von dem Tag, an dem er sich als auffälliger Unheilsvogel im Block Nr. 12 niedergelassen hatte – hinter Sarita Huanca her, ohne daß die Eltern oder die Nachbarn es bemerkt hatten, und machte ihr geschmacklose Komplimente und dreiste Angebote (wie etwa: »Ich würde gern die Zitronen deines Gartens ausdrücken« oder: »Eines Tages werde ich dich melken«). Von den Absichtserklärungen war Gumercindo Tello zur Tat geschritten. Im Hof von Block Nr. 12 oder in den benachbarten Straßen versuchte er, die Minderjährige, wenn sie aus der Schule kam oder zum Einkaufen ging, anzufassen und zu küssen. Aus natürlicher Scham hatte das Opfer den Eltern nichts von diesen Nachstellungen erzählt.

Am Abend des Sonntags, zehn Minuten, nachdem die Eltern in Richtung Metropolitan-Kino das Haus verlassen hatten, hörte Sarita Huanca, die gerade ihre Schularbeiten machte, ein Klopfen an der Tür. Sie ging und öffnete und sah Gumercindo Tello. »Was wünschen Sie?« fragte sie höflich. Der Schänder stellte sich so friedfertig wie möglich und gab vor, sein Spirituskocher habe keinen Brennstoff mehr, und es sei jetzt zu spät, um noch welchen kaufen zu können. Er sei gekommen, um ein bißchen Kerosin auszuleihen, damit er sich sein Essen machen könne. (Er versprach, es am nächsten Tag zurückzubringen.) Freigebig und naiv ließ das Mädchen Huanca Salaverría das Individuum eintreten und zeigte auf die Kerosin-Flasche, die zwischen dem Herd und dem Eimer stand, der gelegentlich als Abtritt benutzt wurde.

(Dr. jur. Barreda y Zaldívar lächelte bei diesem Ausrutscher des Ordnungshüters, der die Anzeige aufgesetzt hatte und der, ohne es zu wollen, bei den Huanca Salaverría diese Sitte aus der Provinz von Buenos Aires konstatierte, die Notdurft in einen Eimer zu verrichten, im gleichen Raum, in dem man aß und schlief.) Kaum war er mit diesem Trick in das Zimmer H hineingekommen, verriegelte der Angeklagte die Tür. Dann kniete er nieder, faltete die Hände und flüsterte Liebesworte auf Sarita Huanca Salaverría ein, die erst in diesem Augenblick um ihr Schicksal bangte. In einer Sprache, die das Mädchen als romantisch bezeichnete, riet Gumercindo Tello ihr, seinen Wünschen willfährig zu sein. Was waren das für Wünsche? Sie sollte sich entkleiden und sich von ihm berühren, küssen und die Jungfernschaft nehmen lassen. Sarita Huanca regte sich furchtbar auf und wies diese Vorschläge energisch zurück, beschimpfte Gumercindo Tello und drohte ihm, die Nachbarn zu rufen. Als er das hörte, ließ der Angeklagte von seiner bittenden Haltung ab, zog ein Messer aus seinem Anzug und drohte dem Mädchen, sie beim ersten Schrei zu erstechen. Er stand auf, ging auf Sarita zu und sagte: »Komm, komm, du wirst ja schon richtig heiß, meine Liebste«, und da sie trotz allem nicht gehorchte, verpaßte er ihr ein paar Faustschläge und Fußtritte, bis sie zu Boden fiel. Dort, von einem nervösen Anfall geschüttelt, bei dem ihm nach Aussage des Opfers die Zähne aufeinanderschlugen, riß der Schänder ihr die Kleider in Fetzen vom Leib, knöpfte seine eigenen auf und warf sich auf das Mädchen, bis er dort auf dem Boden den fleischlichen Akt vollzogen hatte, den er wegen des Widerstandes, den das Mädchen ihm leistete, mit neuen Schlägen begleitete, von denen Spuren in Form von Beulen und Blutergüssen zurückgeblieben waren. Nachdem seine Begierde befriedigt war, verließ Gumercindo Tello das Zimmer H, nicht ohne vorher Sarita Huanca Salaverría zu raten, kein Wort über den Vorfall zu sagen, wenn sie alt werden wolle (und dabei fuchtelte er mit dem Messer herum, um ihr zu zeigen, daß er es ernst meine). Die Eltern fanden ihre Tochter, als sie vom Metropolitan nach Hause kamen, mit mißhandeltem Körper, in Tränen gebadet. Nachdem sie ihre Wunden behandelt hatten, wollten sie sie zwingen, das Vorgefallene zu berichten. Aber aus Scham weigerte sie sich. Und so verging die Nacht. Am nächsten Morgen jedoch, von dem Schock erholt, den der Verlust der Jungfernschaft für sie bedeutete, erzählte das Mädchen den Eltern alles, und sie gingen sofort zur Wache von Victoria, um den Vorfall anzuzeigen.

Dr. jur. Barreda y Zaldívar schloß einen Augenblick die Augen. Es tat ihm leid, was dem Mädchen geschehen war. (Trotz des täglichen Kontakts mit dem Verbrechen war er nicht unempfindlich geworden.) Aber er sagte sich, hier handelt es sich auf den ersten Blick um ein Verbrechen ohne Geheimnis, ein prototypisches Verbrechen, das millimetergenau ins Strafgesetzbuch hineinpaßt, in die Modelle von Vergewaltigung und Notzucht an Minderjährigen mit den charakteristischen erschwerenden Begleitumständen von Vorbedacht, Gewalt in Tat und Wort und seelischer Grausamkeit.

Das nächste Dokument, das er durchlas, war der Bericht der Ordnungshüter, die die Festnahme von Gumercindo Tello vorgenommen hatten.

Dem Befehl ihres Vorgesetzten Hauptmann G. C. Enrique Soto entsprechend hatten die Polizisten Alberto Cusicanqui Apéstegui und Huasi Tito Parinacocha sich mit einem Haftbefehl in den Häuserblock Nr. 12 der Avenida Luna Pizarro begeben, aber das Individuum war nicht zu Hause. Von den Nachbarn erfuhren sie, daß der Mann von Beruf Mechaniker sei und in der Werkstatt für Motorreparaturen und autogenes Schweißen »El Inti« arbeite, ein Platz am anderen Ende des Stadtteils, fast schon in den Hügeln von El Pino. Die Polizisten begaben sich sofort dorthin. In der Werkstatt wurden sie von der Mitteilung überrascht, daß Gumercindo Tello gerade fortgegangen sei. Der Besitzer der Werkstatt, Herr Carlos Príncipe, erzählte ihnen, er habe um Erlaubnis gebeten, weil er zu einer Taufe wollte.

Als die Beamten die Angestellten befragten, in welche Kirche er vielleicht gegangen sein könnte, sahen sie sich hämisch an und grinsten. Herr Príncipe erklärte, Gumercindo Tello sei nicht katholischen Glaubens, sondern ein Zeuge Jehovas, und in dieser Religion werde eine Taufe nicht in einer Kirche und mit einem Priester zelebriert, sondern im Freien und durch Untertauchen.

Da sie vermuteten, diese Kongregation sei eine Bruderschaft von Homosexuellen, wie es schon vorgekommen war, forderten Cusicanqui Apéstegui und Tito Parinacocha, man solle sie dorthin führen, wo der Angeklagte sich aufhielt. Nach einer Weile des Zögerns und einem Wortwechsel führte sie der Besitzer von »El Inti« selbst dorthin, wo, so sagte er, Tello vielleicht sein könne, denn einmal, vor langer Zeit, als Tello versucht habe, ihn und seine Arbeitskollegen zu bekehren, habe er ihn zu einer Zeremonie eingeladen. (Eine Erfahrung, die den Obengenannten in keiner Weise überzeugt hatte.)

Herr Príncipe fuhr die beiden Hüter der Ordnung in seinem Auto ans Ende der Calle Maynas und des Parque Martinetti zu einem offenen Feld, wo die Anwohner der Gegend ihre Abfälle verbrannten und wo sich eine kleine Bucht des Rímac-Flusses befand. In der Tat waren dort die Zeugen Jehovas. Cusicanqui Apéstegui und Tito Parinacocha entdeckten ein Dutzend Personen verschiedenen Alters und Geschlechts bis zur Taille in den schlammigen Fluten; nicht etwa in Badezeug, nein, vollkommen angezogen; einige Männer mit Krawatte und einer von ihnen sogar mit Hut. Unempfindlich gegenüber den Zoten und Späßen der Leute, die sich am Ufer versammelt hatten, sie mit Schalen bewarfen und ihnen zusahen, vollzogen sie sehr ernst eine Zeremonie, die den Hütern der Ordnung im ersten Augenblick vorkam wie eine Art kollektiver Selbstmordversuch durch Ertränken.

Sie sahen folgendes: Während sie mit voller Inbrunst seltsame Gesänge anstimmten, nahmen die Zeugen Jehovas einen alten Mann mit Poncho und Mütze bei den Armen und versenkten ihn in den schmutzigen Wassern. Wollten sie ihn ihrem Gott opfern? Als aber die Polizisten sich die Gamaschen beschmutzend, ihre Revolver in der Hand, ihnen befahlen, sie sollten ihr kriminelles Treiben einstellen, war dieser Greis der erste, der wütend wurde und die Polizisten aufforderte, sich gefälligst zurückzuziehen. Dabei benannte er sie mit seltsamen Namen (wie Römer und Papisten). Die Hüter der Ordnung mußten nachgeben und warten, bis die Taufe zu Ende war, um Gumercindo Tello festzunehmen, den sie dank der Angaben von Herrn Príncipe identifizierten. Die Zeremonie dauerte noch ein paar Minuten, in denen man mit den Gebeten und mit dem Eintauchen des Täuflings fortfuhr, bis dieser die Augen verdrehte, Wasser schluckte und hustete und die Zeugen beschlossen, ihn herauszuholen und ans Ufer zu tragen, wo sie ihn zu dem neuen Leben beglückwünschten, das, so sagten sie, in diesem Augenblick für ihn beginne.

Dann verhafteten die Polizisten Gumercindo Tello. Der Mechaniker leistete nicht den geringsten Widerstand, versuchte nicht zu fliehen und zeigte keinerlei Überraschung über die Tatsache, daß er festgenommen wurde. Als er die Handschellen angelegt bekam, beschränkte er sich darauf, den anderen zu sagen: »Brüder, ich werde euch nie vergessen.« Die Zeugen brachen sofort in neue Gesänge aus, blickten gen Himmel und verdrehten die Augen, so begleiteten sie ihn bis an den Wagen von Herrn Príncipe, der die Polizisten und den Festgenommenen bis zur Wache von Victoria brachte, wo man ihm für die geleisteten Dienste dankte und sich verabschiedete.

Auf dem Polizeirevier fragte Hauptmann G. C. Enrique Soto den Angeklagten, ob er sich seine Schuhe und seine Hose im Hof trocknen wolle. Worauf Gumercindo Tello erwiderte, er habe sich daran gewöhnt, feucht herumzugehen, wegen der stark anwachsenden Zahl von Bekehrungen zum wahren Glauben, die in letzter Zeit in Lima zu verzeichnen sei. Sofort begann Hauptmann Soto mit dem Verhör, bei dem der Angeklagte sich kooperativ zeigte. Nach seiner Person befragt, erwiderte er, er heiße Gumercindo Tello und sei der Sohn von Doña Gumercinda Tello aus Moquegua, die bereits tot sei, und eines unbekannten Vaters. Er sei wahrscheinlich auch in Moquegua geboren, vor etwa fünfundzwanzig oder achtundzwanzig Jahren. Was diese Ungewißheit angehe, so erklärte er, seine Mutter habe ihn kurz nach seiner Geburt in ein Waisenhaus für Knaben gebracht, das in jener Stadt von einer Papistensekte geleitet wurde, in deren Verirrungen er, so sagte er, erzogen worden sei und von denen er sich glücklicherweise mit fünfzehn oder achtzehn Jahren habe freimachen können. Er gab an, bis zu diesem Alter im Waisenhaus gelebt zu haben, nämlich bis zu dem Tag, an dem ein großer Brand dieses Haus vernichtet und damit auch alle Archive zerstört hatte: der Grund, weswegen ihm sein genaues Alter bis heute ein Geheimnis geblieben sei. Er erklärte, dieses Unglück sei für sein Leben schicksalhaft gewesen, denn bei dieser Gelegenheit habe er ein weises Paar kennengelernt, das über Land von Chile nach Lima reiste, den Blinden die Augen öffnete und den Tauben die Ohren für die Wahrheiten der Philosophie. Er gab an, mit diesem Paar nach Lima gekommen zu sein; ihren Namen wolle er nicht nennen, denn, so sagte er, sie seien bekannt genug, als daß man sie noch nennen müsse. Seitdem habe er hier gelebt und seine Zeit zwischen der Arbeit als Mechaniker (ein Beruf, den er im Waisenhaus erlernt hatte) und der Verbreitung der Wissenschaft und der Wahrheit aufgeteilt. Er sagte, er habe in Breña gelebt, in Vitarte und in Barrios Altos und sich vor acht Monaten in Victoria niedergelassen, weil er in der Werkstatt für Motorreparatur und autogenes Schweißen »El Inti« eine Stelle bekommen habe, die zu weit von seiner vorherigen Wohnung entfernt liege. Der Angeklagte gab zu, seither im Block Nr. 12 an der Avenida Luna Pizarro zu leben. Er gab auch zu, die Familie Huanca Salaverría zu kennen, der er, so sagte er, mehrmals erleuchtende Reden und gute Lektüre angeboten habe, ohne bei ihnen Erfolg gehabt zu haben, genausowenig wie bei den anderen Nachbarn, die stark von der römischen Ketzerei vergiftet seien. Als man ihm den Namen seines mutmaßlichen Opfers nannte, den des Mädchens Sarita Huanca Salaverría, sagte er, er erinnere sich an sie, und da es sich bei ihr um eine Person noch sehr zarten Alters handele, habe er noch nicht die Hoffnung aufgegeben, sie eines Tages auf den richtigen Weg bringen zu können. Als man ihn dann mit der Anklage konfrontierte, zeigte Gumercindo Tello große Überraschung, stritt alle Punkte ab, um im nächsten Moment (eine Verwirrung vortäuschend, im Hinblick auf seine spätere Verteidigung?) in ein sehr zufriedenes Gelächter auszubrechen und zu sagen, das sei die Probe, auf die Gott ihn stelle, um seinen Glauben und seine Opferbereitschaft zu prüfen. Er fügte hinzu, er verstehe jetzt, warum er nicht zum Militärdienst eingezogen worden sei, eine Gelegenheit, die er mit großer Ungeduld erwartet hatte, um durch sein Beispiel, sich nämlich zu weigern, eine Uniform anzuziehen und Treue auf die Fahne zu schwören – beides Attribute des Satans –, predigen zu können. Hauptmann G. C. Enrique Soto fragte ihn, ob er gegen Peru spreche, worauf der Angeklagte antwortete, in keiner Weise. Er beziehe sich nur auf Angelegenheiten der Religion. Dann begann er in feuriger Weise, Hauptmann Soto und den Polizisten zu erklären, daß Christus nicht Gott gewesen sei, sondern ein Zeuge, daß es falsch sei, wie es die Papisten logen, daß man ihn gekreuzigt habe; die Bibel beweise, daß er an einen Baum genagelt worden sei. Bei dieser Gelegenheit riet er ihnen, »Erwachet« zu lesen, eine Zeitung, die alle zwei Wochen erscheine und die sie für zwei Sol von allen Zweifeln über dieses und andere Themen der Kultur befreien und außerdem eine gesunde Unterhaltung bieten könne. Hauptmann Soto hieß ihn schweigen und sagte ihm, daß in den Räumen des Polizeireviers jede kommerzielle Werbung verboten sei. Er forderte ihn schließlich auf zu sagen, wo er am Vorabend gewesen sei, was er zu der Zeit gemacht habe, zu der Sarita Huanca Salaverría versicherte, von ihm vergewaltigt und geschlagen worden zu sein. Gumercindo Tello bestätigte, daß er an dem Abend wie jeden Abend in seinem Zimmer gewesen sei, allein, in Meditation über den »Stamm« vertieft und darüber, daß es im Gegensatz zu dem, was bestimmte Leute einen glauben ließen, nicht stimme, daß alle Menschen am Tag des Jüngsten Gerichts auferstehen, daß nämlich viele niemals auferstehen würden, was die Sterblichkeit der Seele beweise. Wieder zur Ordnung gerufen, bat der Angeklagte um Entschuldigung und sagte, er tue das nicht mit Absicht, aber könne es nun einmal nicht unterlassen, jeden Augenblick ein kleines bißchen Licht auf die anderen zu werfen, da er darüber verzweifle, in welcher Dunkelheit die Menschen lebten. Und zu den Fakten, er könne sich nicht erinnern, Sarita Huanca Salaverría an jenem Abend gesehen zu haben. Auch nicht am Abend davor, und er bat, man möge in dem Bericht doch schreiben, daß er, obgleich er so verleumdet werde, keinerlei Groll gegen jenes Mädchen hege und daß er ihr, im Gegenteil, noch dankbar sei, weil er glaube, daß Gott durch sie die Muskulatur seines Glaubens prüfen wolle. Da er aus Gumercindo Tello keine weiteren präzisen

Angaben über die Anklagepunkte herausbekommen konnte, beendete Hauptmann G. C. Enrique Soto das Verhör und überführte den Angeklagten in eine Zelle des Justizpalastes, damit der Untersuchungsrichter den Fall entsprechend weiterführen könne.

Dr. jur. Barreda y Zaldívar schloß die Akte und dachte an diesem, von den Geräuschen aus dem Gerichtsgebäude gequälten Vormittag über die Sache nach. Die Zeugen Jehovas? Er kannte sie. Vor gar nicht langer Zeit war ein Mann, der auf dem Fahrrad durch die Welt zog, an seine Tür gekommen und hatte ihm die Zeitschrift »Erwachet« angeboten, die er in einem Moment der Schwäche erwarb. Seitdem war der Zeuge mit astraler Unausbleiblichkeit zu den verschiedensten Tages- und Nachtzeiten um sein Haus gestrichen. Er wollte ihn unbedingt erleuchten, belagerte ihn mit Flugblättern, Büchern und Zeitschriften von verschiedener Dicke und Thematik, bis er, unfähig, den Zeugen auf zivilisierte Weise, durch Überredung, durch Bitten oder Drohungen von seiner Wohnung fernzuhalten, die Polizei um Hilfe ersucht hatte. Also einer dieser stürmischen Bekehrer war der Schänder. Dr. jur. Barreda y Zaldívar sagte sich, der Fall werde interessant.

Es war noch Vormittag, und der Untersuchungsrichter streichelte versonnen den langen stählernen Brieföffner mit dem Griff aus Tiahuanaco, der auf seinem Schreibtisch lag, ein Geschenk seiner Vorgesetzten, seiner Kollegen und Untergebenen (sie hatten ihn dem Anwalt zu seiner Silberhochzeit geschenkt), rief den Sekretär und bat ihn, die Zeugen eintreten zu lassen.

Zuerst kamen die Polizisten Cusicanqui Apéstegui und Tito Parinacocha, die die Umstände der Festnahme von Gumercindo Tello respektvoll bestätigten und angaben, dieser habe sich, außer daß er die Anschuldigungen abstritt, umgänglich gezeigt, wenn auch ein bißchen geschwollen mit seinem religiösen Tick. Dr. Zelaya schrieb das Protokoll, während die Beamten sprachen, und die Brille schaukelte dabei auf seiner Nase.

Dann waren die Eltern des Mädchens an der Reihe, ein Paar, dessen fortgeschrittenes Alter den Richter überraschte. Wie konnten diese Tattergreise ein dreizehnjähriges Kind haben? Der Vater, Don Isaías Huanca, ohne Zähne, die Triefaugen halb verschmiert, bestätigte sehr schnell den Polizeibericht in allen seinen Punkten und wollte danach dringlich wissen, ob nun Sarita mit Herrn Tello verheiratet würde. Kaum hatte er das gefragt, trat Frau Salaverría de Huanca, eine kleine verschrumpelte Frau, vor, küßte dem Richter die Hand und bat gleichzeitig mit bettelnder Stimme, er möge doch so gut sein und Herrn Tello zwingen, Sarita vor den Altar zu führen. Dr. jur. Barreda y Zaldívar hatte große Mühe, den Greisen zu erklären, daß zu den hohen Funktionen, mit denen man ihn betraut habe, die des Heiratsvermittlers nicht gehöre. Das Paar schien offensichtlich mehr daran interessiert zu sein, das Mädchen zu verheiraten, als das Verbrechen zu ahnden, auf das sie nur zu sprechen kamen, wenn sie dazu gezwungen wurden, und sie verwandten viel Zeit darauf, die Tugenden von Sarita aufzuzählen, als wollten sie sie verkaufen.

Innerlich lächelnd dachte der Richter, diese bescheidenen Landleute – es bestand kein Zweifel, daß sie aus den Andengebieten kamen und in Kontakt mit der Erde gelebt hatten – brächten es fertig, ihm das Gefühl zu geben, er sei ein mißgelaunter Vater, der sich weigere, der Hochzeit seines Sohnes zuzustimmen. Er versuchte, sie zur Vernunft zu bringen. Wie konnten sie ihrer Tochter jemanden als Mann wünschen, der fähig war, das Verbrechen der Notzucht an einem unmündigen Mädchen zu begehen? Aber sie nahmen sich gegenseitig das Wort aus dem Mund und bestanden darauf, Sarita sei eine vorbildliche Ehefrau, trotz ihrer jungen Jahre könne sie kochen, nähen und alles; sie beide seien schon alt und wollten das Kind nicht als Waise zurücklassen. Der Herr Tello scheine ein ernsthafter, arbeitsamer Mann zu sein und außer, daß er neulich mit Sarita ausgerutscht sei, habe man ihn niemals betrunken gesehen. Er sei sehr respektvoll, gehe früh zur Arbeit mit seinem Werkzeugkoffer und dem Paket mit jenen Zeitschriften, die er von Haus zu Haus verkaufe. Ein Bursche, der sich auf diese Weise durchschlage, sei der vielleicht keine gute Partie für Sarita? Und beide Greise hoben dem hohen Beamten die Hände entgegen: »Haben Sie Mitleid mit uns, helfen Sie uns, Herr Richter.«

Dr. jur. Barreda y Zaldívar kam ein Gedanke – kleine, schwarze, regenschwangere Wolke –, war das alles hier eine von diesem Paar ausgeheckte List, um ihre Tochter zu verhei-

raten? Aber der medizinische Befund war eindeutig: das Mädchen war vergewaltigt worden. Nicht ohne Schwierigkeiten verabschiedete er die Zeugen. Dann erschien das Opfer.
Sarita Huanca Salaverrías Eintreten erhellte das nüchterne Büro des Untersuchungsrichters. Ein Mann, der alles gesehen hatte, vor dem alle Absonderlichkeiten der menschlichen Psychologie als Opfer oder als Täter vorbeigezogen waren, dieser Mann, Dr. jur. Bareda y Zaldívar, staunte, denn hier stand noch eine Spezies von wirklicher Originalität vor ihm. War Sarita Huanca Salaverría ein Mädchen? Zweifellos, wenn man ihrem chronologischen Alter nach urteilte, nach dem kleinen Körper, auf dem sich schüchtern die Schwellungen der Weiblichkeit abzuzeichnen begannen, nach den Zöpfen, die das Haar zusammenhielten, und dem Rock und der Schülerbluse, die sie trug. Aber der Art und Weise nach, wie sie sich katzenhaft bewegte, sich breitbeinig hinstellte, die Hüfte zur Seite geneigt, die Schulter nach hinten und die kleinen Hände mit einer einladenden Offenherzigkeit in die Taille gestemmt, und vor allem der Art nach, wie sie ihn ansah mit diesen weltlichen, samtweichen Augen und sich mit ein paar Mäusezähnchen in die Unterlippe biß, schien Sarita Huanca Salaverría über ausführliche Erfahrungen, über jahrhundertealte Kenntnisse zu verfügen.
Dr. jur. Barreda y Zaldívar hatte ein ausgesprochenes Zartgefühl, wenn er Minderjährige verhören mußte. Er verstand es, ihnen Vertrauen einzuflößen, die Dinge herauszufragen, ohne ihre Gefühle zu verletzen, und es fiel ihm leicht, sie sanft und mit Geduld dahin zu bringen, über die heiklen Angelegenheiten zu sprechen. Aber dieses Mal nützte ihm seine Erfahrung nichts. Kaum hatte er das Mädchen euphemistisch gefragt, ob es richtig sei, daß Gumercindo Tello sie schon seit langem mit ungezogenen Fragen belästigt habe, begann Sarita Huanca drauflos zu erzählen. Ja, seitdem er in Victoria lebe, immer und überall. Er warte an der Bushaltestelle und begleite sie bis nach Hause und sage: »Ich würde dir gern den Honig lecken«, »Du hast zwei kleine Apfelsinen und ich eine Banane« und: »Deinetwegen mache ich mich vor Liebe naß«. Aber es waren nicht diese im Munde eines Mädchens unpassenden Gleichnisse, die die Wangen des Richters heiß werden und Dr. Zelaya beim Schreiben steckenbleiben ließen, sondern die Gesten, mit denen Sarita die

Nachstellungen illustrierte, deren Opfer sie gewesen war. Der Mechaniker habe immer versucht, sie hier zu berühren, und beide kleinen Hände hoben sich über ihre zarten Brüste und schickten sich an, sie liebevoll zu wärmen. Und auch hier, und die Hände fielen über ihre Knie und strichen über sie hinweg nach oben, immer weiter nach oben, rafften den Rock bis zu den (bis vor kurzem noch unreifen) Schenkelchen. Nervös mit den Augen klappernd, hustend, einen raschen Blick mit dem Sekretär wechselnd, erklärte Dr. jur. Barreda y Zaldívar dem Mädchen väterlich, daß sie so konkret nicht zu sein brauche, sie könne es bei Allgemeinheiten belassen. Er habe sie auch hier gekniffen, unterbrach ihn Sarita, drehte sich halb zur Seite und zeigte ein Hinterteil, das plötzlich zu wachsen, sich wie eine Seifenblase aufzublähen schien. Der Richter hatte die schwindelerregende Vorstellung, sein Büro könne sich jeden Augenblick in ein Striptease-Lokal verwandeln. Mit einiger Anstrengung seine Nervosität beherrschend, bedeutete er der Kleinen mit ruhiger Stimme, die Vorgeschichten zu vergessen und sich nur auf die Fakten der Vergewaltigung zu konzentrieren. Er erklärte ihr, sie solle zwar das Vorgefallene objektiv schildern, es sei jedoch nicht notwendig, bei den Details zu verharren, und er erlasse ihr jene, die – Dr. jur. Barreda y Zaldívar räusperte sich etwas befangen – ihre Scham verletzten. Der Richter wollte einerseits das Gespräch abkürzen und auf der anderen Seite, daß sie sich etwas dezenter gebe. Er dachte, sobald man auf die erotischen Aggressionen zu sprechen käme, werde das Mädchen verständlicherweise verlegen, eilig und oberflächlich sein. Aber Sarita Huanca Salaverría wurde, als sie die Fragen des Richters hörte, wie ein Kampfhahn, der Blut riecht. Sie wurde hitzig, überschritt alle Grenzen und warf sich ganz und gar in ein lüsternes Selbstgespräch und eine mimisch-erotische Darstellung, die Dr. jur. Barreda y Zaldívar den Atem verschlug und Dr. Zelaya in eine wirklich unschöne (vielleicht masturbatorische?) körperliche Unruhe versetzte. Der Mechaniker habe an die Tür geklopft, so, und als sie öffnete, habe er sie so angesehen und so mit ihr gesprochen, sei dann niedergekniet, so, habe sich so ans Herz gefaßt und sich so erklärt, ihr so geschworen, sie zu lieben. Verwirrt, hypnotisiert sahen der Richter und der Sekretär dieser Kind-Frau zu, die wie ein Vogel hin und her flatterte, sich wie eine Tänzerin aufbäumte, sich niederbeugte, sich aufrichtete, lächelte, böse wurde, die Stimme verstellte, sich selbst und Gumercindo Tello imitierend, sich verdoppelte und schließlich auf die Knie fiel und (sich, ihr) ihre (seine) Liebe erklärte. Dr. jur. Barreda y Zaldívar streckte die Hand aus, stotterte, das sei genug, aber das wortgewandte Opfer erklärte nun weiter, daß der Mechaniker sie mit dem Messer bedroht habe und sie so ausrutschen ließ und sich so auf sie warf, ihr so den Rock packte – in diesem Moment richtete sich der Richter in seinem Sitz auf, ein bleicher, edler, majestätischer und zorniger biblischer Prophet, und brüllte: »Genug! Genug! Schluß jetzt!« Es war das erste Mal in seinem Leben, daß er die Stimme erhob.

Vom Boden her, wo sich Sarita Huanca Salaverría hingelegt hatte, als sie zum neuralgischen Punkt ihrer plastischen Wiedergabe gekommen war, sah sie erschrocken auf den Zeigefinger, der sie zu durchbohren schien.

»Ich brauche nichts mehr zu wissen«, fuhr der Richter sanfter fort. »Steh auf, streich dir den Rock glatt, geh zu deinen Eltern.«

Das Opfer stand auf, nickte mit einem Gesichtchen, aus dem jetzt alles Mimentum und alle Schamlosigkeit gewichen waren; sie war wieder ein Mädchen und sichtlich aufgelöst. Mit demütigen Verbeugungen ging sie rückwärts bis zur Tür und hinaus. Der Richter wandte sich jetzt an den Sekretär, und in gemessenem Ton, keineswegs ironisch, riet er ihm, die Tasten der Schreibmaschine ruhen zu lassen – habe er nicht bemerkt, daß das Papier auf den Boden gefallen war und er auf der leeren Walze tippte? Feuerrot stotterte Dr. Zelaya, das Vorgefallene habe ihn sehr verwirrt. Dr. jur. Barreda y Zaldívar lächelte ihm zu:

»Uns ist ein ganz und gar ungewöhnliches Spektakel vorgeführt worden«, philosophierte der Richter. »Dieses Mädchen hat den Teufel im Leib, und was noch schlimmer ist, sie weiß es wahrscheinlich nicht.«

»Ist sie das, was die Nordamerikaner eine Lolita nennen?« versuchte der Sekretär sein Wissen zu bereichern.

»Zweifellos eine typische Lolita«, urteilte der Richter. Und gute Miene zum bösen Spiel machend – unerschrockener Seewolf,

der noch aus den Stürmen optimistische Lehren zieht –, fügte er hinzu: »Freuen wir uns darüber, daß der Koloß im Norden auf diesem Gebiet nicht die Exklusivrechte hat. Unsere heimische kann jeder nordamerikanischen Lolita den Mann abspenstig machen.«
»Man kann verstehen, daß sie den Angestellten aus dem Häuschen gebracht hat und der sie vergewaltigt hat«, meinte der Sekretär. »Wenn man sie gesehen und gehört hat, möchte man schwören, daß sie es war, die ihn entjungfert hat.«
»Halt, ich verbiete Ihnen diese Art von Unterstellungen«, mahnte ihn der Richter, und der Sekretär erblaßte. »Keine argwöhnischen Vermutungen. Gumercindo Tello soll hereinkommen.«
Zehn Minuten später, als er ihn von zwei Polizisten begleitet ins Büro treten sah, begriff Dr. jur. Barreda y Zaldívar sofort, daß die Bezeichnung des Sekretärs verkehrt war. Es handelte sich hier nicht um einen höchst Verdächtigen, sondern in gewisser Weise um etwas viel Schlimmeres, nämlich um einen Gläubigen. Als er das Gesicht von Gumercindo Tello sah, erinnerte sich der Richter mit einem mnemotechnischen Schauer, der ihm die Nackenhaare aufstellte, an den starren Blick des Mannes mit dem Fahrrad und der Zeitschrift »Erwachet«, von dem er Albträume gehabt hatte; dieser ruhig-starrköpfige Blick dessen, der weiß, der keine Zweifel kennt, der alle Probleme gelöst hat. Er war ein junger Mann, der sicher noch keine dreißig Jahre alt war und dessen schwächliche Physis, nur Haut und Knochen, den Winden die Verachtung predigte, die Nahrung und Materie verdienten. Er trug die Haare fast zum Kahlkopf geschoren, war braun und ziemlich klein. Er war nebelgrau gekleidet, weder Dandy noch Bettler, ein Mittelding. Jetzt waren seine Sachen trocken, aber kraus von den Taufen durch Eintauchen. Er trug ein weißes Hemd und eisenbeschlagene Stiefel. Dem Richter genügte ein Blick – ein Mann mit anthropologischem Gespür –, um seine hervorstechenden Eigenschaften zu kennen: Verschwiegenheit, Nüchternheit, feste Prinzipien, Unbeirrbarkeit und Bekehrertum. Wohlerzogen wünschte er, als er in die Tür trat, dem Richter und dem Sekretär sehr herzlich guten Tag.
Dr. jur. Barreda y Zaldívar befahl dem Polizisten, ihm die

Handschellen abzunehmen und hinauszugehen. Eine Angewohnheit, mit der er seine juristische Karriere begonnen hatte. Selbst die gefährlichsten Verbrecher hatte er allein verhört, väterlich, ohne Hilfe. Und bei dem Tête-à-tête pflegten sie ihr Herz zu öffnen, wie die Sünder vor dem Beichtvater. Niemals mußte er dieses riskante Verfahren bereuen. Gumercindo Tello rieb sich die Handgelenke und dankte für diesen Vertrauensbeweis. Der Richter wies auf einen Stuhl, und der Mechaniker setzte sich kerzengerade auf den Rand, wie ein Mann, dem schon der bloße Schein von Gemütlichkeit ungemütlich ist. Der Richter formulierte im Geiste die Devise, die wahrscheinlich das Leben der Zeugen Jehovas bestimmte: müde aus dem Bett aufstehen, hungrig vom Tisch und (wenn man überhaupt hinging) vor dem Ende des Films aus dem Kino gehen. Er versuchte, ihn sich von der kindlichen Vampirin aus Victoria mit Banderillas gespickt, entflammt vorzustellen. Aber sofort verbot er sich diese Phantasien als den Rechten der Verteidigung abträglich. Gumercindo Tello hatte angefangen zu sprechen:
»Es stimmt, daß wir der Regierung, den Parteien, dem Heer und den anderen sichtbaren Institutionen, die alle Stieftöchter des Satans sind« – das sagte er voller Sanftmut – »nicht dienen, daß wir keinem buntgefärbten Lappen Treue schwören, keine Uniform anziehen, denn weder Flitterkram noch Masken betören uns. Wir dulden auch keine Implantationen von Haut oder Injektionen von Blut, denn das, was Gott gemacht hat, soll die Wissenschaft nicht zerstören. Aber das alles soll nicht heißen, daß wir nicht unsere Pflicht erfüllen. Herr Richter, ich stehe Ihnen zu Diensten für alles, was Sie von mir wollen, und seien Sie versichert, ich werde nicht einmal, wenn ich Grund dazu hätte, Ihnen gegenüber respektlos sein.«
Er sprach langsam mit Pausen, als wollte er dem Sekretär die Arbeit erleichtern, der alle seine Äußerungen mit dem Geklapper der Schreibmaschine begleitete. Der Richter dankte ihm für sein liebenswürdiges Entgegenkommen und ließ ihn wissen, daß er alle Ideen und Glaubensrichtungen respektiere, ganz besonders, wenn es um religiöse gehe, und er erlaube sich, ihn daran zu erinnern, daß er nicht seines Glaubens wegen verhaftet worden sei, sondern unter der Anklage, eine Minderjährige geschlagen und vergewaltigt zu haben.

Ein entrücktes Lächeln zog über das Gesicht des Burschen aus Monquegua.
»Zeuge ist, wer Zeugnis ablegt, wer bezeugt, wer überzeugt«, entwickelte er seine semantischen Kenntnisse und sah den Richter dabei fest an. »Der weiß, daß es Gott gibt, und es andere wissen läßt, der die Wahrheit kennt und sie bekannt macht. Ich bin ein Zeuge, und Sie beide könnten es mit etwas gutem Willen auch sein.«
»Danke, bei anderer Gelegenheit«, unterbrach ihn der Richter, hob die umfangreiche Akte und hielt sie ihm vor die Nase, als wäre sie ein Leckerbissen. »Die Zeit drängt, und hierauf kommt es an. Kommen wir zum Kern der Sache, und gleich ein Rat: es ist ratsam und für Sie am günstigsten, die reine Wahrheit, nichts als die Wahrheit zu sagen.«
Der Angeklagte seufzte tief auf, von irgendeiner geheimen Erinnerung bewegt.
»Die Wahrheit, die Wahrheit«, murmelte er voller Trauer. »Welche, Herr Richter? Handelt es sich nicht vielmehr um jene Verleumdungen, um jene Schmuggelware, jenen vatikanischen Aberglauben, den sie uns, die Einfalt des einfachen Volkes ausnutzend, als Wahrheit verkaufen wollen? Bescheidenheit beiseite, ich glaube, daß ich die Wahrheit kenne, aber ich frage Sie, ohne Sie beleidigen zu wollen, kennen Sie sie?«
»Ich nehme mir vor, sie kennenzulernen«, sagte der Richter klug und klopfte auf den Aktendeckel.
»Die Wahrheit über die Phantastereien über das Kreuz, über den Scherz von Petrus und dem Stein, über die Mitren, vielleicht über diesen päpstlichen Scherz von der Unsterblichkeit der Seele?« fragte sich sarkastisch Gumercindo Tello.
»Die Wahrheit über das von Ihnen begangene Verbrechen, die minderjährige Sarita Huanca Salaverría mißbraucht zu haben«, erwiderte der Richter. »Die Wahrheit über jenen Überfall auf ein unschuldiges dreizehnjähriges Mädchen. Die Wahrheit über Schläge, die Sie ihr verpaßten, über die Drohungen, mit denen Sie sie erschreckten, über die Notzucht, mit der Sie sie erniedrigt und vielleicht geschwängert haben.«
Die Stimme des Richters hatte sich anklagend und olympisch erhoben. Steif auf dem Stuhl sitzend, sah ihn Gumercindo Tello sehr ernst an, ohne ein Zeichen von Verlegenheit oder Reue.

Schließlich schüttelte er den Kopf mit der Sanftmut eines Schlachttieres:
»Ich bin auf jede Prüfung, die mir Jehova auferlegt, vorbereitet«, versicherte er.
»Es geht hier nicht um Gott, sondern um Sie«, holte ihn der Richter auf die Erde zurück. »Um Ihre Gelüste, um Ihre Ausschweifungen, um Ihre Libido.«
»Es geht immer um Gott, Herr Richter«, bäumte Gumercindo Tello sich auf. »Niemals um Sie, niemals um mich, niemals um irgendeinen. Um IHN, nur um IHN.«
»Seien Sie doch vernünftig«, forderte ihn der Richter auf. »Halten Sie sich an die Fakten. Geben Sie Ihr Vergehen zu, und das Gericht wird vielleicht Verständnis zeigen. Betragen Sie sich wie ein religiöser Mann, der zu sein Sie mir beweisen wollen.«
»Ich bereue alle meine Vergehen, und es sind unendlich viele«, sagte Gumercindo Tello schwermütig. »Ich weiß sehr wohl, daß ich ein Sünder bin, Herr Richter.«
»Schön, nun die Fakten«, belohnte ihn Dr. jur. Barreda y Zaldívar. »Schildern Sie sie ohne morbide Umschweife und Wehleidigkeit. Wie haben Sie das Mädchen vergewaltigt?«
Aber der Zeuge war bereits in Schluchzen ausgebrochen und bedeckte das Gesicht mit den Händen. Der Richter ließ sich nicht rühren. Er war die plötzlichen zyklothymen Ausbrüche der Angeklagten gewöhnt und wußte sie für die Untersuchung der Fakten auszunutzen. Als er Gumercindo Tello so sah, den Kopf gesenkt, den Körper geschüttelt, die Hände feucht von Tränen, sagte sich Dr. jur. Barreda y Zaldívar – nüchterner beruflicher Stolz, der wieder einmal die Wirksamkeit seiner Technik feststellt –, daß der Angeklagte an der emotionalen Klimax angelangt sei, an der er unfähig zur Täuschung sei und begierig, spontan und genauestens die Wahrheit berichten würde.
»Fakten, Fakten«, insistierte er. »Fakten, Orte, Positionen, Worte, Handlungen. Los, nur Mut.«
»Ich kann nicht lügen, Herr Richter«, stotterte Gumercindo Tello unter Schluckauf. »Ich bin bereit, alles zu erleiden, Beleidigungen, Gefängnis, Entehrung. Aber ich kann nicht lügen! Das habe ich nie gelernt, ich kann es nicht!«
»Schön, diese Unfähigkeit ehrt Sie«, ermunterte ihn der Richer. »Beweisen Sie es. Los, wie haben Sie sie vergewaltigt?«

»Genau da liegt das Problem«, der Zeuge war verzweifelt und verschluckte sich. »Ich habe sie nicht vergewaltigt!«
»Ich werde Ihnen etwas sagen, Herr Tello«, sagte der Richter, die Silben einzeln betonend, mit der Sanftheit einer Schlange, die voller Verachtung ist: »Sie sind ein falscher Zeuge Jehovas! Ein Betrüger!«
»Ich habe sie nie angerührt, nie allein mit ihr gesprochen, gestern habe ich sie nicht einmal gesehen«, sagte Gumercindo Tello wie ein blökendes Schaf.
»Ein Zyniker, ein Heuchler, ein geistig Pflichtvergessener«, urteilte der Richter wie ein Eisblock. »Wenn Gerechtigkeit und Moral Ihnen nichts bedeuten, respektieren Sie wenigstens jenen Gott, den Sie so oft im Munde führen. Denken Sie daran, daß er Sie jetzt sieht, wie angewidert er sein muß, Sie so lügen zu hören.«
»Weder mit meinen Blicken noch mit meinen Gedanken habe ich dieses Mädchen beleidigt«, wiederholte Gumercindo Tello in herzzerreißender Weise.
»Sie haben sie bedroht, geschlagen und vergewaltigt«, donnerte die Stimme des Richters. »Mit Ihrer schmutzigen Lüsternheit, Herr Tello!«
»Mit-mei-ner-schmut-zi-gen-Lü-stern-heit?« wiederholte perplex – Mann, dem man einen Schlag mit dem Hammer versetzt hat – der Zeuge.
»Mit Ihrer schmutzigen Lüsternheit, ja mein Herr«, donnerte der Richter, und dann, nach einer kreativen Pause: »Mit Ihrem sündigen Penis!«
»Mit-mei-nem-sün-di-gen-Pe-nis?« stotterte der Angeklagte mit versagender Stimme und Entsetzen im Gesicht. »Mein-sün-diger-Pe-nis-ha-ben-Sie-ge-sagt?«
Irre und schielend wie Grashüpfer wanderten seine Augen vom Sekretär zum Richter, vom Boden zur Decke, von seinem Stuhl zum Schreibtisch, und dort verharrten sie, wanderten über Papiere, Akten, Tintenlöscher. Bis sie schließlich bei dem Brieföffner aus Tiahuanaco aufleuchteten, der zwischen den Dingen mit künstlerisch prähistorischem Glanz hervorstach. Dann eine rasche Bewegung, die weder dem Richter noch dem Sekretär Zeit ließ zu einem Versuch, ihn zu hindern, streckte Gumercindo Tello die Hand aus und ergriff das Messer. Er nahm keine

drohende Haltung an, im Gegenteil – eine Mutter, die ihr Kleines schützt – richtete er, das versilberte Messer an seine Brust drückend, einen beruhigenden, gütigen, traurigen Blick auf die beiden vor Überraschung versteinerten Männer.
»Sie beleidigen mich, wenn Sie glauben, ich könnte Ihnen etwas antun«, sagte er mit Büßerstimme.
»Sie können nicht fliehen, Sie Wahnsinniger«, warnte ihn der Richter, als er sich wieder gefangen hatte. »Der Justizpalast ist voller Polizisten, man würde Sie töten.«
»Fliehen, ich?« fragte der Mechaniker ironisch. »Wie wenig Sie mich kennen, Herr Richter.«
»Sehen Sie nicht, daß Sie sich selbst anklagen?« insistierte der Richter. »Geben Sie mir den Brieföffner zurück.«
»Ich habe ihn nur ausgeliehen, um meine Unschuld zu beweisen«, erklärte Gumercindo Tello ruhig.
Der Richter und der Sekretär sahen sich an. Der Angeklagte war aufgestanden. Sein Gesicht trug den Ausdruck eines Nazareners. In seiner rechten Hand blinkte unheilverkündend und schrecklich das Messer. Seine linke Hand glitt ohne Eile zu der Falte seiner Hose, die den Reißverschluß verbarg, und mit schmerzvoller Stimme sagte er:
»Ich bin rein, Herr Richter, ich habe niemals eine Frau erkannt. Für mich dient das, was andere zum Sündigen benutzen, nur dazu, Pipi zu machen ...«
»Halt«, unterbrach ihn Dr. jur. Barreda y Zaldívar, dem ein fürchterlicher Gedanke gekommen war. »Was wollen Sie tun?«
»Ihn abschneiden, ihn in den Müll werfen, um zu beweisen, wie unwichtig er für mich ist«, erwiderte der Angeklagte und deutete mit dem Kinn zum Papierkorb hin. Er sprach ohne Stolz, mit ruhiger Entschlossenheit. Der Richter und der Sekretär konnten, den Mund vor Staunen aufgerissen, nicht schreien. Gumercindo Tello hielt in der linken Hand bereits das Corpus delicti und hob das Messer, um es wie ein Scharfrichter, der die Axt streichelt und den Weg zum Hals des Verurteilten mißt, niedersausen zu lassen und den unbegreiflichen Beweis zu erbringen.
Würde er es tun? Würde er sich so mit einem Schnitt seiner Mannheit entledigen? Würde er seinen Körper, seine Jugend,

seine Ehre für eine ethisch abstrakte Demonstration opfern? Würde Gumercindo Tello das ehrenwerteste Richterzimmer von Lima zu einem Opfersaal machen? Wie würde dieses gerichtliche Drama zu Ende gehen?

VII

Die Liebesgeschichte mit Tante Julia ging unter vollen Segeln weiter, aber die Sache wurde immer komplizierter, weil es schwer wurde, sie geheimzuhalten. In beiderseitigem Einverständnis hatte ich, um keinen Verdacht in der Familie zu erwecken, meine Besuche bei Onkel Lucho drastisch eingeschränkt. Ich kam nur noch regelmäßig am Donnerstag zum Mittagessen. Für den Kinobesuch am Abend erfanden wir verschiedene Auswege. Tante Julia ging früh aus dem Haus und rief dann Tante Olga an, um ihr zu sagen, sie werde bei einer Freundin essen, und wartete an irgendeinem verabredeten Ort auf mich. Der Nachteil dabei war nur, daß Tante Julia stundenlang unterwegs sein mußte, bis ich von der Arbeit kam, und meistens mußte sie hungern. An anderen Tagen holte ich sie ohne auszusteigen mit dem Taxi ab. Sie erwartete mich, und kaum, daß der Wagen hielt, lief sie hinaus. Das war jedoch eine riskante Methode, denn wenn man mich entdeckte, wüßte man sofort, daß wir irgendetwas miteinander hätten; und dieser mysteriöse Mann, der sich hinten im Taxi verbarg, mußte jedenfalls Neugier, Spott und viele Fragen provozieren ...

Darum hatten wir beschlossen, uns weniger am Abend und öfter tagsüber in den Pausen zwischen den Sendungen zu sehen. Tante Julia nahm das Colectivo ins Zentrum, und gegen 11 Uhr morgens oder 5 Uhr nachmittags wartete sie auf mich in einer Cafeteria in der Camaná oder im Cream Rica am Jirón de la Unión. Ich bereitete mehrere Nachrichtensendungen vor, und wir hatten zwei Stunden für uns. Das Bransa in der Colmena hatten wir gestrichen, weil sich dort alle Leute von Panamericana und Radio Central trafen. Hin und wieder (genau gesagt an den Zahltagen) lud ich sie zum Essen ein, dann blieben wir sogar drei Stunden zusammen. Aber mein magerer Lohn hielt solchen Ausschweifungen nicht stand. Eines Morgens, als Genaro jun. mir euphorisch über den Erfolg von Pedro Camacho erzählte, hatte ich ihn mit einer ausgeklügelten Rede davon überzeugt, meinen Lohn zu erhöhen, so daß ich runde 5 000 Sol bekam. 2 000 gab ich meinen Großeltern als Beihilfe für den Haushalt. Die restlichen 3 000 reichten früher vollkommen aus für meine Laster: Zigaretten, Kino, Bücher. Aber seit ich in Tante Julia verliebt war, verflüchtigten sie sich im Handumdrehen, und ich war immer knapp, mußte mir oft etwas leihen und ging sogar zum Pfandhaus auf die Plaza de Armas. Da ich nämlich feste hispanische Vorurteile hatte, was die Beziehung zwischen Mann und Frau anging, und darum nicht zulassen konnte, daß Tante Julia eine Rechnung bezahlte, wurde meine wirtschaftliche Situation dramatisch. Um die Lage zu verbessern, begann ich etwas, was Javier streng »Prostitution meiner Feder« nannte, das heißt, ich schrieb Buchbesprechungen und Reportagen in Kulturbeilagen und Zeitschriften von Lima. Ich publizierte sie unter Pseudonymen, um mich weniger darüber schämen zu müssen, wie schlecht sie waren. Aber die 200 oder 300 Sol im Monat waren wie ein Tonikum für mein Budget.

Diese Verabredungen in den Cafés im Zentrum von Lima waren nicht sehr sündig: lange, sehr romantische Gespräche, Händchenhalten, uns in die Augen sehen und, wenn die Topographie des Lokals es erlaubte, unsere Knie aneinanderreiben. Wir küßten uns nur, wenn niemand uns sehen konnte, und das war sehr selten, denn um diese Zeit waren die Cafés immer überfüllt mit geschwätzigen Büromädchen. Natürlich sprachen wir von uns, von dem, was uns blühte, wenn uns irgendein Mitglied der Familie entdeckte, darüber, wie wir diese Gefahr umgehen könnten, erzählten uns in allen Einzelheiten, was wir seit dem letzten Mal gemacht hatten (das heißt vor ein paar Stunden oder einem Tag), machten aber niemals Pläne für die Zukunft. Diese Zukunft war ein stillschweigend aus unseren Gesprächen gestrichenes Thema, wahrscheinlich, weil wir beide davon überzeugt waren, unsere Beziehung habe keine. Ich glaube aber, was wie ein Spiel begonnen hatte, wurde bei den keuschen Zusammenkünften in den rauchigen Cafés im Zentrum von Lima langsam ernst. Dort verliebten wir uns, ohne daß wir es merkten.

Wir sprachen auch viel über Literatur; besser gesagt, Tante Julia hörte zu, und ich sprach von der Mansarde in Paris (unabdingbarer Bestandteil meiner Berufung) und von all den Romanen, Dramen, Essays, die ich schreiben würde, wenn ich Schriftsteller war. An dem Nachmittag, an dem Javier uns im Cream Rica am Jirón de la Unión entdeckte, las ich Tante Julia meine Erzählung über Doroteo Martí vor. Sie hieß mittelalterlich »Die Erniedrigung des Kreuzes« und hatte fünf Seiten. Es war die erste Erzählung, die ich ihr vorlas. Ich las sehr langsam, um meine Angst vor ihrem Urteil zu verbergen. Die Erfahrung war für die Empfindlichkeit des zukünftigen Schriftstellers katastrophal. Während ich las, unterbrach mich Tante Julia:

»Aber so war das doch gar nicht. Du hast ja alles auf den Kopf gestellt«, sagte sie überrascht und sogar verärgert. »Aber das hat er doch gar nicht gesagt, aber so ...«

Ich, aufs äußerste erbittert, hielt inne, um sie darüber zu belehren, daß das, was sie hörte, keine wahrheitsgetreue Wiedergabe der Geschichte sei, die sie mir erzählt hatte, sondern *eine Erzählung, eine Erzählung;* alles, was ich hinzugefügt oder weggelassen habe, seien Mittel, um bestimmte Effekte zu erreichen, »komische Effekte«, unterstrich ich, damit sie verstünde und lächele, sei es auch nur aus Mitleid.

»Aber im Gegenteil«, protestierte Tante Julia unerschrocken und böse. »Mit dem, was du verändert hast, ist der ganze Witz raus. Wer wird glauben, daß soviel Zeit vergeht vom ersten Schwanken des Kreuzes bis zu seinem Fall. Wo ist denn jetzt der Witz?«

Obwohl ich bereits in meinem gedemütigten Innern beschlossen hatte, die Erzählung über Doroteo Martí in den Papierkorb zu werfen, sah ich mich in eine glühende und schmerzliche Verteidigung des Rechts der literarischen Phantasie, die Realität zu brechen, gedrängt, als mich jemand an der Schulter berührte.

»Wenn ich störe, sag es mir, und ich gehe, ich hasse es, lästig zu werden«, sagte Javier, nahm sich einen Stuhl, setzte sich und bestellte sich beim Kellner einen Kaffee. Er lächelte Tante Julia an:

»Angenehm, ich bin Javier, der beste Freund dieses Prosaisten. Die hattest du aber gut versteckt, Bruder.«

»Das ist Julita, die Schwester meiner Tante Olga«, erklärte ich.

»Wie bitte? Die berühmte Bolivianerin?« Javier ging die Puste aus. Wir hielten uns an den Händen, als er zu uns trat, und hatten uns nicht losgelassen. Jetzt sah er ohne seine vorherige weltmännische Sicherheit auf unsere verschränkten Finger. »Donnerwetter, Varguitas.«

»Ich bin die berühmte Bolivianerin?« fragte Tante Julia. »Berühmt, warum?«
»Du warst so unsympathisch mit deinen lästigen Witzen, als du hier ankamst«, klärte ich sie auf. »Javier kennt nur den ersten Teil der Geschichte.«
»Den besten hast du mir vorenthalten, schlechter Erzähler und noch schlechterer Freund«, sagte Javier, der seine Lockerheit wiedergewonnen hatte, und deutete auf unsere ineinander verschränkten Hände. »Nun erzählt doch, erzählt doch.«
Er war wirklich sympathisch, sprach mit Händen und Füßen, machte einen Witz nach dem anderen, und Tante Julia war begeistert von ihm. Ich freute mich, daß er uns entdeckt hatte; zwar hatte ich nicht vorgehabt, ihm meine Liebesgeschichte zu erzählen, denn ich haßte diese Art Vertraulichkeiten (besonders in einem so verzwickten Fall), aber da der Zufall ihn zum Mitwisser unseres Geheimnisses gemacht hatte, war ich froh, mit ihm über die Wechselfälle dieses Abenteuers sprechen zu können. Als er sich an diesem Vormittag verabschiedete, küßte er Tante Julia auf die Wange und sagte mit einer Verbeugung:
»Ich bin ein ausgezeichneter Kuppler, zählt auf mich, für was auch immer.«
»Warum hast du nicht auch noch gesagt, du würdest uns das Bett bereiten?« schimpfte ich, kaum daß er sich, neugierig auf Einzelheiten, in meinem Hühnerstall bei Radio Panamericana blicken ließ.
»Sie ist so etwas wie deine Tante, nicht wahr?« sagte er und klopfte mir auf die Schulter. »Schon gut, du hast mich beeindruckt. Eine alte, reiche und geschiedene Geliebte. Zwanzig Punkte!«
»Das ist nicht meine Tante, sondern die Schwester der Frau meines Onkels«, erklärte ich ihm, was er bereits wußte, während ich eine Nachricht von »La Prensa« über den Krieg in Korea umschrieb. »Sie ist nicht meine Geliebte, sie ist nicht alt, und sie ist nicht reich. Nur das Geschieden stimmt.«
»Alt soll heißen, älter als du, und reich war keine Kritik, sondern ein Glückwunsch. Ich hab was übrig für gute Partien«, lachte Javier. »Sie ist also nicht deine Geliebte? Was dann? Deine Liebste?«

»Etwas zwischen beidem«, sagte ich und wußte, daß ihn das irritieren würde.
»Ah, du willst also den Geheimnisvollen spielen, dann scher dich doch auf gradem Weg zum Teufel«, warnte er mich. »Und außerdem bist du ein ganz mieser Kerl: Ich erzähl dir meine ganze Liebesgeschichte mit der kleinen Nancy, und du hast mir dein Goldstück verheimlicht.«
Ich erzählte ihm die Geschichte von Anfang an, die Schwierigkeiten, die wir hatten, um uns sehen zu können, und er begriff, warum ich ihn in den letzten Wochen zwei- oder dreimal um Geld angepumpt hatte. Er war sehr interessiert, fraß mich buchstäblich mit seinen Fragen auf und schwor mir schließlich, er werde sich in meine gute Fee verwandeln. Aber als er sich verabschiedete, wurde er ernst:
»Ich nehme an, es ist nur ein Spiel«, predigte er und sah mich an wie ein bittender Vater. »Vergiß nicht, daß wir, du und ich, trotz allem noch Grünschnäbel sind.«
»Wenn ich schwanger werde, das schwöre ich dir, lasse ich abtreiben«, beruhigte ich ihn.
Nachdem er gegangen war und während Pascual den Großen Pablito mit einer Massenkarambolage in Deutschland unterhielt, bei der zwanzig Autos ineinandergefahren waren, weil ein zerstreuter belgischer Tourist seinen Wagen mitten auf der Straße gestoppt hatte, um einem Hündchen zu helfen, dachte ich nach. Stimmte es, daß die Geschichte nichts Ernstes war? Es stimmte. Um eine ganz andere Erfahrung handelte es sich, um etwas Reiferes und Waghalsigeres als alles, was ich bisher erlebt hatte. Aber wenn wir sie in guter Erinnerung behalten wollten, durfte sie nicht mehr lange so weitergehen. Darüber dachte ich gerade nach, als Genaro jun. hereinkam und mich zum Essen einlud. Er nahm mich mit nach Magdalena, in ein kreolisches Gartenrestaurant, zwang mir Reis mit Ente und Brezeln mit Honig auf, und beim Kaffee kam er zur Sache:
»Du bist sein einziger Freund, sprich mit ihm, er bringt uns in Teufels Küche. Ich kann es nicht, mich schimpft er ungebildet und unwissend. Gestern hat er meinen Vater einen Kleinbürger genannt. Ich möchte weiteren Ärger mit ihm vermeiden. Eigentlich müßte ich ihn rausschmeißen, aber das wäre eine Katastrophe für das Unternehmen.«

Das Problem war ein Brief des argentinischen Botschafters an Radio Central, in dem er mit giftigen Worten gegen die »verleumderischen, perversen und psychotischen« Anspielungen auf die Heimat Sarmientos und San Martíns protestierte, die überall in den Hörspielen (die der Diplomat »dramatische Geschichten in Einzelkapiteln« nannte) auftauchten. Der Botschafter nannte einige Beispiele, die, so versicherte er, nicht ex professo gesucht, sondern zufällig vom Personal der Botschaft aufgenommen worden waren, das »diese Art Sendung liebt«. Eines dieser Beispiele behaupte nichts Geringeres, als daß die sprichwörtliche Männlichkeit der Leute aus Buenos Aires nur ein Mythos sei, denn fast alle seien sie homosexuell (vorzugsweise auf passive Art). In einem anderen heiße es, daß man in ganz normalen Familien von Buenos Aires die nutzlosen Münder – von Alten und Kranken – hungern ließe, um den Haushalt zu entlasten. In wieder einem anderen werde gesagt, daß Rindfleisch nur für den Export sei, denn zu Hause esse man am liebsten Pferdefleisch; und an anderen Stellen heiße es, daß das häufige Fußballspielen, vor allem die Kopfbälle, das nationale Erbgut in Mitleidenschaft gezogen habe, was die zunehmende Zahl von Mißgeburten, Wahnsinnigen und anderen Arten von Krüppeln an den Ufern des schmutziggelben Flusses erkläre; daß man in den Wohnungen von Buenos Aires – »jener Weltstadt«, unterstrich der Brief – normalerweise seine biologische Notdurft in einen einfachen Eimer in dem gleichen Raum, in dem man aß oder schlief, verrichte ...

»Du lachst, wir haben auch gelacht«, sagte Genaro jun. und biß sich die Fingernägel. »Aber heute ist ein Anwalt gekommen, und uns ist das Lachen vergangen. Wenn die Botschaft bei der Regierung vorstellig wird, kann man uns die Hörspielserien streichen, uns eine Strafe aufdrücken, den Sender schließen. Bitte ihn, er soll endlich die Argentinier vergessen.«

Ich versprach, mein möglichstes zu tun, aber ohne große Hoffnung, denn der Schreiber war ein Mann von felsenfesten Prinzipien. Ich fühlte mich inzwischen als sein Freund; außer der entomologischen Neugier, die er bei mir weckte, schätzte ich ihn auch. Aber beruhte das auch auf Gegenseitigkeit? Pedro Camacho schien unfähig, seine Zeit, seine Energie auf eine Freundschaft zu verwenden oder auf irgend etwas, was ihn von

»seiner Kunst« ablenkte, besser gesagt, von seiner Arbeit oder seinem Laster, diesem Zwang, der Menschen, Dinge, Gelüste beiseite fegte; obwohl er mich tatsächlich eher duldete als andere. Wir tranken zusammen Kaffee (er Pfefferminztee mit Kamille), ich ging in seine Kammer und diente ihm als Pause zwischen zwei Seiten. Ich hörte ihm mit höchster Aufmerksamkeit zu, und vielleicht schmeichelte ihm das; vielleicht hielt er mich für einen Schüler, oder ich war für ihn ganz einfach das, was ein Schoßhündchen für die alte Jungfer oder das Kreuzworträtsel für einen Rentner ist: jemand, etwas, mit dem man Leerzeiten ausfüllt.

Drei Dinge faszinierten mich an Pedro Camacho: Was er sagte, die Strenge seines ganz und gar einer Obsession hingegebenen Lebens und seine Arbeitskapazität. Vor allem das letzte. In der Biographie von Emil Ludwig hatte ich von der Widerstandsfähigkeit Napoleons gelesen, wie seine Sekretäre umfielen und er immer weiterdiktierte, und ich pflegte mir den Kaiser der Franzosen mit dem scharfnasigen Gesicht des Schreibers vorzustellen, und Javier und ich nannten ihn eine Zeitlang den Napoleon vom Altiplano (ein Name, den wir abwechselnd mit ›kreolischer Balzac‹ benutzten). Aus Neugier gelang es mir, seinen Tagesablauf zusammenzustellen, und obwohl ich ihn immer wieder überprüfte, erschien er mir vollkommen unmöglich:

Pedro Camacho begann mit vier Hörspielen täglich. Aber wegen seines Erfolges erhöhte er die Anzahl auf zehn, die von Montag bis Sonntag gesendet wurden. Jedes Kapitel dauerte eine halbe Stunde (genau dreiundzwanzig Minuten, sieben Minuten gingen an die Werbung). Da er sie alle leitete und selbst mitlas, mußte er sieben Stunden täglich im Studio sein, wenn man für Probe und Aufnahme jedes Programms vierzig Minuten ansetzte (zwischen zehn und fünfzehn Minuten für seine Vorrede und die Wiederholung). Er schrieb die Hörspiele der Reihe nach, wie sie gesendet wurden; ich stellte fest, daß er für jedes Kapitel kaum das Doppelte der Sendezeit brauchte, also eine Stunde. Das bedeutete aber auf jeden Fall, daß er ungefähr zehn Stunden an der Schreibmaschine saß. Durch die Sonntage, seine freien Tage, verringerte sich die Zeit ein wenig, da er sie natürlich in seiner Kammer verbrachte, um für die Woche vorzuarbeiten. Seine Arbeitszeit lag also zwischen fünfzehn und sechzehn Stunden pro Tag von Montag bis Sonnabend und von 8 bis 10 Uhr am Sonntag, und praktisch alle waren produktiv mit beachtlichem »künstlerischem Ergebnis«.

Um 8 Uhr morgens erschien er in Radio Central und ging etwa um Mitternacht; seine einzigen Ausgänge auf die Straße machte er mit mir zum Bransa, wo er seinen zerebralen Tee trank. Er aß in seiner Kammer ein Sandwich und nahm eine Erfrischung, die ihm Jesusito, der Große Pablito oder irgendeiner seiner Mitarbeiter unterwürfig kaufen ging. Niemals nahm er eine Einladung an, niemals hatte ich gehört, daß er im Kino, im Theater, bei einem Fußballspiel oder auf einem Fest gewesen sei. Niemals sah ich ihn ein Buch, eine Zeitschrift oder eine Zeitung lesen, außer diesen Zitatenschinken und jene Stadtpläne, die zu seinen »Arbeitsinstrumenten« gehörten. Das stimmte nicht ganz: eines Tages entdeckte ich bei ihm das Nachrichtenblatt des Club Nacional.

»Ich habe den Portier mit ein bißchen Kleingeld bestochen«, erklärte er mir, als ich ihn wegen des Heftes fragte. »Woher soll ich die Namen meiner Aristokraten nehmen? Für die anderen genügen meine Ohren, die Plebejer hole ich mir aus der Gosse.«

Die Herstellung der Hörspielserien, die eine Stunde, in der er jedes Manuskript schrieb, ohne steckenzubleiben, versetzte mich immer wieder in ungläubiges Staunen. Ich sah ihn oft diese Kapitel niederschreiben. Im Gegensatz zu dem, was bei der Aufnahme geschah, deren Geheimnis er eifersüchtig hütete, machte es ihm nichts aus, wenn man ihm beim Schreiben zusah. Während er auf seiner (meiner) Remington tippte, kamen seine Schauspieler, Batán oder der Tontechniker herein. Er hob den Blick, beantwortete Fragen, gab eine geschnörkelte Anweisung, verabschiedete den Besucher mit einem epidermischen Lächeln – ein dem Lachen unähnlicheres Lächeln habe ich nie gesehen – und schrieb weiter. Unter dem Vorwand zu lernen, pflegte ich mich in die Kammer zu begeben, in meinem Hühnerstall seien zuviel Lärm und zuviele Leute (Ich lernte meine Juratexte für die Examen und vergaß alles, sobald ich sie hinter mir hatte: daß sie mich nie durchfallen ließen, sprach nicht für mich, sondern gegen die Universität). Pedro Camacho hatte nichts dagegen, und es schien sogar, als wäre ihm jene menschliche

Gegenwart, die ihm beim »schöpferischen Arbeiten« zuhörte, durchaus nicht unangenehm.
Ich setzte mich in das Fenster und steckte die Nase in irgendein Gesetzbuch. In Wirklichkeit beobachtete ich ihn. Er schrieb sehr schnell mit zwei Fingern. Ich sah ihm zu und glaubte es doch nicht. Nicht ein einziges Mal hielt er inne, um ein Wort zu suchen oder einen Gedanken hin und her zu wenden, nicht ein einziges Mal erschien in diesen fanatischen, hervorstehenden Augen der Schatten eines Zweifels. Er sah aus, als schriebe er einen Text ins Reine, den er auswendig wußte, als tippte er, was man ihm diktierte. Wie war es möglich, bei der Geschwindigkeit, mit der seine Finger auf die Tasten fielen, neun bis zehn Stunden am Tag die Situationen, die Ereignisse, die Dialoge der verschiedenen, ganz unterschiedlichen Geschichten zu *erfinden?* Es war möglich. Aus diesem hartnäckigen Schädel, diesen unermüdlichen Händen kamen die Manuskripte eins nach dem anderen, genau abgemessen, wie Wurstscheiben aus einer Maschine. Wenn er ein Kapitel abgeschlossen hatte, korrigierte er es nicht, las es auch nicht noch einmal durch. Er gab es der Sekretärin zum Kopieren und begann unverzüglich, ohne sich Gedanken über die Fortsetzung zu machen, mit der Herstellung des nächsten Stücks. Einmal sagte ich, wenn man ihm beim Arbeiten zusehe, werde man an die Theorie der französischen Surrealisten über das automatische Schreiben erinnert, jenes Schreiben, das direkt aus dem Unbewußten kommt und jede rationale Zensur umgeht. Ich bekam eine sehr nationalistische Antwort:
»Die Gehirne unseres mestizischen Amerika können bessere Dinge hervorbringen als die der Franzmänner. Nur keine Komplexe, lieber Freund.«
Warum benutzte er nicht als Grundlage für seine Geschichten in Lima die, die er in Bolivien geschrieben hatte? Ich fragte ihn, und er erwiderte mir mit einer jener Allgemeinheiten, denen man unmöglich etwas Konkretes entnehmen konnte. Die Geschichten müßten frisch sein wie Obst und Gemüse, wenn sie das Publikum erreichen sollten, denn die Kunst toleriere keine Konserven und schon gar keine Nahrungsmittel, die die Zeit verdorben habe. Außerdem müßten es »Geschichten aus der Umgebung der Hörer« sein. Wie sollten sich Leute aus Lima für Episoden interessieren, die in La Paz geschehen waren? Aber er

gab diese Gründe an, weil die Notwendigkeit, zu theoretisieren, alles in unpersönliche Wahrheit, in ewige Axiome zu verwandeln, für ihn so zwanghaft war wie das Schreiben selbst. Wahrscheinlich war der einfachste Grund dafür, daß er seine alten Hörspiele nicht benutzte, der: er hatte nicht das geringste Interesse daran, sich Arbeit zu ersparen. Leben war für ihn Schreiben. Es kam ihm überhaupt nicht darauf an, daß seine Werke überdauerten. Wenn sie einmal gesendet waren, vergaß er sie. Er versicherte mir, er bewahre von keinem seiner Hörspiele eine Kopie. Sie waren in der stillschweigenden Überzeugung geschrieben worden, daß sie sich auflösten, sobald das Publikum sie aufgenommen hatte. Einmal fragte ich ihn, ob er nie daran gedacht habe, sie zu publizieren.

»Meine Schriften erhalten sich an einem unauslöschlicheren Ort, als Bücher es sind«, belehrte er mich sofort. »Im Gedächtnis der Radiohörer.«

Noch am gleichen Tag, an dem ich mit Genaro jun. gegessen hatte, sprach ich mit Pedro Camacho über den argentinischen Protest. Gegen 6 Uhr erschien ich in seiner Kammer und lud ihn ein ins Bransa. Aus Furcht vor seiner Reaktion ließ ich die Nachricht nur nach und nach los: Es gebe sehr mißgünstige Leute, die nicht in der Lage seien, Ironie zu ertragen, und außerdem sei in Peru die Gesetzgebung, was Pamphlete angehe, außerordentlich streng, eine Rundfunkstation könne aus ganz unbedeutenden Gründen geschlossen werden. Die argentinische Botschaft habe sich, ein Zeichen äußerst geringer Weltläufigkeit, von einigen Anspielungen verletzt gefühlt und habe mit einer offiziellen Klage beim Auswärtigen Amt gedroht ...

»In Bolivien haben sie sogar mit dem Abbruch der diplomatischen Beziehungen gedroht«, unterbrach er mich. »Eine Schmähschrift verbreitete sogar das Gerücht über Truppenkonzentrationen an der Grenze.« Er sagte es resigniert, wie wenn er dächte: Pflicht der Sonne ist es, zu strahlen, was kann sie dafür, wenn das zu einem Brand führt.

»Die Genaros bitten Sie, es nach Möglichkeit zu unterlassen, in den Hörspielen schlecht von den Argentiniern zu sprechen«, gestand ich ihm und fand ein Argument, das ihn, so dachte ich, beeindrucken würde. »Sie kümmern sich am besten gar nicht um sie. Sind sie es vielleicht wert?«

»Oh doch, denn *sie* inspirieren mich«, erklärte er und hielt die Angelegenheit damit für erledigt.
Auf dem Rückweg zum Sender erklärte er in spitzbübischem Tonfall, daß der Skandal von La Paz »sie ganz wild gemacht habe«. Er sei wegen eines Theaterstücks über die »bestialischen Sitten der Gauchos« ausgebrochen. In Radio Panamericana sagte ich Genaro jun., er solle sich über meine Fähigkeit als Vermittler keine Illusionen machen.
Zwei oder drei Tage später lernte ich die Pension kennen, in der Pedro Camacho lebte. Tante Julia war gekommen, um mich nach den letzten Nachrichten abzuholen, denn sie wollte einen Film sehen mit einem der großen romantischen Paare, Greer Garson und Walter Pidgeon, der im Metro lief. Kurz vor Mitternacht gingen wir über die Plaza San Martín, als ich Pedro Camacho aus Radio Central kommen sah. Kaum hatte ich ihn ihr gezeigt, wollte Tante Julia ihm vorgestellt werden. Wir gingen auf ihn zu, und er zeigte sich äußerst liebenswürdig, als ich ihm sagte, sie sei eine Landsmännin von ihm.
»Ich bin eine Ihrer Verehrerinnen«, sagte Tante Julia, und um ihm noch mehr zu gefallen, log sie: »Seit ich aus Bolivien hier bin, lasse ich mir kein Hörspiel entgehen.«
Wir gingen ein Stück mit ihm, beinahe ohne es zu merken, Richtung Jirón Quilca, und unterwegs führten Pedro Camacho und Tante Julia ein patriotisches Gespräch, aus dem ich ausgeschlossen war, in dem die Minen von Potosí, das Taquiña-Bier, die Maissuppe, die sie Lagua nennen, der Maisbrei mit frischem Käse, das Klima von Cochabamba, die Schönheit der Frauen von Santa Cruz und andere Objekte bolivianischen Stolzes vorkamen. Der Schreiber schien sehr zufrieden und sprach in den höchsten Tönen von seinem Land. Als wir an die Tür eines Hauses mit Balkonen und Fensterläden kamen, blieb er stehen, aber er verabschiedete uns nicht: »Kommen Sie doch mit hinauf«, schlug er uns vor, »mein Abendessen ist zwar bescheiden, aber wir können es teilen.«
Die Pension La Tapada war eines dieser alten zweistöckigen Häuser im Zentrum von Lima, die im vorigen Jahrhundert gebaut wurden und einmal weiträumig, komfortabel und vielleicht sogar luxuriös gewesen sind, und die später in dem Maße, in dem die Wohlhabenden aus dem Zentrum in die Badeorte

abwanderten und das alte Lima an Stil verlor, langsam herunterkamen. Sie füllten sich, wurden ständig neu aufgeteilt, bis durch Trennwände, die die Zimmer verdoppelten oder vervierfachten, und durch neue Räume, die auf irgendeine Weise auf den Fluren oder auf den Dachterrassen und selbst auf den Balkonen und Treppen errichtet wurden, richtige Bienenstöcke entstanden. Die Pension La Tapada machte den Eindruck, als würde sie im nächsten Moment zusammenfallen. Die Stufen, über die wir zu dem Zimmer von Pedro Camacho hinaufstiegen, bogen sich unter unserem Gewicht, und kleine Staubwolken erhoben sich, die Tante Julia zum Niesen brachten. Eine Staubschicht bedeckte Wände und Fußböden, und ganz offensichtlich wurde in dem Haus niemals gefegt oder gewischt. Das Zimmer von Pedro Camacho sah aus wie eine Zelle. Es war sehr klein und fast leer. Da standen eine Bettstelle ohne Rücken, mit einer verwaschenen Decke darüber und einem Kissen ohne Bezug, ein kleiner Tisch mit einer Wachstuchdecke, ein Korbstuhl und ein Koffer; eine Schnur, an der ein paar Unterhosen und Strümpfe baumelten, war zwischen zwei Wänden aufgezogen. Daß der Schreiber seine Wäsche selbst wusch, überraschte mich nicht, doch daß er sich das Essen selbst zubereitete, wunderte mich. Er hatte einen Spirituskocher auf dem Fensterbrett, eine Kerosinflasche, ein paar Blechteller und -bestecke, ein paar Gläser. Mit einer großartigen Geste bot er Tante Julia den Stuhl an und mir das Bett:

»Setzen Sie sich. Der Raum ist bescheiden, aber das Herz ist groß.«

In zwei Minuten bereitete er das Abendessen. Die Zutaten schaukelten in einer Plastiktüte im Fenster. Das Menü bestand aus ein paar gekochten Würsten mit Spiegelei, Butterbrot und Käse und einem Joghurt mit Honig. Wir sahen ihm zu, wie er alles geschickt zubereitete, wie jemand, der dies jeden Tag tut, und ich war ganz sicher, dies war sein gewohntes Mahl.

Beim Essen war er unterhaltsam und galant und ließ sich dazu herab, über solche Themen zu sprechen wie das Rezept von geschlagener Creme (Tante Julia bat ihn darum) und die billigste Seife für weiße Wäsche. Er aß seinen Teller nicht leer; als er ihn fortschob, deutete er auf die Reste und erlaubte sich einen Scherz: »Für Künstler ist Essen ein Laster, liebe Freunde.«

Da ich ihn so gut gelaunt sah, wagte ich es, ihm einige Fragen über seine Arbeit zu stellen. Ich sagte, ich beneidete sein Stehvermögen, daß er trotz der Arbeitszeit eines Galeerensträflings niemals müde zu sein schien.

»Ich habe meine Strategie, damit der Tagesablauf immer abwechslungsreich ist«, gestand er. Er senkte die Stimme, als wollte er verhindern, daß eine gespenstische Konkurrenz sein Geheimnis entdeckte, und sagte, er schreibe niemals länger als sechzig Minuten an ein und derselben Geschichte; der Wechsel von einem Thema zum anderen sei erfrischend. Er habe dadurch jede Stunde das Gefühl, gerade erst mit der Arbeit begonnen zu haben.

»In der Abwechslung liegt das Vergnügen, meine Herrschaften«, wiederholte er mit erregten Augen und den Grimassen eines bösartigen Zwerges. Darum sei es sehr wichtig, daß die Geschichten nicht nach Ähnlichkeiten, sondern nach Gegensätzen geordnet seien: Der totale Wechsel von Klima, Ort, Thema und Personen verstärke das Gefühl von Erneuerung. Andererseits seien auch die Tees aus Kamille und Pfefferminz sehr nützlich, sie entspannten die Gehirnwindungen, und die Phantasie danke es ihm. Daß er von Zeit zu Zeit die Schreibmaschine ruhen lassen müsse, um ins Studio zu gehen, vom Schreiben zur Regie und zur Lesung wechseln müsse, sei für ihn auch eine Art Ausruhen, eine Veränderung, die ihn belebe. Außerdem habe er im Laufe seiner Jahre etwas entdeckt, was die Ignoranten und Unsensiblen vielleicht für eine Kinderei hielten. Aber was bedeute ihm schon, was das Gesindel denkt? Wir sahen ihn zögern, schweigen, sein kleines karikaturhaftes Gesicht wurde traurig:

»Hier kann ich es leider nicht in die Praxis umsetzen«, sagte er melancholisch. »Nur am Sonntag, wenn ich allein bin. An den Wochentagen gibt es immer zu viele Neugierige, sie würden es nicht verstehen.«

Woher diese Skrupel bei ihm, der in so olympischer Weise auf die Sterblichen herabsah? Tante Julia war so neugierig wie ich.

»Sie können uns nicht so auf die Folter spannen«, bat ich ihn. »Was ist das für ein Geheimnis, Herr Camacho?«

Er sah uns schweigend an wie ein Zauberer, der zufrieden die Aufmerksamkeit verfolgt, die er hat erwecken können. Dann

stand er mit priesterhafter Langsamkeit auf (er saß im Fenster neben dem Herd), ging zu seinem Koffer, öffnete ihn und holte, wie ein Taschenspieler aus dem Zylinder Tauben oder Fähnchen zieht, eine unerwartete Sammlung von Gegenständen hervor: die Perücke eines englischen Richters, künstliche Schnurrbärte in verschiedenen Größen, einen Feuerwehrhelm, eine militärische Auszeichnung, Masken einer dicken Frau, eines Greises und eines dämlichen Kindes, den Stock eines Verkehrspolizisten, die Mütze und die Pfeife des Seebären, den weißen Kittel eines Arztes, falsche Nasen, Ohren, Wattebärte ... Wie eine elektrische Puppe zeigte er die Zauberstücke vor, und vielleicht, damit wir sie besser schätzten, vielleicht einem inneren Zwang nachgebend, setzte er sie mit einer Geschwindigkeit auf, rückte sie zurecht, nahm sie ab, die die ständige Gewohnheit, die regelmäßige Benutzung verriet. Auf diese Weise wurde Pedro Camacho vor Tante Julia und mir, die wir ihn verdutzt ansahen, mit jedem Kostüm zu einem Arzt, einem Seemann, einem Richter, einer alten Frau, einem Bettler, einer Betschwester, einem Kardinal ... Gleichzeitig, während er diese Wechsel vollzog, sprach er erregt:
»Warum soll ich nicht das Recht haben, mich mit meinen eigenen Figuren zu identifizieren, mich ihnen anzugleichen? Wer verbietet mir, während ich sie schreibe, ihre Nasen, ihre Kleider, ihr Haar zu tragen?« sagte er und vertauschte einen Kardinalshut mit einer Pfeife, die Pfeife mit einem Regenmantel, den Regenmantel mit einer Krücke. »Wen geht es etwas an, daß ich meine Phantasie mit ein paar Klamotten öle? Was ist Realismus, meine Herrschaften, jener vielzitierte Realismus, was ist das? Welche bessere Art gibt es, realistische Kunst zu machen, als sich unmittelbar mit der Wirklichkeit zu identifizieren, und wird auf diese Weise nicht der Tagesablauf erträglicher, unterhaltsamer, bewegter? Aber natürlich mißdeutet das Unverständnis und die Dummheit der Leute alles.«
Seine Stimme wurde zuerst wütend, dann untröstlich. Wenn man ihn verkleidet in Radio Central schreiben sähe, würden Gerüchte laut, man würde sich erzählen, er sei ein Transvestit, sein Büro würde zu einem Anziehungspunkt für die Morbidität des Packs. Er legte die Masken und die anderen Dinge wieder in den Koffer, schloß ihn und setzte sich wieder ins Fenster. Jetzt

war er sehr traurig. Er murmelte, daß er in Bolivien, wo er immer in seinem eigenen »Atelier« gearbeitet hatte, »mit diesen Klamotten« niemals Probleme gehabt habe. Hier jedoch könne er nur am Sonntag seiner Gewohnheit entsprechend schreiben.

»Beschaffen Sie sich die Verkleidungen für die Rollen, oder erfinden Sie die Rollen nach den Verkleidungsstücken, die Sie besitzen?« fragte ich ihn, um irgend etwas zu sagen, denn ich kam aus dem Staunen noch nicht heraus. Er sah mich an wie einen Neugeborenen:

»Man merkt, daß Sie noch sehr jung sind«, tadelte er mich sanft. »Wissen Sie denn nicht, daß am Anfang immer das Wort steht?«

Als wir, nachdem wir ihm überschwenglich für die Einladung gedankt hatten, auf die Straße zurückgekehrt waren, sagte ich zu Tante Julia, Pedro Camacho habe uns einen außerordentlichen Beweis seines Vertrauens gegeben, indem er uns in sein Geheimnis einweihte, und ich sei sehr gerührt. Sie war vergnügt, nie hatte sie sich vorgestellt, daß Intellektuelle so unterhaltsame Typen sein könnten.

»Nun, nicht alle sind so«, belustigte ich mich. »Pedro Camacho ist ein Intellektueller in Anführungszeichen. Hast du bemerkt, daß er kein einziges Buch in seinem Zimmer hat? Er hat mir erzählt, daß er nicht liest, damit sein Stil nicht beeinflußt wird.«

Wir kehrten Hand in Hand durch die stillen Straßen des Zentrums zurück zur Bushaltestelle, und ich sagte ihr, ich würde an einem Sonntag zu Radio Central gehen, nur um mir den durch die Masken mit seinen Kreaturen transsubstanziierten Schreiber anzusehen.

»Er lebt wie ein Bettler, das ist nicht recht«, protestierte Tante Julia. »Seine Hörspielserien sind so berühmt, daß ich dachte, er verdient einen Haufen Geld.«

Es irritierte sie, daß es in der Pension La Tapada weder eine Badewanne noch eine Dusche, gerade noch eine Toilette und ein schimmeliges Waschbecken auf dem ersten Treppenabsatz gab. Ob Pedro Camacho sich niemals wusch? Ich sagte, dem Schreiber seien so banale Dinge völlig gleichgültig. Sie gestand mir, daß ihr beim Anblick des Schmutzes in der Pension übel geworden sei und daß sie nur mit übermenschlicher Anstrengung die Wurst und das Ei habe essen können. Im Colectivo, einer alten Klapperkiste, die an jeder Ecke der Avenida Arequipa hielt, hörte ich sie, während ich ihr langsam das Ohr und den Hals küßte, beunruhigt sagen:

»Also alle Schriftsteller sind Hungerleider. Das heißt, du wirst dein ganzes Leben in Armut verbringen, Varguitas.«

Seit sie dies von Javier gehört hatte, nannte sie mich auch Varguitas.

VIII

Don Federico Téllez Unzátegui sah auf seine Uhr, stellte fest, daß es genau 12 war, und sagte zu dem halben Dutzend Angestellten von der »Nagetier-Vernichtungs-AG«, sie könnten zum Essen gehen. Er ermahnte sie nicht, pünktlich um 3 Uhr zurück zu sein, nicht eine Minute später, denn alle wußten nur zu gut, daß in diesem Unternehmen Unpünktlichkeit ein Frevel war. Man zahlte Geldstrafen oder wurde sogar entlassen. Nachdem alle fort waren, schloß Don Federico seiner Gewohnheit gemäß selbst das Büro doppelt ab, setzte seinen mausgrauen Hut auf und ging über den überfüllten Bürgersteig des Jirón Huancavelica zu dem Parkplatz, auf dem sein Auto stand (ein Sedan Marke Dodge). Er war ein Mann, der Furcht und schwermütige Gedanken einflößte; man brauchte ihm nur auf der Straße zu begegnen und merkte sofort, daß er anders war als seine Mitbürger. Er stand in der Blüte seiner Jahre; er war fünfzig, und seine persönlichen Kennzeichen – breite Stirn, Adlernase, durchdringender Blick, Güte und aufrechte Gesinnung – hätten aus ihm einen Don Juan machen können, wenn er sich für Frauen interessiert hätte. Aber Don Federico Téllez Unzátegui hatte sein Leben einem Kreuzzug verschrieben und gestattete nichts und niemandem – bis auf die unerläßlichen Stunden Schlaf, die Ernährung, den Umgang mit seiner Familie –, ihn davon abzulenken. Diesen Kampf hatte er vor vierzig Jahren begonnen, und sein Ziel war die Ausrottung sämtlicher Nagetiere auf dem nationalen Territorium.

Den Grund dieser fixen Idee kannten weder seine Bekannten noch seine Frau oder seine vier Kinder. Don Federico Telléz Unzátegui sprach nicht darüber, vergaß ihn jedoch nie: Tag und Nacht kehrte er in sein Gedächtnis zurück, ein hartnäckiger Albtraum, aus dem er neue Kräfte, frischen Haß zog, um diese Schlacht weiterzuführen, die einige närrisch, andere abstoßend und die meisten geschäftstüchtig fanden. Jetzt, während er auf den Parkplatz ging – mit einem Adlerblick sah er, daß der Dodge gewaschen worden war –, den Wagen anspringen ließ und zwei Minuten wartete (nach der Uhr), bis der Motor warm gelaufen war, zogen seine Gedanken wieder einmal – Schmet-

terlinge, die um das Licht flattern, an dem sie sich die Flügel verbrennen – in die Zeit, in den Raum, zu dem Urwalddorf seiner Kindheit zurück und zu dem Grauen, das sein Schicksal geschmiedet hatte.
Es hatte sich in der ersten Dekade dieses Jahrhunderts zugetragen, als Tingo María kaum ein Kreuz auf der Landkarte war, eine Lichtung mit Hütten, die vom dichten Dschungel umgeben waren. Gelegentlich kamen nach unendlichen Strapazen Abenteurer bis hierher, die das Häusermeer mit der Absicht verlassen hatten, den Urwald zu erobern. So kam auch der Ingenieur Hildebrando Téllez in diese Gegend, mit seiner jungen Frau (in deren Adern, wie ihr Name Mayte und ihr Nachname Unzátegui andeuten, das blaue Blut der Basken floß) und dem kleinen Sohn Federico. Der Ingenieur träumte von grandiosen Projekten. Er wollte Bäume fällen und Edelhölzer für den Wohnungs- und Möbelbau der Wohlhabenden exportieren, Ananas, Avocado, Melone, Guanábana und Lúcuma anbauen für die raffinierten Gaumen der Welt und mit der Zeit einen Schiffsverkehr über die Flüsse des Amazonas einrichten. Aber Götter und Menschen machten Asche aus seinem Feuer. Naturkatastrophen – Regen, Plagen, Überschwemmungen – und die menschlichen Unzulänglichkeiten – Arbeitskräftemangel, Faulheit und Dummheit bei denen, die arbeiten konnten, Alkohol, Geldmangel – liquidierten nacheinander die Träume des Pioniers, der zwei Jahre nach seiner Ankunft in Tingo María seinen Lebensunterhalt bescheiden mit dem Anbau von Süßkartoffeln flußaufwärts am Pendencia verdiente. Dort, in einer Hütte aus Palmenstämmen, fraßen in einer warmen Nacht die Ratten die neugeborene María Téllez Unzátegui in ihrer Wiege ohne Moskitonetz bei lebendigem Leibe auf.
Das geschah auf einfache und fürchterliche Weise. Vater und Mutter waren Paten bei einer Taufe und verbrachten die Nacht bei den bekannten Festlichkeiten am anderen Flußufer. Zurückgeblieben war der Vormann, der mit den letzten beiden Landarbeitern eine Reisighütte bewohnte, weit entfernt von der Hütte des Patrons, in der Federico und seine Schwester schliefen. Aber der Junge pflegte in der heißen Zeit seinen Strohsack ans Ufer des Pendencia zu bringen, wo er, vom Rauschen des Wassers eingelullt, schlief. Das hatte er auch in dieser Nacht

getan (und sollte es sich sein ganzes Leben lang vorwerfen). Im Mondlicht badete er, legte sich hin und schlief ein. Im Traum kam es ihm vor, als hörte er das Mädchen weinen. Es war nicht lange oder nicht laut genug, um ihn zu wecken. Im Morgengrauen spürte er ein paar scharfe Zähnchen an den Füßen. Er öffnete die Augen und glaubte fast zu sterben, oder besser, schon gestorben und in der Hölle zu sein: Dutzende von Ratten liefen stolpernd, sich stoßend, übereinander springend um ihn herum und fraßen alles, was sie erreichen konnten. Er sprang von seinem Strohsack, nahm einen Stock, und schreiend gelang es ihm schließlich, den Vormann und die Landarbeiter herbeizurufen. Alle zusammen verjagten sie mit Fackeln, Knüppeln und Fußtritten die Eindringlinge. Aber als sie in die Hütte kamen, war von dem Mädchen – Festschmaus der Hungrigen – nur noch ein Häufchen Knochen übriggeblieben.
Die zwei Minuten waren um, und Don Federico Téllez Unzátegui fuhr los. Er fuhr in einer Autoschlange über die Avenida Tacna, bog in die Wilson und in die Arequipa ein und fuhr in Richtung Barranco, wo ihn sein Mittagessen erwartete. Wenn er an einer Ampel hielt, schloß er die Augen und bekam wie immer, wenn er an jenen Morgen des Grauens dachte, ein sauer aufschäumendes Gefühl. Denn, wie das Sprichwort sagt: »Ein Unglück kommt selten allein.« Seine Mutter, die junge Frau von baskischem Geblüt, hatte als Folge dieser Tragödie einen chronischen Schluckauf bekommen, der ihr Erbrechen verursachte, sie am Essen hinderte und die Heiterkeit der Leute provozierte. Sie hat nie wieder ein Wort gesprochen, nur brodelnde und rauhe Laute ausgestoßen. So verzehrte sie sich, die Augen vor Grauen weit aufgerissen, mit dem Schluckauf, bis sie ein paar Monate später an Auszehrung starb. Der Vater verkam, verlor seinen Ehrgeiz, jede Energie und die Gewohnheit, sich zu waschen. Als man ihm wegen seiner Nachlässigkeit schließlich das Land abnahm, verdiente er sich den Lebensunterhalt eine Weile als Schiffer, indem er Menschen, Waren und Tiere von einem Ufer des Huallaga ans andere fuhr. Aber eines Tages zerschmetterten die steigenden Fluten das Floß an den Bäumen, und er hatte keine Kraft, noch ein neues zu bauen. Er zog in die obszönen Hänge jenes Gebirges mit den mütterlichen Zitzen und lüsternen Hüften, das »Die schlafende Schöne« genannt

wird, baute sich einen Unterschlupf aus Blättern und Zweigen, ließ Haupthaar und Bart wachsen und blieb dort jahrelang, lebte von Kräutern und rauchte Blätter, die Übelkeit verursachten. Als Federico als junger Mann den Urwald verließ, nannte man den ehemaligen Ingenieur den Zauberer von Tingo María; er lebte in der Nähe der Cueva de las Pavas mit drei eingeborenen Frauen aus Huánuca zusammen, mit denen er einige verwilderte Kinder mit geschwollenen Leibern gezeugt hatte.

Nur Federico hatte es verstanden, der Katastrophe mit Kreativität zu begegnen. An dem Morgen, nachdem er verprügelt worden war, weil er die Schwester in der Hütte allein gelassen hatte, schwor der Junge (in wenigen Stunden zum Mann geworden), neben dem Häufchen kniend, das Marías Grab war, daß er sich bis zu seinem letzten Atemzug der Vernichtung jener mörderischen Spezies weihen würde. Um seinem Schwur Nachdruck zu verleihen, ließ er Blut aus den Wunden seiner Prügel auf die Erde tropfen, die das Mädchen bedeckte.

Vierzig Jahre später – Beständigkeit des Rechtschaffenen, die Berge versetzt – konnte Don Federico Téllez Unzátegui sich sagen, während sein Sedan über die Avenidas zu seinem sparsamen täglichen Mittagessen rollte, daß er ein Mann war, der sein Wort gehalten hatte. Denn in dieser ganzen Zeit waren wahrscheinlich durch seine Arbeit und seine Phantasie mehr Nagetiere ums Leben gekommen, als Peruaner geboren wurden. Eine schwierige, aufopfernde Arbeit ohne Belohnung, die aus ihm einen strengen Mann ohne Freunde und mit seltsamen Gewohnheiten gemacht hatte. Zu Anfang, als Kind, war das Allerschwierigste gewesen, den Ekel vor diesen Grautieren zu überwinden. Er begann mit einer sehr primitiven Methode, mit der Falle. Die erste kaufte er sich von seinem bißchen Geld im Möbellager der Matratzenfabrik »Der tiefe Schlaf« in der Avenida Raimondi. Sie diente ihm als Modell für die Herstellung vieler anderer. Er schnitzte Holz, bog Draht, und zweimal am Tag stellte er sie innerhalb der Grenzen des Hofes auf. Manchmal waren einige der gefangenen Tierchen noch lebendig. Erregt tötete er sie langsam oder quälte sie, indem er sie zerdrückte, ihnen die Glieder oder die Augen ausriß.

Aber obwohl noch ein Kind, ließ seine Intelligenz ihn rasch

begreifen, daß er sich nur selbst damit quälen würde, überließe er sich diesen Neigungen: seine Pflicht war es, quantitativ vorzugehen, nicht qualitativ. Es ging nicht darum, ein Höchstmaß an Leid pro Feindexemplar zu bereiten, sondern die größte Anzahl von Feinden in kürzester Zeit zu vernichten. Mit Klarsicht und einer für seine Jahre beachtlichen Willenskraft merzte er bei sich jede Sentimentalität aus und verfolgte seine Ausrottungsarbeit in Zukunft nach eiskalten, statistischen, wissenschaftlichen Kriterien. Er stahl sich Stunden in der Schule der Hermanos Canadienses und vom Schlaf (aber nicht vom Spiel, denn seit der Tragödie spielte er niemals wieder) und perfektionierte die Fallen, indem er ein Messerchen einfügte, das den Körper des Opfers zerschnitt, so daß die Tiere sofort tot waren (nicht um ihnen Schmerzen zu ersparen, sondern um keine Zeit mehr mit nachträglichem Töten zu verlieren). Später konstruierte er Familienfallen mit breitem Boden, in denen eine Gabel mit Haken gleichzeitig Vater, Mutter und vier Junge aufspießen konnte. Seine Tätigkeit wurde in der Gegend bald bekannt, und unmerklich wurde aus der Rache und persönlichen Buße ein Dienst für die Gemeinde, der minimal entlohnt wurde (aber eins kommt zum anderen). Man rief den Jungen auf benachbarte und entfernte Höfe, sobald es Anzeichen für eine Invasion gab, und er – Fleiß einer Ameise, die alles vollbringt – säuberte sie in wenigen Tagen. Selbst aus Tingo María begann man seine Dienste in Hütten, Häusern, Büros zu erbitten, und der Junge hatte seinen großen Augenblick, als der Hauptmann der Guardia Civil ihm auftrug, die von Ratten besetzte Polizeiwache zu säubern. Alles Geld, das er bekam, gab er für die Herstellung neuer Fallen aus, um das auszudehnen, was die Naiven für seine Perversion oder sein Geschäft hielten. Als der ehemalige Ingenieur in das sinnliche Gestrüpp der »Schlafenden Schönen« zog, begann Federico, der die Schule verlassen hatte, die scharfe Waffe der Falle durch eine andere, wirksamere, nämlich durch Gift zu unterstützen.

Seine Arbeit erlaubte es ihm, sich in einem Alter seinen Lebensunterhalt zu verdienen, in dem andere Kinder noch mit dem Kreisel spielen. Sie machte aus ihm aber auch einen Aussätzigen. Man rief ihn, wenn er die flinken Tiere vernichten sollte, aber niemals wurde er zu Tisch gebeten, niemals sagte man ihm ein freundliches Wort. Wenn er auch darunter litt, so ließ er doch nicht zu, daß man es bemerkte, und man hätte beinahe sagen können, der Abscheu seiner Mitbürger erfreute ihn. Er war ein menschenscheuer, wortkarger Junge, von dem niemand behaupten konnte, er habe ihn jemals zum Lachen gebracht oder ihn einmal lachen sehen, und dessen einzige Leidenschaft das Töten von Ungeziefer zu sein schien. Er kassierte sehr bescheiden für seine Arbeit, machte aber auch Gratis-Aktionen in den Häusern armer Leute, bei denen er mit seiner Sammlung von Fallen und seinen Giftphiolen erschien, sobald er erfuhr, daß der Feind sich dort niedergelassen hatte. Zur Tötung der Bleigrauen, einer Technik, die der Junge unermüdlich verfeinerte, kam das Problem hinzu, die Kadaver zu vernichten. Das widerte die Familien, Hausfrauen oder Dienstmädchen am meisten an. Federico erweiterte darum seinen Betrieb und brachte dem Dorftrottel, einem Buckligen mit schielenden Augen, der bei den Siervas de San José lebte, gegen Verpflegung bei, die Reste der Hingerichteten in einen Sack zu sammeln und hinter dem Coliseo Abat zu verbrennen oder sie den Hunden, Katzen, Schweinen und Geiern von Tingo María als Mahl vorzuwerfen.

Wieviel Zeit war seither vergangen! An der Ampel von Javier Prado sagte sich Don Federico Téllez Unzátegui, er habe es doch weit gebracht, seit er als Jüngling – der Dorfidiot immer hinter ihm her – von früh bis spät die schlammigen Straßen von Tingo María abgelaufen und fachmännisch den Krieg gegen Marías Mörder geführt hatte. Er war damals ein Junge gewesen, der nur die Kleider hatte, die er auf dem Leib trug, und gerade noch einen Helfer. Fünfunddreißig Jahre später leitete er einen technisch-kommerziellen Betrieb, der seine Arme nach allen Städten Perus ausstreckte, zu dem fünfzehn Lastwagen und achtundsiebzig Fachleute im Ausräuchern, Giftmischen und Fallenstellen gehörten. Sie arbeiteten an der Front – Straßen, Häuser und Felder des Landes –, mußten den Feind aufspüren, stellen und ausrotten und erhielten ihre Befehle, ihre Unterstützung und logistische Hilfeleistung vom Generalstab (die sechs Technokraten, die gerade zum Mittagessen gegangen waren), dem er vorstand. Aber außer dieser Besatzung waren an dem Kreuzzug noch zwei Laboratorien beteiligt, mit denen Don Federico Ver-

träge abgeschlossen hatte (praktisch waren es Subventionen), damit ständig an neuen Giften gearbeitet werde, da der Feind die wunderbare Fähigkeit der Immunisierung besaß. Nach zwei oder drei Großaktionen waren die Gifte veraltet, waren sie ein Fressen für die, die sie töten sollten. Außerdem hatte Don Federico – der in diesem Augenblick, als die Ampel Grün zeigte, den ersten Gang einlegte und seine Reise zu den Stadtvierteln am Meer fortsetzte – ein Stipendium der »Nagetier-Vernichtungs-AG« eingerichtet, das jedes Jahr einen gerade examinierten Chemiker an die Universität von Baton Rouge schickte, wo er sich auf Rattengifte spezialisieren sollte.
Genau das – die Wissenschaft in den Dienst seiner Religion zu stellen – war es, was Don Federico Téllez Unzátegui vor zwanzig Jahren dazu veranlaßt hatte, sich zu verheiraten. Er war schließlich und endlich auch nur ein Mensch, und eines Tages hatte in seinem Gehirn die Idee von einer geschlossenen Phalanx von Männern seines Blutes und seines Geistes zu keimen begonnen, denen er mit der Muttermilch die Wut gegen diese ekelerregenden Tiere einflößen würde und die, hervorragend ausgebildet, seine Mission fortsetzen würden, vielleicht sogar über die heimatlichen Grenzen hinaus. Das Bild von sechs, sieben Téllez, die an hervorragenden Universitäten promoviert hätten, die seinen Schwur wiederholen und in Ewigkeit fortsetzen würden, brachte ihn, die Verkörperung des Hagestolzes, dazu, sich an ein Heiratsvermittlungsbüro zu wenden, das ihm für eine etwas überhöhte Gebühr eine Gattin von fünfundzwanzig Jahren anbot, vielleicht nicht von strahlender Schönheit – es fehlten ihr ein paar Zähne, und wie jene Damen der Gegend, die der (übertreibenderweise) Rio de la Plata, Silberfluß, genannte Strom bewässerte, hatte sie an der Taille und an den Waden einige Röllchen Speck zuviel –, sie besaß aber die drei Eigenschaften, die er gefordert hatte: untadelige Gesundheit, Jungfräulichkeit und Fortpflanzungsfähigkeit.
Doña Zoila Saravia Durán war aus Huánuca, und ihre Familie war – Konterschlag des Lebens, das sich mit dem Spiel des Auf und Nieder vergnügt – von der Provinzaristokratie zum städtischen Subproletariat abgesunken. Sie war in einer Schule erzogen worden, die die Madres Salesianas – aus Gewissensgründen oder der Reklame wegen? – kostenlos neben der Laienschule

unterhielten, und war, wie alle ihre Schulkameradinnen, mit einem argentinischen Komplex aufgewachsen, der sich in ihrem Fall in Nachgiebigkeit, Schweigsamkeit und kräftigem Appetit äußerte. Sie hatte bisher bei den Madres Salesianas als Aufseherin gearbeitet, und die vage, unbestimmte Definition ihrer Stellung – Dienstmädchen, Arbeiterin, Angestellte? – verschärfte ihre servile Unsicherheit, so daß sie allem zustimmte und wie das Vieh mit dem Kopf nickte. Als sie vierundzwanzigjährig Waise wurde, wagte sie es, nach brennenden Zweifeln, die Heiratsvermittlung aufzusuchen, die sie mit dem, der ihr Herr und Gebieter werden sollte, in Verbindung brachte. Die erotische Unerfahrenheit des Ehepaares brachte es mit sich, daß der Vollzug der Ehe sehr langsam vor sich ging, ein Fortsetzungsstück, in dem unter Ansätzen und Fehlschlägen wegen Überstürzung, Zielunfähigkeit und Wegabweichungen die Kapitel einander folgten, die Unentschlossenheit wuchs und die hartnäckige Jungfräulichkeit intakt blieb. Paradoxerweise, da es sich um ein tugendhaftes Paar handelte, verlor Doña Zoila ihre Jungfräulichkeit zuerst auf heterodoxe, besser gesagt sodomitische Weise (nicht aus Lasterhaftigkeit, sondern durch dummen Zufall und mangelnde Übung der Brautleute).
Außer diesem ganz zufälligen Greuel war das Leben des Paares sehr korrekt gewesen. Doña Zoila war eine folgsame, sparsame und fleißige Hausfrau, bereit, die Prinzipien ihres Mannes (mancher mag sie exzentrische Ideen nennen) zu achten. Niemals hatte sie sich, zum Beispiel, dem von Don Federico aufgestellten Verbot widersetzt, warmes Wasser zu benutzen (er behauptete, es untergrabe die Willenskraft und führe zu Erkältungen), obwohl sie noch heute, nach zwanzig Jahren, blau wurde, wenn sie in die Dusche stieg. Niemals hatte sie der Klausel des (nicht fixierten, aber von allen auswendig gewußten) Familienkodex widersprochen, der festlegte, daß niemand im Hause mehr als fünf Stunden schlief, damit sich keine Verweichlichung einschliche, obwohl ihr Krokodilsgähnen jeden Morgen, wenn um 5 Uhr der Wecker klingelte, die Fenster erzittern ließ. Mit Ergebenheit hatte sie akzeptiert, daß Familienvergnügungen wie Kino, Tanz, Theater, Radio ausgeschlossen blieben, weil sie für den Geist unmoralisch waren, und Restaurants, Reisen und jede Phantasie, was Kleidung und Wohnungs-

schmuck anging, verpönt waren, weil sie das Haushaltsbudget belasteten. Nur was ihr privates Laster anging, die Schlemmerei, war sie unfähig gewesen, dem Herrn des Hauses zu gehorchen. Oft war in den Mahlzeiten Fleisch, Fisch und Cremenachtisch vertreten. Dies war der einzige Winkel des Lebens, in dem Don Federico Téllez Unzátegui seinen Willen, ein strenges Vegetariertum, nicht hatte durchsetzen können.
Aber Doña Zoila hatte niemals versucht, ihr Laster heimlich hinter dem Rücken ihres Mannes auszuüben, der in diesem Augenblick mit seinem Sedan in das lebhafte Viertel Miraflores einfuhr und sich sagte, daß diese Ehrlichkeit zwar das Laster seiner Gattin nicht sühnte, aber doch verzeihlich machte. Wenn ihre Gelüste stärker waren als ihr Wille zum Gehorsam, verschlang sie vor seinen Augen ihr Beefsteak mit Zwiebeln, den Stockfisch mit Pfeffersauce, den Apfelkuchen mit Schlagsahne, knallrot vor Scham und von vornherein der folgenden Strafe ergeben. Niemals hatte sie gegen die Sanktionen protestiert. Wenn Don Federico ihr (wegen eines Steaks oder einer Tafel Schokolade) für drei Tage verbot zu sprechen, knebelte sie sich selbst, um nicht einmal im Schlaf dagegen zu verstoßen; und wenn die Strafe zwanzig Schläge aufs Hinterteil war, beeilte sie sich, das Leibchen aufzuschnallen und Arnika bereit zu haben.
Nein, Don Federico Téllez Unzátegui sagte sich, während er einen zerstreuten Blick auf das Grau (eine Farbe, die er haßte) des Pazifischen Ozeans warf, über den Malecón von Miraflores hinweg, den sein Sedan gerade erklommen hatte, daß Doña Zoila ihn alles in allem nicht enttäuscht hatte. Der große Reinfall seines Lebens waren seine Kinder. Welch ein Unterschied zwischen der kämpferischen Avantgarde der Fürsten der Ausrottung, von denen er geträumt hatte, und diesen vier Erben, mit denen ihn Gott und die Schlemmerin gestraft hatten.
Zuerst einmal waren ihm nur zwei Söhne geboren worden. Ein grober, unvorhergesehener Schlag. Es war ihm nie in den Sinn gekommen, Doña Zoila könne Töchter gebären. Die erste war eine Enttäuschung, etwas, was man dem Zufall ankreiden konnte. Aber als die vierte Schwangerschaft dann wieder ein Wesen ohne Phallus und sichtbare Testikel hervorbrachte, unterdrückte Don Federico drastisch, entsetzt bei dem Gedanken,

er könne fortfahren, unvollständige Wesen zu produzieren, jedes weitere Gelüst nach Nachkommenschaft. (Weswegen er das Ehebett durch zwei Einzelbetten ersetzte.) Er haßte die Frauen nicht; da er jedoch weder erotoman noch sehr feurig war, wozu konnten ihm da Personen dienen, deren beste Fähigkeiten der Beischlaf und das Kochen waren? Für ihn hatte die Fortpflanzung nur einen Sinn, nämlich seinen Kreuzzug weiterzuführen. Diese Hoffnung ging in Rauch auf, als Teresa und Laura kamen, denn Don Federico gehörte nicht zu jenen Modernen, die da predigten, die Frau habe außer der Klitoris auch noch Gehirnmasse und könne gleichberechtigt mit dem Mann zusammenarbeiten. Andererseits bedrückte ihn die Möglichkeit, sein Name könne in den Schmutz gezogen werden. Wiederholten die Statistiken nicht bis zum Übelwerden, daß fünfundneunzig Prozent aller Frauen Dirnen gewesen waren, sind oder werden? Damit seine Töchter einen Platz unter den fünf Prozent Tugendhaften bekämen, hatte Don Federico ihnen das Leben nach einem ausgetüftelten System eingerichtet: keine Ausschnitte, Winter wie Sommer dunkle Strümpfe, Blusen und Pullover mit langen Ärmeln, niemals die Nägel, die Lippen, die Augen oder die Wangen schminken, keine Frisuren wie Pony, Zöpfe, Pferdeschwanz und diese ganze Ansammlung von Lockmitteln, mit denen man einen Mann angelte. Keinerlei Sport oder Vergnügungen, die die Anwesenheit von Männern bedeutete, wie an den Strand oder zu Geburtstagsfesten gehen.
Aber nicht nur das Auftauchen von Mädchen unter seiner Nachkommenschaft war entmutigend gewesen. Die Knaben – Ricardo und Federico jun. – hatten die Tugenden des Vaters nicht geerbt. Sie waren weichlich, faul, liebten sterile Aktivitäten (Kaugummi und Fußball) und hatten nicht die geringste Begeisterung gezeigt, als Don Federico ihnen die Zukunft erklärte, die er für sie vorgesehen hatte. In den Ferien, wenn er sie mit den Kämpfern in der ersten Frontlinie arbeiten ließ, um sie einzuüben, zeigten sie sich unentschlossen und kamen mit notorischem Ekel auf das Schlachtfeld. Und einmal überraschte er sie, wie sie Obszönitäten gegen sein Lebenswerk flüsterten und sich eingestanden, daß sie sich ihres Vaters schämten. Selbstverständlich hatte er sie kahlgeschoren wie Verbrecher, aber dies hatte ihn nicht von dem Gefühl des Verrats befreit, das ihm

dieses konspirative Gespräch verursacht hatte. Jetzt machte sich Don Federico keine Illusionen mehr, und er wußte, sobald er tot oder von den Jahren gebeugt wäre, würden Ricardo und Federico jun. sich von dem Weg, den er ihnen vorgezeichnet hatte, entfernen, den Beruf wechseln (irgendeinen pekuniär attraktiven wählen), und sein Werk würde – wie die berühmte Symphonie – unvollendet bleiben.

Genau in dieser Sekunde sah Federico Téllez Unzátegui zu seinem psychischen und physischen Unglück die Zeitschrift, die ein Zeitungsjunge in das Fenster des Sedans schob, dieses bunte Titelbild, das sündhaft in der Sonne leuchtete. In seinem Gesicht breitete sich der Ausdruck von Mißfallen aus, weil das Titelfoto einen Strand zeigte und zwei Badenixen in jenen Trugbildern von Badeanzügen, die gewisse Hetären zu tragen wagten, als Don Federico mit einer Art schmerzhaften Reißens des optischen Nervs und den Mund wie ein Wolf aufreißend, der den Mond anjault, die beiden halbnackten und obszön fröhlichen Badenixen erkannte. Ihn überlief ein Schauer, der mit dem zu vergleichen war, den er an jenem Morgen im Amazonasgebiet an den Ufern des Pendencia verspürt hatte, als er in der von Rattendreck geschwärzten Wiege das zerstörte Skelett seiner Schwester erblickt hatte. Die Ampel zeigte Grün, die Autos hinter ihm hupten. Mit ungeschickten Fingern zog er seine Brieftasche heraus, bezahlte das schlüpfrige Produkt, fuhr an und spürte, daß ein Unfall drohte – das Steuer glitt ihm aus den Händen, der Wagen schleuderte –, er bremste und fuhr an den Straßenrand.

Dort betrachtete er, vor Erregung zitternd, lange die schreckliche Offensichtlichkeit. Ein Zweifel war ausgeschlossen, das waren seine Töchter. Wahrscheinlich von einem unter den Badenden versteckten ruchlosen Photographen unbemerkt photographiert, sahen die Mädchen nicht in die Kamera, sie schienen sich zu unterhalten und lachten und lagen in dem wollüstigen Sand von Agua Dulce oder La Heradura. Federico konnte langsam wieder atmen. Trotz seiner Erbitterung gelang es ihm, über diese unglaubliche Kette des Zufalls nachzudenken; daß ein Strandgänger Laura und Teresa im Bild festhielt, daß eine unanständige Zeitschrift sie der verfaulten Welt ausstellte, daß er sie entdeckte ... und die ganze erschreckende Wahrheit kam

nun durch die Strategie des Zufalls ans Licht, vor seine Augen. Das hieß also, seine Töchter gehorchten ihm nur, wenn er zugegen war; das hieß, daß sie, kaum hatte er den Rücken gedreht, mit ihren Brüdern und mit, oh – Don Federico fühlte einen Dorn im Herzen –, seiner eigenen Gattin seiner Befehle spotteten und an den Strand gingen, sich entkleideten und sich zur Schau stellten. Tränen liefen über sein Gesicht. Er betrachtete die Badekleidung: zweiteilig, so weit reduziert, daß ihre Funktion nicht mehr darin bestand zu verhüllen, sondern ausschließlich darin, die Phantasie in lasterhafte Extreme zu katapultieren. Da waren sie, für jeden zugänglich, Beine, Arme, Leiber, Schultern, Hälse von Laura und Teresa. Er fühlte sich unaussprechlich lächerlich bei dem Gedanken, daß er diese Extremitäten, diese Glieder, niemals gesehen hatte, die sich jetzt vor aller Welt verschwenderisch zeigten.
Er trocknete sich die Augen und ließ den Motor wieder an. Oberflächlich hatte er sich beruhigt, aber in seinem Inneren knisterte die Glut. Während der Sedan sehr langsam den Weg zu seinem Häuschen in der Avenida Pedro de Osma fortsetzte, sagte er sich, so wie sie nackt an den Strand gingen, war es wohl natürlich, daß sie in seiner Abwesenheit auch auf Feste gingen, Hosen trugen, sich mit Männern trafen, daß sie sich verkauften, vielleicht ihre Freier in seinem eigenen Haus empfingen? Mußte Doña Zoila vielleicht den Tarif festsetzen und kassieren? Ricardo und Federico jun. hatten wahrscheinlich die schmutzige Aufgabe, die Klienten heranzuschaffen. Fast erstickend sah Don Federico Téllez Unzátegui diese erschütternde Arbeitsteilung entstehen: deine Töchter, die Freudenmädchen; deine Söhne, die Zuhälter, und deine Frau, die Kupplerin.
Der tägliche Umgang mit der Gewalt – schließlich und endlich hatte er Millionen und Abermillionen lebendiger Wesen den Tod gebracht – hatte aus Don Federico einen Mann gemacht, den man nicht ohne großes Risiko reizte. Einmal hatte ein Agronom mit ernährungswissenschaftlichen Ambitionen gewagt, in seiner Gegenwart zu behaupten, es sei notwendig, wegen des Rindermangels in Peru, im Hinblick auf die nationale Ernährung, die Meerschweinchenzucht zu intensivieren. Wohlerzogen hatte Don Federico Téllez Unzátegui den Vorwitzigen darauf aufmerksam gemacht, daß das Meerschweinchen ein di-

rekter Vetter der Ratte sei. Dieser, ein Wiederholungstäter, zitierte Statistiken, sprach von ernährungswissenschaftlichen Vorteilen und von dem wohlschmeckenden Fleisch. Don Federico schritt daraufhin zur Tat und ohrfeigte ihn, und als der Ernährungswissenschaftler auf dem Boden lag und sich das Gesicht rieb, nannte er ihn das, was er war: einen unverschämten Kerl und Sympathisanten von Mördern. Jetzt, als er aus dem Auto stieg, es ohne Eile, mit gerunzelter Stirn, abschloß, sehr blaß auf seine Haustür zuging, spürte der Mann aus Tingo María vulkanische Lava in sich aufsteigen wie an dem Tag, an dem er den Ernährungswissenschaftler gezüchtigt hatte. In seiner Rechten hielt er wie eine glühende Stange die teuflische Zeitschrift und fühlte ein starkes Jucken in den Augen.

Er war so benommen, daß er sich keine Strafe vorstellen konnte, die dem Vergehen entsprach. Sein Gehirn war wie benebelt, Zorn verwischte alle Gedanken, und das steigerte seine Bitterkeit, denn Don Federico war ein Mann, bei dem die Vernunft immer die Tat bestimmte und der jene Rasse von Primaten haßte, die wie die Tiere dem Instinkt nach handelten und nicht nach Überzeugungen. Aber dieses Mal, während er den Schlüssel aus der Tasche zog und unter Schwierigkeiten – die Wut machte seine Finger ungeschickt – die Tür seines Hauses aufschloß und aufstieß, begriff er, daß er nicht ruhig und angemessen handeln konnte, sondern unter dem Diktat des Zornes, daß er der Eingebung des Augenblicks folgte. Nachdem er die Tür geschlossen hatte, atmete er tief durch und versuchte sich zu beruhigen. Es beschämte ihn, daß diese Undankbaren das ganze Ausmaß seiner Demütigung sehen sollten.

Sein Haus hatte unten eine kleine Diele, ein Wohnzimmer, das Eßzimmer und die Küche; die Schlafzimmer lagen im oberen Stock. Von der Tür des Wohnzimmers aus sah Don Federico seine Frau. Sie stand an der Anrichte und kaute voller Verzückung irgendeine widerliche Süßigkeit – Bonbons, Schokolade, dachte Don Federico, Fruchtgummi oder Toffee –, deren Reste sie noch zwischen den Fingern hielt. Als sie ihn sah, lächelte sie ihn mit ängstlichen Augen an und zeigte ihm mit einer Geste süßlicher Resignation, was sie aß.

Don Federico ging ohne Eile auf sie zu und schlug mit beiden Händen die Zeitschrift auf, damit seine Frau die Titelseite in ihrer ganzen Schande betrachten konnte. Ohne ein Wort zu sagen, hielt er sie ihr vor die Augen und genoß es, wie sie plötzlich weiß wurde, die Augen weit aufriß und den Mund öffnete, aus dem ein Faden mit Keks versetzter Spucke zu rinnen begann. Der Mann aus Tingo María hob die rechte Hand und schlug die zitternde Frau mit seiner ganzen Kraft. Sie stöhnte auf, stolperte und fiel auf die Knie; noch immer sah sie mit einem Ausdruck von Frömmelei, von mystischer Entrücktheit auf das Titelblatt. Don Federico, groß, hochaufgerichtet, gerechtigkeitsliebend, betrachtete sie anklagend. Dann rief er trocken nach den Schuldigen:

»Laura! Teresa!«

Ein Geräusch ließ ihn den Kopf wenden. Da standen sie am Fuß der Treppe. Er hatte sie nicht herunterkommen hören. Teresa, die Größere, trug einen Kittel, als hätte sie gerade geputzt, und Laura trug ihre Schuluniform. Die Mädchen sahen verwirrt die kniende Mutter und den Vater an, der langsam, feierlich auf sie zukam, wie der Hohepriester, der zum Opferstein geht, wo das Messer und die Vestalin ihn erwarten. Und schließlich sahen sie die Zeitschrift, die ihnen Don Federico, als er vor ihnen stand, richterlich vor die Augen hielt. Die Reaktion seiner Töchter war nicht die, die er erwartet hatte. Statt totenbleich zu werden und Entschuldigungen stotternd auf die Knie zu fallen, tauschten die frühreifen Mädchen errötend einen schnellen Blick, der nur heimliches Einverständnis ausdrückte, und Don Federico, auf dem Grund seiner Verzweiflung und seines Zornes, sagte sich, er habe noch nicht alle Bitterkeit dieses Tages getrunken. Laura und Teresa *wußten,* daß sie fotografiert worden waren, daß die Fotografie publiziert wurde, und – was konnte dieses Aufleuchten in den Augen sonst bedeuten – es hatte sie auch noch gefreut. Die Entdeckung, daß sich in seinem Haus, das er für rein gehalten hatte, nicht nur das städtische Laster des Strandnudismus eingenistet hatte, sondern auch der Exhibitionismus (und warum nicht auch die Nymphomanie?), ließ seine Muskeln erschlaffen; er hatte Kalkgeschmack im Mund und überlegte, ob das Leben noch einen Sinn habe, auch fragte er sich – das geschah in Bruchteilen einer Sekunde –, ob die einzige legitime Sühne für ein solches Greuel nicht der Tod sei. Der Gedanke, zum Mörder seiner Töchter zu werden, quälte ihn

weniger, als zu wissen, daß Tausende von Menschen (nur mit den Augen?) alle körperlichen Intimitäten seiner Töchter durchstöbert hatten.
Er ging zur Tat über. Er ließ die Zeitschrift fallen, um freier zu sein, packte mit der linken Hand die Uniformjacke von Laura und zog sie ein paar Zentimeter zu sich, um sie besser zu postieren, hob die rechte Hand hoch genug, um die Schlagkraft maximal zu gestalten, und lud sie mit seinem ganzen Groll. Darauf – o außerordentlicher Tag – erfuhr er die zweite, vielleicht noch gewaltigere Überraschung als die des obszönen Titelbildes. Statt die weiche Wange von Laurita traf seine Hand ins Leere, und lächerlich, frustriert sackte sie herab. Das war noch nicht alles. Das Schlimme kam danach. Die Kleine gab sich nicht damit zufrieden, nur der Ohrfeige auszuweichen – das hatte, so erinnerte sich Don Federico in seinem gewaltigen Schmerz, noch niemals ein Mitglied der Familie getan –, sondern sie warf sich, nachdem sie zurückgewichen war, das vierzehnjährige Gesichtchen in einer haßerfüllten Grimasse verzerrt, auf ihn – ihn, ihn – und begann mit den Fäusten auf ihn einzuschlagen, ihn zu kratzen, ihn zu stoßen und zu treten.
Er hatte das Gefühl, sein eigenes Blut höre vor lauter Überraschung auf zu fließen. Es war, als sprängen die Sterne plötzlich aus ihren Bahnen, stürzten sich übereinander, stießen zusammen, zerbrächen, rollten hysterisch durchs All. Er konnte nicht reagieren, er wich zurück, die Augen weit aufgerissen, die Kleine hinter ihm her, die, um sich Mut zu machen, sich anzufeuern, nicht nur auf ihn einschlug, sondern jetzt auch schrie: »Verdammter Kerl, gemeines Schwein, ich hasse dich, du sollst sterben, krepier doch endlich!« Er glaubte verrückt zu werden, als er sah – alles geschah so schnell, daß er die veränderte Situation kaum aufnehmen konnte –, daß Teresa auf ihn zulief, die Schwester jedoch nicht zurückhielt, sondern ihr half. Jetzt griff ihn auch seine älteste Tochter an und schnaubte abscheuliche Beleidigungen – Geizhals, Dummkopf, Irrer, ekelerregender Kerl, Tyrann, Wahnsinniger, Rattenfänger –, und die beiden wütenden jungen Mädchen drängten ihn gegen die Wand. Nachdem er endlich aus seiner lähmenden Überraschung herausgekommen war, begann er sich zu verteidigen und versuchte, sein Gesicht zu schützen; da spürte er im Rücken

einen Stich. Er drehte sich um: Doña Zoila hatte sich aufgerichtet und biß ihn.
Sein Staunen wurde noch größer, als er bemerkte, daß mit seiner Frau, noch deutlicher als mit seinen Töchtern, eine Wandlung vor sich gegangen war. War Doña Zoila, die Frau, die niemals eine Klage geflüstert hatte, niemals die Stimme erhoben, niemals schlechter Laune gewesen war, das gleiche Wesen, das nun mit unbändigen Augen und wilden Händen Faustschläge auf ihn niedersausen ließ, das ihn anspuckte, ihm das Hemd zerriß und wildgeworden schrie: »Schlagen wir ihn tot, rächen wir uns, soll er an seinem Wahn ersticken, reißt ihm die Augen aus!«? Die drei heulten auf, und Don Federico glaubte, das Geschrei lasse ihm die Trommelfelle platzen. Er verteidigte sich mit aller Kraft und versuchte, die Schläge zu erwidern. Aber es gelang ihm nicht, denn sie – wandten sie eine niederträchtig geübte Praxis an? – wechselten sich ab, zwei hielten ihm immer die Arme fest, während die Dritte ihn zerfetzte. Er spürte Brennen, Schwellungen, Stiche, sah Sterne, und plötzlich entdeckte er an den befleckten Händen der Angreiferinnen, daß er blutete.
Als er auf der Treppe Ricardo und Federico jun. erscheinen sah, machte er sich keine Illusionen. In wenigen Sekunden zum Skeptiker geworden, wußte er, daß sie sich den Angreifern zugesellen würden, um ihm den letzten Fußtritt zu versetzen. Voller Schrecken, ohne Würde oder Ehrgefühl, dachte er nur noch daran, die Tür zur Straße zu erreichen, zu fliehen. Aber das war nicht so einfach. Zwei oder drei Sprünge gelangen ihm, dann stürzte er über ein gestelltes Bein schwer auf den Boden. Dort lag er nun zusammengerollt, um seine Männlichkeit zu schützen, und sah, wie seine Erben mit wilden Fußtritten gegen seinen Körper vorgingen, während seine Frau und seine Töchter sich mit Besen und Schrubbern und dem Schürhaken vom Kamin bewaffneten, um ihn weiter zu verprügeln. Bevor er sich sagte, daß er überhaupt nichts begriff, außer daß die Welt absurd geworden war, hörte er noch, daß auch seine Söhne ihn im Takt ihrer Fußtritte Wahnsinniger, Geizhals, dreckiger Kerl und Rattenfänger schimpften, und während es in ihm dunkel wurde, kam plötzlich grau, klein, unverschämt, aus einem unsichtbaren kleinen Loch in der Ecke des Eßzimmers ein Grautier

mit weißen Nagezähnen und betrachtete den Gefallenen mit einem spöttischen Glitzern in den lebhaften Augen ...
War Don Federico Téllez Unzátegui, der unermüdliche Henker der Nagetiere von Peru, gestorben? War ein Vatermord, ein Gattenmord vollzogen worden? Oder war dieser Ehemann und Vater, der mitten in einer unsäglichen Unordnung unter dem Eßzimmertisch lag, während seine Angehörigen mit ihren rasch eingepackten Habseligkeiten frohlockend ihr Heim verließen, nur betäubt? Wie würde dieses Unglück von Barranco enden?

IX

Der Reinfall mit der Erzählung über Doroteo Martí machte mich für einige Tage mutlos. Aber an dem Morgen, an dem ich hörte, wie Pascual dem Großen Pablito seine Entdeckung vom Flughafen erzählte, spürte ich, daß meine Berufung wieder auferstand, und plante sofort eine neue Erzählung. Pascual hatte ein paar streunende Burschen dabei überrascht, wie sie einen riskanten und aufregenden Sport ausübten. Sie legten sich, wenn es dunkel wurde, an das äußerste Ende der Startbahn auf dem Flughafen von Lima-Tambo, und Pascual schwor, daß der dort liegende Bursche jedesmal, wenn ein Flugzeug abflog, durch den Druck der verdrängten Luft ein paar Zentimeter in die Höhe gehoben wurde, wie bei einem Zauberkunststück in der Schwebe blieb und ein paar Sekunden später, sobald der Effekt vorüber war, auf den Boden zurückfiel. Ich hatte in diesen Tagen einen mexikanischen Film gesehen (erst Jahre später erfuhr ich, daß er von Buñuel war und wer Buñuel war), der mich fasziniert hatte: »Die Vergessenen«. Ich beschloß, eine Erzählung in dem selben Geist zu schreiben, einen Bericht von Kind-Männern, von jungen Wölfen, die durch die rauhen Bedingungen des Lebens in den Vorstadtslums hart geworden waren. Javier zeigte sich skeptisch und versicherte mir, die Geschichte stimme nicht, der Druck der von den Flugzeugen verdrängten Luft würde nicht einmal ein Neugeborenes in die Luft heben. Wir diskutierten, und ich sagte schließlich, in meiner Erzählung würden die Personen zwar schweben, es werde aber trotzdem eine realistische Erzählung (»nein, eine phantastische«, schrie er), und schließlich vereinbarten wir, an einem Abend mit Pascual zu den Feldern von Córpac zu gehen, um nachzuprüfen, was an diesen gefährlichen Spielen (das war der Titel, den ich für die Erzählung gewählt hatte) Wahrheit und was Lüge war.

An diesem Tag hatte ich mich nicht mit Tante Julia getroffen, hoffte aber, sie am nächsten, am Donnerstag, bei Onkel Lucho zu sehen. Als ich jedoch mittags zum gewohnten Essen im Haus in der Calle Armendáriz erschien, war sie nicht da. Tante Olga erzählte mir, sie sei von einer »guten Partie« zum Essen eingeladen worden, von Dr. Guillermo Osores, einem Arzt, der mit der Familie irgendwie in Beziehung stand, ein präsentabler Fünfziger mit etwas Geld, der vor nicht allzu langer Zeit verwitwet war.

»Eine gute Partie«, wiederholte Tante Olga und zwinkerte mir zu. »Ernsthaft, reich, gutaussehend und nur zwei Söhne, die schon erwachsen sind. Ist das nicht der Mann, den meine Schwester braucht?«

»In den letzten Wochen hat sie ihre Zeit nur vertan«, meinte Onkel Lucho, auch er sehr zufrieden. »Sie wollte mit niemandem ausgehen, lebte wie eine alte Jungfer, aber der Endokrinologe scheint ihr zu gefallen.«

Ich spürte, wie die Eifersucht mir den Appetit verschlug, eine entsetzlich schlechte Stimmung überkam mich. Es schien mir, als ob Onkel und Tante aus meiner Verlegenheit errieten, was mit mir geschah. Ich brauchte nicht nach Einzelheiten über Tante Julia und Dr. Osores zu fragen, sie sprachen von nichts anderem. Der Arzt hatte sie vor etwa zehn Tagen auf einem Cocktail der bolivianischen Botschaft kennengelernt, und nachdem er erfahren hatte, wo sie wohnte, war er gekommen, um sie zu besuchen. Er hatte ihr Blumen geschickt, sie angerufen, sie zum Tee ins Bolívar eingeladen und jetzt zum Mittagessen in den Club de la Unión. Der Endokrinologe hatte Onkel Lucho gegenüber gescherzt: »Deine Schwägerin ist Klasse, Luis, vielleicht ist sie die Kandidatin, die ich suche, gegen die ich zum zweitenmal zur Heirat antrete.«

Ich versuchte Gleichgültigkeit vorzutäuschen, aber es gelang mir nicht besonders gut, und Onkel Lucho fragte mich, als wir einen Augenblick allein waren, was ich hätte, ob ich die Nase in irgendetwas hineingesteckt hätte, was mich nichts angehe, und ob man mir eine Lektion erteilt habe? Zum Glück begann Tante Olga von den Hörspielen zu sprechen, und das verschaffte mir eine Atempause. Während sie erzählte, daß Pedro Camacho manchmal etwas zu weit gehe und alle ihre Freundinnen die Geschichte des Zeugen Jehovas zu stark fänden, der sich mit einem Brieföffner vor den Augen des Richters »verstümmelte«, um zu beweisen, daß er das Mädchen nicht vergewaltigt habe, wechselte ich schweigend von Wut zu Verzweiflung und von Verzweiflung zu Wut. Warum hatte mir Tante Julia kein Wort

über den Arzt gesagt? In diesen letzten zehn Tagen hatten wir uns mehrere Male gesehen, und nicht ein einziges Mal hatte sie ihn erwähnt. Stimmte, was Tante Olga sagte, daß sie sich schließlich doch für jemanden »interessierte«?
Im Colectivo auf dem Weg zurück zu Radio Panamericana schlug meine Stimmung von Niedergeschlagenheit in Stolz um. Unsere Liebesgeschichte hatte lange gedauert, jeden Augenblick konnte die Familie draufkommen, das würde Spott und Skandal bedeuten. Außerdem, was verlor ich meine Zeit mit einer Dame, die, wie sie selbst sagte, beinahe meine Mutter sein könnte? Als Erfahrung reichte es. Das Erscheinen von Osores war schicksalhaft. Es enthob mich der Aufgabe, mir die Bolivianerin vom Hals zu schaffen. Ich fühlte mich rastlos, verspürte ungewohnte Anwandlungen, wie mich zu betrinken oder irgendwen zu schlagen, und im Sender hatte ich eine Auseinandersetzung mit Pascual, der seiner Veranlagung getreu die Hälfte der 3-Uhr-Nachrichten einem Brand in Hamburg widmete, bei dem ein Dutzend türkischer Gastarbeiter verkohlt waren. Ich sagte ihm, in Zukunft sei es verboten, ohne meine Erlaubnis irgendeine Meldung über Tote zu bringen, und einen Studienkollegen, der mich anrief, um mich daran zu erinnern, daß es die Fakultät auch noch gebe und daß mich am nächsten Tag eine Prüfung in Prozeßrecht erwarte, fertigte ich unfreundlich ab. Kaum hatte ich aufgelegt, klingelte das Telephon noch einmal. Es war Tante Julia:
»Ich hab dich wegen eines Endokrinologen versetzt, Varguitas. Ich nehme an, du hast mich vermißt«, sagte sie, frisch wie ein Salatblatt. »Bist du böse?«
»Böse, warum?« antwortete ich. »Du kannst doch tun, was du willst.«
»Ah, also doch böse«, hörte ich sie sagen, schon etwas ernster. »Sei nicht dumm, wann sehen wir uns, damit ich dir alles erklären kann?«
»Heute kann ich nicht«, antwortete ich trocken. »Ich ruf dich an.«
Ich legte auf, wütender über mich selbst als über sie, und kam mir lächerlich vor. Pascual und der Große Pablito sahen mich belustigt an, und der Katastrophenliebhaber rächte sich auf delikate Weise für meine Zurechtweisung:

»Donnerwetter, dieser Don Mario ist ja recht streng mit den Damen.«
»Das machen Sie richtig so«, unterstützte mich der Große Pablito. »Nichts gefällt ihnen so sehr, als wenn man sie an die Kandare nimmt.«
Ich wünschte meine beiden Redakteure zum Teufel, bereitete die 4-Uhr-Nachrichten vor und ging zu Pedro Camacho. Er war gerade bei einer Aufnahme, und ich wartete in seiner Bude und blätterte nachlässig in seinen Papieren herum, ohne zu verstehen, was ich las, denn ich fragte mich nur immer wieder, ob das Telephongespräch mit Tante Julia unseren Bruch bedeutete. In Sekundenschnelle wechselte ich von tödlichem Haß dazu über, mich mit ganzer Seele nach ihr zu sehnen.
»Begleiten Sie mich, ich muß Gift kaufen«, sagte finster Pedro Camacho schon in der Tür und schwang seine Löwenmähne. »Wir haben dann noch Zeit genug für unseren Trunk.«
Während wir auf der Suche nach Gift durch die Querstraßen des Jirón de la Unión gingen, erzählte mir der Künstler, daß die Mäuseplage in der Pension La Tapada unerträgliche Ausmaße angenommen habe.
»Wenn sie sich damit zufriedengäben, unter meinem Bett herumzulaufen, würde mir das gar nichts ausmachen; es sind keine Kinder; gegen Tiere habe ich nichts einzuwenden«, erklärte er, während er mit seiner gewaltigen Nase an gelben Pulvern schnupperte, die, so sagte der Drogist, eine Kuh töten würden. »Aber diese Schnurrbärtigen fressen meine Lebensmittel auf. Jede Nacht knabbern sie an meinen Vorräten, die ich ins Fenster hänge, damit sie frisch bleiben. Das geht nicht so weiter, ich muß sie ausrotten.«
Mit Argumenten, die den Drogisten verblüfften, handelte er den Preis herunter, bezahlte, ließ die Gifttüte einwickeln, und wir setzten uns dann in ein Café in der Colmena. Er bestellte seine Kräutermischung und ich einen Kaffee.
»Ich habe Liebeskummer, Freund Camacho«, gestand ich ihm ohne Umschweife, überrascht über mich selbst wegen der Hörspielformulierung; aber ich spürte, wenn ich so mit ihm sprach, distanzierte ich mich von meiner eigenen Geschichte, und gleichzeitig konnte ich meinem Jammer freien Lauf lassen. Er sah mich mit seinen hervorstehenden Augen durchdringend an,

die noch kälter und noch schlechter gelaunt schienen als gewöhnlich. Sein schwarzer Anzug war gereinigt und gebügelt worden und so abgetragen, daß er blank war wie ein Zwiebelblatt.
»Ein Duell bezahlt man in diesen plebejisch gewordenen Ländern mit dem Gefängnis«, urteilte er sehr ernst und machte einige zuckende Bewegungen mit den Händen. »Was Selbstmord angeht, so weiß niemand mehr diese Geste zu schätzen. Man tötet sich, und statt Reue, Erschauern, Bewunderung erntet man nur Spott. Das beste sind die praktischen Rezepte, lieber Freund.«
Ich freute mich, ihn ins Vertrauen gezogen zu haben. Ich wußte, daß er schon gar nicht mehr an mein Problem dachte, da für Pedro Camacho niemand außer ihm selbst existierte, es war für ihn nur ein Vorwand, um sein theoretisierendes System in Aktion zu setzen. Ihm zuzuhören tröstete mich mehr (und mit geringeren Folgen) als ein Besäufnis. Nach dem Versuch eines bitteren Lächelns erklärte mir Pedro Camacho sein Rezept in Einzelheiten:
»Ein harter, verletzender, lapidarer Brief an die Treulose«, sagte er, die Adjektive sicher setzend. »Ein Brief, nach dem sie sich fühlt wie eine Eidechse ohne Eingeweide, wie eine schmutzige Hyäne. Der Brief muß ihr beweisen, daß man kein Dummkopf ist, daß man von ihrem Verrat weiß, ein Brief, der von Verachtung trieft, der ihr ihre Treulosigkeit bewußt macht.« Er schwieg, dachte eine Weile nach, und mit leicht verändertem Ton gab er mir den größten Beweis seiner Freundschaft, den ich von ihm erwarten konnte: »Wenn Sie wollen, schreibe ich ihn für Sie.«
Ich dankte ihm überschwenglich, sagte aber, da ich seinen Tageslauf eines Galeerensklaven kenne, würde ich niemals zulassen, daß er sich auch noch mit meinen privaten Angelegenheiten belaste. (Später bedauerte ich diese Skrupel, die mich um einen Text aus der Hand des Schreibers gebracht haben.)
»Und was den Verführer angeht«, fuhr Pedro Camacho unverzüglich fort, mit einem bösen Glanz in den Augen, »da ist das beste ein anonymer Brief mit allen dazugehörigen Verleumdungen. Weshalb sollte das Opfer betäubt dastehen, während ihm die Hörner wachsen? Warum sollte es zulassen, daß sich die

Treulosen am Beischlaf ergötzen? Man muß ihre Liebe kaputtmachen, sie schlagen, wo es schmerzt, sie mit Zweifeln vergiften. Mißtrauen muß man erwecken. Sie sollen anfangen, sich mit bösen Augen anzusehen und sich zu hassen. Ist Rache vielleicht nicht süß?«

Ich warf ein, daß ein anonymer Brief nicht die Art des feinen Mannes sei, aber er beruhigte mich sehr schnell: wie ein Herr sollte man sich mit Herren betragen, und mit Schuften wie ein Schuft. Das war »wohlverstandenes Ehrgefühl«. Alles andere sei Idiotie.

»Mit dem Brief an sie und dem anonymen Schreiben an ihn sind die Liebenden bestraft«, sagte ich. »Aber mein Problem? Wer nimmt mir den Kummer, die Verzweiflung, den Schmerz?«

»Für so etwas gibt es nichts Besseres als Magnesia-Milch.« Ich hatte nicht die geringste Lust, darüber zu lachen.

»Ich weiß, das erscheint Ihnen als übertriebener Materialismus. Aber hören Sie auf mich, ich habe Lebenserfahrung. In den meisten Fällen ist das, was man Herzweh und so weiter nennt, nichts anderes als schlechte Verdauung, harte Bohnen, die sich nicht zersetzen wollen, alter Fisch, Verstopfung. Ein gutes Abführmittel vertreibt allen Liebeswahn.«

Dieses Mal war er zweifellos ein subtiler Humorist; er machte sich über mich und meine Hörner lustig; er glaubte kein Wort von dem, was er sagte; er übte den aristokratischen Spott, sich selbst zu beweisen, daß wir Menschen unverbesserliche Dummköpfe sind.

»Haben Sie viele Liebesgeschichten, ein reiches Gefühlsleben gehabt?« fragte ich ihn.

»Sehr reich, ja«, er nickte und sah mir über seine Tasse mit Pfefferminz- und Kamillentee, die er an den Mund gehoben hatte, in die Augen. »Aber ich habe niemals eine Frau von Fleisch und Blut geliebt.«

Er machte eine wirkungsvolle Pause, als wollte er das Ausmaß meiner Unschuld oder Dummheit ermessen. »Glauben Sie, es wäre möglich, das zu tun, was ich tue, wenn die Frauen meine Energie verschlingen würden?« mahnte er mich mit Ekel in der Stimme. »Glauben Sie, man könne gleichzeitig Kinder und Geschichten zeugen? Oder man könne erfinden, ersinnen, wenn man unter der ständigen Bedrohung der Syphilis lebt? Die Frau und die Kunst schließen einander aus, mein Freund. In jeder Vagina liegt ein Künstler begraben. Sich fortzupflanzen, was hat das für einen Sinn? Machen das nicht die Hunde, die Spinnen, die Katzen? Ein Original muß man sein, mein Freund.«

Ohne Übergang sprang er plötzlich auf und erklärte, es sei höchste Zeit für das Hörspiel um 5 Uhr. Ich war enttäuscht, ich hätte ihm gern den ganzen Nachmittag lang zugehört und hatte den Eindruck, daß ich, ohne es gewollt zu haben, einen neuralgischen Punkt seiner Persönlichkeit berührt hatte.

In meinem Büro bei Radio Panamericana wartete Tante Julia auf mich. Sie saß auf meinem Schreibtisch wie eine Königin und nahm die Ehrenbezeigungen von Pascual und dem Großen Pablito entgegen, die ihr eifrig und flink die Nachrichten zeigten und ihr erklärten, wie der Dienst funktionierte. Sie sah fröhlich aus und ganz ruhig; als ich hereinkam, wurde sie ernst und ein wenig blaß.

»Welche Überraschung!« sagte ich, um irgendetwas zu sagen.

Aber Tante Julia war nicht für Euphemismen. »Ich bin gekommen, um dir zu sagen, daß mir niemand den Telephonhörer einhängt«, sagte sie mit entschlossener Stimme. »Und schon gar nicht ein so junger Schnösel wie du. Möchtest du mir nicht sagen, welche Laus dir über die Leber gelaufen ist?«

Pascual und der Große Pablito blieben versteinert stehen und wandten die Köpfe von ihr zu mir und wieder zu ihr, außerordentlich interessiert an diesem Beginn eines Dramas. Als ich sie bat, einen Augenblick hinauszugehen, machten sie wütende Gesichter, aber sie wagten nicht aufzumucken. Sie gingen und warfen Tante Julia Blicke voller böser Gedanken zu.

»Ich habe das Telephon eingehängt, aber eigentlich hatte ich Lust, dir den Hals umzudrehen«, sagte ich, als wir allein waren.

»Solche Anfälle kannte ich bei dir noch nicht«, sagte sie und sah mir in die Augen. »Darf man wissen, was los ist?«

»Du weißt genau, was los ist, also spiel nicht die Dumme«, sagte ich.

»Bist du eifersüchtig, weil ich mit Dr. Osores zu Mittag gegessen habe?« fragte sie mich in spöttischem Ton. »Man merkt doch, daß du ein junger Bengel bist, Marito.«

»Ich habe dir verboten, mich Marito zu nennen«, erinnerte ich sie. Ich spürte, wie der Zorn mich übermannte, daß mir die Stimme zitterte und ich nicht mehr wußte, was ich sagte. »Und jetzt verbiete ich dir, mich einen jungen Bengel zu nennen.« Ich setzte mich auf die Ecke meines Schreibtisches, und Tante Julia, als wollte sie einen Kontrapunkt bilden, stand auf und machte ein paar Schritte zum Fenster. Die Arme über der Brust verschränkt, blieb sie dort stehen, sah in den grauen, feuchten, leicht gespenstischen Morgen hinaus. Aber sie sah nichts, sie suchte nach Worten, um mir etwas zu sagen. Sie trug ein blaues Kleid und weiße Schuhe, und plötzlich hätte ich sie gern geküßt.

»Laß uns die Dinge zurechtrücken«, sagte sie schließlich, mir noch immer den Rücken zuwendend. »Du kannst mir nichts verbieten, nicht einmal im Scherz, aus dem einfachen Grund, weil du nichts mit mir zu tun hast. Du bist nicht mein Mann, du bist nicht mein Bräutigam, du bist nicht mein Geliebter. Dieses Spielchen, uns an den Händen zu halten, uns im Kino zu küssen, das ist nichts Ernstes, und vor allem gibt es dir keinerlei Rechte über mich. Das mußt du dir klarmachen, Söhnchen.«

»Jetzt sprichst du tatsächlich, als wärest du meine Mutter«, sagte ich.

»Ich könnte deine Mutter *sein*«, sagte Tante Julia, und ihr Gesicht wurde traurig. Es war, als wäre ihr Zorn verflogen und statt dessen wäre nur noch eine alte Verstimmung, ein tiefer Kummer geblieben. Sie drehte sich um, machte ein paar Schritte auf den Schreibtisch zu und blieb sehr nah bei mir stehen. Sie sah mich voller Kummer an: »Du machst, daß ich mich alt fühle, ohne daß ich es bin, Varguitas. Das mag ich nicht. Unsere Geschichte hat keinen Sinn und schon gar keine Zukunft.«

Ich faßte sie um die Taille, und sie ließ sich gegen mich gleiten, doch während ich sie voller Zärtlichkeit auf die Wange, auf den Hals, auf das Ohr küßte – ihre warme Haut pulsierte unter meinen Lippen, und das geheimnisvolle Leben ihrer Adern zu spüren erfüllte mich mit großer Freude –, sprach sie in dem gleichen Tonfall weiter.

»Ich habe lange darüber nachgedacht, und das Ganze gefällt mir nicht mehr, Varguitas. Merkst du nicht, wie absurd es ist? Ich bin zweiunddreißig Jahre alt, geschieden; kannst du mir vielleicht sagen, was ich mit einem achtzehnjährigen Jungen mache? Das sind Verwirrungen der Fünfzigjährigen, und soweit bin ich noch nicht.«

Ich war so bewegt, während ich ihr den Hals, die Hände küßte, ihr ganz vorsichtig ins Ohrläppchen biß, die Lippen über ihre Nase wandern ließ, über die Augen, und meine Finger in ihr Haar rollte, daß ich nicht alles hörte, was sie sagte. Auch ihre Stimme hob und senkte sich, manchmal wurde sie so schwach, daß es nur noch ein Flüstern war.

»Zu Anfang war es schön wegen der Heimlichkeit«, sagte sie und ließ sich küssen, jedoch ohne irgendeine Reaktion. »Und vor allen Dingen fühlte ich mich wieder ganz jung.«

»Also, was nun«, murmelte ich ihr ins Ohr. »Mach ich, daß du dich wie eine lasterhafte Fünfzigjährige oder wie ein junges Mädchen fühlst?«

»So mit einem jungen Hungerleider zusammen zu sein, sich nur bei den Händen zu halten, nur ins Kino zu gehen, sich nur zärtlich zu küssen, hat dazu geführt, daß ich mich wieder fühlte, als wäre ich erst fünfzehn«, fuhr Tante Julia fort. »Natürlich ist es schön, in einen schüchternen Jungen verliebt zu sein, der dich achtet, der dich nicht befingert, der nicht wagt, mir dir ins Bett zu gehen, der dich behandelt wie ein kleines Mädchen nach der ersten Kommunion. Aber das ist ein gefährliches Spiel, Varguitas. Es beruht auf einer Lüge ...«

»Apropos, ich schreibe eine Erzählung, die heißen soll ›Die gefährlichen Spiele‹«, flüsterte ich. »Über ein paar Straßenjungen, die auf dem Flugplatz durch die Luft der abhebenden Flugzeuge in die Höhe gehoben werden.«

Ich hörte, wie sie lachte, einen Augenblick später legte sie mir ihre Arme um den Hals und drückte ihr Gesicht an meins.

»Jetzt ist mein Zorn verraucht. Ich bin nämlich gekommen, um dir die Augen auszukratzen. Wehe dir, du hängst noch einmal das Telephon ein.«

»Wehe dir, du gehst noch einmal mit dem Endokrinologen aus«, sagte ich und suchte ihren Mund. »Versprich mir, daß du niemals mehr mit ihm ausgehst.«

Sie machte sich los, sah mich mit einem streitsüchtigen Glitzern in den Augen an.

»Vergiß nicht, daß ich nach Lima gekommen bin, um mir einen

Mann zu suchen«, scherzte sie unsicher. »Und ich glaube, daß ich jetzt das gefunden habe, was ich brauche. Gutaussehend, kultiviert, gut situiert und mit grauen Schläfen.«
»Bist du sicher, daß dieses Wundertier dich heiraten wird?« sagte ich und spürte wieder Wut und Eifersucht.
In provokativer Haltung, die Hände in die Hüften gestützt, erwiderte sie:
»Ich kann ihn dazu bringen, mich zu heiraten.« Aber als sie mein Gesicht sah, lachte sie und warf mir wieder die Arme um den Hals.
So standen wir und küßten uns leidenschaftlich, als wir Javiers Stimme hörten: »Man wird euch wegen skandalösen und pornographischen Betragens einsperren.« Er war glücklich, und während er uns umarmte, verkündete er: »Die kleine Nancy hat meine Einladung zum Stierkampf angenommen, das müssen wir feiern.«
»Wir haben gerade unseren ersten großen Streit gehabt, und du hast uns mitten in der Versöhnung erwischt«, erzählte ich.
»Man sieht, du kennst mich noch nicht«, warnte mich Tante Julia. »Bei einem großen Streit werfe ich mit Tellern, kratze, töte.«
»Das Gute bei einem Streit sind die Freunde«, sagte Javier, der ein Experte in diesen Dingen war. »Aber zum Teufel, ich komme hier selig an wegen der kleinen Nancy, und ihr vermiest mir alles, feine Freunde seid ihr. Wir wollen das Ereignis mit einem Lunch feiern.«
Sie warteten, während ich ein paar Nachrichten schrieb, und wir gingen in ein kleines Café in der Calle Belén, das Javier gern mochte, weil man dort, obwohl es eng und schmutzig war, die besten Chicharrones von Lima zubereitete. Ich fand Pascual und den Großen Pablito im Eingang von Radio Panamericana, wie sie den vorübergehenden Mädchen Komplimente nachriefen, und jagte sie zurück in die Redaktion. Obgleich es Tag war und wir uns mitten im Zentrum bewegten, gingen Tante Julia und ich vor den zahllosen Augen von Verwandten und Freunden der Familie an den Händen gefaßt, und ich küßte sie immer wieder. Sie war leicht errötet wie ein Mädchen vom Lande und sah sehr glücklich aus.
»Schluß mit der Pornographie, ihr Egoisten, denkt gefälligst

auch an mich«, beschwerte sich Javier. »Ich will von der kleinen Nancy sprechen.«

Die kleine Nancy war eine Cousine von mir, hübsch, sehr kokett, in die Javier verliebt war, seit er denken konnte, und hinter der er mit der Beständigkeit eines Jagdhundes her war. Sie hatte ihn bisher überhaupt nicht beachtet, die Dinge aber immer so geregelt, daß er glauben mußte, daß vielleicht, daß bald, daß das nächste Mal ... Diese Vorromanze bestand schon seit unserer Schulzeit, und ich als Vertrauter, intimer Freund und Kuppler Javiers hatte alle Einzelheiten miterlebt. Da gab es unzählige Abfuhren, die die kleine Nancy ihm verpaßt hatte, unendlich viele Sonntags-Matineen, an denen sie ihn vor der Tür des Leuro warten ließ, während sie ins Colina oder ins Metro ging, unendlich oft war sie mit einem anderen Verehrer auf den Samstagsfesten erschienen. Das erste Besäufnis meines Lebens hatte ich zusammen mit Javier, als wir seinen Liebeskummer mit Capitanes und mit Bier in einer kleinen Bar in Surquillo ertränkten. Das war, als er erfuhr, daß die kleine Nancy mit dem Studenten der Agronomie Eduardo Tiravanti ging. (Der war in Miraflores sehr beliebt, weil er eine brennende Zigarette in den Mund stecken konnte und sie dann wieder rauszog und weiterrauchte, als wäre nichts gewesen.) Javier beklagte sich bitterlich, und ich sollte nicht nur sein Tränentuch sein, sondern hatte auch noch die Aufgabe, ihn in seine Pension und ins Bett zu bringen, wenn er einen komaartigen Zustand erreicht haben würde. (»Ich trinke, bis es mir aus den Ohren herauskommt«, hatte er mich gewarnt, Jorge Negrete imitierend.) Aber ich war es, der schließlich gänzlich hinüber war mit geräuschvollem Erbrechen und einem Anfall von blauen Teufeln, in dessen Verlauf ich – das war die gemeine Version von Javier – auf die Theke stieg und den Besoffenen, Nachtschwärmern und Zuhältern, aus denen die Kundschaft von El Triunfo bestand, eine Rede hielt:

»Laßt die Hosen runter, ihr steht vor einem Dichter.«

Immer noch warf er mir vor, daß ich, statt mich um ihn zu kümmern, ihn in jener traurigen Nacht zu trösten, ihn dazu gezwungen hatte, mich in so aufgelöstem Zustand durch die Straßen von Miraflores bis zur Villa in der Ocharán zu schleifen und meiner erschrockenen Großmutter meine Überreste mit dem unüberlegten Kommentar zu übergeben: »Frau Carmencita, ich glaube, der Varguitas stirbt uns weg.«

Inzwischen war die kleine Nancy mit einem halben Dutzend Miraflorinern gegangen und hatte sie wieder stehenlassen, und auch Javier hatte Freundinnen gehabt, aber sie kühlten seine große Liebe zu meiner Cousine nicht ab, sondern verstärkten sie. Er hatte sie weiter angerufen, sie besucht, sie eingeladen, sich ihr erklärt, ungerührt von den Abfuhren, den ungezogenen Reaktionen, den Ausbrüchen und Körben meiner Cousine. Javier war einer dieser Männer, die die Leidenschaft über den Stolz stellen können, und der Spott all seiner Freunde aus Miraflores, bei denen seine Bemühungen um Nancy Stoff für viele Witze abgaben, berührte ihn überhaupt nicht. (Ein Junge schwor, er habe ihn an einem Sonntag gesehen, wie er mit folgendem Vorschlag auf die kleine Nancy zuging, als sie aus der 11-Uhr-Messe kam: »Hallo Nancy, schöner Morgen, nicht, trinken wir was? Eine Cola, einen kleinen Schampus?«) Die kleine Nancy war einige Male mit ihm ausgegangen, ins Kino oder auf ein Fest. Meistens zwischen zwei Verehrern. Javier blühten dann große Hoffnungen, und er geriet in einen euphorischen Zustand. So war er heute, sprach gestikulierend, während wir Kaffee mit Milch und Sandwiches mit Chicharrones in dem Café an der Calle Belén aßen, das El Palmero hieß. Tante Julia und ich berührten uns unter dem Tisch mit den Knien. Wir hatten die Finger verschränkt, sahen uns in die Augen und hörten Javier wie eine Hintergrundsmusik von der kleinen Nancy sprechen.

»Die Einladung hat sie bestimmt beeindruckt«, erzählte er. »Denn kannst du mir sagen, welcher Hungerleider von Miraflores auf die Idee kommt, ein Mädchen zum Stierkampf einzuladen?«

»Wie hast du das gemacht?« fragte ich. »Hast du bei der Lotterie gewonnen?«

»Ich hab das Radio der Pension verkauft«, sagte er ohne die geringsten Gewissensbisse. »Man glaubt, die Köchin ist es gewesen, und hat sie als Diebin entlassen.«

Er erklärte uns, daß er einen unfehlbaren Plan habe. Mitten in der Corrida wollte er die kleine Nancy mit einem eindrucksvollen Geschenk überraschen, mit einer spanischen Mantilla. Ja-

vier war ein großer Bewunderer des Mutterlandes und aller Dinge, die dazugehörten, Stierkampf, Flamenco, Sarita Montiel. Er träumte davon, nach Spanien zu gehen (so wie ich von Frankreich), und das mit der Mantilla war ihm eingefallen, als er eine Anzeige in der Zeitung gesehen hatte. Einen Monatslohn im Banco de Reserva hatte sie ihn gekostet, aber er war sicher, die Investition würde Früchte tragen. Er erklärte uns, wie alles ablaufen sollte. Er würde die Mantilla diskret eingepackt mit zum Stierkampf nehmen, einen Moment großer Erregung abwarten und das Paket öffnen, das Geschenk entfalten und um die zarten Schultern meiner Cousine legen. Was hielten wir davon? Wie würde die Kleine reagieren? Ich riet ihm, die Dinge abzurunden, ihr auch einen Sevillaner Kamm zu schenken, ein Paar Kastagnetten und ihr einen Fandango vorzusingen, aber Tante Julia unterstützte ihn mit Begeisterung und sagte, alles, was er sich ausgedacht habe, sei sehr schön und wenn Nancy ein Herz habe, würde sie bis auf die Knochen gerührt sein. Sie selbst wäre hingerissen, wenn ein Junge ihr solche Liebesbezeigungen machen würde.
»Da siehst du, was ich dir immer sage«, sagte sie zu mir, als wiese sie mich zurecht. »Javier ist ein echter Romantiker, er wirbt, wie man werben sollte.«
Javier schlug uns beglückt vor, zu viert an irgendeinem Tag der nächsten Woche auszugehen, ins Kino, zum Teetrinken, zum Tanzen.
»Und was würde die kleine Nancy sagen, wenn sie uns als Paar zusammen sieht?« holte ich ihn auf die Erde zurück. Aber er begoß uns mit einem Kübel kalten Wassers.
»Sei doch kein Esel, sie weiß alles, und es gefällt ihr. Ich hab es ihr neulich erzählt.« Und als er unsere Überraschung sah, fügte er mit übermütigem Gesicht hinzu: »Ich hab vor deiner Cousine keine Geheimnisse, geschehe was wolle, sie wird mich schließlich doch heiraten.«
Ich war besorgt darüber, daß Javier ihr von unserer Romanze erzählt hatte. Wir vertrugen uns zwar sehr gut, und ich war sicher, sie würde uns nicht verraten, aber sie konnte irgend etwas Unvorsichtiges sagen, und die Neuigkeit würde sich wie ein Lauffeuer durch den Familienwald verbreiten. Tante Julia war verstummt, versuchte aber jetzt, sich nichts anmerken zu

lassen, indem sie Javier in seinem sentimentalen Stierkampfplan unterstützte. Wir verabschiedeten uns im Eingang des Gebäudes von Radio Panamericana, und Tante Julia und ich verabredeten uns für den Abend mit dem Vorwand, ins Kino zu gehen. Als ich sie küßte, flüsterte ich ihr ins Ohr: »Dank des Endokrinologen habe ich gemerkt, daß ich in dich verliebt bin.« Sie nickte. »Das sehe ich, Varguitas.«
Ich sah ihr nach, wie sie mit Javier zur Bushaltestelle ging, und erst dann bemerkte ich die Menschenmenge, die sich vor Radio Central drängte. Es waren vor allem junge Frauen, aber auch einige Männer standen dazwischen. Sie hatten sich in zwei Reihen aufgestellt. Aber je mehr Leute kamen, desto mehr löste sich die Ordnung unter Ellenbogenstößen und Drängeln auf. Neugierig ging ich hin, weil ich annahm, der Grund dafür müsse Pedro Camacho sein. Und tatsächlich, es waren Autogrammjäger. Durch das Fenster seines Stübchens sah ich den Schreiber, eskortiert von Jesusito und Genaro sen., wie er seine Unterschrift mit Arabesken in Hefte und Büchlein, lose Blätter und Zeitungen kratzte und seine Bewunderer mit olympischer Geste verabschiedete. Sie sahen ihn verzückt an und näherten sich in schüchterner Haltung, ehrerbietig stotternd.
»Er bereitet uns Kopfschmerzen, aber ohne Zweifel ist er der König des nationalen Rundfunksystems«, sagte Genaro jun., legte mir eine Hand auf die Schulter und deutete auf die Leute: »Was sagst du dazu?«
Ich frage, seit wann die Autogrammausgabe laufe.
»Seit einer Woche täglich eine halbe Stunde von sechs bis halb sieben. Du bist kein guter Beobachter«, sagte der fortschrittliche Unternehmer. »Liest du die Anzeigen nicht, die wir veröffentlichen? Hörst du nicht die Sendungen des Rundfunks, bei dem du arbeitest? Ich war skeptisch, aber sieh mal, wie ich mich geirrt habe. Ich glaubte, die Leute kämen nur zwei Tage, und jetzt zeigt sich, daß das einen ganzen Monat laufen kann.«
Er lud mich auf einen Schluck in die Bolívar-Bar ein. Ich bestellte eine Coca-Cola, aber er bestand darauf, daß ich einen Whisky mit ihm trank.
»Begreifst du, was diese Schlangen bedeuten?« begann er zu erklären. »Sie sind eine öffentliche Demonstration dafür, daß die Hörspiele von Pedro Camacho beim Volk ankommen.«

Ich sagte, ich hätte daran keinerlei Zweifel, und er brachte mich zum Erröten, als er mir riet, ich solle, da ich doch »literarische Neigungen« hätte, dem Beispiel des Bolivianers folgen und die Mittel erlernen, mit denen er die Masse eroberte.
»Du solltest dich nicht in deinem Elfenbeinturm verschließen«, riet er mir. Er hatte 5 000 Fotos von Pedro Camacho drucken lassen, und ab Montag sollten die Autogrammjäger sie als Geschenk erhalten. Ich fragte, ob der Schreiber seine Ausfälle gegen die Argentinier gemildert habe.
»Das ist nicht mehr wichtig, jetzt kann er gegen jeden wettern, den er will«, sagte er geheimnisvoll. »Kennst du die große Neuigkeit noch nicht? Der General läßt keine Folge von Pedros Serien aus.«
Er erzählte mir Einzelheiten, um mich davon zu überzeugen. Der General lasse sie sich aufnehmen, da ihm die Geschäfte der Regierung tagsüber keine Zeit dazu ließen, sie anzuhören, und lasse sie jede Nacht, eine nach der anderen, abspielen, bevor er schlafen ging. Die Frau des Präsidenten habe es vielen Damen aus Lima persönlich erzählt.
»Der General scheint ein feinfühliger Mann zu sein, was man auch sagen mag«, schloß Genaro jun. »Das heißt also, wenn der Höchste auf unserer Seite ist, macht es nichts, wenn Pedro so gern gegen die Ches wettert. Geschieht ihnen doch recht, oder?«
Das Gespräch mit Genaro jun., die Versöhnung mit Tante Julia, irgendetwas hatte mich sehr angeregt, und ich kehrte in meinen Dachverschlag zurück und schrieb mit Schwung meine Erzählung von den schwebenden Knaben, während Pascual die Nachrichten aufbereitete. Ich hatte auch schon das Ende: bei einem dieser Spiele hob sich einer der Straßenjungen höher als die anderen, fiel mit voller Wucht zurück, brach sich das Genick und starb. Der letzte Satz sollte die erschrockenen Gesichter seiner Gefährten zeigen, die ihn unter Flugzeuggedonner betrachteten. Es würde eine spartanische Erzählung werden, präzise wie ein Chronometer, im Stile Hemingways.
Ein paar Tage später ging ich zu meiner Cousine Nancy, um herauszubekommen, wie sie die Geschichte mit Tante Julia aufgenommen hatte. Ich fand sie noch unter dem Eindruck der Operation Mantilla:

»Kannst du dir die Blamage vorstellen, die ich wegen dieses Idioten erleiden mußte?« sagte sie, während sie auf der Suche nach Lasky durch das ganze Haus rannte. »Plötzlich, mitten in den Rängen der Plaza de Acho, öffnete er ein Paket, holte ein Torero-Cape heraus und legte es mir um. Alle guckten mich an, sogar der Stier hat sich halb tot gelacht. Er zwang mich, das Cape während des ganzen Stierkampfes umzubehalten. Und ich sollte mit diesem Ding auf die Straße. Stell dir das vor. Ich habe mich noch nie in meinem Leben so entsetzlich geschämt!«
Wir fanden Lasky unter dem Bett des Majordomus – es war nicht nur ein sehr haariger und häßlicher Hund, sondern noch dazu einer, der mich ständig beißen wollte –, brachten ihn in seinen Zwinger, und Nancy schleppte mich in ihr Zimmer, damit ich das Corpus delicti besähe. Es war ein modernistisches Stück und ließ an exotische Gärten, Zigeunerzelte und Luxusbordelle denken. Es war voller Pailletten und barg in seinen Falten alle Rotschattierungen, angefangen von Blutrot bis zum Rosa der Abendröte, hatte geknotete lange schwarze Fransen, und sein Edelstein- und Flitterbesatz glitzerte so stark, daß einem übel wurde. Meine Cousine machte Torero-Schritte, hüllte sich in das Cape und lachte schallend. Ich sagte, ich erlaube ihr nicht, sich über meinen Freund lustig zu machen, und fragte sie, ob sie ihn nun endlich erhöre.
»Ich denke darüber nach«, erwiderte sie wie immer. »Aber als Freund gefällt er mir sehr.«
Ich nannte sie eine herzlose Kokotte und erzählte, daß Javier sogar gestohlen habe, um ihr dieses Geschenk zu machen.
»Und du?« sagte sie, faltete die Mantilla zusammen und legte sie in den Kleiderschrank. »Stimmt es, daß du mit Tante Julia gehst? Schämst du dich nicht? Mit Tante Olgas Schwester?«
Ich sagte, daß es stimme und daß ich mich nicht schämte, und spürte, wie mein Gesicht brannte. Sie wurde auch ein bißchen verlegen, aber ihre miraflorinische Neugier war stärker, und sie schoß ins Schwarze.
»Wenn du sie heiratest, bist du in zwanzig Jahren noch jung, und sie ist eine Großmutter.« Sie nahm mich am Arm und schob mich die Treppe hinunter ins Wohnzimmer. »Komm, wir hören Musik, und dann erzählst du mir deine Liebesgeschichte von vorn bis hinten.«

Sie suchte einen Stapel Schallplatten aus – Nat King Cole, Harry Belafonte, Frank Sinatra, Xavier Cugat –, während sie mir gestand, daß ihr, seit Javier es ihr erzählt hatte, die Haare zu Berge standen, wenn sie daran dachte, was geschehen würde, wenn die Familie das erführe. Unsere Verwandten mischten sich doch derartig in alles ein, daß jedesmal, wenn sie mit einem anderen Jungen ausging, zehn Onkel, acht Tanten und fünf Cousinen bei ihrer Mutter anriefen, um es ihr zu erzählen. Ich, verliebt in Tante Julia, was für ein Skandal, Marito! Und sie erinnerte mich daran, daß die Familie sich Illusionen mache, daß ich die große Hoffnung des ganzen Clans sei. Das stimmte. Meine weitverzweigte Verwandtschaft erwartete von mir, daß ich eines Tages Millionär würde oder im schlechtesten Fall Präsident der Republik. (Ich habe nie verstanden, warum man sich solch eine hohe Meinung über mich gebildet hatte. Auf keinen Fall aufgrund meiner Schulzeugnisse, die nie brillant gewesen sind. Vielleicht, weil ich als kleiner Junge allen meinen Tanten Gedichte schrieb oder weil ich anscheinend ein frühreifes Kind war, das zu allem etwas zu sagen hatte.) Ich ließ Nancy schwören, wie ein Grab zu schweigen. Sie starb fast vor Neugier, Einzelheiten der Romanze zu erfahren:

»Gefällt dir Tante Julia nur, oder bist du etwa richtig in sie verliebt?«

Irgendwann einmal hatte ich ihr vertrauliche Geschichten erzählt, und jetzt, da sie doch alles wußte, tat ich es wieder. Die Geschichte habe wie ein Spiel angefangen, aber plötzlich, genau an dem Tag, an dem ich wegen des Endokrinologen eifersüchtig war, hätte ich gemerkt, daß ich sie liebte. Trotzdem, je mehr ich darüber nachdachte, desto mehr war ich davon überzeugt, daß diese Romanze ein großes Puzzlespiel sei. Nicht nur wegen des Altersunterschiedes. Mir fehlten drei Jahre bis zum Anwaltsexamen, und ich ahnte, daß ich diesen Beruf niemals ausüben würde, denn das einzige, was mir gefiel, war Schreiben. Aber Schriftsteller waren Hungerleider. Im Augenblick verdiente ich gerade so viel, um mir Zigaretten und ein paar Bücher kaufen zu können und ins Kino zu gehen. Würde Tante Julia warten, bis ich ein zahlungsfähiger Mann war, wenn ich das überhaupt jemals schaffte? Meine Cousine Nancy war so freundlich, mir nicht zu widersprechen, sondern mir recht zu geben:

»Natürlich, nur daß dir die Julia dann vielleicht nicht mehr gefällt und du sie sitzenläßt«, sagte sie voller Sachlichkeit. »Und die Ärmste hat ihre Zeit auf miese Weise verloren. Aber sag mal, liebt sie dich auch, oder spielt sie nur mit dir?«

Ich sagte, Tante Julia sei nicht so frivol und flatterhaft wie sie (was ihr ausnehmend gefiel). Aber die gleiche Frage hatte ich mir oft gestellt. Einige Tage später stellte ich sie auch Tante Julia. Wir hatten uns in einem wunderschönen Park mit einem unaussprechlichen Namen (Domodossola oder so) ans Meer gesetzt, und zwischen Umarmungen und pausenlosen Küssen führten wir dort unser erstes Gespräch über die Zukunft.

»Ich weiß alles in allen Einzelheiten, ich habe es in einer Kristallkugel gesehen«, sagte Tante Julia ohne jede Bitterkeit. »Im allerbesten Fall wird unsere Geschichte drei Jahre, vielleicht vier Jahre dauern, das heißt, bis du ein Mädchen findest, das die Mutter deiner Kinder sein wird. Dann wirst du mich verlassen, und ich werde einen anderen Herrn verführen müssen. Und dann kommt das Wort Ende.«

Ich sagte, während ich ihr die Hände küßte, daß es ihr nicht gut bekomme, diese Hörspielserien zu verfolgen.

»Man merkt, daß du sie nie hörst«, verbesserte sie mich. »In den Hörspielen von Pedro Camacho gibt es ganz selten Liebesgeschichten oder etwas Ähnliches. Jetzt zum Beispiel sind Olga und ich außerordentlich gespannt auf das um 3 Uhr. Die Tragödie eines Burschen, der nicht schlafen kann, weil er jedes Mal, sobald er die Augen schließt, wieder ein armes kleines Mädchen überfährt.«

Auf unser Thema zurückkommend, sagte ich, ich sei optimistischer. Voller Feuer, um gleichzeitig sie und mich davon zu überzeugen, versicherte ich ihr, daß die Liebe, wie groß auch immer die Unterschiede seien, nicht lange dauere, wenn sie auf dem rein Körperlichen basiere. Sobald das Neue vorbei sei, werde mit der Routine die sexuelle Anziehungskraft immer geringer und sterbe schließlich (besonders beim Mann), und das Paar könne dann nur überleben, wenn es zwischen den Partnern andere Anziehungskräfte gebe, geistige, intellektuelle, moralische. Für diese Art Liebe spiele das Alter keine Rolle.

»Das klingt hübsch, und es würde mir gefallen, wenn es stimmte«, sagte Tante Julia und rieb ihre Nase, die immer ein bißchen kalt war, an meiner Wange. »Aber es ist von hinten bis vorn gelogen. Das Körperliche soll zweitrangig sein? Es ist das Allerwichtigste, damit zwei Personen sich ertragen, Varguitas.«

War sie wieder mit dem Endokrinologen ausgegangen?

»Er hat mich mehrmals angerufen«, sagte sie, meine Erwartung steigernd. Dann küßte sie mich und wischte alles beiseite: »Ich hab ihm gesagt, daß ich nicht mehr mit ihm ausgehen werde.«

Auf dem Gipfel der Glückseligkeit sprach ich lange mit ihr über meine Erzählung von den Schwebenden. Sie habe zehn Seiten, werde sehr gut, und ich würde versuchen, sie in der Beilage von »El Comercio« mit einer kryptischen Widmung zu veröffentlichen: »Dem Femininum von Julius.«

X

Die Tragödie von Lucho Abril Marroquín, einem jungen Arzneimittelvertreter, dem alles eine vielversprechende Zukunft voraussagte, begann mit einem sonnigen Sommermorgen in der Umgebung einer historischen Stätte, vor Pisco. Er hatte seine Rundfahrt beendet, die ihn, seitdem er vor zehn Jahren diesen reisenden Beruf ergriffen hatte, in alle Dörfer und Städte Perus führte, wo er Ärztepraxen und Apotheken besuchte, um Muster und Broschüren der Bayer-Werke zu verschenken, und er wollte gerade nach Lima zurückkehren. Die Besuche bei den Ärzten und Apothekern des Ortes hatten etwa drei Stunden gedauert. Und obwohl er bei der Luftwaffengruppe Nummer 9 von San Andrés einen alten Schulkameraden hatte, der jetzt Hauptmann war und bei dem er zum Mittagessen zu bleiben pflegte, wenn er in Pisco war, beschloß er, gleich in die Hauptstadt zurückzufahren. Er war mit einem weißhäutigen Mädchen mit französischem Nachnamen verheiratet, und sein junges Blut und sein verliebtes Herz drängten ihn, so bald wie möglich in die Arme seiner Frau zurückzukehren.

Es war kurz nach 12 Uhr mittags. Sein nagelneuer Volkswagen, den er zur gleichen Zeit auf Raten gekauft hatte, als er die Ehe einging – vor drei Monaten –, erwartete ihn unter einem dichtbelaubten Eukalyptus auf der Plaza. Lucho Abril Marroquín verstaute den Koffer mit Mustern und Broschüren, nahm sich die Krawatte ab und zog sich das Jackett aus (das die Vertreter, den helvetischen Normen des Arzneimittelwerks entsprechend, stets tragen sollten, um einen seriösen Eindruck zu machen), beschloß noch einmal, seinen Freund von der Luftwaffe nicht zu besuchen und statt eines regelrechten Mittagessens nur eine Erfrischung zu sich zu nehmen, um zu vermeiden, daß eine schwere Verdauung ihn während der drei Stunden Fahrt durch die Wüste noch schläfriger machte.

Er ging über die Plaza zum Eisrestaurant »Piave«, bestellte bei dem Italiener eine Coca-Cola und ein Pfirsicheis, und während er dieses spartanische Mahl zu sich nahm, dachte er nicht an die Vergangenheit dieses südlichen Hafens, nicht an die farbenprächtige Ausschiffung des zweifelhaften Helden San Martín und seines Befreiungsheeres, sondern – Egoismus und Sinnlichkeit heißblütiger Männer – an sein warmes Frauchen, eigentlich war sie noch fast ein Mädchen, schneeweiß, blauäugig und mit blonden Locken, und daran, wie sie ihn in der romantischen Dunkelheit der Nächte zu Extremen neronischen Fiebers treiben konnte, wenn sie ihm mit den Seufzern eines sehnsüchtigen Kätzchens in jener außerordentlich erotischen Sprache (einem Französisch, das desto mehr erregte, je unverständlicher es war) ein Lied mit dem Titel »Die toten Blätter« ins Ohr sang. Als er aber merkte, daß diese ehelichen Reminiszenzen ihn zu erregen begannen, dachte er an etwas anderes, zahlte und ging.

Bei der nächsten Tankstelle füllte er den Tank mit Benzin, die Batterie mit Wasser und fuhr ab. Obgleich zu dieser Stunde, in der die Sonne am höchsten stand, die Straßen von Pisco verlassen waren, steuerte er langsam und vorsichtig und dachte dabei nicht etwa an das Wohlergehen der Fußgänger, sondern an seinen gelben Volkswagen, der gleich nach der kleinen blonden Französin sein Augapfel war. Er dachte an sein Leben. Er war achtundzwanzig Jahre alt. Nach der Schule hatte er beschlossen zu arbeiten, weil er zu ungeduldig war, die Universität zu absolvieren. Er war in die Arzneifirma eingetreten und hatte dort ein Examen bestanden. In diesen zehn Jahren hatte er sein Gehalt und seine Position immer weiter verbessert, und seine Arbeit war nicht langweilig. Er zog den Außendienst vor, statt hinter einem Schreibtisch dahinzuvegetieren. Nur war ihm jetzt nicht danach, sein Leben auf Reisen zu verbringen und die zarte Blume Frankreichs in Lima allein zu lassen, in einer Stadt, die, wie jeder weiß, voller Haie ist, die den Sirenen auflauern. Lucho Abril Marroquín hatte mit seinen Vorgesetzten gesprochen. Man schätzte ihn und hatte ihn ermuntert, noch einige Monate zu reisen, und Anfang des nächsten Jahres wollte man ihm einen Platz in der Provinz geben. Dr. Schwalb, ein wortkarger Schweizer, hatte noch präzisiert: »Eine Stellung, die einer Beförderung gleichkommt.« Lucho Abril Marroquín mußte immer wieder denken, daß man ihm vielleicht die Leitung der Filiale in Trujillo, Arequipa oder Chiclayo übergeben werde. Was wollte er mehr?

Er fuhr aus der Stadt hinaus auf die Landstraße. Diese Route hatte er so oft in beide Richtungen befahren – im Autobus, im

Schnellbus, im Wagen, mit Chauffeur oder ohne –, daß er sie im Schlaf kannte. Das schwarze Asphaltband verlor sich in der Ferne zwischen Dünen und kahlen Hügeln, ohne jenes quecksilbrige Aufblitzen, an dem man Fahrzeuge erkennen konnte. Vor ihm fuhr ein alter, klappriger Lastwagen, und er wollte ihn gerade überholen, als er die Brücke und die Kreuzung sah, wo die Südstrecke sich gabelt und wo jene Landstraße abbiegt, die in die Sierra steigt, zu den bleigrauen Bergen von Castrovirreina. Er beschloß daraufhin – Klugheit des Mannes, der sein Auto liebt und das Gesetz fürchtet –, bis nach der Abzweigung zu warten. Der Lastwagen fuhr nicht schneller als 50 Kilometer pro Stunde, und Lucho Abril Marroquín verminderte ergeben seine Geschwindigkeit und hielt sich zehn Meter hinter ihm. Er sah die Brücke näher kommen, die Kreuzung, hinfällige Bauten – Getränkekioske, Zigarettenbuden, das Häuschen der Transitkontrollen –, sah Umrisse von Personen, deren Gesichter er im Gegenlicht nicht erkennen konnte, bei den Hütten hin und her gehen.

Das Mädchen erschien ganz plötzlich, als er gerade über die Brücke gefahren war, und schien unter dem Lastwagen hervorzukommen. In die Erinnerung von Lucho Abril Marroquín blieb dieses Figürchen für immer eingebrannt, das ganz plötzlich zwischen ihm und der Piste auftauchte, das Gesichtchen erschrocken, die Hände in die Höhe gehoben, und dann wie ein schwerer Stein gegen den Bug des Volkswagens krachte. Es kam alles so unerwartet, daß es ihm erst nach der Katastrophe (dem Beginn der Katastrophe) gelang, zu bremsen und mit dem Wagen auszuweichen. Verblüfft und mit dem merkwürdigen Gefühl, daß irgendetwas Seltsames vorging, spürte er den dumpfen Aufprall des Körpers gegen die Stoßstange und sah ihn hochfliegen, eine Parabel beschreiben und acht bis zehn Meter entfernt niederfallen.

Jetzt bremste er so abrupt, daß das Steuer ihm gegen die Brust schlug, stieg wie betäubt, kalkweiß und mit einem hartnäckigen Ohrensausen schnell aus dem Volkswagen, rannte, stolperte, dachte, ich bin wie ein Argentinier, ich töte Kinder, erreichte das Kindchen und hob es auf. Es war fünf oder sechs Jahre alt, barfuß und schlecht gekleidet, Gesicht, Hände und Knie waren voller Schmutz. Es blutete nirgendwo sichtbar, hielt aber die

Augen geschlossen und schien nicht zu atmen. Lucho Abril Marroquín krümmte sich zusammen wie ein Betrunkener, drehte sich um sich selbst, sah nach rechts, nach links und schrie in die Sandwüste, in den Wind, zu den fernen Wellen: »Einen Krankenwagen, einen Arzt!« Wie im Traum sah er auf der Straße aus der Sierra einen Lastwagen kommen, und vielleicht bemerkte er, daß seine Geschwindigkeit viel zu groß war für ein Fahrzeug, das auf eine Straßenkreuzung zufährt. Aber wenn er das wirklich bemerkt hatte, wurde seine Aufmerksamkeit sofort davon abgelenkt, als er sah, daß ein Polizist von den Hütten her auf ihn zugerannt kam. Keuchend, schwitzend, amtlich fragte der Hüter der Ordnung, das Mädchen ansehend: »Ist sie ohnmächtig oder schon tot?«

Lucho Abril Marroquín sollte sich den Rest der Jahre, die ihm das Leben noch ließ, fragen, welches wohl die richtige Antwort in diesem Moment gewesen wäre. War das Kind verletzt oder tot? Er konnte dem keuchenden Polizisten nicht mehr antworten, denn dieser zog, kaum hatte er die Frage gestellt, ein so schreckverzerrtes Gesicht, daß Lucho Abril Marroquín nur noch den Kopf wenden konnte, gerade rechtzeitig, um zu begreifen, daß der Lastwagen, der von der Sierra herunterkam, wie wahnsinnig hupend auf sie zusauste. Er schloß die Augen, ein Donnerschlag riß ihm das kleine Mädchen aus den Armen und hüllte ihn in Dunkelheit mit kleinen Sternen. Er hörte noch den fürchterlichen Lärm, Schreie, das Wehgeheul, während er in einer Verwunderung beinahe mystischer Art verharrte.

Viel später erst erfuhr er, daß er überfahren worden war, nicht weil es eine immanente Gerechtigkeit gibt, die sich um die Erfüllung des ausgleichenden Sprichworts »Auge um Auge, Zahn um Zahn« kümmerte, sondern weil bei dem Lastwagen aus den Bergen die Bremsen versagt hatten. Er erfuhr auch, daß der Polizist sofort tot war, das Genick gebrochen, und daß das arme Mädchen – eine wahre Tochter Sophokles' – bei diesem zweiten Unfall (wenn der erste es noch nicht erreicht hatte) nicht nur getötet, sondern auf spektakuläre Weise plattgedrückt worden war, als – Freudenkarneval für den Teufel – das doppelte Hinterrad des Lastwagens über sie hinwegrollte.

Aber im Laufe der Jahre sagte sich Lucho Abril Marroquín, daß unter den belehrenden Erfahrungen dieses Tages die nachhaltig-

ste nicht der erste und auch nicht der zweite Unfall gewesen war, sondern das, was hinterher kam. Denn seltsamerweise verlor der Arzneimittelvertreter trotz der Gewalt des Aufpralls (der ihn viele Wochen im Hospital del Empleado festhielt, wo sein von unzähligen Brüchen, Quetschungen, Schnitten und Verrenkungen zerstörter Körper wiederhergestellt wurde) nicht das Bewußtsein oder verlor es nur für ein paar Sekunden. Als er die Augen öffnete, wußte er, daß alles soeben erst geschehen war, denn aus den Hütten, die vor ihm lagen, kamen, immer im Gegenlicht, zehn, zwölf, vielleicht fünfzehn Hosen und Röcke auf ihn zugerannt. Er konnte sich nicht bewegen, spürte aber keinen Schmerz, nur eine erleichterte Ruhe. Er dachte, er müsse nicht mehr denken; er dachte an den Krankenwagen, an Ärzte, an hilfreiche Schwestern. Da waren sie. Sie waren schon gekommen. Er versuchte den Gesichtern, die sich über ihn beugten, zuzulächeln. Aber da begriff er an dem Kitzeln, den Stichen und Stößen, daß sie nicht gekommen waren, um ihm zu helfen. Sie rissen ihm die Uhr ab, steckten ihre Finger in seine Taschen, zerrten ihm die Brieftasche heraus, mit einem Ruck bemächtigten sie sich der Medaille des HErrn von Limpias, die er seit seiner Erstkommunion um den Hals trug. Jetzt, voller Bewunderung für die menschliche Gattung, jetzt versank Lucho Abril Marroquín in tiefe Nacht.
Diese Nacht dauerte mit allen praktischen Folgen ein ganzes Jahr. Zu Anfang schienen die Folgen der Katastrophe nur physischer Art zu sein. Als Lucho Abril Marroquín sein Bewußtsein wiedererlangte, lag er von Kopf bis Fuß verbunden in Lima in einem Krankenhauszimmerchen; zu beiden Seiten seines Bettes standen wie Schutzengel, die dem Gequälten den Frieden wiedergeben, die blonde Landsmännin von Juliette Greco und Dr. Schwalb von den Bayer-Werken und sahen ihn voll Besorgnis an. Tief in dem Rausch, den ihm das Chloroform verursacht hatte, spürte er Freude, und als er die Lippen seiner Gattin auf der Gaze spürte, die seine Stirn bedeckte, liefen Tränen über seine Wangen. Das Flicken der Knochen, das Zurechtrücken der Muskeln und Sehnen an den ihnen entsprechenden Ort, das Schließen und Vernarben der Wunden, also die Wiederherstellung der animalischen Hälfte seiner Person, nahm einige Wochen in Anspruch, die relativ erträglich waren, dank der

Vortrefflichkeit der Ärzte, der Hilfsbereitschaft der Krankenschwestern, der magdalenischen Ergebenheit seiner Gattin und der Solidarität der Firma, die sich untadelig zeigte, was Gefühle und Brieftasche anging. Im Hospital del Empleado, er war auf dem Wege der Genesung, erhielt Lucho Abril Marroquín eine erfreuliche Nachricht: die kleine Französin war schwanger, und in sieben Monaten würde sie Mutter seines Kindes sein.

Nachdem er das Krankenhaus verlassen und sich wieder in seine Wohnung in San Miguel und in seine Arbeit eingewöhnt hatte, entdeckte man erst die verborgenen komplizierten Verletzungen, die die Unfälle in seinem Gemüt verursacht hatten. Die Schlaflosigkeit war das geringste der Übel, denen er ausgesetzt war. Hellwach verbrachte er die Nächte. In einem Zustand lebhafter Erregung wanderte er durch die dunkle Wohnung, rauchte unablässig und führte abgebrochene wirre Reden, aus denen seine erstaunte Gattin wiederholt das Wort »Herodes« heraushörte. Als die Schlaflosigkeit chemisch mit Schlafmitteln bezwungen war, wurde es noch schlimmer. Abril Marroquíns Schlaf wurde von Albträumen heimgesucht, in denen er sich seine noch ungeborene Tochter zerfetzen sah. Sein unmelodisches Geheul begann seiner Frau Angst einzujagen und führte schließlich dazu, daß sie mit einem Fötus, wahrscheinlich weiblichen Geschlechts, eine Fehlgeburt erlitt. »Die Träume sind in Erfüllung gegangen, ich habe meine eigene Tochter ermordet, ich werde nach Buenos Aires gehen«, wiederholte der wahnhafte Tochtermörder schwermütig Tag und Nacht. Aber das war noch nicht das Schlimmste. Den schlaflosen oder albtraumbeladenen Nächten folgten schreckliche Tage. Seit seinem Unfall hatte Lucho Abril Marroquín eine Phobie in seinen Eingeweiden gegen alles, was Räder hatte, gegen Fahrzeuge, in die er weder als Fahrer noch als Fahrgast steigen konnte, ohne Schwindelgefühle, Brechanfälle, kalten Schweißausbruch zu bekommen und laut loszuschreien. Alle Versuche, dieses Trauma zu überwinden, waren vergeblich, so daß er schließlich mitten im 20. Jahrhundert wie im Inkareich (eine Gesellschaft ohne Räder) leben mußte. Wenn die Entfernungen, die er zurückzulegen hatte, lediglich in den fünf Kilometern zwischen seiner Wohnung und dem Bayer-Werk bestanden hätten, wäre der Fall nicht besonders ernst gewesen. Für einen so gequälten Geist hätten die zwei Stunden Fußmarsch am Morgen und zwei Stunden Fußmarsch am Abend vielleicht sogar eine beruhigende Funktion gehabt, aber da er ein Arzneimittelvertreter war, dessen Operationsfeld das ausgedehnte Territorium von Peru war, wurde die Räder-Phobie zur Tragödie. Da keinerlei Möglichkeit bestand, das athletische Zeitalter der Träger wiederauferstehen zu lassen, war die berufliche Zukunft von Lucho Abril Marroquín ernsthaft bedroht. Die Firma erbot sich, ihm eine sitzende Arbeit im Büro in Lima zu geben, und obwohl man ihm sein Gehalt nicht kürzte, war die Veränderung vom moralischen und psychologischen Gesichtspunkt her eine Degradierung (er hatte jetzt das Musterlager unter sich). Zu allem Übel kam noch hinzu, daß die kleine Französin, die – eine würdige Nachfahrin der Jungfrau von Orléans – mutig die nervlichen Schäden ihres Gatten erduldet hatte, nun, vor allem nach der Evakuierung des Fötus Abril, auch der Hysterie verfiel. Eine Trennung, bis sich die Zeiten besserten, wurde verabredet, und das Mädchen – Blässe des Morgens und der antarktischen Nächte – reiste nach Frankreich, um im Schloß ihrer Väter Trost zu suchen.

So ging es Lucho Abril Marroquín ein Jahr nach dem Unfall: verlassen von seiner kleinen Frau, dem Schlaf und der Ruhe, alle Räder hassend, dazu verdammt, durch das Leben zu wandern (strictu sensu) ohne einen anderen Freund als den Kummer. (Der gelbe Volkswagen wurde von Efeu und Spinnweben überwuchert, bis er schließlich verkauft wurde, um die Reise der Blondine nach Frankreich zu bezahlen.) Kollegen und Bekannte flüsterten schon, daß ihm jetzt nur noch der mittelmäßige Weg ins Irrenhaus bleibe oder die spektakuläre Lösung durch Selbstmord, als der junge Mann von der Existenz einer Person erfuhr – Manna, das vom Himmel fällt, Regen auf dürstende Felder –, die weder Priester noch Zauberer war und doch Seelen heilte, die Ärztin Lucía Acémila.

Eine überlegene Frau ohne Komplexe, im von der Wissenschaft als ideal angesehenen Alter – Dr. Acémila war 50 Jahre alt und – breite Stirn, Adlernase, durchdringender Blick, von Güte und aufrechter Gesinnung – lebendige Negation ihres Nachnamens (auf den sie stolz war und den sie den Sterblichen wie eine Waffe auf gedruckten Visitenkarten oder auf den Schildern ihrer

Sprechstunde hinwarf), jemand, bei dem die Intelligenz ein körperliches Attribut war, etwas, was ihre Patienten (sie zog es vor, sie *Freunde* zu nennen) sehen, hören, riechen konnten. Sie hatte in den großen Zentren der Weisheit – in dem teutonischen Berlin, dem phlegmatischen London, dem sündigen Paris – zahlreiche hervorragende Auszeichnungen bekommen, aber die wichtigste Universität, in der sie all das, was sie über das menschliche Elend und die Mittel dagegen gelernt hatte, war (natürlich) das Leben. Wie alle über den Durchschnitt herausragenden Wesen wurde sie von ihren Kollegen, jenen Psychiatern und Psychologen, die (im Gegensatz zu ihr) unfähig waren, Wunder zu vollbringen, viel diskutiert, kritisiert und verbal angegriffen. Dr. Acémila ließ es kalt, daß man sie Zauberin, Hexe, Verführerin der Verführten, Wahnsinnige und anderes schimpfte. Um zu wissen, daß sie es war, die recht hatte, genügte ihr die Dankbarkeit ihrer *Freunde*, jener Legion Schizophrener, Vatermörder, Paranoiker, Brandstifter, Manisch-Depressiver, Onanierer, Katatoniker, Krimineller, Mystiker und Taubstummer, die, sobald sie durch ihre Hände gegangen waren, sich ihrer Behandlung unterzogen hatten (sie würde vorziehen: ihren Ratschlägen), als liebenswürdige Väter, gehorsame Söhne, tugendhafte Gattinnen, ehrenhafte Beamte, flüssige Gesprächspartner und pathologisch gesetzestreue Bürger ins Leben zurückgekehrt waren.

Dr. Schwalb riet Lucho Abril Marroquín, die Ärztin aufzusuchen, und er selbst – helvetische Schnelligkeit, die außerordentlich pünktliche Uhren hervorgebracht hat – meldete ihn dort an. Mehr resigniert als hoffnungsfroh, stellte sich der Schlaflose zur angegebenen Zeit in dem Gebäude mit den rosafarbenen Mauern ein, das, von einem Garten mit blühenden Büschen umgeben, in dem eleganten Wohnviertel von San Felipe lag, wo sich die Praxis (Tempel, Beichtstuhl, Laboratorium des Geistes) von Lucía Acémila befand. Eine adrette Krankenschwester nahm einige Daten auf und ließ ihn ins Sprechzimmer der Ärztin eintreten. Ein hohes Zimmer, die Borde vollgestopft mit ledergebundenen Büchern, ein Schreibtisch aus Mahagoni, weiche Teppiche und eine mit minzgrünem Samt überzogene Couch.

»Ziehen Sie alle Vorurteile aus, die Sie mitbringen, und auch

das Jackett und die Krawatte«, sprach ihn Dr. Lucía Acémila mit der entwaffnenden Natürlichkeit der Weisen an und deutete auf die Couch. »Legen Sie sich dorthin auf den Rücken oder auf den Bauch, nicht aus freudianischer Frömmelei, sondern damit Sie bequem liegen. Und jetzt erzählen Sie mir nicht Ihre Träume, und gestehen Sie mir auch nicht, daß Sie in Ihre Mutter verliebt sind, sondern erzählen Sie mir lieber mit der größtmöglichen Genauigkeit, wie es Ihrem Magen geht.«
Schüchtern, eine Personenverwechslung fürchtend, wagte der Arzneimittelvertreter, bereits auf dem weichen Diwan liegend, zu flüstern, daß ihn nicht sein Magen, sondern sein Gemüt in dieses Sprechzimmer geführt habe.
»Sie sind nicht voneinander zu trennen«, wies ihn die Ärztin zurecht. »Ein Magen, der sich pünktlich und vollkommen entleert, ist der Zwillingsbruder eines klaren Geistes und einer wohlgesonnenen Seele. Andererseits gebiert ein voller, fauler, geiziger Magen schlechte Gedanken, säuert den Charakter, fördert Komplexe und verborgene sexuelle Gelüste, die Neigung zum Verbrechen und das Bedürfnis, die exkrementöse Folter an anderen auszulassen.«
Auf diese Weise belehrt, gestand Lucho Abril Marroquín, daß er gelegentlich an Verdauungsstörungen und Magenverstimmungen leide und daß sein Obulus nicht nur unregelmäßig sei, sondern auch außerordentlich unterschiedlich in Farbe, Menge und sicherlich – er erinnere sich nicht, ihn in den letzten Wochen befühlt zu haben – auch was Konsistenz und Temperatur angehe. Die Ärztin nickte gütig und murmelte: »Das wußte ich« und bestimmte, der junge Mann solle bis auf weiteres jeden Morgen und auf nüchternen Magen ein halbes Dutzend getrockneter Pflaumen essen.
»Da diese Vorfrage geregelt ist, werden wir nun zu den anderen übergehen«, fügte die Philosophin hinzu. »Sie können mir jetzt erzählen, was Sie haben. Aber ich sage Ihnen im voraus, ich werde Ihnen Ihr Problem nicht abnehmen. Ich werde Ihnen zeigen, es zu lieben, stolz darauf zu sein wie Cervantes auf seinen fehlenden Arm oder Beethoven auf seine Taubheit. Sprechen Sie.«
Mit der Wortgewandtheit, die er in zehn Jahren des beruflichen Gesprächs mit Ärzten und Apothekern erlernt hatte, faßte Lu-

cho Abril Marroquín seine Geschichte zusammen, von dem unglücklichen Unfall in Pisco bis zu seinen nächtlichen Albträumen und den apokalyptischen Folgen, die das Drama in seiner Familie gehabt habe. Sich selbst bemitleidend, begann er bei den Schlußkapiteln zu weinen und schloß seinen Bericht mit einem Ausruf, der jeder anderen Person, außer Lucía Acémila, das Herz zerrissen hätte: »Frau Doktor, helfen Sie mir!«

»Ihre Geschichte rührt mich nicht, sie langweilt mich, sie ist trivial und dumm«, tröstete ihn die Seelenklempnerin liebevoll. »Putzen Sie sich die Nase und überzeugen Sie sich davon, daß in der Geographie des Geistes Ihr Übel dem gleichkommt, was in der des Körpers ein eingewachsener Nagel ist. Jetzt hören Sie mir zu.«

Mit dem Auftreten einer Frau, die in den Salons der großen Gesellschaft verkehrt, erklärte sie ihm, daß die Furcht vor der Wahrheit und der Widerspruchsgeist die Menschen zugrunde richten. Was Punkt eins anging, ließ sie im Gehirn des Schlaflosen ein Licht aufgehen, indem sie erklärte, daß der Zufall, der sogenannte Unfall, gar nicht existiere. Das seien von den Menschen erfundene Ausflüchte, um ihre Bosheit zu vertuschen.

»Fassen wir also zusammen: Sie wollten das Mädchen töten, und Sie haben es getötet«, beschrieb die Ärztin den Gedankengang. »Und dann, erschrocken über Ihre Tat, aus Angst vor der Polizei oder der Hölle, wollten Sie von dem Lastwagen überfahren werden, um eine Strafe zu empfangen oder als Alibi für den Mord.«

»Aber ... aber«, stotterte der Arzneimittelvertreter mit weit aufgerissenen Augen, die Stirn von Schweiß bedeckt, in äußerster Verzweiflung. »Und der Polizist? Habe ich den auch umgebracht?«

»Wer hat noch nie einen Polizisten umgebracht?« meinte die Wissenschaftlerin. »Vielleicht Sie, vielleicht der Fahrer des Lastwagens, vielleicht war es ein Selbstmord, aber das hier ist keine Werbevorstellung, wo zwei auf eine Karte hereinkommen. Kümmern wir uns nur um Sie.«

Sie erklärte ihm, daß die Menschen, wenn sie ihren ursprünglichen Impulsen widersprächen, ihren Geist beleidigten und dieser sich dadurch räche, daß er Albträume, Phobien, Komplexe, Ängste, Depressionen entstehen lasse.

»Man kann nicht mit sich selbst streiten, weil es in diesem Streit nur einen Verlierer gibt«, predigte die Apostolin. »Schämen Sie sich dessen nicht, was Sie sind, trösten Sie sich und denken Sie daran, daß alle Menschen Hyänen sind und daß gut sein ganz einfach heißt, täuschen zu können. Sehen Sie sich im Spiegel an und sagen Sie zu sich: Ich bin ein Kindermörder, ich habe Angst vor Geschwindigkeit. Schluß mit den Euphemismen. Sprechen Sie nicht mehr von einem Unfall und nicht mehr von einem Räder-Syndrom.«

Und zu Beispielen übergehend, erzählte sie ihm, daß sie den ausgemergelten Onanierern, die zu ihr kamen, um sie auf Knien zu bitten, sie solle sie kurieren, pornographische Zeitschriften schenke und rauschgiftsüchtigen Patienten, Abschaum, der auf dem Boden kroch und sich die Haare raufend von Fatalität sprach, Marihuana und Hände voll Coca anbiete.

»Werden Sie mir verschreiben, weiter Kinder zu töten?« blökte der Arzneimittelvertreter wie ein Lamm, das sich in einen Tiger verwandelt.

»Wenn Sie das wollen, warum nicht?« entgegnete die Psychologin kühl. Und sie verwarnte ihn: »Schreien Sie mich nicht an, ich bin keine dieser Krämerseelen, die glauben, der Patient habe immer recht.«

Lucho Abril Marroquín brach wieder in Tränen aus. Ungerührt kalligraphierte Lucía Acémila zehn Minuten lang verschiedene Blätter mit dem allgemeinen Titel: »Übungen, um zu lernen, ehrlich zu leben.« Sie überreichte sie ihm und gab ihm für acht Wochen später einen Termin. Als sie ihn mit einem Händedruck verabschiedete, erinnerte sie ihn noch einmal, die morgendliche Diät der Backpflaumen nicht zu vergessen. Wie die Mehrzahl der Patienten von Dr. Acémila verließ Lucho Abril Marroquín das Sprechzimmer mit dem Gefühl, Opfer eines psychischen Hinterhalts geworden zu sein. Er war sicher, in die Netze einer extravaganten Irren gefallen zu sein, die seine Krankheit nur verschlimmern würde, wenn er die Unvorsichtigkeit beginge, ihren Rezepten zu folgen. Er war entschlossen, die »Übungen« ungelesen in der Toilette abzuziehen. Aber in derselben Nacht – schwächende Schlaflosigkeit, die zu Exzessen führt – las er sie. Sie erschienen ihm krankhaft, absurd, und er lachte so sehr, daß er einen Schluckauf bekam (er behob ihn, indem er ein Glas

Wasser andersherum trank, wie es ihn seine Mutter gelehrt hatte); dann verspürte er eine aufreizende Neugier. Als Ablenkung, um die schlaflosen Stunden zu füllen, ohne an ihre therapeutische Wirksamkeit zu glauben, beschloß er sie auszuüben.

Es kostete ihn keine Mühe, in der Spielzeugabteilung von Sears den Pkw, den Lastwagen Nr. 1 und den Lastwagen Nr. 2, die er brauchte, zu erstehen und auch die Puppen, die das Mädchen, den Polizisten, die Diebe und ihn selbst darstellen sollten. Den Anweisungen entsprechend malte er die Fahrzeuge in ihren Originalfarben an, soweit er sich erinnerte, und auch die Kleidung der Püppchen. (Er hatte ein Talent zum Malen, so daß die Uniform des Polizisten und die armselige Kleidung und der Schmutz des Mädchens ihm sehr gut gelangen.) Um die Sandgebiete von Pisco darzustellen, benutzte er einen Bogen Packpapier, auf den er an einem Ende, die Lust an der Genauigkeit übertreibend, eine blaue Kante mit einer Schaumgirlande, den Pazifischen Ozean, malte. Am ersten Tag brauchte er ungefähr eine Stunde, auf dem Boden des Wohnzimmers seines Hauses kniend, um die Geschichte zu rekonstruieren, und als er zu Ende war, das heißt, als die Diebe sich auf den Arzneimittelvertreter stürzten, um ihn auszurauben, war er so erschrocken und voller Schmerzen wie am Tag des Ereignisses. Er lag auf dem Rücken auf dem Boden, kalter Schweiß brach ihm aus, und er schluchzte.

An den folgenden Tagen schwächte der nervöse Reiz sich jedoch ab, und der Vorgang gewann sportliche Möglichkeiten, wurde zu einer Übung, die ihn in seine Kindheit zurückversetzte und ihn während dieser Stunden unterhielt, die er, der sich nie gebrüstet hatte, ein Bücherwurm oder Musikliebhaber zu sein, sonst nicht zu füllen gewußt hätte, jetzt, da seine Frau nicht bei ihm war. Es war, als ob er einen Apparat zusammenbaue, ein Puzzle oder ein Kreuzworträtsel löse. Manchmal, wenn er im Lager der Bayer-Werke Muster an die Vertreter ausgab, ertappte er sich, wie er in seinem Gedächtnis nachforschte, um Details, Gesten, Szenen des Vorgefallenen herauszufinden, die es ihm erlaubten, eine Variante einzuführen, und die Vorstellung in der kommenden Nacht zu verlängern. Die Frau, die zum Saubermachen zu ihm kam, fragte ihn, als sie auf dem Boden des Wohnzimmers die Holzpuppen und Plastikautos liegen sah, ob er ein Kind adoptieren wolle, und eröffnete ihm, daß sie dann mehr verlangen würde. Den von den »Übungen« vorgezeichneten Schritten entsprechend, führte er bereits jede Nacht im Liliputformat 16 Vorführungen des Unfalls (?) durch.

Der Teil der »Übungen, um zu lernen, ehrlich zu leben«, der sich auf die Kinder bezog, kam ihm unglaublich albern vor, aber – Untätigkeit, die zum Laster führt, oder Neugier, die die Wissenschaft fördert? – auch ihnen gehorchte er. Sie waren in zwei Abschnitte unterteilt, in »theoretische Übungen« und »praktische Übungen«, und Dr. Acémila wies darauf hin, daß jene unbedingt vor diesen geübt werden müßten, denn war der Mensch nicht ein rationales Wesen, bei dem die Gedanken den Handlungen vorausgingen? Der theoretische Abschnitt ließ dem beobachtenden und spekulativen Geist des Arzneimittelvertreters breiten Raum. Er beschränkte sich darauf, vorzuschreiben: »Denken Sie täglich über den Schaden nach, den die Kinder der Menschheit zufügen.« Er solle es systematisch tun, zu jeder Zeit und an jedem Ort.

Welchen Schaden fügen die unschuldigen Kinder der Menschheit zu? Waren sie nicht das Glück, die Reinheit, die Freude, das Leben? fragte sich Lucho Abril Marroquín am Morgen der ersten theoretischen Übung, während er die fünf Kilometer zu seinem Büro ging. Aber mehr, um dem Papier Genüge zu tun, als aus Überzeugung gab er zu, daß sie ziemlich laut sein konnten. Wirklich, sie weinten viel, zu jeder Zeit und aus jedem Grund, und da es ihnen an Verstand fehlte, bemerkten sie nicht den Schaden, den diese Neigung verursachte, noch konnte man sie von den Vorzügen des Schweigens *überzeugen*. Dann erinnerte er sich an den Fall jenes Arbeiters, der nach einem erschöpfenden Tag im Bergstollen nach Hause kam und nicht schlafen konnte wegen des frenetischen Geschreis des neugeborenen Kindes, das er schließlich umgebracht hat. Wieviele tausend ähnliche Fälle registrierte man wohl auf dem Erdball? Wieviele Arbeiter, Bauern, Kaufleute und Angestellte, die – hohe Lebenskosten, niedrige Löhne, Wohnraummangel – in engen Räumen lebten und ihre Zimmer mit der Brut teilten, wurden durch das Geschrei eines Kindes, das unfähig war zu sagen, ob sein Gequäke Bauchschmerzen oder Verlangen nach der Brust bedeutete, daran gehindert, ihren wohlverdienten Schlaf zu genießen?

Hin und her überlegend fand Lucho Abril Marroquín an diesem Abend auf den fünf Kilometern Rückweg, daß man ihnen auch viele Zerstörungen nachsagen konnte. Anders als jedes Tier brauchten sie zu lange, um selbständig zu werden, und wieviele Verheerungen waren die Folge dieser Unfähigkeit! Alles machten sie kaputt, künstlerische Einbände, Kristallvasen, sie rissen Gardinen herunter, die die Hausfrau mit wunden Augen genäht hat, und ohne die geringste Scham griffen sie mit ihren kotbeschmierten Händen an die gestärkte Tischwäsche oder den Spitzenschal, der unter Entbehrungen und mit Liebe gekauft worden war. Ganz zu schweigen davon, daß sie ihre Finger in Steckdosen zu bohren pflegten und dadurch Kurzschlüsse verursachten oder sich dummerweise selbst mit Elektrizität umbrachten, mit allen Folgen für die Familie: weißer Kindersarg, Grabstätte, Trauerfeier, Anzeige in »El Comercio«, Trauerkleidung, Trauerzeit.

Er nahm die Gewohnheit an, diese Übung während seines Hin- und Rückwegs zwischen seiner Firma und San Miguel auszuführen. Um sich nicht zu wiederholen, machte er zu Beginn eine rasche Zusammenfassung aller während der vorherigen Reflexionen zusammengetragener Beschuldigungen und ging dann dazu über, neue zu entwickeln. Die Themen fügten sich mit Leichtigkeit aneinander, und niemals fehlte es ihm an Beweisen.

Das wirtschaftliche Delikt, zum Beispiel, gab ihm Stoff für dreißig Kilometer Fußmarsch. Denn, war es nicht zum Verzweifeln, wie Kinder das Familienbudget ruinierten? Sie belasteten das Einkommen der Eltern in umgekehrter Beziehung zu ihrer Größe nicht nur wegen ihrer hartnäckigen Naschhaftigkeit und der Empfindlichkeit ihres Magens, der spezielle Nahrungsmittel forderte, sondern wegen der unendlich vielen Institutionen, die ihretwegen entstanden waren: Hebammen, Kinderkrippen, Kindergärten, Kindermädchen, Zirkus, Vorschule, Morgenvorstellungen, Spielzeugläden, Jugendämter, Erziehungsanstalten, ganz zu schweigen von den vielen Spezialitäten für Kinder, die – parasitenhafte Ableger, die die Mutterpflanze ersticken – ihretwegen in der Medizin, der Psychologie, der Odontologie und

anderen Wissenschaften entstanden waren, also mit einem ganzen Heer von Leuten, die von den armen Eltern gekleidet, ernährt und in Pension geschickt werden mußten.
Lucho Abril Marroquín hätte eines Tages fast geweint bei dem Gedanken an die jungen Mütter, die eifrig bedacht auf ihre Moral und was die Leute sagen, sich lebendig begruben, um ihre Nachkommen zu hüten, auf Feste, Kino und Reisen verzichteten, mit dem Ergebnis, daß sie von ihren Männern verlassen wurden, die sich, weil sie so oft allein ausgehen mußten, unweigerlich in Sünde verstrickten. Und wie dankten die Nachkommen ihnen diese schlaflosen Nächte und Leiden? Indem sie erwachsen wurden, ihren eigenen Haushalt gründeten und ihre Mütter in der Einsamkeit des Alters zurückließen.
Auf diese Weise kam er unmerklich dazu, den Mythos ihrer Unschuld und Güte zu zerstören. Rissen sie etwa nicht unter dem bekannten Alibi, keinen Verstand zu haben, den Schmetterlingen die Flügel aus, steckten Kücken lebendig in den Backofen, legten Schildkröten auf den Rücken, bis sie starben, und stachen Eichhörnchen die Augen aus? Die Schleuder zum Vogeltöten, war das vielleicht eine Erfindung der Erwachsenen? Und waren sie nicht erbarmungslos gegenüber schwächeren Kindern? Außerdem, wie sollte man Wesen *intelligent* nennen, die in einem Alter, in dem jedes Kätzchen sich selbst ernähren kann, noch ungeschickt herumtaumelten, bäuchlings gegen Wände stießen und sich überall Beulen schlugen?
Lucho Abril Marroquín hatte einen sehr feinen Sinn für das Ästhetische, und das gab ihm Stoff zum Nachdenken auf vielen seiner Wanderungen. Er hätte es gern gesehen, wenn alle Frauen bis zu den Wechseljahren frisch und fest blieben, und es schmerzte ihn, die Verheerungen aufzuzählen, die die Schwangerschaften bei den Müttern anrichteten: die Wespentaillen, die in eine Hand paßten, wurden fett, und auch die Brüste und Popos und diese festen Bäuche – Flächen fleischlichen Metalls, die die Lippen nicht eindrücken – wurden schlaff, blähten sich auf, leierten aus, bekamen Streifen, und einige Frauen wurden, als Folge der Risse und der Krämpfe bei schwierigen Entbindungen, krumm wie Enten. Mit Erleichterung freute sich Lucho Abril Marroquín, wenn er an den statuenhaften Körper der kleinen Französin dachte, die seinen Namen trug, daß sie kein

rundes, ihre Schönheit zerstörendes Wesen, sondern nur ein Stück Menschenabfall geboren hatte. Eines Tages stellte er fest, während er sich erleichterte – die trockenen Pflaumen hatten seinen Darm in einen englischen Zug verwandelt –, daß er bei dem Gedanken an Herodes nicht mehr erzitterte. Und eines Morgens überraschte er sich dabei, wie er einem Bettelkind eine Kopfnuß gab.

Da wußte er, daß er, ohne es sich vorgenommen zu haben – Natürlichkeit, mit der die Gestirne von der Nacht zum Tage wandern –, zu den »praktischen Übungen« übergegangen war. Dr. Acémila hatte diese Anweisungen mit dem Untertitel »Direkte Aktion« versehen, und Lucho Abril Marroquín schien es, als hörte er ihre wissenschaftliche Stimme, während er sie wieder und wieder las. Im Gegensatz zu den theoretischen waren sie präzise. Es ging darum, auf persönlicher Ebene kleine Repressalien auszuüben, sobald einem bewußt geworden war, welche Schäden *jene* verursachten. Es sei notwendig, sie diskret auszuführen und der Demagogie der Sorte: »hilflose Kinder«, »ein Kind nicht einmal mit einer Rose schlagen«, »Schläge verursachen Komplexe« Rechnung zu tragen.

Tatsächlich kostete es ihn am Anfang Mühe, und wenn er auf der Straße an einem von *ihnen* vorüberging, wußte weder er noch der andere, ob jene Hand auf dem kindlichen Köpfchen eine Strafe oder eine derbe Zärtlichkeit war. Aber – Sicherheit, die die Praxis verleiht – nach und nach gelang es ihm, seine Schüchternheit und die uralten Hemmungen zu überwinden. Er wurde mutiger, verbesserte sich, suchte die Gelegenheiten, und nach ein paar Wochen, den Voraussagen der »Übungen« entsprechend, bemerkte er, daß die Kopfnüsse, die er an den Ecken verteilte, die Knüffe, die blaue Flecken machten, die Fußtritte, die die Empfänger aufquieken ließen, nicht mehr von moralischen und theoretischen Gründen erzwungene Übungen waren, sondern eine Art Vergnügen. Er mochte es, wenn diese kleinen Lotterieverkäufer weinten, die auf ihn zukamen, um ihm das Glück anzubieten, und überraschend eine Ohrfeige erhielten, und er erregte sich wie beim Stierkampf, wenn ein Blindenführer, der ihn angesprochen hatte – Blechteller, der in den Morgen klappert –, zu Boden fiel und sich das Schienbein rieb, wo er seinen Fußtritt gelandet hatte. Die »praktischen Übungen« waren riskant. Aber den Arzneimittelvertreter, der sich als tollkühn kennenlernte, hielt das nicht ab, es reizte ihn vielmehr. Nicht einmal an dem Tag, an dem er einen Ball zerplatzen ließ und von einer Bande von Pygmäen mit Stöcken und Steinen verfolgt wurde, gab er seine Bemühungen auf.

Auf diese Weise beging er in den Wochen seiner Behandlung viele jener Aktionen, die man – geistige Trägheit, die die Leute verblöden läßt – Bosheit nennt. Er köpfte Puppen, mit denen Kindermädchen *sie* in den Parks beschäftigten, riß ihnen Lollies, Toffees, Bonbons weg, die sie gerade in den Mund stecken wollten, trat darauf oder warf sie den Hunden vor. Er streunte um den Zirkus, um Morgenvorstellungen und Kasperltheater herum und zerrte, bis ihm die Finger steif wurden, an Zöpfen und Ohren, kniff in kleine Arme, Beine, Popos, und natürlich benutzte er die uralte Kriegslist, ihnen die Zunge herauszustrekken, Fratzen zu schneiden, und bis zur Stimmlosigkeit und Heiserkeit erzählte er ihnen vom Butzemann, vom bösen Wolf, von der Polizei, vom Knochenmann, der Hexe, dem Vampir und all den anderen Figuren, die die erwachsene Phantasie geschaffen hat, um *sie* zu erschrecken.

Aber – Schneeball, der abwärts rollt und zur Lawine wird – eines Tages erschrak Lucho Abril Marroquín so sehr, daß er sich in ein Taxi stürzte, um so schnell wie möglich in die Praxis von Dr. Acémila zu gelangen. Kaum war er, in kalten Schweiß gebadet, in das strenge Sprechzimmer eingetreten, rief er mit zitternder Stimme aus:

»Ich wollte gerade ein Mädchen unter die Straßenbahn von San Miguel stoßen. Im letzten Augenblick habe ich mich zurückgehalten, weil ich einen Polizisten gesehen habe.« Und schluchzend, wie eines von *ihnen*, schrie er: »Ich war drauf und dran, zum Verbrecher zu werden, Frau Doktor!«

»Ein Verbrecher sind Sie schon vorher gewesen, Sie vergeßlicher junger Mann«, erinnerte ihn die Psychologin und betonte dabei jede Silbe. Und nachdem sie ihn von oben bis unten zufrieden betrachtet hatte, urteilte sie: »Sie sind geheilt.«

Da erinnerte sich Lucho Abril Marroquín – Lichtstrahl in der Finsternis, Sternenregen über dem Meer –, daß er in einem Taxi hergefahren war. Er wollte auf die Knie fallen, aber die weise Frau hielt ihn zurück:

»Niemand außer meinen großen Dänen leckt mir die Hände. Schluß jetzt mit den Gefühlsduseleien! Sie können gehen, es warten neue Freunde. Die Rechnung erhalten Sie bei Gelegenheit.«

»Tatsächlich, ich bin geheilt«, wiederholte der Arzneimittelvertreter glücklich. In der letzten Woche hatte er täglich sieben Stunden geschlafen, und statt der Albträume hatte er sehr schöne Träume gehabt, in denen er sich an exotischen Stränden von einer fußballrunden Sonne bräunen ließ und den Schildkröten zusah, die zwischen den lanzenförmigen Palmen träge herumwanderten, und den schelmischen Kopulationen der Delphine in den blauen Wellen. Diesmal – Vorbedacht und Witz des gebrannten Mannes – nahm er wieder ein Taxi zu den Arzneiwerken, und während der Fahrt weinte er, als er merkte, daß der einzige Effekt, den dieses Durchs-Leben-Rollen hatte, nicht tödlicher Schrecken, nicht kosmische Angst, sondern nur eine leichte Übelkeit war. Er lief und küßte die amazonischen Hände von Don Federico Telles Unzátegui und nannte ihn »mein Retter und Berater, mein neuer Vater«, Gesten und Worte, die sein Chef mit dem Entgegenkommen hinnahm, das jeder Herr, der etwas auf sich hält, seinen Sklaven schuldig ist. Er wies ihn jedoch darauf hin – Kalvinist mit einem Herzen ohne Türen für das Gefühl –, daß er, von Mordkomplexen geheilt oder nicht, unter Androhung einer Geldstrafe pünktlich bei der »Nagetier-Vernichtungs-AG« zu erscheinen habe.

Und so kam es, daß Lucho Abril Marroquín aus dem Tunnel herauskam, der seit jenem staubigen Unfall in Pisco sein Leben gewesen war. Nun kam alles wieder in Ordnung. Die süße Tochter Frankreichs, dank der elterlichen Pflege von ihren Leiden befreit und von normannischer Diät aus gelöchertem Käse und schleimigen Schnecken gestärkt, kehrte mit prächtigen Wangen und dem Herzen voller Liebe in das Land der Inkas zurück. Das Wiedersehen des Ehepaares war wie lange Flitterwochen – verzückte Küsse, konvulsive Umarmungen und andere gefühlvolle Übertreibungen, die das verliebte Ehepaar an den Rand der Anämie brachten. Der Arzneimittelvertreter – Schlange, die nach dem Hautwechsel ihre Kraft verdoppelt – erhielt bald den bevorzugten Platz, den er in der Firma innegehabt hatte, wieder zurück. Auf seinen eigenen Wunsch, da er

sich beweisen wollte, daß er derselbe sei wie früher, vertraute ihm Dr. Schwalb wieder die Aufgabe an, per Luft, über Land, Fluß und Meer alle Dörfer und Städte Perus zu besuchen und bei Ärzten und Apothekern die Produkte von Bayer zu propagieren. Dank der Begabung seiner Gattin für Sparsamkeit konnte das Paar sehr rasch alle während der Krise gemachten Schulden vergessen und auf Raten einen neuen Volkswagen kaufen, der selbstverständlich wieder gelb war.
Nichts, so schien es (aber lautet die volkstümliche Weisheit nicht, »daß der Schein trügt«?), verdunkelte den Rahmen, in dem sich das Leben der Abril Marroquín abspielte. Der Vertreter erinnerte sich nur selten an den Unfall, und wenn es geschah, fühlte er nicht mehr Bedrängnis, sondern Stolz, den er – Kleinbürger, der die sozialen Formen respektiert – nicht nach außen dringen ließ. Aber in der Vertraulichkeit seines Heims – Nest der Turteltauben, Kamin, der zum Geigenklang von Vivaldi brennt – hatte etwas – Licht, das im Weltall überdauert, wenn der Stern, der es ausstrahlt, längst verloschen ist, Nägel und Haare, die den Toten wachsen – von der Therapie der Professorin Acémila überlebt. Auf der einen Seite blieb eine für das Alter von Lucho Abril Marroquín übertriebene Neigung, mit Kreiseln, Eisenbahnen und Soldaten zu spielen. Die Wohnung füllte sich langsam mit Spielzeug, was die Nachbarn und Dienstboten verwirrte und die ersten Schatten auf die eheliche Harmonie warf, denn die kleine Französin begann, sich eines Tages darüber zu beschweren, daß ihr Mann die Sonn- und Feiertage damit verbrachte, Papierschiffchen in der Badewanne schwimmen oder auf dem Dach Drachen steigen zu lassen. Aber viel schlimmer als diese Neigung und recht besehen ein Feind derselben war die Phobie gegen Kinder, die aus der Zeit seiner »praktischen Übungen« im Geist Lucho Abril Marroquíns überlebt hatte. Es war ihm unmöglich, auf der Straße, im Park, auf einem öffentlichen Platz an einem von *ihnen* vorbeizugehen, ohne ihm das, was der Volksmund eine Grausamkeit nennt, zu verpassen, und in den Gesprächen mit seiner Gattin pflegte er sie mit verächtlichen Ausdrücken wie »Abgestillte« und »Krepierlinge« zu betiteln. Diese Feindseligkeit wurde an dem Tag, an dem die Blondine wieder schwanger wurde, zur Qual. Das Paar – Absätze, die die Angst zu Propellern macht – beeilte sich,

bei Frau Dr. Acémila Zuspruch und Weisheit zu erbitten. Die hörte sie ohne zu erschrecken an:
»Sie leiden an Infantilismus und sind gleichzeitig ein potentiell rückfälliger Kindermörder«, stellte sie im Telegrammstil fest. »Zwei Dummheiten, die keinerlei Aufmerksamkeit verdienen, die ich so leicht heilen werde, wie ich ausspucke. Keine Angst: Sie sind gesund, bevor dem Fötus Augen wachsen.«
Wird sie ihn kurieren? Wird Lucho Abril Marroquín sich von diesen Gespenstern befreien können? Wird die Behandlung gegen die Infantophobie und den Herodismus so abenteuerlich werden, wie die, die ihn von dem Räder-Komplex und der fixen Idee des Verbrechens befreit hat? Wie wird das Psycho-Drama von San Miguel ausgehen?

XI

Die Halbjahresexamen der Fakultät rückten immer näher, und da ich seit meiner Liebesgeschichte mit Tante Julia immer weniger in die Vorlesungen ging, immer mehr (pyrrhische) Erzählungen schrieb, war ich sehr schlecht auf diesen Augenblick vorbereitet. Ein Student aus Camaná, Guillermo Velando, war meine Rettung. Er lebte in einer Pension im Zentrum in der Nähe der Plaza Dos de Mayo und war ein vorbildlicher Student, der keine einzige Vorlesung schwänzte und sogar das Luftholen der Professoren mitschrieb und der die Artikel der Gesetzbücher auswendig lernte, wie ich Verse. Er sprach unentwegt von seinem Heimatort, wo er eine Braut hatte, und brannte nur darauf, seine Examen zu machen, um Lima, eine Stadt, die er haßte, zu verlassen und sich in seinem Heimatort Camaná als Anwalt niederzulassen, wo er dem Fortschritt eine Lanze brechen wollte. Er lieh mir seine Notizen, sagte mir während der Examen vor, und wenn diese bevorstanden, ging ich zu ihm in die Pension, um mir eine wundertätige Zusammenfassung dessen geben zu lassen, was sie in den Seminaren gemacht hatten.

Von dort kam ich an jenem Sonntag, nachdem ich drei Stunden in Guillermos Zimmer verbracht hatte. In meinem Kopf schwirrten die Gesetzesformeln, und ich hatte Angst vor all den Latinismen, die ich auswendig lernen mußte. Von der Plaza San Martín aus sah ich von weitem in der bleigrauen Fassade von Radio Central das Fensterchen von Pedro Camachos Raum offenstehen. Natürlich beschloß ich hinzugehen und ihm guten Tag zu sagen. Je öfter ich ihn sah – auch wenn unser Verhältnis zueinander nur aus kurzen Gesprächen am Kaffeehaustisch bestand –, desto größer wurde der Zauber, den seine Persönlichkeit, sein Aussehen, seine Rhetorik auf mich ausübten. Während ich über den Platz auf sein Büro zuging, dachte ich wieder über diese eiserne Willenskraft nach, die dem kleinen asketischen Mann die Arbeitskapazität gab, diese Fähigkeit, morgens und abends, abends und nachts, aufwühlende Geschichten zu erfinden. Zu jeder Tageszeit, wann immer ich an ihn dachte, wußte ich: Jetzt schreibt er, und sah ihn, wie ich ihn so oft gesehen hatte, mit zwei Fingern hastig auf die Tasten der Remington schlagen, mit seinen entrückten Augen auf die Walze blicken, und verspürte eine seltsame Mischung aus Neid und Nachsicht. Das Fenster der Kammer war halb offen, man konnte das rhythmische Klappern der Maschine hören, und ich stieß es ganz auf mit dem Gruß: »Guten Tag, Herr Vielarbeiter.« Aber ich hatte den Eindruck, mich im Ort und in der Person geirrt zu haben, und erst nach mehreren Sekunden erkannte ich den bolivianischen Schreiber in der Verkleidung, die aus einem weißen Kittel, einer Arztkappe und einem großen schwarzen Rabbinerbart bestand. Leicht über den Schreibtisch gebeugt, schrieb er, ohne mich anzusehen, ungerührt weiter. Nach einem Augenblick, als wolle er eine Pause zwischen zwei Gedanken machen, hörte ich ihn, ohne daß er mir den Kopf zuwandte, mit seiner Stimme von vollkommenem, einschmeichelndem Timbre sagen:

»Der Gynäkologe Alberto Quinteros entbindet seine Nichte von Drillingen, und einer der Knirpse hat sich quergelegt. Können Sie fünf Minuten warten? Ich mache einen Kaiserschnitt bei dem Mädchen, und dann gehen wir einen Kamillentee mit Pfefferminz trinken.«

Während ich im Fenster sitzend eine Zigarette rauchte, wartete ich darauf, daß er die querliegenden Drillinge zur Welt bringe, eine Operation, für die er tatsächlich nicht länger als fünf Minuten benötigte. Als er sich danach die Verkleidung abnahm, sie sorgfältig zusammenfaltete und zusammen mit dem patriarchalischen Bart in einer Plastiktüte verstaute, sagte ich:

»Für eine Drillingsgeburt mit Kaiserschnitt und allem brauchen Sie nur fünf Minuten, Sie Glücklicher. Ich habe drei Wochen gebraucht für eine Erzählung über drei Burschen, die durch den Luftdruck der Flugzeuge in die Höhe gehoben werden.«

Während wir ins Bransa gingen, erzählte ich ihm, daß ich nach vielen gescheiterten Erzählungen die von den schwebenden Burschen gut fand und sie vor Furcht zitternd zur Sonntags-Beilage von »El Comercio« gebracht hatte. Der Chefredakteur hatte sie in meinem Dabeisein gelesen und mir eine mysteriöse Antwort gegeben: »Laß sie hier, wir werden sehen, was wir damit anfangen können.« Seitdem waren zwei Sonntage vergangen, an denen ich morgens an die Zeitungsstände gestürmt war, und bis

jetzt war nichts. Aber Pedro Camacho verlor keine Zeit mit fremden Problemen:
»Verzichten wir auf Erfrischung, und gehen wir lieber ein bißchen«, sagte er und nahm mich beim Arm, als ich mich gerade setzen wollte, und wir kehrten in Richtung Colmena zurück. »Ich habe ein Kribbeln in der Wade, als bekäme ich einen Krampf. Das kommt vom vielen Sitzen. Ich brauche Bewegung.«
Nur weil ich wußte, was er mir antworten würde, riet ich ihm, es so zu machen wie Victor Hugo und Hemingway, nämlich im Stehen zu schreiben. Aber dieses Mal hatte ich mich geirrt.
»In der Pension La Tapada geschehen merkwürdige Dinge«, sagte er, ohne mir zu antworten, während er mich beinahe im Trab um das Denkmal von San Martín herumführte. »Da weint ein junger Mann, wenn der Mond scheint.«
Sonntags kam ich nur selten ins Zentrum und war überrascht, wie anders die Leute in der Woche aussahen als jene, die ich jetzt sah. Statt der Büromädchen aus der Mittelschicht waren auf dem Platz lauter Dienstmädchen, die ihren freien Tag hatten, Leute vom Lande mit geröteten Wangen und groben Schuhen, barfüßige Mädchen mit Zöpfen, und unter der buntgescheckten Menge sah ich herumgehende Fotografen und Marktfrauen. Ich zwang den Schreiber vor der Dame mit Tunika stehenzubleiben, die in der Mitte des Denkmals die Patria darstellt, und um zu sehen, ob ich ihn zum Lachen bringen könnte, erzählte ich ihm, warum sie das extravagante araukanische Gebilde auf ihrem Kopf trug: »Als die Handwerker hier in Lima die Bronze gossen, verwechselten sie die Angaben des Bildhauers: ›Votivflamme‹ (Llama) mit dem Tier (Llama).« Natürlich lächelte er nicht einmal, nahm wieder meinen Arm, und während er mich weiterzog und die Passanten anrempelte, nahm er unberührt von allem, was ihn umgab, angefangen bei mir, seinen Monolog wieder auf:
»Man hat sein Gesicht nie gesehen, aber man darf wohl annehmen, daß er eine Art Monster ist, vielleicht der uneheliche Sohn der Pensionswirtin, der unter Mißbildungen, Buckel, Zwergwuchs, Zweiköpfigkeit leidet und den Doña Atanasia tagsüber versteckt, um uns nicht zu erschrecken, und nur nachts an die frische Luft läßt.«

Er sprach ohne die geringste Gemütsbewegung wie ein Tonbandgerät, und ich erwiderte, um ihn zum Sprechen zu bringen, daß mir seine Hypothese reichlich übertrieben vorkomme. Könnte es sich nicht um einen jungen Mann handeln, der aus Liebeskummer weint?

»Wenn es ein Verliebter wäre, hätte er eine Gitarre, eine Geige, oder er würde singen«, sagte er und sah mich dabei mit von Nachsicht gemilderter Verachtung an. »Dieser weint nur.«

Ich bemühte mich, ihn dazu zu bringen, mir alles von Anfang an zu erklären, aber er war zerstreuter und zurückhaltender als gewöhnlich. Ich brachte nur heraus, daß jemand seit vielen Nächten in einem Winkel der Pension weinte und daß sich die Bewohner von La Tapada beschwerten. Die Wirtin, Doña Atanasia, behauptete, keine Ahnung zu haben, und benutzte, wie der Schreiber sagte, »das Alibi mit den Geistern«.

»Es ist auch möglich, daß er wegen eines Verbrechens weint«, spekulierte Pedro Camacho im Tonfall eines Buchhalters, der laut rechnet, und führte mich, immer eingehakt, zu Radio Central zurück, nachdem wir etwa zehnmal um das Denkmal herumgelaufen waren. »Ein Familienverbrechen? Ein Vatermörder, der sich aus Reue die Haare rauft und sich geißelt? Ein Sohn von dem da mit den Ratten?«

Er war nicht im geringsten erregt, aber ich fand ihn geistesabwesender als sonst, noch weniger imstande, zuzuhören, ein Gespräch zu führen oder sich daran zu erinnern, daß jemand neben ihm ging. Ich war sicher, daß er mich gar nicht sah. Ich versuchte seinen Monolog auszudehnen, denn es schien, als könne man seine Phantasie einmal in voller Aktion sehen. Aber er verstummte so brüsk, wie er begonnen hatte, von dem unsichtbaren Flenner zu sprechen. Ich sah, wie er sich wieder in seinen Raum begab, das schwarze Jackett auszog und das Krawattenband abnahm, sich die Haare mit einem Netz zusammenband und eine Damenperücke mit Knoten aufsetzte, die er aus einer anderen Plastiktüte hervorholte. Ich konnte nicht an mich halten und brach in Gelächter aus.

»Wen habe ich die Ehre vor mir zu sehen?« fragte ich noch immer lachend.

»Ich muß einem frankophilen Laboranten, der sein Kind umgebracht hat, noch einige Ratschläge erteilen«, erklärte er mit spöttischem Unterton und legte statt des biblischen Barts von vorhin ein paar bunte Ohrringe an und klebte sich einen koketten Leberfleck ins Gesicht. »Auf Wiedersehen, lieber Freund.«

Kaum hatte ich mich umgedreht, um zu gehen, hörte ich das Geklapper der Remington wieder aufleben, gleichmäßig, zuversichtlich, zwanghaft, ewig. Im Colectivo nach Miraflores dachte ich über das Leben von Pedro Camacho nach. Welche soziale Schicht, welche Verkettung von Personen, Beziehungen, Problemen, Zufällen, Fakten hatten diese literarische Berufung hervorgebracht (literarische? Aber was war sie sonst?), die es geschafft hatte, sich zu verwirklichen, sich in einem Werk zu kristallisieren und eine Zuhörerschaft zu gewinnen? Wie war es möglich, daß man einerseits die Parodie eines Schriftstellers sein konnte und andererseits der einzige in Peru, der diesen Namen aufgrund der seinem Beruf gewidmeten Zeit und seines Werkes verdiente? Waren diese Politiker, diese Anwälte, diese Pädagogen vielleicht Schriftsteller, die sich den Titel Dichter, Romancier, Dramaturg anmaßten, weil sie in kurzen Pausen ihres Lebens, das zu vier Fünfteln anderen, der Literatur fremden Tätigkeiten gewidmet war, ein Bändchen mit Versen oder eine geizige Sammlung von Erzählungen produziert hatten? Warum sollten jene Personen, die sich der Literatur als Dekoration oder als Vorwand bedienten, mehr Schriftsteller sein als Pedro Camacho, der *ausschließlich* lebte, um zu schreiben? Weil sie Proust, Faulkner, Joyce gelesen hatten (oder doch wenigstens wußten, daß sie sie gelesen haben sollten) und Pedro Camacho beinahe ein Analphabet war? Wenn ich darüber nachdachte, fühlte ich mich traurig und elend. Es wurde mir immer klarer, daß ich nichts anderes im Leben sein wollte als Schriftsteller, und ich war immer mehr davon überzeugt, daß ich mich mit Leib und Seele der Literatur verschreiben mußte, um einer zu sein. Auf keinen Fall wollte ich ein Schmalspurschriftsteller werden, sondern ein echter. Wie wer? Der einzige, den ich kannte, der diesem Vollberufsschriftsteller am nächsten kam, der leidenschaftlich besessen war von seinem Beruf, war der Hörspielserienschreiber aus Bolivien. Darum faszinierte er mich so sehr.

Im Haus der Großeltern wartete Javier glückstrahlend mit einem Sonntagsprogramm auf mich, das Tote aufwecken konnte. Er hatte den Monatswechsel, den ihm seine Eltern aus Piura schickten, mit einer guten Zulage für die Nationalfeiertage erhalten und beschlossen, diese Extra-Sol zu viert zu verjubeln.

»Dir zu Ehren habe ich ein intellektuelles und kosmopolitisches Programm zusammengestellt«, sagte er und schlug mir aufmunternd auf die Schulter. »Argentinische Truppe von Francisco Petrone, deutsches Essen im Rincón Toni und französischer Ausklang des Festes im Negro-Negro, Bolero-Tanzen im Dunkeln.«

So wie in meinem kurzen Leben Pedro Camacho bislang meinem Idealbild von einem Schriftsteller am nächsten kam, war Javier unter meinen Bekannten derjenige, der einem Renaissance-Fürsten in seiner Großzügigkeit und Ausschweifung am meisten ähnelte. Außerdem war er noch tüchtig: Tante Julia und Nancy waren bereits unterrichtet, und die Eintrittskarten für das Theater hatte er schon in der Tasche. Das Programm konnte nicht verführerischer sein, und alle meine düsteren Gedanken über den Beruf und das Bettlerdasein eines Schriftstellers in Peru verflogen mit einem Schlag. Auch Javier war sehr zufrieden: seit einem Monat ging er mit Nancy, und diese Beständigkeit nahm den Charakter einer formellen Romanze an. Daß er meiner Cousine meine Geschichte mit Tante Julia erzählt hatte, war für ihn äußerst nützlich gewesen, denn unter dem Vorwand, uns als Kuppler zu dienen und uns das gemeinsame Ausgehen zu erleichtern, hatte er erreicht, daß er Nancy mehrmals in der Woche sehen konnte. Meine Cousine und Tante Julia waren jetzt unzertrennlich. Sie gingen zusammen einkaufen, ins Kino und tauschten Geheimnisse aus. Meine Cousine war zu einer überschwenglich guten Fee für unsere Romanze geworden. Eines Tages machte sie mir mit folgender Äußerung Mut: »Tante Julia hat eine Art, sich zu geben, die jeden Altersunterschied verwischt, lieber Cousin.«

Das großartige Programm dieses Sonntags (an dem, glaube ich, die Entscheidung über einen Großteil meiner Zukunft fiel) begann unter den allerbesten Vorzeichen. Im Lima der 50er Jahre gab es wenig Gelegenheiten, wirklich gutes Theater zu sehen.

Die argentinische Theatertruppe von Francisco Petrone brachte eine Reihe moderner Werke mit, die man in Peru noch nicht gezeigt hatte. Nancy holte Tante Julia bei Tante Olga ab, und beide kamen im Taxi ins Zentrum. Javier und ich warteten am Eingang des Teatro Segura auf sie. Javier, der bei solchen Dingen zu übertreiben pflegte, hatte eine Loge gemietet, die einzige, die besetzt war, so daß wir zum optischen Anziehungspunkt wurden, fast so gut sichtbar wie die Bühne. Mit meinem schlechten Gewissen unterstellte ich, daß die verschiedensten Verwandten und Bekannten uns sähen und über uns klatschten. Aber kaum hatte die Vorstellung begonnen, verflogen alle Ängste. Man spielte »Tod eines Handlungsreisenden« von Arthur Miller, und es war für mich das erste Theaterstück, das sich über die Konventionen von Zeit und Raum hinwegsetzte. Meine Begeisterung und Erregung war so groß, daß ich in der Pause mit Händen und Füßen redete und feurige Lobpreisungen auf das Werk von mir gab, die Personen, die Technik, die Ideen lobte, und später, als wir im Rincón Toni an der Colmena Würstchen aßen und dunkles Bier tranken, fuhr ich so hingerissen damit fort, daß Javier mich nachher tadelte: »Du warst wie ein Papagei, dem man ein Aufputschmittel gegeben hat.« Meine Cousine Nancy, die meine literarischen Anwandlungen immer für eine Art spleen hielt, wie den von Onkel Eduardo – ein uralter Bruder meines Großvaters, ein pensionierter Richter, der sich dem ungewöhnlichen Zeitvertreib des Spinnensammelns widmete –, vermutete, nachdem ich mich in dieser Weise über das Stück ausgelassen hatte, das wir gerade gesehen hatten, meine Neigung könne ein böses Ende nehmen: »Du wirst uns noch überschnappen, mein Lieber.«
Javier hatte das Negro-Negro ausgewählt, um den Abend angenehm zu beenden, denn es hatte ein gewisses intellektuelles Flair – donnerstags gab es kleine Vorstellungen: Einakter, Monologe, Lesungen; und Maler, Musiker und Schriftsteller pflegten dort einzukehren –, aber auch, weil es die dunkelste Boîte von Lima war, ein Keller in den Arkaden der Plaza San Martín mit nicht mehr als zwanzig Tischen und einer Dekoration, die wir für »existentialistisch« hielten. Es war ein Ort, der mir die wenigen Male, die ich dort war, die Illusion vermittelte, in einem Keller von Saint Germain des Prés zu sitzen. Wir setzten uns an

ein Tischchen neben der Tanzfläche, und Javier, freigiebiger denn je, bestellte vier Whiskies. Er und Nancy standen sofort auf und tanzten, und ich sprach in dem engen und überfüllten Lokal mit Tante Julia noch immer über Theater und über Arthur Miller. Wir saßen ganz eng zusammen, die Hände ineinander verschränkt; sie hörte mir entsagungsvoll zu, und ich erzählte, ich hätte in dieser Nacht das Theater entdeckt; es könne etwas so Komplexes und Tiefgründiges sein wie der Roman, vielleicht war es sogar etwas viel Größeres, weil es etwas Lebendiges war, bei dessen Verwirklichung Wesen von Fleisch und Blut und auch die anderen Künste, Malerei, Musik etcetera mitwirkten.

»Vielleicht wechsle ich die Gattung und schreibe Dramen statt Erzählungen«, sagte ich äußerst erregt. »Wozu rätst du mir?«

»Was mich angeht, ich habe nichts dagegen«, antwortete Tante Julia und stand auf. »Aber jetzt, Varguitas, tanz mit mir und flüstere mir was ins Ohr. Zwischen den Tänzen erlaube ich dir, wenn du willst, über Literatur zu sprechen.«

Ich befolgte ihre Anweisungen wörtlich. Wir tanzten sehr eng, küßten uns dabei, und ich sagte ihr, daß ich sie sehr liebe, und sie, daß sie mich sehr liebe, und das war das erste Mal, daß ich, angeregt von der intimen, anheimelnden und verwirrenden Umgebung und den Whiskies von Javier, das Verlangen, das sie in mir weckte, nicht unterdrückte; während wir tanzten, drückten sich meine Lippen langsam in ihren Hals, meine Zunge drang in ihren Mund und sog ihren Speichel ein, ich drückte sie fest an mich, um ihre Brüste zu spüren, ihren Leib und ihre Schenkel, und dann, am Tisch, im Schutz der Dunkelheit, streichelte ich ihre Beine und ihre Brüste. In diesem Zustand, betört und lustvoll, ließ uns Nancy in einer Pause zwischen zwei Boleros das Blut gefrieren:

»Mein Gott, stellt euch vor, wer hier ist: Onkel Jorge!«

Eine Gefahr, mit der wir hätten rechnen müssen. Onkel Jorge, der jüngste der Onkel, verband ein überaus aufregendes und abwechslungsreiches Geschäftsleben geschickt mit einem intensiven Nachtleben voller Wein, Weibern und Gesang. Von ihm erzählte man sich ein tragikomisches Mißverständnis, dessen Szene eine andere Boîte, das Embassy, gewesen war. Die Show

hatte gerade angefangen, das Mädchen, das singen wollte, konnte es nicht, weil ein Betrunkener von einem Tisch aus sie ständig auf ungezogene Weise unterbrach. In der überfüllten Boîte war Onkel Jorge aufgestanden und hatte wie ein Quijote gebrüllt: »Ruhe, du Schwachkopf! Ich werde dich lehren, höflich zu einer Dame zu sein!« Er war nach Boxerart auf den Übeltäter zugegangen, um einen Augenblick später feststellen zu müssen, daß er im Begriff war, sich lächerlich zu machen, denn die Unterbrechungen des Pseudo-Gastes waren ein Teil der Show gewesen. Da stand er nun tatsächlich nur zwei Tische von uns entfernt, sehr elegant, das Gesicht im Licht der Streichhölzer der Raucher und der Taschenlampen der Kellner kaum erkennbar. Neben ihm erkannte ich seine Frau, Tante Gaby, und obwohl sie kaum ein paar Meter von uns entfernt standen, bemühten sie sich, nicht zu uns herüberzusehen. Es war sonnenklar, sie hatten gesehen, wie ich Tante Julia geküßt hatte. Sie hatten alles gemerkt und sich jetzt für diplomatische Blindheit entschieden. Javier bestellte die Rechnung, und wir verließen sofort das Negro-Negro. Onkel Jorge und Tante Gaby sahen uns nicht einmal an, als wir sie im Vorbeigehen fast streiften. Im Taxi nach Miraflores – alle vier waren wir stumm und machten lange Gesichter – faßte Nancy zusammen, was wir alle dachten: »Na, dann man zu, der große Skandal geht los.«
Aber wie in einem guten Thriller geschah in den nächsten Tagen gar nichts. Kein einziges Anzeichen deutete darauf hin, daß der Familienclan von Onkel Jorge und Tante Gaby unterrichtet worden war. Onkel Lucho und Tante Olga sagten kein einziges Wort zu Tante Julia, aus dem sie hätte schließen können, daß sie etwas wußten, und an diesem Donnerstag, als ich ungeheuer mutig zum Mittagessen erschien, benahmen sie sich mir gegenüber so natürlich und herzlich wie immer. Cousine Nancy war auch nicht Objekt verfänglicher Fragen seitens Tante Laura und Onkel Juan. Bei mir zu Hause schienen die Großeltern sich auf dem Mond zu bewegen und fragten engelsgleich, ob ich noch immer mit Tante Julia ins Kino ginge, die so »kinosüchtig« sei. Das waren sehr unruhige Tage, in denen Tante Julia und ich, die Vorsichtsmaßnahmen aufs Äußerste treibend, beschlossen, uns wenigstens eine Woche lang nicht einmal heimlich zu treffen. Aber dafür telephonierten wir. Tante Julia rief mich bestimmt

dreimal am Tag von der Kneipe an der Ecke aus an, und wir teilten uns unsere jeweiligen Beobachtungen über die befürchteten Reaktionen der Familie mit und stellten jede Art von Hypothesen auf. War es möglich, daß Onkel Jorge beschlossen hatte, absolutes Schweigen zu bewahren? Ich wußte, daß das bei unseren Familiengewohnheiten ganz undenkbar war, also? Javier vertrat die These, daß Tante Gaby und Onkel Jorge so viel Whisky getrunken hatten, daß sie nicht unbedingt alles so richtig mitbekommen hatten, daß in ihrem Gedächtnis nichts als irgendein Verdacht zurückgeblieben war und daß sie keinen Skandal wegen etwas nicht einwandfrei Bewiesenem entfachen wollten. Ein bißchen aus Neugier und ein bißchen aus Masochismus machte ich in dieser Woche eine Art Rundgang durch den Clan, um zu erfahren, woran ich war. Ich stellte nichts Ungewöhnliches fest, außer einer seltsamen Auslassung, die bei mir ein Feuerwerk von Spekulationen hervorrief. Tante Hortensia, die mich zu Tee und Kuchen einlud, erwähnte Tante Julia in zwei Stunden Konversation kein einziges Mal. »Sie wissen alles und planen etwas«, versicherte ich Javier, und er, gelangweilt, daß ich mit ihm über nichts anderes sprach, antwortete: »Im Grunde wünschst du dir nichts sehnlicher als diesen Skandal, damit du etwas hast, worüber du schreiben kannst.«

In dieser an Ereignissen reichen Woche sah ich mich unerwartet als Hauptdarsteller in einer Straßenschlacht und als so etwas wie ein Leibwächter von Pedro Camacho. Ich kam aus der Universität San Marcos, wo ich die Ergebnisse einer Prüfung in Prozeßrecht herausbekommen hatte, voller Gewissensbisse, weil ich eine bessere Note als mein Freund Velando bekommen hatte, der doch wirklich Bescheid wußte, als ich beim Verlassen des Parque Universitario auf Genaro sen. stieß, den Patriarchen des Besitzer-Clans der Sender Panamericana und Central. Wir gingen zusammen zur Calle Belén und unterhielten uns. Er war ein immer dunkelgekleideter, immer ernster Herr, den der bolivianische Schreiber gelegentlich, es war leicht zu erraten warum, den »Sklavenhändler« nannte.

»Ihr Freund, das Genie, macht mir ständig Kopfzerbrechen«, sagte er. »Ich hab die Nase voll von ihm. Wenn er nicht so unglaublich produktiv wäre, hätte ich ihn längst auf die Straße gesetzt.«

»Wieder ein Protest von der argentinischen Botschaft?« fragte ich.
»Ich habe keine Ahnung, was er alles anstellt«, klagte er. »Er fängt an, die Leute zu veräppeln, Figuren von einem Hörspiel ins andere zu versetzen und die Namen zu verändern, um die Hörer zu verwirren. Meine Frau hat mich schon darauf aufmerksam gemacht, und jetzt gibt es Anrufe, auch schon zwei Briefe. Der Priester von Mendocita soll wie der Zeuge Jehovas heißen und der wie der Priester. Ich bin viel zu beschäftigt, um mir Hörspielserien anzuhören. Hören Sie sie manchmal?«
Wir gingen zwischen Autobussen, die in die Provinz fuhren, und chinesischen Cafés die Colmena hinunter zur Plaza San Martín, und mir fiel ein, daß Tante Julia vor einigen Tagen, als ich von Pedro Camacho sprach, mich zum Lachen gebracht und meine Vermutung bestätigt hatte, daß der Schreiber ein verkappter Humorist sei.
»Etwas sehr Seltsames ist passiert: Das Mädchen bekam das Baby, starb bei der Entbindung, und man begrub sie, wie es sich gehört. Wie erklärst du dir nun, daß man sie in dem Kapitel von heute nachmittag bei der Taufe des Kindes in der Kathedrale antrifft?«
Ich sagte zu Genaro sen., auch ich hätte nicht genügend Zeit, mir Hörspielserien anzuhören. Vielleicht seien diese Tricks und Verwicklungen aber Ausdruck seiner originellen Technik, Geschichten zu erzählen.
»Wir bezahlen ihn nicht dafür, daß er originell ist, sondern dafür, daß er die Leute unterhält«, sagte Genaro sen., der offensichtlich kein progressiver, sondern ein traditioneller Unternehmer war. »Mit diesen Scherzen wird er an Hörerschaft verlieren, und die Agenturen nehmen uns Anzeigen weg. Sie sind sein Freund, sagen Sie ihm doch, er soll dieses moderne Getue lassen, oder er verliert seine Arbeit.«
Ich meinte, er solle es ihm selbst sagen, er sei schließlich der Chef, und seine Drohung habe viel mehr Gewicht. Aber Genaro sen. schüttelte den Kopf mit einer rührenden Geste, die Genaro jun. geerbt hatte:
»Er läßt es nicht zu, daß ich auch nur ein Wort an ihn richte. Der Erfolg ist ihm zu Kopf gestiegen, und jedesmal, wenn ich versuche, mit ihm zu sprechen, beleidigt er mich.«

Er hatte ihm auf sehr diskrete Weise mitzuteilen versucht, daß es Anrufe von Hörern gebe, hatte ihm die Protestbriefe gezeigt. Pedro Camacho nahm, ohne ihm ein Wort zu antworten, die beiden Briefe, zerriß sie ungelesen in kleine Stücke und warf sie in den Papierkorb. Dann setzte er sich wieder an die Schreibmaschine, als wäre niemand im Raum, und Genaro sen. hörte, als er, einem Schlaganfall nahe, diese feindliche Höhle verließ, wie er murmelte: »Schuster bleib bei deinem Leisten.«

»Ich kann mich nicht noch einmal einer solchen Unverschämtheit aussetzen, ich müßte ihn rausschmeißen, und das wäre auch nicht realistisch gehandelt«, schloß er mit einer müden Geste. »Sie haben nichts zu verlieren, Sie wird er nicht beleidigen, Sie sind ja doch auch ein halber Künstler, oder? Helfen Sie uns, tun Sie es für die Firma, sprechen Sie mit ihm.«

Ich bot ihm an, mit ihm zu sprechen, und nach den 12-Uhr-Nachrichten lud ich zu meinem Unglück tatsächlich Pedro Camacho auf eine Tasse Kamillentee mit Pfefferminz ein. Wir verließen gerade Radio Central, als zwei riesige Kerle uns den Weg verstellten. Ich erkannte sie sofort. Es waren die beiden Fleischer, zwei schnurrbärtige Brüder aus der Parillada Argentina, einem in der gleichen Straße liegenden Restaurant gegenüber der Schule der Nonnen von Belén, wo sie mit weißen Schürzen und hohen Kochmützen das blutige Fleisch und die Eingeweide herrichteten. Sie umstellten den bolivianischen Schreiber wie zwei Totschläger, und der dickere und ältere der beiden schimpfte los:

»Wir sind also Kindermörder, Camacho, Scheißkerl. Du Lump, hast wohl gedacht, in diesem Land gibt es niemand, der dir Respekt beibringen kann, was?«

Während er sprach, regte er sich fürchterlich auf, lief rot an, und seine Stimme überschlug sich. Sein jüngerer Bruder nickte, und in einer wutschnaubenden Pause des älteren Fleischers gab er seinen eigenen Senf dazu:

»Und das mit den Läusen, hä? Für Frauen aus Buenos Aires sind die Viecher, die sie ihren Kindern aus den Haaren sammeln, also Leckerbissen, du verdammter Hurensohn? Du denkst, ich sehe mit verschränkten Armen zu, wie du meine Mutter beleidigst?«

Der bolivianische Schreiber war keinen Millimeter zurückgewi-

chen und hörte ihnen zu, dabei wanderten seine hervorstehenden Augen mit belehrendem Ausdruck von einem zum anderen. Plötzlich, mit der für ihn charakteristischen Geste eines Zeremonienmeisters, stellte er ihnen in sehr feierlichem Tonfall die weltmännischste aller Fragen:
»Sie sind nicht zufällig Argentinier?«
Der dicke Fleischer, dem schon der Schaum auf dem Schnurrbart stand – er hatte sein Gesicht dem von Pedro Camacho auf zwanzig Zentimeter genähert, wozu er sich sehr hatte bücken müssen –, schnaubte voller Patriotismus:
»Jawohl, Argentinier, du Hurensohn, und wir sind stolz darauf.«
Da sah ich, wie bei dieser Erklärung – sie war ziemlich unnötig, denn es genügten zwei Worte, um zu hören, daß sie Argentinier waren – der Schreiber aus Bolivien erbleichte, als wäre in ihm irgend etwas zersprungen. Seine Augen glühten feurig und bekamen einen drohenden Ausdruck, und während er mit dem Zeigefinger in der Luft herumfuchtelte, wandte er sich an sie:
»Das habe ich mir gedacht. Sehen Sie zu, daß Sie Tangos singen.«
Das war keineswegs ein scherzhafter, das war ein todernster Befehl. Die beiden Fleischer wußten einen Augenblick nicht, was sie sagen sollten. Es war offensichtlich, daß der Schreiber nicht scherzte. In seiner störrischen Kleinheit und seiner absoluten physischen Hilflosigkeit sah er sie voller Wildheit und Verachtung an.
»Was haben Sie gesagt?« artikulierte der dicke Fleischer schließlich verwirrt und voller Zorn. »Was? Was?«
»Gehen Sie Tangos singen und sich die Ohren waschen!« erweiterte Pedro Camacho den Befehl in seiner perfekten Aussprache. Und nach einer kurzen Pause brachte er in schauerlicher Ruhe die erlesene Verwegenheit, die uns ins Verderben stürzte:
»Wenn Sie keine gewischt kriegen wollen.«
Dieses Mal war ich noch verdutzter als der Fleischer. Daß dieses winzige Persönchen mit der Figur eines kleinen Jungen aus der vierten Klasse zwei zentnerschweren Samsons eine Ohrfeige versprach, war phantastisch und außerdem der reine Selbstmord. Aber schon reagierte der dicke Fleischer. Er packte den

Schreiber beim Hals und unter dem Gelächter der Leute, die sich um uns gesammelt hatten, hob er ihn wie eine Feder vom Boden hoch und brüllte:

»Eine gewischt, ich? Jetzt zeig ich dir, du Zwerg ...«

Als ich sah, daß der ältere Fleischer Pedro Camacho mit einem rechten Schwinger in die Luft jagen wollte, blieb mir nichts anderes übrig, als einzugreifen. Ich hielt seinen Arm fest und versuchte, den Vielschreiber zu befreien, der blau angelaufen und verblüfft in der Luft zappelte wie eine Spinne, und konnte gerade noch so etwas wie: »Hören Sie, werden Sie nicht zudringlich, lassen Sie ihn los«, sagen, als der jüngere Fleischer mir ohne Vorrede einen Faustschlag verpaßte, der mich auf den Boden setzte. Von dort aus, und während ich verdattert und mühsam wieder aufstand und mich darauf vorbereitete, die Philosophie meines Großvaters, eines Kavaliers der alten Schule, in die Praxis umzusetzen – er hatte mich gelehrt, daß kein Arequipeñer, der seines Landes würdig ist, jemals eine Einladung zu einer Schlägerei ablehnt (und vor allem, wenn es sich um eine so überzeugende Einladung handelt wie ein Kinnhaken) –, sah ich, wie der ältere Fleischer einen wahren Ohrfeigenregen (er hatte, mitleidig die liliputanische Statur des Gegners in Rechnung setzend, Ohrfeigen statt Faustschläge gewählt) auf den Künstler niedergehen ließ. Während ich dann mit dem jüngeren Fleischer Stöße und Schläge wechselte (»zur Verteidigung der Kunst«, dachte ich), konnte ich kaum noch etwas sehen. Der Streit dauerte nicht lange, aber als uns schließlich Leute von Radio Central aus den Händen der Kerle retteten, hatte ich ein paar Beulen, und das Gesicht des Schreibers war so geschwollen und zerschunden, daß Genaro sen. ihn zur Unfallstation bringen mußte. Statt sich bei mir dafür zu bedanken, daß ich meine Gesundheit zur Verteidigung seines Stars riskiert hatte, tadelte mich Genaro jun. an jenem Nachmittag wegen einer Meldung, die Pascual, das Durcheinander nutzend, in die aufeinanderfolgenden Nachrichten geschmuggelt hatte und die (mit leichter Übertreibung) so begann: »Banditen vom La Plata überfielen heute in krimineller Weise unseren Chefredakteur, den bedeutenden Journalisten ...«

Als an diesem Abend Javier in meinen Verschlag von Radio Panamericana kam, lachte er sich kaputt über die Geschichte von der Schlägerei und begleitete mich auf dem Weg ins Krankenhaus, wo ich mich nach dem Befinden des Schreibers erkundigen wollte. Man hatte ihm eine Piratenbinde über das rechte Auge gelegt und zwei Pflaster aufgeklebt, eins am Hals und eins unter der Nase. Wie er sich fühle? Er machte eine verächtliche Geste, ohne der Angelegenheit größere Bedeutung beizumessen, und auch er bedankte sich nicht dafür, daß ich mich aus Solidarität mit ihm in den Kampf gestürzt hatte. Sein einziger Kommentar begeisterte Javier:

»Daß man uns trennte, hat sie gerettet. Noch einen Augenblick länger, und die Leute hätten mich erkannt, und wehe ihnen: man hätte sie gelyncht.«

Wir nahmen ihn mit ins Bransa, und dort erzählte er uns, daß ein Fußballspieler aus »jenem Land«, der sein Programm gehört habe, einmal in Bolivien mit einem Revolver bewaffnet, den die Wächter zum Glück rechtzeitig entdeckt hätten, zu ihm ins Studio gekommen sei.

»Sie werden auf sich aufpassen müssen«, warnte ihn Javier. »Lima ist im Augenblick von Argentiniern überlaufen.«

»Also früher oder später werden die Würmer Sie und mich fressen«, philosophierte Pedro Camacho. Und er belehrte uns über die Seelenwanderung, die sein Glaubensbekenntnis zu sein schien. Er gestand uns, daß er, wenn man wählen könnte, in seinem künftigen Leben gern ein Meerestier sein würde, langlebig und ruhig wie die Schildkröten oder die Walfische. Ich nutzte seine gute Laune, um jene ehrenamtliche Vermittlerrolle zwischen den Genaros und ihm auszuüben, die ich seit einiger Zeit übernommen hatte, und richtete ihm aus, was Genaro sen. ihm zu sagen hatte, daß es Anrufe und Briefe zu den Hörspielepisoden gebe, die manche Leute nicht verstanden hätten. Der Alte bitte ihn, die Handlung nicht zu sehr zu komplizieren, das Niveau der Durchschnittshörer in Rechnung zu stellen, das eher niedrig sei. Ich versuchte, ihm die Pille zu versüßen, indem ich mich auf seine Seite stellte (in Wahrheit stand ich auch dort). Diese Bitte sei natürlich absurd, man müsse frei sein, zu schreiben, was man wolle, ich gäbe nur weiter, worum man mich gebeten habe.

Er hörte mir so stumm und ausdruckslos zu, daß ich mich unwohl zu fühlen begann. Und als ich schwieg, sagte auch er kein einziges Wort. Er trank den letzten Schluck seines Kamillen-Pfefferminztees, stand auf und murmelte, er müsse in seine Werkstatt zurück, und ging, ohne sich zu verabschieden. War er böse, weil ich in Gegenwart eines Freundes von den Anrufen gesprochen hatte? Javier meinte, ja, und riet mir, ihn um Entschuldigung zu bitten. Ich schwor mir, den Genaros nie wieder als Mittler zu dienen.

In dieser Woche, in der ich Tante Julia nicht sah, ging ich wieder ein paarmal mit Freunden aus Miraflores aus, die ich seit meiner heimlichen Romanze nicht mehr getroffen hatte. Es waren Schulfreunde oder Nachbarn, Freunde, die Maschinenbau studierten, wie Negro Salas, oder Medizin, wie Colorao Molfino, oder die schon arbeiteten, wie Coco Lanas, und mit denen ich seit meiner Kindheit wunderbare Erlebnisse teilte, wie Fußball und den Parque Salazar, Schwimmen im Terrazas und in den Wellen von Miraflores, die Feten am Sonnabend, die Mädchen und das Kino. Aber bei diesen Treffen, nachdem ich sie monatelang nicht gesehen hatte, wurde mir klar, daß unserer Freundschaft irgend etwas verloren gegangen war. Wir hatten nicht mehr so viel gemein wie früher. In den Nächten dieser Woche vollbrachten wir die gleichen Heldentaten wie sonst; wir gingen auf den kleinen und uralten Friedhof von Surco, um im Mondlicht zwischen den von Erdbeben aufgewühlten Gräbern umherzustreifen und zu versuchen, einen Schädel zu stehlen; wir badeten nackt in dem riesigen Schwimmbad von Santa Rosa, das neben Ancón lag und noch im Bau war; wir zogen durch die finsteren Bordelle der Avenida Grau. Sie waren immer noch die alten. Sie rissen dieselben Witze, sprachen von denselben Mädchen, aber ich konnte mit ihnen nicht über die Dinge sprechen, die mir wichtig waren: über Literatur und Tante Julia. Hätte ich ihnen erzählt, daß ich Erzählungen schrieb und davon träumte, Schriftsteller zu werden, hätten sie zweifellos wie die kleine Nancy gemeint, bei mir sei wohl eine Schraube locker. Und hätte ich ihnen erzählt – so wie sie mir ihre Eroberungen berichteten –, daß ich mit einer geschiedenen Frau ging, daß sie nicht meine Geliebte, sondern meine Liebste war (im ganz und gar miraflorinischen Sinne), hätten sie mich, einem sehr hübschen und esoterischen Modewort entsprechend, für einen Gehirnamputierten gehalten. Ich verachtete sie keineswegs, weil sie keine Literatur lasen, auch fühlte ich mich ihnen durchaus nicht überlegen, weil ich eine erwachsene Frau liebte, aber es war doch so, daß ich mich langweilte, während wir zwischen Eukalyptus und Mollebäumen auf dem Friedhof von Surco in den Gräbern wühlten oder unter den Sternen von Santa Rosa plantschten oder Bier tranken und über die Preise der Nutten von Nanette diskutierten. Und ich dachte mehr an die »Gefährlichen Spiele« (die diese Woche wieder nicht in »El Comercio« erschienen waren) und an Tante Julia als an das, was man mir erzählte.

Als ich Javier von dem enttäuschenden Wiedersehen mit meinen Kumpanen von früher erzählte, antwortete er mir hochmütig:

»Das kommt, weil sie noch kleine Jungen sind. Du und ich, wir sind schon Männer, Varguitas.«

XII

Im staubigen Zentrum der Stadt, etwa auf halber Höhe des Jirón de Ica, steht ein altes Haus mit Balkonen und Fenstergittern, dessen von der Zeit und von unerzogenen Passanten befleckte Wände (sentimentale Hände, die Herzen und Pfeile malen und Mädchennamen einritzen, verlotterte Hände, die Geschlechtsteile und Schimpfwörter zeichnen) noch immer wie von weither eine Vorstellung von ihrem ursprünglichen Anstrich geben, von jener Farbe, dem Indigoblau, die während der Kolonialzeit die aristokratischen Villen schmückte. Das Gebäude, früher vielleicht Wohnsitz von Grafen, ist heute ein zusammengeflicktes Gemäuer, das wunderbarerweise nicht nur den leichten Erdbeben, sondern den milden Winden Limas, sogar dem allerfeinsten Nieselregen standhält. Von oben bis unten von Motten zerfressen, voller Ratten- und Mäusenester, war es immer und immer wieder unterteilt worden – Innenhöfe und Zimmer, die die Not in Bienenstöcke verwandelt –, um mehr und mehr Menschen zu beherbergen. Ein Heer von armen Leuten lebte zwischen diesen dünnen Zwischenwänden und altersschwachen Dächern (und könnte von ihnen erdrückt darin umkommen). Dort, in der zweiten Etage, mit einem halben Dutzend Zimmer voller Greisentum und Gerümpel, befindet sich, vielleicht nicht besonders sauber, aber moralisch makellos die Pension Colonial. Sie wird von den Bergua geleitet, einer dreiköpfigen Familie, die vor über dreißig Jahren aus Ayacucho, der gepflasterten Stadt in der Sierra mit den unzähligen Kirchen, nach Lima gekommen ist und hier – oh, ihr Schatten des Lebens – physisch, wirtschaftlich, sozial und sogar psychisch heruntergekommen ist und die zweifellos in dieser Stadt der Könige ihre Seele aufgeben und zu Fisch, Vogel oder Insekt werden wird.

Heute herrscht in der Pension Colonial trübseliger Verfall: die Gäste sind bescheiden und zahlungsunfähig, bestenfalls arme Priester aus der Provinz, die in die Hauptstadt kommen, um Gesuche beim Erzbischof einzureichen, und schlimmstenfalls grobschlächtige Bauern mit blauroten Wangen und Vicuña-Augen, die ihre Münzen in roten Taschentüchern verwahren

und den Rosenkranz auf Quechua beten. Es gibt keine Zimmermädchen in dieser Pension, das versteht sich von selbst, und die ganze Arbeit des Bettenmachens, Auskehrens, Einkaufens und Kochens lastet auf Frau Margarita Bergua und ihrer Tochter, einer Jungfrau von vierzig Jahren, die auf den duftigen Namen Rosa hört. Frau Margarita Bergua ist (wie ihr Name im Diminutiv anzudeuten scheint) eine sehr mickrige, hagere Frau, verschrumpelter als eine Rosine, und seltsamerweise riecht sie nach Katze (obgleich es gar keine Katzen in der Pension gibt). Sie arbeitet unermüdlich vom frühen Morgen bis in die Nacht, und ihre Beweglichkeit im Haus und im Leben ist erstaunlich, denn sie trägt, da eins ihrer Beine zwanzig Zentimeter kürzer ist als das andere, eine Art Stelzenschuh mit einer hölzernen Plattform wie ein Schuhputzkasten, den ihr vor vielen Jahren ein tüchtiger Zimmermann aus Ayacucho gebaut hat und der, wenn er über den Holzfußboden geschleift wird, Erschütterungen hervorruft. Immer schon war sie sparsam gewesen, doch mit den Jahren ist diese Tugend zur Manie entartet, und heute trifft zweifellos das herbe Adjektiv geizig auf sie zu. Zum Beispiel gestattet sie den Pensionsgästen nur, sich am ersten Freitag eines jeden Monats zu waschen, und sie hat die argentinische Sitte eingeführt, die in den Wohnungen unseres Bruderlandes so beliebt ist, nur einmal am Tag die Kette der Toilettenspülung zu ziehen (und das tut sie selbst, vor dem Schlafengehen); daher rührt hundertprozentig der dicke und lauwarme Gestank, der beständig in der Pension Colonial herrscht, von dem den Gästen, vor allem zu Anfang, übel wird. (Sie behauptet, mit der Spitzfindigkeit einer Frau, die auf alles eine Antwort findet, davon schliefen sie besser.)
Fräulein Rosa hat (oder besser hatte, denn nach der großen nächtlichen Tragödie war auch das anders geworden) Hände und Gemüt einer Künstlerin. Als Mädchen, in Ayacucho, als die Familie auf dem Höhepunkt ihres Wohlstandes war (drei Ziegelhäuser und etwas Land mit Schafen), lernte sie Klavierspielen und war so begabt, daß sie sogar eine Vorstellung im Theater der Stadt gab, bei der sowohl der Bürgermeister wie der Präfekt zugegen waren und bei der ihre Eltern vor Rührung weinten, als sie den Beifall hörten. Von diesem ruhmreichen musikalischen Vortrag angeregt, bei dem auch einige Ñustas

tanzten, beschlossen die Bergua, alles zu verkaufen und nach Lima zu ziehen, damit ihre Tochter Konzertpianistin würde. Darum erstanden sie das Gebäude (das sie später nach und nach verkauften und vermieteten), darum kauften sie ein Klavier, darum schrieben sie die begabte Tochter im Staatlichen Konservatorium ein. Aber die große, unzüchtige Stadt zerstörte rasch die provinziellen Hoffnungen. Denn sehr bald entdeckten die Bergua etwas, was sie für unmöglich gehalten hätten, nämlich, daß Lima die Hölle mit einer Million Sündern war und daß alle, ohne eine einzige elende Ausnahme, die begabte Ayacuchanerin schänden wollten. Jedenfalls erzählte dies das braunbezopfte Mädchen mit Augen, die vor Schrecken rund und feucht wurden, morgens, mittags und abends. Der Musiklehrer hatte sich schnaubend auf sie gestürzt, um mit ihr auf einem Stapel Noten zu sündigen; der Portier des Konservatoriums hatte sie in obszöner Weise gefragt: »Willst du mein Hürchen werden?« Zwei Klassenkameraden hatten sie eingeladen, mit ihnen auf die Toilette zu gehen, damit sie ihnen beim Pinkeln zusehe; der Polizist an der Ecke, den sie nach einer Straße gefragt hatte, verwechselte sie wohl mit jemand anderem und wollte sie melken, und im Autobus hatte sie der Schaffner, als er ihr die Fahrkarte verkaufte, in die Brust gekniffen ... Entschlossen, dieses unversehrte Hymen zu verteidigen, das die junge Pianistin – Binnenländermoral von marmorfesten Prinzipien – nur ihrem zukünftigen Herrn und Gatten opfern durfte, strichen die Bergua das Konservatorium und verpflichteten ein Fräulein, das im Haus Stunden gab, kleideten Rosa wie eine Nonne und verboten ihr, ohne die Begleitung beider Eltern auf die Straße zu gehen. Seitdem waren fünfundzwanzig Jahre vergangen, und das Hymen war tatsächlich noch unversehrt an seinem Platz, aber jetzt hatte das keine große Bedeutung mehr, denn außer dieser Attraktion – von der heutigen Jugend außerdem ziemlich mißachtet – ermangelt es der Expianistin (seit der Tragödie gab es keine Unterrichtsstunden mehr, das Klavier wurde verkauft, damit das Krankenhaus und die Ärzte bezahlt werden konnten) an anderen Reizen, die sie anzubieten hätte. Erstarrt, gebeugt, geschrumpft und in eine dieser antiaphrodisierenden Tunikas versunken, die sie zu tragen pflegt, und in eine dieser Kapuzen, die ihr Haar und ihre Stirn verbergen, sieht sie eher aus wie ein wandelnder Sack denn wie eine Frau. Sie bleibt dabei, daß die Männer sie anfassen, sie mit anrüchigen Angeboten einschüchtern und vergewaltigen wollen, aber jetzt fragen sich selbst ihre Eltern, ob diese Geschichten jemals wahr gewesen sind.

Aber die wirklich rührende und bewegende Figur in der Pension Colonial ist Don Sebastián Bergua, ein alter Herr mit breiter Stirn, Adlernase, durchdringendem Blick, von Güte und aufrechter Gesinnung. Ein sehr altmodischer Mann, wenn man so will. Von seinen fernen Vorfahren, jenen spanischen Eroberern, den Brüden Bergua aus den Höhen von Cuenca, die mit Pizarro nach Peru gekommen waren, hat er nicht so sehr jene Neigung zu Exzessen beibehalten, die sie Hunderte von Inkas gemein erwürgen (jeden einzeln) und eine vergleichbare Anzahl Priesterinnen aus Cuzco schwängern ließ, sondern vielmehr die makellos katholische Geisteshaltung und die kühne Überzeugung, daß die Herren aus altem Geschlecht von Raub und Renten leben durften, nicht jedoch vom Schweiß ihrer Arbeit. Von Kindheit an war er täglich zur Messe gegangen, hatte jeden Freitag das Abendmahl genommen zu Ehren des HErrn von Limpias, den er leidenschaftlich verehrte, und hatte sich wenigstens dreimal im Monat gezüchtigt oder das Büßerhemd getragen. Sein Widerwillen gegenüber aller Arbeit, gemeine Beschäftigung der Leute aus Buenos Aires, war schon immer so weit gegangen, daß er sich sogar geweigert hatte, die Mieten zu kassieren, von denen er lebte, und als er bereits in Lima wohnte, war er kein einziges Mal zur Bank gegangen, um die Zinsen der Wertpapiere abzuheben, in die er sein Geld investiert hatte. Diese Pflichten, praktische Dinge, die ein Frauenzimmer durchaus erledigen konnte, oblagen stets der fleißigen Margarita, und als das Mädchen erwachsen wurde, ihr und der Expianistin.

Bis zu der Tragödie, die auf grausame Weise den Niedergang der Bergua beschleunigte – Fluch, der auf einer Familie lastet, von der nicht einmal der Name überdauern wird –, entsprach das Leben von Don Sebastián in der Hauptstadt dem eines gewissenhaften christlichen Edelmannes. Er pflegte spät aufzustehen, nicht aus Faulheit, sondern um nicht mit den Pensionsgästen frühstücken zu müssen – er verachtete die bescheidenen Menschen nicht, glaubte jedoch an die Notwendigkeit des Klassen- und vor allem des Rassenunterschiedes –, nahm ein frugales Mahl ein und hörte dann die Messe. Von neugierigem und der Geschichte aufgeschlossenem Geist, ging er immer in eine andere Kirche – San Augustín, San Pedro, San Francisco, Santo Domingo –, um sein Feingefühl in der Betrachtung der Meisterwerke kolonialen Glaubens zu ergötzen, während er seine Pflicht gegenüber Gott erfüllte. Diese steinernen Reminiszenzen der Vergangenheit versetzten ihn außerdem in die Jahre der Conquista und der Kolonialzeit – wieviel farbiger waren sie doch als die graue Gegenwart –, in denen er am liebsten gelebt hätte und ein gefürchteter Hauptmann oder frommer Zerstörer allen Götzendienstes gewesen wäre. Eingehüllt in Träume der Vergangenheit, kehrte Don Sebastián, aufrecht und sorgsam gehend in seinem sauberen grauen Anzug, seinem Hemd mit aufgesetztem Kragen und Manschetten, die von Stärke strotzten, und in seinen Schuhen mit Lackeinsätzen aus der Zeit vor der Jahrhundertwende, durch die geschäftigen Straßen des Zentrums in die Pension Colonial zurück, wo er sich bequem in einem Schaukelstuhl vor dem geschnitzten Balkon niederließ, der so gut zu seinem, den Zeiten der Perricholi nachtrauernden Geist paßte, und den Rest des Vormittags damit verbrachte, murmelnd die Zeitung zu lesen, sogar die Anzeigen, um zu erfahren, was in der Welt vorging. Seiner Herkunft getreu, erfüllte er nach dem Mittagessen – das er leider mit den Pensionsgästen einnehmen mußte, die er jedoch sehr höflich behandelte – den sehr spanischen Ritus der Siesta. Danach hüllte er sich wieder in seinen dunklen Anzug, sein gestärktes Hemd, setzte seinen grauen Hut auf und ging schlendernd in den Club Tambo-Ayacucho, eine Institution, die am Jirón Cailloma viele Bekannte aus seiner schönen Anden-Heimat zusammenführte. Er spielte Domino, Casino, Rocambor, plauderte über Politik und manchmal – er war auch nur ein Mensch – über Themen, die nicht für junge Damen geeignet waren, und sah zu, wie es Abend wurde und die Nacht anbrach. Dann kehrte er ohne Eile in die Pension Colonial zurück, aß seine Suppe und seinen Eintopf allein in seinem Zimmer, hörte irgendein Radioprogramm und schlief ein, in Frieden mit seinem Gewissen und mit Gott.

Aber das war früher. Heute setzt Don Sebastián niemals mehr

einen Fuß auf die Straße, wechselt niemals seine Kleidung – die Tag und Nacht aus einem ziegelfarbenen Pyjama, einem blauen Morgenrock, Wollstrümpfen und Alpaca-Latschen besteht –, und seit jener Tragödie hat er keinen Satz mehr gesprochen. Er geht nicht mehr zur Messe und liest auch keine Zeitung mehr. Wenn es ihm gut geht, sehen ihn die alten Pensionsgäste (seit sie entdecken mußten, daß alle Männer dieser Welt Satyrn sind, nehmen die Besitzer der Pension Colonial nur noch weibliche oder hinfällige Gäste auf, Männer, deren Geschlechtstrieb auf den ersten Blick erkennbar von Krankheit oder Alter geschwächt ist) wie ein Gespenst durch die dunklen und uralten Räume geistern, mit verlorenem Blick, unrasiert und mit ungekämmtem Haar voller Schuppen; oder sie sehen ihn Stunde um Stunde stumm und verstört in seinem Schaukelstuhl sitzen. Er frühstückt nicht mit den Gästen und ißt auch nicht mehr mit ihnen zu Mittag, denn – Gespür für die Lächerlichkeit, das die Aristokraten bis ins Armenhaus verfolgt – Don Sebastián kann den Löffel nicht an den Mund heben, und seine Frau und seine Tochter müssen ihn füttern. Wenn es ihm schlecht geht, sehen ihn die Pensionsgäste nicht. Der edle Greis bleibt in seinem Bett, sein Zimmer ist abgeschlossen. Aber sie hören ihn; sie hören sein Gebrüll, sein Wehgeschrei, sein Stöhnen und Klagen, das die Scheiben erzittern läßt. Neuankömmlinge sind bei solchen Krisen verblüfft, denn während der Nachkomme der Eroberer heult, fegen Frau Margarita und Fräulein Rosa, machen die Betten, kochen, bedienen und schwatzen weiter, als geschähe nichts Ungewöhnliches. Sie halten sie für lieblos, kaltherzig, gleichgültig gegenüber den Leiden des Gatten und Vaters. Den Unverschämten, die sich erdreisten, auf die geschlossene Tür zu zeigen und zu fragen: »Fühlt Don Sebastián sich nicht wohl?«, antwortet Frau Margarita unwillig: »Das ist nichts, er erinnert sich nur an einen großen Schrecken, das geht wieder vorbei.« Und tatsächlich, zwei, drei Tage später ist die Krise vorbei, und Don Sebastián taucht wieder auf den Fluren und in den Räumen der Pension Bayer auf, bleich und ausgemergelt zwischen den Spinnweben und mit dem Ausdruck des Grauens im Gesicht.

Was war das für eine Tragödie? Wo? Wann? Was war geschehen?

Alles begann vor zwanzig Jahren, als ein junger Mann mit traurigen Augen, der das Habit des Wundertätigen Herrn trug, in der Pension Colonial erschien. Er war Handelsvertreter aus Arequipa, litt unter chronischer Verstopfung, trug den Namen eines Propheten und den Nachnahmen eines Fisches – Ezequiel Delfín –, und trotz seiner Jugend wurde er als Pensionsgast aufgenommen, weil sein vergeistigtes Äußeres (außerordentliche Magerkeit, tiefe Blässe, zarter Knochenbau) und seine offensichtliche Frömmigkeit – außer einer Krawatte, einem lila Taschentuch und einer Armbinde versteckte er noch eine Bibel in seinem Gepäck, und ein Skapulier lugte aus den Falten seiner Kleidung – eine Garantie gegenüber jeder Art Versuchung, das junge Mädchen zu verführen, zu sein schienen.

Tatsächlich brachte der junge Ezequiel Delfín zu Anfang nur Zufriedenheit in die Familie Bergua. Er hatte keinen Appetit und war wohlerzogen, bezahlte pünktlich seine Rechnungen und hatte sympathische Gewohnheiten wie die, hin und wieder mit einem Veilchenstrauß für Doña Margarita, mit einer Nelke für das Knopfloch von Don Sebastián zu erscheinen, und Rosa schenkte er einige Noten und ein Metronom zum Geburtstag. Seine Schüchternheit, die ihm nicht gestattete, mit jemandem zu sprechen, wenn er nicht angesprochen wurde, und ihn – trat dieser Fall ein – mit leiser Stimme antworten ließ, wobei er stets auf den Boden, niemals der fragenden Person ins Gesicht sah, gefiel den Bergua ebenso wie seine tadellosen Manieren und sein Wortschatz. Sie gewannen den Gast rasch lieb, und vielleicht spielten sie im Grunde ihres Herzens – sie waren schließlich eine Familie, die vom Leben die Philosophie vom kleineren Übel gelernt hatte – mit dem Gedanken, ihn mit der Zeit zum Schwiegersohn zu machen.

Vor allem Don Sebastián mochte ihn sehr gern; verkörperte dieser zarte Reisende vielleicht jenen Sohn, den die emsige Hinkerin ihm nicht hatte geben können? An einem Nachmittag im Dezember nahm er ihn auf einen Spaziergang zur Einsiedelei der Santa Rosa von Lima mit und sah ihn eine goldene Münze in den Brunnen werfen und um eine Gnade flehen, und manchen Sonntag im glühenden Sommer lud er ihn zu einem Zitronensaft in den Arkaden der Plaza San Martín ein. Er fand den Jungen elegant, weil er so schweigsam und melancholisch war. Hatte er eine geheimnisvolle Krankheit der Seele oder des Körpers, die ihn verzehrte, irgendeinen unheilbaren Liebesschmerz? Ezequiel Delfín schwieg wie ein Grab, und wenn die Bergua sich gelegentlich mit dem notwendigen Zartgefühl als Tränentuch anboten und fragten, warum er, so jung wie er war, immer allein sei, warum er nie auf ein Fest gehe oder ins Kino, warum er nie lache, warum er soviel seufze, den Blick ins Leere gerichtet, errötete er nur und stammelte irgendeine Entschuldigung. Dann schloß er sich in der Toilette ein, wo er manchmal Stunden zubrachte, mit der Ausrede, er leide an Verstopfung. Er ging und kam von seinen Geschäftsreisen wie eine Sphinx – die Familie erfuhr nicht einmal, für welche Firma er arbeitete, was er verkaufte –, und hier in Lima schloß er sich in seinem Zimmer ein – um in der Bibel zu lesen oder zu meditieren? Kupplerisch und voller Mitgefühl ermunterten ihn Doña Margarita und Don Sebastián, an den Klavierübungen von Rosa teilzunehmen, »das werde ihn ablenken«, und er gehorchte. Aufmerksam und ohne sich zu rühren saß er in einer Ecke des Raumes und hörte zu und applaudierte am Ende höflich. Oft begleitete er Don Sebastián zur Morgenmesse, und in jenem Jahr ging er in der Karwoche zusammen mit den Bergua den Kreuzweg. Damals schien er bereits ein Mitglied der Familie zu sein.

Darum sorgten die Bergua sich sehr, als Ezequiel, gerade von einer Reise in den Norden zurückgekommen, beim Mittagessen plötzlich in Schluchzen ausbrach. Die anderen Pensionsgäste – ein Friedensrichter aus Ancash, ein Pfarrer aus Cajatambo und zwei Mädchen aus Huánuco, Schwesternschülerinnen – erschraken, und die magere Portion Linsen, die man gerade aufgetragen hatte, wurde über den Tisch verschüttet. Alle drei Bergua begleiteten ihn auf sein Zimmer, Don Sebastián lieh ihm sein Taschentuch, Doña Margarita kochte ihm einen Kamillentee mit Pfefferminz, und Rosa legte ihm eine Decke über die Füße. Nach ein paar Minuten beruhigte sich Ezequiel Delfín, bat um Entschuldigung für seine »Schwäche«, erklärte, er sei in letzter Zeit sehr nervös, er wisse nicht warum, aber sehr oft und zu jeder Tageszeit und an jedem Ort breche er in Tränen aus. Beschämt, fast tonlos gestand er ihnen, daß er nachts Angstzustände habe. Bis zum Morgengrauen liege er dann zusammengerollt, schlaflos von kaltem Schweiß bedeckt und denke an

Gespenster und bemitleide sich selbst wegen seiner Einsamkeit. Sein Geständnis rührte Rosa zu Tränen, und die Hinkende bekreuzigte sich. Don Sebastián bot sich an, bei ihm im Zimmer zu schlafen, um dem Verängstigten Mut und Erleichterung zu geben. Dieser küßte ihm aus Dankbarkeit die Hände.
Ein Bett wurde in das Zimmer geschoben und eifrig von Doña Margarita und ihrer Tochter bezogen. Don Sebastián stand in der Blüte seiner Jahre, er war etwa fünfzig, und pflegte genausoviele Liegestütze vor dem Schlafengehen zu machen (er machte seine Gymnastik am Abend und nicht beim Erwachen, um sich auch darin von der Plebs zu unterscheiden), aber an diesem Abend unterließ er das, um Ezequiel nicht zu stören. Der nervöse junge Mann hatte sich früh hingelegt, nachdem er eine herzhafte Kraftbrühe gegessen und versichert hatte, daß die Gegenwart von Don Sebastián ihn schon im voraus beruhigt habe und er bestimmt wie ein Murmeltier schlafen werde.
Die Ereignisse dieser Nacht sollten sich nie mehr aus dem Gedächtnis des Edelmannes aus Ayacucho tilgen lassen. Im Wachen wie im Schlafen sollten sie ihn bis ans Ende seiner Tage bedrängen, und wer weiß, möglicherweise verfolgten sie ihn noch bis in sein nächstes Leben. Er hatte das Licht früh gelöscht, hatte im Nebenbett das langsame Atmen des sensiblen jungen Mannes gehört und gedacht: »Er ist eingeschlafen.« Er spürte, wie auch ihn der Schlaf übermannte, und hörte noch die Glocken der Kathedrale und das ferne Gelächter eines Betrunkenen. Dann schlief er ein und träumte genüßlich den angenehmsten und erhebendsten aller Träume: In einer hochgetürmten Burg voller Wappen, Pergamente, Wappenblumen und Stammbäume, die die Linie seiner Vorfahren bis hin zu Adam zurückverfolgten, empfing der Herr von Ayacucho (das war er) reichen Tribut und inbrünstige Huldigungen einer Menge verlauster Indianer, die sowohl seine Truhen wie seine Eitelkeit mästeten.
Plötzlich (waren fünfzehn Minuten oder drei Stunden vergangen?) weckte ihn etwas wie ein Geräusch, ein Vorgefühl, das Stolpern eines Geistes. Er konnte in der von einem Lichtstrahl, der von der Straße durch die Gardine fiel, kaum erhellten Dunkelheit einen Umriß erkennen, der sich aus dem Nebenbett erhob und leise zur Tür schwebte. Noch halb im Schlaf, glaubte

er, der hartleibige Jüngling gehe zum Drücken auf die Toilette oder fühle sich wieder unwohl, und er fragte halblaut: »Ezequiel, geht es Ihnen gut?« Statt einer Antwort hörte er ganz deutlich den Riegel der Tür (der verrostet war und darum knirschte). Er begriff nichts, richtete sich ein wenig im Bett auf, und leicht beunruhigt fragte er wieder: »Ist etwas, Ezequiel? Kann ich Ihnen helfen?« Da spürte er, daß der junge Mann zurückgekommen war – Katzenmenschen, die so elastisch sind, daß sie allgegenwärtig erscheinen – und jetzt dort vor seinem Bett stand und den winzigen Lichtstrahl, der vom Fenster kam, unterbrach. »So antworten Sie doch, Ezequiel, was ist mit Ihnen?« murmelte er und suchte tastend den Lichtschalter. In diesem Augenblick traf ihn der erste Messerstich, der tiefste und bohrendste, der ihm ins Brustfell drang, als wäre es Butter, und ihm das Schlüsselbein durchstieß. Er war ganz sicher, aufgeschrien, laut um Hilfe gerufen zu haben, und während er sich zu verteidigen, sich aus den Laken zu befreien suchte, die sich um seine Füße schlangen, war er gleichzeitig verwundert darüber, daß weder seine Frau noch seine Tochter noch irgendein anderer der Pensionsgäste zu Hilfe kamen. Aber tatsächlich hörte niemand etwas. Später, als die Polizei und der Richter das Gemetzel rekonstruierten, wunderten sich alle darüber, daß er den Verbrecher nicht entwaffnen konnte, obwohl er ein robuster, Ezequiel dagegen ein schwächlicher Mann war. Sie konnten nicht wissen, daß der Arzneimittelvertreter in der blutigen Dunkelheit von einer übernatürlichen Kraft besessen zu sein schien. Don Sebastián gelang es lediglich, eingebildete Schreie auszustoßen und zu versuchen, die Richtung des nächsten Messerstiches zu erraten, um ihn mit den Händen aufzuhalten.

Er erhielt etwa vierzehn oder fünfzehn (die Ärzte meinten, die klaffende Wunde in der linken Hinterbacke stamme – wunderbare Zufälle, die einen Mann über Nacht weißhaarig machen und an Gott glauben lassen – von zwei Stichen in dieselbe Stelle) gleichmäßig kreuz und quer über seinen Körper verteilte, während sein Gesicht – ein Wunder des HErrn von Limpias, wie Doña Margarita glaubte, oder der Santa Rosa, wie ihre Namensträgerin meinte – nicht einen Kratzer abbekommen hatte. Das Messer, stellte man später fest, gehörte den Bergua. Es hatte eine spitze, fünfzehn Zentimeter lange Klinge und war

seltsamerweise seit einer Woche aus der Küche verschwunden. Der Mann aus Ayacucho war damit so verletzt worden, daß sein Körper mehr Narben aufwies als der eines Haudegens. Wie kam es, daß er nicht daran starb? Zufall, Gnade Gottes und (vor allem) wegen einer Fast-Tragödie beinahe größeren Ausmaßes. Niemand hatte etwas gehört. Don Sebastián hatte, von vierzehn (fünfzehn?) Messerstichen verletzt, das Bewußtsein verloren und verblutete in der Dunkelheit. Der Angreifer hätte auf die Straße laufen und für immer verschwinden können. Aber wie so manche berühmte Figur aus der Geschichte stürzte ihn eine extravagante Laune ins Verderben. Nachdem der Widerstand seines Opfers gebrochen war, ließ Ezequiel Delfín das Messer fallen, und statt sich anzuziehen, zog er sich aus. Nackt, wie er auf die Welt gekommen war, öffnete er die Tür, ging über den Gang in das Zimmer von Doña Margarita Bergua und warf sich ohne weitere Erklärungen auf das Bett, in der eindeutigen Absicht, mit ihr zu schlafen. Warum mit ihr? Warum wollte er eine Dame schänden, die zwar von guter Familie war, aber fünfzig Jahre alt, ein Humpelbein hatte, winzig, formlos und durch und durch in jedem ästhetischen Sinn häßlich war wie die Nacht? Warum hatte er nicht versucht, die verbotene Frucht der jungen Pianistin zu pflücken, die nicht nur jungfräulich war, sondern von kräftigem Atem, rabenschwarzem Haar und alabasterweißer Haut? Warum hatte er nicht versucht, in den geheimen Serail der Krankenschwestern aus Huánuco einzudringen, die zwanzigjährig und wahrscheinlich von festem, appetitlichem Fleisch waren? Es waren diese beschämenden Überlegungen, die das hohe Gericht dazu brachten, die These der Verteidigung zu akzeptieren, nach der Ezequiel Delfín verrückt sei und ins Larco Herrera statt ins Gefängnis gebracht werden müsse.
Als sie den unerwarteten galanten Besuch des jungen Mannes bekam, begriff Frau Margarita Bergua sofort, daß etwas Schreckliches passiert sein mußte. Sie war eine realistische Frau und machte sich keinerlei Illusionen, was ihre Reize betraf: »Mich kommt keiner vergewaltigen, nicht einmal im Traum. Ich wußte sofort, der nackte Kerl war verrückt geworden oder kriminell«, erklärte sie. Also wehrte sie sich wie eine wildgewordene Löwin – in ihrer Zeugenaussage schwor sie bei der

Jungfrau Maria, daß der feurige Kerl nicht einen Kuß habe ergattern können –, und so verhinderte sie nicht nur die Schändung ihrer Ehre, sondern rettete ihrem Mann das Leben. Während sie den Entarteten kratzend, beißend, stoßend und tretend von sich hielt, schrie sie (sie schrie tatsächlich) so laut, daß ihre Tochter und die anderen Hausbewohner erwachten. Rosa, der Richter aus Ancash, der Pfarrer aus Cajatambo und die Krankenschwestern aus Huánuco überwältigten den Exhibitionisten, fesselten ihn und liefen dann alle zusammen, Don Sebastián zu suchen: lebte er noch?
Es dauerte beinahe eine Stunde, bis eine Ambulanz kam, die ihn ins Krankenhaus Arzobispo Loayza brachte, und ungefähr drei Stunden, bis die Polizei kam, um Lucho Abril Marroquín aus den Klauen der jungen Pianistin zu befreien, die, außer sich (wegen der Verletzungen, die er ihrem Vater zugefügt hatte? wegen der Beleidigung ihrer Mutter? vielleicht – menschliche Seele mit trübem Mark und giftigen Winkeln – wegen der ihr zugefügten Enttäuschung?) versuchte, ihm die Augen auszukratzen und sein Blut auszusaugen. Der junge Arzneimittelvertreter bestritt entschieden das Geschehene, als er auf der Polizeiwache seine gewohnte Sanftheit in Gesten und Redeweise wiedergewonnen hatte und aus purer Schüchternheit beim Sprechen errötete. Die Familie Bergua und die Pensionsgäste verleumdeten ihn, niemals habe er irgendwen angegriffen, niemals habe er versucht, einer Frau Gewalt anzutun und noch viel weniger einer Invalidin wie Margarita Bergua, einer Dame, die er wegen ihrer Güte und ihres Verständnisses am meisten auf dieser Welt schätze und liebe – nach seiner Frau, versteht sich, jener jungen Dame mit den italienischen Augen und den musikalischen Ellenbogen und Knien, die aus dem Land des Gesangs und der Liebe kam. Seine Ruhe, sein sicheres Auftreten, seine Sanftmut, die hervorragenden Referenzen, die seine Vorgesetzten und Kollegen der Bayer-Werke abgaben, sein makelloses polizeiliches Führungszeugnis ließen die Hüter der Ordnung zögern. War es möglich, daß – unergründlich trügerischer Augenschein – alles eine Verschwörung der Frau und der Tochter des Opfers und der Pensionsgäste gegen den zarten jungen Mann war? Die vierte Macht im Staat betrachtete diese Hypothese mit Wohlwollen und unterstützte sie.

Um die Dinge noch zu erschweren und die Spannung in der Stadt zu erhalten, konnte das Opfer des Verbrechens, Don Sebastián Bergua, die Zweifel nicht erhellen, da er im öffentlichen Krankenhaus in der Avenida Alfonso Ugarte zwischen Leben und Tod schwebte. Er bekam gewaltige Bluttransfusionen, die manchen seiner Landsleute aus dem Club Tambo-Ayacucho, die herbeigeeilt kamen, kaum daß sie von der Tragödie erfuhren, um sich als Spender anzubieten, an den Rand der Tuberkulose brachten. Diese Transfusionen und die Injektionen, Nähte, Desinfektionen, Verbände, Krankenschwestern, die sich an seinem Bett ablösten, Ärzte, die seine Knochen wieder zusammenfügten, seine Organe wiederherstellten und seine Nerven beruhigten, fraßen in wenigen Wochen die bereits (von der Inflation und den galoppierend ansteigenden Lebenshaltungskosten) stark schrumpfenden Einkünfte der Familie. Sie war gezwungen, ihren Besitz unter Preis zu veräußern, das Haus stückweise zu unterteilen und zu vermieten und sich in die zweite Etage zu verkriechen, wo sie jetzt dahinvegetierte.
Don Sebastián war gerettet, ja, aber seine Genesung schien zu Beginn nicht ausreichend, um die Zweifel der Polizei zu zerstreuen. Als Folge der Messerstiche, des erlittenen Schocks oder der moralischen Entehrung seiner Frau war er stumm geworden (und man flüsterte sogar, verblödet). Er war unfähig, ein Wort zu sagen, er sah alles und alle mit der ausdruckslosen Lethargie einer Schildkröte an, und auch die Finger gehorchten ihm nicht, so daß er nicht einmal schriftlich die Fragen beantworten konnte (wollte?), die man ihm bei dem Prozeß gegen den zügellosen jungen Mann stellte.
Der Prozeß nahm gewaltige Ausmaße an, und die Stadt der Könige hielt den Atem an, solange die Verhöre andauerten. Lima, Peru – vielleicht das ganze mestizische Amerika? – verfolgte leidenschaftlich die gerichtlichen Debatten, die Repliken und Gegenrepliken der Sachverständigen, der Staatsanwälte und des Verteidigers, eines berühmten Rechtskundigen, der extra aus der Marmorstadt Rom herbeigereist war, um Lucho Abril Marroquín zu verteidigen, weil er mit einer Italienerin verheiratet war, die nicht nur seine Landsmännin, sondern obendrein seine Tochter war.
Das Land spaltete sich in zwei Parteien. Die von der Unschuld

des Arzneimittelvertreters überzeugten – alle Zeitungen – vermuteten, Don Sebastián sei beinahe ein Opfer seiner Frau und seiner Tochter geworden, die mit dem Richter aus Ancash, dem Pfarrer aus Cajatambo und den Krankenschwestern aus Huánuco, wahrscheinlich aus Erbschaftsgründen und Gewinnsucht, unter einer Decke steckten. Der römische Rechtsgelehrte vertrat diese These hoheitsvoll und versicherte, die Familie, der der friedfertige Schwachsinn von Lucho Abril Marroquín bekannt gewesen sei, habe sich mit den Pensionsgästen verschworen, um ihm das Verbrechen in die Schuhe zu schieben (oder vielleicht ihn dazu anzustiften?). Er häufte Argument auf Argument, welche die Presseorgane aufblähten, mit Beifall überschütteten und als bewiesen hinstellten. Konnte jemand mit gesundem Menschenverstand glauben, daß ein Mann vierzehn, vielleicht fünfzehn Messerstiche in respektvollem Schweigen entgegennahm? Da Don Sebastián logischerweise vor Schmerz geschrien hatte, wie konnte da jemand mit gesundem Menschenverstand glauben, daß weder die Gattin noch die Tochter, noch der Richter, noch der Pfarrer, noch die Krankenschwestern diese Schreie gehört hatten, obwohl die Wände in der Pension Colonial aus Schilfrohr und Lehm waren, durch die sogar das Surren der Fliegen und das Kriechen eines Skorpions zu hören waren? Wie war es möglich, daß die Pensionsgäste aus Huánuco, die doch Schwesternschülerinnen mit sehr guten Zeugnissen waren, dem Verwundeten nicht Erste Hilfe hatten leisten können und statt dessen ungerührt auf die Ambulanz warteten, während der Edelmann verblutete? Wie war es möglich, daß keine der sechs erwachsenen Personen auf den selbst für einen Wahnsinnigen elementaren Gedanken gekommen war, ein Taxi zu rufen, als sie merkten, daß die Ambulanz auf sich warten ließ, obwohl die Taxis gleich an der Ecke hielten? War das nicht alles seltsam, verworren, bezeichnend?

Nachdem er drei Monate in Lima festgehalten worden war, obgleich er nur für vier Tage in die Hauptstadt hatte fahren sollen, um einen neuen Christus für die Kirche seines Dorfes zu erbitten, weil der vorherige stückchenweise von den Holzwürmern geköpft worden war, erlitt der Pfarrer aus Cajatambo bei dem Gedanken, er könne wegen Mordversuchs verurteilt werden und müsse den Rest seines Lebens im Gefängnis verbringen, einen Herzanfall und starb. Sein Tod elektrisierte die öffentliche Meinung und hatte eine vernichtende Wirkung auf die Verteidigung. Die Zeitungen kehrten dem importierten Rechtsgelehrten jetzt den Rücken, beschuldigten ihn der Kasuistik, der Manipulation, des Kolonialismus und der Verdrehtheit, und außerdem habe er durch seine sibyllinischen und antichristlichen Unterstellungen den Tod eines guten Pastors verschuldet. Die Richter – Nachgiebigkeit von Zuckerrohr, das im journalistischen Winde tanzt – erklärten ihn als Ausländer für illegal und entzogen ihm das Recht, vor dem Tribunal zu sprechen, und in einem Akt, den die Zeitungen mit nationalistischem Jubel feierten, schickten sie ihn als unerwünschte Person nach Italien zurück.

Der Tod des Pfarrers aus Cajatambo rettete die Mutter, die Tochter und die Hausgäste vor einer möglichen Verurteilung wegen versuchten Mordes und krimineller Verschwörung. Im Gleichschritt mit der Presse und der öffentlichen Meinung sympathisierte das Gericht wieder mit den Bergua und akzeptierte, wie zu Anfang, ihre Version der Ereignisse. Der neue Verteidiger von Lucho Abril Marroquín, ein einheimischer Jurist, wechselte radikal die Taktik: Er gab zu, daß sein Klient die Verbrechen begangen habe, plädierte jedoch auf totale Unzurechnungsfähigkeit wegen Paropsie und anämischer Rachitis im Zusammenhang mit Schizophrenie und anderen Leiden im Bereich der Gehirnpathologie, die hervorragende Psychiater in einmütigen Aussagen belegten. So führte man als entscheidenden Beweis für die geistige Umnachtung an, daß der Angeklagte unter den vier Frauen in der Pension Colonial ausgerechnet die älteste, die einzige darüber hinaus, die hinkte, gewählt hatte. Während der letzten Beweisführung des Staatsanwalts – dramatischer Höhepunkt, der die Akteure vergöttlicht und dem Publikum kalte Schauer über den Rücken laufen läßt – erhob Don Sebastián, der bis dahin schweigend und triefäugig in seinem Stuhl gesessen hatte, als ginge ihn die Verhandlung nichts an, langsam die Hand, und mit vor Anstrengung, Zorn oder Beschämung geröteten Augen deutete er eine Minute lang (nach der Uhr, ein Journalist dixit) fest auf Lucho Abril Marroquín. Die Geste wurde so hoch bewertet, als wäre das Reiterstandbild von Simón Bolívar losgaloppiert … Der Gerichtshof nahm alle

Thesen des Staatsanwalts an, und Lucho Abril Marroquín wurde in die Irrenanstalt gesperrt.
Die Familie Bergua erholte sich nicht wieder. Der moralische und materielle Verfall begann. Von den Krankenhaus- und Prozeßkosten ruiniert, mußten sie auf die Klavierstunden verzichten (und damit auf die Hoffnung, aus Rosa eine weltberühmte Künstlerin zu machen) und ihren Lebensstandard bis auf das Minimum reduzieren, das an die schlechten Gewohnheiten wie Fasten und Unsauberkeit grenzt. Das alte Gebäude verkam noch weiter, Staub drang in das Gemäuer, Spinnweben überwucherten es, und Motten zerfraßen, was sie fanden; es kamen weniger Gäste, und sie verloren immer mehr an Niveau, bis es schließlich Dienstmädchen und Lastenträger waren. Man erreichte den Tiefpunkt, als eines Tages ein Bettler an die Tür klopfte und die schreckliche Frage stellte: »Ist hier das *Nachtasyl* Colonial?«
So, Tag auf Tag, Monat auf Monat, waren dreißig Jahre vergangen.
Die Familie Bergua schien sich an die Mittelmäßigkeit gewöhnt zu haben, als plötzlich etwas geschah – Atombombe, die eines Morgens japanische Städte zerfallen läßt –, was sie in Aufregung versetzte. Seit vielen Jahren ging das Radio nicht mehr, und seit ebenso vielen Jahren reichte das Haushaltsgeld nicht für eine Zeitung. Die Nachrichten aus aller Welt erreichten die Bergua daher nur selten und aus zweiter Hand, durch Kommentare und Klatsch ihrer ungebildeten Gäste.
Aber an diesem Nachmittag, welch ein Zufall, lachte ein Lastwagenfahrer aus Castrovirreyna laut und vulgär auf, spuckte grün aus und murmelte: »Dieser Irre ist zum Schießen« und warf eine Ausgabe von »Ultima Hora« auf den zerkratzten Wohnzimmertisch. Die Expianistin nahm sie auf und blätterte darin. Plötzlich – Blässe einer Frau, die von einem Vampir geküßt wird – rannte sie in ihr Zimmer und schrie laut nach ihrer Mutter. Zusammen lasen sie sie abwechselnd und beinahe schreiend Don Sebastián vor, der ohne die geringsten Zweifel verstand, denn augenblicklich bekam er einen jener lärmenden Anfälle, die ihm Schluckaufs bereiteten und bei denen ihm der Schweiß ausbrach, er laut weinte und sich wie ein Besessener wand.

Welche Meldung konnte eine solche Wirkung auf diese zu Grunde gehende Familie haben?
Im Morgengrauen des Vortages hatte ein Insasse der psychiatrischen Klinik Victor Larco Herrera in Magdalena del Mar, der ein ganzes Lebensalter in diesen Mauern zugebracht hatte, einem Pfleger mit einem Skalpell die Kehle durchgeschnitten, einen katanonischen Greis erwürgt, der im Nebenraum schlief, und war in die Stadt geflohen, indem er überaus gelenkig über die Mauer der Costanera geklettert war. Sein Verhalten überraschte sehr, da er stets von vorbildlicher Friedfertigkeit gewesen war und niemals ein Zeichen von schlechter Laune zu erkennen gegeben hatte, niemals hatte man ihn schreien hören. Seine einzige Beschäftigung in dreißig Jahren hatte darin bestanden, eingebildete Messen für den HErrn von Limpias zu lesen und unsichtbare Hostien an nicht vorhandene Abendmahlsgäste auszuteilen. Bevor er aus der Anstalt floh, hatte Lucho Abril Marroquín – der das beste Mannesalter (fünfzig Jahre) erreicht hatte –, einen wohlerzogenen Abschiedsbrief geschrieben: »Es tut mir leid, aber ich muß fort. Mich erwartet ein Brand in einem alten Haus in Lima, wo eine Hinkende, die wie eine Fackel brennt, und ihre Familie Gott tödlich beleidigen. Ich habe den Befehl erhalten, den Brand zu löschen.«
Würde er es tun? Würde er die Flammen löschen? Würde dieser aus den Tiefen der Jahre Wiederauferstandene dort erscheinen, um die Bergua zum zweiten Mal ins Grauen zu stürzen, so wie er sie jetzt in Furcht versetzte? Was würde mit dieser verängstigten Familie aus Ayacucho geschehen?

XIII

Die denkwürdige Woche begann mit einer pittoresken Episode (ohne die gewalttätigen Charakteristika der Begegnung mit den Fleischern), deren Zeuge und beinahe sogar Hauptdarsteller ich war. Genaro jun. vertrieb sich die Zeit damit, Neuerungen in den Programmen einzuführen, und beschloß eines Tages, wir sollten, um die Nachrichten ein bißchen aufzulockern, Interviews einfügen. Er setzte Pascual und mich darauf an, und nun sendeten wir täglich im Nachtprogramm El Panamericano ein Interview zu einem aktuellen Thema. Das bedeutete mehr Arbeit für den Informationsdienst (ohne Gehaltserhöhung), aber ich bedauerte es nicht, denn es war interessant. Während ich im Studio in der Calle Belén oder mit einem Tonbandgerät Kabarettisten und Parlamentarier, Fußballstars und Wunderkinder interviewte, erkannte ich, daß jeder, ohne Ausnahme, Thema einer Erzählung sein konnte.

Vor der pittoresken Episode war die merkwürdigste Figur, die ich befragte, ein venezolanischer Stierkämpfer. In dieser Saison hatte er in der Plaza de Acho, der Stierkampfarena, gewaltigen Erfolg gehabt. In seinem ersten Kampf ehrte man ihn mit mehreren abgeschnittenen Ohren, und in dem zweiten, nach einer wundervollen Leistung, bekam er einen Fuß, und die Menge trug ihn auf den Schultern vom Rímac bis in sein Hotel an der Plaza San Martín. Aber in seinem dritten und letzten Kampf – die Eintrittskarten wurden seinetwegen zu astronomischen Preisen gehandelt – kam er nicht einmal dazu, sich den Stieren entgegenzustellen, weil er, von Panik besessen, den ganzen Nachmittag vor ihnen davonlief; er machte keinen einzigen würdigen *pase* und tötete sie so erbärmlich, daß er bei dem zweiten vier Verweise bekam. Die Entrüstung auf den Tribünen war unvorstellbar. Man versuchte die Plaza de Acho in Brand zu setzen und den Venezolaner zu lynchen, der unter bösen Pfiffen und einem Regen von Sitzkissen von der Guardia Civil in sein Hotel begleitet werden mußte. Am nächsten Morgen, ein paar Stunden bevor er abflog, interviewte ich ihn in einem kleinen Salon des Hotels Bolívar. Ich war überrascht, feststellen zu müssen, daß er weniger intelligent war als die Stiere, mit denen

er kämpfte, und beinahe so unfähig wie sie, sich mit Worten auszudrücken. Er konnte keinen vernünftigen Satz formulieren, traf nie die richtigen Verbformen, seine Art, Gedanken zusammenzusetzen, ließ mich an Tumor, Sprachlosigkeit, an Menschenaffen denken. Die Form war nicht weniger originell als der Inhalt; er sprach mit einem unglücklichen Akzent voller Diminutive und verschluckter Endungen, die er wegen seiner häufigen Gehirnleere durch zoomorphes Grunzen abstufte.
Der Mexikaner dagegen, den ich am Montag der denkwürdigen Woche interviewen mußte, war ein klar denkender Mann und hervorragender Redner. Er gab eine Zeitschrift heraus, hatte Bücher über die mexikanische Revolution geschrieben, leitete eine Delegation von Wirtschaftsexperten und wohnte im Bolívar. Er willigte ein, ins Studio zu kommen, und ich holte ihn selbst ab. Er war ein großer, gut gekleideter weißhaariger Herr von aufrechter Haltung, der um die 60 Jahre alt sein mußte. Seine Frau begleitete ihn, eine Dame mit lebhaften Augen, die einen Blumenhut trug. Auf dem Weg vom Hotel zum Sender besprachen wir das Interview, das wir in einer Viertelstunde aufnahmen, zum Schrecken von Genaro jun., denn der Wirtschaftswissenschaftler und Historiker griff als Antwort auf eine Frage die Militärdiktaturen an (in Peru litten wir unter einer, die von einem gewissen Odría geführt wurde).
Es geschah, als ich das Paar ins Bolívar zurückbrachte. Es war Mittag, und in der Belén und auf der Plaza San Martín wimmelte es von Menschen. Die Frau ging auf der Innenseite, ihr Mann in der Mitte und ich am Straßenrand. Wir waren gerade an Radio Central vorbeigekommen, und um irgend etwas zu sagen, wiederholte ich, das Interview sei wirklich fabelhaft geworden, als ich sehr deutlich von dem Stimmchen der mexikanischen Dame unterbrochen wurde:
»Jesus, Jesus, mir wird schlecht ...«
Ich sah sie an, sie war ganz blaß, machte die Augen erregt auf und zu und bewegte den Mund auf höchst seltsame Weise. Aber das Erstaunlichste war die Reaktion des Wirtschaftswissenschaftlers und Historikers. Als er die Warnung vernahm, warf er mit einem verlegenen Gesichtsausdruck seiner Gattin und dann mir rasch einen Blick zu und schaute sofort wieder geradeaus, und statt stehenzubleiben, beschleunigte er seine

Schritte. Die mexikanische Dame ging grimassenschneidend neben ihm her. Ich konnte gerade noch ihren Arm fassen, als sie in Ohnmacht fiel. Da sie zum Glück sehr leicht war, konnte ich sie halten und ihr helfen, während der bedeutende Mann mit großen Schritten floh und mir die delikate Aufgabe überließ, seine Frau mitzuschleifen. Die Menschen machten uns Platz, blieben stehen, um uns anzusehen, und dann hörte ich, wie ein Zigarettenverkäufer sagte – wir waren auf der Höhe des Kino Colón, und die kleine mexikanische Dame zog nicht nur Grimassen, sondern es lief ihr aus Mund, Nase und Augen –: »Sie pinkelt sich auch noch voll.« Tatsächlich, die Gattin des Wirtschaftswissenschaftlers und Historikers (der die Colmena überquerte und in Richtung auf den Eingang des Bolívar in der Menschenmenge verschwand) zog eine gelbe Spur hinter uns her. Als wir an der Ecke ankamen, blieb mir nichts anderes übrig, als sie auf den Arm zu nehmen, und so legten wir die letzten fünfzig Meter auffällig und galant zurück, zwischen hupenden Chauffeuren, pfeifenden Polizisten und Leuten, die auf uns zeigten. Auf meinem Arm wand sich die kleine mexikanische Dame unaufhörlich, verzog weiter ihr Gesicht, und mit Tast- und Geruchsinn glaubte ich zu bemerken, daß sie außer Pipi noch etwas viel Gräßlicheres machte. Ihre Kehle stieß von Zeit zu Zeit einen kümmerlichen Laut aus. Als ich ins Bolívar hineinging, befahl man mir trocken: »Zimmer 301.« Es war der bedeutende Mann. Er stand halb versteckt hinter einem Vorhang. Kaum hatte er mir den Befehl gegeben, verschwand er wieder mit schnellem Schritt auf den Fahrstuhl zu, und während wir hinauffuhren, ließ er sich nicht einmal dazu herab, mich oder seine Gefährtin anzusehen, als wollte er nicht unverschämt erscheinen. Der Fahrstuhlführer half mir die Dame in ihr Zimmer tragen. Aber kaum hatten wir sie auf das Bett gelegt, stieß uns der bedeutende Mann ohne ein Wort des Dankes oder des Abschieds buchstäblich zur Tür hinaus und knallte sie uns brutal vor der Nase zu; in diesem Augenblick hatte er einen bitteren Gesichtsausdruck.

»Er ist sicher kein schlechter Ehemann«, erklärte mir Pedro Camacho später, »er ist nur ein sensibler Mensch mit einem feinen Gefühl für das Peinliche.«

An diesem Nachmittag sollte ich Tante Julia und Javier eine

Erzählung vorlesen, die ich gerade geschrieben hatte: »Tante Eliana«. »El Comercio« druckte die Geschichte von den Schwebenden nie, und ich tröstete mich damit, eine andere Erzählung zu schreiben, die auf einer Begebenheit in der Familie basierte. Eliana war eine der vielen Tanten, die zu uns kamen, als ich noch ein Kind war, und ich mochte sie lieber als andere Tanten, weil sie mir Schokolade mitbrachte und mich manchmal zu einem Tee ins Cream Rica mitnahm. Ihre Vorliebe für Süßigkeiten gab Anlaß zu manchem Spott bei den Treffen des Familienclans, wo man behauptete, sie gebe ihr ganzes Sekretärinnengehalt für Cremeschnitten, knusprige Hörnchen, schaumige Torten und dicke Schokolade in La Tiendecita Blanca aus. Sie war eine herzliche, fröhliche, schwatzhafte kleine Dicke, und ich verteidigte sie, wenn man hinter ihrem Rücken in der Familie meinte, sie werde wohl später Kleider für die Heiligen nähen müssen. Eines Tages kam Tante Eliana geheimnisvollerweise nicht mehr zu uns, und die Familie erwähnte ihren Namen nie wieder. Ich muß damals sechs oder sieben Jahre alt gewesen sein und erinnere mich, daß ich den Antworten der Verwandten auf meine Fragen nach ihr kein großes Vertrauen schenkte. Man sagte, sie sei verreist, sie sei krank, sie werde bald wiederkommen. Etwa fünf Jahre später trug die ganze Familie plötzlich Trauer, und an jenem Abend im Haus der Großeltern erfuhr ich, daß sie auf der Beerdigung von Tante Eliana gewesen waren, die an Krebs gestorben war. Da lüftete sich das Geheimnis. Tante Eliana hatte, als sie glaubte, sie sei dazu verurteilt, eine alte Jungfer zu bleiben, kurz entschlossen einen Chinesen geheiratet, den Wirt einer Weinstube in Jesús María, und die Familie, angefangen bei ihren eigenen Eltern, hatten aus Angst vor einem Skandal – damals glaubte ich, der Skandal bestehe darin, daß ihr Mann Chinese war, aber heute nehme ich an, sein noch größerer Makel bestand darin, daß er Wirt war – sie zu Lebzeiten für tot erklärt und sie weder besucht noch bei sich empfangen. Aber als sie starb, verzieh man ihr – wir waren im Grunde eine gefühlvolle Familie –, ging zu ihrer Totenwache und auf die Beerdigung und vergoß ihretwegen viele Tränen.

Meine Erzählung bestand aus dem Monolog eines Kindes, das im Bett liegend versucht, das Geheimnis um das Verschwinden der Tante zu lösen, mit einem Epilog von der Totenwache für die Heldin. Es war eine »sozialkritische« Erzählung, voller Zorn gegen die vorurteilsbeladene Verwandtschaft. Ich hatte sie in einigen Wochen geschrieben und Tante Julia und Javier so viel davon erzählt, daß sie nachgaben und mich baten, sie ihnen doch vorzulesen. Aber vorher, am Nachmittag jenes Montags, erzählte ich ihnen, was ich mit der kleinen mexikanischen Dame und mit dem bedeutenden Mann erlebt hatte. Das war ein Fehler, den ich teuer bezahlen mußte, denn diese Anekdote fanden sie sehr viel amüsanter als meine Erzählung.

Es war zur Gewohnheit geworden, daß Tante Julia zu Radio Panamericana kam. Wir hatten entdeckt, daß dies das sicherste System war, da wir tatsächlich mit der Diskretion von Pascual und vom Großen Pablito rechnen konnten. Sie kam nach 5 Uhr, wenn die ruhigere Zeit begann. Die Genaros waren schon gegangen, und es kam kaum jemand zu uns herauf in den Dachverschlag. Meine Arbeitskollegen baten in stillschweigendem Einvernehmen, »auf ein Kaffeechen« fortgehen zu dürfen, so daß Tante Julia und ich allein waren, uns küssen und miteinander sprechen konnten. Manchmal schrieb ich, und sie las in einer Zeitschrift oder schwatzte mit Javier, der regelmäßig gegen 7 Uhr zu uns kam. Wir waren eine unzertrennliche Gruppe geworden, und meine Liebesgeschichte mit Tante Julia wurde in diesem Bretterstübchen zum Natürlichsten der Welt. Wir konnten uns an den Händen halten oder uns küssen, und niemand nahm daran Anstoß. Das machte uns glücklich. Die Schwelle des Verschlags nach innen überschreiten hieß frei, Herr über unsere Handlungen sein, wir konnten uns lieben, über das sprechen, was uns wichtig erschien, und fühlten uns von Verständnis umgeben. Sie nach außen überschreiten hieß sich in Feindesland begeben, wo wir gezwungen waren, zu lügen und uns zu verstecken.

»Könnte man sagen, dies ist unser Liebesnest?« fragte mich Tante Julia. »Oder ist das auch Kitsch?«

»Natürlich ist das Kitsch, das kann man nicht sagen«, antwortete ich. »Aber wir könnten es Montmartre nennen.«

Wir spielten Lehrer und Schülerin, und ich erklärte ihr, was kitschig war, was man weder sagen noch tun durfte, und hatte eine inquisitionsähnliche Zensur eingeführt, die ihr alle ihre Lieblingsautoren verbot, die bei Frank Yerby begannen und bei

Corín Tellado endeten. Wir amüsierten uns wahnsinnig, und manchmal griff Javier mit feuriger Dialektik in das Spiel um den Kitsch ein.

Der Lesung von »Tante Eliana« wohnten auch Pascual und der Große Pablito bei, weil sie oben waren und ich nicht wagte, sie fortzuschicken, zum Glück, denn sie waren die einzigen, die die Erzählung lobten, obwohl ihre Begeisterung, da sie meine Untergebenen waren, etwas verdächtig klang. Javier fand sie unrealistisch, niemand werde glauben, daß eine Familie ein Mädchen verdamme, nur weil es einen Chinesen geheiratet habe, und er versicherte mir, wenn der Mann schwarz wäre oder Indianer, könnte man die Erzählung retten. Tante Julia verpaßte mir den Todesstoß, indem sie sagte, die Erzählung sei melodramatisch ausgefallen, und einzelne Wörter wie ›zitternd‹ und ›schluchzend‹ hätten ziemlich kitschig geklungen. Ich begann »Tante Eliana« zu verteidigen, als ich die kleine Nancy in der Tür unseres Verschlages erscheinen sah. Man brauchte sie nur anzusehen, und man wußte, weshalb sie kam:

»Jetzt ist in der Familie wirklich der Teufel los«, sagte sie sofort.

Pascual und der Große Pablito, einen guten Klatsch witternd, steckten die Köpfe vor. Ich bremste meine Cousine, bat Pascual, die 9-Uhr-Nachrichten zu machen, und wir gingen hinunter, um einen Kaffee zu trinken. Im Bransa erzählte sie uns die Geschichte in allen Einzelheiten. Sie hatte, während sie sich die Haare wusch, ein Telephongespräch ihrer Mutter mit Tante Jesús mitangehört. Ihr hätten sich die Haare gesträubt, als sie hörte, wie man von »dem Pärchen« sprach, und merkte, daß von uns die Rede war. Es war nicht ganz klar, aber man hatte unsere Liebesgeschichte schon vor geraumer Zeit entdeckt, denn Tante Laura hat gesagt: »Und stell dir vor, sogar Camunchita hat diese Schamlosen einmal Hand in Hand im Olivar von San Isidro gesehen.« (Das stimmte tatsächlich, an einem einzigen Nachmittag, vor Monaten.) Als die kleine Nancy (»am ganzen Leib zitternd«, sagte sie) aus dem Badezimmer kam, stand sie Auge in Auge ihrer Mutter gegenüber und versuchte, sich zu verstellen, die Ohren sausten ihr vom Lärm des Föns, sie könne nichts hören, aber Tante Laura hieß sie schweigen und fuhr sie an, sie decke noch diese Verlorene.

»Die Verlorene bin ich?« fragte Tante Julia eher neugierig als zornig.
»Ja, du«, erklärte meine Cousine und wurde ganz rot. »Sie glauben, du hättest damit angefangen.«
»Das stimmt, ich bin minderjährig. Ich lebte in Ruhe und Frieden, studierte Jura, bis ...« sagte ich, aber niemand fand mich komisch.
»Wenn sie erfahren, daß ich es euch erzählt habe, bringen sie mich um«, sagte Nancy. »Bitte sagt kein Wort, schwört es bei Gott.«
Ihre Eltern hatten sie strengstens verwarnt, wenn sie irgendeine Treulosigkeit begehe, würden sie sie für ein ganzes Jahr einsperren, sie nicht einmal zur Messe aus dem Haus lassen. Sie hätten so feierlich zu ihr gesprochen, daß sie ernsthaft gezögert habe, es uns zu erzählen. Die Familie habe von Anfang an alles gewußt und eine diskrete Zurückhaltung gewahrt, weil sie glaubte, es sei nur eine Dummheit, der nichtssagende Flirt eines lockeren Frauenzimmers, das eine exotische Eroberung, einen Jüngling in ihrer Sammlung haben wollte. Aber da Tante Julia nicht einmal mehr Skrupel habe, sich auf der Straße mit dem jungen Bengel zu zeigen, und immer mehr Freunde und Verwandte diese Liebesgeschichte mitbekämen – sogar die Großeltern hätten davon erfahren, weil Tante Celia geklatscht habe – und weil das schließlich eine Schamlosigkeit sei und dem Kleinen (also mir) schaden könne, der, seit ihm die Geschiedene Flöhe ins Ohr gesetzt habe, möglicherweise keine Lust mehr habe zu studieren, habe die Familie nun beschlossen, einzugreifen.
»Und was wollen sie zu meiner Rettung unternehmen?« fragte ich noch immer ohne allzu große Angst.
»Deinen Eltern schreiben«, antwortete Nancy. »Sie haben es schon getan. Die Ältesten, Onkel Jorge und Onkel Lucho.«
Meine Eltern lebten in den USA, und mein Vater war ein strenger Mann, den ich sehr fürchtete. Ich war fern von ihm bei meiner Mutter und ihrer Familie aufgewachsen, und als meine Eltern sich wieder aussöhnten und ich mit ihnen zusammenlebte, kamen wir nur schlecht miteinander aus. Er war konservativ, autoritär und von kaltem Zorn, und wenn es stimmte, daß sie ihm geschrieben hatten, würde diese Nachricht wie eine

Bombe einschlagen, und er würde sehr heftig reagieren. Tante Julia nahm unter dem Tisch meine Hand.
»Du bist ganz blaß geworden, Varguitas. Jetzt hast du ein Thema für eine gute Erzählung.«
»Das beste ist, man behält einen kühlen Kopf und ruhigen Puls«, munterte Javier mich auf. »Hab keine Angst, wir arbeiten eine gute Strategie aus, um dem Ungewitter zu begegnen.«
»Mit dir sind sie auch böse«, eröffnete ihm Nancy. »Sie halten dich auch für – für dieses Scheußliche.«
»Kuppler?« lächelte Tante Julia. Und sich wieder an mich wendend, wurde sie traurig: »Was mich ganz unglücklich macht, ist, daß sie uns trennen werden und ich dich nie wiedersehe.«
»Das ist Kitsch, das kann man nicht so sagen«, erklärte ich ihr.
»Wie gut sie sich verstellt haben«, sagte Tante Julia. »Weder meine Schwester noch mein Schwager, keiner deiner Verwandten hat jemals eine Andeutung gemacht, daß sie irgend etwas wissen und daß sie mich verabscheuen. Immer waren sie so liebevoll zu mir, diese Heuchler.«
»Ihr müßt sofort aufhören, euch zu treffen«, sagte Javier. »Julia muß mit Verehrern ausgehen, und du andere Mädchen einladen. Damit die Familie denkt, ihr hättet euch zerstritten.«
Mutlos nickten Tante Julia und ich; dies war die einzige Lösung. Aber als Nancy ging – wir schworen, sie niemals zu verraten – und Javier sich verabschiedet hatte und Tante Julia mich zu Radio Panamericana begleitete, wußten wir beide, während wir niedergeschlagen Hand in Hand die regennasse Belén hinuntergingen, ohne daß wir es uns zu sagen brauchten, daß diese Taktik die Lüge sehr schnell in Wahrheit verwandeln konnte. Wenn wir uns nicht mehr sähen, wenn jeder seiner Wege ginge, würde früher oder später unsere Liebe vorbei sein. Wir wollten täglich zu einer bestimmten Zeit miteinander telephonieren und verabschiedeten uns mit einem langen Kuß.
Im klapprigen Fahrstuhl zu meinem Dachverschlag hatte ich, wie schon so oft, das unerklärliche Bedürfnis, Pedro Camacho von meinem Kummer zu erzählen. Das war wohl eine Art Vorgefühl, denn in meinem Büro erwarteten mich die wichtigsten

Mitarbeiter des Schreibers aus Bolivien: Luciano Pando, Josefina Sánchez und Batán. Sie unterhielten sich angeregt mit dem Großen Pablito, während Pascual Katastrophen in die Nachrichten einarbeitete (er beachtete mein Verbot, Tote einzuschmuggeln, selbstverständlich nie). Sie warteten geduldig, bis ich Pascual bei den letzten Nachrichten geholfen hatte, und als dieser und der Große Pablito sich verabschiedet hatten und wir vier allein in dem Verschlag waren, sahen sie sich unschlüssig an, bevor sie sprachen. Zweifellos ging es um den Künstler.

»Sie sind sein bester Freund, darum sind wir zu Ihnen gekommen«, murmelte Luciano Paco. Er war ein gebeugtes Männchen, sechzig Jahre alt, mit Augen, die in entgegengesetzte Richtungen blickten, und der Tag und Nacht, sommers wie winters, einen speckigen Schal trug. Ich kannte ihn nur in diesem braunen Anzug mit blauen Streifen, der vom vielen Reinigen und Bügeln nur noch die Ruine eines Anzugs war. Sein rechter Schuh hatte eine Narbe am Rist, wo der Strumpf heraussah. »Es geht um eine sehr heikle Angelegenheit. Sie können sich wohl vorstellen ...«

»Ich habe keine Ahnung, Don Luciano«, sagte ich. »Sprechen Sie von Pedro Camacho? Nun ja, wir sind Freunde, obwohl Sie wissen, daß er ein Mensch ist, den man niemals richtig kennenlernt. Ist etwas mit ihm?«

Er nickte, blieb aber stumm und besah seine Schuhe, als bedrücke ihn, was er mir sagen wollte. Ich befragte seine Kollegin und Batán, die beide ernst und still dastanden, mit den Augen.

»Wir tun das nur aus Zuneigung und aus Dankbarkeit«, flötete Josefina Sánchez mit ihrer wundervollen Samtstimme. »Niemand außer uns kann ermessen, was wir Pedro Camacho verdanken, junger Mann, nur wir, die wir in diesem so schlecht bezahlten Metier arbeiten.«

»Wir sind immer das fünfte Rad am Wagen gewesen, niemand hat sich je um uns gekümmert, immer hatten wir einen solchen Minderwertigkeitskomplex, daß wir uns selbst für den letzten Dreck gehalten haben«, sagte Batán so gerührt, daß ich sofort an einen Unfall dachte. »Erst durch ihn haben wir unseren Beruf erkannt, haben wir begriffen, daß es ein künstlerischer Beruf ist.«

»Sie sprechen, als wäre er gestorben«, sagte ich.
»Denn, was täten die Leute ohne uns?« zitierte Josefina ihr Idol, ohne mich zu hören. »Wer gibt ihnen die Illusionen, die Gefühlsbewegungen, die ihnen helfen zu leben?«
Sie war eine Frau, der diese wunderschöne Stimme gegeben worden war, um sie auf irgendeine Weise für die Ansammlung von Fehlentwicklungen zu entschädigen, die ihren Körper ausmachten. Es war ganz unmöglich, ihr Alter zu bestimmen, obwohl sie sicher ein halbes Jahrhundert auf dem Buckel haben mußte. Von Natur aus dunkelhaarig, bleichte sie sich die Haare, die strohgelb aus einem granatfarbenen Turban quollen und über ihre Ohren fielen, ohne diese jedoch zu verdecken, leider, denn sie waren rießengroß und weit abstehend, als wären sie begierig auf die Geräusche dieser Welt gerichtet. Aber das Auffallendste an ihr war ihr Doppelkinn, ein Beutel aus Hautfalten, der über ihre farbenfrohen Blusen fiel. Sie hatte dichten Flaum auf der Oberlippe, den man durchaus als Schnurrbart bezeichnen konnte, und hatte die scheußliche Angewohnheit, ihn, während sie sprach, zu streichen. Sie trug feste, elastische Fußballstrümpfe, weil sie unter Krampfadern litt. Zu jeder anderen Zeit hätte ihr Besuch meine Neugier gereizt, aber an diesem Abend war ich zu sehr mit meinen eigenen Problemen beschäftigt.
»Natürlich weiß ich, was alle Pedro Camacho verdanken«, sagte ich ungeduldig. »Seine Hörspielserien sind schließlich die beliebtesten in Peru.«
Ich sah, wie sie untereinander einen Blick wechselten und sich Mut machten.
»Genau«, sagte schließlich Luciano Pando ängstlich und kummervoll. »Zuerst haben wir es nicht so wichtig genommen. Wir dachten, es wären nur Versehen, kleine Schnitzer, die jedem einmal passieren können. Erst recht jemandem, der Tag und Nacht arbeitet.«
»Was ist denn los mit Pedro Camacho?« unterbrach ich ihn. »Ich verstehe nicht, wovon die Rede ist, Don Luciano.«
»Die Hörspielserien, junger Mann«, flüsterte Josefina Sánchez, als beginge sie eine Gotteslästerung. »Sie werden immer seltsamer.«
»Wir Schauspieler lösen uns mit den Technikern am Telephon

von Radio Central ab, als Stoßdämpfer gegen die Beschwerden der Hörer«, fiel Batán ein, seine Stachelschweinhaare glänzten, als hätte er Brillantine hineingeschmiert. Er trug wie immer einen Overall, seine Schuhe hatten keine Schnürsenkel, und er schien dem Weinen nahe zu sein. »Damit die Genaros ihn nicht rausschmeißen, Herr.«
»Sie wissen doch auch, daß er kein Geld hat und von der Hand in den Mund lebt«, ergänzte Luciano Pando. »Was würde aus ihm, wenn sie ihn rausschmissen? Er würde verhungern.«
»Und aus uns?« sagte Josefina Sánchez stolz. »Was würde aus uns, ohne ihn?«
Jetzt fingen sie an, sich gegenseitig ins Wort zu fallen und mir alles in allen Einzelheiten zu erzählen. Die Unstimmigkeiten (»die kleinen Fehler«, sagte Luciano Pando) hatten vor etwa zwei Monaten begonnen, aber anfangs waren sie so unbedeutend gewesen, daß wahrscheinlich nur die Schauspieler sie bemerkten. Sie hatten Pedro Camacho kein Wort darüber gesagt, denn sie kannten seinen Charakter, niemand wagte es, außerdem hatten sie sich eine Zeitlang gefragt, ob es sich nicht um genau überlegte Kunstgriffe handele. Aber während der drei letzten Wochen hatten sich die Dinge außerordentlich verschlimmert.
»Alles ist ein großer Mischmasch geworden, junger Mann«, sagte Josefina Sánchez untröstlich. »Eine Geschichte vermischt sich mit der anderen, und wir selbst sind nicht in der Lage, sie zu entwirren.«
»Hipólito Lituma war immer ein Wachtmeister, der Schrecken der Verbrecherwelt in Callao im Hörspiel um 10 Uhr«, sagte Luciano Pando mit entstellter Stimme. »Aber seit drei Tagen ist das der Name des Richters in dem Hörspiel um 4 Uhr. Und der Richter hieß Pedro Barreda. Zum Beispiel.«
»Und jetzt spricht Pedro Barreda von der Jagd auf Ratten, weil sie sein Töchterchen gefressen haben«, Josefina Sánchez' Augen füllten sich mit Tränen. »Und dabei haben sie die von Don Federico Téllez Unzátegui gefressen.«
»Stellen Sie sich vor, was wir bei den Aufnahmen durchmachen«, stammelte Batán. »Wir sagen und tun Dinge, die vollkommen blödsinnig sind.«
»Und es gibt keine Möglichkeit, die Verwechslungen wieder

gutzumachen«, flüsterte Josefina Sánchez. »Sie haben ja gesehen, wie Herr Camacho die Programme kontrolliert. Er läßt nicht einmal zu, daß man auch nur ein Tüpfelchen ändert, oder er bekommt entsetzliche Wutanfälle.«

»Er ist erschöpft, das ist alles«, sagte Luciano Pando und wiegte schwermütig den Kopf. »Kein Mensch kann vierundzwanzig Stunden am Tag arbeiten, ohne daß ihm die Gedanken durcheinandergehen. Er braucht Ferien, um wieder so zu werden, wie er war.«

»Sie können doch gut mit den Genaros«, sagte Josefina Sánchez. »Wollen Sie nicht mit ihnen reden? Ihnen nur sagen, daß er erschöpft ist, daß sie ihm ein paar Wochen geben sollen, damit er sich wieder erholt.«

»Am schwierigsten wird es sein, ihn selbst davon zu überzeugen, daß er Ferien machen muß«, sagte Luciano Pando. »Aber so kann es nicht weitergehen. Sonst entlassen sie ihn.«

»Die Leute rufen ständig im Rundfunk an«, sagte Batán. »Wir müssen wahre Wunder vollbringen, um sie abzulenken. Und neulich stand sogar schon etwas in ›La Crónica‹.«

Ich erzählte ihnen nicht, daß Genaro sen. schon Bescheid wußte und mir schon empfohlen hatte, mit Pedro Camacho zu verhandeln. Wir verblieben so, daß ich bei Genaro jun. vorfühlen sollte, und je nachdem, wie er reagierte, würden sie entscheiden, ob es ratsam sei, daß sie selbst im Namen aller Kollegen erschienen, um die Verteidigung des Schreibers zu übernehmen. Ich dankte ihnen für das Vertrauen und versuchte, ihnen etwas Mut zu machen; Genaro jun. sei sehr viel moderner und verständnisvoller als Genaro sen. und lasse ganz sicher mit sich reden, ihm diesen Urlaub zu gewähren. Wir sprachen noch miteinander, während ich das Licht ausmachte und den Dachverschlag abschloß. In der Belén gaben wir uns die Hand. Ich sah ihnen nach, wie sie sich, häßlich und großzügig, im Nieselregen in der leeren Straße verloren.

Diese Nacht verbrachte ich, ohne ein Auge zuzutun. Wie gewohnt fand ich im Haus der Großeltern das Abendessen zugedeckt für mich bereitgestellt, aber ich aß keinen Bissen (und damit die Großmutter sich nicht beunruhige, warf ich die Pastete mit Reis in den Abfalleimer). Die alten Leutchen waren schon im Bett, aber noch wach, und als ich zu ihnen hineinging,

um ihnen einen Kuß zu geben, erforschte ich sie wie ein Detektiv und versuchte in ihren Gesichtern die Sorge über mein skandalöses Liebesleben zu entdecken. Nichts, kein einziges Anzeichen. Sie waren herzlich und liebevoll, und der Großvater fragte mich nach einem Begriff für das Kreuzworträtsel. Aber sie teilten mir die gute Nachricht mit, daß meine Mutter geschrieben habe, daß sie und mein Vater bald nach Lima kämen, um Ferien zu machen. Sie würden das Datum ihrer Ankunft noch schreiben. Sie konnten mir den Brief nicht zeigen, weil irgendeine Tante den Brief mitgenommen hatte. Das war bestimmt die Folge der verräterischen Briefe. Mein Vater wird gesagt haben: »Wir fahren nach Peru und bringen die Dinge in Ordnung.« Und meine Mutter: »Wie konnte Julia nur so etwas tun?« (Tante Julia und sie waren Freundinnen gewesen, als meine Familie in Bolivien lebte und ich meinen Verstand noch nicht gebrauchen konnte.)
Ich schlief in einem kleinen mit Büchern, Koffern und Kisten vollgestopften Zimmer, wo die Großeltern ihre Andenken aufbewahrten, viele Photos aus den Zeiten ihres dahingeschmolzenen Wohlstands, als sie noch eine Baumwollplantage in Camaná besaßen, als der Großvater Pionierfarmer in Santa Cruz de la Sierra war, als er Konsul in Cochabamba oder Präfekt in Piura war. Im Dunkeln lag ich auf dem Rücken in meinem Bett, dachte viel an Tante Julia und daran, daß man uns früher oder später ganz bestimmt trennen würde. Das machte mich sehr zornig, und ich fand alles dumm und gemein, und ganz plötzlich sah ich das Bild von Pedro Camacho vor mir. Ich dachte an die Telephongespräche von Tanten, Onkeln, Vettern und Cousinen über mich und Tante Julia und fing an, die Anrufe der Hörer mitzuhören, die über die Personen verwirrt waren, die die Namen wechselten und vom Hörspiel um 3 Uhr in das um 5 Uhr sprangen, und über die Episoden, die sich ineinander verschlangen wie Urwaldpflanzen, und bemühte mich, mir vorzustellen, was in dem verworrenen Gehirn des Schreibers vorgehen mochte. Aber ich mußte nicht darüber lachen, im Gegenteil, ich war gerührt bei dem Gedanken an die Schauspieler von Radio Central, die sich mit den Tontechnikern, den Sekretärinnen und den Pförtnern zusammengetan hatten, um die Anrufe abzufangen und den Künstler vor der

Entlassung zu bewahren. Es rührte mich, daß Luciano Pando, Josefina Sánchez und Batán gedacht hatten, ich, das fünfte Rad am Wagen, könne die Genaros beeinflussen. Wie gering mußten sie sich selbst einschätzen, wie wenig mußten sie verdienen, daß ich ihnen bedeutend vorkam. Manchmal spürte ich ein unwiderstehliches Verlangen danach, Tante Julia zu sehen, sie zu berühren, zu küssen. So sah ich es schließlich hell werden und hörte die Hunde im Morgengrauen bellen.
Ich war etwas früher als gewöhnlich in meinem Dachverschlag von Radio Panamericana, und als Pascual und der Große Pablito um 8 Uhr erschienen, hatte ich bereits die Nachrichten vorbereitet und alle Zeitungen gelesen, hatte angestrichen und umkringelt (für das Plagiat). Während ich alle diese Dinge tat, sah ich immer wieder auf die Uhr. Tante Julia rief mich pünktlich zur vereinbarten Stunde an:
»Ich habe die ganze Nacht kein Auge zugetan«, flüsterte sie mit versagender Stimme. »Ich liebe dich so sehr, Varguitas.«
»Ich dich auch, von ganzem Herzen«, flüsterte ich und wurde ungehalten, als ich merkte, daß Pascual und der Große Pablito näherrückten, um besser hören zu können. »Ich habe auch nicht geschlafen und habe die ganze Zeit an dich gedacht.«
»Du kannst dir nicht vorstellen, wie liebenswürdig meine Schwester und mein Schwager zu mir waren«, sagte Tante Julia. »Wir haben zusammen Karten gespielt. Es kostet mich einige Mühe zu glauben, daß sie etwas wissen und gegen uns konspirieren.«
»Aber sie tun es«, berichtete ich. »Meine Eltern haben geschrieben, daß sie nach Lima kommen. Das kann nur aus diesem Grund sein. In dieser Jahreszeit reisen sie sonst nie.«
Sie schwieg, und ich erriet ihren traurigen, zornigen, enttäuschten Gesichtsausdruck am anderen Ende der Leitung. Ich sagte ihr noch einmal, daß ich sie sehr liebe.
»Ich rufe dich wie verabredet um 4 Uhr an«, sagte sie schließlich. »Ich bin bei dem Chinesen an der Ecke. Hinter mir wartet eine ganze Schlange. Tschüßchen!«
Ich ging zu Genaro jun. hinunter, der aber nicht da war. Ich hinterließ, daß ich ihn dringend sprechen müsse, und um irgend etwas zu tun, um auf irgendeine Weise diese Leere in mir zu füllen, ging ich in die Universität. Ich kam in eine Vorlesung

über Strafrecht. Der Professor, der sie hielt, war mir immer wie eine Märchenfigur vorgekommen. Eine perfekte Kombination von Satyriasis und Koprolalie, sah er die Mädchen an, als wollte er sie ausziehen, und alles diente ihm als Anlaß, zweideutige Sätze und Obszönitäten zu sagen. Einem Mädchen, das ihm richtig auf eine Frage geantwortet hatte und einen flachen Busen hatte, gratulierte er, das Wort genießend: »Sie sind sehr *synthetisch,* mein Fräulein«, und als er einen Artikel kommentierte, ließ er eine langatmige Erklärung über Geschlechtskrankheiten los.

Im Sender erwartete mich Genaro jun. in seinem Büro. »Ich nehme an, du willst mich nicht um Gehaltserhöhung bitten«, warnte er mich schon an der Tür. »Wir sind beinahe bankrott.«

»Ich will mit dir über Pedro Camacho sprechen«, beruhigte ich ihn.

»Weißt du, daß er anfängt, allen nur möglichen Unfug zu treiben?« sagte er, als freue er sich über einen Streich. »Er vertauscht Personen aus einem Hörspiel mit denen eines anderen, ändert ihre Namen, verdreht die Handlung und macht beinahe aus allen Geschichten eine einzige. Ist das nicht genial?«

»Nun ja, ich habe so etwas gehört«, sagte ich verwirrt über seine Begeisterung. »Gerade gestern abend habe ich mit den Schauspielern gesprochen. Sie sind beunruhigt. Er arbeitet zuviel, sie fürchten, er könnte zusammenbrechen. Ihr würdet die Henne verlieren, die euch goldene Eier legt. Warum gibst du ihm nicht Urlaub, damit er sich wieder ein bißchen einstimmt.«

»Urlaub für Camacho«, entsetzte sich der fortschrittliche Unternehmer. »Hat er dich darum gebeten?«

Ich sagte nein, es sei ein Vorschlag seiner Mitarbeiter.

»Sie sind es leid, daß er sie so tüchtig arbeiten läßt, und wollen ihn für ein paar Tage los sein«, erklärte er mir. »Es wäre dämlich, ihm jetzt Ferien zu geben.« Er nahm ein paar Papiere und schwenkte sie triumphierend: »Wir haben diesen Monat wieder den Rekord an Einschaltquoten. Das heißt also, die Idee, die Geschichten durcheinanderzubringen, funktioniert. Mein Vater war über diese Existentialismen beunruhigt, aber sie haben Erfolg, da sind die Umfrageergebnisse.« Wieder lachte er. »Siehst

du, solange es dem Publikum gefällt, muß man seine Extravaganzen ertragen.«
Ich drängte nicht weiter, um nicht ins Fettnäpfchen zu treten. Und schließlich, warum sollte Genaro jun. nicht recht haben? Wieso konnten diese Unstimmigkeiten von dem bolivianischen Schreiber nicht perfekt geplant sein? Ich hatte keine Lust, nach Hause zu gehen, und beschloß, einmal verschwenderisch zu sein. Ich überredete den Mann an der Kasse des Senders, mir einen Vorschuß zu geben, und ging, als El Panamericano vorbei war, in das Loch von Pedro Camacho, um ihn zum Mittagessen einzuladen. Natürlich tippte er wie ein Wüterich. Ohne große Begeisterung nahm er an und machte mich darauf aufmerksam, daß er nicht viel Zeit habe.
Wir gingen in ein kreolisches Restaurant hinter dem Colegio de la Inmaculada am Jirón Chancay, wo es Gerichte aus Arequipa gab, die ihn, so sagte ich, vielleicht an die berühmten scharfen Gerichte aus Bolivien erinnern würden. Aber der Künstler blieb seinen frugalen Normen treu und war mit einer Bouillon mit Ei und gekochten dicken Bohnen zufrieden, von denen er kaum nippte. Er bestellte keinen Nachtisch und schimpfte mit Ausdrücken, die die Kellner verwunderten, daß sie es nicht verstünden, seinen Tee aus Kamille und Pfefferminz zuzubereiten.
»Ich habe eine Pechsträhne«, sagte ich, sobald wir bestellt hatten. »Meine Familie hat meine Liebesgeschichte mit Ihrer Landsmännin entdeckt, und da sie älter ist als ich und geschieden, sind sie furchtbar wütend. Sie werden irgend etwas tun, um uns zu trennen, und das verbittert mich.«
»Meine Landsmännin?« wunderte sich der Schreiber. »Sie sind verliebt in eine Argentinierin, pardon, Bolivianerin?«
Ich erinnerte ihn daran, daß er Tante Julia kennengelernt hatte, daß wir bei ihm in der Pension gegessen hatten und daß ich ihm schon vorher von meinem Liebeskummer erzählt hatte und daß er mir geraten hatte, ihn mit Pflaumen und Fasten und anonymen Briefen zu kurieren. Ich tat es absichtlich und bestand dabei auf den Einzelheiten und beobachtete ihn. Er hörte mir ernst zu, ohne mit der Wimper zu zucken.
»Es ist nicht schlecht, durch solche Schwierigkeiten zu gehen«, sagte er und schlürfte seinen ersten Löffel von der Brühe. »Leiden erzieht.«

Dann wechselte er das Thema. Er dozierte über die Kochkunst und die Notwendigkeit, nüchtern zu sein, um sich geistig gesund zu erhalten. Er versicherte mir, daß der Mißbrauch von Fetten, Kohlehydraten und Zucker die moralischen Grundsätze betäube und die Menschen für Laster und Verbrechen anfällig mache.

»Machen Sie eine Aufstellung unter Ihren Bekannten«, riet er mir. »Sie werden sehen, daß die Entarteten vor allem unter den Dicken zu finden sind. Dagegen gibt es keine Mageren mit üblen Neigungen.«

Obwohl er sich bemühte, darüber hinwegzutäuschen, sah ich, daß er sich unbehaglich fühlte. Er sprach nicht mit der gleichen Natürlichkeit und Überzeugungskraft wie sonst, sondern, das war ganz offensichtlich, nur vordergründig, abgelenkt durch Sorgen, die er zu verbergen suchte. In seinen hervorstehenden kleinen Augen lag ein unheilvoller Schatten, eine Angst, eine Scham, und hin und wieder biß er sich auf die Lippen. Seine lange Mähne strotzte von Schuppen, und an seinem Hals, der viel zu dünn war für das große Hemd, entdeckte ich eine kleine Medaille, die er gelegentlich mit zwei Fingern streichelte. Er zeigte sie mir und sagte: »Ein wundertätiger Herr, der HErr von Limpias.« Sein schwarzes Jackett hing ihm schlaff über den Schultern, und er sah blaß aus. Ich hatte beschlossen, die Hörspielserien nicht zu erwähnen, aber plötzlich, als ich merkte, daß er Tante Julia und unsere Gespräche über sie vergessen hatte, empfand ich eine ungesunde Neugier. Wir hatten die Bouillon mit Ei gegessen und warteten bei Brombeer-Chicha auf das Hauptgericht.

»Heute morgen habe ich mit Genaro jun. über Sie gesprochen«, berichtete ich so unverfänglich wie möglich. »Eine gute Nachricht: den Umfragen der Werbeagenturen nach haben Ihre Hörspielserien wieder höhere Einschaltquoten erzielt. Sogar die Steine hören Ihnen zu.«

Ich merkte, daß er steif wurde, den Blick abwandte, die Serviette zusammenrollte und sehr schnell mit den Wimpern zuckte. Ich wußte nicht, ob ich fortfahren oder das Thema wechseln sollte, aber meine Neugier war stärker:

»Genaro jun. glaubt, daß die Steigerung der Einschaltquoten auf die Idee zurückzuführen ist, die Personen von einem Hörspiel ins andere überwechseln zu lassen, die Geschichten miteinander zu verbinden«, sagte ich und sah, daß er die Serviette losließ, mich mit den Augen suchte und ganz weiß wurde. »Es erscheint ihm genial.«

Da er nichts sagte und mich nur ansah, sprach ich weiter und spürte, wie sich meine Zunge verhedderte. Ich sprach von der Avantgarde, von den Experimenten, zitierte oder erfand Autoren, die, so versicherte ich ihm, eine Sensation in Europa waren, weil sie ganz ähnliche Neuerungen einführten: sie veränderten die Identitäten der Personen im Verlauf der Geschichte und simulierten Unstimmigkeiten, um den Leser in Spannung zu halten. Man hatte die pürierten Bohnen gebracht, und ich begann zu essen. Ich war glücklich, endlich schweigen zu können, um die Verlegenheit des bolivianischen Schreibers nicht mehr mitansehen zu müssen. Eine ganze Weile schwiegen wir. Ich aß, er stocherte mit der Gabel in seinem Bohnenpüree und den Reiskörnern.

»Mir passiert etwas sehr Lästiges«, hörte ich ihn schließlich sehr leise wie zu sich selbst sagen. »Ich habe nicht mehr den rechten Überblick über die Hörspielmanuskripte, ich zweifle, und Verwirrungen schleichen sich ein.« Er sah mich beschämt an. »Ich weiß, Sie sind ein loyaler junger Mann, ein Freund, dem man vertrauen kann. Kein Wort zu den Krämerseelen.«

Ich täuschte Überraschung vor, widersprach ihm herzlich. Er war wie ausgewechselt, war äußerst beunruhigt, unsicher, zerbrechlich, und Schweiß glänzte auf seiner grünlichen Stirn. Er griff sich an die Schläfen: »Das ist ein Vulkan von Ideen«, versicherte er. »Verräterisch ist nur das Gedächtnis. Ich meine die Namen. Ganz im Vertrauen, lieber Freund, ich bringe sie nicht durcheinander, sie tun es selbst. Wenn ich es merke, ist es zu spät. Ich muß mich gewaltig anstrengen, um sie wieder dahin zu bringen, wo sie hingehören, um ihre Verwechslung zu erklären. Ein Kompaß, der den Norden mit dem Süden verwechselt, kann schlimm sein, schlimm.«

Ich sagte ihm, er sei müde, niemand könne in diesem Rhythmus arbeiten, ohne sich kaputtzumachen, er müsse Urlaub machen.

»Urlaub? Nur im Grab«, erwiderte er aggressiv, als hätte ich ihn beleidigt.

Aber einen Augenblick später erzählte er mir demütig, daß er, als er seine »Vergeßlichkeit« bemerkte, versucht habe, eine Kartei anzulegen. Nur, es war unmöglich, er hatte nicht genug Zeit, nicht einmal, um in den Radioprogrammen nachzusehen. Seine ganze Zeit war für die Herstellung neuer Texte verplant. »Wenn ich anhalte, bricht die ganze Welt zusammen«, murmelte er. Und warum konnten ihm seine Mitarbeiter nicht helfen? Warum fragte er sie nicht, wenn er Zweifel hatte?
»Nie und nimmer«, erwiderte er. »Sie würden den Respekt vor mir verlieren. Sie sind nur Rohmaterial, meine Soldaten, und wenn ich einen Fehler mache, ist es ihre Pflicht, ihn mit mir zu machen.« Abrupt brach er das Gespräch ab, um sich bei den Kellnern über den Tee zu beklagen, den er ungenießbar fand, und dann mußten wir im Trab zum Sender zurück, denn das Hörspiel von 3 Uhr wartete. Als wir uns verabschiedeten, sagte ich, daß ich alles tun würde, um ihm zu helfen.
»Das einzige, worum ich Sie bitte, ist Schweigen«, sagte er. Und mit seinem eisigen Lächeln fügte er hinzu: »Machen Sie sich keine Sorgen: Gegen große Übel große Abhilfe.«
In meinem Verschlag sah ich die Nachmittagszeitungen durch, strich die Meldungen an, verabredete ein Interview um 6 Uhr mit einem historisierenden Neurochirurgen, der eine Schädeloperation mit Inka-Instrumenten gemacht hatte, die das Museum für Anthropologie ihm geliehen hatte. Um halb vier begann ich abwechselnd auf die Uhr und zum Telephon zu sehen. Tante Julia rief pünktlich um vier Uhr an. Pascual und der Große Pablito waren noch nicht da.
»Meine Schwester hat beim Mittagessen mit mir gesprochen«, sagte sie mit düsterer Stimme. »Der Skandal sei zu groß, deine Eltern würden kommen, um mir die Augen auszukratzen. Sie hat mich gebeten, nach Bolivien zurückzukehren. Was kann ich machen? Ich muß gehen, Varguitas.«
»Willst du mich heiraten?« fragte ich sie. Sie lachte ohne große Freude.
»Ich sage das im Ernst«, insistierte ich.
»Du bittest mich wirklich, dich zu heiraten?« Tante Julia lachte wieder, jetzt etwas amüsierter.
»Heißt das ja oder nein?« sagte ich. »Mach schnell, denn Pascual und der Große Pablito kommen.«

»Fragst du mich nur, um deiner Familie zu beweisen, daß du erwachsen bist?« sagte Tante Julia zärtlich.
»Auch darum«, gab ich zu.

XIV

Die Geschichte von Hochwürden Pater Seferino Huanca Leyva, dem Geistlichen in jenem Misthaufen, der an das fußballbesessene Viertel von Victoria grenzt und sich Mendocita nennt, begann vor einem halben Jahrhundert in einer Karnevalsnacht, als ein junger Mann aus guter Familie, der gern hin und wieder im Volk untertauchte, in der Gasse von Chirimoyo eine lebenslustige Wäscherin, die schwarze Teresita, schändete.

Als diese merkte, daß sie schwanger war – sie hatte acht Kinder, keinen Mann, und es war unwahrscheinlich, daß irgendein Mann sie mit so zahlreicher Brut vor den Altar führen würde –, nahm sie rasch die Dienste von Doña Angelica in Anspruch, einer alten, weisen Frau von der Plaza de la Inquisición, die als Hebamme, aber vor allem als Vernichterin ungebetener Gäste arbeitete (in einfachen Worten gesagt, als Engelmacherin). Trotz des giftigen Gebräus (aus eigenem Urin, in dem Mäuse eingeweicht worden waren), das Doña Angelica der schwarzen Teresita zu trinken gab, weigerte sich die Frucht der Schändung jedoch mit einer Hartnäckigkeit, die auf ihren zukünftigen Charakter schließen ließ, sich von der mütterlichen Plazenta zu lösen, und blieb dort wie eine Schraube festgekrallt, wuchs und bildete sich aus, bis, nachdem neun Monate nach dem Beischlaf im Karneval vergangen waren, die Wäscherin keinen anderen Ausweg sah, als zu gebären.

Sie gab ihm den Namen Seferino, um den Taufpaten, einen Pförtner vom Congreso gleichen Namens, zu ehren, und die beiden Nachnamen der Mutter. In seiner Kindheit deutete nichts darauf hin, daß er einmal Priester werden würde, denn die frommen Übungen sagten ihm keineswegs zu, wohl aber Kreiseltanzen- und Drachensteigenlassen. Doch immer schon, bereits bevor er sprechen konnte, bewies er Charakter. Die Wäscherin Teresita praktizierte eine Erziehungsphilosophie, die intuitiv von Sparta oder Darwin inspiriert war und darin bestand, ihren Kindern beizubringen, daß sie lernen müßten, zu beißen und gebissen zu werden, wenn sie daran interessiert waren, in diesem Dschungel zu überleben, und was das Milchtrinken und Essen anging, so war es vom dritten Lebensjahr an ganz und gar ihre eigene Sache. Sie, die zehn Stunden am Tag Wäsche wusch und sie weitere acht Stunden in ganz Lima austrug, konnte nur sich selbst und die Kinder erhalten, die noch nicht das Minimalalter erreicht hatten, um »mit dem eigenen Tuch zu tanzen«.

Das Kind der Schändung bewies die gleiche Hartnäckigkeit zum Überleben, die es schon bewiesen hatte, als es im Mutterleib am Leben bleiben wollte. Es konnte sich ernähren, indem es alle Schweinereien verschlang, die es in den Abfalleimern fand und um die es sich mit Bettlern und Hunden stritt. Während seine Halbgeschwister tuberkulös oder vergiftet wie die Fliegen wegstarben oder als Kinder, die rachitisch oder mit psychischen Schäden so gerade durchkommen, die Probe nur zur Hälfte bestanden, wuchs Seferino Huanca Leyva gesund, kräftig und geistig ganz passabel heran. Als die Wäscherin (litt sie unter Hydrophobie?) nicht mehr arbeiten konnte, war er es, der sie ernährte, und später stellte er ihr ein Begräbnis erster Klasse in der Casa Guimet, das ganz Chirimoyo als das beste in der Geschichte des Viertels feierte. (Damals war er bereits Pfarrer von Mendocita.)

Der Junge war frühreif und machte einfach alles. Zur gleichen Zeit, zu der er sprechen lernte, bettelte er auch schon in der Avenida Abancay um Almosen. Dabei machte er ein Gesicht wie ein schmutziger Engel, das die Damen von guter Herkunft wohltätig stimmte. Später war er Schuhputzer, paßte auf Autos auf, verkaufte Zeitungen, Waschmittel, Süßigkeiten, war Platzanweiser im Stadion und handelte mit alten Kleidern. Wer hätte damals sagen können, daß dieses Kind mit den schmutzigen Nägeln, den dreckigen Füßen, dem Kopf, auf dem es von Nissen wimmelte, das in eine durchlöcherte und über und über geflickte Jacke gezwängt war, schließlich der umstrittenste Pfarrer Perus werden sollte?

Es war ein Wunder, daß er lesen lernte, denn er hatte nie den Fuß in eine Schule gesetzt. In Chirimoyo erzählte man sich, daß sein Pate, der Pförtner vom Congreso, ihn das Alphabet und die Silbenbildung gelehrt habe, und den Rest erlangte er – Burschen aus der Gosse, die durch Hartnäckigkeit bis zum Nobelpreis gelangen – allein durch seine Willenskraft. Seferino Huanca Leyva war zwölf Jahre alt, lief durch die Straßen und erbettelte in den Palästen abgelegte Kleider und alte Schuhe (die er dann in den Elendsvierteln verkaufte), als er die Person kennenlernte, die ihm die Mittel geben sollte, ein Heiliger zu werden: eine Großgrundbesitzerin baskischer Herkunft, Mayte Unzátegui, von der man unmöglich sagen konnte, ob ihr Reichtum oder ihr Glaube, das Ausmaß ihrer Haziendas oder ihre Hingabe an den HErrn von Limpias größer waren. Sie kam aus ihrer maurischen Residenz in der Avenida San Felipe in Orrantia, und der Chauffeur öffnete ihr schon die Tür ihres Cadillac, als die Dame das Produkt der Schändung neben seinem Karren mit den an diesem Morgen gesammelten alten Kleidern mitten auf der Straße stehen sah. Seine derbe Anmut, seine intelligenten Augen, die Züge eines willensstarken jungen Wolfes gefielen ihr. Sie sagte ihm, sie werde ihn am Abend besuchen.

In Chiromoyo gab es Gelächter, als Seferino Huanca Leyva erklärte, daß eine Dame in einem riesigen Wagen, den ein blau uniformierter Chauffeur lenke, ihn an diesem Abend besuchen komme. Aber als um 6 Uhr der Cadillac vor der engen Gasse hielt und Doña Mayte Unzátegui elegant wie eine Herzogin ausstieg und nach Teresita fragte, waren alle überzeugt (und sprachlos). Doña Mayte – Geschäftsfrauen, die sogar die Zeit für ihre Menstruation kalkuliert haben – machte der Wäscherin sofort ein Angebot, das ihr einen Freudenschrei entlockte. Sie werde die Erziehung von Seferino Huanca Leyva bezahlen und der Mutter eine Entschädigung von 10 000 Sol geben unter der Bedingung, daß der Junge Priester werde.

So kam es, daß das Kind der Schändung Schüler im Priesterseminar Santo Toribio del Mogrevejo in Magdalena del Mar wurde. Im Unterschied zu anderen Fällen, in denen die Berufung der Aktion vorangeht, entdeckte Seferino Huanca Leyva, daß er zum Priester geboren sei, als er bereits Seminarist war. Er wurde ein frommer und eifriger Student, den seine Lehrer verwöhnten und auf den die schwarze Teresita und seine Gönnerin stolz waren. Aber von Jugend an, zur gleichen Zeit, da seine Zeugnisse in Latein, Theologie und Patristik zu schwindelerregenden Höhen stiegen und seine Religiosität sich in den Messen, die er hörte, den Gebeten, die er aufsagte, und in den selbst verordneten Geißelungen als untadelig erwies, begannen sich Symptome zu zeigen, die später in den großen Debatten um seine Verwegenheiten, von seinen Verteidigern als religiöse Ungeduld und von seinen Verleumdern als verbrecherisches und mörderisches Erbe von Chirimoyo bezeichnet wurden. Bevor er zum Priester geweiht wurde, propagierte er unter den Seminaristen zum Beispiel die These, daß es notwendig sei, die Kreuzzüge wieder zu beleben, wieder gegen den Satan zu kämpfen, und zwar nicht nur mit den weibischen Waffen des Gebets und der Buße, sondern mit den männlichen (wirksameren, versicherte er) der Faust, des Stoßens mit dem Kopf und, wenn die Umstände es erforderten, auch mit dem Messer und der Kugel.

Beunruhigt beeilten sich seine Vorgesetzten, diese Extravaganzen zu bekämpfen, die jedoch wärmstens von Doña Mayte Unzátegui unterstützt wurden. Und da die menschenfreundliche Großgrundbesitzerin ein Drittel der Unterhaltskosten der Seminaristen bestritt, mußten diese Etatüberlegungen, die aus der Not eine Tugend machen, dazu führen, daß man Augen und Ohren vor den Theorien von Seferino Huanca Leyva verschloß. Aber es waren nicht nur Theorien, die Praxis bekräftigte sie. Es gab keinen freien Tag, an dem der Junge aus Chirimoyo am Abend nicht mit irgendeinem Beispiel dessen zurückkam, was er die bewaffnete Predigt nannte. Eines Tages hatte er eingegriffen, als er in den belebten Straßen seines Viertels sah, wie ein betrunkener Ehemann seine Frau verprügelte, und hatte dem gewalttätigen Kerl die Schienbeine mit Fußtritten zerschmettert und ihm einen Vortrag über das Betragen eines guten, christlichen Gatten gehalten. Ein anderes Mal hatte er im Autobus von Cinco Esquinas einen jungen Taschendieb überrascht, der eine alte Frau zu bestehlen versuchte, und hatte ihn mit Kopfstößen niedergeschlagen (und ihn danach selbst zur Unfallstation gebracht, damit ihm das Gesicht genäht würde). Schließlich hatte er eines Tages im hohen Gras des Waldes von Matamula ein Paar überrascht, das sich animalisch ergötzte, und hatte beide blutig geschlagen und sie unter Androhung neuer Schläge auf Knien schwören lassen, daß sie sich so bald wie möglich trauen lassen würden. Aber das Meisterstück (um es in irgendeiner Weise zu benennen) von Seferino Huanca Leyva, was sein Axiom »Reinheit lernt man, wie das Alphabet, dank blutiger Hiebe« anging, war der Faustschlag, der ausgerechnet seinen

Tutor und Lehrer in thomistischer Philosophie in der Kapelle des Seminars niederstreckte, den sanften Pater Alberto de Quinteros, der in einer Geste der Brüderlichkeit oder einem Anflug von Solidarität versucht hatte, ihn auf den Mund zu küssen. Ein einfacher Mann, keineswegs nachtragend (er war sehr spät Priester geworden, nachdem er Glück und Ruhm als Psychologe mit einem berühmten Fall erworben hatte, nämlich mit der Heilung eines jungen Arztes, der seine eigene Tochter in einem Vorort von Pisco überfahren und getötet hatte), widersetzte sich Hochwürden Pater Quinteros, als er aus dem Krankenhaus zurückkam, wo man ihm die Wunde am Mund genäht und die drei ausgebrochenen Zähne ersetzt hatte, dem Beschluß, Seferino Huanca Leyva aus dem Seminar auszuschließen, und er selbst – Großzügigkeit der großen Geister, die von soviel Die-andere-Wange-Hinhalten posthum auf die Altäre gehoben werden – stand Pate bei der Messe, in der das Kind der Schändung zum Priester geweiht wurde.
Aber nicht nur seine Überzeugung, daß die Kirche das Böse mit Fäusten bekämpfen solle, beunruhigte seine Vorgesetzten, als Seferino Huanca Leyva Seminarist war, sondern vielmehr sein (uneigennütziger?) Glaube, daß in dem weiten Repertoire der Todsünden auf gar keinen Fall die Eigenberührung stehen dürfe. Trotz der Ermahnungen seiner Meister, die – biblische Zitate und zahlreiche päpstliche Bullen, die Onan mit dem Bann belegen – versuchten, ihn aus seinem Irrtum zu befreien, reizte der Sohn der Abtreiberin Doña Angelica, hartnäckig wie er schon vor seiner Geburt war, allnächtlich seine Kameraden, indem er ihnen versicherte, daß der manuelle Akt von Gott erfunden worden sei, um die Geistlichen für ihre Keuschheitsgelübde zu entschädigen und auf jeden Fall, um sie erträglich zu halten. Die Sünde, so argumentierte er, bestehe in der Lust, die das Fleisch der Frau bot oder (perverser) das *fremde* Fleisch. Aber warum sollte sie in der demütigen, einsamen und unproduktiven Erleichterung liegen, in der Finger und Phantasie sich zusammentaten? In einem Aufsatz, der im Unterricht des ehrwürdigen Paters Leoncio Zacarías verlesen wurde, unterstellte Seferino Huanca Leyva sogar, indem er zweideutige Episoden des Neuen Testaments interpretierte, daß es Gründe für die Hypothese gebe, selbst Christus habe gelegentlich – vielleicht,

nachdem er Magdalena kennengelernt hatte – die Versuchung, unkeusch zu werden, mit Masturbation bekämpft, und man könne sie nicht als an den Haaren herbeigezogen abtun. Pater Zacarías erlitt einen Ohnmachtsanfall, und der Schützling der baskischen Pianistin war drauf und dran, wegen Gotteslästerung aus dem Seminar ausgestoßen zu werden.
Er bereute, bat um Verzeihung, tat alle Bußen, die ihm auferlegt wurden, und eine Zeitlang unterließ er es, jene unvernünftigen Dinge zu verbreiten, die seine Lehrer fiebern machten und die Seminaristen erhitzten. Aber was seine eigene Person anging, unterließ er es nicht, sie in die Praxis umzusetzen, denn sehr bald hörten seine Beichtväter ihn wieder sagen, sobald er im knirschenden Beichtstuhl niederkniete: »In dieser Woche bin ich der Geliebte der Königin von Saba, von Dalilah und der Gemahlin des Holofernes gewesen.« Dieser Spleen war es, der ihn um eine Reise brachte, die seinen Geist bereichert hätte. Er war gerade geweiht worden, und da Seferino Huanca Leyva trotz seiner heterodoxen Grübeleien ein außerordentlich fleißiger Schüler gewesen war und niemand jemals das Vibrieren seiner Intelligenz angezweifelt hatte, beschlossen seine Obersten, ihn zur Erlangung der Doktorwürde auf die Gregorianische Universität in Rom zu schicken. Sofort verkündete der brillante Priester – Gelehrte, die erblinden, wenn sie die verstaubten Manuskripte der Vatikanischen Bibliothek durchforschen –, er werde eine Arbeit erstellen, die er »Das einsame Laster als Zitadelle der kirchlichen Keuschheit« betiteln wollte. Da sein Projekt zornig abgelehnt wurde, verzichtete er auf die Reise nach Rom und begrub sich in der Hölle von Mendocita, aus der er niemals mehr herauskommen sollte.
Er selbst wählte das Viertel, als er erfuhr, daß alle Priester Limas es wie die Pest fürchteten; nicht so sehr wegen seiner Mikrobenkonzentration, die aus seiner hieroglyphischen Topographie aus sandigen Gehwegen und Hütten aus vielfältigen Materialen – Pappe, Wellblech, Kokosmatten, Holzplatten, Lappen und Zeitungspapier – ein Laboratorium der raffiniertesten Formen von Infektion und Parasitose machten, sondern wegen der sozialen Gewalttätigkeit, die in Mendocita herrschte. Das Elendsviertel war damals tatsächlich eine Universität des Verbrechens, mit proletarischen Spezialitäten: Einbruch, Dieb-

stahl, Prostitution, Messerstecherei, kleine Betrügereien, Handel mit Koks und Zuhälterei.
Pater Seferino Huanca Leyva baute eigenhändig in wenigen Tagen eine Hütte aus Lehmziegeln, in die er keine Tür einsetzte, brachte ein Bettgestell aus zweiter Hand und eine Strohmatratze dorthin, die er auf dem Flohmarkt gekauft hatte, und verkündete, daß er jeden Tag um 7 Uhr eine Messe unter freiem Himmel abhalten werde. Er ließ auch wissen, daß er von montags bis sonnabends die Beichte abnehmen werde, für die Frauen von 2 bis 6 Uhr und für die Männer von 7 Uhr bis Mitternacht, um Promiskuität zu vermeiden. Er gab auch bekannt, daß er vormittags von 8 bis 12 Uhr einen Kindergarten einrichten wolle, wo die Kleinen des Viertels das Alphabet, das Rechnen und den Katechismus lernen sollten. Sein Enthusiasmus zerbrach an der Realität. Seine Kundschaft bei der Morgenmesse bestand aus kaum einer Handvoll triefäugiger Greise und Greisinnen, mit nachlassender Körperbeherrschung, die gelegentlich, ohne daß es ihnen bewußt war, jene unsaubere Sitte der Leute eines gewissen Landes (bekannt durch seine Rinder und durch seine Tangos) praktizierten, nämlich zu furzen und während des Gottesdienstes ihre Notdurft in die Kleider zu verrichten. Was die Beichte am Nachmittag und den Kindergarten am Vormittag anging, erschien kein Mensch, nicht einmal aus bloßer Neugier. Was war hier los? Der Kurpfuscher des Viertels, Jaime Concha, ein stämmiger Exwachtmeister der Guardia Civil, der seine Uniform an den Nagel gehängt hatte, nachdem seine Institution ihm befohlen hatte, einen armen Gelben zu erschießen, der aus irgendeinem Hafen des Orients als blinder Passagier nach Callao gekommen war, und der sich seitdem mit einem gewissen Erfolg der Quacksalberei widmete, hatte tatsächlich das Herz von Mendocita in der Hand. Mit einer gewissen Eifersucht hatte er die Ankunft des möglichen Rivalen erwartet und den Boykott in der Gemeinde organisiert.
Durch eine Verräterin (die ehemalige Hexe von Mendocita, Doña Mayte Unzátegui, eine Baskin von indigoblauem Blut, die heruntergekommen und von Jaime Concha als Königin und Herrin des Viertels entthront worden war) erfuhr Pater Seferino Huanca Leyva – Freuden, die den Blick feucht machen und die Brust entflammen – davon, daß nun endlich der geeignete Mo-

ment gekommen sei, seine Theorie von der bewaffneten Predigt anzuwenden. Wie ein Zirkusausrufer ging er durch die dreckigen Gassen und rief mit kehliger Stimme, daß er und der Wunderdoktor am nächsten Sonntag um 11 Uhr vormittags auf dem Fußballfeld mit den Fäusten austragen wollten, wer von beiden der männlichere sei. Als der muskulöse Jaime Concha sich vor der Adobehütte einfand, um Pater Seferino zu fragen, ob er das als eine Herausforderung zur Prügelei verstehen solle, beschränkte sich der Mann aus Chirimoyo darauf, seinerseits kühl zu fragen, ob sie mit bloßen Händen oder lieber mit Messern kämpfen wollten. Der Exwachtmeister krümmte sich vor Lachen und ging und erklärte den Leuten, daß er, als er noch Polizist war, die wilden Hunde, die man auf der Straße fing, mit einem einzigen Schlag auf den Schädel getötet habe.
Die Prügelei zwischen dem Priester und dem Kurpfuscher weckte außerordentliche Erwartungen, und nicht nur ganz Mendocita, auch Victoria, Porvenir und Cerro San Cosme und Agustín kamen, um ihr beizuwohnen. Pater Seferino erschien in Hose und Unterhemd und bekreuzigte sich vor der Schlacht. Diese war kurz, aber aufsehenerregend. Der Mann aus Chirimoyo war dem Expolizisten zwar physisch unterlegen, jedoch an List haushoch überlegen. Gleich zu Anfang warf er ihm etwas Ají-Pulver in die Augen, das er bei sich hatte (nachher erklärte er der Menge: »bei kreolischen Prügeleien ist alles erlaubt«), und als der Riese – Goliath, der durch den intelligenten Schleuderwurf Davids besiegt wird – blind stolperte, schwächte er ihn mit einem Hagel von Fußtritten in die Schamteile, bis er sich krümmte. Ohne ihm eine Pause zu lassen, begann er mit rechten und linken Haken den frontalen Angriff auf sein Gesicht und änderte den Stil erst, als er ihn zu Boden geworfen hatte. Dort beendete er das Massaker, indem er ihm in die Rippen und in den Magen trat. Jaime Concha brüllte vor Schmerz und Scham und bekannte sich geschlagen. Unter Applaus fiel Pater Seferino Huanca Leyva auf die Knie und betete ergeben, das Gesicht gen Himmel gerichtet und die Hände gefaltet.
Die Episode – die ihren Weg bis in die Zeitungen machte und den Erzbischof unangenehm berührte – gewann Pater Seferino die Sympathie seiner potentiellen Gemeindemitglieder. Seitdem waren die morgendlichen Messen etwas besser besucht, und

einige sündige Seelen, vor allem weibliche, baten um Abnahme der Beichte, obwohl diese seltenen Fälle natürlich nicht einmal den zehnten Teil des großzügigen Stundenplans deckten, den – die Sündenkapazität von Mendocita über den Daumen peilend – der optimistische Pfarrer aufgestellt hatte. Ein anderes im Viertel wohl aufgenommenes Ereignis, das ihm neue Klienten einbrachte, war sein Verhalten gegenüber Jaime Concha nach dessen demütigender Niederlage. Er selbst half den Nachbarinnen, ihm Jod und Arnika aufzulegen, und ließ ihn wissen, er werde ihn nicht aus Mendocita verjagen und sei, im Gegenteil, bereit – Großzügigkeit der Napoleone, die den General, dem sie gerade das Heer abgenommen haben, zum Champagner einladen und mit der eigenen Tochter verheiraten –, ihn als Sakristan in den Kirchendienst aufzunehmen. Der Kurpfuscher durfte weiterhin Tränke für Freundschaft und Feindschaft, gegen den bösen Blick und für die Liebe vertreiben, aber zu gemäßigten Preisen, die der Priester selbst festlegte, und es war ihm lediglich verboten, sich um Fragen, die das Seelenheil angingen, zu kümmern. Er erlaubte ihm auch weiterhin, bei den Nachbarn, die sich die Gelenke verrenkt hatten, als Knochendoktor zu fungieren, unter der Bedingung, daß er nicht versuchte, jene Kranken zu heilen, die ins Krankenhaus gebracht werden müßten.

Die Art und Weise, wie es Pater Seferino Huanca Leyva gelang – Fliegen, die den Honig riechen, Pelikane, die den Fisch entdecken –, die Kleinen in seinen unansehnlichen Kindergarten zu locken, war wenig orthodox und brachte ihm die erste ernste Verwarnung der Kurie ein. Er gab bekannt, daß die Kinder für jede Woche Anwesenheit ein Heiligenbildchen als Geschenk erhalten sollten. Dieser Köder wäre für die kraftlose Horde von Bettelkindern, die er zu motivieren versuchte, völlig unzureichend gewesen, wenn die euphemistischen »Heiligenbildchen« des Burschen aus Chirimoyo nicht in Wirklichkeit Bilder nackter Frauen gewesen wären, die schwerlich mit Heiligen Jungfrauen zu verwechseln waren. Den Müttern, die sich über seine pädagogischen Methoden wunderten, versicherte der Priester feierlich, daß die »Heiligenbildchen« ihre Kinderchen, wenn es auch wie eine Lüge klinge, von dem unkeuschen Fleisch fernhielten und sie weniger ungezogen, zahmer, schläfriger machten.

Um die Mädchen des Viertels zu gewinnen, bediente er sich der Neigungen, die aus der Frau die erste biblische Sünderin gemacht hatten, und der Dienste von Mayte Unzátegui, die ebenfalls als Helferin in der Gemeinde eingegliedert war. Diese – Weisheit, die nur zwanzig Jahre Regentschaft in den Bordellen von Tingo María hervorbringt – verstand es, sich die Zuneigung der Mädchen durch Unterrichtsstunden zu gewinnen, die sie amüsierten. Sie lehrte sie, sich Lippen, Wangen und Augenbrauen anzumalen, ohne sich Schminke in der Drogerie kaufen zu müssen; wie man sich mit Watte, kleinen Kissen und selbst mit Zeitungspapier Brüste, Hüften und künstliche Popos fabrizieren konnte und wie man die modischen Tänze Rumba, Huaracha, Porro und Mambo tanzte. Als der Inspekteur der kirchlichen Obrigkeit die Gemeinde besuchte und in der weiblichen Abteilung des Kindergartens sah, wie die Gören abwechselnd das einzige Paar hochhackiger Schuhe anzogen und sich unter der schulmeisterlichen Aufsicht der ehemaligen Kupplerin in den Hüften wiegten, rieb er sich die Augen. Als er schließlich die Sprache wiedergefunden hatte, fragte er Pater Seferino, ob er eine Schule für Prostituierte gegründet habe:

»Die Antwort lautet ja«, antwortete der Sohn der schwarzen Teresita, ein Mann, der das Wort nicht fürchtete. »Da ihnen ja doch nichts anderes übrig bleiben wird, als diesen Beruf auszuüben, sollen sie ihn wenigstens gekonnt ausüben.«

(Dafür erhielt er die zweite ernste Verwarnung der Kurie.)

Aber es trifft keineswegs zu, daß Pater Seferino, wie seine Verleumder schließlich behaupteten, der große Zuhälter von Mendocita war. Er war nur ein realistischer Mann, der das Leben ganz genau kannte. Er förderte die Prostitution nicht, sondern versuchte nur, sie schicklicher zu machen, und lieferte stolze Schlachten, um zu verhindern, daß die Frauen, die sich ihr Leben mit ihrem Körper verdienten (alle in Mendocita zwischen zwölf und sechzig Jahren), sich den Tripper zuzogen und von Zuhältern ausgebeutet wurden. Die Ausrottung der zwanzig Zuhälter des Viertels (in manchen Fällen gelang ihre Läuterung) war eine heldenhafte Aufgabe, diente der sozialen Gesundheit und brachte Pater Seferino mehrere Messerstiche und eine Belobigung vom Bürgermeister von Victoria ein. Er wandte dabei seine Philosophie der bewaffneten Predigt an. Durch Jaime

Concha ließ er öffentlich ausrufen, Gesetz und Religion verböten, daß die Männer wie Drohnen auf Kosten untergeordneter Wesen lebten und daß darum jeder Bürger, der Frauen ausbeute, es mit seinen Fäusten zu tun bekomme. Auf diese Weise mußte er dem Großen Margarina Pacheco den Unterkiefer aushaken, Padrillo ein Auge einschlagen, Pedrito Garrote impotent machen, Macho Sampedri zum Idioten prügeln und Cojinoba Huambachano mit violetten Blutergüssen versehen. Während dieser quijotesken Kampagne wurde er eines Nachts überfallen und von Messerstichen zerfetzt. Die Angreifer hielten ihn für tot und ließen ihn, den Hunden zum Fraß, im Schmutz liegen. Aber die Lebenskraft dieses darwinischen Burschen war stärker als die rostigen Messerklingen, die ihn zerstochen hatten, und er kam mit einem halben Dutzend Narben davon – mannhafte Eisenspuren in Körper und Gesicht, die unzüchtige Damen aufreizend zu nennen pflegen –, was den Anführer seiner Angreifer, den Arequipeñer mit dem religiösen Vornamen und dem maritimen Nachnamen, Ezequiel Delfín, nach Prozeß und Urteilsspruch als unheilbar verrückt in die psychiatrische Klinik brachte.

Opfer und Anstrengungen trugen die erwarteten Früchte, und Mendocita wurde zum großen Erstaunen aller von Zuhältern gesäubert. Pater Seferino war der Schwarm aller Frauen des Viertels; seitdem kamen sie scharenweise zur Messe und beichteten jede Woche. Um ihnen den Beruf weniger virulent zu machen, lud Pater Seferino einen Arzt der Acción Católica in das Viertel ein, damit er ihnen Ratschläge zur sexuellen Prophylaxe erteile und sie über die praktischen Möglichkeiten unterrichte, bei den Klienten oder bei sich selbst rechtzeitig das Vorkommen von Gonokokken zu entdecken. Für die Fälle, in denen die Techniken der Geburtenkontrolle, die Mayte Unzátegui ihnen verordnete, nicht funktionierten, holte Pater Seferino eine Schülerin von Doña Angelica aus Chirimoyo nach Mendocita, um die Kaulquappen der käuflichen Liebe auf geeignete Weise in den Limbus zu schicken. Die ernste Verwarnung, die er von der Kurie erhielt, als diese erfuhr, daß der Priester die Benutzung von Präservativen und Pessaren anregte und sich energisch für die Abtreibung einsetzte, war bereits die dreizehnte.

Die vierzehnte erhielt er wegen der sogenannten Berufsschule, die zu bilden er die Verwegenheit besaß. Hier zeigten die alten Hasen des Viertels den Neulingen in angeregten Gesprächen – es wird viel erzählt unter den Wolken oder den gelegentlichen Sternen einer Nacht in Lima – ohne Handbuch die verschiedenen Möglichkeiten, sich die Bohnen zu verdienen. Hier konnte man zum Beispiel die Übungen erlernen, die aus den Fingern intelligente und außerordentlich diskrete Eindringlinge machen, die in der Lage sind, ins Innere jeder Tasche, Handtasche, Brieftasche oder jedes Köfferchens einzudringen und unter den heterogenen Stücken die begehrte Beute zu erkennen. Hier enthüllte man, wie mit künstlerischer Geduld jeder Draht in der Lage ist, einen noch so barocken Schlüssel beim Öffnen einer Tür zu ersetzen, und wie man Motoren der verschiedensten Automarken anlassen kann, auch wenn man zufällig nicht der Eigentümer ist. Hier wurde gezeigt, wie man, zu Fuß oder auf dem Fahrrad, Schmuck geschwind abreißt, wie man Mauern erklimmt und leise die Fenster der Häuser entglast und eine plastische Chirurgie bei jedem Objekt vornimmt, das abrupt den Besitzer wechseln soll, und die Art und Weise, wie man die verschiedenen Gefängnisse von Lima ohne die Erlaubnis des Kommissars verläßt. Sogar die Fabrikation von Messern und – Verleumdung des Neides? – die Herstellung von Koks erlernte man in jener Schule, die Pater Seferino schließlich die Freundschaft und Verbrüderung mit den Männern von Mendocita einbrachte und auch seinen ersten Zusammenstoß mit der Polizei von Victoria, wohin er eines Nachts gebracht wurde und wo ihm als grauer Eminenz vieler Verbrechen Prozeß und Gefängnis angedroht wurden. Selbstverständlich rettete ihn seine einflußreiche Gönnerin.

Schon damals war Pater Seferino zu einer stadtbekannten Figur geworden, mit der sich die Zeitungen, Zeitschriften und der Rundfunk beschäftigten. Seine Taten waren Gegenstand von Polemiken. Es gab Leute, die ihn für einen ganz besonderen Heiligen hielten, einen Vorläufer jener neuen Priestergeneration, die die Kirche revolutionieren würden, und es gab andere, die davon überzeugt waren, daß er der Fünften Kolonne Satans angehöre und damit beauftragt sei, das Haus des Heiligen Petrus von innen her auszuhöhlen. Mendocita (war er daran

schuld oder schuldete man ihm dafür Dank?) wurde zur Touristenattraktion. Neugierige, Betschwestern, Journalisten und Snobs begaben sich in das uralte Paradies des Lumpenproletariats um Pater Seferino zu sehen, zu berühren, zu interviewen oder ein Autogramm von ihm zu erbitten. Diese Publizität entzweite die Kirche: ein Teil meinte, sie diene der Sache, der andere, sie schade ihr.
Als Pater Seferino Huanca Leyva im Verlauf einer Prozession zum Ruhm des HErrn von Limpias – ein Kult, den er in Mendocita eingeführt hatte und der wie trockenes Stroh Feuer gefangen hatte – triumphgeschwellt verkündete, daß es in seiner Gemeinde kein einziges lebendes Kind gebe, auch nicht unter den in den letzten zehn Stunden Geborenen, das noch nicht getauft sei, bemächtigte sich ein Gefühl des Stolzes aller Gläubigen, und die Obrigkeit schickte ihm dieses Mal unter den vielen Verwarnungen Worte der Anerkennung.
Dagegen rief er einen Skandal hervor, als er anläßlich des Festes der Heiligen Rosa, der Schutzpatronin von Lima, in einer Predigt unter freiem Himmel auf dem Fußballfeld von Mendoctia der Welt verkündete, daß es innerhalb der staubigen Grenzen seines Amtsbereichs kein Paar gebe, dessen Vereinigung nicht vor Gott und dem Altar seiner Adobehütte abgesegnet worden sei. Überrascht, denn sie wußten sehr gut, daß im ehemaligen Imperium der Inkas die wilde Ehe die festgefügteste und meistgeachtete Institution war – Kirche und Heer ausgenommen –, kamen die Prälaten der peruanischen Kirche (mit schlurfenden Schritten?), um dieses Wunderwerk persönlich zu überprüfen. Was sie fanden, als sie in den promiskuösen Behausungen von Mendocita herumschnüffelten, erschreckte sie zu Tode und hinterließ einen Nachgeschmack von Sakramentsverhöhnung. Die Erklärungen von Pater Seferino kamen ihnen abstrus vor und wie Rotwelsch (der Bursche von Chirimoyo hatte nach so vielen Jahren im Elendsviertel das saubere Spanisch des Seminars vergessen und alle Barbarismen und Idiotismen des Jargons von Mendocita übernommen), und der Exkurpfuscher und Expolizist Lituma war es, der ihnen das System erklärte, mit dem sie das Konkubinat ausgerottet hatten. Es war gotteslästerlich einfach. Es bestand darin, alle Paare, die zusammenlebten oder zusammenleben wollten, vor den Evangelien zu legalisieren. Die

Paare beeilten sich nach dem ersten ergötzlichen Beisammensein, sich von ihrem geliebten Priester trauen zu lassen, wie es Gott befiehlt, und Pater Seferino erteilte ihnen, ohne sie mit impertinenten Fragen zu belästigen, die Sakramente. Da auf diese Weise viele Bürger mehrfach verheiratet waren, ohne vorher verwitwet zu sein – aeronautische Geschwindigkeit, mit der die Paare des Viertels sich auflösten, sich mischten und wieder zusammenfügten –, glich Pater Seferino die Verwirrung, die dadurch im Bereich der Sünden entstand, durch die reinigende Beichte wieder aus. (Er hatte dies mit dem Sprichwort erklärt, das nicht nur ketzerisch, sondern auch noch vulgär war: Ein Geschwür deckt das andere!) Seiner Autorität enthoben, gerügt, beinahe vom Erzbischof geohrfeigt, beging Pater Seferino Huanca Leyva aus diesem Anlaß einen hohen Gedenktag: die ernste Verwarnung Nummer 100.

So, zwischen verwegenen Unternehmungen und öffentlichen Verweisen, Zielscheibe von Polemiken, geliebt von den einen und geächtet von den anderen, erreichte Pater Seferino Huanca Leyva das blühende Alter von fünfzig Jahren. Er war ein Mann mit breiter Stirn, Adlernase, durchdringendem Blick von Güte und aufrechter Gesinnung, den die Überzeugung aus den verheißungsvollen Tagen seiner Seminaristenzeit, daß die eingebildete Liebe keine Sünde sei, vielmehr ein mächtiger Schutz für die Keuschheit, tatsächlich keusch erhalten hatte, als – Schlange des Paradieses, die die wollüstigen, allgegenwärtigen Formen des Weibes voller aufreizender Flitter annimmt – eine niederträchtige Frau, die sich Mayte Unzátegui nannte und als Sozialarbeiterin ausgab (tatsächlich war sie, wie letztlich jede Frau, nur ein Freudenmädchen), in den Stadtteil Mendocita kam.

Sie sagte, sie habe in den Urwäldern von Tingo María aufopfernd gearbeitet, den Eingeborenen Parasiten aus den Bäuchen gezogen und sei sehr widerstrebend von dort geflohen, weil ein Rudel fleischfressender Ratten ihr Kind aufgefressen habe. Sie war von baskischem und daher aristokratischem Blute. Obwohl ihre schwellenden Formen und ihr wabbeliger Gang ihn auf die Gefahr hätten aufmerksam machen müssen, beging Pater Seferino Huanca Leyva – Anziehungskraft des Abgrunds, der monolithische Tugenden hat stürzen sehen – die Dummheit, sie als

Helferin aufzunehmen, da er glaubte, sie wolle tatsächlich, wie sie vorgab, Seelen retten und Parasiten töten. In Wirklichkeit wollte sie ihn zur Sünde verführen. Sie setzte ihr Vorhaben in die Praxis um, indem sie in die Adobehütte einzog. Dort schlief sie auf einem Bettgestell, das durch eine lächerliche kleine Gardine, die noch dazu durchsichtig war, von seinem Bettgestell getrennt war. Nachts machte die Verführerin beim Licht einer Kerze Gymnastik unter dem Vorwand, so schlafe sie besser und erhalte sich einen gesunden Organismus. Aber konnte man diesen Haremstanz aus Tausendundeiner Nacht schwedische Gymnastik nennen, wenn die Baskin auf der Stelle die Hüften schwenkte, die Schultern erzittern ließ, die Beine anzog und streckte, die Arme drehte und der keuchende Kirchenmann durch die vom Widerschein der Kerze erleuchtete Gardine ein aufreizendes chinesische Schattenspiel wahrnahm? Und später, wenn die Leute von Mendocita schon in tiefem Schlaf lagen, besaß Mayte Unzátegui die Dreistigkeit, wenn sie das Knirschen des Nachbarbettes hörte, mit honigsüßer Stimme zu fragen: »Sind Sie noch wach, Paterchen?«

Es stimmt, daß die schöne Verführerin, um ihn zu täuschen, zwölf Stunden täglich arbeitete; sie impfte, heilte Krätze, desinfizierte die Höhlen der Armen und führte alte Leute spazieren. Aber sie tat es in Shorts, Beine und Schultern, Arme und Taille waren unbekleidet; sie gab an, sie habe sich im Urwald daran gewöhnt, so herumzulaufen. Der Pater dehnte seine schöpferische Seelsorge weiter aus, aber er magerte zusehends ab, hatte Ringe unter den Augen, und sein Blick suchte ohne Unterlaß Mayte Unzátegui. Und wenn er sie vorbeigehen sah, öffnete sich sein Mund, und ein Faden geilen Speichels befeuchtete seine Lippen. Zu dieser Zeit gewöhnte er sich an, Tag und Nacht mit den Händen in den Taschen herumzugehen, und seine Pfarrhelferin, die ehemalige Abtreiberin Doña Angelica, prophezeite ihm, er werde demnächst Blut spucken wie ein Tuberkulosekranker.

Würde der Hirte den niederträchtigen Versuchungen der Sozialarbeiterin unterliegen, oder würden ihm seine schwächenden Gegenmaßnahmen helfen, ihr zu widerstehen? Würden diese ihn in die Irrenanstalt oder ins Grab bringen? Mit sportlichem Interesse verfolgten die Gläubigen von Mendocita diesen

Kampf und stellten Wetten auf, mit knappen Fristen und delikaten Alternativen: die Baskin würde vom Priestersamen schwanger werden; der Mann von Chirimoyo würde sie töten, um die Versuchung zu töten, oder er würde den Habit an den Nagel hängen und sie heiraten. Selbstverständlich schickte sich das Leben an, sie alle mit einer gezinkten Karte auszustechen.

Mit dem Argument, man müsse zur Kirche der Frühzeit, zu der einfachen Kirche der Evangelisten zurückkehren, in der alle Gläubigen zusammenlebten und ihre Güter untereinander teilten, begann Pater Seferino energisch eine Kampagne, um in Mendocita – dem wahren Laboratorium für christliche Experimente – das gemeinschaftliche Leben wiederherzustellen. Die Paare sollten in Kollektiven von fünfzehn oder zwanzig Mitgliedern aufgehen, die untereinander die Arbeit, die Lebenshaltung und die häuslichen Pflichten teilten und in Häusern zusammenlebten, die diesen neuen sozialen Lebenszellen, die das klassische Paar ersetzen sollten, angepaßt waren. Pater Seferino ging mit gutem Beispiel voran. Er vergrößerte seine Hütte und nahm darin neben der Sozialarbeiterin auch seine beiden Pfarrhelfer auf, den ehemaligen Wachtmeister Lituma und die ehemalige Abtreiberin Doña Angelica. Diese Mikrokommune war die erste in Mendocita, deren Beispiel entsprechend sich die anderen konstituieren sollten.

Pater Seferino forderte, in jeder katholischen Gemeinschaft solle die totale demokratische Gleichheit zwischen den Mitgliedern gleichen Geschlechts herrschen. Die Männer und Frauen sollten sich jeweils untereinander duzen, aber, um die von Gott aufgestellten Unterschiede der Muskulatur, Intelligenz und des reinen Menschenverstandes nicht zu vergessen, riet er den Weibern, die Männer zu siezen und zu versuchen, ihnen als Zeichen ihres Respekts nicht in die Augen zu sehen. Die Aufgaben des Kochens, Fegens, des Wassertragens, des Vernichtens von Kakerlaken und Mäusen, das Wäschewaschen und die anderen häuslichen Tätigkeiten sollten reihum erledigt werden und das von jedem Mitglied auf gute oder auf böse Art verdiente Geld voll und ganz der Gemeinschaft übergeben werden, die es ihrerseits, nachdem die gemeinsamen Kosten gedeckt waren, zu gleichen Teilen zurückgab. Die Wohnungen sollten keine

Wände haben, damit die sündige Gewohnheit der Geheimniskrämerei ausgerottet werde, und alle Lebensäußerungen von der Entleerung der Gedärme bis zum sexuellen Kuß sollten sich vor den Augen aller vollziehen.
Bevor die Polizei und das Heer mit einem kinoreifen Aufwand an Karabinern, Gasmasken und Bazookas in Mendocita einrückten und jenen großen Fischzug taten, der Männer und Frauen des Viertels nicht für das, was sie tatsächlich waren oder gewesen waren (Diebe, Messerstecher, Dirnen), sondern als subversive und zersetzerische Elemente für viele Tage in Polizeiwachen festhielt und Pater Seferino vor ein Militärgericht stellte, wo man ihn beschuldigte, im Schutz der Soutane einen Brückenkopf des Kommunismus aufrichten zu wollen (auf Betreiben seiner Gönnerin, der Millionärin Mayte Unzátegui, wurde er freigesprochen), war das Experiment der archaischen christlichen Kommune bereits zum Untergang verurteilt.
Verurteilt von der Kurie (ernste Verwarnung Nummer 233), die das ganze für verdächtig in der Theorie und für unvernünftig in der Praxis hielt (die Fakten, ach, gaben ihr Recht), aber zum Scheitern verurteilt vor allem durch die Veranlagung der Männer und Frauen von Mendocita, die eindeutig allergisch auf das Gemeinschaftsleben reagierten. Problem Nummer eins war der Geschlechtsverkehr. Begünstigt von der Dunkelheit, ergaben sich in den kollektiven Schlafsälen, in denen Matratze an Matratze lag, die feurigsten Berührungen, Samenergüsse durch Streicheln, Reiben, direkte Schändungen, Sodomie, Schwangerschaften; als Folge davon vervielfältigten sich die Verbrechen aus Eifersucht. Problem Nummer zwei war der Diebstahl. Das Zusammenleben steigerte das Bedürfnis nach Besitz bis zum Irrsinn, statt es aufzulösen. Die Leute stahlen sich gegenseitig sogar ihren faulen Atem. Das enge Zusammenleben machte die Menschen von Mendocita zu Todfeinden, statt sie zu verbrüdern. In dieser Zeit der Unordnung und der Irritation geschah es, daß die Sozialarbeiterin (Mayte Unzátegui?) erklärte, sie sei schwanger, und Wachtmeister Lituma erkannte die Vaterschaft des Kindes an. Mit Tränen in den Augen legalisierte Pater Seferino diese Verbindung, die aufgrund seiner soziokatholischen Erfindung entstanden war. (Es heißt, daß er seitdem in den

Nächten herumschluchzte und Klagelieder an den Mond sang.)
Doch beinahe unmittelbar danach mußte er einer schlimmeren Katastrophe begegnen als der, die Baskin zu verlieren, die er niemals besessen hatte, nämlich der Ankunft eines Konkurrenten in Mendocita, des evangelischen Pfarrers Don Sebastián Bergua. Dieser war ein noch junger Mann von sportlichem Aussehen mit starkem Bizeps, der, kaum daß er angekommen war, überall bekannt machte, er habe sich vorgenommen, in einer Frist von sechs Monaten ganz Mendocita für die wahre Religion – die reformierte – zu gewinnen, den katholischen Priester und seine drei Gehilfen eingeschlossen. Don Sebastián (der, bevor er Pfarrer wurde, ein millionenschwerer Gynäkologe gewesen war?) verfügte über die Mittel, die Bürger zu beeindrucken. Er baute sich ein Ziegelhäuschen, wobei er den Leuten gutbezahlte Arbeit anbot, und begann mit den sogenannten religiösen Frühstücken, zu denen er kostenlos diejenigen einlud, die seinen Bibelvorträgen zuhören und bestimmte Lieder auswendig lernen wollten. Von der Wortgewalt der Baritonstimme oder von Milchkaffee und Brot mit Chicharrón verführt, desertierten die Menschen von Mendocita aus der katholischen Lehmhütte in den evangelischen Ziegelbau.
Pater Seferino griff natürlich auf die bewaffnete Predigt zurück. Er forderte Don Sebastián Bergua auf, im Faustkampf zu entscheiden, wer der wirkliche Diener Gottes sei. Geschwächt durch das Übermaß an Übungen zugunsten Onans, die es ihm erlaubt hatten, den Provokationen des Teufels zu widerstehen, fiel der Mann aus Chirimoyo vom zweiten Faustschlag Don Sebastián Berguas, der zwanzig Jahre lang eine Stunde täglich Korbball und Boxen betrieben hatte (Sportclub Remigius in San Isidro?), k.o. zu Boden. Nicht die Tatsache, daß er zwei Schneidezähne verlor und die Nase eingedrückt bekam, ließ Pater Seferino verzweifeln, sondern die Demütigung, mit den eigenen Waffen geschlagen worden zu sein und feststellen zu müssen, daß er jeden Tag mehr Gläubige an seinen Gegner verlor.
Aber – die Verwegenen, die angesichts der Gefahr wachsen und bei großem Übel schlimmeren Ausweg suchen – eines Tages brachte der Mann aus Chirimoyo heimlich ein paar Dosen mit einer Flüssigkeit, die er vor den Blicken der Neugierigen verbarg

(aber jeder empfindliche Geruchssinn hätte sie sofort als Kerosin erkannt), in seine Adobehütte. In Begleitung seines getreuen Lituma verschloß er in jener Nacht, als alle schliefen, von außen Türen und Fenster des Ziegelhauses mit dicken Brettern und starken Nägeln. Don Sebastián schlief den Schlaf der Gerechten, träumte von einem inzestuösen Neffen, der aus Reue darüber, daß er seine Schwester entehrt hatte, papistischer Priester in einem Elendsviertel von Lima, in Mendocita (?), wurde. Er konnte die Hammerschläge Litumas nicht hören, die den Evangelistentempel in eine Mausefalle verwandelten, da ihm die ehemalige Hebamme Doña Angelica auf Pater Seferinos Befehl einen schweren und betäubenden Trank bereitet hatte. Als die Mission verrammelt war, begoß sie der Mann aus Chirimoyo eigenhändig mit Kerosin. Dann bekreuzigte er sich, zündete ein Streichholz an und wollte es hineinwerfen, aber irgend etwas ließ ihn zögern. Der Exwachtmeister Lituma, die Sozialarbeiterin, die ehemalige Abtreiberin, die Hunde von Mendocita sahen ihn hochaufgerichtet und mager unter den Sternen, die Augen vor Pein verdreht, das Streichholz zwischen den Fingern, wie er zögerte, ob er seinen Feind braten solle.
Würde er es tun? Würde er das Streichholz werfen? Würde Pater Seferino Huanca Leyva die Nacht von Mendocita in ein prasselndes Inferno verwandeln? Würde er auf diese Weise ein Leben, das der Religion und dem Wohl der Allgemeinheit geweiht war, zerstören, oder würde er die kleine Flamme, die ihm schon die Nägel verbrannte, zertreten und die Tür des Ziegelhauses öffnen, um den evangelischen Pfarrer auf Knien um Verzeihung zu bitten? Wie würde diese Parabel aus dem Elendsviertel enden?

XV

Die erste Person, der ich von dem Heiratsantrag erzählte, den ich Tante Julia gemacht hatte, war nicht Javier, sondern meine Cousine Nancy. Ich rief sie an, nachdem ich mit Tante Julia gesprochen hatte, und schlug ihr vor, mit mir ins Kino zu gehen. Wir gingen aber ins El Patio, eine Cafébar in der Calle San Martín in Miraflores, wo sich die Catcher zu treffen pflegten, die Max Aguirre, der Manager vom Luna Park, nach Lima holte. Das Lokal – ein einstöckiges Häuschen, das wie ein Einfamilienhaus konzipiert war, zu dem die Funktion einer Bar überhaupt nicht paßte – war leer, und wir konnten in Ruhe miteinander sprechen; ich trank dabei die zehnte Tasse Kaffee dieses Tages und Nancy eine Coca Cola.

Wir hatten uns gerade gesetzt, und ich dachte darüber nach, in welcher Weise ich ihr die Nachricht vergolden könnte. Aber sie kam mir mit Neuigkeiten zuvor. Am Abend vorher hatte bei Tante Hortensia ein Treffen stattgefunden, zu dem etwa ein Dutzend Verwandter zusammengekommen waren, um »den Fall« zu besprechen. Dort hatte man beschlossen, daß Onkel Lucho und Tante Olga Tante Julia bitten sollten, nach Bolivien zurückzukehren.

»Sie haben es für dich getan«, erklärte mir Nancy. »Dein Vater ist offensichtlich wahnsinnig wütend und hat einen schrecklichen Brief geschrieben.«

Onkel Jorge und Onkel Lucho, die mich so liebten, waren jetzt sehr besorgt wegen der Strafe, die mich treffen könnte. Man war der Meinung, daß mein Vater, falls Tante Julia bei seiner Ankunft in Lima schon fort wäre, sich beruhigen und nicht gar so streng sein würde.

»Das alles ist jetzt gar nicht mehr so wichtig«, sagte ich hochmütig. »Ich habe Tante Julia gebeten, mich zu heiraten.«

Ihre Reaktion war verblüffend, wie eine Karikatur, wie im Film; sie verschluckte sich an der Coca Cola, bekam einen einfach beleidigenden Hustenanfall, und Tränen stiegen ihr in die Augen.

»Laß die Faxen, dumme Gans«, schimpfte ich ziemlich wütend. »Ich brauche deine Hilfe.«

»Ich habe mich nicht deswegen verschluckt, sondern weil ich die Flüssigkeit in die falsche Kehle bekommen habe«, stotterte meine Cousine, trocknete sich die Augen und räusperte sich immer wieder; ein paar Sekunden später fügte sie mit gesenkter Stimme hinzu: »Du bist doch noch ein Baby. Hast du denn Geld zum Heiraten? Und dein Vater? Der bringt dich um!«

Aber von ihrer schrecklichen Neugier getrieben, bedrängte sie mich sofort mit Fragen über Einzelheiten, an die zu denken ich noch gar keine Zeit gehabt hatte. Hatte Tante Julia angenommen? Wollten wir fliehen? Wer würden die Trauzeugen sein? Wir konnten uns nicht kirchlich trauen lassen, weil sie geschieden war, nicht wahr? Wo würden wir leben?

»Aber, Marito«, wiederholte sie am Schluß ihrer Fragenkaskade und wunderte sich aufs neue. »Begreifst du denn nicht, daß du erst achtzehn Jahre alt bist?«

Sie mußte lachen, und ich mußte auch lachen. Ich sagte, vielleicht habe sie recht, aber jetzt gehe es nur darum, mir dabei zu helfen, den Plan in die Praxis umzusetzen. Wir waren zusammen aufgewachsen, und wir mochten uns sehr, und ich wußte, sie würde in jedem Fall auf meiner Seite stehen.

»Klar, wenn du mich bittest, helfe ich dir, auch wenn es darum geht, Dummheiten zu machen – obwohl man mich mit dir umbringen wird«, sagte sie schließlich. »Übrigens, hast du an die Reaktion der Familie gedacht, wenn du wirklich heiratest?«

Fröhlich spielten wir eine Weile durch, was die Onkel, Tanten, die Vettern und Cousinen sagen würden, wenn sie diese Nachricht erhielten. Tante Hortensia würde weinen, Tante Jesús würde in die Kirche gehen, Onkel Javier würde seinen klassischen Ausruf tun (welche Schande!), und der Benjamin der Vettern, Jaimito, der erst drei Jahre alt war und lispelte, würde fragen, Mama, was ist heiraten? Schließlich lachten wir schallend und nervös, so daß die Kellner näherkamen, um zu hören, worüber wir lachten. Als wir uns beruhigt hatten, war Nancy einverstanden, unser Spion zu sein und uns alle Vorhaben und Pläne der Familie mitzuteilen. Ich wußte nicht, wieviele Tage mich die Vorbereitungen kosten würden, und mußte genau wissen, was die Verwandten ausheckten. Andererseits sollte sie die Verbindung zu Julia halten und gelegentlich mit ihr spazierengehen, damit ich sie sehen konnte.

»Okay, okay«, nickte Nancy. »Ich spiele die gute Fee. Aber, wenn ich es eines Tages nötig habe, tut ihr hoffentlich dasselbe für mich.«

Als wir schon auf der Straße waren und zu ihrem Haus gingen, tippte meine Cousine sich an den Kopf: »Was du für ein Glück hast«, fiel ihr ein, »ich kann dir genau das besorgen, was du brauchst. Ein Apartment in einem Haus in der Calle Porta. Ein Zimmer, eine kleine Küche und ein Bad. Alles sehr hübsch, wie aus der Spielzeugkiste, und es kostet kaum fünfhundert im Monat.«

Seit ein paar Tagen stehe es leer, und eine Freundin von ihr vermiete es; sie könne mit ihr sprechen. Ich bewunderte den Sinn meiner Cousine für das Praktische. In diesem Augenblick, in dem ich in die romantische Stratosphäre des Problems abschweifte, konnte sie an so irdische Dinge wie eine Wohnung denken. Außerdem lagen 500 Sol im Bereich meiner Möglichkeiten. Jetzt mußte ich nur noch Geld verdienen »für den Luxus« (wie Großväterchen zu sagen pflegte). Ohne zweimal nachzudenken, bat ich sie, ihrer Freundin zu sagen, sie habe einen Mieter gefunden.

Nachdem ich mich von Nancy verabschiedet hatte, lief ich zu Javiers Pension in der Avenida 28 de Julio. Aber das Haus war dunkel, und ich traute mich nicht, die übellaunige Wirtin zu wecken. Ich war sehr enttäuscht, denn ich hatte das Bedürfnis, meinem besten Freund von meinem großen Plan zu erzählen und seinen Rat zu hören. In dieser Nacht schlief ich unruhig und hatte Albträume. Ich frühstückte im Morgengrauen mit dem Großvater, der immer bei Tagesanbruch aufstand, und lief zur Pension. Ich traf Javier, als er gerade fortgehen wollte. Wir gingen zur Avenida Larco, um das Colectivo nach Lima zu nehmen. Am Abend vorher hatte Javier sich zum ersten Mal in seinem Leben ein ganzes Kapitel eines Hörspiels von Pedro Camacho angehört, zusammen mit seiner Wirtin und den anderen Pensionsgästen, und er war tief beeindruckt.

»Dein Kumpel Camacho ist tatsächlich zu allem fähig«, sagte er. »Weißt du, was letzte Nacht passiert ist? Eine alte Pension in Lima, eine ärmliche heruntergekommene Familie aus der Sierra. Sie sitzen beim Mittagessen, sprechen miteinander, und plötzlich ein Erdbeben. Das Scheibenklirren und Türensplittern und

das Geschrei waren so gut gemacht, daß wir aufsprangen, die Frau Gracia lief sogar in den Garten ...«
Ich stellte mir den genialen Batán vor, wie er schnarchte, um die tiefen Echos aus der Erde nachzumachen, wie er mit Hilfe von Trommeln, Schellen oder Glaskugeln, die er ganz dicht am Mikrophon aneinanderrieb, das Tanzen der Gebäude und der Häuser darstellte und mit den Füßen Nüsse zerknackte oder Steine aneinanderstieß, damit es sich so anhöre wie das Krachen von Dächern und Wänden, wenn sie auseinanderbrechen, von Treppen, wenn sie einstürzen und niederdonnern, während Josefina, Luciano und die anderen Schauspieler unter dem strengen Blick von Pedro Camacho erschrocken beteten, vor Schmerz aufheulten und um Hilfe flehten.
»Aber das Erdbeben war noch gar nichts«, unterbrach mich Javier, als ich ihm von den Kunststücken Batáns erzählte. »Das Beste war, die Pension stürzt ein, und alle werden verschüttet. Nicht ein einziger rettet sich, auch wenn das kaum zu glauben ist. Ein Typ, der alle Figuren seiner Geschichte in einem Erdbeben umbringt, verdient wirklich Respekt.«
Wir waren an der Haltestelle der Colectivos angekommen, und ich konnte es nicht mehr aushalten. Ich erzählte ihm in ein paar Worten, was am Vorabend geschehen war, und von meinem großen Entschluß. Er tat so, als wunderte es ihn nicht.
»Auch dir ist eine Menge zuzutrauen«, sagte er und wiegte mitleidig den Kopf, und einen Augenblick später: »Du bist ganz sicher, daß du heiraten willst?«
»Ich bin nie in meinem Leben einer Sache so sicher gewesen«, schwor ich. In diesem Augenblick stimmte es auch schon. Am Abend vorher, als ich Tante Julia gebeten hatte, mich zu heiraten, hatte ich noch das Gefühl von etwas Unüberlegtem gehabt, von einem leeren Satz, beinahe einem Scherz. Aber jetzt, nachdem ich mit Nancy gesprochen hatte, spürte ich eine große Sicherheit. Es kam mir vor, als teilte ich ihm eine unwiderrufliche, lange überdachte Entscheidung mit.
»Sicher ist, daß deine Dummheiten mich noch ins Gefängnis bringen«, meinte Javier resigniert, als wir mit dem Colectivo auf der Höhe der Avenida Javier Prado waren. »Es bleibt dir wenig Zeit. Wenn dein Onkel und deine Tante Julia gebeten haben fortzugehen, kann sie nicht mehr lange bei ihnen bleiben, und

die Dinge müssen bereits erledigt sein, wenn der Butzemann kommt. Denn wenn dein Vater erst einmal hier ist, wird es schwierig.«

Wir schwiegen eine Weile, während der Wagen an jeder Ecke der Avenida Arequipa hielt, Passagiere aussteigen ließ und neue aufnahm. Als wir am Colegio Raimundo vorbeifuhren, begann Javier wieder zu sprechen, jetzt vollkommen von dem Problem besessen: »Du wirst Geld brauchen, was wirst du tun?«

»Einen Vorschuß beim Sender erbitten. Allen alten Kram, den ich habe, verkaufen, Kleider, Bücher. Meine Schreibmaschine, meine Uhr, nun ja, alles, was möglich ist, ins Pfandhaus tragen. Wie ein Verrückter andere Arbeit suchen.«

»Ich kann auch ein paar Sachen verpfänden, mein Radio, meine Federhalter und meine Uhr, die ist aus Gold«, sagte Javier. Die Augen halb geschlossen, addierte er mit den Fingern und kalkulierte: »Ich glaube, ich könnte dir etwa tausend Sol leihen.«

Wir verabschiedeten uns auf der Plaza San Martín und verabredeten uns für den Mittag in meinem Dachverschlag in Radio Panamericana. Das Gespräch mit ihm hatte mir wohlgetan, und ich kam gutgelaunt und sehr optimistisch ins Büro, las die Zeitungen, suchte die Nachrichten aus, und zum zweiten Mal fanden Pascual und der Große Pablito die ersten Nachrichten bereits fertig vorbereitet, als sie ins Büro kamen. Leider waren beide da, als Tante Julia anrief, und verdarben mir das Gespräch. Ich traute mich nicht, ihr vor den beiden zu erzählen, daß ich Nancy und Javier gesprochen hatte.

»Ich muß dich heute unbedingt sehen, auch wenn es nur für ein paar Minuten ist«, bat ich sie. »Alles ist im Gang.«

»Mir liegt plötzlich ein großer Stein auf der Seele«, sagte Tante Julia. »Ich, die ich immer das Schlimmste hab leicht nehmen können, fühle mich jetzt wie ein schlaffer Sack.«

Sie hatte einen guten Grund, in die Innenstadt von Lima zu fahren, ohne Verdacht zu erwecken. Sie mußte im Büro der Lloyd Aéreo Boliviano ihren Flug nach La Paz buchen. Gegen 3 Uhr würde sie im Sender vorbeikommen. Keiner von uns beiden erwähnte das Thema Heirat, aber es bereitete mir großes Unbehagen, sie von Flugzeugen sprechen zu hören. Sofort, nachdem sie den Hörer eingehängt hatte, ging ich ins Rathaus, um zu fragen, was für eine zivile Trauung nötig sei. Ich hatte einen Freund, der dort arbeitete und sich nach allem erkundigte und glaubte, es gehe um einen Verwandten, der sich mit einer geschiedenen Ausländerin verheiraten wollte. Die Ergebnisse waren alarmierend. Tante Julia mußte ihre Geburts- und ihre Scheidungsurkunde sowohl vom Außenministerium in Bolivien als auch dem von Peru beglaubigen lassen; ich brauchte meine Geburtsurkunde, und da ich minderjährig war, benötigte ich die notarielle Erlaubnis meiner Eltern, um zu heiraten, oder mußte von ihnen vor einem Jugendrichter »emanzipiert« (für volljährig erklärt) worden sein. Beide Möglichkeiten waren völlig ausgeschlossen.

Als ich aus dem Rathaus kam, rechnete ich alles durch; allein die Beglaubigung der Papiere von Tante Julia, immer vorausgesetzt, sie hatte sie in Lima, würde bereits Wochen dauern. Wenn sie sie nicht hatte und sie in Bolivien in ihrem Rathaus oder bei den entsprechenden Gerichten anfordern mußte, würde es Monate dauern, und was meine Geburtsurkunde anging, ich war in Arequipa geboren, und wenn ich irgendeinem Verwandten dort schrieb, er solle sie mir schicken, würde das auch seine Zeit dauern (außerdem wäre es riskant). Die Schwierigkeiten erhoben sich eine nach der anderen wie Herausforderungen, aber statt mich davon abzubringen, bestärkten sie meine Entscheidung (schon als Kind bin ich sehr starrköpfig gewesen). Als ich auf halbem Weg zum Sender war, auf der Höhe von La Prensa, änderte ich in einer plötzlichen Eingebung die Richtung, und fast im Laufschritt wandte ich mich zum Parque Universitario, wo ich schweißgebadet ankam. Im Sekretariat der juristischen Fakultät empfing mich Frau Riofrío, die damit beauftragt war, uns unsere Noten mitzuteilen, und hörte sich in ihrer stets mütterlichen Art und voller Wohlwollen die komplizierte Geschichte an, die ich ihr von dringenden juristischen Vorgängen erzählte, wegen einer einzigartigen Gelegenheit, eine Arbeit zu bekommen, die mir helfen würde, mein Studium zu finanzieren.

»Das ist den Vorschriften nach verboten«, klagte sie und erhob ihre ganze friedfertige Menschlichkeit hinter dem wurmstichigen Schreibtisch und ging mit mir ins Archiv. »Aber alle nutzen es aus, daß ich ein gutes Herz habe. Eines Tages werde ich meinen Posten verlieren, weil ich euch diese Gefallen tue, und niemand wird einen Finger für mich rühren.«

Während sie, kleine Staubwolken aufwirbelnd, die uns zum Niesen brachten, in den Akten der Studenten suchte, versicherte ich ihr, wenn das eines Tages wirklich geschähe, würde die ganze Fakultät in den Streik gehen. Schließlich fand sie meine Akte, in der auch tatsächlich meine Geburtsurkunde lag. Sie warnte mich, sie leihe sie mir nur eine halbe Stunde aus; ich brauchte nur fünfzehn Minuten, um in einer Buchhandlung in der Calle Azángaro zwei Photokopien zu machen und eine davon Frau Riofrío zurückzugeben. Ich kam frohlockend in den Sender und fühlte mich in der Lage, alle Drachen, die sich mir entgegenstellten, in der Luft zu zerfetzen.

Nachdem ich zwei weitere Nachrichten zusammengestellt hatte und für El Panamericano den Gaucho Guerrero interviewt hatte (einen argentinischen Langstreckenläufer und naturalisierten Peruaner, der sein Leben damit zubrachte, seinen eigenen Rekord zu brechen; er rannte Tag und Nacht um einen Platz und konnte essen, sich rasieren, schreiben und schlafen, während er lief), saß ich an meinem Schreibtisch und dechiffrierte aus der bürokratischen Prosa der Urkunde einige Details meiner Geburt – ich war am Boulevard Parra geboren, mein Großvater und mein Onkel Alejandro waren ins Rathaus gegangen, um meine Ankunft auf dieser Welt zu melden –, als Pascual und der Große Pablito, die in den Verschlag kamen, mich ablenkten. Sie sprachen von einem Brand und lachten sich halbtot über das Wehklagen der verschütteten Opfer. Ich versuchte, die abstruse Urkunde weiterzulesen, aber die Kommentare meiner Redakteure über die Polizisten jener Wache in Callao, die von einem verrückten Pyromanen mit Benzin übergossen worden war, wobei alle verkohlt waren, vom Kommissar bis zum letzten Spitzel und sogar dem Maskottchenhund, lenkten mich wieder ab.

»Ich habe alle Zeitungen durchgesehen, und das ist mir entgangen, wo habt ihr das gelesen?« fragte ich sie. Und zu Pascual: »Vorsicht, Freundchen, nicht alle Nachrichten von heute dem Brand widmen.« Und zu beiden: »Was seid ihr für Sadisten!«

»Das ist keine Nachricht, das ist das Hörspiel von 11 Uhr«,

erklärte mir der Große Pablito. »Die Geschichte von Wachtmeister Lituma, dem Schrecken der Unterwelt von Callao.«
»Der ist auch zu Grieben geröstet«, fügte Pascual hinzu. »Er hätte sich retten können; er wollte zu seinem Rundgang aufbrechen, aber er kam zurück, um seinen Hauptmann zu retten. Sein gutes Herz wurde ihm zum Verderben.«
»Nicht den Hauptmann, die Hündin Choclito«, berichtigte der Große Pablito.
»Das ist nicht ganz klar geworden«, sagte Pascual. »Eins von den Gittern der Zelle ist auf ihn draufgefallen. Wenn Sie Don Pedro Camacho gesehen hätten, als alles verbrannte, das war bombig!«
»Und erst Batán«, begeisterte sich der Große Pablito großzügig. »Wenn man mir geschworen hätte, man könne mit nur zwei Fingern einen ganzen Brand singen lassen, ich hätte es nicht geglaubt. Aber ich hab's mit eigenen Augen gesehen, Don Mario!«
Javiers Ankunft unterbrach das Gespräch. Wir gingen, den bekannten Kaffee im Bransa zu trinken, und dort faßte ich zusammen, was ich erfahren hatte, und zeigte ihm triumphierend meine Geburtsurkunde.
»Ich habe darüber nachgedacht, und ich muß dir sagen, es ist eine Dummheit, daß du heiratest«, warf er mir gleich vor; ihm war nicht ganz wohl dabei. »Nicht nur, weil du ein junger Bengel bist, sondern vor allem wegen des Geldes. Du wirst dir die Seele aus dem Leib schuften und allen möglichen Scheißdreck machen müssen, nur um essen zu können.«
»Das heißt, du willst mir genau das erzählen, was mir meine Mutter und mein Vater sagen werden«, spottete ich. »Daß ich, weil ich heirate, mein Jurastudium unterbrechen werde? Daß ich niemals ein guter Anwalt werden werde?«
»Daß du, weil du heiratest, nicht einmal mehr Zeit haben wirst zum Lesen«, antwortete Javier. »Daß du, weil du heiratest, niemals ein Schriftsteller werden wirst.«
»Wir werden uns streiten, wenn du so weitermachst«, warnte ich ihn.
»Gut, dann beiß ich mir auf die Zunge«, lachte er. »Ich habe meinem Gewissen Genüge getan, indem ich dich über deine Zukunft aufgeklärt habe. Tatsache ist, ich würde, wenn Nancy nur wollte, heute noch heiraten. Wo fangen wir an?«

»Es ist ausgeschlossen, daß meine Eltern mir die Heirat erlauben oder mich für volljährig erklären, und es ist durchaus möglich, daß auch Julia nicht alle Papiere zusammenbekommt, die wir brauchen; also müssen wir einen wohlwollenden Bürgermeister finden; das ist der einzige Ausweg.«

»Du willst sagen, einen bestechlichen Bürgermeister«, verbesserte er mich. Er prüfte mich wie einen Käfer: »Aber wen kannst du schon bestechen, du Hungerleider?«

»Einen etwas zerstreuten Bürgermeister«, fuhr ich fort, »einen, dem man die Geschichte mit dem Onkel erzählen kann.«

»Gut, machen wir uns auf die Suche nach solch einem ganz besonderen Schwachkopf, der in der Lage ist, dich allen bestehenden Gesetzen zum Trotz zu trauen.« Er lachte wieder auf. »Schade, daß Julia geschieden ist. Du hättest dich kirchlich trauen lassen können. Das wäre einfach, bei den Priestern gibt es viele käufliche Trottel.«

Javier brachte mich immer in gute Stimmung, und schließlich machten wir Witze über meine Flitterwochen, über die Belohnung, die er von mir verlangen würde (natürlich müßte ich ihm dabei helfen, Nancy zu entführen), und wir beklagten, nicht in Piura zu leben, wo es, da die Flucht von Liebespaaren dort eine verbreitete Sitte war, kein Problem gewesen wäre, einen Bürgermeister zu finden. Als wir uns verabschiedeten, hatte er sich verpflichtet, noch an diesem Nachmittag mit der Suche nach dem Bürgermeister zu beginnen und alle seine entbehrliche Habe zu versetzen, um die Hochzeit auszurichten.

Tante Julia sollte um drei Uhr vorbeikommen, und da sie um halb vier noch nicht da war, wurde ich unruhig. Um vier Uhr verhedderten sich meine Finger auf der Schreibmaschine, und ich rauchte eine Zigarette nach der anderen. Um halb fünf fragte der Große Pablito, ob ich mich elend fühle, ich sei so blaß. Um fünf Uhr ließ ich Pascual bei Onkel Lucho anrufen und nach ihr fragen. Sie war noch nicht da. Auch eine halbe Stunde später war sie noch nicht da. Auch nicht um sechs und nicht um sieben. Nach den letzten Nachrichten fuhr ich, statt in der Straße der Großeltern auszusteigen, mit dem Colectivo bis zur Avenida Armendáriz und trieb mich um das Haus meines Onkels herum und wagte nicht zu läuten. Durch die Fenster sah ich Tante Olga das Wasser einer Blumenvase wechseln und etwas später Onkel Lucho, der das Licht im Eßzimmer ausmachte. Ich ging mehrmals um den Häuserblock herum, von widerstreitenden Gefühlen besessen, Unruhe, Zorn, Trauer, dem Wunsch, Tante Julia zu ohrfeigen und zu küssen. Ich beendete gerade eine dieser erregten Runden, als ich sie aus einem luxuriösen Wagen mit diplomatischem Kennzeichen steigen sah. In Riesenschritten ging ich auf sie zu und fühlte, wie Eifersucht und Zorn mir die Beine zittrig machten. Ich war entschlossen, meinen Rivalen zu verprügeln, wer auch immer er sei. Es handelte sich um einen weißhaarigen Herrn, und im Innern des Wagens saß noch eine Dame. Tante Julia stellte mich als den Neffen eines Schwagers vor und ihn als den Botschafter von Bolivien. Ich kam mir lächerlich vor, und gleichzeitig war mir ein Stein vom Herzen gefallen. Als das Auto abgefahren war, nahm ich Tante Julias Arm und zerrte sie beinahe über die Avenida; wir gingen in Richtung Malecón.

»Was hast du für schlechte Laune«, hörte ich sie sagen, als wir aufs Meer zugingen. »Du hast den armen Dr. Gumucio angesehen wie ein Würger.«

»Wen ich erwürgen werde, bist du«, antwortete ich. »Ich warte seit 3 Uhr nachmittags, und jetzt ist es 11 Uhr nachts. Hast du vergessen, daß wir verabredet waren?«

»Ich habe es nicht vergessen«, erwiderte sie bestimmt. »Ich habe dich absichtlich versetzt.«

Wir waren bei dem kleinen Park vor dem Priesterseminar der Jesuiten angelangt. Er war verlassen, und obwohl es nicht regnete, ließ die Feuchtigkeit das Gras, die Lorbeerbüsche und die Geranienpflanzen glänzen. Der Nebel bildete gespenstische Schwaden um die gelben Zylinder der Laternen.

»Gut, verschieben wir den Streit auf ein anderes Mal«, sagte ich und brachte sie dazu, sich auf die Mauer des Malecón zu setzen, über dem steilabfallenden Felsen, von dem gleichmäßig und tief das Meer heraufklang. »Jetzt haben wir wenig Zeit und viele Probleme. Hast du deine Geburtsurkunde und deine Scheidungsurkunde hier?«

»Was ich hier habe, ist mein Flugschein nach La Paz«, sagte sie und tippte auf ihre Tasche. »Ich fliege Montag um 10 Uhr morgens, und ich bin glücklich. Ich habe Peru und die Peruaner satt.«

»Das tut mir leid für dich, denn im Augenblick haben wir keine Möglichkeit, das Land zu wechseln«, sagte ich, setzte mich neben sie und legte ihr den Arm um die Schultern. »Aber ich verspreche dir, eines Tages werden wir in einer Mansarde in Paris wohnen.«

Trotz ihrer aggressiven Äußerungen war sie bis zu diesem Augenblick ganz ruhig gewesen, leicht spöttisch, sehr selbstsicher. Aber plötzlich zeigte sich in ihrem Gesicht ein bitterer Zug, und sie sprach mit harter Stimme, ohne mich anzusehen:

»Mach es mir nicht noch schwerer, Varguitas. Ich kehre deiner Verwandten wegen nach Bolivien zurück, aber auch, weil das mit uns eine große Dummheit ist. Du weißt ganz gut, daß wir nicht heiraten können.«

»Natürlich können wir«, sagte ich und küßte ihre Wange, ihren Hals, drückte sie fest an mich, streichelte ihr verlangend die Brüste, suchte ihren Mund mit meinem Mund. »Wir brauchen einen bestechlichen Bürgermeister. Javier hilft mir dabei, und Nancy hat schon ein Apartment für uns gefunden in Miraflores. Es gibt gar keinen Grund, pessimistisch zu sein.«

Sie ließ sich küssen und streicheln, blieb aber distanziert und sehr ernst. Ich erzählte ihr von dem Gespräch mit meiner Cousine und mit Javier, von meinen Erkundigungen im Rathaus, von der Art und Weise, wie ich meine Geburtsurkunde bekommen hatte, sagte, daß ich sie von ganzem Herzen liebe, daß wir heiraten würden, auch wenn ich einen Haufen Leute deswegen umbringen müßte. Als ich mit meiner Zunge zwischen ihre Zähne drängte, weigerte sie sich, aber dann öffnete sie den Mund, und ich konnte hinein, ihren Gaumen, ihren Kiefer, ihren Speichel schmecken. Ich spürte, wie der freie Arm von Tante Julia sich um meinen Hals legte, wie sie sich gegen mich kuschelte, wie sie mit Schluchzern, die ihre Brust erschütterten, zu weinen begann. Ich tröstete sie mit einem unzusammenhängenden Flüstern, und dabei küßte ich sie unaufhörlich.

»Du bist doch noch ein junger Bengel«, hörte ich sie unter Lachen und Schniefen murmeln, während ich atemlos sagte, daß ich sie brauche, daß ich sie liebe, daß ich sie niemals nach Bolivien zurückkehren ließe, daß ich mich umbringen würde, wenn sie ginge. Schließlich sprach sie wieder sehr leise und versuchte einen Scherz zu machen:

»Wer mit einem Bengelchen ins Bett geht, erwacht immer im Nassen. Hast du das Sprichwort schon einmal gehört?«

»Das ist Kitsch, das kann man nicht sagen«, antwortete ich und trocknete ihr die Augen mit den Lippen und mit den Fingerspitzen. »Hast du die Papiere? Dein Freund, der Botschafter – könnte er sie beglaubigen?«

Sie war gefaßter, hatte aufgehört zu weinen und sah mich zärtlich an:

»Wie lange würde das dauern, Varguitas?« fragte sie mit trauriger Stimme. »In wie kurzer Zeit bist du es leid? In einem Jahr, in zweien, in dreien? Findest du es richtig, daß du mich in zwei oder drei Jahren sitzenläßt, und ich muß wieder von vorn anfangen?«

»Kann der Botschafter sie beglaubigen?« insistierte ich. »Wenn er sie von bolivianischer Seite beglaubigt, wird es leichter sein, die peruanische Beglaubigung zu bekommen. Ich werde im Ministerium irgendeinen Freund finden, der uns hilft.«

Sie sah mich lange mit einer Mischung aus Mitleid und Rührung an. In ihrem Gesicht kam langsam ein Lächeln auf.

»Wenn du mir schwörst, daß du mich fünf Jahre aushältst, ohne dich in eine andere zu verlieben, nur mich liebst, dann okay«, sagte sie. »Für fünf Jahre Glück begehe ich diesen Wahnsinn.«

»Hast du die Papiere?« sagte ich und strich ihr die Haare glatt und küßte sie. »Wird der Botschafter sie beglaubigen?«

Sie hatte sie bei sich und erreichte es tatsächlich, daß die bolivianische Botschaft sie mit reichlich vielen bunten Siegeln und Unterschriften beglaubigte. Das Ganze dauerte kaum eine halbe Stunde, denn der Botschafter schluckte diplomatisch die Geschichte von Tante Julia: sie brauche die Papiere noch an diesem Morgen, um eine Angelegenheit in Ordnung zu bringen, die es ihr erlauben werde, ihren Besitz, den sie bei der Scheidung bekommen hatte, aus Bolivien herauszubekommen. Es war auch nicht schwer, im Außenministerium von Peru die Beglaubigung der bolivianischen Dokumente zu erlangen. Ein Professor der Universität, Rechtsberater des Staatssekretärs, half mir dabei, nachdem ich ihm ein anderes Hörspieldrama aufgebunden hatte: Eine krebskranke Frau, die im Sterben lag, mußte so schnell wie möglich mit dem Mann verheiratet werden, mit dem

sie seit Jahren zusammenlebte, damit sie in Frieden mit Gott sterben könne.
Dort, in einem Zimmer aus uralten kolonialen Hölzern, wo geschniegelte junge Leute herumgingen, im Palacio de Torre Tagle, hörte ich, während ich darauf wartete, daß der durch den Anruf meines Professors eilfertig gewordene Beamte auf die Geburts- und die Scheidungsurkunde von Tante Julia noch mehr Marken und Stempel klebte und die entsprechenden Unterschriften einsammelte, von einer neuen Katastrophe sprechen. Es ging um einen Schiffbruch, um etwas beinahe Unbegreifliches. Ein italienisches Schiff, das an der Mole im Hafen Callao festgemacht hatte und voller Passagiere und Besucher war drehte sich plötzlich allen Gesetzen der Physik und der Vernunft zum Trotz um sich selbst, kippte nach Backbord und versank rasch im Pazifik. Zerquetscht, ertrunken und erstaunlicherweise von Haien gefressen, kamen alle Menschen, die sich an Bord befanden, ums Leben. Da waren zwei Damen, die sich neben mir unterhielten, während sie auf irgendeine Angelegenheit warteten. Sie scherzten nicht, sie nahmen den Schiffbruch sehr ernst.
»Das ist in einem Hörspiel von Pedro Camacho passiert, nicht wahr?« mischte ich mich ein.
»In dem um 4 Uhr«, nickte die Ältere, eine knochige und energische Frau mit stark slavischem Akzent, »dem von Alberto Quinteros, dem Kardiologen.«
»Der im vorigen Monat Gynäkologe war«, mischte sich eine junge Frau lächelnd ein, die auf der Schreibmaschine schrieb. Sie tippte sich an die Stirn, um anzudeuten, daß jemand verrückt geworden sei.
»Haben Sie das Programm von gestern gehört?« erbarmte sich die Begleiterin der Ausländerin liebevoll, eine Dame mit Brille und reinstem Tonfall aus Lima.
»Dr. Quinteros wollte seine Ferien mit seiner Frau und seiner Tochter Charo in Chile verbringen, sie sind alle drei ertrunken.«
»Alle sind ertrunken«, bestätigte die ausländische Dame. »Der Neffe Richard und Elianita und ihr Mann, der Rothaarige Antúnez, der Dummkopf, und sogar das inzestuöse Söhnchen Rubencito. Sie wollten ihnen auf Wiedersehen sagen.«

»Das Komische ist nur, daß auch Leutnant Jaime Concha ertrunken ist, der in ein ganz anderes Hörspiel gehört und der vor drei Tagen bei einem Brand in Callao umgekommen ist«, mischte sich wieder das Mädchen ein und wollte sich vor Lachen ausschütten; sie hatte die Schreibmaschine ruhen lassen. »Diese Hörspielserien sind ein einziger Witz geworden, finden Sie nicht?«

Ein geschniegelter Jüngling mit intellektuellem Gehabe (Spezialität Grenzrecht) lächelte sie wohlwollend an und warf uns einen Blick zu, den Pedro Camacho mit vollem Recht argentinisch hätte nennen dürfen:

»Habe ich dir nicht erzählt, daß Balzac diese Art, Figuren von einer Geschichte in die andere übergehen zu lassen, erfunden hat?« sagte er, die Brust vor Weisheit geschwellt, aber dann zog er einen Schluß, der alles wieder verdarb: »Wenn der merkt, daß er ihn plagiiert, schickt er ihn ins Gefängnis.«

»Der Witz liegt nicht darin, daß er sie von einem Stück ins andere schiebt, sondern darin, daß sie wieder auferstehen«, verteidigte sich das Mädchen. »Leutnant Concha ist verbrannt, während er Donald Duck las, wie kann er jetzt ertrinken?«

»Er ist eben ein Pechvogel«, meinte der geschniegelte Jüngling, der meine Papiere brachte.

Glücklich ging ich mit meinen geölten und geweihten Papieren fort und ließ die beiden Damen, die Sekretärin und die Diplomaten in einem angeregten Gespräch über den bolivianischen Schreiber zurück. Tante Julia erwartete mich in einem Café und lachte über die Geschichte; sie hatte die Programme ihres Landsmannes nicht wieder gehört.

Außer der Beglaubigung dieser Papiere, die so einfach ablief, gingen alle anderen Angelegenheiten in dieser Woche voller Emsigkeit und endlosen Erkundigungen, die ich allein oder von Javier begleitet in den Bürgermeisterämtern von Lima anstellte, enttäuschend und bedrückend aus. Außer für El Panamericano setzte ich keinen Fuß in den Sender und ließ alle Nachrichten in den Händen von Pascual, der auf diese Weise den Hörern eine wahre Orgie von Unfällen, Verbrechen, Überfällen und Entführungen anbieten konnte und durch Radio Panamericana soviel Blut fließen ließ wie gleichzeitig mein Freund Camacho bei seiner systematischen Ermordung aller seiner Figuren.

Ich begann meine Gänge sehr früh. Zuerst in die heruntergekommensten und am weitesten vom Zentrum entfernten Bürgermeisterämter, die von Rímac, von Porvenir, von Vitarte, von Chorillo. Einmal und fünfzig Male (zuerst errötend, dann mit Dreistigkeit) erklärte ich den Bürgermeistern, den stellvertretenden Bürgermeistern, den Sekretären, den Pförtnern, den Aktenträgern das Problem, und jedesmal erhielt ich kategorische Absagen. Der Stein des Anstoßes war immer derselbe. Solange ich nicht von meinen Eltern eine notarielle Erlaubnis erhielt oder von einem Richter für volljährig erklärt war, konnte ich nicht heiraten. Später versuchte ich mein Glück in den Bürgermeisterämtern der Innenstadt, mit Ausnahme von Miraflores und San Isidro (wo Bekannte der Familie sein konnten): mit dem gleichen Ergebnis. Die Beamten pflegten, nachdem sie die Dokumente durchgesehen hatten, Scherze zu machen, die für mich wie Tritte in den Magen waren: »Aber warum willst du denn deine Mama heiraten?« – »Sei doch nicht dumm, Junge, warum willst du heiraten, nimm sie dir und fertig.« Der einzige Ort, an dem ein Fünkchen Hoffnung aufglimmte, war das Bürgermeisteramt von Surco, wo ein rundlicher Sekretär mit zusammengewachsenen Augenbrauen uns sagte, die Angelegenheit könne für 10 000 Sol geregelt werden. »Man muß schließlich vielen Leuten den Mund stopfen.« Ich versuchte zu handeln und bot ihm schließlich eine Summe, die ich nur sehr schwer hätte zusammenbringen können (5000 Sol), aber der kleine Dicke, als wäre er über seine eigene Kühnheit erschrocken, machte einen Rückzieher und warf uns schließlich aus dem Amt.

Ich telephonierte zweimal täglich mit Tante Julia und täuschte sie, alles sei in Ordnung, sie solle ihr Handköfferchen mit den notwendigsten Sachen bereithalten, jeden Augenblick könne ich ihr sagen »jetzt«. Aber ich fühlte mich jedesmal niedergeschlagener. Am Freitagabend, als ich ins Haus der Großeltern zurückkam, fand ich ein Telegramm meiner Eltern: »Ankommen Montag, Panagra, Flug 516.«

Nachdem ich lange darüber nachgedacht und mich im Bett hin und her gewälzt hatte, machte ich die Nachttischlampe wieder an und schrieb in ein Heft, in das ich Themen für Erzählungen nach Prioritäten geordnet aufschrieb, was ich tun wollte. Zuerst

Tante Julia heiraten und die Familie vor eine durch Legalität vollendete Tatsache stellen, die sie hinzunehmen hatten, ob sie nun wollten oder nicht. Da nur noch wenige Tage blieben und der Widerstand der Bürgermeisterämter von Lima hartnäckig blieb, wurde dieser erste Punkt immer utopischer. Der zweite war, mit Tante Julia ins Ausland fliehen. Nicht nach Bolivien, der Gedanke, in einer Welt zu leben, in der sie ohne mich gelebt hatte, wo sie soviele Bekannte hatte, ja sogar ihren ehemaligen Mann, störte mich. Das gegebene Land war Chile. Sie konnte nach La Paz fliegen, um die Familie zu täuschen, und ich würde im Autobus oder im Colectivo nach Tacna fliehen. Irgendeine Möglichkeit würde es schon geben, heimlich über die Grenze bis Arica zu kommen, und dann würde ich über Land bis Santiago weiterfahren, wo Tante Julia sich mit mir treffen würde oder schon auf mich wartete. Die Möglichkeit, ohne Paß (um ihn zu bekommen, brauchte ich auch die elterliche Erlaubnis) zu reisen und zu leben, erschien mir nicht ausgeschlossen und gefiel mir wegen ihres romanhaften Charakters. Wenn die Familie, wie ganz sicher zu erwarten war, mich suchen ließ, mich fand und in die Heimat zurückbrachte, würde ich wieder ausreißen; so oft es erforderlich wäre, und so würde es weitergehen, bis ich die sehnsüchtig erwarteten, befreienden einundzwanzig Jahre erreicht hätte. Die dritte Möglichkeit war, mich umzubringen und einen wohlgesetzten Brief zu hinterlassen, um meine Verwandten mit Gewissensbissen zu quälen.
Sehr früh am nächsten Tag lief ich zur Pension von Javier. Wir gingen jeden Morgen, während er sich rasierte und duschte, die Ereignisse des Vortages durch und machten den Aktionsplan für den jeweiligen Tag. Ich saß auf der Toilette, sah ihm beim Rasieren zu und las ihm aus dem Heft vor, worin ich mit Kommentaren am Rande die Möglichkeiten meines Schicksals zusammengefaßt hatte. Während er sich einseifte, bat er mich inständig, die Reihenfolge zu ändern und den Selbstmord an den Anfang zu setzen:
»Wenn du dich umbringst, werden die Schmierereien, die du geschrieben hast, interessant, die morbiden Menschen werden sie lesen wollen, und es wird sehr leicht sein, sie zu publizieren.« Er überzeugte mich, während er sich wie wild abtrocknete. »Du wirst, wenn auch postum, ein Schriftsteller.«

»Deinetwegen werde ich die Nachrichten verpassen«, drängte ich. »Hör auf, Cantinflas zu spielen, dein Humor macht mir verdammt keinen Spaß.«

»Wenn du dich umbringst, würde ich nicht so oft bei meiner Arbeit und in der Universität fehlen«, fuhr Javier fort, während er sich anzog. »Ideal wäre es, du tätest es noch heute, jetzt, heute morgen. Auf diese Weise erspartest du mir, meine Sachen zu versetzen, die natürlich versteigert werden, denn, glaubst du wirklich, du wirst mir das Geld eines Tages zurückgeben?«

Und schon auf der Straße, während wir zur Haltestelle trabten, sagte er, wobei er sich für einen vortrefflichen Humoristen hielt: »Und schließlich, wenn du dich umbringst, wirst du berühmt, und mit deinem besten Freund, deinem Vertrauten, dem Zeugen deiner Tragödie, wird man Reportagen machen, und sein Bild wird in der Zeitung erscheinen. Glaubst du, Cousine Nancy würde von soviel Berühmtheit nicht weich?«

In dem Pfandhaus auf der Plaza de Armas versetzten wir meine Schreibmaschine und sein Radio, meine Uhr und seine Federhalter, und schließlich überredete ich ihn, auch seine Uhr zu versetzen. Obwohl wir wie die Wölfe handelten, bekamen wir nur 2000 Sol. An den Tagen vorher hatte ich, ohne daß die Großeltern etwas merkten, bei den Altwarenhändlern in der Calle La Paz Anzüge, Schuhe, Hemden, Krawatten, Jacken verkauft, bis ich praktisch nur noch das hatte, was ich auf dem Leib trug. Aber die Auflösung meines Kleiderschrankes brachte kaum 400 Sol. Dagegen hatte ich mehr Glück gehabt bei dem fortschrittlichen Unternehmer, den ich nach einer dramatischen halben Stunde dazu überredete, mir vier Monatslöhne vorzuschießen, die er mir im Lauf eines Jahres abziehen sollte. Das Gespräch hatte ein unerwartetes Ende. Ich schwor ihm, daß dieses Geld für eine äußerst dringende Bruchoperation meiner Großmutter sei, und konnte ihn nicht erweichen. Aber plötzlich sagte er: »Schön.« Mit einem freundschaftlichen Lächeln fügte er hinzu: »Gib zu, es ist für eine Abtreibung bei einem Mädchen.« Ich senkte den Blick und bat ihn, das Geheimnis für sich zu behalten.

Als er meine Enttäuschung sah über das wenige Geld, das wir im Pfandhaus erhielten, begleitete Javier mich bis zum Sender. Wir verabredeten, daß wir in unseren jeweiligen Arbeitsstellen um Erlaubnis bitten würden, an diesem Nachmittag nach Huacho zu fahren. Vielleicht waren die Bürgermeister in der Provinz etwas gefühlvoller. Ich kam in den Verschlag, als das Telephon klingelte. Tante Julia war fuchsteufelswild. Am Abend waren Tante Hortensia und Onkel Alejandro zu Onkel Lucho gekommen und hatten ihren Gruß nicht erwidert. »Sie haben mich mit olympischer Verachtung gestraft, es fehlte nur noch, daß sie H ... zu mir gesagt hätten«, erzählte sie mir entrüstet. »Ich mußte mir auf die Lippen beißen, um sie nicht, du weißt schon wohin, zu schicken. Ich habe es meiner Schwester wegen getan, aber auch unseretwegen, um die Dinge nicht noch komplizierter zu machen. Wie läuft alles, Varguitas?«

»Am Montag, gleich früh«, versicherte ich ihr. »Du mußt sagen, daß du den Flug nach La Paz um einen Tag verschiebst. Ich habe alles so gut wie fertig.«

»Mach dir keine Sorgen um den Bürgermeister«, sagte mir Tante Julia. »Ich bin jetzt so wütend, daß mir nichts mehr wichtig ist. Auch wenn du ihn nicht findest, laufen wir trotzdem fort.«

»Warum heiraten Sie nicht in Chincha, Don Mario?« hörte ich Pascual sagen, als ich den Hörer auflegte. Als er meine Verwunderung sah, war er verlegen: »Glauben Sie nicht, daß ich geschwätzig bin und mich einmischen will. Aber wenn man Sie so hört, kriegt man natürlich etwas mit, ich tue das nur, um Ihnen zu helfen. Der Bürgermeister von Chincha ist mein Vetter, und er traut Sie hopplahopp, mit oder ohne Papiere. Volljährig oder nicht.«

Noch am selben Tag war alles auf wunderbare Weise gelöst. Javier und Pascual fuhren mit den Papieren und der Anweisung, alles für Montag vorzubereiten, am Nachmittag im Colectivo nach Chincha. Inzwischen ging ich mit meiner Cousine Nancy, um das Zimmer in dem Haus in Miraflores zu mieten. Ich erbat drei Tage Urlaub im Sender (und erhielt ihn nach einer homerischen Diskussion mit Genaro sen., dem ich kühn drohte zu kündigen, wenn er ihn mir nicht bewilligte) und plante die Flucht aus Lima. Am Samstagabend kam Javier mit guten Nachrichten zurück. Der Bürgermeister sei ein junger und sympathischer Bursche, und als er und Pascual ihm die Geschichte erzählten, habe er gelacht und die Absicht von der Entführung

beklatscht. »Wie romantisch«, habe er gesagt. Er behielt die Papiere und versicherte, daß man unter Freunden auch von der Sache mit dem Aufgebot absehen könne.
Am Sonntag erklärte ich Tante Julia am Telephon, daß ich den Bürgermeister gefunden hätte und daß wir am folgenden Tag um acht Uhr morgens fliehen und mittags Mann und Frau sein würden.

XVI

Joaquín Hinostroza Bellmont, der die Fußballstadien nicht durch Torschüsse oder das Halten von Elfmeterschüssen, sondern als Schiedsrichter zum Kochen bringen und dessen Alkoholkonsum Spuren und Schulden in allen Bars von Lima hinterlassen sollte, wurde in einer jener Villen geboren, die sich die Mandarine vor dreißig Jahren in La Perla bauten, als sie dieses Brachland in eine Copacabana von Lima verwandeln wollten (ein Vorhaben, das – Strafe für das Kamel, das unbedingt durchs Nadelöhr will – wegen der Feuchtigkeit, die Kehlen und Bronchien der peruanischen Aristokratie ruinerte, mißlang).

Joaquín war der einzige Sohn einer Familie, die nicht nur reich war, sondern – üppiger Urwald aus Titeln und Wappen – von Fürstenhäusern in Spanien und Frankreich abstammte. Aber der Vater des künftigen Schiedsrichters und Saufboldes hatte die Pergamente beiseite gelegt und sein Leben dem modernen Ideal gewidmet, sein Vermögen durch Geschäfte zu multiplizieren, die von der Herstellung von Cashmere-Artikeln bis zur Einführung des fiebrigen Anbaus von scharfem Pfeffer in Amazonien reichten. Die Mutter, eine lymphatische Madonna und entsagungsvolle Gattin, hatte ihr Leben lang das Geld, das ihr Mann erwirtschaftete, für Ärzte und Kurpfuscher ausgegeben (sie litt an den verschiedensten Krankheiten der Oberschicht). Beide hatten Joaquín nach langen Gebeten zu Gott, er möge ihnen einen Erben vergönnen, in bereits fortgeschrittenem Alter bekommen. Seine Ankunft brachte seinen Eltern eine unbeschreibliche Glückseligkeit; sie erträumten für ihn von der Wiege an eine Zukunft als Industriefürst, Landwirtschaftskönig, Zauberer der Diplomatie oder Luzifer der Politik.

War es aus Widerspenstigkeit, aus Auflehnung gegen diese schicksalhafte Bestimmung zu nationalökonomischem Ruhm und gesellschaftlichem Glanz, daß das Kind Schiedsrichter beim Fußball wurde, oder eher aus psychologischem Ungenügen? Nein, aus echter Berufung. Selbstverständlich hatte er von der Flasche bis zum ersten Milchbart eine bunte Folge von Kindermädchen, die aus exotischen Ländern wie Frankreich und England importiert wurden. Und aus den besten Schulen Limas

wurden Lehrer rekrutiert, die ihm das Rechnen und Schreiben beibringen sollten. Aber alle, einer nach dem anderen, verzichteten schließlich auf die stattliche Entlohnung, entmutigt und zur Verzweiflung getrieben von der ontologischen Gleichgültigkeit des Kindes gegenüber jeder Art von Wissen. Als der Knabe acht Jahre alt war, hatte er die Addition noch nicht begriffen, und vom Alphabet nannte er mit Mühe und Not die Vokale. Er sprach nur in Einsilbern, war ein stilles Kind und wanderte mit einem Ausdruck tödlicher Langeweile durch die Zimmer in La Perla zwischen den gewaltigen Mengen von Spielzeug – deutschen Stahlbaukästen, japanischen Zügen, chinesischen Puzzles, österreichischen Zinnsoldaten, nordamerikanischen Dreirädern –, die an den verschiedensten Punkten des Erdballs für ihn erstanden worden waren, um ihn zu unterhalten. Das einzige, was ihn gelegentlich aus seiner brahmanischen Ruhe reißen konnte, waren die Fußballfigürchen von den Schokoladetäfelchen Mar del Sur, die er in Glanzpapierhefte klebte und stundenlang voller Neugier betrachtete.
Entsetzt bei dem Gedanken, einen hämophilen und schwachsinnigen Erben gezeugt zu haben, mit dem die Familie aussterben und der zum Gespött der Menschen werden würde, suchten die Eltern Hilfe bei der Wissenschaft. Berühmte Ärzte erschienen in La Perla. Der Star der Pädiatrie der Stadt, Dr. Alberto de Quinteros, wies die Gepeinigten in brillanter Weise zurecht:
»Er hat das, was ich die Treibhauskrankheit nenne«, erklärte er ihnen. »Die Blumen, die nicht im Garten zwischen anderen Blumen und Insekten leben, wachsen kümmerlich, und ihr Duft ist unangenehm. Das goldene Gefängnis macht ihn dumm. Kindermädchen und Diener müssen entlassen und das Kind in einer Schule angemeldet werden, damit es mit Kindern seines Alters zusammenkommt. An dem Tag, an dem ein Schulkamerad ihm die Nase einschlägt, wird er normal sein.«
Zu jedem Opfer bereit, damit er nur nicht weiter verblödete, willigte das stolze Ehepaar ein, daß Joaquín in die plebejische Außenwelt eintauche. Man suchte natürlich die teuerste Schule Limas für ihn aus, die der Patres von Santa María, und damit die Rangunterschiede nicht ganz und gar verschwänden, ließ man ihm eine Uniform in den vorgeschriebenen Farben schneidern, aber aus Samt.

Das Rezept des berühmten Arztes hatte beachtliche Folgen. Joaquín bekam zwar außerordentlich schlechte Noten, und seine Eltern mußten, damit er die Examina bestand – goldene Habgier, die zu Schismen führt –, Schenkungen machen (Scheiben für die Schulkapelle, Meßgewänder für die Ministranten, stabile Pulte für die Armenschule etc.), aber der Knabe wurde umgänglich, und man sah ihn seitdem gelegentlich sogar zufrieden. In jener Zeit bemerkte man die ersten Anzeichen seiner Genialität (sein unverständiger Vater nannte sie Schwachsinn): sein Interesse für den Fußball. Als die Eltern davon erfuhren, daß der Knabe Joaquín dynamisch und gesprächig wurde, sobald er die Fußballschuhe angezogen hatte, statt apathisch und einsilbig, freuten sie sich sehr. Und sofort erwarben sie ein Gelände neben dem Haus in La Perla, um dort einen Fußballplatz von beachtlichen Ausmaßen zu bauen, wo Joaquincito sich nach Belieben vergnügen konnte.

Seitdem sah man nach der Schule in der nebligen Avenida de las Palmeras in La Perla aus dem Autobus von Santa María zweiundzwanzig Schüler aussteigen – die Gesichter wechselten, aber die Zahl blieb immer gleich –, die auf dem Platz der Hinostroza Bellmont spielen sollten. Die Familie belohnte die Spieler nach dem Spiel mit Tee und Schokoladeplätzchen, Geleefrüchten, Meringel und Eis. Die reichen Herrschaften genossen es, ihren Sohn Joaquín jeden Abend vor Glück schnaufen zu sehen.

Erst nach einigen Wochen nahm der Pionier des Pfefferanbaus in Peru wahr, daß etwas Seltsames geschah. Zwei-, drei-, zehnmal hatte er Joaquín als Schiedsrichter des Spiels gesehen. Mit einer Trillerpfeife im Mund und einer Kappe, die ihn gegen die Sonne schützte, rannte er hinter den Spielern her, pfiff Fouls und gab Verweise. Obwohl der Knabe sich nicht schämte, diese Aufgabe zu übernehmen, statt selbst zu spielen, erboste sich der Millionär. Er lud alle in sein Haus ein, mästete sie mit Süßigkeiten, erlaubte ihnen, mit seinem Sohn wie mit ihresgleichen umzugehen, und sie besaßen die Unverfrorenheit, ihn in die mediokre Funktion des Schiedsrichters zu drängen! Er war drauf und dran, die Zwinger der Dobermans zu öffnen, um diesen Unverschämten einen gewaltigen Schreck einzujagen. Aber er beschränkte sich darauf, sie zu tadeln. Zu seiner Überraschung erklärten die Knaben, sie könnten nichts dafür, und schworen, Joaquín sei Schiedsrichter, weil er es so wolle, und der Betroffene schwor bei Gott und seiner Mutter, daß dies seine Richtigkeit habe. Als der Vater nach einigen Monaten sein Notizbuch und die Berichte des Butlers durchsah, las er folgende Bilanz: bei 132 Spielen, die auf seinem Platz ausgetragen worden waren, hatte Joaquín Hinostroza Bellmont in keinem einzigen mitgespielt; er war in 132 Spielen Schiedsrichter gewesen. Die Eltern wechselten einen Blick und dachten unterschwellig, irgend etwas laufe hier falsch. Wie konnte das normal sein? Wieder konsultierte man die Wissenschaft.

Der bedeutendste Astrologe der Stadt, ein Mann, der die Seelen in den Sternen las und die Gemüter seiner Patienten (er hätte es vorgezogen, »seiner Freunde« zu sagen) mit Hilfe der Tierkreiszeichen wieder aufrichtete, Professor Lucio Acémila also, tat nach vielen Horoskopen, Befragungen der Himmelskörper und Mond-Meditationen folgenden Ausspruch, der, wenn er auch nicht ins Schwarze traf, doch den Eltern überaus schmeichelte:

»Der Knabe fühlt sich durch und durch als Aristokrat, und, seiner Herkunft getreu, verträgt er den Gedanken nicht, genauso wie die anderen zu sein«, erklärte er und nahm seine Brille ab, vielleicht, damit das intelligente Lichtchen, das bei einer Prognose in seinen Pupillen aufleuchtete, besser zur Geltung käme? »Er zieht es vor, Schiedsrichter zu sein und nicht Spieler, denn als Schiedsrichter entscheidet er das Spiel. Haben Sie etwa geglaubt, daß Joaquín in diesem grünen Rechteck Sport treibt? Irrtum, Irrtum. Er übt ein althergebrachtes Verlangen nach Herrschaft, nach Einzigartigkeit und Rangordnung aus, das ihm ohne Zweifel angeboren ist.«

Vor Glück schluchzend, erstickte der Vater seinen Sohn fast mit Küssen, hielt sich für einen vom Glück begünstigten Mann und fügte eine Null an die bereits großzügige Honorarabrechnung, die ihm Professor Acémila geschickt hatte. Überzeugt davon, daß diese Manie, bei den Fußballspielen seiner Kameraden als Schiedsrichter zu wirken, aus dem beherrschenden Drang nach Unterdrückung und Überlegenheit herrühre, der später seinen Sohn zum Herrn der Welt (oder doch wenigstens Perus) machen würde, verließ der Industrielle an vielen Tagen sein vielgeschäftiges Büro, um – Schwäche des Löwen, der gerührt weint, wenn er sein Junges das erste Schaf reißen sieht – zu seinem Privatstadion in La Perla zu gehen und väterlich zu genießen, wie Joaquín in dem hübschen Dress, den er ihm geschenkt hatte, hinter diesem entarteten Durcheinander (den Spielern?) herpfiff.

Zehn Jahre später konnten die verwirrten Eltern nicht mehr umhin, sich zu sagen, daß die astralen Prophezeiungen vielleicht einen übertriebenen Optimismus gezeitigt hatten. Joaquín Hinostroza Bellmont war achtzehn Jahre alt und hatte die letzte Klasse der Sekundarschule mehrere Jahre nach den Kameraden, mit denen er angefangen hatte, erreicht, und nur dank der Philanthropie der Familie. Die Gene des Welteroberers, die sich nach Lucio Acémilas Aussage unter der harmlosen Neigung zum Fußballschiedsrichter verbargen, kamen nirgendwo zum Vorschein, und statt dessen war es schrecklicherweise nicht mehr zu verbergen, daß der Aristokratensohn zu überhaupt nichts zu gebrauchen war, es sei denn, Freistöße anzuordnen. Seine Intelligenz, beurteilte man sie nach dem, was er sagte, ordnete ihn, mit Begriffen Darwins, zwischen Oligophrenen und Affen ein. Und sein Mangel an Witz, an Ambitionen, an Interesse für alles, was nicht mit der aufregenden Tätigkeit eines Schiedsrichters zu tun hatte, machte aus ihm ein absolut fades Wesen.

Allerdings zeigte der Knabe, was sein erstes Laster (das zweite war der Alkohol) anging, etwas, was man durchaus Talent nennen konnte. Seine monströse Objektivität (im *geheiligten* Raum des Fußballplatzes und in der *verzauberten* Zeit des Wettkampfes?) gewann ihm Prestige als Schiedsrichter bei Schülern und Lehrern von Santa María, und auch sein Blick – Sperber, der aus den Wolken unter dem Johannisbeerstrauch die Ratte entdeckt, die sein Mittagessen sein wird –, der ihn befähigte, auf jede Distanz und aus jedem Winkel unfehlbar den listigen Fußtritt des Verteidigers gegen das Schienbein des Mittelstürmers oder den gemeinen Ellenbogenstoß des Linksaußen gegen den Torwart, der gleichzeitig springt, zu entdecken. Einzigartig war auch seine Allwissenheit, was die Regeln anging, und seine begnadete Intuition, mit der er die reglementarischen Lücken mit blitzschnellen Entscheidungen zu füllen verstand. Sein Ruhm drang über die Mauern von Santa María, und der Aristokrat von La Perla begann Schulwettkämpfe und Spiele zwischen verschiedenen Stadtteilen zu leiten, und eines Tages erfuhr man, daß er auf dem Fußballplatz von Potao (?) einen Schiedsrichter in einem Zweitligaspiel abgelöst hatte.

Nachdem Joaquín die Schule beendet hatte, stellte sich seinen verstörten Erzeugern das Problem seiner Zukunft. Der Gedanke, ihn auf die Universität zu schicken, wurde schmerzlich verworfen, um dem Jungen unnötige Erniedrigungen und Minderwertigkeitskomplexe und dem Familienvermögen neue Schröpfungen in Form von Schenkungen zu ersparen. Ein Versuch, ihn Sprachen lernen zu lassen, mündete in einem gewaltigen Fehlschlag. Nach einem Jahr in den Vereinigten Staaten und einem weiteren in Frankreich hatte er kein einziges Wort Englisch oder Französisch gelernt, dafür war aber sein an sich schon rachitisches Spanisch schwindsüchtig geworden. Als er nach Lima zurückkehrte, resignierte der Cashmere-Fabrikant und schickte sich darein, daß sein Sohn keinerlei Titel vorweisen würde, und zutiefst enttäuscht ließ er ihn im Dickicht der eigenen Firmen arbeiten. Die Ergebnisse waren, wie vorauszusehen, katastrophal. In zwei Jahren hatten seine Tätigkeiten oder Unterlassungen zwei Spinnereien bankrott gemacht, die blühendste Firma des Konglomerats – eine Straßenbaufirma – in die roten Zahlen gebracht, und die Pfefferplantagen im Urwald waren von Ungeziefer zerfressen, von Erdrutschen verschüttet und in Überschwemmungen versunken (was bestätigte, daß Joaquín auch ein Unglücksrabe war). Verstört von der unermeßlichen Unfähigkeit seines Sohnes und in seiner Eigenliebe getroffen, verlor der Vater seine Energie, wurde Nihilist und vernachlässigte seine Geschäfte, so daß sie in kurzer Zeit von gierigen Großgrundbesitzern aufgesaugt wurden. Er zog sich einen lächerlichen Tick zu, der darin bestand, daß er die Zunge herausstreckte, um sich (unsinnigerweise?) am Ohr zu lecken. Nervosität und Schlaflosigkeit trieben ihn, den Spuren seiner Gattin folgend, in die Hände von Psychiatern und Psychoanalytikern (Alberto de Quinteros, Lucio Acémila?), die rasch mit den Resten seiner Vernunft und seines Vermögens aufräumten.

Der wirtschaftliche Zusammenbruch und der geistige Verfall seiner Erzeuger brachten Joaquín Hinostroza Bellmont nicht an den Rand des Selbstmords. Er lebte die ganze Zeit in La Perla in einer gespenstischen Villa, von der die Farbe abblätterte, die verrottete, sich nach und nach entvölkerte, der die Gärten und der Fußballplatz verlorengingen (um Schulden zu bezahlen) und in die Schmutz und Spinnen ihren Einzug gehalten hatten. Der junge Mann verbrachte den Tag damit, bei den Straßenspielen, die von den Stadtstreichern des Viertels auf den freien Feldern zwischen Bellavista und La Perla organisiert wurden, Schiedsrichter zu sein. Bei einem dieser Spiele, die von chaotischen Straßenjungen mitten auf der Straße ausgeführt wurden, bei denen ein paar Steine und ein Fenster und ein Laternenpfahl die Grenzen und das Tor markierten und bei denen Joaquín – Unbedingtheitsdenken des eleganten Herrn, der sich mitten im Urwald zum Abendessen umkleidet – als Schiedsrichter fungierte, als wären sie Endspiele, lernte der Aristokratensohn die Person kennen, die aus ihm einen Leberkranken und einen Star machen sollte, Sarita Huanca Salaverría (?).

Er hatte sie mehrere Male im Durcheinander dieser Spiele gesehen und ihr wegen der Aggressivität, mit der sie den Gegner anging, viele Verweise erteilt. Sie wurde Marimacho (Mannweib) genannt, trotzdem wäre Joaquín nie darauf gekommen, daß dieser traurige Junge mit den alten Latschen, den Bluejeans und dem schäbigen Pulli ein Mädchen war. Er entdeckte es auf erotischem Wege. Eines Tages überhäufte sie ihn mit wüsten Beschimpfungen (wie Hurensohn), weil er sie mit einem unvermeidlichen Strafstoß bedacht hatte (Marimacho hatte ein Tor aus dem Abseits geschossen).

»Was hast du gesagt?« erboste sich der Aristokratensohn und stellte sich vielleicht vor, wie seine Mutter in diesem Augenblick eine Pille herunterschluckte, an einem Heiltrank nippte, eine Injektion bekam. »Sag das noch einmal, wenn du ein Mann bist!«

»Bin ich nicht, aber ich sag es nochmal«, antwortete Marimacho. Und sie wiederholte – Ehre der Spartanerin, die eher in glühende Kohlen tritt, als sich zu ergeben – die Schimpfkanonade, angereichert mit Adjektiven aus der Gosse.

Joaquín versuchte, ihr einen Faustschlag zu versetzen, der aber nur in die Luft ging, und im selben Augenblick wurde er durch einen Rammstoß von Marimacho zu Boden geworfen. Sie fiel über ihn her und schlug mit Händen und Füßen, Knien und

Ellenbogen auf ihn ein. Dort – gymnastische Anstrengungen auf dem Boden, die schließlich aussahen wie Umarmungen der Liebe – entdeckte er zu seiner größten Überraschung, erregt und ejakulierend, daß sein Gegner ein Mädchen war. Die Gemütsbewegung, die seine boxenden Berührungen mit jenen unerwarteten Schwellungen in ihm hervorrief, war so stark, daß sie sein ganzes Leben veränderte. Auf der Stelle, als er sich nach der Prügelei wieder mit ihr vertrug und erfuhr, daß sie Sarita Huanca Salaverría hieß, lud er sie ins Kino ein, Tarzan anzusehen, und eine Woche später machte er ihr einen Heiratsantrag. Saritas Ablehnung, seine Frau zu werden und sich auch nur von ihm küssen zu lassen, trieben Joaquín in klassischer Weise in die Kneipen. In kurzer Zeit wurde aus dem Romantiker, der seinen Schmerz in Whisky ertränkte, ein unrettbarer Alkoholiker, der seinen afrikanischen Durst mit Kerosin stillen konnte.

Was weckte in Joaquín diese Leidenschaft für Sarita Huanca Salaverría? Sie war jung, hatte einen gertenschlanken Körper, eine von Wind und Wetter gegerbte Haut, einen tänzerischen Gang, und als Fußballspielerin war sie nicht schlecht. Nach der Art, wie sie sich kleidete, den Dingen, die sie tat, und den Menschen, mit denen sie umging, schien sie mit ihrer Rolle als Frau nicht einverstanden zu sein. War es das vielleicht – Laster der Originalität, Raserei der Extravaganz –, was sie für den Aristokratensohn so attraktiv machte? Als er Marimacho zum ersten Mal in das heruntergekommene Haus in La Perla brachte, sahen sich seine Eltern, nachdem das Paar gegangen war, angewidert an. Der ehemals reiche Mann formulierte die Bitterkeit seines Gemüts in einem Satz: »Wir haben nicht nur einen Dummkopf gezeugt, sondern auch noch einen sexuell Pervertierten.«

Sarita Huanca Salaverría trieb Joaquín zwar in den Alkohol, gleichzeitig war sie jedoch das Sprungbrett, das ihn von den Straßenspielen mit schlechtgestopften Bällen zu den Wettkämpfen im Nationalstadion beförderte.

Marimacho beschränkte sich nicht darauf, die Leidenschaft des Aristokratensohns abzulehnen; es machte ihr sogar noch Vergnügen, ihn leiden zu lassen. Sie ließ sich ins Kino einladen, zum Fußball, zum Stierkampf, in Restaurants, nahm kostbare Geschenke an (für die der Verliebte die Trümmer des Familienbe-

sitzes verschwendete), erlaubte aber nicht, daß Joaquín ihr von Liebe sprach. Kaum versuchte dieser – Schüchternheit des Jünglings, der errötet, wenn er einer Blume Komplimente macht –, ihr stammelnd zu sagen, wie sehr er sie liebe, stand Sarita Huanca Salaverría wütend auf, verletzte ihn mit Beleidigungen von der Niedertracht eines Landstreichers und ließ ihn stehen. Dann begann Joaquín zu trinken, zog von Kneipe zu Kneipe, trank alles durcheinander, um eine schnelle und explosive Wirkung zu erzielen. Für seine Eltern war es ein ganz gewöhnliches Schauspiel, ihn zu nachtschlafender Zeit nach Hause kommen zu sehen, wie er die Füße über den Boden schleifend durch die Räume von La Perla ging und eine Spur von Erbrochenem hinter sich herzog. Wenn er sich bereits ganz im Alkohol aufzulösen schien, ließ ein Anruf von Sarita ihn wiederauferstehen. Er faßte neue Hoffnung, und der Teufelskreis begann von neuem. Von Bitterkeit zermürbt, starben der Mann mit dem Tick und die Hypochonderin gleichzeitig und wurden im Mausoleum des Friedhofs Presbítero Maestro beigesetzt. Die zusammengeschrumpfte Villa von La Perla und auch die noch übriggebliebenen Güter wurden entweder unter die Gläubiger verteilt oder vom Staat beschlagnahmt. Joaquín Hinostroza Bellmont mußte sich nun seinen Lebensunterhalt selbst verdienen.
Wenn man bedenkt, wer er war (seine Vergangenheit verlangte, daß er entweder an Auszehrung starb oder als Bettler endete), machte er das hervorragend. Welchen Beruf wählte er? Schiedsrichter beim Fußball! Vom Hunger oder von dem Wunsch getrieben, die spröde Sarita zu umwerben, verlangte er nach und nach ein paar Sol von den Straßenjungen, bei deren Spielen er Schiedsrichter sein sollte, und als er sah, daß sie zusammenlegten und ihm das Geld gaben, erhöhte er – zweimal zwei sind vier, und vier und zwei sind sechs – die Sätze und kam besser zurecht. Da seine außerordentliche Fähigkeit auf dem Fußballplatz bekannt war, erhielt er Verträge für Jugendwettkämpfe, und eines Tages meldete er sich klugerweise bei der Vereinigung der Schiedsrichter und Fußballtrainer und bat um Aufnahme. Er bestand die Prüfungen mit einem solchen Glanz, daß denen, die er von nun an (voller Stolz) Kollegen nennen konnte, schwindelig wurde.
Das Erscheinen von Joaquín Hinostroza Bellmont – schwarzes,

weiß abgesetztes Trikot, grüner Schirm über der Stirn, silberne Trillerpfeife im Mund – im Nationalstadion von José Díaz setzte einen Meilenstein im nationalen Fußballsport. Ein erfahrener Sportberichterstatter drückte es so aus: »Mit ihm zogen unbeugsame Gerechtigkeit und künstlerische Inspiration auf das Fußballfeld.« Seine Korrektheit, seine Unparteilichkeit, die Geschwindigkeit, mit der er Fouls entdeckte, und sein Feingefühl bei den Verwarnungen, seine Autorität (wenn die Spieler mit ihm sprachen, schlugen sie stets die Augen nieder und nannten ihn Don) und seine Kondition, die es ihm erlaubte, die neunzig Minuten des Spiels ununterbrochen zu laufen und nie weiter als zehn Meter vom Ball entfernt zu sein, machten ihn rasch berühmt. Er war, wie es in einer Rede hieß, der einzige Schiedsrichter, dem die Spieler niemals widersprachen und der nie von den Zuschauern angegriffen wurde, und der einzige, dem nach jedem Spiel Ovationen von den Tribünen gebracht wurden.

Kamen solche Talente und Kräfte nur aus einem überragenden Berufsethos? Auch. Aber der tiefere Grund, daß Joaquín Hinostroza Bellmont versuchte, mit seiner Schiedsrichtermagie – Geheimnisse des jungen Mannes, der in Europa triumphiert und doch verbittert ist, weil er sich eigentlich nur den Beifall seines kleinen Andenlandes wünscht – Marimacho zu beeindrucken. Sie sahen sich weiterhin fast täglich, und der zweideutige Klatsch des Volkes hielt sie für Geliebte. Tatsächlich hatte der Schiedsrichter trotz seiner im Lauf der Jahre unveränderten Beharrlichkeit den Widerstand von Sarita nicht überwinden können.

Eines Tages, nachdem sie ihn vom Boden einer Kneipe in Callao aufgelesen und in die Pension im Zentrum gebracht hatte, wo er lebte, ihm das Erbrochene und die Sägespäne abgewischt und ihn ins Bett gebracht hatte, erzählte sie ihm das Geheimnis ihres Lebens. Joaquín Hinostroza Bellmont erfuhr – Leichenblässe des Mannes, der vom Vampir geküßt wurde –, daß es in der frühen Jugend dieses Mädchens eine verfluchte Liebe und ein eheliches Erdbeben gegeben hatte. Zwischen Sarita und ihrem Bruder (Richard?) war nämlich eine tragische Liebe aufgebrochen, die – Feuerkaskaden, Giftregen über die Menschheit – zu einer Schwangerschaft geführt hatte. Nachdem sie klugerweise einen Galan, den sie früher immer abgewiesen, geheiratet hatte (den Rothaarigen Antúnez? Luis Abril Marroquín?), damit das Kind des Inzests einen makellosen Namen bekäme, hatte der junge und glückliche Ehemann jedoch – Pferdefuß des Teufels, der heimlich in die Kuchenschüssel stopft, – die Täuschung rechtzeitig bemerkt und die Betrügerin verstoßen, die ihm ein fremdes Balg als Kind unterschmuggeln wollte. Gezwungen abzutreiben, floh Sarita aus ihrer stolzen Familie, aus ihrem guten Wohnviertel, von ihrem wohlklingenden Namen. Als Landstreicherin nahm sie in den Halden zwischen Bellavista und La Perla die Persönlichkeit und den Namen von Marimacho an. Damals hatte sie geschworen, sich nie wieder einem Manne hinzugeben und, was alle praktischen Dinge anging (außer, ach, die Spermatozoen?), wie ein Mann zu leben.

Diese Tragödie von Sarita Huanca Salaverría voller Gotteslästerung, Tabuübertretungen, Fußtritten gegen die bürgerliche Moral und die religiösen Gebote, brachte die Liebesleidenschaft von Joaquín Hinostroza Bellmont nicht zum Erlöschen; sie verstärkte sie. Der Mann von La Perla hatte sogar die Idee, Marimacho von ihren Traumata zu kurieren und sie mit der Gesellschaft und mit den Männern wieder auszusöhnen; er wollte aus ihr wieder eine weibliche und kokette, schelmische und witzige Dame aus Lima machen (wie die Perricholi?).

Im gleichen Maße, wie sein Ruhm wuchs und er als Schiedsrichter bei internationalen Spielen in Lima und im Ausland gefragt war und Angebote für Mexico, Brasilien, Kolumbien und Venezuela erhielt, die er – Patriotismus des Weisen, der auf die Computer von New York verzichtet, um weiter mit den tuberkulösen Meerschweinchen von San Fernando zu experimentieren – immer ablehnte, wurde sein Sturm auf das Herz der Inzestuösen immer hartnäckiger.

Und es schien ihm, als bemerke er einige Zeichen – Rauch der Apachen auf den Hügeln, Tam-Tam im afrikanischen Busch – dafür, daß Sarita Huanca Salaverría nachgeben könnte. Eines Nachmittags, nach einem Kaffee mit Hörnchen im Haiti auf der Plaza de Armas, konnte Joaquín die Rechte des Mädchens länger als eine Minute (exakt – sein Schiedsrichterverstand maß es genau) in seinen Händen halten. Wenig später gab es ein Spiel, in dem die Nationalmannschaft einer Bande von Mördern aus einem Land mit höchst spärlichem Ruhm (Argentinien oder so) gegenüberstand, die zum Spiel erschienen mit Nagelschuhen, Knie- und Ellenbogenschützern, in Wahrheit Instrumenten, um den Gegner zu verletzen. Ohne auf ihre Argumente einzugehen (die freilich richtig waren), daß es in ihrem Land nämlich Sitte sei, so Fußball zu spielen – in Einklang mit Tortur und Verbrechen? –, wies Joaquín Hinostroza Bellmont sie nacheinander vom Feld, bis die peruanische Mannschaft aus Mangel an Gegnern technisch siegte. Natürlich verließ der Schiedsrichter das Stadion auf den Schultern der Menge, und Sarita Huanca Salaverría warf ihm, als sie allein waren, – ein Ausbruch von Peruanität? Sportsgeist? – die Arme um den Hals und küßte ihn. Einmal, als er krank war – die Zirrhose zersetzte insgeheim und unheilvoll die Leber des Mannes der Stadien und Arenen und verursachte ihm regelmäßig wiederkehrende Anfälle –, wich sie in der Woche, in der er im Hospital Carrión lag, nicht von seiner Seite, und Joaquín sah sie eines Nachts weinen; seinetwegen? Alles das ermutigte ihn, und täglich machte er ihr mit neuen Worten Heiratsanträge. Es war vergeblich. Sarita Huanca Salaverría war bei allen Spielen dabei, die er leitete (die Chronisten verglichen seine Schiedsrichterarbeit mit dem Dirigieren einer Symphonie), begleitete ihn ins Ausland und war sogar in die Pension Colonial gezogen, wo Joaquín mit seiner Schwester, der Pianistin, und seinen uralten Eltern lebte. Aber sie ließ nicht zu, daß seine Brüderlichkeit anders als keusch sei und sich in Ergötzen verwandele. Die Unsicherheit – Margerite, deren Blütenblätter man niemals zuende ausgezupft hat – verschlimmerte den Alkoholismus von Joaquín Hinostroza Bellmont, den man schließlich öfter betrunken als nüchtern sah.

Der Alkohol war die Achillesferse seines beruflichen Lebens, der Makel, so sagen die Eingeweihten, der verhinderte, daß er in Europa als Schiedsrichter arbeiten konnte. Wie erklärt man sich jedoch, daß ein Mann, der soviel trank, einen Beruf mit solchen physischen Anstrengungen ausüben konnte? Tatsache ist – Rätsel, die die Geschichte pflastern –, daß er beide Neigungen zur gleichen Zeit entwickelte, und als er dreißig Jahre alt war, beide simultan; Joaquín Hinostroza Bellmont fing an, seine Spiele betrunken wie eine Strandhaubitze zu leiten und sie im Geist in den Kneipen weiterzuführen.

Der Alkohol unterhöhlte sein Talent nicht, verschleierte weder seinen Blick, noch schwächte er seine Autorität oder verlangsamte seinen Lauf. Allerdings sah man ihn hin und wieder mitten in einem Spiel vom Schluckauf gepeinigt, und – Verleumdungen, die die Luft verpesten und die Tugend mit Messern stechen – man versicherte, daß er einmal, von Sahara-Durst gepeinigt, einem Krankenpfleger, der einem Spieler zur Hilfe eilte, eine Flasche Wundalkohol entriß und sie austrank, als wäre es frisches Wasser. Aber diese Episoden – pittoreske Anekdoten, um den Genius gesponnene Mythologien – unterbrachen seine erfolgreiche Karriere keineswegs.
Zwischen dem donnernden Applaus der Stadien und den wilden Besäufnissen, mit denen er seine Gewissensbisse – Zangen des Inquisitors, die im Fleisch wühlen, Folterbank, die die Gelenke auseinanderzerrt – in seiner Seele eines Missionars des wahren Glaubens (Zeuge Jehovas?) zu besänftigen suchte, denn er hatte unbedacht in einer Nacht jugendlicher Verrücktheit eine Minderjährige in Victoria (Sarita Huanca Salaverría?) vergewaltigt –, kam Joaquín Hinostroza Bellmont in die Blüte seiner Jahre, er wurde fünfzig. Er war ein Mann mit breiter Stirn, Adlernase, durchdringendem Blick, von Güte und aufrechter Gesinnung und auf dem Gipfel seiner beruflichen Laufbahn angelangt.
Zu dieser Zeit sollte Lima Schauplatz des wichtigsten Fußballereignisses eines halben Jahrhunderts werden, nämlich des Endspiels der Südamerika-Meisterschaft zwischen den Mannschaften Bolivien und Peru, die in den Vorspielen jede für sich ihren Gegnern schmähliche Tore verpaßt hatten. Obgleich der Brauch bestimmte, dieses Spiel von einem Schiedsrichter aus einem neutralen Land leiten zu lassen, forderten beide Mannschaften, mit besonderem Nachdruck die Ausländer – Edelmut des Altiplano, mestizischer Adel der Kordilleren und Aymara-Ehrgefühl –, daß der berühmte Joaquín Hinostroza Marroquín dieses Spiel leiten sollte. Und da Spieler, Ersatzleute und Trainer mit einem Streik drohten, wenn man ihrem Wunsch nicht nachkäme, willigte der Verband ein, und der Zeuge Jehovas erhielt die Mission, dieses Spiel zu leiten, von dem jedermann voraussagte, es werde ein denkwürdiges Spiel werden.
Die dicken grauen Wolken Limas öffneten sich an diesem Sonn-

tag, damit die Sonne das Treffen erwärme. Viele Menschen hatten die Nacht im Freien verbracht, in der Hoffnung, eine Eintrittskarte zu bekommen (man wußte, daß sie seit einem Monat ausverkauft waren). Seit dem Morgengrauen war die Umgebung des Nationalstadions ein Gewimmel von Menschen auf der Suche nach Wiederverkäufern und von Leuten, die bereit waren, jede Art Verbrechen zu begehen, um hineinzukommen. Zwei Stunden vor dem Spiel hatte im Stadion nicht einmal mehr eine Stecknadel Platz. Viele hundert Bürger des großen Landes im Süden (Bolivien?), die von ihren sauberen Höhen im Flugzeug, im Auto oder zu Fuß nach Lima gekommen waren, hatten sich auf der Osttribüne versammelt. Die Hochrufe und die Lärmmaschinen machten eine gewaltige Stimmung, während man auf die Mannschaften wartete.

Wegen der Größe der Volksansammlung hatte die Obrigkeit Vorsichtsmaßnahmen getroffen. Die berühmteste Brigade der Guardia Civil, jene, die in wenigen Monaten – Heldentum und Aufopferung, Kühnheit und Weltgewandtheit – Callao von Kriminellen und Bösewichtern gereinigt hatte, war nach Lima gezogen worden, um die Sicherheit und das Einvernehmen der Bürger auf den Tribünen und auf dem Platz zu garantieren. Ihr Chef, der berühmte Hauptmann Lituma, der Schrecken der Unterwelt, ging fieberhaft im Stadion auf und ab, lief die Tore und Zuwege ab, um zu prüfen, ob die Patrouillen an ihren Plätzen standen, und gab seinem kriegstüchtigen Adjutanten, dem Wachtmeister Jaime Concha, erfinderische Instruktionen.

Auf der Westtribüne, inmitten der lärmenden Menge, so eng zusammengepreßt, daß kaum Luft zum Atmen blieb, waren beim Anpfiff außer Sarita Huanca Salaverría (die – Masochismus des Opfers, das an dem Vergewaltiger hängt – kein einziges Spiel versäumte, das er leitete) der ehrenwerte Don Sebastián Bergua, vor kurzem erst von seinem Schmerzenslager aufgestanden, wo er nach Messerstichen, die ihm von dem Arzneimittelvertreter Luis Marroquín Bellmont (der mit einer ganz außerordentlichen Erlaubnis der Gefängnisdirektion auf der Nordtribüne im Stadion war?) zugefügt worden waren, seine Gattin Margarita und seine Tochter Rosa, bereits ganz wiederhergestellt von den Bissen, die sie – unseliges Morgengrauen im Urwald – von einem Rudel Ratten erlitten hatte.

Nichts deutete auf die Tragödie hin, als Joaquín Hinostroza (Tello? Delfín?) – der wie gewöhnlich gezwungen war, eine olympische Runde zu drehen und sich für den Applaus zu bedanken – stolz und agil das Spiel anpfiff. Im Gegenteil, alles verlief in einer Atmosphäre von Enthusiasmus und Fairneß: die Aktionen der Spieler, der Beifall der Zuschauer, der die Angriffe der Stürmer und die Abwehr der Verteidiger belohnte. Vom ersten Augenblick an war es klar, daß sich die Vorhersagen erfüllen würden: das Spiel war ausgewogen, und obwohl fair, war es doch spannend. Kreativer denn je glitt Joaquín Hinostroza (Abril?) wie auf Schlittschuhen über den Rasen, ohne die Spieler zu stören, und immer im günstigsten Blickwinkel, und seine Entscheidungen, streng aber gerecht, verhinderten, daß – Hitze des Gefechts, das zu Streit wird – das Spiel in Gewalt ausartete. Aber – Grenzen der conditio humana – auch kein heiliger Zeuge Jehovas konnte verhindern, daß sich erfüllte, was – Indifferenz der Fakire, Phlegma des Engländers – das Schicksal gesponnen hatte.
Der höllische Mechanismus nahm in der zweiten Halbzeit unaufhaltsam seinen Lauf, als die Spieler einer nach dem anderen hereinkamen und die Zuschauer bereits heiser waren und ihnen die Hände brannten. Hauptmann Lituma und Wachtmeister Concha glaubten naiv, alles laufe gut; nicht ein einziger Zwischenfall – Diebstahl, Schlägerei, Verlust eines Kindes – hatte den Nachmittag beeinträchtigt.
Aber 13 Minuten nach 4 Uhr erlebten die 50 000 Zuschauer das Unerhörte. Aus dem dichtesten Gewühl der Südtribüne kam plötzlich – schwarz, mager, hochgewachsen, mit riesigen Zähnen – ein Mann, der mit Leichtigkeit die Umzäunung überkletterte und, unverständliche Schreie ausstoßend, auf das Feld lief. Es überraschte die Leute nicht so sehr, ihn halb nackt zu sehen – er trug kaum einen Lendenschurz um seine Hüften –, als daß er von Kopf bis Fuß am ganzen Körper Narben trug. Ein Röcheln der Panik erschütterte die Tribünen, alle begriffen, daß der Tätowierte den Schiedsrichter angreifen wollte. Kein Zweifel, der riesige Brüller rannte direkt auf das Idol der Fans zu (Gumercindo Hinostroza Delfín?), der ihn nicht gesehen hatte und ganz seiner Kunst hingegeben das Spiel lenkte.
Wer war dieser gewaltige Angreifer? Vielleicht jener blinde Pas-

sagier, der auf geheimnisvolle Weise nach Callao gekommen und von der Nachtpatrouille überrascht worden war? War er derselbe Unglückselige, den die Obrigkeit euthanasisch beschlossen hatte zu exekutieren und dem der Wachtmeister (Concha?) in einer dunklen Nacht das Leben geschenkt hatte? Weder Hauptmann Lituma noch Wachtmeister Concha hatten Zeit, das herauszubekommen. Als er begriff, daß ein Held der Nation einem Attentat zum Opfer fallen sollte, wenn er nicht sofort eingriff, befahl der Hauptmann – Vorgesetzter und Untergebene hatten eine Methode, sich durch Bewegungen der Augenbrauen zu verständigen – dem Wachtmeister einzugreifen. Daraufhin zog Jaime Concha ohne aufzustehen seine Pistole und gab ihre zwölf Schüsse ab, die sich alle in verschiedenen Teilen des fast nackten Mannes (fünfzig Meter weit entfernt) eingruben. Auf diese Weise erfüllte der Wachtmeister – lieber spät als gar nicht, wie das Sprichwort sagt – den empfangenen Befehl, denn es handelte sich tatsächlich um den blinden Passagier von Callao!

Es genügte, daß die Menge den potentiellen Henker ihres Idols, den sie noch vor wenigen Augenblicken gehaßt hatte, von Schüssen durchlöchert sah, um sich sofort – Anwandlungen einer sentimentalen, frivolen Koketterie des wankelmütigen Weibes – mit ihm zu solidarisieren, ihn zum Opfer zu machen und sich mit der Guardia Civil zu verfeinden. Ein Pfeifkonzert, das die Vögel am Himmel betäubte, erhob sich in die Luft. Die Tribünen im Schatten und in der Sonne drückten damit ihre Wut über das Schauspiel mit dem Neger aus, der dort auf der Erde lag und aus zwölf Löchern blutete. Die Schüsse hatten die Spieler durcheinandergebracht, aber der große Hinostroza (Tellez Unzátegui?) hatte, sich selbst treu, keine Unterbrechung erlaubt und zeigte über den Kadaver des Wilden hinweg weiter sein Können, taub dem Pfeifkonzert gegenüber, dem jetzt Ausrufe, Schreie und Beleidigungen beigemischt waren. Schon begannen, farbenfroh flatternd, die ersten Vorläufer dessen zu fallen, was später eine Sintflut von Sitzkissen gegen den Polizeiposten von Hauptmann Lituma werden sollte. Dieser roch den Hurrican und beschloß, rasch zu handeln. Er befahl den Polizisten, die Tränengasgranaten bereitzuhalten. Auf jeden Fall wollte er ein Blutbad vermeiden. Ein paar Augenblicke später, als die Barrieren an verschiedenen Punkten des Rondells überwunden worden waren und sich hier und dort erhitzte Taurophile voller Kriegslust gegen das Stiergehege stürzten, befahl er seinen Männern, den Platz mit ein paar Granaten zu besäen. Weinen und Niesen, so dachte er, würden die Wutschnaubenden beruhigen, und der Frieden würde wieder auf der Plaza de Acho einkehren, sobald der Wind die chemischen Gase verweht hätte. Er befahl auch einer Gruppe von vier Polizisten, Jaime Concha zu umstellen, der zur Zielscheibe der erregten Menge geworden war; offensichtlich waren sie entschlossen, ihn zu lynchen, obwohl sie sich dazu dem Stier stellen mußten.

Aber Hauptmann Lituma vergaß etwas ganz Wesentliches; er selbst hatte zwei Stunden vorher, um zu verhindern, daß Fans ohne Eintrittskarte, die drohend um den Platz herumlungerten, versuchen sollten, mit Gewalt in das Stadion einzudringen, angeordnet, die Metallgitter herunterzulassen, die die Aufgänge zu den Tribünen verschlossen. Als die Polizisten – gehorsame Befehlsbefolger – das Publikum mit einer Salve Tränengasgranaten bedachten und sich in wenigen Sekunden hier und dort pestilenzartige Wolken auf den Stufen bildeten, reagierten die Zuschauer mit Flucht. Sie sprangen auf, stießen und schubsten sich, hielten sich dabei ein Taschentuch vor den Mund und rannten weinend auf die Ausgänge zu. Die Menschenströme sahen sich von den Eisenvorhängen und Gitterstäben eingeschlossen, gestoppt. Gestoppt? Nur für ein paar Sekunden, die jedoch ausreichten, die ersten Reihen jeder Säule durch den Druck derer, die nachschoben, in Sturmböcke zu verwandeln; die Hindernisse wurden verbogen, aufgedrückt, aufgebrochen und aus den Angeln gehoben. Auf diese Weise konnten die Leute, die am Rímac lebten und zufällig an diesem Sonntag um 5 Uhr 30 nachmittags um die Stierkampfarena spazierengingen, ein barbarisch einmaliges Schauspiel mitansehen: Plötzlich, mitten in einer tödlichen Explosion, flogen die Tore der Plaza de Acho in Stücke und spuckten zerquetschte Leichname aus, die – ein Unglück kommt selten allein – obendrein noch von der verrückt gewordenen Menge, die aus den blutigen Breschen floh, zertrampelt wurden.

Unter den ersten Opfern des Holocaustes von Bajo el Puente sollten diejenigen sein, die die Zeugen Jehovas nach Peru ge-

bracht hatten, nämlich Don Sebastián Bergua aus Moquegua und seine Gattin Margarita und seine Tochter Rosa, die ehemalige Flötistin. Die religiöse Familie kam durch das um, was sie hätte retten sollen, nämlich durch ihre Klugheit. Kaum hatte sich der Zwischenfall mit dem kannibalischen Wilden ereignet und kaum hatte ihn das Hornvieh zerfetzt, hatte Don Sebastián Bergua – hochgezogene Brauen, diktatorischer Zeigefinger – seinem Stamm »Rückzug« befohlen. Es war keine Flucht, ein Wort, das der Prediger nicht kannte, sondern Fingerspitzengefühl, der Gedanke, daß weder er noch seine Verwandten sich in einen Skandal verwickelt sehen sollten, um zu verhindern, daß die Feinde im Schutz dieses Vorwandes versuchen könnten, den Namen seines Glaubens zu beschmutzen. So verließ die Familie Bergua eiligst ihren Platz in der Sonne und stieg die Stufen zum Ausgang hinunter, als die Tränengasgranaten explodierten. Die drei Frömmler befanden sich vor der Metallgardine Nummer 6 und warteten, daß sie hochgezogen würde, als sie in ihrem Rükken die Menge trampelnd und tränenreich heranstürmen sahen. Sie hatten keine Zeit mehr, ihre nicht vorhandenen Sünden zu bereuen, als sie von der verängstigten Masse wörtlich an den Metallgardinen zerdrückt wurden (zu Menschenpüree oder zu Suppe?). Ein Sekunde, bevor sie in das andere Leben übergingen, an das er nicht glaubte, konnte Don Sebastián noch starrköpfig, gläubig und heterodox schreien: »Christus starb an einem Baum, nicht an einem Kreuz!«
Der Tod des labilen messerstechenden Mörders von Don Sebastián Bergua und Vergewaltigers von Doña Margarita und der Künstlerin war (paßt dieser Ausdruck?) weniger ungerecht. Denn kaum war die Tragödie ausgebrochen, als der junge Marroquín Delfín seine Stunde für gekommen hielt. In dem Durcheinander wollte er dem Beamten entfliehen, den die Gefängnisdirektion dazu bestimmt hatte, ihn zu begleiten, damit er den historischen Kampf sehen konnte; er wollte sich aus Lima, aus Peru davonmachen und ins Ausland gehen. Unter anderem Namen würde er ein neues Leben voller Irrsinn und Verbrechen beginnen. Hoffnungen, die sich fünf Minuten später in nichts auflösen sollten, als am Ausgangstor Nummer 5 (Lucho? Ezequiel?) Marroquín Delfín und dem Beamten des Gefängnisses von Chumpitaz, der ihn an der Hand hielt, die zweifelhafte Ehre

zuteil wurde, zu der ersten Reihe der von der Menge zertrampelten Taurophilen zu gehören. (Die ineinander verschränkten Finger des Polizisten und des Arzneimittelvertreters, wenn auch als Leichname, gaben Anlaß zu Gerede.)
Der Tod von Sarita Huanca Salaverría hatte wenigstens den Vorzug, weniger anstößig zu sein. Er war ein Beispiel für ein ungeheuerliches Mißverständnis, für einen Irrtum seitens der Obrigkeit in der Beurteilung von Handlungen und Absichten. Als die Ereignisse losbrachen, als sie den Kannibalen auf die Hörner genommen sah und die Rauchschwaden der Granaten, als sie das Aufheulen der Zertrampelten hörte, entschied das Mädchen von Tingo María – Liebesleidenschaft, die die Todesangst besiegt –, es sollte an der Seite des Mannes sein, den es liebte. Anders als die Fans stieg sie jetzt in das Rund hinunter, was sie davor bewahrte, zerdrückt zu werden. Aber es rettete sie nicht vor dem Adlerblick von Hauptmann Lituma, der, als er in den sich ausbreitenden Gaswolken eine unbestimmte, verschwommene Figur entdeckte, die über die Absperrung sprang und auf den Stierkämpfer zulief (der trotz allem sich dem Tier entgegenstellte und ihn auf den Knien erwartete), überzeugt davon, es sei seine Pflicht, solange noch ein Hauch Leben in ihm war, zu verhindern, daß der Matador angegriffen würde, seinen Revolver zog und mit drei rasch aufeinander folgenden Schüssen den Lauf und das Leben der Liebenden beendete. Sarita fiel tot zu Füßen von Gumercindo Bellmont nieder.
Der Mann von La Perla war der einzige unter den Toten dieses griechischen Nachmittags, der eines natürlichen Todes starb. Wenn man dieses in prosaischen Zeiten unerhörte Phänomen als natürlich ansehen kann, daß einem Mann beim Anblick seiner tot zu seinen Füßen liegenden Geliebten das Herz stehenbleibt und er stirbt. Er fiel neben Sarita zu Boden, und mit dem letzten Atemzug umarmten sie sich und traten so vereint in die Nacht der unglücklich Liebenden ein. (Wie ein gewisser Romeo und seine Julia?)
Der Ordnungshüter mit makelloser Personalakte stellte mit einer gewissen Melancholie fest, daß trotz seiner Erfahrung und seiner Klugheit die Ordnung nicht nur gestört, sondern die Plaza de Acho und die Umgebung sich in einen Friedhof unbeerdigter Kadaver verwandelt hatten, und benutzte die letzte

Kugel, die ihm noch geblieben war – Seewolf, der sein Schiff auf den Grund des Ozeans begleitet –, um sie sich in den Schädel zu jagen und (männlich, wenn auch nicht erfolgreich) seine Biographie zu beenden. Kaum sahen die Polizisten ihren Chef dahinscheiden, als ihre Moral vollständig zusammenbrach; sie vergaßen ihre Disziplin, den Korpsgeist, die Liebe zur Institution und dachten nur daran, sich die Uniform vom Leibe zu reißen und in ziviler Kleidung, die sie den Toten entrissen, zu entkommen. Mehreren gelang es, aber Jaime Concha nicht, den die Überlebenden, nachdem sie ihn kastriert hatten, mit seinem eigenen Lederkoppel am Querbalken des Stierzwingers erhängten. Dort hing nun der gesunde Leser von Donald Duck, der fleißige Zenturion, und baumelte unter dem Himmel von Lima, der sich – um sich den Ereignissen anzupassen? – mit Wolken bezog und seinen winterlichen Nieselregen zu weinen begann ...

Würde die Geschichte mit diesem dantesken Gemetzel enden? Oder würde sie wie die Taube Phönix (das Huhn?) mit neuen Episoden und störrischen Figuren aus der Asche wieder auferstehen? Was würde aus dieser Stierkampftragödie werden?

XVII

Wir fuhren um 9 Uhr morgens mit dem Colectivo, das wir am Parque Universitario nahmen, aus Lima ab. Unter dem Vorwand, noch ein paar letzte Einkäufe vor der Abreise machen zu müssen, war Tante Julia aus dem Haus meines Onkels fortgegangen und ich aus dem meiner Großeltern, als ginge ich in den Sender zur Arbeit. In einer Tüte hatte sie ein Nachthemd und Unterwäsche zum Wechseln mitgenommen; ich trug meine Zahnbürste, meinen Kamm und einen Rasierapparat (den ich, um die Wahrheit zu sagen, noch nicht sehr nötig hatte) in der Tasche.

Pascual und Javier hatten die Fahrkarten gekauft und warteten am Parque Universitario auf uns. Zum Glück kam kein weiterer Passagier. Pascual und Javier setzten sich sehr diskret nach vorn zum Chauffeur und überließen uns, Tante Julia und mir, den Rücksitz. Ein typischer Wintermorgen mit verhangenem Himmel und ständigem Nieselregen begleitete uns ein gutes Stück durch die Wüste. Fast die ganze Fahrt über küßten Tante Julia und ich uns leidenschaftlich und drückten uns die Hände, ohne ein Wort zu sagen, und hörten dabei neben dem Lärm des Motors das Gerede von Pascual und Javier und hin und wieder die Kommentare des Chauffeurs. Um halb zwölf waren wir in Chincha, wo die Sonne strahlte und es angenehm warm war. Der saubere Himmel, die klare Luft, das Gewirr in den menschengefüllten Straßen schienen uns ein gutes Vorzeichen zu sein. Tante Julia lächelte zufrieden.

Während Pascual und Javier zum Rathaus gingen, um sich zu erkundigen, ob alles in Ordnung sei, nahmen Tante Julia und ich ein Zimmer im Hotel Sudamericano. Es war ein altes einstöckiges Haus aus Holz und Adobe mit einem überdachten Patio, der auch als Speisesaal diente, und einem Dutzend kleiner Zimmer, die zu beiden Seiten eines gekachelten Ganges aufgereiht waren wie in einem Bordell. Der Mann hinter dem Tresen bat uns um unsere Papiere; er gab sich mit meinem Journalistenausweis zufrieden, und als ich »und Frau« hinter meinen Namen schrieb, beschränkte er sich darauf, Tante Julia einen spöttischen Blick zuzuwerfen. Das Zimmerchen, das man uns gab, hatte einige zersprungene Fußbodenkacheln, durch die man die Erde sehen konnte, ein durchgelegenes Doppelbett mit einer Decke aus grünen Rhomben, ein Strohstühlchen und ein paar dicke Nägel in der Wand, an die man die Sachen hängen sollte. Kaum waren wir im Zimmer, umarmten wir uns heftig, küßten und streichelten uns, bis Tante Julia mich wegschob und lachte:

»Halt, Varguitas, zuerst müssen wir heiraten.«

Sie glühte, ihre Augen glänzten fröhlich, und ich spürte, daß ich sie sehr, sehr liebte und glücklich war, sie zu heiraten. Und während ich wartete, als sie sich in dem Gemeinschaftsbad auf dem Flur zurechtmachte, schwor ich, daß wir nicht wie all jene Ehepaare werden würden, die ich kannte, ein Jammerbild von einer Ehe, nein, wir würden zusammen immer glücklich sein. Und die Ehe sollte mich nicht daran hindern, eines Tages ein Schriftsteller zu werden. Tante Julia kam schließlich zurück, und wir gingen Hand in Hand zum Rathaus.

Wir trafen Pascual und Javier an der Tür einer Kneipe, wo sie eine Erfrischung tranken. Der Bürgermeister war zu einer Einweihung gegangen, er werde bald wiederkommen. Ich fragte sie, ob es auch absolut sicher sei, ob mit dem Verwandten von Pascual tatsächlich abgemacht sei, daß er uns mittags trauen sollte, und sie verspotteten mich. Javier machte Witze über den ungeduldigen Bräutigam und steuerte ein passendes Sprichwort bei: »Hoffen und Harren macht manchen zum Narren.« Um die Zeit totzuschlagen, gingen wir vier unter den hohen Eukalyptusbäumen und Eichen der Plaza de Armas auf und ab. Ein paar Jungen rannten hin und her, und einige Alte ließen sich die Schuhe putzen, während sie die Zeitung aus Lima lasen. Eine halbe Stunde später waren wir wieder im Rathaus. Der Sekretär, ein dünnes Männchen mit dicken Augengläsern, übermittelte uns die schlechte Nachricht, der Bürgermeister sei von der Einweihung zurückgekommen, aber zum Essen ins El Sol de Chincha gegangen.

»Haben Sie ihm nicht gesagt, daß wir auf ihn warten, wegen der Trauung?« tadelte ihn Javier.

»Er kam mit einer Abordnung, und das war nicht der rechte Augenblick«, sagte der Sekretär mit dem Ausdruck dessen, der auf Etikette hält.

»Dann gehen wir hin, suchen ihn in dem Restaurant und holen ihn wieder hierher«, beruhigte mich Pascual. »Keine Sorge, Don Mario.«

Wir fragten uns zum El Sol de Chincha durch, das in der Nähe der Plaza lag. Es war ein kreolisches Restaurant mit kleinen Tischen ohne Decken und dem Herd im hinteren Teil, um den es flackerte und rauchte und wo ein paar Frauen mit Kupfertöpfen und Kesseln und duftenden Pfannen hantierten. Ein Grammophon lief mit voller Lautstärke, es spielte einen Vals, und das Lokal war ziemlich voll. Als Tante Julia an der Tür meinte, es sei vielleicht klüger zu warten, bis der Bürgermeister gegessen habe, erkannte dieser Pascual und rief ihn heran. Wir sahen, wie der Redakteur von Panamericana einen jungen, fast blonden Mann umarmte, der von einem Tisch aufgestanden war, wo etwa ein halbes Dutzend Tischgenossen saßen, alles Männer, und wo ebensoviele Bierflaschen standen. Pascual winkte uns heran.

»Natürlich, das Brautpaar, ich hatte das ganz vergessen«, sagte der Bürgermeister und drückte uns die Hand, Tante Julia von oben bis unten mit einem Kennerblick musternd. Er wandte sich an seine Tischgenossen, die ihn beflissen beobachteten, und erzählte ihnen mit lauter Stimme, damit sie ihn trotz der Musik verstünden: »Die beiden sind gerade aus Lima geflohen, und ich werde sie trauen.«

Man lachte, man klatschte, Hände wurden uns entgegengestreckt, und der Bürgermeister forderte uns auf, wir sollten uns setzen, und bestellte mehr Bier, um auf unser Glück anzustoßen.

»Aber nicht zusammensitzen, dafür habt ihr noch das ganze Leben Zeit«, sagte er euphorisch und nahm Tante Julia am Arm und setzte sie neben sich. »Die Braut hierher an meine Seite, denn zum Glück ist meine Frau nicht da.«

Die Abordnung applaudierte. Sie waren älter als der Bürgermeister, Händler oder Bauern im Sonntagsstaat, und alle schienen so betrunken zu sein wie er. Einige kannten Pascual und fragten ihn nach seinem Leben in Lima und wann er nach Hause zurückkäme. Ich saß neben Javier am äußersten Ende des Tischs und versuchte zu lächeln, nahm kleine Schlucke des lauwarmen Biers und zählte die Minuten. Bald verloren der Bürgermeister

und die Abordnung jedes Interesse an uns. Eine Flasche folgte der anderen, erst allein, später mit Fischsalat und einem Stockfischsud und Gewürzkuchen, dann wieder ohne alles. Niemand dachte an die Trauung, nicht einmal Pascual, der mit leuchtenden Augen und belegter Stimme die Valses des Bürgermeisters begleitete. Nachdem dieser während des ganzen Essens Tante Julia Komplimente gemacht hatte, versuchte er nun, ihr den Arm um die Schulter zu legen, und näherte ihr sein aufgeschwemmtes Gesicht. Angestrengt lächelnd, hielt ihn Tante Julia auf Distanz, und von Zeit zu Zeit warfen wir uns gequälte Blicke zu.
»Ruhig, Gevatter«, sagte Javier. »Denk an die Trauung und an sonst nichts.«
»Ich glaube, die ist hin«, sagte ich, als der Bürgermeister auf dem Höhepunkt des Glücks davon sprach, einen Guitarristen zu holen, El Sol de Chincha zu schließen und zu tanzen. »Ich glaube, ich wandere noch ins Gefängnis, weil ich diesem verdammten Schwein eins auf die Nase geben muß.«
Ich war wütend und entschlossen, loszuschlagen, wenn er unangenehm würde, als ich aufstand und zu Tante Julia sagte, wir würden jetzt gehen. Erleichtert stand sie sofort auf, und der Bürgermeister versuchte nicht, sie festzuhalten. Er sang sehr musikalisch Marineras, und als er uns hinausgehen sah, winkte er uns mit einem Lächeln, das mir sarkastisch vorkam. Javier, der hinter uns herkam, sagte, er sei bloß besoffen gewesen. Auf dem Weg zum Hotel Sudamericano schimpfte ich auf Pascual, den ich, ich weiß nicht warum, für dieses absurde Mittagessen verantwortlich machte.
»Spiel nicht das ungezogene Kind, und lerne, einen kühlen Kopf zu behalten«, tadelte mich Javier. »Der Typ ist besoffen, und er erinnert sich an nichts. Sei nicht verbittert, der wird euch noch trauen. Wartet im Hotel, bis ich euch rufe.«
Kaum waren wir allein im Zimmer, fielen wir uns in die Arme und küßten uns in einer Art Verzweiflung. Wir sagten nichts, aber unsere Hände, unsere Münder drückten alle Heftigkeit und alles Schöne aus, das wir empfanden. Schon an der Tür hatten wir angefangen uns zu küssen, näherten uns langsam dem Bett, setzten uns schließlich und legten uns dann hin, ohne die enge Umarmung nur einen Augenblick lang gelockert zu

haben. Fast blind vor Glückseligkeit und Verlangen, streichelte ich Tante Julias Körper mit unerfahrenen und begehrlichen Händen, zuerst über den Kleidern, dann knöpfte ich ihr die ziegelfarbene, schon zerknautschte Bluse auf, küßte ihre Brüste, als unerwünschte Hände an unsere Tür klopften.

»Alles fertig, ihr Sünder«, hörten wir Javiers Stimme. »In fünf Minuten im Rathaus. Der Stiesel erwartet euch.«

Wir sprangen glücklich und verlegen aus dem Bett, Tante Julia strich sich rot vor Scham die Kleider glatt, und ich dachte wie früher an abstrakte und respektable Dinge – Zahlen, Dreiecke, Kreise, an die Großmutter, an meine Mutter –, um die Erektion loszuwerden. Im Badezimmer auf dem Gang wuschen und kämmten wir uns ein bißchen, zuerst sie, dann ich, und gingen mit so schnellen Schritten ins Rathaus, daß wir atemlos ankamen. Der Sekretär ließ uns sofort ins Büro des Bürgermeisters eintreten, ein geräumiges Zimmer, in dem an der Wand ein peruanisches Wappen über einem Schreibtisch mit Fähnchen und Aktendeckeln hing und wo ein halbes Dutzend Bänke standen, die wie Schulbänke aussahen. Mit gewaschenem Gesicht und noch feuchtem Haar begrüßte uns der rotblonde Bürgermeister sehr gefaßt mit einer feierlichen Verbeugung hinter seinem Schreibtisch. Er war ein ganz anderer Mensch, ganz Form und Feierlichkeit, zu beiden Seiten des Schreibtisches standen Javier und Pascual und lächelten uns spöttisch an.

»Gut, fangen wir an«, sagte der Bürgermeister. Seine Stimme verriet ihn, belegt und zögernd, schien sie an der Zunge zu kleben. »Wo sind die Papiere?«

»Die haben Sie, Herr Bürgermeister«, erwiderte Javier unendlich wohlerzogen. »Pascual und ich haben sie Ihnen am Freitag gegeben, damit die Angelegenheit beschleunigt werden sollte. Erinnern Sie sich nicht?«

»Wie blau du bist, Vetter, daß du das schon vergessen hast«, lachte Pascual mit ebenfalls betrunkener Stimme. »Du selbst hast uns darum gebeten, sie hier zu lassen.«

»Gut, dann muß sie der Sekretär haben«, murmelte der Bürgermeister unangenehm berührt und sah Pascual böse an. Er rief: »Sekretär!«

Das dünne Männchen mit den dicken Augengläsern brauchte ein paar Minuten, um die Geburtsurkunde und die Scheidungsurkunde von Tante Julia zu finden. Wir warteten schweigend, während der Bürgermeister rauchte, gähnte und ungeduldig auf die Uhr sah. Schließlich brachte der Sekretär sie und sah sie unwillig durch. Als er sie auf den Schreibtisch legte, murmelte er in bürokratischem Ton: »Hier sind sie, Herr Bürgermeister. Es gibt da ein Hindernis wegen des Alters des jungen Mannes, ich sagte es Ihnen schon.«

»Hat irgend jemand Sie etwas gefragt?« sagte Pascual und machte einen Schritt auf ihn zu, als wollte er ihn erwürgen.

»Ich tue nur meine Pflicht«, antwortete der Sekretär. Und sich wieder an den Bürgermeister wendend, fuhr er säuerlich fort und deutete auf mich: »Er ist erst achtzehn Jahre alt und legt keine notarielle Heiratserlaubnis vor.«

»Wie kannst du einen solchen Idioten als Assistenten haben, Vetter!« brach es aus Pascual heraus. »Worauf wartest du noch, warum schmeißt du ihn nicht raus und holst dir jemanden mit etwas mehr Grütze im Kopf.«

»Ruhe, dir ist der Alkohol zu Kopf gestiegen, und du wirst aggressiv«, sagte der Bürgermeister und räusperte sich, um Zeit zu gewinnen. Er verschränkte die Arme und sah Tante Julia und mich sehr ernst an. »Ich war bereit, die Sache mit dem Aufgebot zu übersehen, um Ihnen einen Gefallen zu tun, aber das hier ist ernster. Es tut mir leid.«

»Was ist?« fragte ich völlig überrascht. »Wollen Sie sagen, Sie hätten am Freitag nichts von meinem Alter gewußt?«

»Was ist das für eine Farce«, intervenierte Javier. »Sie und ich hatten verabredet, daß Sie sie ohne weiteres trauen würden.«

»Verlangen Sie von mir, daß ich etwas Ungesetzliches tue?« erboste sich der Bürgermeister seinerseits und fuhr beleidigt fort: »Außerdem, schreien Sie mich nicht an, die Menschen verständigen sich sprechend und nicht schreiend.«

»Aber, Vetter, bist du verrückt geworden«, sagte Pascual außer sich und schlug auf den Schreibtisch. »Du warst einverstanden, du wußtest das Alter, du hast gesagt, es mache nichts aus, spiel jetzt nicht den Vergeßlichen oder den Gesetzeskrämer. Trau sie endlich und laß den Mist.«

»Keine Schimpfworte vor einer Dame und trink nicht soviel, du hast sowieso nichts im Kopf«, sagte der Bürgermeister ruhig. Er wandte sich wieder an den Sekretär, und mit einer Geste deutete er an, er möge sich zurückziehen. Als wir allein waren, senkte er die Stimme und lächelte uns komplizenhaft an: »Merken Sie nicht, daß dieses Subjekt ein von meinen Feinden geschickter Spion ist? Jetzt, wo er drauf gestoßen ist, kann ich euch nicht mehr trauen. Man würde mir einen gewaltigen Skandal machen.«

Es gab keine Möglichkeit, ihn umzustimmen. Ich schwor, daß meine Eltern in den Vereinigten Staaten lebten und daß ich darum keine notarielle Erlaubnis vorlegen könne. Niemand in meiner Familie würde wegen einer Trauung Ärger machen. Tante Julia und ich würden sofort nach der Hochzeit für immer ins Ausland gehen.

»Wir hatten alles abgesprochen, Sie können uns jetzt nicht einen solchen Streich spielen«, sagte Javier.

»Sei nicht so gemein, Vetter«, Pascual nahm ihn beim Arm. »Wir sind extra aus Lima gekommen.«

»Ruhig, macht mich hier nicht zum Sündenbock, ich habe eine Idee, ich hab's«, sagte schließlich der Bürgermeister. Er stand auf und zwinkerte mit den Augen: »Tambo de Mora! Der Fischer Martín! Fahrt sofort hin! Sagt ihm, ihr kommt von mir. Der Fischer Martín, ein sympathischer Mischling. Er wird euch herzlich gern trauen. Es ist besser so, ein kleines Nest, kein großes Aufheben. Martín, der Bürgermeister Martín, ihr gebt ihm ein Trinkgeld, und schon ist alles klar. Er kann kaum lesen und schreiben, er wird die Papiere gar nicht ansehen.«

Ich versuchte, ihn zu überreden mitzukommen, machte Witze, schmeichelte ihm und bat ihn, aber es war nichts zu machen, er hatte Verabredungen, Arbeit, seine Familie erwartete ihn. Er begleitete uns bis zur Tür und versicherte uns, in Tambo de Mora sei die Trauung nur eine Frage von Minuten.

Direkt vor der Tür des Bürgermeisteramtes nahmen wir ein altes Taxi mit zusammengeflickter Karosserie, das uns nach Tambo de Mora bringen sollte. Während der Fahrt sprachen Pascual und Javier über den Bürgermeister. Javier meinte, er sei der schlimmste Zyniker, den er je gesehen habe. Pascual versuchte ihn zu verteidigen und schob dem Sekretär die Schuld in die Schuhe, und plötzlich steckte der Chauffeur seine Nase in die Angelegenheit und begann ebenfalls Frösche und Schlangen gegen den Bürgermeister von Chincha zu speien. Er lebe nur von Geschäften und Schmiergeldern. Tante Julia und ich hielten uns an den Händen gefaßt und sahen uns in die Augen. Hin und wieder flüsterte ich ihr ins Ohr, daß ich sie liebe.

Als es dunkel wurde, kamen wir nach Tambo de Mora, und vom Strand aus sahen wir, wie eine Feuerscheibe unter einem wolkenlosen Himmel im Meer versank, in dem Myriaden von Sternen aufgingen. Wir gingen die zwei Dutzend Stroh- und Lehmhäuser ab, aus denen das Dorf bestand, zwischen an Land geholten Booten und Fischernetzen hindurch, die zur Reparatur über Stangen ausgebreitet waren. Wir rochen nach frischem Fisch und nach Meer. Halbnackte kleine Schwarze umringten uns, fraßen uns mit ihren Fragen beinahe auf: wer wir seien, woher wir kämen, was wir kaufen wollten. Endlich fanden wir die Hütte des Bürgermeisters. Seine Frau, eine Schwarze, die mit einem Strohfächer eine Feuerstelle in Gang hielt und sich den Schweiß mit der Hand von der Stirn wischte, sagte, ihr Mann sei fischen gegangen. Sie sah zum Himmel auf und fügte hinzu, er müsse gleich zurücksein. Wir warteten an dem kleinen Strand auf ihn, hockten auf einem Baumstamm und sahen eine Stunde lang, wie die Fischerboote von der Arbeit zurückkamen, und beobachteten das komplizierte Verfahren, mit dem sie die Boote auf den Strand zogen, und wie die Frauen der gerade Angekommenen, von gierigen Hunden umringt, schon am Strand den Fischen die Köpfe abschnitten und ihnen die Eingeweide herausnahmen. Martín kam als letzter zurück. Es war dunkel, und der Mond war aufgegangen.

Er war ein grauhaariger Neger mit einem gewaltigen Bauch, sehr witzig und redselig, der trotz der Kühle der Nacht nur eine alte Hose trug, die an seinem Körper klebte. Wir begrüßten ihn wie ein vom Himmel herabgestiegenes Wesen, halfen ihm, sein Boot festzumachen, und begleiteten ihn zu seiner Hütte. Auf dem Weg, im schwachen Licht der Feuerstellen aus den türlosen Hütten, erklärten wir ihm den Grund für unseren Besuch. Er lachte und zeigte dabei ein paar gewaltige Pferdezähne:

»Kommt überhaupt nicht in Frage, Freunde, suchen Sie sich einen anderen Dummen, der Ihnen diesen Braten brät«, sagte er mit tiefer, musikalischer Stimme. »Für einen ähnlichen Scherz hätte ich beinahe meinen Abschuß gekriegt.«

Er erzählte uns, daß er vor ein paar Wochen, dem Bürgermeister von Chincha zu Gefallen, ein Pärchen getraut habe, ohne das Aufgebot zu bestellen. Vier Tage später war der Mann der Braut – »ein Mädchen aus dem Dorf von Cachiche, wo alle Frauen einen Besen haben und nachts durch die Luft fliegen«, sagte er, das bereits seit zwei Jahren verheiratet war – wild vor Wut bei ihm erschienen und hatte gedroht, diesen Kuppler umzubringen, der es gewagt hatte, die Vereinigung der Ehebrecher zu legalisieren.

»Mein Herr Kollege aus Chincha kennt alle Schliche, der wird gen Himmel fliegen, so schlau ist der«, spottete er und schlug sich auf den von Wassertropfen glänzenden dicken Bauch. »Jedesmal, wenn irgend etwas faul ist, schickt er es dem Fischer Martín als Geschenk, und der Schwarze hat nachher die Leiche im Keller. Das ist ein Schlaumeier!«

Es gab keine Möglichkeit, ihn zu erweichen. Er wollte nicht einmal einen Blick in die Papiere werfen, und meine Argumente und die von Javier – Tante Julia blieb stumm, hin und wieder lächelte sie gezwungen über den gerissenen Humor des Schwarzen – beantwortete er mit Späßen, lachte über den Bürgermeister von Chincha oder erzählte uns noch einmal lauthals lachend die Geschichte des Mannes, der ihn umbringen wollte, weil er die kleine Hexe von Cachiche mit jemand anderem verheiratet hatte, ohne daß der Mann tot oder geschieden war. Als wir zu seiner Hütte kamen, fanden wir in seiner Frau eine unerwartete Verbündete. Er selbst erzählte, was wir wollten, während er sich das Gesicht, die Arme und den breiten Körper abtrocknete und mit Appetit in die Pfanne, die auf der Feuerstelle stand, schnupperte.

»Trau sie doch, herzloser Schwarzer«, sagte seine Frau und deutete mitleidig auf Tante Julia. »Sieh dir die Arme an, man hat sie geraubt, und nun kann sie nicht heiraten, sie muß bei alldem furchtbar leiden. Was macht es dir aus, oder ist dir der Ruhm zu Kopf gestiegen, weil du Bürgermeister geworden bist?«

Martín ging mit seinen quadratischen Füßen auf dem erdigen Boden der Hütte auf und ab und sammelte Gläser und Tassen ein, während wir mit unserer Geschichte anfingen und ihnen alles anboten, von unserer ewigen Dankbarkeit bis zu einer Entschädigung, die vielen Tagen Fischens entsprach. Aber er blieb hart, und schließlich sagte er böse zu seiner Frau, sie solle ihre Nase nicht in Angelegenheiten stecken, von denen sie nichts verstehe. Doch sofort fand er seine gute Laune wieder, drückte uns eine Tasse oder ein Gläschen in die Hand und bot uns einen Schluck Pisco an: »Damit Sie die Reise nicht ganz umsonst gemacht haben, Freunde«, tröstete er uns ohne ein Fünkchen Ironie und hob das Glas. Sein Trinkspruch war – unter den gegebenen Umständen – nicht sonderlich trostreich: »Gesundheit und Glück den Brautleuten.«

Als wir uns verabschiedeten, sagte er, wir hätten einen Fehler gemacht, nach Tambo de Mora zu kommen, wegen der Geschichte mit dem Mädchen aus Cachiche, aber wir sollten nach Chincha-Baja, nach El Carmen, nach Sunampe, nach San Pedro fahren, irgendwohin in die anderen Dörfer der Provinz, und man würde uns sofort trauen. »Die Bürgermeister dort sind Faulpelze, sie haben nichts zu tun, und wenn sich ihnen eine Hochzeit bietet, betrinken sie sich vor lauter Zufriedenheit«, schrie er uns nach.

Wir kehrten schweigend zu unserem wartenden Taxi zurück. Der Chauffeur eröffnete uns, er müsse, weil es so lange gedauert habe, noch einmal über den Preis mit uns reden. Auf der Rückfahrt nach Chincha verabredeten wir, am nächsten Tag schon früh die Distrikte und Ortschaften, eine nach der anderen, abzuklappern und großzügige Bezahlung anzubieten, bis wir diesen verdammten Bürgermeister endlich gefunden hätten.

»Es ist schon fast 9 Uhr«, sagte Tante Julia plötzlich. »Ob man meine Schwester schon benachrichtigt hat?«

Ich hatte den Großen Pablito zehnmal aufsagen lassen, was er meinem Onkel Lucho und meiner Tante Olga zu sagen hätte, und um ganz sicher zu gehen, hatte ich es ihm auf einen Zettel geschrieben: »Mario und Julia haben geheiratet. Machen Sie sich keine Sorgen um sie, es geht ihnen gut, sie werden in ein paar Tagen nach Lima zurückkommen.« Er sollte um 9 Uhr abends von einem öffentlichen Telephon aus anrufen und sofort nach der Botschaft auflegen. Ich sah beim Licht eines Streichholzes auf die Uhr, ja, die Famile war bereits unterrichtet.

»Sie werden Nancy mit Fragen löchern«, sagte Tante Julia und bemühte sich, natürlich zu sprechen, als handelte es sich um die Angelegenheiten anderer Leute. »Sie wissen, daß sie mit uns

unter einer Decke steckt. Sie werden der Kleinen sehr zusetzen.«
Das Taxi polterte auf der Strecke voller Schlaglöcher, und jeden Augenblick schien es steckenzubleiben, und alles Blech und die Schrauben klapperten und quietschten. Der Mond beleuchtete die Felder schwach, und hin und wieder sah man die Umrisse von Palmen, Feigenbäumen und Huarangos. Viele Sterne standen am Himmel.
»Das heißt, man hat deinem Vater schon die Nachricht übermittelt«, sagte Javier. »So wie er aus dem Flugzeug gestiegen ist. Eine feine Begrüßung!«
»Ich schwöre bei Gott, daß wir einen Bürgermeister finden«, sagte Pascual. »Ich bin nicht aus Chincha, wenn wir Sie morgen nicht in dieser Gegend trauen. Mein Wort als Mann.«
»Sie suchen einen Bürgermeister, der Sie traut?« interessierte sich der Chauffeur. »Haben Sie das Fräulein entführt? Warum haben Sie mir das nicht gleich gesagt, Sie haben wohl kein Vertrauen. Ich hätte Sie nach Grocio Prado gebracht, der Bürgermeister ist mein Gevatter, und er hätte Sie sofort getraut.«
Ich schlug ihm vor, bis Grocio Prado weiterzufahren, aber er nahm mir den Wind aus den Segeln, der Bürgermeister sei um diese Zeit nicht im Dorf, sondern in seiner Hütte, etwa eine Stunde mit dem Esel entfernt. Wir sollten das lieber auf morgen verschieben. Wir verabredeten, er solle uns um 8 Uhr abholen, und ich bot ihm eine gute Bezahlung, wenn er uns bei seinem Gevatter helfe.
»Aber klar«, ermunterte er uns. »Was wollen Sie mehr? Sie werden in dem Dorf der Seligen Melchorita heiraten.«
Im Hotel Sudamericano wollte man den Speisesaals schon schließen, aber Javier überredete den Kellner, uns noch etwas zuzubereiten. Er brachte uns ein paar Coca Cola und Spiegeleier mit aufgewärmtem Reis, den wir kaum anrührten. Beim Essen bemerkten wir plötzlich, daß wir leise miteinander sprachen wie Verschworene, und wir mußten laut lachen. Als wir in unsere Zimmer gingen – Pascual und Javier hatten eigentlich noch am gleichen Tag, direkt nach der Trauung, nach Lima zurückgewollt, aber da alles ganz anders gekommen war, blieben sie, und um Geld zu sparen, nahmen sie ein Doppelzimmer –, sahen wir ein halbes Dutzend Kerle in den Speisesaal kommen, einige

mit Stiefeln und Reithosen, und laut nach Bier schreien. Mit ihren versoffenen Stimmen, ihrem lauten Gelächter, ihrem Gläserklirren, ihren dummen Witzen und ihren groben Trinksprüchen und später mit ihrem Rülpsen und Spucken waren sie die Hintergrundsmusik unserer Hochzeitsnacht. Trotz der bürgermeisterlichen Enttäuschungen des Tages war es eine leidenschaftliche und schöne Hochzeitsnacht, in der wir uns in jenem alten Bett, das unter unseren Küssen jaulte wie eine Katze und sicherlich viele Flöhe hatte, mehrmals mit einem Feuer liebten, das immer wieder angefacht wurde, und uns sagten, daß wir uns liebten, und daß wir uns niemals belügen, uns niemals betrügen noch jemals trennen würden, während unsere Hände und Lippen sich kennen und genießen lernten. Als man an unsere Tür klopfte – wir hatten darum gebeten, daß man uns um 7 Uhr wecke –, waren die Betrunkenen gerade still geworden, und wir hatten die Augen noch immer offen, lagen nackt und ineinander verschlungen auf der Decke mit den grünen Rhomben und waren in eine berauschende Schläfrigkeit versunken und sahen uns voller Wohlgefallen an. Das Waschen im Gemeinschaftsbad des Hotels Sudamericano war ein Unternehmen. Die Dusche schien niemals benutzt worden zu sein; aus dem zugesetzten Duschkopf kamen Wasserstrahlen in alle Richtungen, nur nicht in die des Duschenden, und man mußte erst eine ganze Weile schmutziges Wasser ablaufen lassen, bis das Wasser sauber herauskam. Handtücher gab es keine, nur einen schmutzigen Lappen für die Hände, so daß wir uns mit dem Bettlaken abtrocknen mußten. Aber wir waren glücklich und erregt, und die Unannehmlichkeiten belustigten uns. Im Speisesaal trafen wir Javier und Pascual schon fertig angezogen, gelb vor Müdigkeit und voller Ekel den katastrophalen Zustand betrachtend, in dem die Betrunkenen vom Vorabend das Lokal zurückgelassen hatten: zerbrochene Gläser, Zigarrenstummel, Erbrochenes und Ausgespucktes, über das jemand eimerweise Sägespäne ausschüttete, es stank wie die Pest. Wir tranken unseren Milchkaffee in einer kleinen Bar, von der aus man die hohen Bäume der Plaza sehen konnte. Es war ungewohnt, wenn man aus dem grauen Nebel von Lima kam, diesen Morgen mit kräftiger Sonne und klarem Himmel zu erleben. Als wir in das Hotel zurückgingen, wartete der Chauffeur schon auf uns.

Auf der Fahrt nach Grocio Prado, eine staubige Strecke, die von Wein- und Baumwollfeldern gesäumt war und von der aus man in der Ferne hinter der Wüste den dunklen Horizont der Kordilleren sehen konnte, redete der Chauffeur in einer Geschwätzigkeit, die sich von unserem Schweigen abhob, mit Händen und Füßen von der Seligen Melchorita. Sie gab alles, was sie hatte, den Armen, pflegte die Kranken und die Alten, tröstete die, die litten. Schon zu Lebzeiten war sie so berühmt gewesen, daß die Menschen aus allen Dörfern des Distrikts demütig hergekommen waren, um zu ihr zu beten. Er berichtete uns von einigen ihrer Wunder. Sie hatte Sterbende und unheilbar Kranke gerettet, hatte mit den Heiligen, die ihr erschienen waren, gesprochen, Gott gesehen und in einem Stein eine Rose erblühen lassen, die noch erhalten war.

»Sie ist populärer als die kleine Selige von Humay und der HErr von Luren. Man braucht nur mitanzusehn, wie viele Menschen zu ihrer Einsiedelei und zu ihrer Prozession kommen«, sagte er. »Es ist ungerecht, daß sie noch nicht heiliggesprochen ist. Sie sind doch aus Lima, Sie sollten sich um die Sache kümmern. Das ist nur recht und billig, glauben Sie mir.«

Als wir schließlich, von Kopf bis Fuß verstaubt, auf dem weiten, quadratischen, baumlosen Platz von Grocio Prado ankamen, lernten wir die Beliebtheit der Melchorita kennen. Scharen kleiner Kinder und Frauen umringten das Auto, schrien und machten uns Zeichen, sie wollten uns die Einsiedelei zeigen, das Haus, wo sie gewohnt hatte, den Ort, wo sie gestorben war, wo sie Wunder gewirkt, wo man sie beerdigt hatte, und man bot uns Heiligenbildchen, Gebete, Skapuliere und Medaillen mit der Figur der Seligen an. Der Chauffeur mußte sie erst davon überzeugen, daß wir keine Pilger und auch keine Touristen waren, damit sie uns in Frieden ließen.

Das Rathaus, ein Lehmgebäude mit einem Blechdach, dämmerte klein und sehr ärmlich an einer Seite des Platzes vor sich hin. Es war geschlossen.

»Mein Gevatter wird nicht lange auf sich warten lassen«, sagte der Chauffeur. »Warten wir im Schatten auf ihn.«

Wir setzten uns auf den Gehsteig unter das Dach des Rathauses, und von dort aus konnten wir bis ans Ende der geraden, ungepflasterten Straße sehen, wo im Umkreis von weniger als fünfzig

Metern die baufälligen Häuschen und die Strohhütten zu Ende gingen und die Felder und die Wüste begannen. Tante Julia saß an meiner Seite, den Kopf auf meiner Schulter, und hatte die Augen geschlossen. So blieben wir etwa eine halbe Stunde und sahen die Bauern zu Fuß oder auf Eseln vorbeikommen, die Frauen, die Wasser aus einem Bach holten, der hinter einer der Ecken floß, als ein alter Mann auf einem Pferd herankam.
»Warten Sie auf Don Jacinto?« fragte er uns und zog den Strohhut. »Er ist nach Ika gegangen, um mit dem Präfekten zu sprechen, damit er seinen Sohn aus der Kaserne kriegt. Die Soldaten haben ihn zum Militärdienst abgeholt. Er wird erst heute abend zurück sein.«
Der Chauffeur schlug vor, wir sollten in Grocio Prado bleiben und die Wunderstätten der Melchorita besuchen, aber ich bestand darauf, unser Glück in anderen Dörfern zu versuchen. Nachdem wir eine Weile gehandelt hatten, willigte er ein, uns bis zum Mittag zu chauffieren.
Es war erst 9 Uhr morgens, als wir unsere Fahrt begannen, die uns, über Eselspfade schaukelnd, in halb von den Feldern überwucherten Straßen im Sand versinken ließ, uns mal bis ans Meer, mal zu den Kordilleren brachte, und auf der wir praktisch die ganze Provinz von Chincha durchfuhren. Als wir nach El Carmen hineinfuhren, platzte uns ein Reifen, und da der Chauffeur keinen Wagenheber hatte, mußten wir vier das Auto selbst hochhalten, während er den Ersatzreifen montierte. Im Verlauf des Vormittags war die Sonne so glühend geworden, daß sie zu einer Strafe wurde, wir schwitzten in dem aufgeheizten Wagen wie in einem türkischen Bad. Das Kühlwasser fing an zu kochen, und wir mußten immer einen Kanister mit Wasser mitführen, um es von Zeit zu Zeit zu erneuern.
Wir sprachen mit drei oder vier Bürgermeistern des Distrikts und mit ebenso vielen stellvertretenden Bürgermeistern von Ortschaften, zu denen manchmal nur vier Hütten gehörten. Es waren stämmige Männer, die man meistens auf den Feldern suchen mußte, wo sie die Erde bearbeiteten, oder im Laden, wo sie den Dorfbewohnern Öl und Zigaretten verkauften, und einen von ihnen, den von Sunampe, mußten wir in einem Graben, wo er seinen Rausch ausschlief, wachrütteln. Sobald wir die Gemeindeobrigkeit ausfindig gemacht hatten, stieg ich aus dem

Taxi, manchmal von Pascual, manchmal von dem Chauffeur, manchmal von Javier begleitet – die Erfahrung zeigte uns, daß die Bürgermeister um so ängstlicher wurden, je mehr Personen wir waren –, um unsere Erklärungen abzugeben. Welches auch immer die Argumente waren, ich sah in den Augen des Bauern, Fischers oder Händlers (der von Chincha-Baja stellte sich selbst als Kurpfuscher vor) unweigerlich das Mißtrauen und einen Glanz von Furcht aufflackern. Nur zwei von ihnen weigerten sich direkt. Der von Alto Larán, ein Alter, der, während er sprach, ein paar Lasttiere mit Alfalfabündeln belud, sagte, daß er niemanden traue, der nicht aus dem Dorf sei, und der von San Juan de Yanac, ein schwarzer Bauer, der sehr erschrak, als er uns sah, denn er glaubte, wir seien von der Polizei und kämen, um ihn wegen irgend etwas zur Rechenschaft zu ziehen. Als er erfuhr, was wir wollten, wurde er wütend: »Das kommt überhaupt nicht in Frage. Irgend etwas Schlimmes muß dabei sein, wenn Weiße kommen und sich in diesem gottverlassenen Dorf trauen lassen wollen.« Die anderen benutzten Ausreden, die sich ähnelten. Die häufigste war, das Register sei verlorengegangen oder voll, und bis man ein neues aus Chincha schicke, könne das Bürgermeisteramt weder Geburten noch Beerdigungen, noch Trauungen vornehmen. Die phantasievollste Antwort gab uns der Bürgermeister von Chavín: er habe keine Zeit, denn er müsse einen Fuchs töten, der jede Nacht zwei oder drei Hühner aus der Gegend stahl. Nur in Pueblo Nuevo waren wir fast so weit, unser Ziel zu erreichen. Der Bürgermeister hörte uns aufmerksam zu, nickte und sagte, wenn wir das Aufgebot umgehen wollten, würde uns das fünfzig Pfund kosten. Er maß meinem Alter keinerlei Bedeutung bei und schien zu glauben, was wir ihm versicherten, daß man jetzt nicht mehr mit 21, sondern mit 18 großjährig sei. Wir standen schon vor dem Brett, das über zwei Fässer gelegt worden war und als Schreibtisch benutzt wurde (die Lokalität war eine Adobehütte mit durchlöchertem Dach, durch das man den Himmel sehen konnte), als der Bürgermeister Wort für Wort die Dokumente durchzusehen begann. Die Tatsache, daß Tante Julia Bolivianerin war, weckte sein Mißtrauen. Es nützte uns gar nichts, ihm zu erklären, daß dies kein Hinderungsgrund sei, daß auch Ausländer heiraten konnten, oder ihm mehr Geld anzubieten.

»Ich will damit nichts zu tun haben«, sagte er. »Daß das Fräulein Bolivianerin ist, kann sehr schlimm sein.«
Gegen 3 Uhr nachmittags kehrten wir tot vor Hitze, staubig und deprimiert nach Chincha zurück. Tante Julia begann zu weinen. Ich umarmte sie, sagte ihr ins Ohr, es sei doch alles gut, ich liebte sie, ich wolle sie heiraten, auch wenn wir alle Dörfer von Peru abfahren müßten.
»Nicht weil wir nicht heiraten können«, sagte sie unter dicken Tränen und versuchte zu lächeln. »Weil es so lächerlich ist, was wir hier tun.«
Im Hotel baten wir den Chauffeur, eine Stunde später wiederzukommen, damit wir nach Grocio Prado fahren und sehen könnten, ob sein Gevatter zurückgekommen sei.
Keiner von uns vieren hatte großen Hunger, so bestand das Mittagessen aus einem Käsebrot und einer Coca Cola, die wir stehend an einer Theke verzehrten. Dann gingen wir, uns auszuruhen. Trotz der schlaflosen Nacht und der Enttäuschungen am Morgen hatten wir Lust, uns in dem trüben und erdigen Licht auf der Decke mit den Rhomben leidenschaftlich zu lieben. Vom Bett aus sahen wir die Reste der Sonne, die dünn und schwach kaum noch durch das hohe Oberlicht, dessen Glas voller Schmutz war, hindurchdringen konnte. Danach, statt aufzustehen und uns mit unseren Verschworenen im Speisesaal zu treffen, schliefen wir sofort ein. Es war ein ängstlicher und unruhiger Schlaf, in dem zwischen heftigem Aufwallen des Verlangens, in dem wir uns suchten und uns instinktiv streichelten, Albträume hervorkamen; nachher erzählten wir sie uns. Uns beiden waren die Gesichter der Verwandten erschienen, und Tante Julia lachte, als ich ihr erzählte, ich hätte mich im Schlaf einen Augenblick gefühlt, als erlebte ich eine der gigantischen Katastrophen von Pedro Camacho. Ein paar Schläge an die Tür weckten mich. Es war dunkel, durch die Risse des Oberlichts sah man Streifen von elektrischem Licht. Ich rief, wir kämen schon, und während ich den Kopf schüttelte, um die Schwere des Schlafs abzuschütteln, zündete ich ein Streichholz an und sah auf die Uhr. Es war 7 Uhr abends. Ich fühlte, wie die Welt unterging. Wieder ein verlorener Tag, und schlimmer noch, ich hatte kaum noch Geld, um weiter nach Bürgermeistern suchen zu können. Ich tastete mich zur Tür, öffnete sie und wollte mit

Javier schimpfen, weil er uns nicht geweckt hatte, als ich sah, daß er mich von einem Ohr zum anderen angrinste.
»Alles in Ordnung, Varguitas«, sagte er stolz wie ein Pfau. »Der Bürgermeister von Grocio Prado nimmt die Trauung vor und bereitet den Trauschein und die Papiere vor. Hört endlich auf zu sündigen und beeilt euch. Wir warten im Taxi.«
Er schloß die Tür, und ich hörte sein sich entfernendes Lachen. Tante Julia hatte sich im Bett aufgerichtet und rieb sich die Augen, und in der Dunkelheit konnte ich ihr überraschtes und ein bißchen ungläubiges Gesicht erraten.
»Diesem Chauffeur werde ich mein erstes Buch widmen, das ich schreibe«, sagte ich, während wir uns anzogen.
»Sing noch kein Siegeslied.« Tante Julia lächelte. »Nicht einmal, wenn ich die Urkunde in der Hand halte, werde ich es glauben.«
Wir verließen das Zimmer so hastig, daß wir uns fast umrannten, und als wir durch den Speisesaal kamen, wo schon viele Männer saßen und Bier tranken, rief einer Tante Julia mit so viel Charme ein Kompliment nach, daß viele lachten. Pascual und Javier saßen im Taxi, aber es war nicht dasselbe wie am Morgen, auch nicht derselbe Chauffeur.
»Der wollte besonders schlau sein und unsere Situation ausnutzen, um das Doppelte zu kassieren«, erklärte Pascual. »Darum haben wir ihn dahin geschickt, wo er hingehört, und diesen Meister hier verpflichtet, eine anständige Person.«
Bei dem Gedanken, daß der Austausch des Chauffeurs wieder einmal die Trauung verhindern könnte, lief es mir kalt den Rükken hinunter. Aber Javier beruhigte uns. Am Nachmittag war der andere Chauffeur auch nicht mit ihnen nach Grocio Prado gefahren, sondern dieser. Sie erzählten uns, als wäre es ein Streich, sie hätten beschlossen, »uns ausruhen zu lassen«, damit Tante Julia nicht wieder eine unangenehme Situation bei der neuerlichen Abfuhr erleben müsse. Sie seien allein nach Grocio Prado gefahren, um die Angelegenheit zu klären. Sie hätten ein langes Gespräch mit dem Bürgermeister gehabt.
»Ein außerordentlich kluger Cholo, einer jener überragenden Männer, die nur die Erde von Chincha hervorbringt«, sagte Pascual. »Du mußt es der Melchorita danken, indem du zu ihrer Prozession kommst.«

Der Bürgermeister von Grocio Prado hatte den Erklärungen von Javier ruhig zugehört, alle Dokumente sorgfältig durchgelesen, eine gute Weile nachgedacht und dann seine Bedingungen vorgebracht: 1000 Sol, aber unter der Bedingung, daß in meiner Geburtsurkunde die Sechs durch eine Drei ersetzt würde, so daß ich drei Jahre früher geboren war.
»Die Intelligenz des Proletariats«, sagte Javier. »Wir sind eine Klasse im Niedergang, das kannst du mir glauben. Das ist uns überhaupt nicht eingefallen, und dieser Mann aus dem Volk mit seinem glänzenden Menschenverstand hat es sofort gesehen. Jetzt ist alles klar, du bist bereits großjährig.«
Im Bürgermeisteramt hatten der Bürgermeister und Javier handschriftlich aus der Sechs eine Drei gemacht, und der Mann hatte gesagt: »Es macht nichts, daß es nicht die gleiche Tinte ist, wichtig ist nur der Inhalt.« Wir kamen gegen 8 Uhr nach Grocio Prado. Es war eine wohltuend laue, sternklare Nacht, und in allen Häusern und Hütten des Dorfes flackerten die Lichter. Wir sahen ein stärker beleuchtetes Haus mit großem Kerzengeflacker zwischen dem Gemäuer, und Pascual sagte, indem er sich bekreuzigte, dies sei die Einsiedelei, in der die Selige gelebt habe.
Im Rathaus war der Bürgermeister gerade dabei, den Akt in ein dickes, schwarzeingebundenes Buch einzutragen. Der Boden des einzigen Raumes war aus Erde und gerade gesprengt worden, und ein feuchter Dunst stieg von ihm auf. Auf dem Tisch standen drei Kerzen, und ihr ärmlicher Schein zeigte auf den getünchten Wänden eine mit Heftzwecken befestigte peruanische Flagge und ein Bildchen mit dem Kopf des Präsidenten der Republik. Der Bürgermeister war ein dicker und ausdrucksloser Fünfzigjähriger. Er schrieb langsam mit einem Federhalter, den er nach jedem Satz in ein Tintenfaß mit langem Hals tunkte. Er begrüßte Tante Julia und mich mit einer düsteren Verbeugung. Ich schätzte, daß er, bei der Geschwindigkeit, mit der er schrieb, über eine Stunde an der Urkunde gearbeitet hatte. Als er fertig war, sagte er, ohne sich zu rühren:
»Es werden zwei Zeugen benötigt.«
Javier und Pascual traten vor, aber nur der letzte wurde von dem Bürgermeister akzeptiert, denn Javier war minderjährig. Ich ging hinaus und sprach mit dem Chauffeur, der noch in dem

Taxi saß; er willigte ein, für 100 Sol unser Zeuge zu sein. Er war ein schlanker Mulatte mit einem Goldzahn; er rauchte die ganze Zeit und war auf der Herfahrt stumm gewesen. In dem Augenblick, als der Bürgermeister ihm zeigte, wo er unterschreiben sollte, schüttelte er schwermütig den Kopf:
»Ach du meine Güte«, sagte er, als bereute er etwas. »Wo hat man so eine Hochzeit gesehen, nicht einmal eine miserable Flasche Wein, um auf die Brautleute anzustoßen? Ich kann so etwas nicht bezeugen.« Er warf uns einen mitleidigen Blick zu, und von der Tür her fügte er hinzu: »Warten Sie einen Augenblick.«
Die Arme verschränkt, schloß der Bürgermeister die Augen, und es sah so aus, als wäre er eingeschlafen. Tante Julia, Pascual, Javier und ich sahen uns an, ohne zu wissen, was wir tun sollten. Und schließlich wollte ich einen anderen Zeugen auf der Straße suchen gehen.
»Das ist nicht nötig, der kommt wieder«, hielt Pascual mich zurück. »Außerdem ist, was er sagt, ganz richtig. Dieser Mulatte hat uns eine Lektion erteilt.«
»Nerven, die das aushalten, gibt es gar nicht«, flüsterte Tante Julia und nahm meine Hand. »Kommst du dir nicht vor, als raubtest du eine Bank aus, und die Polizei wäre schon im Anmarsch?«
Der Mulatte brauchte zehn Minuten, die uns wie Jahre vorkamen, aber er kam zurück und brachte zwei Flaschen Wein mit. Die Zeremonie konnte weitergehen. Sobald die Zeugen unterschrieben hatten, ließ der Bürgermeister Tante Julia und mich unterschreiben, öffnete das Gesetzbuch, zog eine Kerze heran und las so langsam, wie er schrieb, die entsprechenden Artikel über die ehelichen Rechte und Pflichten. Dann reichte er uns eine Urkunde und sagte, nun seien wir verheiratet. Wir küßten uns, und dann umarmten uns die Zeugen und der Bürgermeister. Der Chauffeur entkorkte die Flasche mit den Zähnen. Es gab keine Gläser, darum tranken wir aus der Flasche, die nach jedem Schluck weitergereicht wurde. Auf der Rückfahrt nach Chincha – alle waren fröhlich und vor allem erleichtert – versuchte Javier, bei katastrophalem Gehör, den Hochzeitsmarsch zu pfeifen.
Nachdem wir das Taxi bezahlt hatten, gingen wir zur Plaza de

Armas, wo Javier und Pascual ein Colectivo nach Lima nehmen wollten. Es gab eines, das in einer Stunde fuhr, und wir hatten noch Zeit, im El Sol de Chincha zu essen. Dort machten wir den Plan. Javier sollte, sobald er nach Miraflores kam, zu Tante Olga und Onkel Lucho gehen, um der Familie die Temperatur zu messen, und uns dann anrufen. Wir würden am nächsten Morgen zurückfahren. Pascual mußte sich eine gute Entschuldigung ausdenken, um sein zweitägiges Fehlen im Sender zu entschuldigen.

Wir verabschiedeten uns an der Bushaltestelle und kehrten ins Hotel Sudamericano zurück und sprachen wie zwei alte Eheleute miteinander. Tante Julia fühlte sich elend und glaubte, es sei der Wein in Grocio Prado gewesen. Ich sagte, er habe mir ausgezeichnet geschmeckt, aber ich erzählte ihr nicht, daß es das erste Mal war, daß ich in meinem Leben Wein getrunken hatte.

XVIII

Der Barde von Lima, Crisanto Maravillas, wurde im Zentrum der Stadt geboren, in einer Gasse an der Plaza Santa Ana, von deren Dächern man die lustigsten Drachen Perus steigen ließ, herrliche Objekte aus Seidenpapier, denen die kleinen in Klausur lebenden Nonnen des Klosters der Barfüßigen Schwestern durch ihre Oberfenster nachsahen, wenn sie sich stolz über Barrios Altos erhoben. Die Geburt dieses Knaben, der Jahre später den kreolischen Vals, die Marinera, die Polka zu schwindelerregenden Höhen erheben sollte, fiel gerade mit einer Drachentaufe zusammen, einem Fest, das in der Gasse von Santa Ana die besten Guitarristen, Kastentrommler und Sänger des Viertels zusammenführte. Als sie das Fensterchen des Zimmers H öffnete, wo die Entbindung stattfand, um anzuzeigen, daß die Bevölkerung dieses Winkels der Stadt Zuwachs bekommen hatte, sagte die Hebamme: »Wenn er durchkommt, wird er bestimmt Musikant.«

Aber es schien zweifelhaft, daß er überlebte. Er wog weniger als ein Kilo, und seine Beinchen waren so winzig, daß er wahrscheinlich niemals laufen würde. Sein Vater, Valentín Maravillas, der sein Leben damit zugebracht hatte, dem Viertel die Verehrung des HErrn von Limpias nahezubringen (er hatte in seinem eigenen Zimmer die Bruderschaft gegründet und – kühner Akt oder Schlauheit, um sich eines langen Lebens zu versichern – geschworen, daß sie vor seinem Tod mehr Mitglieder haben solle als die des Wundertätigen HErrn), erklärte, sein heiliger Schutzpatron werde dieses Wunder schon vollbringen. Er werde seinen Sohn retten und ihm erlauben, wie ein normaler Christ zu gehen. Seine Mutter, María Portal, eine Köchin mit begnadeten Händen, die niemals auch nur eine Erkältung gehabt hatte, war so erschüttert, als sie das so sehr erwünschte und von Gott erbetene Kind in diesem Zustand sah – die Larve eines Hominiden, ein trauriger Fötus? –, daß sie ihren Mann aus dem Haus warf, weil sie ihn dafür verantwortlich machte, und vor der gesamten Nachbarschaft beschuldigte sie ihn, wegen seiner Frömmelei nur ein halber Mann zu sein.

Tatsächlich überlebte Crisanto Maravillas und lernte trotz sei-

ner lächerlich kleinen Beine laufen. Ohne jede Eleganz, versteht sich, mehr wie eine Kasperpuppe, die jeden Schritt in drei Bewegungen aufteilt – Bein heben, Knie beugen, Fuß senken –, und so langsam, daß die, die mit ihm gingen, das Gefühl hatten, in einer Prozession zu gehen, wenn sie sich in den engen Gassen staut. Aber, sagten seine Eltern (sie hatten sich wieder vertragen), Crisanto geht wenigstens ohne Krücken und aus eigener Kraft und eigenem Willen durch die Welt. Don Valentín dankte dem HErrn von Limpias in der Kirche von Santa Ana kniend und mit feuchten Augen, aber María Portal sagte, nur der berühmte Arzt der Stadt, Dr. Alberto de Quinteros, ein Spezialist für Gichtbrüchige, der eine Unzahl von Paralytikern in Radrennfahrer verwandelt hatte, sei für das Wunder verantwortlich. María hatte in seinem Haus denkwürdige kreolische Bankette angerichtet, und der Weise hatte ihr Massagen, Übungen und Behandlungen gezeigt, damit die Extremitäten Crisanto tragen und, obgleich sie so klein und rachitisch waren, auf den Wegen dieser Welt gehen lassen konnten.
Niemand könnte sagen, Crisanto Maravillas habe eine Kindheit gehabt wie die anderen Kinder dieses alten Viertels, in dem er geboren wurde. Zu seinem Unglück oder zu seinem Glück erlaubte ihm sein kränklicher Organismus nicht, an irgendeinem der Spiele teilzunehmen, die den Körper und den Geist der Kinder aus der Nachbarschaft formten: er spielte nicht Fußball, konnte niemals in einem Ring boxen oder sich an einer Ecke prügeln, niemals nahm er an einer jener Schlachten mit Schleuder, Steinen und Fußtritten teil, in denen sich in den alten Straßen Limas die Burschen der Plaza Santa Ana und die Banden von Chirimoyo, Cocharcas, Cinco Esquinas, Cercado maßen. Er konnte nicht mit seinen Kameraden aus der Escuelita Fiscal der Plazuela de Santa Clara (wo er lesen lernte) losziehen, um Obst aus den Gärten von Cantogrande und Ñaña zu stehlen, konnte nicht nackt im Rímac baden, nicht auf den ungesattelten Eseln auf den Weiden von Santoyo reiten. Winzig, fast schon ein Zwerg, hager wie ein Besen, mit der schokoladenfarbenen Haut seines Vaters und den glatten Haaren seiner Mutter, sah Crisanto von weitem mit intelligenten Augen seinen Kameraden zu, beobachtete wie sie sich amüsierten, schwitzten, wuchsen und bei diesen Abenteuern, die ihm verboten waren,

stärker wurden, und in seinem Gesicht stand ein Ausdruck ergebener Melancholie (friedfertiger Trauer?).
Es sah eine Zeitlang so aus, als würde er so religiös wie sein Vater (der, außer mit der Verehrung des HErrn von Limpias, sein Leben damit verbracht hatte, bei Prozessionen die Sänfte verschiedener Christusgestalten und Jungfrauen zu tragen und die Gewänder zu wechseln), denn jahrelang war er ein fleißiger Meßdiener in den Kirchen der Nachbarschaft der Plaza Santa Ana. Da er zuverlässig war, die Stichworte auswendig kannte und so unschuldig aussah, sahen ihm die Pfarrer des Viertels die Langsamkeit und Schwerfälligkeit seiner Bewegungen nach und baten ihn oft, bei der Messe zu helfen, das Glöckchen beim Kreuzweg der Osterwoche zu läuten oder Weihrauch bei den Prozessionen zu schwenken. Wenn María Portal ihn so in das Meßdienergewand gehüllt sah, das ihm immer etwas zu groß war, und ihn voller Demut in gutem Latein rezitieren hörte, vor den Altären der Trinitarias, von San Andrés, von Carmen, von Buena Muerte und sogar in der Kirche von Cocharcas (denn sogar bis zu diesem entlegenen Viertel rief man ihn), unterdrückte sie einen Seufzer, denn sie hatte sich für ihren Sohn ein stürmisches Schicksal als Soldat, Abenteurer, unwiderstehlicher Liebhaber gewünscht. Aber der König der Bruderschaften von Lima, Valentín Maravillas, fühlte, wie ihm das Herz schwoll bei der Aussicht, daß sein Fleisch und Blut Priester werden würde.
Alle irrten sie sich, das Kind war nicht zur Religion berufen. Es war mit einem starken, intensiven Innenleben ausgestattet, und seine Sensibilität fand weder das Wie noch das Wo, sich richtig zu entfalten. Die Atmosphäre der flackernden Kerzen, des Weihrauchs, der Gebete, der Bilder und Danksagungen, der Responsorien und Riten und Bekreuzigungen und Kniefälle besänftigte nur seine heftige Gier nach Poesie, seinen Hunger nach Vergeistigung. María Portal half den Barfüßigen Schwestern bei ihren Back- und Hausarbeiten und war darum eine der wenigen Personen, die die strenge Klausur durchbrachen. Die hervorragende Köchin nahm Crisanto mit, und als dieser größer wurde (an Alter, nicht an Statur), hatten sich die Barfüßigen Schwestern so daran gewöhnt, ihn zu sehen (ein Etwas, ein Lappen, ein halbes Wesen, ein Stückchen Mensch), daß sie ihn im Klo-

ster herumgehen ließen, während María Portal mit den kleinen Nonnen das himmlische Gebäck, den lockeren Maisbrei, die weißen Seufzer, die Zuckereier und das Marzipan bereitete, die sie später verkauften, um Geld für die Mission in Afrika zu bekommen. So kam es, daß Crisanto Maravillas mit zehn Jahren die Liebe kennenlernte ...
Das Mädchen, das ihn auf der Stelle verführte, hieß Fátima, war so alt wie er und übte im weiblichen Universum der Barfüßigen Schwestern die bescheidenen Funktionen einer Dienstmagd aus. Als Crisanto Maravillas sie zum ersten Mal sah, hatte die Kleine gerade die groben Fliesen der Flure des Klosters gewischt und wollte die Rosen und Lilien des Gartens gießen. Sie war ein Mädchen, das, obwohl es in einen löchrigen Sack gesteckt worden war und die Haare unter einem Leinenlappen verborgen hielt, der wie eine Nonnenhaube gebunden war, ihre Herkunft nicht verbergen konnte – elfenbeinfarbene Stirn, blaue Ringe unter den Augen, stolzes Kinn, schlanke Fesseln. Sie war – Tragödien des blauen Blutes, das die Plebs beneidet – ein Findelkind. In einer Winternacht war sie in eine himmelblaue Decke gehüllt in der Nähe der Calle Junín ausgesetzt worden mit einer unter Schluchzern geschriebenen Botschaft: »Ich bin die Tochter einer düsteren Liebe, die eine ehrenwerte Familie zur Verzweiflung bringt, und könnte nicht in der Gesellschaft leben, ohne eine ständige Anklage gegen die Sünden der Urheber meiner Tage zu sein, die, da sie den gleichen Vater und die gleiche Mutter haben, sich nicht lieben dürfen, mich nicht haben und anerkennen dürfen. Glückselige Barfüßige Schwestern, Sie sind die einzigen Personen, die mich ohne Scham und ohne mich zu beschämen aufziehen können. Meine gepeinigten Eltern werden der Kongregation dieses Werk der Mildtätigkeit, das Ihnen das Tor des Himmels öffnen wird, reichlich entschädigen.«
Die kleinen Nonnen fanden bei der Tochter des Inzests einen Beutel voller Geld, der – Kannibalen des Heidentums, die bekehrt, gekleidet und ernährt werden müssen – sie überzeugte. Man würde sie als Dienstmagd halten und später, wenn sie eine Berufung zeigen sollte, würde man aus ihr eine kleine Sklavin des HErrn machen, im weißen Gewand. Man taufte sie auf den Namen Fátima, denn sie war an dem Tag gefunden worden, an dem die Jungfrau den Hirten in Portugal erschienen war. Das

Mädchen wuchs fern der Welt zwischen den jungfräulichen Gemäuern des Klosters der Barfüßigen Schwestern auf, in einer reinen Atmosphäre, ohne je einen Mann (vor Crisanto) gesehen zu haben als den greisen und gichtbrüchigen Don Sebastián (Bergua?), den Kaplan, der einmal in der Woche kam, um den kleinen Nonnen ihre kleinen Sünden (immer waren es läßliche) zu vergeben. Sie war lieb, sanft, fügsam, und die verständigeren Glaubensfrauen sagten – Reinheit des Geistes, die den Blick gütig macht und den Atem heilig –, man könne in ihrer Art sich zu geben unverkennbare Zeichen von Heiligkeit erkennen.
Crisanto Maravillas machte übermenschliche Anstrengungen, um die Schüchternheit, die ihm die Zunge lähmte, zu überwinden; er ging auf das Mädchen zu und fragte sie, ob er ihr helfen dürfe, den Garten zu gießen. Sie nickte, und von dem Augenblick an fegten Fátima und Crisanto jedesmal, wenn María Portal zum Kochen ins Kloster kam, zusammen die Zellen, säuberten die Patios und wechselten zusammen die Blumen am Altar, putzten die Scheiben der Fenster oder wachsten die Fliesen oder wischten gemeinsam in den Beichtstühlen Staub. Zwischen dem häßlichen Jungen und dem hübschen Mädchen entstand – erste Liebe, an die man als die beste zurückdenkt – eine Bindung, die erst der Tod zerreißen würde (?).
Als der halblahme Junge etwa zwölf Jahre alt war, entdeckten Valentín Maravillas und María Portal die ersten Anzeichen jener Neigung, die aus Crisanto in kurzer Zeit einen ungewöhnlich phantasievollen Dichter und erlauchten Komponisten machen sollte.
Es war bei einem der Feste, die mindestens einmal in der Woche die Nachbarschaft der Plaza Santa Ana zusammenführten. In der Garage des Schneiders Chumpitaz, in dem kleinen Patio des Eisenwarenladens der Lama, in der Valentín-Gasse, ob aus Anlaß einer Geburt oder einer Trauerfeier (um eine Freude zu feiern oder über einen Kummer hinwegzuhelfen?), es fehlte niemals an einem Vorwand, um ein Fest zu veranstalten, das bis zum Morgengrauen dauerte, mit Guitarrenzupfen, Kastentrommeln, rhythmischem Händeklatschen und den Stimmen der Tenöre. Während die Paare angeregt – feuriger Schnaps und aromatische, von María Portal zubereitete Speisen – Funken aus dem Pflaster schlugen, sah Crisanto Maravillas den Guitar-

risten, den Sängern und den Kastentrommlern zu, als wären ihre Worte und ihre Klänge etwas Übernatürliches. Und wenn die Musiker eine Pause machten, um eine Zigarette zu rauchen oder ein Glas zu trinken, näherte sich der Knabe in demütiger Haltung den Guitarren, streichelte sie vorsichtig, um sie nicht zu erschrecken, betastete die sechs Saiten, und man hörte ein paar Arpeggien …

Sehr schnell wurde es klar, daß es sich um eine Fähigkeit handelte, um eine überragende Begabung. Der Lahme hatte ein beachtliches Gehör, begriff und hielt jeden Rhythmus sofort, und obgleich seine Hände sehr schwach waren, konnte er geschickt jede kreolische Musik auf dem Kasten begleiten. In diesen Zwischenakten, in denen die Musiker aßen oder tranken, lernte er ganz allein die Geheimnisse und wurde ein enger Freund der Guitarren. Die Nachbarn gewöhnten sich daran, ihn auf den Festen als Musiker spielen zu sehen.

Seine Beine waren nicht gewachsen, und obwohl er bereits vierzehn Jahre alt war, sah er aus wie acht. Er war sehr mager – untrüglicher Beweis seiner künstlerischen Natur, Schlankheit, die die Begabten verbrüdert –, denn er war ständig ohne Appetit, und wenn María Portal nicht gewesen wäre mit ihrer militärischen Dynamik, um ihm die Nahrung geradezu einzutrichtern, hätte der junge Mann sich in nichts aufgelöst. Dieses gebrechliche Wesen kannte jedoch keine Müdigkeit, sobald es um Musik ging. Die Guitarristen des Viertels rollten erschöpft zu Boden, nachdem sie viele Stunden lang gespielt und gesungen hatten, ihre Finger verkrampften sich, und sie hatten sich heiser gesungen, aber der Lahme spielte weiter, auf einem Strohstühlchen sitzend (japanische Füßchen, die niemals den Boden berühren, kleine unermüdliche Fingerchen), und entlockte den Saiten hinreißende Harmonien und trällerte, als hätte das Fest gerade begonnen. Er hatte keine kräftige Stimme; er wäre unfähig gewesen, die Heldentaten des berühmten Ezequiel Delfín nachzuahmen, der, wenn er bestimmte Valse in G-Dur sang, die Scheiben der gegenüberliegenden Fenster zum Springen brachte. Aber den Mangel an Kraft kompensierte sein unerschöpflicher Anschlag, die haargenaue Harmonie, die Fülle der Abstufungen, die niemals eine Note vernachlässigte oder falsch benutzte.

Aber nicht sein Können als Interpret machte ihn berühmt, sondern als Komponist. Daß der Lahme aus Barrios Altos nicht nur kreolische Musik spielen und singen, sondern auch komponieren konnte, kam an einem Samstag heraus, bei einem deftigen Fest, das unter Papierschlangen und bunten Fahnen in der Gasse von Santa Ana am Namenstag der Köchin gefeiert wurde. Um Mitternacht überraschten die Musiker die Versammlung mit einer unbekannten Polka, die aus einem schelmischen Wechselgesang bestand:

Wie?

Zum Ruhme, zum Ruhme, zum Ruhme.

Was tust du?

Ich trag eine Blume, eine Blume, eine Blume.

Wo?

Am Schal, am Schal, am Schal.

Für wen?

Für María Portal, María Portal, María Portal ...

Der Rhythmus steckte die Hörer unwiderstehlich an zu tanzen, zu springen, zu hüpfen, und der Text amüsierte sie. Alle wollten es wissen: wer war der Autor? Die Musikanten drehten die Köpfe und deuteten auf Crisanto Maravillas, der – Bescheidenheit der wirklich Großen – die Augen niederschlug. María Portal verschlang ihn mit Küssen, der Bruderschaftler Valentín verdrückte eine Träne, und das ganze Viertel feierte den neuen Verseschmied mit einer Ovation. In der Stadt der Verschleierten war ein neuer Künstler geboren. Die Laufbahn von Crisanto Maravillas (wenn dieser sehr nach athletischem Wettlauf klingende Terminus eine Betätigung bezeichnen darf, die vom Atem Gottes – ? – gekennzeichnet ist) war meteorartig. In wenigen Monaten waren seine Lieder in ganz Lima bekannt, und in einigen Jahren waren sie im Gedächtnis und im Herzen ganz Perus. Er war noch nicht zwanzig, als Hinz und Kunz zugaben, daß er der beliebteste Komponist des Landes sei. Seine Valse erklangen auf den Festen der Reichen, zu ihnen tanzte man bei den Essen der Mittelklasse und bei den Mahlzeiten der Armen. Die Orchester der Hauptstadt wetteiferten miteinander, seine Musik zu spielen, und es gab weder Mann noch Frau, die, wenn sie mit dem schwierigen Beruf des Sängers begannen, nicht die Wunderwerke von Maravillas in ihr Repertoire aufnahmen.

Schallplatten wurden gepreßt, Lieder gedruckt, und im Radio wie in Revues waren seine Stücke ein Muß. Für den Klatsch und die Phantasie der Leute wurde der lahme Komponist aus Barrios Altos zur Legende.
Der Ruhm und die Popularität verwirrten den einfachen Knaben nicht, der diese Ehrungen mit der Gleichgültigkeit des Schwans hinnahm. Nach der zweiten Klasse der Mittelstufe ging er von der Schule ab, um sich ganz der Kunst zu widmen. Von den Geschenken, die man ihm machte, wenn er auf Festen spielte, Serenaden sang und Lieder zu Namenstagen komponierte, konnte er sich eine Guitarre kaufen. An dem Tag, an dem er sie erhielt, war er glücklich: er hatte einen Vertrauten für seinen Kummer gefunden, einen Freund in der Einsamkeit und eine Stimme für seine Eingebungen.
Er konnte Noten weder lesen noch schreiben und lernte es auch nie. Er arbeitete nach dem Gehör, rein intuitiv. Sowie er eine Melodie gelernt hatte, sang er sie dem Cholo Blas Sanjinés, einem Lehrer des Viertels, vor, und der setzte sie in Noten. Niemals wollte er sein Talent auf den Markt tragen, er sicherte seine Kompositionen nicht und verlangte auch keine Tantiemen, und wenn Freunde ihm erzählten, daß die Mittelmäßigen aus den unteren Künstlerschichten seine Melodien und Texte plagiierten, gähnte er nur. Trotz dieses mangelnden Interesses verdiente er etwas Geld, das ihm die Schallplattenfirmen und Radiosender schickten und das man ihm aufzwang, wenn er auf irgendeinem Fest spielte. Crisanto gab dieses Geld seinen Eltern, und als diese starben, er war schon dreißig Jahre alt, gab er es mit seinen Freunden aus. Er wollte auch niemals Barrios Altos verlassen, auch nicht das Zimmer H in der Gasse, wo er geboren war. War es aus Treue und Anhänglichkeit an seine bescheidene Herkunft, war es Liebe zur Gosse? Zweifellos auch. Aber es war vor allem, weil er in diesem engen Hof einen Steinwurf von dem blaublütigen Mädchen namens Fátima entfernt war, das er kennengelernt hatte, als es noch eine Dienstmagd war, und das jetzt den Schleier genommen hatte und die Gelübde des Gehorsams, der Armut und (ach!) der Keuschheit als Braut des HErrn abgelegt hatte.
Das war das Geheimnis seines Lebens, der Grund für seine Traurigkeit, die alle Welt – Blindheit der Menge für die Wun-

den der Seele – stets seinen verkümmerten Beinen und seiner asymmetrischen kleinen Figur zuschrieb. Außerdem aber hatte Crisanto dank dieser Mißbildung, die ihn um Jahre zurückbleiben ließ, seine Mutter in die Zitadelle der Barfüßigen Schwestern begleitet und hatte wenigstens einmal in der Woche das Mädchen seiner Träume gesehen. Liebte Schwester Fátima den Krüppel wie er sie? Das konnte man unmöglich wissen. Wie eine Treibhausblume, die die brünstigen Geheimnisse des Pollens in den Feldern nicht kennt, hatte Fátima in ihrer Entwicklung vom Kind zum Weibe Bewußtsein und Empfindungen in einer aseptischen, klösterlichen Welt zwischen Greisinnen gewonnen. Alles, was sie gesehen und gehört hatte, was in ihre Phantasie gelangte, war sorgfältig durch das moralische Sieb der Kongregation gefiltert (die unter den strengen die strengste war). Wie konnte diese Verkörperung der Tugend ahnen, daß das, was sie für das Eigentum Gottes hielt (die Liebe?), auch unter den Menschen gelten konnte?

Aber – Wasser, das von den Bergen rinnt, um den Fluß zu finden, Kälbchen, das, bevor es die Augen öffnet, das Euter findet, um die weiße Milch zu trinken – vielleicht liebte sie ihn. Auf jeden Fall war er ihr Freund, die einzige Person ihres Alters, die sie kannte, der einzige Spielgefährte, den sie hatte, wenn man die Arbeiten, das Fliesenkehren, Scheibenwischen, Pflanzengießen und Kerzenanzünden, die sie gemeinsam ausführten, während María Portal, die ausgezeichnete Näherin, den kleinen Nonnen die Geheimnisse ihrer Stickerei beibrachte, Spielen nennen konnte.

Die Kinder, später die Jugendlichen, sprachen jedenfalls in diesen Jahren viel miteinander. Unschuldige Dialoge – sie war unschuldig, er schüchtern –, in denen – Zartheit der Lilie und Geistigkeit der Taube – sie von Liebe sprachen, ohne sie zu nennen, während sie von ganz anderen Dingen redeten, wie die Farben der Sammlung von Heiligenbildchen von Schwester Fátima, und Crisanto erklärte ihr, was Straßenbahnen, Autos, Kinos waren. All das wird für den, der hören will, in den Liedern von Maravillas erzählt, die jener geheimnisvollen Frau gewidmet sind, die er niemals erwähnt, außer in dem berühmten Vals mit dem Titel, der seine Verehrer so neugierig gemacht hat: »Fátima ist die Jungfrau von Fátima.«

Obgleich er wußte, daß er sie niemals aus dem Kloster herausholen und zur Seinen machen konnte, fühlte sich Crisanto Maravillas glücklich, wenn er seine Muse ein paar Stunden jede Woche sah. Aus diesem kurzem Zusammensein ging seine Phantasie gestärkt hervor, und so entstanden die Mozamalas, die Yaravíes, die Festgesänge und Schieber. Die zweite Tragödie seines Lebens (außer dem Krüppeldasein) ereignete sich an dem Tag, an dem die Oberin der Barfüßigen Schwestern ihn zufällig beobachtete, als er seine Blase entleerte. Mutter Lituma wechselte mehrmals die Farbe und bekam einen Schluckaufanfall. Sie lief zu María Portal und fragte sie nach dem Alter ihres Sohnes, und die Näherin gestand, daß er, obwohl seine Größe und die Gestalt die eines Zehnjährigen waren, bereits achtzehn Jahre alt war. Mutter Lituma bekreuzigte sich und verbot ihm, jemals wieder in das Kloster zu kommen.

Das war ein beinahe tödlicher Schlag für den Barden der Plaza Santa Ana, der an einem romantischen, nicht deutbaren Übel erkrankte. Viele Tage blieb er im Bett – sehr hohes Fieber, musikalisches Delirium –, während die Ärzte und Kurpfuscher Tränke und Arzneien ausprobierten, um ihn aus dem Koma zurückzuholen. Als er wieder aufstand, war er wie ein Gespenst, das sich kaum noch auf den Beinen halten konnte. Aber – konnte es anders sein? – von seiner Geliebten getrennt zu sein, war für seine Kunst ein Glück: es machte seine Musik so gefühlvoll, daß sie zu Tränen rührte, und seine Texte wurden auf männliche Art dramatisch. Die großen Liebeslieder von Crisanto Maravillas stammen aus jenen Jahren. Seine Freunde fragten sich jedesmal, wenn sie zu den zarten Melodien jene herzzerreißenden Verse hörten, die von einem eingesperrten Mädchen sprachen – Lerche in ihrem Bauer, gefangenes Täubchen, Blume, die gepflückt und im Tempel des HErrn gefangengehalten wird – und von einem leidenden Mann, der sie aus der Ferne und ohne Hoffnung liebt: wer ist das? Und sie versuchten – Neugier, die Eva verdarb –, die Heldin unter den Frauen, die den Sänger belagerten, herauszufinden.

Denn trotz seiner Verbogenheit und Häßlichkeit übte Crisanto Maravillas einen anziehenden Zauber auf die Frauen von Lima aus. Weiße mit Bankkonten, halbseidene Cholas, Mulattinnen aus den Gassen, Mädchen, die gerade das Leben lernten, oder

humpelnde Alte, alle erschienen sie in dem bescheidenen Zimmer H unter dem Vorwand, ihn um ein Autogramm zu bitten. Sie machten ihm schöne Augen, brachten ihm Geschenke, schnurrten und schmeichelten sich ein, schlugen ihm Verabredungen oder ganz direkt die Sünde vor. Hatten jene Frauen, wie die eines bestimmten Landes, das sogar im Namen seiner Hauptstadt eine gewisse Pedanterie an den Tag legt (Gute Winde, Gute Zeiten, Gesunde Luft? Buenos Aires?), die Gewohnheit, verkrüppelte Männer vorzuziehen, wegen jenes dummen Aberglaubens, daß sie, was die Ehe betrifft, besser sein sollten als Normale? Nein, in diesem Fall war es so, daß der Reichtum seiner Kunst den kleinen Mann der Plaza Santa Ana mit einer Geistigkeit umgab, die seine physische Dürftigkeit verschwinden ließ und ihn sogar anziehend machte.
Crisanto Maravillas – Sanftheit des von der Tuberkulose Genesenden – entmutigte höflich die Avancen und ließ die Bittstellerinnen wissen, daß sie nur ihre Zeit vergeudeten. Damals sprach er jenen esoterischen Satz aus, der ein unbeschreibliches Gerede um ihn herum aufkommen ließ: »Ich glaube an die Treue, und ich bin ein kleiner Hirte Portugals.«
Sein Leben damals: die Bohème der Zigeuner des Geistes. Er stand gegen Mittag auf und pflegte mit dem Priester der Kirche von Santa Ana zu Mittag zu essen, einem ehemaligen Untersuchungsrichter, in dessen Büro sich ein Quäker (Don Pedro Barreda y Zaldívar?) verstümmelt hatte, um seine Unschuld an einem Verbrechen zu beweisen, dessen man ihn beschuldigte (einen schwarzen blinden Passagier getötet zu haben, der im Bauch des Ozeanriesen aus Brasilien gekommen war?). Tief beeindruckt vertauschte Dr. Don Gumercindo Tello die Toga mit der Soutane. Das Ereignis der Verstümmelung verewigte Crisanto Maravillas in einem Festgesang mit Quijada, Guitarre und Kasten: »Das Blut spricht mich frei.«
Der Barde und Pater Gumercindo hatten die Gewohnheit, zusammen durch jene Straßen Limas zu gehen, wo Crisanto – Künstler, der sich aus dem Leben selbst nährt? – Personen und Themen für seine Lieder sammelte. Seine Musik – Tradition, Geschichte, Folklore, Klatsch – verewigte die Typen und die Gewohnheiten der Stadt in Melodien. In den Gehegen um den Platz von Cercado und von Santo Cristo sahen Maravillas und

Pater Gumercindo zu, wie die Kampfhahnzüchter ihre Champions für die Kämpfe im Kolosseum von Sandía trainierten, und so entstand die Marinera: »Gib acht auf den Teufelspfeffer, Mama.« Oder sie sonnten sich auf dem kleinen Platz von Carmen Alto, in dessen Atrium Crisanto das Thema für den Vals »Das Fräulein von Carmen Alto« fand (der so beginnt: »Deine Finger sind aus Draht und dein Herz aus Stroh, ach, meine Liebste«), als er dem Puppenspieler Monleón zusah, wie er die Nachbarn mit seinen Stoffpuppen amüsierte. Ganz sicher war es auch auf diesen kreolischen Spaziergängen durch das alte Lima, als Crisanto den alten Frauchen mit den schwarzen Umhängen begegnete, die in dem Vals »Kleines Betschwesterchen, auch du warst einst eine Frau« vorkommen, und wo er den Prügeleien der Jungen zusah, von denen die kleine Polka »Die Straßenjungen« spricht.

So gegen 6 Uhr trennten sich die Freunde; der Priester kehrte zu seiner Kirche zurück, um für die Seele des in Callao ermordeten Kannibalen zu beten, und der Barde ging in die Garage des Schneiders Chumpitaz. Dort übte er mit einer Gruppe von Freunden – dem Kastentrommler Sifuentes, dem Waschbrettspieler Tiburcio, der Sängerin Lucía Acémila (?), den Guitarristen Felipe und Juan Portocarrero – neue Lieder und Arrangements, und sobald es dunkel wurde, holte jemand die brüderliche Flasche Pisco hervor. So, zwischen Musik und Unterhaltung, Üben und Trinken vergingen die Stunden. Wenn es Nacht war, ging die Gruppe in irgendein Restaurant der Stadt zum Abendessen, wo der Künstler stets Ehrengast war. An anderen Tagen traten sie bei Festen auf – Geburtstagen, Verlobungen, Hochzeiten –, oder sie waren in irgendeinem Club verpflichtet. Im Morgengrauen kehrten sie zurück, und die Freunde verabschiedeten den lahmen Barden an der Tür seiner Wohnung. Aber wenn sie fortgegangen waren und schon in ihren armseligen Wohnungen schliefen, erschien der Schatten einer verwachsenen Figur mit schwerfälligem Gang in der Gasse. Er ging durch die feuchte Nacht, schleppte, wie ein Gespenst im Nieselregen und Nebel des Morgens, eine Guitarre hinter sich her und setzte sich auf den verlassenen kleinen Platz von Santa Ana, auf die Bank aus Stein, die gegenüber dem Kloster der Barfüßigen Schwestern stand. Dann lauschten die

Katzen im Morgengrauen den gefühlvollsten Arpeggien, die jemals einer irdischen Guitarre entlockt wurden, den glühendsten Liebesliedern, die ein menschliches Wesen ersonnen hat. Einige frühaufstehende Betschwestern, die ihn gelegentlich überraschten, wie er leise und weinend vor dem Kloster sang, verbreiteten das haarsträubende Gerücht, er habe sich, trunken von Eitelkeit, in die Jungfrau Maria verliebt, der er im Morgengrauen Serenaden singe.

Es vergingen Wochen, Monate, Jahre. Der Ruhm von Crisanto Maravillas – Schicksal des Ballons, der durch die Sonne wächst und steigt – verbreitete sich wie seine Musik. Niemand jedoch, nicht einmal sein enger Freund, der Priester Gumercindo Lituma, ehemaliger Guardia Civil, der brutal von seiner Gattin und von seinen Kindern (weil er Ratten züchtete?) niedergeschlagen worden war und der während seiner Genesung den Ruf des HErrn vernommen hatte, ahnte die Geschichte seiner unendlich großen Leidenschaft für die eingeschlossene Schwester Fátima, die in all diesen Jahren auf dem Pfad der Heiligkeit gewandelt war. Das keusche Paar konnte von dem Tag an, an dem die Oberin (Schwester Lucía Acémila?) entdeckt hatte, daß der Barde ein mit Männlichkeit versehenes Wesen war (trotz des Zwischenfalls an jenem unglücklichen Morgen im Büro des Untersuchungsrichters?), kein Wort mehr miteinander wechseln. Aber im Lauf der Jahre hatten sie das Glück, sich zu sehen, wenn auch unter Schwierigkeiten und nur von weitem. Schwester Fátima mußte, sobald sie Nonne geworden war, wie ihre Gefährtinnen im Kloster Wache halten, bei der sie rund um die Uhr, immer zu zweit sich ablösend, in der Kapelle für die Barfüßigen Schwestern beteten. Vom Publikum waren die betenden Nonnen durch ein Holzgitter getrennt, das, obwohl es sehr fein geschnitzt war, den Menschen von beiden Seiten erlaubte, sich zu sehen. Das erklärte zu einem Teil die hartnäckige Religiosität des Barden von Lima, die ihn oft zum Gespött der Nachbarschaft machte, welchem Maravillas mit dem frommen Tondero antwortete: »Ja, ein Glaubender bin ich ...«

Crisanto verbrachte jeden Tag viel Zeit in der Kirche der Barfüßigen Schwestern. Mehrmals ging er hinein, um sich zu bekreuzigen und einen Blick durch das Gitter zu werfen. Wenn er – ein Sprung im Herzen, rasender Puls, Schauer über den

Rücken – durch das quadratische Holzwerk auf einem der immerwährend von Figuren im weißen Habit besetzten Betschemeln Schwester Fátima erkannte, fiel er sofort auf den Fliesen aus der Kolonialzeit auf die Knie. Er nahm eine schräge Stellung ein (sein Aussehen, bei dem es sehr schwerfiel, das en face vom en profil zu unterscheiden, half ihm dabei), die es ihm erlaubte, den Eindruck zu machen, als blickte er zum Altar, während er tatsächlich mit den Augen an jenen wolkigen Talaren hing, diesen gestärkten Flocken, die den Körper der Geliebten umhüllten. Schwester Fátima unterbrach hin und wieder – Atempause, die sich der Athlet erlaubt, um seine Kräfte zu verdoppeln – ihre Gebete, hob den Blick zum (kreuzesworträtselumwobenen?) Altar und erkannte dann davor die Gestalt von Crisanto. Ein unmerkliches Lächeln erschien auf dem schneeweißen Antlitz der kleinen Nonne, und in ihrem zarten Herzen regte sich aufs neue ein feines Empfinden, wenn sie den Freund ihrer Kindheit erkannte. Ihre Augen trafen sich, und in diesen Sekunden – Schwester Fátima fühlte sich gezwungen, den Blick zu senken – sagten sie sich Dinge, die selbst die Engel im Himmel erröten ließen (?), denn – ja! ja! – dieses Mädchen, das auf so wunderbare Weise von den Rädern des von dem Arzneimittelvertreter Lucho Abril Marroquín gesteuerten Wagens gerettet worden war und das aus Dankbarkeit gegenüber der Jungfrau von Fátima Nonne geworden war, entwickelte in der Einsamkeit ihrer Zelle mit der Zeit die reinste Liebe zu dem Sänger von Barrios Altos.

Crisanto Maravillas hatte sich darein geschickt, daß er seine Geliebte nicht fleischlich besitzen, sondern nur auf diese erhabene Weise in der Kapelle mit ihr in Kontakt treten konnte. Aber niemals akzeptierte er den Gedanken – grausam für einen Mann, dessen einzige Schönheit seine Kunst ist –, daß Schwester Fátima seine Musik, diese Lieder, zu denen sie ihn, ohne es zu wissen, inspirierte, nicht hören sollte. Er hatte den Verdacht – Sicherheit für jeden, der einen Blick auf die mächtige Befestigung des Konvents warf –, daß seine Serenaden, die er ihr seit zwanzig Jahren jeden Morgen ohne Furcht vor einer Lungenentzündung sang, seiner Geliebten nicht zu Ohren kamen. Eines Tages begann Crisanto Maravillas, religiöse und mystische Themen in sein Repertoire aufzunehmen: die Wunder der Santa

Rosa, die Großtaten (zoologische?) von San Martín de Porres, Legenden der Märtyrer und Geschichten von der Verdammung des Pilatus wurden den volkstümlichen Liedern zugesellt. Das tat seiner Popularität keinerlei Abbruch, gewann ihm vielmehr eine neue Legion von begeisterten Anhängern: Priester und Mönche, Nonnen, die Acción Católica. Die kreolische Musik wurde veredelt, mit Weihrauch parfümiert, mit heiligen Themen gespickt und überwand allmählich die Mauern, die sie in den Salons und Clubs festhielt; man konnte sie nun auch an Orten hören, wo sie früher unvorstellbar gewesen war: in Kirchen, bei Prozessionen, in Klöstern und Priesterseminaren.
Zehn Jahre brauchte der schlaue Plan, aber er hatte Erfolg. Das Kloster der Barfüßigen Schwestern konnte das Angebot nicht ablehnen, das ihm eines Tages gemacht wurde, und mußte zulassen, daß der von den Gläubigen gehätschelte Barde, der Dichter der Kongregationen, der Musiker der Kreuzwege, in ihrer Kapelle und ihrem Kloster eine Gesangsvorstellung zugunsten der Mission in Afrika abhielt. Der Erzbischof von Lima – purpurne Weisheit und Gehör des Kenners – ließ wissen, daß er die Vorstellung erlaube und für ein paar Stunden die Klausur suspendiere, damit die Barfüßigen Schwestern sich an der Musik ergötzen könnten. Mit seinem Hof von Würdenträgern wollte er selbst an dem Liedervortrag teilnehmen.
Das Konzert, Ereignis der Ereignisse in der Stadt der Vizekönige, fand an dem Tag statt, an dem Crisanto Maravillas die Blüte seiner Jahre (die Fünfzig?) erreichte. Er war ein Mann mit durchdringender Stirn, breiter Nase und Adlerblick, von Güte und aufrechter Gesinnung und einer körperlichen Gestalt, die seine moralische Schönheit widerspiegelte.
Obwohl man – Vorsorgemaßnahmen des Individuums, die die Gesellschaft dann zerreibt – persönliche Einladungen verschickt und bekanntgegeben hatte, daß niemand ohne eine solche an dem Ereignis teilnehmen könne, setzte sich das Gewicht der Fakten durch: die Polizeikette, kommandiert von dem berühmten Wachtmeister Lituma und seinem Adjutanten, dem Hauptmann Jaime Concha, wich vor der Menge zurück, als wäre sie eine Papiergirlande. Die Menschenmassen hatten sich seit der vorhergehenden Nacht dort versammelt, überschwemmten den Ort und drangen in ehrerbietiger Haltung in Zellen, Gänge,

Treppen und Vestibüle ein. Die Geladenen mußten durch eine geheime Tür direkt in die oberen Stockwerke eingelassen werden, wo sie hinter uralten Balustraden zusammengedrängt standen, um das Schauspiel zu genießen.
Als der Barde um 6 Uhr nachmittags – Lächeln des Eroberers, dunkelblauer Anzug, elastischer Schritt, goldene Mähne, die im Wind wehte – von seinem Orchester und einem Chor begleitet hereinkam, brach eine Ovation los, die von den Gewölben des Klosters der Barfüßigen Schwestern widerhallte. Gumercindo Maravillas kniete nieder und stimmte im Bariton ein Vaterunser und ein Ave Maria an; seine (honigfarbenen?) Augen erkannten unter den Versammelten einige Bekannte.
Dort saß in der ersten Reihe ein berühmter Astrologe, Prof. (Ezequiel?) Delfín Acémila, der die Himmel durchforschte, die Gezeiten maß und kabbalistische *pases* zeigte und dabei das Schicksal der millionenschweren Damen der Stadt erkundete und der – Schlichtheit des Weisen, der mit Kugeln spielt – eine große Schwäche für die kreolische Musik hatte. Dort saß auch, ganz in Weiß, eine rote Nelke im Knopfloch und mit einem nagelneuen Strohhut, der populärste Neger von Lima, jener, der als blinder Passagier im Bauch eines Flugzeugs (?) den Ozean überquert und hier ein neues Leben begonnen hatte. (Er widmete sich dem bürgerlichen Zeitvertreib, Mäuse mit den in seinem Stamm typischen Giften zu töten, wodurch er reich geworden war –? –) Und – Zusammentreffen, das der Teufel oder der Zufall gesponnen hat – angezogen von ihrer gemeinsamen Bewunderung für den Musiker, erschienen auch der Zeuge Jehovas Lucho Abril Marroquín, der durch eine Großtat – er schnitt sich mit einem scharfen Papiermesser den Zeigefinger der rechten Hand ab (?) – den Spitznamen Der Beschnittene gewonnen hatte, und Sarita Huanca Salaverría, die Schöne, Kapriziöse und Liebliche aus Victoria, die von ihm diese harte Probe als Liebesgabe gefordert hatte. Und stand nicht auch der miraflorinische Richard Quinteros wie blutleer in der kreolischen Menge? Er nutzte die Gelegenheit – einmal im Leben genügt vollauf –, daß sich die Türen des Klosters der Karmeliterinnen öffneten, und drang mit den anderen Leuten in die Zellen ein, um, und sei es auch nur von weitem, seine Schwester noch einmal wiederzusehen (Schwester Fátima? Schwester Li-

tuma? Schwester Lucía?), die dort von ihren Eltern eingesperrt worden war, um sie von einer inzestuösen Liebe zu heilen. Und selbst die taubstummen Bergua, die niemals die Pension Colonial verließen, in der sie wohnten und sich der altruistischen Tätigkeit widmeten, armen Kindern ohne Gehör und Sprache beizubringen, wie sie durch Grimassen und Handbewegungen miteinander ins Gespräch kommen konnten, waren erschienen, von der allgemeinen Neugier angesteckt, das Idol Limas zu sehen (wenn sie es schon nicht hören konnten).

Die Apokalypse, die die Stadt in Trauer versetzen sollte, begann, als Pater Gumercindo Tello den Gesang bereits angestimmt hatte. Vor Hunderten von hypnotisiert lauschenden Zuschauern, die in den Fluren, Patios, auf den Treppen und Dächern zusammengedrängt waren, sang der Lyriker von der Orgel begleitet die letzten Noten der wunderschönen Apostrophe: »Meine Religion ist unverkäuflich.« Die gleiche Salve von Applaus, die Pater Gumercindo belohnte – Gut und Böse, das sich mischt wie Kaffee mit Milch –, stürzte die Zuschauer ins Verderben, denn, hingerissen vom Gesang, dem Klatschen, Hurra- und Hochrufen hingegeben, verwechselten sie die ersten Anzeichen des Erdbebens mit der Erregung, die der Kanarienvogel des HErrn in ihnen hervorgerufen hatte. Sie reagierten nicht in Sekunden, in denen es noch möglich gewesen wäre, zu fliehen, hinauszurennen, sich in Sicherheit zu bringen. Als sie – vulkanisches Gebrüll, das die Trommelfelle zerplatzen läßt – merkten, daß nicht sie, sondern die Erde bebte, war es zu spät. Denn die drei einzigen Tore von Las Carmelitas – Zufall, Wille Gottes, Dummheit des Architekten – waren durch die ersten Einstürze blockiert, und der große Engel aus Stein, der über dem Haupttor stand, begrub den Wachtmeister Crisanto Maravillas unter sich, der, unterstützt von Hauptmann Jaime Concha und dem Polizisten Lituma, als das Erdbeben begann, versucht hatte, das Kloster zu evakuieren. Der mutige Bürger und seine beiden Adjutanten waren die ersten Opfer des unterirdischen Aufflackerns. So endeten – Kakerlaken, die ein Schuh zertritt – unter einer gleichgültigen Granitfigur in den heiligen Türen von Las Carmelitas (in Erwartung des Jüngsten Gerichts?) die drei Musketiere des Feuerwehrkorps von Peru.

Inzwischen starben im Innern des Klosters die von der Musik

und der Religion herbeigelockten Gläubigen wie die Fliegen. Dem Applaus war ein Chor von Wehgeschrei, Klagen und Heulen gefolgt. Die edlen Steine, der uralte Lehm konnten den – konvulsiven, nicht endenwollenden – Erschütterungen aus der Tiefe nicht widerstehen. Eine nach der anderen barsten die Wände, stürzten zusammen und zermalmten diejenigen, die sie zu erklimmen versuchten, um auf die Straße zu gelangen. So starben die berühmten Vernichter von Ratten und Mäusen: die Bergua (?). Sekunden später brachen – Getöse der Hölle und Staub des Tornados – die Galerien im zweiten Stock und schleuderten – lebendige Geschosse, menschliche Meteore – diejenigen, die sich auf den Balkonen versammelt hatten, um der Mutter Gumercinda besser lauschen zu können, auf die im Hof zusammengedrängten Menschen. So starb, den Schädel auf den Fliesen zerschmettert, der Psychologe von Lima. Lucho Abril Marroquín, der die halbe Stadt mit Hilfe seiner erfinderischen Behandlung (die darin bestand, das großartige Kegelspiel zu betreiben?) von ihren Neurosen geheilt hatte. Aber erst der Einsturz des Dachgewölbes des Karmeliterklosters brachte in kürzester Zeit die größte Zahl von Toten. So starb unter anderen Mutter Lucía Acémila, die zu großem Ruhm in der Welt gelangt war, nachdem sie ihre alte Sekte, die Zeugen Jehovas, verlassen mußte, weil sie ein Buch geschrieben hatte, in dem sie den Papst pries: »Spott dem Stamme im Namen des Kreuzes!«

Der Tod von Schwester Fátima und Richard – Sturm der Liebe, den weder das Blut noch das Habit aufhalten – war noch trauriger. Beide blieben all die Ewigkeiten, die das Feuer wütete, unverletzt, sie umarmten sich, während um sie herum die Menschen erstickt, zertrampelt und verbrannt verschieden. Der Brand hatte aufgehört, und zwischen Verkohltem und dichten Rauchschwaden küßten sich die Geliebten vom Sterben umgeben. Der Augenblick war gekommen, sich einen Weg ins Freie zu bahnen. Richard nahm Mutter Fátima um die Taille und zog sie zu einer Öffnung hin, die die Heftigkeit des Brandes in die Mauern gebrochen hatte. Aber kaum hatten die Geliebten ein paar Schritte getan, als – Infamie der fleischfressenden Erde? himmlische Gerechtigkeit? – sich der Boden unter ihren Füßen auftat. Das Feuer hatte das Gewölbe verzehrt, das die koloniale Gruft verbarg, in der die Karmeliterinnen die Gebeine ihrer Toten aufbewahrten, und die (teuflischen?) Geschwister stürzten in das Knochenhaus.

War es der Teufel, der sie holte? War die Hölle das Nachspiel ihrer Liebe? Oder war es Gott, der, gerührt von ihrem unheilvollen Leid, sie in den Himmel hob? War sie beendet oder sollte sie außerirdisch weitergehen, diese Geschichte aus Blut, Gesang, Mystizismus und Feuer?

XIX

Javier rief uns morgens um 7 Uhr von Lima aus an. Die Verbindung war furchtbar schlecht, aber weder das Summen noch das Rauschen in der Leitung verbargen die Beunruhigung in seiner Stimme.
»Schlechte Nachrichten«, sagte er sofort. »Ein Haufen schlechter Nachrichten.«
Etwa fünfzig Kilometer vor Lima war das Colectivo, in dem er und Pascual am Abend zurückfuhren, von der Straße abgekommen und hatte sich im Sand überschlagen. Keiner der beiden war verletzt, aber der Chauffeur und ein anderer Fahrgast hatten ernste Prellungen davongetragen; es war ein Albtraum, bis sie mitten in der Nacht endlich ein Auto anhalten konnten, das sie mitnahm. Javier war total erschöpft in seine Pension gekommen, und dort wartete ein noch größerer Schrecken auf ihn. Vor der Tür stand mein Vater. Totenbleich war er auf ihn zugegangen, hatte ihm einen Revolver gezeigt und gedroht, ihn zu erschießen, wenn er nicht sofort gestehe, wo Tante Julia und ich uns aufhielten. Tot vor Angst (»bis jetzt hatte ich Revolver nur im Film gesehen«), schwor Javier ein über das andere Mal bei seiner Mutter und bei allen Heiligen, daß er es nicht wisse, daß er mich seit einer Woche nicht mehr gesehen habe. Schließlich hatte mein Vater sich etwas beruhigt und ihm einen Brief gegeben, den er mir persönlich aushändigen solle. Völlig verwirrt über das Vorgefallene (»was für eine Nacht, Varguitas«), beschloß Javier, sobald mein Vater gegangen war, mit Onkel Lucho zu sprechen, um herauszubekommen, ob der mütterliche Teil der Familie auch bis zu diesem Grad der Wut gereizt war. Sie sprachen etwa eine Stunde miteinander. Er war nicht zornig, sondern traurig, besorgt, verwirrt. Javier bestätigte ihm, daß wir ganz legal verheiratet seien, und versicherte ihm, daß auch er versucht habe, mich davon abzubringen, aber vergeblich. Onkel Lucho empfahl uns, so schnell wie möglich nach Lima zurückzukommen, um den Stier bei den Hörnern zu packen und zu versuchen, die Dinge wieder in Ordnung zu bringen.
»Das größte Problem ist dein Vater, Varguitas«, schloß Javier seinen Bericht. »Die übrige Familie wird sich nach und nach

daran gewöhnen. Aber er speit Feuer. Du kennst den Brief nicht, den er dir dagelassen hat!«

Ich schalt ihn, daß er fremde Briefe las, und sagte, wir würden sofort nach Lima zurückfahren, gegen Mittag würde ich ihn in seinem Büro besuchen oder ihn anrufen. Während sie sich anzog, erzählte ich Tante Julia alles, verheimlichte ihr nichts, versuchte aber, die Dinge zu mildern.

»Was mir nicht gefällt, ist der Revolver«, meinte Tante Julia. »Ich nehme an, mich möchte er erschießen, oder? Hör mal, Varguitas, ich hoffe, mein Schwiegervater wird mich nicht mitten in den Flitterwochen erschießen. Und der Unfall? Armer Javier! Armer Pascual! In welche Schwierigkeiten haben wir die beiden mit unseren Verrücktheiten gebracht!«

Sie war keineswegs erschrocken, auch bereute sie nichts. Sie sah sehr glücklich und entschlossen aus, allen Schwierigkeiten zu begegnen. Ich fühlte mich genauso. Wir bezahlten das Hotel, tranken unseren Milchkaffee auf der Plaza de Armas, und eine halbe Stunde später waren wir wieder auf der Landstraße in einem alten Bus Richtung Lima. Fast auf dem ganzen Weg küßten wir uns auf den Mund, die Wangen, die Hände, flüsterten uns ins Ohr, daß wir uns liebten, und spotteten über die unruhigen Blicke der Fahrgäste und des Chauffeurs, der uns durch den Rückspiegel beobachtete.

Gegen 10 Uhr morgens kamen wir in Lima an. Es war ein grauer Tag, der Nebel ließ Häuser und Menschen gespenstisch erscheinen, alles war feucht, und man hatte das Gefühl, Wasser einzuatmen. Beim Haus von Tante Olga und Onkel Lucho stiegen wir aus. Bevor wir läuteten, drückten wir uns noch einmal fest die Hände, um uns Mut zu machen. Tante Julia war ernst geworden, und ich fühlte, wie mir das Herz schneller schlug.

Onkel Lucho öffnete uns höchstpersönlich. Er lächelte, aber es sah schrecklich gezwungen aus; er küßte Tante Julia auf die Wange und gab auch mir einen Kuß.

»Deine Schwester liegt noch im Bett, aber sie ist wach«, sagte er zu Tante Julia und deutete auf das Schlafzimmer. »Geh nur hinein.«

Er und ich setzten uns in den Salon, von dem aus man, wenn es nicht so neblig war, das Jesuitenseminar, den Malecón und das

Meer sehen konnte. Jetzt waren die Mauern des Priesterseminars und seine Dachterrasse aus roten Ziegeln nur verschwommen zu erkennen.

»Ich werde dir nicht die Ohren langziehen, denn dafür bist du schon etwas zu groß«, murmelte Onkel Lucho. Er war wirklich niedergeschlagen, und man sah ihm an, daß er die Nacht nicht geschlafen hatte. »Ahnst du wenigstens, in was du dich da eingelassen hast?«

»Es war die einzige Möglichkeit zu verhindern, daß man uns trennt«, antwortete ich mit Sätzen, die ich vorbereitet hatte. »Julia und ich lieben uns. Wir haben keine Dummheit begangen. Wir haben es wohl überlegt und sind unserer Sache ganz sicher. Ich verspreche dir, wir werden es schon schaffen.«

»Du bist ein dummer Junge, hast keinen Beruf, hast überhaupt nichts, du wirst die Universität verlassen und dich totarbeiten müssen, um deine Frau zu ernähren«, flüsterte Onkel Lucho, steckte sich eine Zigarette an und wiegte den Kopf. »Du hast dir ganz allein die Schlinge um den Hals gelegt. Niemand ist damit einverstanden, denn in der Familie haben alle gehofft, aus dir würde einmal etwas werden. Es ist schrecklich, mitansehen zu müssen, wie du einer Laune wegen in die Mittelmäßigkeit abrutschst.«

»Ich werde mein Studium nicht aufgeben und die Universität beenden, ich werde dasselbe weitertun, was ich ohne zu heiraten getan hätte«, versicherte ich ihm heftig. »Du mußt mir glauben und alles tun, daß auch die Familie mir glaubt. Julia wird mir helfen, jetzt werde ich mit viel mehr Lust studieren und arbeiten.«

»Als erstes muß dein Vater beruhigt werden, er ist außer sich«, sagte Onkel Lucho, plötzlich sanft geworden. Er hatte seine Pflicht getan und mich gerügt, und jetzt schien er bereit, mir zu helfen. »Er hört auf keine Argumente, droht, Julia bei der Polizei anzuzeigen, und ich weiß nicht, was noch alles.«

Ich sagte, ich würde mit ihm sprechen und versuchen, ihn dazu zu bringen, die Dinge so zu nehmen, wie sie waren. Onkel Lucho musterte mich von Kopf bis Fuß: Es sei eine Schande, daß ein frischgebackener Ehemann mit schmutzigem Hemd dastehe, ich solle nach Hause gehen, mich waschen und mich umziehen und die Großeltern beruhigen, die sehr besorgt seien. Wir sprachen noch ein Weilchen miteinander und tranken sogar Kaffee, aber Tante Julia kam nicht aus dem Zimmer von Tante Olga. Ich spitzte die Ohren und versuchte zu horchen, ob man Weinen, Ausrufe oder Diskussionen hören könne. Nichts, kein Geräusch kam durch die Tür. Schließlich erschien Tante Julia allein. Ihr Gesicht war gerötet, als hätte sie sehr viel Sonne abbekommen, aber sie lächelte.

»Jedenfalls bist du noch lebendig und ganz«, sagte Onkel Lucho. »Ich dachte, deine Schwester würde dir die Haare ausreißen.«

»Zuerst hätte sie mich beinahe geschlagen«, gestand Tante Julia und setzte sich neben mich. »Natürlich hat sie mir ganz schreckliche Dinge gesagt. Aber es sieht so aus, als könnte ich trotz allem in diesem Haus bleiben, bis die Dinge sich geklärt haben.«

Ich stand auf und sagte, ich müsse zu Radio Panamericana gehen: es wäre tragisch, wenn ich ausgerechnet jetzt meine Arbeit verlöre. Onkel Lucho begleitete mich bis an die Tür, sagte, ich solle zum Mittagessen kommen, und als ich Tante Julia zum Abschied küßte, sah ich, daß er lächelte.

Ich rannte in die Kneipe an der Ecke, um Cousine Nancy anzurufen, und hatte Glück, sie kam selbst ans Telephon. Die Stimme blieb ihr weg, als sie mich erkannte. Wir verabredeten uns für zehn Minuten später im Parque Salazar. Als ich hinkam, war das Mädchen schon halbtot vor Neugier. Bevor sie mir irgend etwas erzählte, mußte ich ihr das ganze Abenteuer von Chincha berichten und auf unzählige ihrer unerwarteten Fragen nach Einzelheiten antworten, wie zum Beispiel, welches Kleid Tante Julia bei der Hochzeit getragen habe. Die leicht entstellte Version, wonach der Bürgermeister, der uns getraut hatte, ein schwarzer, halbnackter, barfüßiger Fischer gewesen sei, amüsierte sie, und sie lachte herzlich darüber (glaubte sie aber nicht). Schließlich brachte ich sie dazu, mir zu erzählen, wie die Familie die Nachricht aufgenommen hatte. Es geschah, was zu erwarten war: ein Hin und Her von Haus zu Haus, erregte Versammlungen, unzählige lange Telephongespräche, reichlich Tränen, und wie es schien, hatte man meine Mutter getröstet, besucht, begleitet, als hätte sie ihren einzigen Sohn verloren. Überzeugt davon, daß Nancy unsere Verbündete sei, hatte man sie mit Fragen und Drohungen bedrängt, sie sollte sagen, wo wir waren, aber sie hatte widerstanden, rundheraus geleugnet und sogar ein paar Krokodilstränen vergossen, über die man unsicher geworden war. Auch die kleine Nancy war über meinen Vater beunruhigt.

»Komm bloß nicht auf die Idee, ihn aufzusuchen, bevor ihm die Wut vergangen ist«, warnte sie mich. »Der ist so zornig, daß er dich umbringen könnte.«

Ich fragte sie nach dem Apartment, das sie gemietet hatte, und wieder überraschte sie mich mit ihrem Sinn für das Praktische. Heute morgen hatte sie mit der Wirtin gesprochen. Man mußte das Bad in Ordnung bringen, eine Tür auswechseln und anstreichen, so daß das Apartment erst in zehn Tagen bewohnbar war. Das Herz fiel mir in die Hose. Auf dem Weg zum Haus der Großeltern dachte ich, wohin, zum Teufel, wir uns in diesen zwei Wochen zurückziehen könnten.

Ohne das Problem gelöst zu haben, kam ich bei den Großeltern an und traf dort meine Mutter. Sie war im Salon, und als sie mich sah, brach sie in spektakuläre Tränen aus. Sie umarmte mich heftig, und während sie mir die Brauen, die Wangen streichelte, grub sie ihre Hände in mein Haar, und halb erstickt von Schluchzern, wiederholte sie mit unendlicher Pein: »Mein Söhnchen, Cholito, mein Liebes, was hat man dir angetan, was hat diese Frau dir angetan?« Seit etwa einem halben Jahr hatte ich sie nicht gesehen, und trotz der Tränen, von denen ihr Gesicht geschwollen war, fand ich, sie sah jünger und sehr gut aus. Ich tat alles, um sie zu beruhigen, versicherte ihr, daß niemand mir irgend etwas angetan habe, daß ich selbst beschlossen hätte zu heiraten. Sie konnte den Namen ihrer frischgebackenen Schwiegertochter nicht hören, ohne aufs neue in Tränen auszubrechen; zwischendurch hatte sie Zornesausbrüche, in denen sie Tante Julia »dieses alte Weib«, »diese Durchtriebene«, »diese Geschiedene« nannte. Plötzlich, mitten in der ganzen Szene, entdeckte ich etwas, worauf ich nie gekommen wäre: mehr als an dem Gerede der Leute litt sie aus Gründen der Religion. Sie war sehr katholisch, und es störte sie nicht so sehr, daß Tante Julia älter war als ich, sondern die Tatsache, daß sie geschieden war (das heißt, daß ich nicht kirchlich heiraten konnte).

Mit Hilfe der Großeltern gelang es mir schließlich, sie zu beruhigen. Die alten Leutchen waren ein Muster an Taktgefühl, Güte und Diskretion. Der Großvater beschränkte sich darauf zu sagen, als er mir den gewohnten trockenen Kuß auf die Stirn gab: »Mein Gott, du Dichter, endlich bist du da, wir waren schon sehr besorgt um dich.« Und die Großmutter fragte mich nach vielen Küssen und Umarmungen mit einer Art verstecktem Spott ganz leise, damit meine Mutter es nicht hörte: »Und Julita, geht es ihr gut?«

Nachdem ich geduscht und mich angezogen hatte – es war eine Erlösung, die Sachen, die ich vier Tage lang getragen hatte, in die Wäsche zu werfen –, konnte ich mit meiner Mutter sprechen. Sie hatte aufgehört zu weinen, die Großmutter hatte ihr eine Tasse Tee gemacht und saß auf der Armlehne ihres Sessels und streichelte sie, als wäre sie ein kleines Mädchen. Ich versuchte sie zum Lächeln zu bringen mit einem Scherz, der ziemlich geschmacklos ausfiel (»aber, Mamachen, du solltest glücklich sein, schließlich habe ich eine gute Freundin von dir geheiratet«). Aber dann rührte ich an empfindlichere Stellen, als ich schwor, ich würde das Studium nicht aufgeben, ich würde das Anwaltsexamen machen und möglicherweise sogar meine Meinung über die peruanische Diplomatie ändern (»wer von denen nicht verrückt ist, ist homosexuell, Mama«) und in den Auswärtigen Dienst, Traum ihres Lebens, eintreten. Nach und nach entspannte sie sich und fragte, wenn auch noch immer mit Trauermiene, nach der Universität, nach meinen Zensuren, nach meiner Arbeit im Sender und schalt mich undankbar, weil ich ihr kaum schrieb. Sie sagte, mein Vater habe einen fürchterlichen Schlag erlitten. Auch er erwarte große Dinge von mir und werde darum verhindern, daß »diese Frau« mein Leben ruiniere. Er habe einen Anwalt zu Rate gezogen, die Ehe sei ungültig, sie werde annulliert, und Tante Julia könne als Verführerin Minderjähriger angezeigt werden. Mein Vater sei so jähzornig, daß er mich im Augenblick nicht sehen wolle, weil er fürchte, »irgend etwas Schreckliches« könne geschehen, und er fordere, daß Tante Julia sofort das Land verlasse. Wenn sie es nicht tue, habe sie die Folgen zu tragen.

Ich antwortete, Tante Julia und ich hätten gerade deswegen geheiratet, damit man uns nicht trenne, und es sei sehr schwierig, meine Frau zwei Tage nach der Hochzeit ins Ausland abzuschieben. Aber sie wollte nicht mit mir diskutieren: »Du kennst deinen Vater, du kennst seinen Charakter, wenn man ihm nicht folgt ...« Und sie verdrehte die Augen vor Schreck. Endlich sagte ich, ich käme zu spät zur Arbeit, wir würden ja noch miteinander sprechen, und bevor ich mich verabschiedete, beruhigte ich sie noch einmal über meine Zukunft und versicherte ihr, daß ich die Anwaltsexamen machen würde.

Im Colectivo nach Lima hatte ich ein düsteres Vorgefühl. Wenn ich jemanden an meinem Schreibtisch vorfände? Ich war drei Tage fortgewesen, und in den letzten Wochen hatte ich wegen der frustrierenden Vorbereitungen für die Hochzeit die Nachrichten vollständig vernachlässigt, in die Pascual und der Große Pablito wahrscheinlich alle möglichen Dummheiten eingeflochten hatten. Ich überlegte düster, was es neben den jetzigen persönlichen Schwierigkeiten bedeuten würde, auch noch den Arbeitsplatz zu verlieren, und fing an, Argumente zu erfinden, die Genaro jun. und Genaro sen. erweichen könnten. Aber als ich das Gebäude von Radio Panamericana betrat und mir das Herz in die Hose rutschte, war die Überraschung groß, denn der fortschrittliche Unternehmer, den ich im Fahrstuhl traf, begrüßte mich, als hätte er mich vor zehn Minuten zuletzt gesehen. Er machte ein sehr ernstes Gesicht:

»Jetzt haben wir die Katastrophe«, sagte er und wiegte schwermütig den Kopf; es schien, als hätte er gerade über die Angelegenheit gesprochen. »Kannst du mir sagen, was wir jetzt machen sollen? Er muß interniert werden.«

Im zweiten Stock stieg er aus, und nachdem ich, um die Täuschung aufrechtzuerhalten, gemurmelt hatte, »oh, verdammt, wie schrecklich«, als ob ich genau wüßte, wovon er sprach, war ich glücklich, daß so etwas Schreckliches passiert war, daß meine Abwesenheit gar nicht aufgefallen war. In dem Dachverschlag lauschten Pascual und der Große Pablito in Beerdigungsstimmung Nelly, der Sekretärin von Genaro jun. Sie grüßten mich kaum, niemand spottete über meine Hochzeit. Sie sahen mich nur verzweifelt an:

»Pedro Camacho ist ins Irrenhaus gebracht worden«, stotterte der Große Pablito mit gebrochener Stimme. »Wie traurig, Don Mario.«

Dann erzählten die drei, vor allem aber Nelly, die die Ereignisse von der Direktion her beobachtet hatte, die Einzelheiten: Alles hatte in jenen Tagen begonnen, in denen ich von meinen Hochzeitsvorbereitungen ständig in Anspruch genommen war. Der Anfang vom Ende waren die Katastrophen, jene Brände, Erdbeben, Zusammenstöße, Schiffsunglücke, Entgleisungen, die die Hörspiele entvölkerten und in wenigen Minuten Dutzende von Personen verschwinden ließen. Dieses Mal waren die Schauspieler und Techniker vom Radio Central selbst erschrokken und hatten dem Schreiber nicht mehr als Schutzwall gedient oder waren unfähig gewesen zu verhindern, daß die Unzufriedenheit und die Proteste der Hörer zu den Genaros gelangten. Diese waren jedoch schon durch die Zeitungen gewarnt, deren Radiokritiker schon seit Tagen über die Katastrophen von Pedro Camacho spotteten. Die Genaros hatten ihn zu sich gerufen und ihn, um ihn nicht zu verletzen oder aufzuregen, mit äußerstem Zartgefühl befragt. Aber er erlitt bei diesem Gespräch einen Nervenzusammenbruch: Die Katastrophen seien eine Taktik, um die Geschichten neu beginnen zu können, denn sein Gedächtnis lasse ihn im Stich, er wisse nicht mehr, was geschehen sei, noch wer welche Person sei und in welche Geschichte sie gehöre, und – »laut aufheulend, sich die Haare raufend«, versicherte Nelly – habe er ihnen gestanden, daß seine Arbeit, sein Leben, seine Nächte in den letzten Wochen eine einzige Folter gewesen seien. Die Genaros hatten ihn durch einen in Lima berühmten Arzt, Dr. Honorio Delgado, untersuchen lassen, und der hatte sofort gesagt, der Schreiber sei nicht in der Lage weiterzuarbeiten; sein »erschöpftes« Gemüt brauche eine Zeitlang Ruhe.

Wir hörten Nellys Berichten gespannt zu, als das Telephon klingelte. Es war Genaro jun., der mich dringend sprechen wollte. Ich ging in sein Büro hinunter, überzeugt davon, daß ich jetzt zumindest eine Verwarnung bekäme. Aber er empfing mich genau wie im Fahrstuhl und setzte voraus, daß ich über seine Probleme auf dem laufenden sei. Gerade hatte er mit Havanna telephoniert und fluchte, weil der CMQ seine Situation, die Dringlichkeit, ausnutzte und die Preise vervierfacht hatte.

»Es ist eine Tragödie, ein einziges Unglück, das waren die Programme mit der größten Hörerzahl, die Werbeagenturen

rissen sich darum«, sagte er und wühlte in Papieren. »Ein Elend, wieder von diesen Haien vom CMQ abhängig zu sein!«
Ich fragte ihn, wie es Pedro Camacho gehe, ob er ihn gesehen habe, wie lange es dauern werde, bis er wieder arbeiten könne.
»Es gibt überhaupt keine Hoffnung«, stöhnte er voller Zorn, nahm aber dann einen mitleidigen Ton auf. »Dr. Delgado sagt, die Psyche befinde sich im Zersetzungsprozeß. Zersetzung. Verstehst du das? Seine Seele zerbricht in Stücke, denke ich mir, sein Kopf verfault oder irgendsoetwas, oder? Als mein Vater ihn fragte, ob die Erholungszeit ein paar Monate dauern würde, antwortete er uns: ›Vielleicht Jahre.‹ Stell dir das vor!«
Bekümmert senkte er den Kopf, und mit der Bestimmtheit des Propheten sagte er, wie es weitergehen werde: Sobald sie erführen, daß die Hörspielserien in Zukunft wieder vom CMQ kamen, würden die Werbeagenturen ihre Verträge rückgängig machen oder einen Nachlaß von 50% fordern. Zu allem Übel würden die neuen Hörspiele erst in drei oder vier Wochen ankommen, denn Cuba sei zur Zeit ein einziges Bordell, überall Terrorismus, Guerrillas, im CMQ gehe alles drunter und drüber, die Leute würden festgenommen, tausend Schwierigkeiten. Aber es sei nicht auszudenken, daß die Hörer einen Monat ohne Hörspielserien blieben, Radio Central würde sein ganzes Publikum verlieren; Radio La Crónica oder Radio Colonial würden es an sich reißen, die bereits damit begonnen hatten, ihnen mit den argentinischen Hörspielserien, diesem entsetzlichen Kitsch, heftig zuzusetzen.
»Apropos, darum habe ich dich rufen lassen«, fügte er hinzu und sah mich an, als hätte er mich in diesem Augenblick erst entdeckt. »Du mußt uns helfen. Du bist doch selbst ein halber Intellektueller, für dich wird es eine leichte Arbeit sein.«
Es ging darum, ins Archiv von Radio Central zu gehen, wo man die alten Texte verwahrte, die aus der Zeit vor Pedro Camacho stammten. Ich sollte sie durchsehen und solche herausholen, die sofort benutzt werden könnten, bis die neuen Serien vom CMQ ankämen.
»Natürlich wirst du dafür extra bezahlt«, erklärte er mir. »Hier wird niemand ausgebeutet.«
Ich empfand große Dankbarkeit für Genaro jun. und großes

Mitleid wegen seiner Probleme. Auch wenn er mir nur 100 Sol gäbe, in diesem Augenblick waren sie für mich ein Geschenk des Himmels. Als ich sein Büro verlassen wollte, hielt mich seine Stimme in der Tür zurück:
»Du, hör mal, ich weiß, du hast geheiratet.« Ich drehte mich um, und mit einer herzlichen Geste fragte er weiter: »Wer ist dein Opfer? Eine Frau, nehme ich an, oder? Na gut, meinen Glückwunsch. Wir werden noch ein Glas darauf trinken.«
Von meinem Büro aus rief ich Tante Julia an. Sie sagte, Tante Olga habe sich etwas beruhigt, aber alle fünf Minuten breche es aufs neue aus ihr heraus: »Du bist verrückt.« Es schmerzte sie nicht sehr, daß das Apartment noch nicht verfügbar war (»Wir haben solange getrennt geschlafen, daß wir es auch noch zwei Wochen aushalten können, Varguitas«), und sie sagte, nachdem sie gebadet und sich umgezogen habe, fühle sie sich sehr zuversichtlich. Ich sagte ihr, ich käme nicht zum Mittagessen, weil ich sie mit einem Berg Hörspielserien betrügen müsse, und wir könnten uns erst am Abend sehen. Ich machte El Panamericano und zwei Nachrichtensendungen und stürzte mich dann in das Archiv von Radio Central. Es war eine Höhle ohne Licht, voller Spinnenweben, und als ich eintrat, hörte ich in der Dunkelheit die Mäuse rennen. Überall lag Papier herum, Blätter, aufgestapelt, durcheinander, in Pakete verschnürt. In dem Staub und in der Feuchtigkeit mußte ich sofort niesen. Es war unmöglich, hier zu arbeiten, darum trug ich die Papierstapel in die Kammer von Pedro Camacho und setzte mich an den Tisch, der sein Schreibtisch gewesen war. Keine Spur von ihm war zurückgeblieben, weder das Zitatenwörterbuch noch der Plan von Lima, noch seine soziologisch-psychologisch-rassenkundlichen Aufzeichnungen. Das Durcheinander und die Verschmutzung der alten Hörspielserien vom CMQ waren außerordentlich. Feuchtigkeit hatte die Schrift verwischt, Mäuse und Kakerlaken hatten die Seiten angefressen und beschmutzt, und die Texte waren durcheinander geraten wie die Geschichten von Pedro Camacho. Viel gab es nicht zum Auswählen; man konnte höchstens versuchen, einige lesbare Texte zu finden.
Etwa drei Stunden hatte ich unter allergischem Niesen in honigsüßen Grausamkeiten herumgeforscht, um einige Hör-

spielpuzzles zusammenzusetzen, als sich die Tür der Kammer öffnete und Javier erschien.

»Es ist unglaublich, daß du jetzt, bei den Problemen, die du hast, mit deiner Pedro-Camacho-Manie fortfährst«, sagte er wütend. »Ich komme von deinen Großeltern. Da, lies wenigstens, was dir bevorsteht, und zittere ein wenig.«

Er warf mir zwei Umschläge auf den von sehnsuchtsvollen Serienmanuskripten strotzenden Schreibtisch. Das eine war der Brief, den mein Vater ihm am vorigen Abend gegeben hatte. Er lautete:

»Mario: in achtundvierzig Stunden hat diese Frau das Land zu verlassen. Wenn sie es nicht tut, werde ich mich darum kümmern und lasse alle meine Verbindungen spielen, damit sie ihre Dreistigkeit teuer bezahlen muß. Was dich angeht, so sollst du wissen, daß ich bewaffnet bin und nicht zulasse, daß du dich über mich lustig machst. Wenn du nicht gehorchst und diese Frau das Land nicht in der angegebenen Frist verläßt, werde ich dich wie einen Hund auf offener Straße niederknallen.«

Er hatte mit seinen beiden Nachnamen und einem Schnörkel unterzeichnet und ein PS angefügt: »Wenn du willst, kannst du Polizeischutz anfordern. Und damit es unmißverständlich ist, bekräftige ich hier noch einmal meinen Entschluß, dich wie einen Hund abzuknallen, wo immer ich dich treffe.«

Und tatsächlich hatte er noch einmal mit noch energischeren Zügen als das erste Mal unterschrieben. Den anderen Umschlag hatte meine Großmutter Javier vor einer halben Stunde gegeben, damit er ihn mir aushändige. Ein Polizist hatte ihn gebracht; es war eine Vorladung auf die Polizeiwache von Miraflores. Ich sollte am nächsten Tag um 9 Uhr morgens dort erscheinen.

»Das Schlimme ist nicht der Brief, sondern daß er, so wie ich ihn gestern gesehen habe, durchaus fähig ist, diese Drohung wahrzumachen«, tröstete mich Javier und setzte sich auf das Fensterbrett. »Was machen wir jetzt, alter Knabe?«

»Zuerst einmal einen Anwalt aufsuchen«, war das einzige, was mir einfiel. »Wegen meiner Heirat und der anderen Dinge. Kennst du jemanden, der uns gratis berät oder uns Kredit gibt?«

Wir gingen zu einem jungen Anwalt, einem Verwandten von

ihm, mit dem wir einige Male am Strand von Miraflores Wellenreiten gegangen waren. Er war sehr freundlich, nahm meine Geschichte von Chincha mit viel Humor und machte ein paar Späße; wie Javier kalkuliert hatte, verlangte er kein Geld von mir. Er erklärte mir, daß meine Ehe wegen der Veränderung des Datums in der Geburtsurkunde nicht nichtig, aber annullierbar sei. Das erfordere jedoch einen juristischen Akt. Wenn der nicht vorgenommen werde, sei die Ehe automatisch nach zwei Jahren »geschlossen«, und man könne sie nicht mehr annullieren. Was Tante Julia betreffe, sei es durchaus möglich, sie als »Verführerin Minderjähriger« anzuzeigen, einen Polizeibericht anfertigen und sie festnehmen zu lassen, jedenfalls vorläufig. Dann werde es einen Prozeß geben, aber er sei ganz sicher, daß es angesichts der Umstände – das heißt, da ich achtzehn und nicht zwölf Jahre alt war – unmöglich sei, daß die Anklage durchkomme: jedes Gericht würde sie freisprechen.

»Auf jeden Fall kann dein Vater, wenn er will, Julita ein paar böse Stunden bereiten«, schloß Javier, als wir über den Jirón de la Unión zum Sender zurückgingen. »Stimmt es, daß er Beziehungen zur Regierung hat?«

Ich wußte es nicht; vielleicht war er der Freund eines Generals, Gevatter irgendeines Ministers. Auf der Stelle beschloß ich, nicht bis zum nächsten Tag zu warten, um zu erfahren, was man auf der Polizeiwache von mir wollte. Ich bat Javier, mir zu helfen, einige Hörspielserien aus dem Papiermist von Radio Central zu retten, damit ich noch heute Klarheit bekäme. Er willigte ein und bot mir sogar an, mich regelmäßig mit Zigaretten zu versorgen, falls man mich einsperren sollte.

Um 6 Uhr abends überreichte ich Genaro jun. zwei mehr oder weniger vollständige Serien und versprach ihm für den nächsten Tag noch drei weitere; ich sah rasch die 6-Uhr- und die 8-Uhr-Nachrichten durch, versprach Pascual für El Panamericano zurückzusein, und eine halbe Stunde später war ich mit Javier auf der Polizeiwache am Malecón 28 de Julio in Miraflores. Wir warteten eine gute Weile, und endlich empfingen uns der Kommissar – ein Major in Uniform – und der Chef der Geheimpolizei. Mein Vater hatte am Vormittag darum gebeten, mir eine offizielle Erklärung über das Vorgefallene abzuverlangen. Es lag ihnen eine Liste von Fragen vor, aber ein Polizist schrieb sie noch einmal mit meinen Antworten, und das nahm sehr viel Zeit in Anspruch, denn er war ein sehr schlechter Schreibmaschinenschreiber. Ich bestätigte, daß ich geheiratet hatte (unterstrich emphatisch, daß ich es »aus eigenem Wunsch und Willen« getan hätte), aber ich weigerte mich, den Ort zu nennen und vor welchem Bürgermeisteramt. Ich verriet auch nicht, wer die Trauzeugen gewesen waren. Die Fragen waren der Art, als wären sie von einem Winkeladvokaten mit sehr bösen Absichten formuliert: mein Geburtsdatum und dann (als wäre es in der vorherigen Frage nicht bereits enthalten), ob ich minderjährig sei oder nicht, wo ich lebte und mit wem, und natürlich das Alter von Tante Julia (die »Doña« Julia genannt wurde), eine Frage, die zu beantworten ich mich ebenfalls weigerte; ich sagte, es zeuge von sehr schlechtem Geschmack, das Alter einer Dame preiszugeben. Das weckte kindliche Neugier bei den beiden Polizisten, die mich, nachdem ich die Erklärung unterschrieben hatte, in väterlicher Weise, »aus reiner Neugier«, fragten, wie viele Jahre die Dame älter sei als ich. Als wir die Polizeiwache verließen, fühlte ich mich plötzlich sehr niedergeschlagen, ich hatte das unangenehme Gefühl, ein Mörder zu sein oder ein Dieb.

Javier meinte, ich hätte einen Fehler gemacht; mich zu weigern, den Ort der Eheschließung anzugeben, sei eine Provokation, die meinen Vater noch mehr verärgern werde, und außerdem völlig unnütz, da man es in wenigen Tagen herausbekommen könne. Es fiel mir in dieser Stimmung sehr schwer, an diesem Abend noch in den Sender zu gehen, also ging ich zu Onkel Lucho. Tante Olga öffnete mir; sie empfing mich mit sehr ernstem Gesicht und einem mörderischen Blick, sagte aber kein Wort und hielt mir sogar die Wange zum Kuß hin. Sie ging mit mir in den Salon, wo Tante Julia und Onkel Lucho saßen. Es genügte, sie zu sehen und zu wissen, daß es übel aussah. Ich fragte sie, was geschehen sei.

»Die Dinge stehen sehr schlecht«, sagte Tante Julia und verschränkte ihre Finger mit meinen, und ich merkte, wie unangenehm das Tante Olga war. »Mein Schwiegervater will mich als unerwünschte Person aus dem Land weisen.«

Onkel Jorge und Onkel Juan und Onkel Pedro hatten am Nachmittag eine Unterredung mit meinem Vater gehabt und waren erschrocken über den Zustand, in dem sie ihn gesehen hatten. Kalte Wut, ein starrer Blick und eine Art zu sprechen, die eine wilde Entschlossenheit zeigte. Er war kategorisch: Tante Julia sollte Peru innerhalb achtundvierzig Stunden verlassen, oder sie würde die Konsequenzen zu spüren bekommen. Tatsächlich war er ein enger Freund – vielleicht ein Schulkamerad – des Arbeitsministers der Diktatur, eines General Villacorta, mit dem er bereits gesprochen hatte, und wenn sie nicht freiwillig ginge, würde Tante Julia von Soldaten bis ans Flugzeug gebracht werden. Und was mich angehe, würde ich es teuer bezahlen, wenn ich ihm nicht gehorchte. Und genau wie Javier hatte er meinen Onkeln den Revolver gezeigt. Ich vervollständigte das Bild und zeigte ihnen den Brief und berichtete von dem Polizeiverhör. Der Brief meines Vaters hatte den großen Vorteil, sie ganz und gar für uns einzunehmen. Onkel Lucho schenkte einen Whisky ein, und als wir tranken, begann Tante Olga plötzlich zu weinen und sagte, es sei ganz unmöglich, daß man ihre Schwester wie eine Verbrecherin behandele und ihr mit der Polizei drohe, schließlich gehöre sie zu einer der besten Familien Boliviens.

»Es hilft nichts, ich muß gehen, Varguitas«, sagte Tante Julia. Ich sah, wie sie einen Blick mit meinem Onkel und meiner Tante wechselte, und begriff, daß sie bereits darüber gesprochen hatten. »Sieh mich nicht so an, das ist keine Verschwörung, es ist ja nicht für immer. Nur bis die Wut deines Vaters verraucht ist. Damit wir einen noch größeren Skandal verhindern können.«

Zu dritt hatten sie darüber gesprochen und diskutiert und auch schon einen Plan ausgeheckt. Bolivien war verworfen worden, Tante Julia sollte besser nach Chile gehen, nach Valparaíso, wo ihre Großmutter lebte. Sie sollte nur so lange dort bleiben, wie es unbedingt nötig sei, bis die Gemüter sich beruhigt hätten. Sie würde sofort zurückkommen, wenn ich sie riefe. Ich widersetzte mich zornig und sagte, Tante Julia sei schließlich meine Frau, ich hätte sie geheiratet, damit wir zusammenblieben, auf jeden Fall würden wir dann beide gehen. Sie erinnerten mich an meine Minderjährigkeit: Ich könne keinen Paß beantragen und das Land nicht ohne elterliche Erlaubnis verlassen. Ich sagte, ich würde schwarz über die Grenze gehen. Sie fragten mich, wieviel

Geld ich hätte, um im Ausland leben zu können. (Ich hatte gerade noch soviel, um für ein paar Tage Zigaretten zu kaufen. Die Heirat und die Miete für das Apartment hatten den Vorschuß von Radio Panamericana, den Erlös meiner Kleider und das Geld vom Pfandhaus völlig aufgezehrt.)
»Wir sind jetzt verheiratet, und das kann uns keiner mehr nehmen«, sagte Tante Julia und wuschelte mir durch die Haare und küßte mich mit Tränen in den Augen. »Das dauert ein paar Wochen, höchstens ein paar Monate. Ich will nicht, daß man dich meinetwegen erschießt.«
Beim Essen legten Tante Olga und Onkel Lucho ihre Argumente dar, um mich zu überzeugen. Ich solle vernünftig sein, schließlich hätte ich meinen Willen durchgesetzt und geheiratet; jetzt müsse ich vorübergehend ein gewisses Entgegenkommen zeigen, um etwas, was nicht wieder gutzumachen wäre, zu verhindern. Ich müsse sie doch begreifen; sie als Schwester und Schwager von Tante Julia seien in einer sehr schwierigen Situation meinen Eltern und dem Rest der Familie gegenüber: sie könnten nicht für und nicht gegen sie sein. Sie würden uns helfen, sie seien ja schon dabei, und nun sei es an mir, etwas zu tun. Während Tante Julia in Valparaíso sei, müsse ich mir eine andere Arbeit suchen, denn wovon sollten wir sonst leben, wer sollte uns ernähren? Mein Vater werde sich schon beruhigen und die Tatsachen akzeptieren.
Gegen Mitternacht – meine Tante und mein Onkel waren diskret schlafen gegangen, und Tante Julia und ich liebten uns unter scheußlichen Umständen: halb angezogen, voller Kummer und auf jedes Geräusch horchend – willigte ich schließlich ein. Es gab keine andere Lösung. Am nächsten Morgen würden wir versuchen, das Ticket nach La Paz gegen eins nach Chile zu tauschen. Eine halbe Stunde später, als ich durch die Straßen von Miraflores zu meiner Junggesellenbude im Haus meiner Großeltern ging, spürte ich Bitterkeit und Ohnmacht und fluchte, weil ich nicht einmal genug Geld hatte, um mir auch einen Revolver kaufen zu können.
Zwei Tage später reiste Tante Julia nach Chile, mit einem Flugzeug, das im Morgengrauen abflog. Die Luftfahrtgesellschaft machte keine Schwierigkeiten, das Ticket umzutauschen, aber es gab einen Preisunterschied von 1500 Sol, den wir mit einer

Anleihe bei keinem Geringeren als Pascual deckten. (Er überraschte mich, als er mir erzählte, daß er 5000 Sol auf dem Sparbuch habe, was bei seinem Verdienst ein wahres Wunder war.) Damit Tante Julia etwas Geld mitnehmen konnte, verkaufte ich bei dem Buchhändler in der Calle La Paz alle meine Bücher, die ich noch hatte, sogar das Gesetzbuch und die juristischen Handbücher, und kaufte davon 50 Dollar.

Tante Olga und Onkel Lucho kamen mit uns zum Flughafen. Die Nacht davor blieben Tante Julia und ich in ihrem Haus. Wir schliefen nicht, liebten uns auch nicht. Nach dem Abendessen zogen mein Onkel und meine Tante sich zurück, und ich setzte mich auf die Bettkante und sah Tante Julia zu, wie sie sorgfältig ihren Koffer packte. Dann setzten wir uns in den Salon, ohne Licht zu machen. Dort saßen wir drei oder vier Stunden ganz dicht beieinander in einem Sessel, die Hände ineinander verschränkt, und sprachen leise, um unsere Verwandten nicht zu wecken. Hin und wieder umarmten wir uns, drückten die Gesichter aneinander und küßten uns, aber die meiste Zeit rauchten wir oder sprachen davon, was wir machen würden, wenn wir wieder zusammen wären, wie sie mir bei meiner Arbeit helfen würde, wie wir auf die eine oder andere Weise doch früher oder später nach Paris kommen und in einer Mansarde wohnen würden, wo ich endlich Schriftsteller sein könnte. Ich erzählte ihr von ihrem Landsmann Pedro Camacho, daß er jetzt in einer Klinik zwischen Verrückten lebe und zweifellos selbst verrückt würde, und wir gelobten, uns jeden Tag zu schreiben, lange Briefe, in denen wir uns ausführlich alles erzählen würden, was wir taten, dachten und fühlten. Ich versprach, alles geregelt zu haben, bis sie zurückkam, und genug zu verdienen, damit wir nicht verhungerten. Als der Wecker um 5 Uhr klingelte, war es noch dunkel, und als wir eine Stunde später zum Flughafen Lima-Tambo kamen, wurde es gerade erst hell. Tante Julia trug das blaue Kostüm, das ich so sehr gern hatte, und sah sehr hübsch aus. Sie war gefaßt, als wir uns verabschiedeten, aber ich spürte, wie sie in meinen Armen zitterte; ich dagegen hatte, als ich sie von der Terrasse aus im ersten Morgengrauen in das Flugzeug steigen sah, einen Knoten im Hals, und Tränen traten mir in die Augen.

Ihr chilenisches Exil dauerte einen Monat und vierzehn Tage.

Das waren für mich sechs entscheidende Wochen, in denen ich (dank meiner Bemühungen bei Freunden, Bekannten, Kommilitonen, Professoren, die ich aufsuchte, bat, belästigte, denen ich auf die Nerven fiel, damit sie mir halfen) sieben verschiedene Arbeiten fand, eingeschlossen die von Radio Panamericana, versteht sich. Die erste war eine Beschäftigung in der Bibliothek des Club Nacional gleich neben dem Sender; ich mußte täglich zwischen den Morgennachrichten hingehen und die neuen Bücher und Zeitschriften registrieren und einen Katalog der alten Bestände aufstellen. Ein Geschichtsprofessor von San Marcos, in dessen Seminar ich überdurchschnittliche Noten hatte, verpflichtete mich als Assistent nachmittags zwischen 3 und 5 Uhr in seinem Haus in Miraflores, wo ich verschiedene Themen der Chronisten katalogisieren mußte für das Projekt einer Geschichte Perus, bei dem er für die Bände »Eroberung« und »Unabhängigkeit« zuständig war. Eine pittoreske Arbeit hatte ich bei der öffentlichen Wohlfahrt von Lima. Auf dem Friedhof Presbítero Maestro gab es eine Reihe von Abschnitten aus der Kolonialzeit, deren Register abhanden gekommen waren. Meine Aufgabe bestand darin, herauszufinden, was auf den Steinen jener Gräber stand, und eine Liste der Namen und Daten herzustellen. Das war eine Arbeit, die ich zu jeder Tageszeit verrichten konnte und die nach Akkord bezahlt wurde: 1 Sol pro Leiche. Ich ging abends hin, zwischen den 6-Uhr-Nachrichten und El Panamericano. Javier, der dann frei hatte, begleitete mich meistens. Da es Winter war und sehr früh dunkel wurde, lieh uns der Friedhofsdirektor, ein dicker Mann, der erzählte, er sei im Kongreß gewesen und habe die Machtergreifung von acht Präsidenten Perus miterlebt, ein paar Laternen und eine kleine Leiter, damit wir auch lesen konnten, was auf den Grabplatten der oberen Nischen stand. Manchmal, wenn wir uns im Spiel vorstellten, Stimmen, Klagelaute, Kettengerassel zu hören und weiße Figuren zwischen Gräbern zu sehen, bekamen wir tatsächlich Angst. Zwei- oder dreimal wöchentlich ging ich auf den Friedhof und widmete dieser Tätigkeit außerdem jeden Sonntagvormittag. Die anderen Arbeiten waren mehr oder weniger (eher weniger als mehr) literarischer Art. Für die Sonntagsbeilage für »El Comercio« machte ich jede Woche ein Interview mit einem Dichter, Romancier oder Essayisten, eine

Kolumne mit dem Titel »Der Mann und sein Werk«. Für die Zeitschrift »Cultura Peruana« schrieb ich monatlich einen Beitrag in einer Spalte, die ich erfunden hatte: »Männer, Bücher und Ideen«. Und schließlich gab ein befreundeter Professor mir den Auftrag, für die Bewerber der Universidad Católica (obwohl ich Student der Konkurrenz, San Marcos, war) einen Text über Bürgererziehung zu schreiben; jeden Montag mußte ich ein Thema für das Einführungsprogramm entwickelt haben (es waren sehr verschiedene Themen, ein Spektrum, das alles enthielt, angefangen bei den Symbolen des Vaterlandes über die Fauna und Flora bis zu der Polemik zwischen Indigenisten und Hispanisten).

Mit diesen Arbeiten (die mir ein wenig das Gefühl gaben, Pedro Camacho nachzueifern) gelang es mir, mein Einkommen zu verdreifachen und es soweit abzurunden, daß zwei Personen davon leben konnten. Bei allen bat ich um Vorschüsse, und so konnte ich meine Schreibmaschine wieder auslösen, die für meine journalistischen Arbeiten unentbehrlich war (obwohl ich viele Artikel in Panamericana schrieb), und auf diese Weise konnte Cousine Nancy auch ein paar Sachen kaufen, um das Apartment etwas aufzuputzen, das die Wirtin mir tatsächlich nach vierzehn Tagen überließ. War das ein glücklicher Morgen, als ich von diesen beiden Zimmerchen mit dem winzigen Bad Besitz nahm! Ich schlief weiter im Haus der Großeltern, denn ich hatte beschlossen, das Apartment an dem Tag einzuweihen, an dem Tante Julia wiederkam, aber ich ging fast jeden Abend hin, um dort Artikel zu schreiben und Totenlisten aufzustellen. Obwohl ich immer etwas zu tun hatte, immer von einem Platz zum anderen mußte, war ich weder müde noch niedergeschlagen, im Gegenteil, ich fühlte mich munter, und ich glaube, ich las sogar soviel wie früher (obgleich das nur in den zahllosen Omnibussen und Colectivos möglich war, die ich täglich benutzen mußte).

Ihrem Versprechen getreu, kam jeden Tag ein Brief von Tante Julia, und die Großmutter übergab ihn mir mit einem lustigen Augenzwinkern und flüsterte: »Von wem mag dieser Brief nur sein, von wem nur?« Ich schrieb ihr genauso oft, es war immer das letzte, was ich jeden Abend tat; manchmal schon schlaftrunken, erzählte ich ihr von meinem bewegten Tageslauf. An den Tagen nach ihrem Abflug traf ich bei den Großeltern, bei Onkel Lucho, bei Tante Olga, auf der Straße meine zahlreichen Verwandten und erfuhr ihre Reaktionen. Sie waren sehr verschieden und einige sogar unerwartet. Onkel Pedro reagierte am schärfsten: er erwiderte meinen Gruß nicht, und nachdem er mich eisig angesehen hatte, drehte er mir den Rücken zu. Tante Jesús vergoß ein paar Tränen und umarmte mich und flüsterte mir mit dramatischer Stimme ins Ohr: »Armes Kerlchen!« Andere taten so, als wäre nichts geschehen; sie waren freundlich zu mir, erwähnten Tante Julia jedoch nicht und verhielten sich so, als wüßten sie nichts von meiner Ehe.

Meinen Vater hatte ich nicht gesehen, aber ich wußte, daß er sich etwas beruhigt hatte, nachdem seine Forderung, daß Tante Julia das Land verlasse, erfüllt worden war. Meine Eltern wohnten bei einem Onkel väterlicherseits, den ich niemals besuchte, aber meine Mutter kam täglich in das Haus meiner Großeltern, und dort sahen wir uns. Sie hatte mir gegenüber eine ambivalente Haltung, sie war herzlich und mütterlich, aber jedesmal, wenn das Tabuthema indirekt oder direkt berührt wurde, erbleichte sie, Tränen stiegen ihr in die Augen, und sie versicherte: »Ich werde es nie akzeptieren.« Als ich ihr vorschlug, das Apartment anzusehen, wurde sie böse, als hätte ich sie beleidigt, und die Tatsache, daß ich meine Kleidung und meine Bücher verkauft hatte, betrachtete sie als griechische Tragödie. Ich brachte sie zum Schweigen, indem ich sagte: »Mamachen, fang nicht wieder mit deinem Hörspieldrama an.« Sie erwähnte meinen Vater nie, und ich fragte auch nicht nach ihm, aber von anderen Verwandten, die ihn sahen, erfuhr ich, daß seine Wut einer Art Hoffnungslosigkeit, was meine Zukunft anging, gewichen war und daß er zu sagen pflegte: »Er muß mir gehorchen, bis er einundzwanzig Jahre alt ist; dann mag er verkommen.«

Trotz meiner vielfältigen Tätigkeiten schrieb ich in diesen Wochen eine neue Erzählung. Sie hieß »Die Selige und Pater Nicolás«. Natürlich spielte sie in Grocio Prado und war antiklerikal: die Geschichte eines pfiffigen kleinen Priesters, der, als er die Verehrung des Volkes für die Melchorita entdeckt, beschließt, sie zu seinen Gunsten zu industrialisieren. Mit der Kaltschnäuzigkeit und dem Ehrgeiz eines tüchtigen Unterneh-

mers baut er ein vielseitiges Geschäft auf, indem er Heiligenbildchen, Skapuliere und alle Arten Reliquien der kleinen Seligen herstellt und verkauft, Eintrittsgeld für die Besichtigung der Plätze kassiert, wo sie gelebt hat, und Sammlungen und Tombolas veranstaltet, um für sie eine Kapelle zu errichten und die Kommission zu finanzieren, die ihre Kanonisierung in Rom erwirken soll. Ich schrieb dazu zwei verschiedene Epiloge mit Zeitungsmeldungen: in dem einen decken die Bewohner von Grocio Prado die Geschäfte von Pater Nicolás auf und lynchen ihn, und in dem anderen wird der kleine Priester Erzbischof von Lima. (Ich wollte mich für einen davon entscheiden, nachdem ich die Erzählung Tante Julia vorgelesen hätte.) Ich schrieb sie in der Bibliothek des Club Nacional, wo meine Arbeit, die Neuheiten zu katalogisieren, eher Symbolcharakter hatte.
Die Hörspielserien, die ich aus dem Archiv von Radio Central rettete (eine Arbeit, die mir 200 Sol extra einbrachte), wurden für die Sendungen eines Monats komprimiert, für die Zeit nämlich, bis die Vorlagen vom CMQ ankamen. Aber weder diese noch jene konnten, wie der fortschrittliche Unternehmer vorausgesehen hatte, die gigantische von Pedro Camacho eroberte Hörerschaft halten. Die Einschaltquoten fielen zurück, und die Preise für die Werbung mußten herabgesetzt werden, damit man keine Anzeigen verlor. Der Fall war für die Genaros jedoch nicht allzu schlimm; immer einfallsreich, immer dynamisch, fanden sie in dem Quizprogramm »Antworten Sie für 64 000 Sol« eine neue Goldgrube. Es wurde vom Kino Le Paris aus gesendet, und dort antworteten gelehrte Kandidaten verschiedener Gebiete (Autos, Sophokles, Fußball, Inkas) auf Fragen für Beträge, die bis zu dieser Summe gehen konnten. Über Genaro jun., mit dem ich (jetzt sehr selten) einen Kaffee im Bransa in der Colmena trank, verfolgte ich den Weg von Pedro Camacho. Er war einen Monat lang in der Privatklinik von Dr. Delgado gewesen, da das aber sehr teuer war, gelang es den Genaros, ihn ins Larco Herrera, das Irrenhaus der Öffentlichen Wohlfahrt, zu überweisen, wo man ihn, allem Anschein nach, für gut untergebracht hielt. An einem Sonntag, nachdem ich Gräber auf dem Friedhof Presbítero Maestro katalogisiert hatte, fuhr ich mit dem Autobus bis zum Larco Herrera, um ihn zu besuchen. Als Geschenk hatte ich ein paar Beutelchen Kamille und Pfef-

ferminze für ihn, damit er sich seinen Tee bereiten könnte. Aber in dem Augenblick, in dem ich mit den anderen Besuchern durch das Tor gehen wollte, beschloß ich, es zu lassen. Der Gedanke, den Schreiber an diesem von hohen Mauern umgebenen zweideutigen Ort wiederzusehen – im ersten Studiensemester hatten wir hier Praktika in Psychologie gemacht –, als einen aus diesem Heer von Verrückten, bedrückte mich sehr. Ich drehte um und kehrte nach Miraflores zurück.

An diesem Montag sagte ich meiner Mutter, ich wolle meinen Vater sprechen. Sie riet mir, vernünftig zu sein und nichts zu sagen, was ihn zornig machen oder dazu reizen könne, mir wehzutun, und gab mir die Telephonnummer des Hauses, wo sie wohnten. Mein Vater ließ mich wissen, daß er mich am nächsten Morgen um 11 Uhr empfangen wolle, dort, wo früher, bevor er in die Vereinigten Staaten ging, sein Büro gewesen war. Das war am Jirón Carabaya am Ende eines gekachelten Flures, von dem zu beiden Seiten Apartments und Büros abgingen. In der Im- und Exportfirma – ich erkannte einige Angestellte wieder, die mit ihm gearbeitet hatten – ließ man mich bis zum Zimmer des Geschäftsführers vor. Mein Vater war allein, er saß an seinem alten Schreibtisch. Er trug einen cremefarbenen Anzug und eine grüne Krawatte mit weißen Punkten; ich fand ihn schlanker als vor einem Jahr und etwas blaß.

»Guten Tag, Papa«, sagte ich von der Tür aus und gab mir große Mühe, daß meine Stimme fest klänge.

»Sag mir, was du zu sagen hast«, sagte er mehr neutral als zornig und deutete auf einen Stuhl.

Ich setzte mich auf die Kante und holte tief Luft wie ein Turner, der sich auf seine Übung vorbereitet. »Ich bin gekommen, um dir zu erzählen, was ich tue, was ich tun werde«, stotterte ich.

Er schwieg und wartete darauf, daß ich weiterspräche. Dann, sehr langsam, um gelassen zu erscheinen, und dabei stets seine Reaktionen beobachtend, beschrieb ich ihm vorsichtig die verschiedenen Arbeiten, die ich ergattert hatte, sagte, was ich bei jeder verdiente, wie ich meine Zeit eingeteilt hatte, um alle zu erledigen und außerdem noch meine Aufgaben zu machen, um die Examina an der Universität zu bestehen. Ich log nicht, präsentierte jedoch alles im vorteilhaftesten Licht: Ich hatte mein

Leben auf intelligente und ernsthafte Weise eingerichtet und war bestrebt, mein Studium zu beenden. Als ich schwieg, blieb auch mein Vater stumm und wartete auf die Schlußfolgerung. Also mußte ich es, mehrmals schluckend, selbst sagen:
»Du siehst, daß ich mir meinen Lebensunterhalt verdienen, mich ernähren und weiterstudieren kann.« Und dann, als ich spürte, daß meine Stimme so dünn wurde, daß man sie kaum noch hören konnte: »Ich bin gekommen, um dich um Erlaubnis zu bitten, Julia zurückzurufen. Wir haben geheiratet, und ich kann nicht weiter ohne sie leben.«
Er runzelte die Stirn, wurde noch blasser, und einen Augenblick dachte ich, er würde einen jener Wutanfälle bekommen, die der Albtraum meiner Kindheit gewesen waren. Aber er beschränkte sich darauf, mir trocken zu sagen:
»Du weißt, diese Ehe ist ungültig. Du kannst als Minderjähriger nicht ohne Erlaubnis heiraten. Das heißt, wenn du geheiratet hast, konntest du es nur, indem du die Erlaubnis oder deine Geburtsurkunde fälschtest. In beiden Fällen ist die Ehe leicht zu annullieren.«
Er erklärte mir, daß die Fälschung eines Dokuments etwas sehr Schlimmes sei, das vom Gesetz bestraft werde. Wenn jemand das zerbrochene Geschirr zu bezahlen hätte, dann sei nicht ich es, der Minderjährige, den die Richter als den Verführten betrachteten, sondern die Großjährige, die logischerweise als Verführerin angesehen werde. Nach dieser gesetzlichen Darlegung der Fakten, die er in eisigem Ton vortrug, sprach er lange mit mir und ließ nach und nach etwas Gefühl durchblicken. Daß ich glaube, er hasse mich, obwohl er in Wirklichkeit nur mein Bestes gewollt habe; wenn er sich hin und wieder streng gezeigt habe, so nur, um meine Fehler zu korrigieren und mich auf die Zukunft vorzubereiten. Meine Rebellion, mein Widerspruchsgeist würden mich noch ins Verderben stürzen. Diese Ehe bedeute, mir eine Schlinge um den Hals legen. Er habe sich widersetzt, weil er mein Bestes im Auge habe und nicht, wie ich dächte, um mir zu schaden, denn welcher Vater liebe nicht seinen Sohn? Außerdem verstehe er, daß ich mich verliebt hätte, das sei nichts Böses, eher ein Zeichen von Männlichkeit, viel schlimmer wäre es, zum Beispiel, wenn ich homosexuelle Neigungen hätte. Aber mit achtzehn Jahren, ein junger Bengel, ein

Student, eine richtige Frau heiraten, darüber hinaus noch eine geschiedene, sei ein unausdenkbarer Blödsinn, dessen Folgen ich erst viel später begreifen würde, wenn ich wegen dieser Ehe ein verbitterter Mann, ein armer Teufel geworden sei. Er wünsche mir das nicht, er wünsche ja nur das Beste und das Allergrößte für mich. Also sollte ich wenigstens versuchen, das Studium nicht abzubrechen, denn das würde ich immer bereuen. Er stand auf, und ich stand ebenfalls auf. Es folgte ein ungemütliches Schweigen, das vom Klappern der Schreibmaschine im Nebenzimmer unterstrichen wurde. Ich stammelte, ich verspräche ihm, das Studium zu beenden, und er nickte. Als wir uns verabschiedeten, umarmten wir uns nach einem Augenblick des Zögerns.

Von seinem Büro ging ich gleich zur Hauptpost und schickte ein Telegramm: »Amnestiert. Schicke Ticket so schnell wie möglich. Küsse.« Den Nachmittag verbrachte ich bei dem Historiker, auf dem Dach von Radio Panamericana, auf dem Friedhof und zerbrach mir den Kopf über die Art, wie ich das Geld zusammenbringen sollte. In dieser Nacht stellte ich eine Liste der Personen auf, die ich um Geld angehen könnte, und um wieviel. Aber am nächsten Tag erhielt ich bei den Großeltern ein Antworttelegramm: »Ankomme morgen, Flug LAN. Küsse.« Später erfuhr ich, daß sie, um das Ticket zu bezahlen, ihre Ringe, Ohrringe, Broschen, Armbänder und fast alle ihre Kleider verkauft hatte. So war sie, als ich sie am Donnerstagabend am Flughafen von Lima-Tambo empfing, eine bettelarme Frau.

Ich brachte sie sofort in unser Apartment, das von Cousine Nancy persönlich gewischt und gebohnert worden war. Eine rote Rose verschönte es mit einem »Herzlich willkommen.« Tante Julia sah sich alles an, als wäre es ein neues Spielzeug. Sie amüsierte sich über die wohlgeordnete Friedhofskartei, über meine Notizen zu den Artikeln für »Cultura Peruana«, die Liste der Schriftsteller, die für »El Comercio« interviewt werden sollten, und über meinen Arbeitsplan und die Aufstellung der Kosten, die ich vorbereitet hatte und auf der theoretisch bewiesen war, daß wir leben konnten. Ich sagte, daß ich ihr, nachdem wir uns geliebt hätten, eine Erzählung vorlesen würde, die »Die Selige und Pater Nicolás« heiße, und sie solle mir helfen, das Ende auszusuchen.

»Donnerwetter, Varguitas«, lachte sie, während sie sich rasch auszog. »Du wirst ein richtiger Mann. Jetzt versprich mir, daß du dir, damit alles perfekt ist und dein Milchgesicht verschwindet, einen Schnurrbart stehen läß.«

XX

Die Ehe mit Tante Julia war ein richtiger Erfolg und dauerte sehr viel länger, als alle Verwandten und sogar sie selbst gefürchtet, gewünscht oder vorausgesehen hatten, nämlich acht Jahre. In dieser Zeit wurden dank meiner Hartnäckigkeit und ihrer Hilfe und Begeisterung, zusammen mit einer Portion Glück, andere Voraussagen (Träume, Wünsche) Wirklichkeit. Wir lebten tatsächlich in der berühmten Mansarde in Paris, und ich war, recht und schlecht, ein Schriftsteller geworden, und hatte einige Bücher veröffentlicht. Ich hatte mein Jurastudium nicht beendet, dafür jedoch, um die Familie auf irgendeine Weise zu entschädigen und mir meinen Lebensunterhalt etwas leichter verdienen zu können, einen Titel in einer ebenso langweiligen akademischen Perversion wie Jura erworben, in Romanischer Philologie.

Als Tante Julia und ich uns scheiden ließen, flossen in meiner weitverzweigten Familie reichlich Tränen, denn alle (angefangen bei meiner Mutter und meinem Vater, versteht sich) liebten sie. Und als ich ein Jahr später wieder heiratete und dieses Mal meine Cousine (die Tochter von Tante Olga und Onkel Lucho, welch ein Zufall!), war der Familienskandal weniger geräuschvoll als das erste Mal (er bestand hauptsächlich aus einem gewaltigen Klatsch). Allerdings gab es eine perfekte Verschwörung, die mich zwingen sollte, mich kirchlich trauen zu lassen, in die selbst der Erzbischof von Lima verwickelt war (natürlich war er ein Verwandter von uns), der den Dispens, der die Trauung erlaubte, eilfertig unterschrieb. Daraufhin war die Familie davon geheilt, sich noch irgendwie schrecken zu lassen, und rechnete (was einer Entschuldigung im voraus entsprach) mit jeder Schandtat meinerseits.

Ein Jahr hatte ich mit Tante Julia in Spanien gelebt und fünf Jahre in Frankreich, und auch mit Cousine Patricia lebte ich wieder in Europa, zuerst in London und später in Barcelona. In dieser Zeit hatte ich einen Vertrag mit einer Zeitschrift in Lima: ich schickte Artikel, und man bezahlte mir die Arbeit mit Flugtickets, die es mir erlaubten, jedes Jahr für ein paar Wochen nach Peru zu fahren. Diese Reisen, dank deren ich meine Familie und meine Freunde sah, waren sehr wichtig für mich. Aus verschiedenen Gründen wollte ich für immer in Europa leben, vor allem, weil ich dort immer als Journalist, Übersetzer, Radiosprecher oder Lehrer Arbeit fand, die mir freie Zeit ließ. Als ich zum ersten Mal nach Madrid kam, hatte ich Tante Julia gesagt: »Ich will versuchen, Schriftsteller zu werden, und werde nur Arbeiten annehmen, die mich nicht von der Literatur fernhalten.« Sie antwortete darauf: »Soll ich meinen Rock raffen, einen Turban aufsetzen, auf die Gran Via gehen und anschaffen?« Ob ich Spanisch in der Berlitz School in Paris gab, Nachrichten für Agence France Presse machte, für die Unesco übersetzte, Filme in den Studios von Génévilliers synchronisierte oder Programme für Radio Télévision Française machte, immer hatte ich einträgliche Tätigkeiten, die mir wenigstens den halben Tag allein zum Schreiben freiließen. Das Problem war, daß sich alles, was ich schrieb, auf Peru bezog. Das machte mich immer unsicherer, weil ich die Perspektive verlor (ich hatte den Hang zur »realistischen« Fiktion). Aber der Gedanke, in Lima zu leben, war mir unvorstellbar. Die Erinnerung an meine sieben Brotberufe in Lima, die uns gerade erlaubten zu leben, aber kaum zu lesen, und bei denen ich nur verstohlen in kleinen Pausen, die mir blieben, schreiben konnte und nur, wenn ich schon müde war, ließen mir die Haare zu Berge stehen, und ich schwor mir, niemals, nicht einmal im Traum, in diesen Zwang zurückzukehren. Außerdem war mir Peru immer wie ein Land mit traurigen Menschen vorgekommen.

Darum war der Vertrag, den wir zuerst mit der Zeitung »Expreso« und dann mit der Zeitschrift »Caretas« abschlossen, nämlich Artikel gegen zwei Flugtickets pro Jahr, wie von der Vorsehung erdacht. Der Monat, den wir jedes Jahr, gewöhnlich im Winter (Juli oder August), in Peru verbrachten, erlaubte es mir, mich in das Ambiente, die Landschaften, die Wesen zu versenken, über die ich die vergangenen elf Monate zu schreiben versucht hatte. Es war für mich außerordentlich nützlich, ein Energiestoß (ich weiß nicht, ob tatsächlich, aber ohne jeden Zweifel psychologisch), wieder Peruanisch zu hören, um mich herum wieder den Sprüchen, dem Wortschatz, der Intonation zu lauschen, die mich in eine Umgebung versetzten, der ich mich zuinnerst verbunden fühlte, von der ich mich aber entfernt hatte, deren Neuerungen, Untertöne, Schlüsselwörter mir jedes Jahr verlorengingen.

Die Besuche in Lima waren darum Ferien, in denen ich genau genommen keinen Augenblick ausruhte und von denen ich erschöpft nach Europa zurückkehrte. Allein mit meiner üppigen Verwandtschaft und den zahlreichen Freunden hatten wir täglich Einladungen zum Mittag- und zum Abendessen, und die übrige Zeit nahmen meine dokumentarischen Nachforschungen ein. So machte ich einmal eine Reise in die Gegend des Alto Marañón, um eine Welt, die die Szenerie eines Romans abgab, den ich gerade schrieb, aus der Nähe zu sehen, zu hören und zu spüren; in einem anderen Jahr machte ich, von diensteifrigen Freunden begleitet, eine systematische Forschungsreise durch das Nachtleben: Kabaretts, Bars, Bordelle, in denen das elende Leben des Helden einer anderen Geschichte spielte. Die Arbeit mit dem Vergnügen verbindend – denn die »Recherchen« waren niemals Zwänge oder waren es nur auf eine sehr vitale Weise, Tätigkeiten, die mich um ihrer selbst willen amüsierten und nicht wegen des literarischen Gewinns, den ich daraus ziehen konnte –, unternahm ich auf diesen Reisen Dinge, die ich nie gemacht hatte, als ich in Lima lebte, und die ich jetzt, da ich wieder in Peru lebe, auch nicht tue. Zum Beispiel zu kreolischen Festen gehen oder zu Volkstänzen in den Vergnügungszelten, durch die Armenviertel in den Außenbezirken gehen, durch Gegenden, die ich nur schlecht oder gar nicht kannte, wie Callao, Bajo el Puente und Barrios Altos, bei Pferderennen wetten und in den Katakomben der Kirchen der Kolonialzeit und dem (vermutlichen) Haus der Perricholi herumstöbern.

In jenem Jahr hingegen widmete ich mich mehr einer Art Bücherforschung, ich schrieb einen Roman, der in der Zeit von General Manuel Apolinario Odría (1948-1956) spielte, und in meinem Ferienmonat in Lima ging ich ein paar Vormittage pro Woche in das Zeitungsarchiv der Nationalbibliothek, um in den Zeitschriften und Zeitungen jener Jahre zu blättern und mit etwas Masochismus sogar einige der Reden zu lesen, die seine Assistenten (alles Anwälte, der juristischen Rhetorik nach zu urteilen) für den Diktator geschrieben hatten. Wenn ich aus der Nationalbibliothek kam, so gegen Mittag, ging ich zu Fuß die Avenida Abancay hinunter, die sich in einen gewaltigen Markt von fliegenden Händlern verwandelt hatte. Auf den Gehsteigen hatte eine wimmelnde Menge von Männern und Frauen, viele von ihnen mit Ponchos und Bauernröcken, vor sich auf dem Boden Decken und Zeitungen ausgebreitet oder aus Kartons, Dosen und Leinentuch Stände improvisiert, wo sie alle nur denkbaren Dinge verkauften, von der Nähnadel und der Brosche bis zu Kleidern und Anzügen und natürlich alle möglichen Gerichte, die dort auf kleinen Feuerstellen zubereitet wurden. Diese Avenida Abancay war einer der Plätze in Lima, die sich am stärksten verändert hatten. Sie war jetzt belebt und sah beinahe indianisch aus, nicht selten konnte man in dem starken Geruch von siedendem Öl und Gewürzen Quechua sprechen hören. Sie glich in nichts mehr der breiten, ernsten Allee mit den Büroangestellten und dem einen oder anderen Bettler, durch die ich zehn Jahre zuvor, als ich noch ein kleiner Student war, zur Nationalbibliothek zu gehen pflegte. Hier, in diesem Stück Lima, konnte man das Problem der Abwanderung der Landbevölkerung in die Stadt in aller Schärfe sehen und geradezu berühren. Die Bevölkerung von Lima hatte sich in diesen zehn Jahren verdoppelt, und auf den Hügeln, den Sandflächen und Müllhalden entstand dieser Kranz von Elendsvierteln, wo Tausende und Abertausende von Menschen landeten, die wegen der Dürren, der harten Arbeitsbedingungen, wegen des Hungers und weil ihnen jede Zukunftsperspektive fehlte, die Provinz verließen.

Während ich dieses neue Gesicht der Stadt kennenlernte, ging ich die Avenida Abancay hinunter in Richtung Parque Universitario und das, was früher die Universität von San Marcos gewesen war (die Fakultäten waren in die Vororte von Lima gezogen, und das Gebäude, in dem ich Literatur und Jura studiert hatte, beherbergte jetzt ein Museum und Büros). Ich tat das nicht nur aus Neugier und aus einer gewissen Nostalgie, sondern auch aus literarischem Interesse, denn in dem Roman, an dem ich arbeitete, spielten einige Episoden im Parque Universitario, in dem Gebäude von San Marcos und in den antiquarischen Buchhandlungen, den Billardstuben und elenden Cafés rundherum. Ausgerechnet an jenem Morgen stand ich wie ein Tourist vor der hübschen Capilla de los Próceres und beobachtete die Händler – Schuhputzer, Leute, die Gewürzkuchen, Eis, Sandwiches verkauften –, als mich jemand beim Arm nahm. Es war – zwölf Jahre älter, aber immer noch der alte – der Große Pablito.

Wir umarmten uns kräftig. Er hatte sich wirklich nicht verändert: er war immer noch derselbe stämmige und fröhliche Cholo mit der asthmatischen Atmung, der die Füße beim Gehen kaum vom Boden hob und durchs Leben zu schlurfen schien. Er hatte kein einziges graues Haar, obwohl er bestimmt fast sechzig Jahre alt sein mußte, und sein Haar war mit Pomade eingeschmiert und sorgfältig, wie bei einem Argentinier aus den vierziger Jahren, glatt an den Kopf geklebt. Aber jetzt war er sehr viel besser gekleidet als zu der Zeit, als er (theoretisch) Journalist von Radio Panamericano war. Er trug einen grünkarierten Anzug, eine leuchtende Krawatte (es war das erste Mal, daß ich ihn mit einer Krawatte sah) und blankgeputzte Schuhe. Ich freute mich so sehr, ihn zu sehen, daß ich ihm vorschlug, zusammen einen Kaffee trinken zu gehen. Er nahm an, und wir saßen schließlich an einem Tisch im Palermo, einem kleinen Bar-Restaurant, das auch zu meinen Erinnerungen aus den Universitätsjahren gehörte. Ich sagte, daß ich ihn nicht zu fragen brauche, wie das Leben mit ihm umgesprungen sei, denn es genüge, ihn zu sehen, und man wisse, daß es ihm gut gehe. Er lächelte zufrieden – am Zeigefinger trug er einen goldenen Ring mit einem Inkamuster:

»Ich kann mich nicht beklagen«, nickte er. »Nach all der Schinderei hat sich mein Stern im Alter gewendet, aber erlauben Sie mir, als erstes ein Bier zu trinken auf die große Freude, Sie wiederzusehen.« Er rief den Kellner, bestellte ein gut gekühltes Pils und lachte auf, was seinen üblichen Asthmaanfall provozierte. »Man sagt, wer heiratet, geht vor die Hunde. Bei mir war es umgekehrt.«

Während wir unser Bier tranken, erzählte der Große Pablito mit den Pausen, die seine Bronchien von ihm forderten, daß die Genaros ihn, als das Fernsehen nach Peru kam, zum Portier mit granatfarbener Uniform und Mütze in dem Gebäude machten, das sie in der Avenida Arequipa für den Kanal 5 gebaut hatten.

»Vom Journalisten zum Portier, das sieht aus wie eine Degradierung.« Er hob die Schultern. »Und das war es auch, von der

Berufsbezeichnung her gesehen. Aber kann man die vielleicht essen? Sie erhöhten mir das Gehalt, und das war das Allerwichtigste.«
Als Portier hatte er keine aufreibende Arbeit: man mußte die Besucher anmelden, ihnen erklären, wo die verschiedenen Abteilungen des Senders lagen, den Andrang bei den öffentlichen Sendungen regulieren. Die übrige Zeit verbrachte er damit, mit dem Polizisten an der Ecke über Fußball zu diskutieren. Aber im Laufe der Monate – er schnalzte mit der Zunge, als suche er den Nachgeschmack einer angenehmen Erinnerung – gehörte es schließlich zu seiner Arbeit, jeden Mittag diese Käse- und Fleischpastetchen kaufen zu gehen, die man im Berisso machte, der Kneipe in Arinales, ein paar Blocks von Kanal 5 entfernt. Die Genaros liebten sie und auch die Angestellten, Schauspieler, Sprecher und Kameraleute, denen der Große Pablito auch Pastetchen kaufen ging, womit er sich ein gutes Trinkgeld verdiente. Auf diesen Gängen vom Sender zum Berisso (seine Uniform hatte ihm bei den Kindern des Viertels den Spitznamen Feuerwehrmann eingebracht) lernte der Große Pablito seine zukünftige Frau kennen. Sie war es, die jene knusprigen Köstlichkeiten herstellte, die Köchin vom Berisso.
»Meine Uniform und mein Generalskäppi haben sie beeindruckt; sie sah mich und war hin«, er lachte, erstickte fast, trank sein Bier, holte mühsam Luft und fuhr fort. »Eine Dunkle, ganz große Klasse. Zwanzig Jahre jünger als der, der vor Ihnen sitzt, einen Busen, in den keine Kugel eindringt, das sage ich Ihnen, Don Mario.«
Er hatte sie angesprochen und ihr Komplimente gemacht, sie hatte gelacht und schließlich waren sie zusammen ausgegangen. Sie hatten sich verliebt und eine Romanze wie im Film erlebt. Die kleine Dunkle war tatkräftig, unternehmungslustig und hatte den Kopf voller Pläne. Sie war auf die Idee gekommen, ein Restaurant zu eröffnen. Und als der Große Pablito fragte: »Und womit?«, antwortete sie, mit dem Geld, das man ihnen als Abfindung geben werde. Und obwohl es ihm verrückt vorkam, das Sichere für das Unsichere aufzugeben, setzte sie ihren Willen durch. Die Abfindungen reichten für ein armseliges Lokal am Jirón Paruro, und sie mußten sich überall Geld leihen für die Tische und den Herd. Er selbst strich die Wände und malte den

Namen über die Tür: El Pavo Real. Im ersten Jahr verdienten sie gerade genug, um überleben zu können, und die Arbeit war überaus hart gewesen. Sie standen bei Tagesanbruch auf, um auf den Markt La Parada zu gehen, die besten Zutaten zu den niedrigsten Preisen zu erstehen, und alles machten sie allein: sie kochte, und er bediente und kassierte, und danach machten sie gemeinsam Ordnung. Sie schliefen auf Matratzen, die sie zwischen die Tische legten, wenn das Lokal geschlossen war. Aber vom zweiten Jahr an wuchs die Kundschaft, und zwar so sehr, daß sie eine Hilfskraft für die Küche und einen Kellner einstellen mußten, und schließlich schickten sie sogar Kunden fort, weil sie nicht mehr ins Lokal paßten. Und dann kam diese kleine Dunkle auf die Idee, das Nebenhaus zu mieten, das dreimal so groß war. Sie taten es und bereuten es nicht. Jetzt hatten sie sogar die zweite Etage ausgebaut und besaßen ein Häuschen gegenüber dem Pavo Real. Da sie so gut miteinander auskamen, heirateten sie.

Ich beglückwünschte ihn und fragte ihn, ob er kochen gelernt habe.

»Ich habe eine Idee«, sagte plötzlich der Große Pablito. »Wir holen Pascual ab und essen dann bei mir. Erlauben Sie mir, Ihnen dieses Festmahl zu bereiten, Don Mario.«

Ich nahm an, weil ich Einladungen nie ablehnen konnte und auch weil ich neugierig war, Pascual wiederzusehen. Der Große Pablito erzählte mir, daß er eine Boulevardzeitschrift leite, daß er sich auch herausgemacht habe. Sie sahen sich oft, Pascual sei Stammgast im Pavo Real.

Die Zeitschrift »Extra« hatte ihr Lokal ziemlich weit entfernt in einer Querstraße der Avenida Arica, in Breña. Wir fuhren in einem Autobus dorthin, den es zu meiner Zeit noch nicht gegeben hatte. Wir mußten mehrmals hin und her laufen, weil der Große Pablito die Adresse nicht mehr genau wußte. Schließlich fanden wir sie in einer abgelegenen Gasse hinter dem Kino Fantasía. Schon von außen sah man, daß »Extra« nicht im Wohlstand schwamm. Da waren zwei Garagentüren, und dazwischen hing unsicher an einem einzigen Nagel ein Schild, das den Namen der Wochenzeitschrift verkündete. Innen entdeckte man, daß die beiden Garagen durch einen einfachen Durchbruch in der Wand miteinander verbunden waren, als hätte der

Maurer seine Arbeit mittendrin liegengelassen. Die Öffnung wurde von einem Wandschirm aus Pappe verdeckt, der wie die öffentlichen Toiletten mit unanständigen Wörtern und Zeichnungen beschmiert war. An den Wänden der Garage, in die wir eintraten, hingen zwischen Feuchtigkeits- und Schmutzflecken Fotos, Plakate und Titelblätter von »Extra«. Man erkannte Gesichter von Fußballspielern, Sängern und, ganz offensichtlich, von Delinquenten und Opfern. Jedes Titelblatt trug reißerische Überschriften, und ich konnte Sätze lesen wie: »Mutter getötet, um Tochter zu heiraten« und »Polizei überrascht Maskenball. Alles Männer!« Dieser Raum schien als Redaktion, Fotowerkstatt und Archiv zu dienen. So viele Dinge hatten sich hier angesammelt, daß es schwierig war, sich einen Weg hindurch zu bahnen. Schreibmaschinentische, an denen zwei Burschen eilig tippten; Stapel von Remittenden-Exemplaren der Zeitschrift, die ein kleiner Junge ordnete und in Pakete zusammenschnürte; in einer Ecke ein offener Kleiderschrank voller Negative, Fotos, Klischeeplatten, und hinter einem Tisch, dessen eines Bein durch Ziegelsteine ersetzt worden war, saß ein Mädchen mit rotem Pullover und trug Rechnungsbeträge in ein Kassenbuch ein. Alles in diesem Raum, Gegenstände wie Personen, wirkte äußerst beengt. Niemand hielt uns an oder fragte uns, was wir wollten, und niemand erwiderte unseren Gruß.

Auf der anderen Seite des Wandschirms standen vor ebenfalls mit sensationslüsternen Titelblättern beklebten Wänden drei Schreibtische, auf denen ein mit Tinte beschriebenes Schildchen die Funktion des jeweiligen Besitzers spezifizierte: Herausgeber, Chefredakteur, Verwaltung. Als sie uns in den Raum treten sahen, hoben zwei über Andruckexemplare gebeugte Personen den Kopf. Einer von ihnen stand, es war Pascual.

Wir umarmten uns kräftig. Er hatte sich sehr verändert; er war dick, hatte einen Bauch und ein Doppelkinn, und etwas in seinem Gesichtsausdruck ließ ihn beinahe alt erscheinen. Er hatte sich einen seltsamen, beinahe hitlerähnlichen Schnurrbart wachsen lassen, der schon grau wurde. Auf alle nur mögliche Weise zeigte er mir seine Zuneigung, und als er lächelte, sah ich, daß er Zähne verloren hatte. Nach der Begrüßungszeremonie stellte er mir die andere Person vor, einen dunkelhaarigen Mann mit senffarbenem Hemd, der an seinem Schreibtisch sitzen

blieb: »Der Herausgeber von ›Extra‹«, sagte Pascual. »Dr. Rebagliati.«
»Beinahe wäre ich ins Fettnäpfchen getreten, der Große Pablito hat mir gesagt, du wärest der Herausgeber«, erzählte ich und gab Dr. Rebagliati die Hand.
»Wir sind heruntergekommen, aber doch noch nicht so weit«, meinte er. »Setzen Sie sich, setzen Sie sich.«
»Ich bin der Chefredakteur«, erklärte Pascual. »Das ist mein Schreibtisch.«
Der Große Pablito sagte, daß wir gekommen seien, um ihn abzuholen, um im Pavo Real zu Mittag zu essen und von alten Zeiten bei Panamericana zu sprechen. Er fand die Idee großartig, aber wir müßten ein paar Minuten auf ihn warten, weil er diese Seiten wieder in die Druckerei bringen müsse, es sei sehr dringend, sie hätten Redaktionsschluß. Er ging und ließ uns verdutzt und allein mit Dr. Rebagliati zurück. Als dieser hörte, daß ich in Europa lebte, fraß er mich mit Fragen beinahe auf. Waren die Französinnen wirklich so leicht herumzukriegen, wie man sagte? Waren sie wirklich so erfahren und hemmungslos im Bett? Er erwartete von mir Statistiken, vergleichende Tabellen über die europäischen Frauen. Stimmte es, daß sie in jedem Land ihre ganz speziellen Angewohnheiten hatten? Er, zum Beispiel, (der Große Pablito hörte ihm zu und verdrehte beglückt die Augen) habe von Leuten, die viel gereist seien, hochinteressante Sachen gehört. Stimmte es, daß die Italienerinnen einen Hang zum Flötensolo hätten? Daß die Pariserinnen niemals befriedigt waren, wenn man sie nicht von hinten bombardierte? Daß die nordischen Frauen sich sogar an ihre Väter heranmachten? Ich antwortete, so gut ich konnte, auf den Wortschwall von Dr. Rebagliati, durch den eine lüsterne Spannung im Raum entstand, und ich bedauerte es immer mehr, daß ich mich zu diesem Mittagessen hatte verleiten lassen, das sicherlich Gott weiß wie lange dauern würde. Der Große Pablito lachte erstaunt und sehr erregt über die erotisch-soziologischen Enthüllungen des Herausgebers. Als dessen Neugier mich ganz ausgezehrt hatte, bat ich, das Telephon benutzen zu dürfen. Er zog ein sarkastisches Gesicht:
»Das ist seit einer Woche gesperrt, weil wir die Rechnung nicht bezahlt haben«, sagte er mit aggressiver Ehrlichkeit. »Denn so,

wie Sie uns hier sehen, geht diese Zeitschrift zugrunde, und alle Schwachköpfe, die wir hier arbeiten, mit ihr.«

Und mit masochistischem Vergnügen erzählte er mir sofort, daß »Extra« in der Zeit von Odría unter sehr guten Voraussetzungen geboren worden war; das Regime gab Anzeigen und unter der Hand Geld, damit die Zeitschrift bestimmte Leute angreife und andere verteidige. Außerdem war sie eine der wenigen erlaubten Zeitschriften gewesen und verkaufte sich wie frische Semmeln. Aber als Odría ging, begann ein schrecklicher Konkurrenzkampf, und sie ging langsam kaputt. So hatte er sie übernommen, schon als Kadaver. Er hatte sie wieder hochgebracht, hatte die Linie geändert und sie zu einem Boulevardblatt gemacht. Trotz der Schulden, die man mitsichschleppte, ging alles eine Zeitlang gut. Aber im letzten Jahr, mit dem Anstieg der Papierpreise und der Druckkosten und mit der Kampagne, die ihre Feinde gegen sie anzettelten, und dem Entzug von Anzeigen, war es den Bach hinunter gegangen. Außerdem hatten sie Prozesse verloren gegen Schweine, die sie wegen Diffamierung verklagt hatten. Erschrocken hatten jetzt die Besitzer alle Aktien an die Redakteure verschenkt, um das zerbrochene Geschirr nicht bezahlen zu müssen, wenn sie Pleite machten, und das würde nicht mehr lange auf sich warten lassen, denn in den letzten Wochen sei die Lage schon tragisch: sie hatten kein Geld mehr für die Gehälter, die Leute nahmen Schreibmaschinen mit, verkauften Schreibtische, stahlen alles, was irgendeinen Wert hatte, um dem Zusammenbruch zuvorzukommen.

»Das dauert keinen Monat mehr, mein Freund«, wiederholte er und schnaubte dabei mit einer Art glücklichem Mißvergnügen. »Wir sind schon Kadaver, riechen Sie die Fäulnis nicht?«

Gerade wollte ich sagen, man rieche sie tatsächlich, als eine spindeldürre Figur, die den Wandschirm nicht beiseitezuschieben brauchte, um durch die Öffnung hereinzukommen, das Gespräch unterbrach. Sie trug einen etwas lächerlichen deutschen Haarschnitt, war wie ein Landstreicher angezogen, mit einem bläulichen Overall, einem geflickten Hemd und einem grauen Pullover, der viel zu eng war. Das Ungewöhnlichste an der Figur waren die Schuhe: ein Paar rötliche Turnschuhe, die so alt waren, daß einer mit einer Schnur um den Fuß gebunden war, als wäre die Sohle lose oder fiele ab. Kaum bemerkte Dr. Rebagliati die Figur, schimpfte er los:

»Wenn Sie glauben, Sie könnten sich weiter über mich lustig machen, irren Sie sich«, sagte er und ging in so drohender Haltung auf sie zu, daß das Skelett zur Seite hüpfte. »Sollten Sie nicht gestern abend die Ankunft des Monsters von Ayacucho bringen?«

»Das habe ich, Herr Direktor, ich war hier mit allen erforderlichen Daten, eine halbe Stunde nachdem die Patrouille das Opfer der Gewalttat in der Präfektur auslud«, deklamierte das Männchen.

Meine Überraschung war so groß, daß ich ein sehr dämliches Gesicht gemacht haben muß. Die perfekte Diktion, das warme Timbre, die ausgesuchten Worte »erforderliche Daten« und »Opfer der Gewalttat« konnten nur von ihm stammen. Aber wie sollte man den bolivianischen Schreiber in dieser Gestalt und diesem Aufzug einer Vogelscheuche wiedererkennen, die Dr. Rebagliati gerade herunterputzte?

»Lügen Sie nicht, haben Sie wenigstens den Mut, Ihre Fehler zuzugeben. Sie haben das Material nicht gebracht, und Melcochita konnte seine Chronik nicht fertigschreiben, und der Bericht wird nur unvollständig herauskommen, und ich kann unvollständige Chroniken nicht ausstehen, das ist schlechter Journalismus.«

»Ich habe sie gebracht«, antwortete Pedro Camacho wohlerzogen und ängstlich. »Die Zeitschrift war geschlossen. Es war genau viertel nach elf. Ich habe einen Passanten gefragt, Herr Direktor, und dann, weil mir die Bedeutung der Daten bekannt war, habe ich mich zur Wohnung von Melcochita begeben. Bis 2 Uhr morgens habe ich vor dem Haus gewartet, aber er ist nicht zum Schlafen erschienen. Es ist nicht meine Schuld, Herr Direktor. Die Patrouille, die das Monster brachte, war auf einen Erdrutsch gestoßen und kam um 11 Uhr statt um 9 Uhr an. Bezichtigen Sie mich nicht der Unzuverlässigkeit. Für mich steht die Zeitschrift an erster Stelle, noch vor meiner Gesundheit.«

Nicht ohne Mühe gelang es mir nach und nach, das, was mir von Pedro Camacho in Erinnerung war, mit dem, was ich sah, in Verbindung und in Einklang zu bringen. Die hervorstehenden Augen waren die gleichen, sie hatten aber ihren Fanatismus, die obsessive Überspanntheit verloren. Jetzt war ihr Glanz schwach, matt, flüchtig und verängstigt. Auch die Gesten und Bewegungen, die Art, beim Sprechen zu agieren, diese unnatürlichen Bewegungen des Armes und der Hand, die an einen Marktschreier erinnerten, waren wie früher, genau wie diese unvergleichliche, wohlklingende und einschmeichelnde Stimme.

»Das kommt, weil Sie so geizig sind und weder einen Autobus noch ein Colectivo nehmen; darum kommen Sie immer und überall zu spät; so läuft der Hase«, bellte, außer sich, Dr. Rebagliati. »Seien Sie nicht so knauserig, verdammt noch mal, geben Sie die paar Groschen aus, die der Bus kostet, und kommen Sie rechtzeitig an, wo Sie hin sollen.«

Aber die Unterschiede waren größer als die Ähnlichkeiten. Die Hauptveränderung lag im Haarschnitt; dadurch, daß die Mähne, die ihm bis auf die Schultern gereicht hatte, zu einer Bürste gestutzt war, wirkte sein Gesicht eckiger, kleiner und hatte an Charakter und Persönlichkeit verloren. Außerdem schien er noch dünner zu sein, er sah aus wie ein Fakir, fast wie ein Gespenst. Aber vielleicht war seine Kleidung schuld daran, daß ich ihn im ersten Augenblick nicht erkannte. Früher hatte ich ihn nur in Schwarz gesehen, in seinem düsteren und blankgetragenen Anzug mit dem Krawattenband, die untrennbar zu seiner Person gehörten. Jetzt, mit diesem Arbeiteroverall, dem geflickten Hemd, den zusammengebundenen Schuhen, sah er aus wie eine Karikatur der Karikatur, die er vor zwölf Jahren gewesen war.

»Ich versichere Ihnen, es ist nicht so, wie Sie denken, Herr Direktor«, verteidigte er sich mit großer Überzeugungskraft. »Ich habe Ihnen gezeigt, daß ich überall sehr viel schneller zu Fuß hinkomme als in diesen stinkenden Kutschen. Nicht aus Knauserigkeit gehe ich zu Fuß, sondern um meine Pflicht sorgfältig erfüllen zu können. Oft renne ich sogar, Herr Direktor.«

Auch darin war er noch ganz der alte, in dieser absoluten Humorlosigkeit. Er sprach ohne die geringste Spur von Spott, Witz oder gar Gefühl, in automatischer, unpersönlicher Weise, obwohl das, was er jetzt sagte, damals aus seinem Mund undenkbar gewesen wäre.

»Lassen Sie den Blödsinn und Ihre Ticks, ich bin zu alt, als daß man sich über mich lustig machen könnte.« Dr. Rebagliati wandte sich zu uns und brauchte einen Zeugen. »Haben Sie schon einmal etwas so Verrücktes gehört? Daß jemand die Polizeireviere von Lima schneller zu Fuß ablaufen kann als im Bus? Und dieser Herr will, daß ich den Quatsch schlucke.« Er wandte sich wieder an den bolivianischen Schreiber, der den Blick von ihm nicht einmal gewandt hatte, um uns auch nur aus dem Augenwinkel anzusehen: »Ich brauche Sie wohl nicht daran zu erinnern, denn ich kann mir vorstellen, Sie denken jedes Mal, wenn Sie vor einem gefüllten Teller sitzen, daran, daß man Ihnen hier einen großen Gefallen tut, wenn man Ihnen Arbeit gibt, obwohl wir in einer so üblen Situation sind, daß wir Redakteure entlassen müßten, ganz abgesehen von Zuträgern. Seien Sie dankbar dafür und erfüllen Sie wenigstens Ihre Pflicht.«

In diesem Augenblick kam Pascual und sagte vom Wandschirm her: »Alles fertig, die Nummer ist in Druck«, und entschuldigte sich, weil er uns hatte warten lassen. Ich ging zu Pedro Camacho, als er hinausgehen wollte:

»Wie geht es Ihnen, Pedro«, sagte ich und reichte ihm die Hand. »Erinnern Sie sich nicht mehr an mich?«

Er sah mich von oben bis unten an, schloß dabei halb die Augen und reckte das Gesicht vor, überrascht, als sähe er mich zum ersten Mal in seinem Leben. Endlich gab er mir die Hand mit einem trockenen und zeremoniellen Gruß, und während er seine charakteristische Verbeugung machte, sagte er:

»Angenehm, Pedro Camacho, ein Freund.«

»Aber, das ist doch nicht möglich«, sagte ich und war sehr verwirrt. »Bin ich so alt geworden?«

»Spiel nicht den Vergeßlichen«, Pascual schlug ihm auf die Schulter, daß er stolperte. »Erinnerst du dich auch nicht mehr, daß du ständig mit ihm im Bransa deinen Kaffee getrunken hast?«

»Schon eher Kamille mit Pfefferminze«, scherzte ich und prüfte das aufmerksame und gleichzeitig unbeteiligte Gesicht von Pedro Camacho auf irgendein Zeichen hin. Er nickte (ich sah seinen fast kahl geschorenen Schädel) und brachte ein sehr kurzes, höfliches Lächeln hervor, das seine Zähne freilegte:

»Sehr zu empfehlen für den Magen, für gute Verdauung, und außerdem verbrennt es das Fett«, sagte er. Und als ob er eine Konzession machen wollte, um uns loszuwerden: »Ja, es ist möglich, ich leugne es nicht. Wir könnten uns kennen, sicher.« Und wiederholte: »Angenehm.«

Der Große Pablito war auch herangekommen und legte ihm mit einer väterlichen und spöttischen Geste den Arm um die Schulter. Während er ihn halb herzlich, halb verächtlich schüttelte, wandte er sich an mich:

»Pedrito möchte sich hier nämlich nicht an die Zeit erinnern, in der er jemand war, jetzt, wo er das letzte Rad am Wagen ist.« Pascual lachte, der Große Pablito lachte, ich tat, als lachte ich, und selbst Pedro Camacho brachte so etwas wie ein Lächeln hervor. »Er tut sogar so, als erinnerte er sich nicht einmal an Pascual oder an mich.« Er fuhr ihm mit der Hand über sein kurzes Haar, als streichelte er einen Hund. »Wir wollen zusammen Mittag essen, um uns an die Zeiten zu erinnern, in denen du König warst: Du hast es geschafft, Pedrito, heute bekommst du ein warmes Essen. Du bist eingeladen!«

»Ich danke Ihnen sehr, Kollegen«, sagte Camacho sofort und machte seine rituelle Verbeugung. »Aber es ist mir nicht möglich, Sie zu begleiten. Meine Gattin erwartet mich. Sie würde sich Sorgen machen, wenn ich nicht zum Mittagessen käme.«

»Sie hat dich unter dem Pantoffel, du bist ihr Sklave, eine Schande ist das.« Der Große Pablito schüttelte ihn.

»Sie haben geheiratet?« sagte ich überrascht, denn ich konnte es nicht fassen, daß Pedro Camacho ein Heim haben könnte, eine Frau, Kinder ... »Donnerwetter, herzlichen Glückwunsch, ich hielt Sie für einen eingefleischten Junggesellen.«

»Wir haben unsere Silberhochzeit gefeiert«, erwiderte er mir in seinem präzisen, aseptischen Ton. »Eine großartige Gattin, Herr. Aufopfernd und gut wie niemand sonst. Wir lebten getrennt, Umstände, die das Leben mit sich bringt. Aber als ich Hilfe brauchte, kam sie zurück, um mich zu unterstützen. Eine großartige Frau, das sage ich Ihnen. Eine Künstlerin, eine ausländische Künstlerin.«

Ich sah, wie der Große Pablito, Pascual und Dr. Rebagliati sich spöttische Blicke zuwarfen, aber Pedro Camacho tat, als bemerkte er nichts. Nach einer Pause fügte er hinzu: »Also, amüsieren Sie sich, Kollegen, in Gedanken werde ich bei Ihnen sein.«

»Paß auf, daß du nicht wieder etwas verbockst, das wäre das letzte Mal«, warnte ihn Dr. Rebagliati, als der Schreiber hinter dem Wandschirm verschwand.

Man hörte noch die Schritte von Pedro Camacho – er war wahrscheinlich an der Tür zur Straße –, als Pascual, der Große Pablito und Dr. Rebagliati in Gelächter ausbrachen, sich zuzwinkerten, spöttische Fratzen zogen und dahin deuteten, wo er verschwunden war.

»Er ist nicht so dämlich, wie er scheint, er spielt nur den Dämlichen, um sein Geweih zu verbergen«, sagte Dr. Rebagliati, jetzt geradezu frohlockend. »Immer, wenn er von seiner Frau spricht, habe ich schreckliche Lust zu sagen, hör auf, Künstlerin zu nennen, was man auf gut peruanisch eine drittklassige Stripteasetänzerin nennt.«

»Man kann sich gar nicht vorstellen, was das für ein Monstrum ist«, sagte Pascual und machte ein Gesicht wie ein Kind, das den Butzemann sieht. »Eine uralte, fette Argentinierin, mit gebleichtem Haar, furchtbar geschminkt. Im Mezannine, dieser Bar für Bettler, singt sie halbnackt Tangos.«

»Schweigen Sie und seien Sie nicht so undankbar, alle beide haben Sie sie vernascht«, sagte Dr. Rebagliati. »Ich auch, es sei gesagt.«

»Was heißt hier Sängerin, sie ist eine Hure«, rief der Große Pablito aus, die Augen wie Feuerstellen. »Ich weiß es. Ich bin ins Mezannine gegangen, um sie zu sehen, und nach der Show hat sie mich angemacht, für zwanzig Pfund wollte sie mir einen blasen. Nein, Alte, du hast ja keine Zähne mehr, und ich mag es, wenn man ihn mir ganz zart knabbert. Nicht mal gratis, nicht mal, wenn du mich bezahlst. Denn ich schwöre Ihnen, sie hat keine Zähne mehr, Don Mario.«

»Sie waren schon verheiratet«, sagte Pascual, während er sich die Ärmel seines Hemdes herunterkrempelte, sein Jackett anzog und die Krawatte umband. »Drüben in Bolivien, bevor Pedrito nach Lima kam. Es scheint, daß sie ihn verlassen hat, um herumzuhuren. Sie sind wieder zusammen seit der Geschichte mit der Irrenanstalt. Darum erzählt er überall, daß seine Frau so aufopfernd ist. Denn sie ist zu ihm zurückgekommen, als er verrückt war.«

»Er ist ihr so dankbar wie ein Hund, weil sie ihn ernährt«, berichtete Dr. Rebagliati. »Oder glaubst du, sie könnten von dem leben, was Camacho verdient, indem er Polizeiinformationen zusammenträgt? Sie leben von ihrer Hurerei, sonst wäre er schon längst schwindsüchtig.«

»Pedrito braucht ja wirklich nicht viel«, sagte Pascual und erklärte mir: »Sie wohnen in der Gasse San Cristo. Wie tief er gesunken ist, was? Der Doktor hier will nicht glauben, daß er einmal berühmt war, als er Hörspielserien schrieb, daß man ihn um Autogramme anbettelte.«

Wir verließen den Raum. Aus der Garage nebenan waren das Mädchen mit den Quittungen und die beiden Redakteure und der kleine Junge mit den Paketen verschwunden. Sie hatten das Licht ausgemacht, und das Gerümpel in all der Unordnung hatte jetzt ein gespenstisches Aussehen. Auf der Straße verschloß Dr. Rebagliati die Tür. In einer Reihe gingen wir vier in Richtung Avenida Arica auf der Suche nach einem Taxi. Um irgend etwas zu sagen, fragte ich, warum Pedro Camacho nur recherchiere und nicht Redakteur sei.

»Weil er nicht schreiben kann«, sagte Dr. Rebagliati, wie vorauszusehen war. »Er ist kitschig, er benutzt Worte, die niemand versteht, er ist die genaue Negation von Journalismus. Darum lasse ich ihn die Polizeiwachen ablaufen. Ich brauche ihn nicht, aber er unterhält mich, er ist mein Hofnarr, und außerdem verdient er weniger als ein Diener.« Er lachte unanständig und fragte: »Also, direkt heraus, bin ich nun zu diesem Mittagessen eingeladen oder nicht?«

»Natürlich, das fehlte noch«, sagte der Große Pablito. »Sie und Don Mario sind meine Ehrengäste.«

»Der Typ hat lauter Ticks«, sagte Pascual, wieder auf das Thema zurückkommend, als wir schon im Taxi Richtung Jirón Paruro fuhren. »Zum Beispiel will er nicht mit dem Autobus fahren. Er macht alles zu Fuß, er sagt, es gehe schneller. Ich stelle mir vor, was der am Tag herumwandert, und werde davon müde, allein die Polizeiwachen im Zentrum abzuklappern ist doch schon eine Sache von Kilometern. Haben Sie seine Schuhe gesehen?«

»Er ist ein verdammter Geizkragen«, sagte Dr. Rebagliati mißmutig.

»Ich glaube nicht, daß er geizig ist«, verteidigte ihn der Große Pablito: »Nur ein bißchen verrückt und außerdem ein Mann ohne Glück.«

Das Mittagessen war eine lange Folge von bunten und feurigen kreolischen Gerichten, die wir mit kühlem Bier runterspülten, und dazu gab es von allem ein bißchen: pikante Geschichten, Anekdoten aus der Vergangenheit, viel Klatsch über Personen, ein bißchen Politik, und ich mußte noch einmal die unersättliche Neugier über die Frauen in Europa befriedigen. Es drohte sogar eine Schlägerei, als sich Dr. Rebagliati, schon betrunken, bei der Frau des Großen Pablito, einer dunklen Vierzigjährigen, die noch immer gut aussah, danebenbenahm. Aber ich ersann alles mögliche, damit während dieses langen Mittagessens keiner der drei auch nur noch ein einziges Wort über Pedro Camacho sagte.

Als ich zum Haus von Tante Olga und Onkel Lucho kam (die jetzt nicht mehr meine Schwäger, sondern meine Schwiegereltern waren), tat mir der Kopf weh, ich war niedergeschlagen, und es wurde schon Nacht. Cousine Patricia empfing mich mit sehr unfreundlichem Gesicht. Sie sagte, Tante Julia hätte ich mit der Geschichte, ich müsse Material für meine Romane zusammenstellen, an der Nase herumführen und sie zum Narren halten können, denn sie habe es ja nicht gewagt, mir irgend etwas zu sagen, aus lauter Furcht, ich könnte sie für kulturlos halten. Aber ihr mache es überhaupt nichts aus, für kulturlos gehalten zu werden. Wenn ich also das nächste Mal um 8 Uhr morgens das Haus verließe, um angeblich in die Nationalbibliothek zu gehen und Reden des General Manuel Apolinario Odría zu lesen, und um 8 Uhr abends mit roten Augen, nach Bier stinkend und wahrscheinlich mit Rougeflecken im Taschentuch nach Hause käme, würde sie mir das Gesicht zerkratzen oder einen Teller auf meinem Kopf zerschlagen. Cousine Patricia ist ein Mädchen mit viel Charakter und durchaus in der Lage, zu halten, was sie mir da versprochen hat.

NF 497/1/2.04

Lily Brett
Zu viele Männer
Roman
st 3586. 655 Seiten

Ruth Rothwax, Anfang Vierzig, Tochter zweier Ausschwitzüberlebender, beschließt, mit ihrem Vater nach Polen zu fahren. Es ist eine Reise in die Traumata der zweiten Generation, in die Sprachlosigkeit und die unausgesprochene, tiefe Liebe zwischen Vater und Tochter.

Laura Esquivel
Bittersüße Schokolade
Roman
st 3581. 280 Seiten

Die Welt dieses Romans ist von Frauen geprägt, die die Männer in ihrer Umgebung völlig in den Schatten stellen. Im Mittelpunkt steht Tita, die kämpfen muß um ihr Recht, zu leben und zu lieben, wie ihr Herz es befiehlt.

Fattaneh Haj Seyed Javadi
Der Morgen der Trunkenheit
Roman
st 3584. 416 Seiten

Welchen Weg nimmt eine unmögliche Liebe, wenn Familie und islamische Tradition das Sagen haben? Mahbube erzählt im Teheran der Gegenwart ihrer Nichte, die ebenfalls »unpassend« heiraten will, ihre Geschichte, die Geschichte einer jugendlichen Leidenschaft. »*Der Morgen der Trunkenheit* ist ein Glücksfall für die orientalische Literatur. Es ist ein Glück für seine Leser.« *Berliner Zeitung*

NF 497/2/2.04

André Kaminski
Nächstes Jahr in Jerusalem
Roman
st 3580. 392 Seiten

Kaminskis Familiensaga erzählt die Geschichte zweier jüdischer Familien in wirrer Zeit, im von Krieg und Revolution erschütterten Europa vor, im und nach dem ersten Weltkrieg – und ist doch alles andere als eine traurige Geschichte.

Angeles Mastretta
Emilia
Roman
st 3582. 413 Seiten

Angeles Mastretta erzählt die Lebensgeschichte der emanzipierten Emilia, die Ärztin wird und »auf der die Gewißheit lastet, daß sie zwei Männer mit der gleichen Intensität liebt«. »Einer der schönsten Romane über die Liebe aus einem Kontinent, der überreich an Liebesgeschichten ist.« *Tomás Eloy Martínez*

Mario Vargas Llosa
Tante Julia und der Kunstschreiber
Roman
st 3585. 392 Seiten

Tante Julia, eine 32jährige attraktive Bolivianerin, kommt nach ihrer Scheidung nach Lima, um dort einen Ehemann zu finden. Statt dessen verliebt sich ihr 18jähriger Neffe Mario in sie. Aus der anfänglichen versteckten Verliebtheit wird allmählich eine große Liebe, dann ein Skandal.

NF 497/3/2.04

Familienbande
Ein Lesebuch
Herausgegeben von Kathrin Grothe
st 3588. 331 Seiten

Geschichten von Frauen und Männern, von Müttern und Töchtern, Vätern und Söhnen: von glücklichen Fügungen und falschen Verbindungen, von Traditionen, Konventionen und ungeschriebenen Familiengesetzen. Mit Texten von Isabel Allende, Lily Brett, Julio Cortázar, Karen Duve, Susanne Fischer, Marie Luise Kaschnitz u.a.

NF 497/4/2.04